Elisabeth Büchle
Skarabäus und Schmetterling

Über die Autorin

Elisabeth Büchle ist gelernte Bürokauffrau, examinierte Altenpflegerin und seit ihrer Kindheit ein Bücherwurm. Schon früh begann sie, eigene Geschichten zu Papier zu bringen. In ihren Romanen bettet sie romantische Liebesgeschichten in gründlich recherchierte historische Kontexte ein. Mit ihrem Mann und den fünf Kindern lebt sie im süddeutschen Raum. Mehr Informationen über die Autorin unter www.elisabeth-büchle.de.

Elisabeth Büchle

Skarabäus und Schmetterling

Roman

Für Tobias Schuler

MIX
Papier aus verantwortungsvollen Quellen
FSC® C014496

Verlagsgruppe Random House FSC® N001967
Das für dieses Buch verwendete FSC®-zertifizierte Papier
Enso Classic 95 liefert Stora Enso, Finnland.

© 2015 Gerth Medien GmbH, Asslar,
in der Verlagsgruppe Random House GmbH, München
Der Verlag weist ausdrücklich darauf hin, dass im Text enthaltene externe Links
nur bis zum Zeitpunkt der Buchveröffentlichung eingesehen werden konnten.
Auf spätere Veränderungen hat der Verlag keinerlei Einfluss.
Eine Haftung des Verlags für externe Links ist stets ausgeschlossen.

1. Auflage 2015
Bestell-Nr. 817013
ISBN 978-3-95734-013-9

Umschlaggestaltung: Hanni Plato
Umschlagfoto: Shutterstock
Satz: DTP-Verlagsservice Apel, Wietze
Druck und Verarbeitung: GGP Media GmbH, Pößneck
Printed in Germany

Vorwort und Vorabinformationen

Ist der Gedanke, einen Pharaonenschatz auf einem Dachboden zu finden, nicht einfach zu „fantastisch"? Daran habe ich lange herumüberlegt, bis ich die Schwäbische Zeitung vom 3. August 2013 in die Hände bekam. Dort gab es einen Artikel mit der Überschrift: *Eine Mumie unter dem Dach*, darunter ein Foto von einem mit ägyptischen Schriftzeichen verzierten Sarkophag samt Mumie; beides gefunden auf einem deutschen Dachboden.

Die dazugehörenden Gegenstände, unter anderem eine Totenmaske, waren eindeutig Repliken, allerdings bestand bei der Mumie der Verdacht, diese könne echt sein. Der Großvater des Finders sei in den 1950er-Jahren in Nordafrika unterwegs gewesen, hieß es in dem Artikel, und habe sich die Kiste mitsamt Sarkophag per Schiff nach Deutschland bringen lassen.

Die Mumie stellte sich später ebenfalls als eine Fälschung heraus, aber dennoch ermutigte mich diese Geschichte, an meiner Story festzuhalten.

Und dass dieser Roman, wie auch sein Vorgänger „Das Mädchen aus Herrnhut" mit einem Augenzwinkern geschrieben wurde und gern auch so gelesen werden darf, werden Sie spätestens kurz vor dem Ende bemerken. Nach der intensiven Recherche und dem „kräftezehrenden" Schreiben der Erster-Weltkriegs-Trilogie war mir einfach danach, dieses Buch ein wenig lockerer anzugehen.

Antike Textfunde und Zeichnungen geben Informationen über die Planung und Fertigstellung der Pharaonengräber, über den Alltag der Handwerker, ihre Familienstreitigkeiten, Krankmeldungen und sogar über einen Streik in Theben-West, als die Arbeiter zur Regierungszeit von Ramses III. keine Lebensmittelrationen erhielten … unzählige Inschriften zeugen von den alten Pharaonen, vieles liegt dennoch im Dunkeln der Geschichte begraben, einiges ist schlichtweg Spekulation. Demnach sind eine Menge „Fakten" nach wie vor mit einem großen Fragezeichen versehen, weshalb alle Angaben stets mit einer gewissen Vorsicht zu genießen sind.

Der Einfachheit halber habe ich die aus dem Griechischen stammende, uns heute vertrautere Schreibweise der Eigennamen benutzt, zum Beispiel Tutanchamun anstelle von Tut-anch-Amun. Die einzige Ausnahme: der im Prolog und im Epilog für Tutanchamun verwendete „Thronname" Neb-cheperu-Re.

Ein Glossar finden Sie im Anhang.

Prolog

Frühjahr 1327 v. Chr., Waset, Ägypten

Schöne Sonne trat durch den niedrigen Durchgang des aus luftgetrocknetem Lehm erbauten Hauses und kniff ihre leicht mandelförmigen braunen Augen zu Schlitzen zusammen. Die ägyptische Sonne war hoch an den wolkenlosen Himmel geklettert und verwandelte die schnurgerade verlaufende Gasse zwischen den Lehmhäusern in einen Backofen. Die Hitze flimmerte, ein Windhauch ließ den Sand wie die grazilen Tänzerinnen in den Häusern der Wohlhabenden durch die Luft wirbeln. Gleichzeitig führte er den Gestank der Gerberei mit sich, die sich am Anfang der Straße befand.

Die vierzehnjährige Schöne Sonne verzog ihre vollen Lippen und rümpfte die Nase, dabei fuhr sie sich mit einer Hand über ihren Kopf, auf dem ihre Haare mittlerweile einen Fingerbreit gewachsen waren. Ihre Kinderzeit, in der sie traditionell ihren Kopf geschoren trug, war vorüber. Ihr Körper war nun bereit, Kinder zu gebären.

Schöne Sonne eilte die Gasse entlang, während sie den Holzdeckel auf den Tonkrug drückte, damit sie keinen Tropfen des Henquet verschüttete. Die Straßen waren an diesem Tag wie leer gefegt. Wo üblicherweise quirliges Leben die Plätze füllte, Alte wie Junge sich im Schatten der Aufbauten trafen, um Handel zu treiben oder ihren alltäglichen Aufgaben nachzugehen, herrschte trostlose Stille.

Zu dieser Stunde endete das mehrtägige Mundöffnungsritual, danach würden die Priester den jungen König Neb-cheperu-Re in seinem in großer Hast fertiggestellten Felsengrab im Biban el-Moluk bestatten. Der Per-aa hatte in seinem neunten Lebensjahr die Königswürde empfangen. Er war nur eine Handvoll Jahre älter gewesen als Schöne Sonne, als ihn der Tod ereilte. Heute nun würde man den einbalsamierten Körper des Gottkönigs zu Grabe tragen ...

Schöne Sonne verscheuchte eine Fliege. Ihr Glaube an die alles beherrschenden Gottheiten ihres Volkes war an dem Tag erschüttert worden, als ihre Eltern einen verletzten Hebräer aufgenommen und gesund gepflegt hatten. Sein in Ägypten lebendes, ständig anwachsendes Volk hatte in den letzten Jahren zunehmend an Anerkennung und Beliebtheit verloren. Ihre Mutter hatte Schöne Sonne vor ihrem Tod davon berichtet, dass ihre Großmutter noch Seite an Seite mit den gleichaltrigen Hebräermädchen aufgewachsen war, doch dieses Miteinander hatte sich aufgelöst.

Der Verletzte hatte Schöne Sonne von dem einzigen wahren Gott erzählt, und sie hatte mit wachsender Begeisterung zugehört und eine Hitze in ihrem Inneren verspürt, als hätten die Worte des Mannes ein Feuer in ihr entfacht.

Das Mädchen erreichte das Ufer des Flusses. Die feuchte Luft erschwerte ihr für einen Moment das Atmen, bis sie aus dem Schatten des Tempels trat, den König Amenophis III. erbaut hatte, und der frische Westwind sie erfasste, der den brackigen Geruch des Stroms mit sich trug. Er zerrte an ihrem Leinenkleid und und brachte die kleinen Härchen auf ihren Armen dazu, sich aufzustellen.

Wie Wüstensturm ihr durch einen Boten aufgetragen hatte, nahm sie den Weg zwischen den Sphinxen hindurch. Die breite Prachtstraße, gesäumt von den auf Sockeln liegenden Tierfiguren, die auf der einen Seite Menschenköpfe, auf der anderen die von Widdern aufwiesen, brachte sie nach scheinbar unendlich vielen Schritten zu den Tempeln. Sie freute sich auf das Wiedersehen mit Wüstensturm, ihrem ehemaligen Nachbarjungen. Er war nach dem Tod seines Vaters von dessen Bruder aufgenommen worden, und nun wurde ihm die Ehre zuteil, eine Ausbildung als Schreiber zu erhalten. Damit stand ihm die Welt offen.

Schöne Sonne kannte die Häuser der hiesigen Gelehrten. Sie waren groß, prunkvoll ausgestattet und von Gärten umgeben, in denen es Wasserbecken zum Schwimmen gab. Die Haushalte beschäftigten Tänzerinnen, Köche und eine große Anzahl weiterer Bediensteter.

Ob Wüstensturm ahnte, dass sie sich seit Kurzem die Haare wachsen ließ? Und wollte er noch, wie er es bei seinem letzten Besuch in Waset gesagt hatte, einen gemeinsamen Hausstand mit Schöne Sonne gründen? Ein Privilegierter wie Wüstensturm, der schon ins Flussdelta gereist war, die gewaltigen Grabbauten der alten Herrscher gesehen hatte und mit dem dahingeschiedenen Per-aa auf Flusspferdjagd gewesen war, wollte ausgerechnet sie?

Schöne Sonne lief schneller, beachtete weder die Felshänge jenseits des Flusses, die sich in der Ferne dem Firmament entgegenhoben, noch die Grabstätten und Tempel der längst verstorbenen Könige davor. Endlich erreichte sie die von Palmen gesäumte und nach der Überschwemmung von frischem, grünem Gras umgebene Tempelanlage. Vor ihr erhoben sich in einem unüberschaubaren Komplex prächtige Pylonen, Obelisken, bemalte und scheinbar bis in den Himmel reichende Säulen und Prachtbauten, dazu Statuen siegreicher Könige und Götter. Schöne Sonne eilte am Amun-Bezirk vorbei zur Anlegestelle der Barken. An diesem Tag interessierte sie das goldene Funkeln der Sonne auf dem Wasser nicht, denn sie hatte am Ufer Wüstensturm entdeckt.

Als er sie erblickte, kam er ihr mit schnellen Schritten entgegen. Fasziniert bestaunte Schöne Sonne sein kinnlanges Haar, das verriet, dass auch er das Kindesalter hinter sich gelassen hatte.

Ganz der hohe Beamte, zu dem man ihn erzog, baute er sich vor ihr auf und betrachtete sie eingehend. „Du bist noch schöner geworden!"

Wüstensturms Stimme klang tiefer, als Schöne Sonne sie in Erinnerung hatte, wies aber immer noch den sanften Unterton auf, den er ihr gegenüber gern anschlug. Prüfend strich er ihr über den Kopf und ein zufriedenes Lächeln umspielte seinen Mund. Er wusste, dass sie bereit war.

„Folgst du mir, um einen Hausstand zu gründen? Jetzt sofort?"

„Sofort?"

Wüstensturm beugte sich zu ihr hinab und raunte ihr zu: „Erinnerst du dich, dass ich dir erzählte, wie ich Neb-cheperu-Re das Leben rettete und er mir einen reichen Lohn versprach?"

Schöne Sonne nickte und machte dann ein betroffenes Gesicht. Bei dem letzten, fatalen Jagdausflug des jungen Königs war Wüstensturm nicht zugegen gewesen. Womöglich hätte er ihm ein zweites Mal das Leben retten können ... Schon immer hatte sie mit Begeisterung Wüstensturms Geschichten angehört. Er wusste so lebendig zu erzählen, dass sie sich das Delta mit seinen Papyruspflanzen, die gewaltigen, sich spitz dem Himmel entgegenstreckenden Gräber entlang des Flusses und die Aufregung der Jagd bildlich vorstellen konnte.

„Er hat sein Versprechen niemals eingelöst!", knurrte Wüstensturm, und Schöne Sonne zuckte unwillkürlich zusammen.

„Ich weiß, dass du dich für diesen einen Gott der Hebräer interessierst. Ich habe mir heute meine ausstehende Belohnung geholt, und nun können wir gemeinsam in die Gegend reisen, die die Hebräer früher durchstreiften."

„In das Land am See Genezareth?" Schöne Sonne hielt den Atem an. Ging ihr Wunsch, mehr über den einen großen Gott zu erfahren, womöglich in Erfüllung?

„Ja, wir fahren mit der Barke den Fluss hinab. Ich zeige dir die Mer von Chufu, Chafre und Menkaure und das wunderbare Schwemmland im Delta. Von dort reisen wir hinüber in das Land, aus dem die Hebräer einst kamen, und du kannst alles über ihren Gott erfahren."

„Aber Wüstensturm, du bist ein Gelehrter, ein Schreiber, du bist …"

„Ich habe den Glauben daran verloren, dass Neb-cheperu-Re ein Gott ist. Mein Glaube an die Götter meines Vaters war nie tief in mir verwurzelt. Ich brauche ihn nicht."

Schöne Sonne schwieg nachdenklich und verwirrt, während Wüstensturm seine Hände über ihre Arme wandern ließ, sie liebkoste und ihr schließlich das Henquet abnahm. Sollte sie wirklich so plötzlich alles hinter sich lassen? Was bedeutete es, wenn er sagte, er habe sich heute die vom König versprochene Entlohnung geholt? Wie gefährlich war eine Reise über den großen Strom zu Völkern, die ihnen fremd waren?

„Schöne Sonne? Die Barke legt gleich ab."

Sie blickte in seine fragend auf sie gerichteten Augen. Wie könnte sie sich Wüstensturms Bitte verweigern, da sie ihn doch schon so lange liebte und sie sehnsüchtig den Tag herbeigesehnt hatte, an dem sie ein Leben an seiner Seite beginnen durfte? Was hielt sie hier, allein, wie sie war?

„Nun?"

Schöne Sonne reckte sich und rieb ihre zierliche Nase an seiner markanten. Er seufzte, ergriff ihre Hand und zog sie über eine schwankende Planke auf die Holzbarke. Dort geleitete er sie zu einem schattigen Platz neben einer Truhe, die unverkennbar die eines wohlhabenden Mannes war, war sie doch reich mit Schnitzereien verziert. Ihr Deckel wies filigrane Alabastereinlagen auf. In ihrer Nähe saß der alte Mann, der schon Wüstensturms Vater gedient hatte. Seine Frau und die Kinder mit ihren Kindern waren bei ihm und blickten Schöne Sonne neugierig an. Offenbar plante Wüstensturm, die hebräische Familie mit auf die Reise zu nehmen. Als seine Diener? Oder wollte er sie aus Dankbarkeit für die vielen Jahre ihrer Treue zu seiner Familie in das Land mitnehmen, in dem einst ihre Urväter als Nomaden gelebt hatten? Mordechai, der etwa gleichaltrig war wie Wüstensturm, nickte Schöne Sonne grüßend zu. In seinen dunklen Augen sah sie Abenteuerlust.

Es verging nur wenig Zeit, bis die Barke ablegte und auf den Fluss hinausglitt. Erst als die Wellen des Stroms gegen die Bootswand klatschten, wurde Schöne Sonne bewusst, dass sie soeben allem, was bisher ihr Leben ausgemacht hatte, den Rücken kehrte. Sie stand auf und lehnte sich an die Bordwand. Der Wind zerrte an ihrem einfachen Leinengewand. Hinter dem fruchtbaren Landstreifen in der unmittelbaren Nähe des Flusses erkannte sie die Siedlung der im Totendienst beschäftigten

Familien und den felsigen Eingang zu einer Schlucht. Dahinter, das wusste Schöne Sonne, begann der Pfad in das Gebirge hinein; in Richtung der Begräbnisstätte weiterer Könige, dort, wo zu dieser Stunde Nebcheperu-Re seine letzte Reise antrat.

Teil 1

Kapitel 1

1922

Ein Landregen hatte eingesetzt und prasselte sanft gegen die Fensterscheiben von *Highclere Castle* in der Grafschaft Hampshire. Fröhliches Lachen und Gesprächsfetzen mischten sich in das gleichbleibende, fast rhythmische Geräusch. Ein Dienstmädchen eilte mit klackernden Absätzen über den wertvollen, in Mustern verlegten Parkettboden und knipste die Lampen an. Ihr männlicher Kollege entfachte in den Kaminen die Feuer. Ein warmer Lichtschein beleuchtete die Holzverkleidungen und die Regale mit den langen Reihen ledergebundener Bücher in der privaten Bibliothek mit ihren roten Sesseln und korinthischen Säulen.

Sarah Hofmann warf einen prüfenden Blick auf Lady Alison Clifford. Ihre Arbeitgeberin, gekleidet mit einem für ihre 50 Jahre viel zu jugendlich wirkenden blauen Lagenkleid, das skandalös knapp unterhalb der Knie endete, unterhielt sich angeregt mit der Countess Lady Almina Herbert und weiteren Damen der erlauchten Gesellschaft und schien Sarah nicht zu benötigen. Also wandte die Zwanzigjährige sich wieder den musealen Einrichtungsgegenständen des Raums zu und bewunderte die reichhaltige Schriftensammlung des 5. Earl of Carnarvon, George Herbert, der wegen seines Höflichkeitstitels *Lord Porchester* von seiner Familie „Porchy" gerufen wurde. Seine Bekannten nannten ihn kurz Lord Carnarvon.

Zwischen den alten Papyri und Büchern drängten sich Erinnerungsstücke an Lord Carnarvons Reisen rund um die Welt und natürlich die Fundstücke aus Ägypten. Dort finanzierte er seit Jahren die Ausgrabungen unter der Leitung des Archäologen Howard Carter. Zudem war der angeschlagenen Gesundheit des Lords das dortige Klima sehr zuträglich.

Sarah betrachtete eine winzige Fayencefigur in Form eines Nilpferdes, doch ihre Gedanken drifteten in ihre eigene Vergangenheit. Sie zählte erst 20 Jahre und dennoch überwog gelegentlich das Gefühl, ein ganzes Menschenalter an Erinnerungen angehäuft zu haben, die oftmals schwer zu greifen und noch schwerer zu begreifen waren. Ihre Mutter, eine Britin, war bei ihrer Geburt gestorben. Die Kindheit an der Seite ihres Vaters und ihrer Großmutter im Schwarzwald war ihr kostbar wie eine wunderschöne Perle im Gedächtnis geblieben. Ihre Schulzeit hingegen lag wie unter einem dunklen Organzastoff verborgen, als sei sie es nicht wert, ihrer zu gedenken. Irgendwann war ihr Vater immer häufiger und für längere Zeit verreist. Sarah hatte damals den Eindruck gehabt, dass sich seine Reisen über mehrere Jahre hinzogen, doch heute ahnte sie, dass es wohl nur wenige Monate gewesen sein konnten.

Und dann, ohne jede Vorwarnung, hatte er Sarah angewiesen, ihre Kleidung, ein paar Lieblingsbücher und ein Andenken an ihre Mutter einzupacken. Sie hatten frühmorgens, als Sarahs kleine heile Welt im tiefen Schlaf lag, das strohgedeckte Schwarzwaldhaus verlassen. Seit diesem Tag hatte sie ihre Großmutter nicht mehr wiedergesehen.

Erst auf dem Dampfschiff, das sie auf die britische Insel brachte, eröffnete ihr Vater ihr, dass sie fortan bei einer guten Freundin ihrer Mutter leben würde. In diesem Augenblick war für Sarah eine Welt zusammengebrochen. Ihr Vater schickte sie in die Fremde! Sie hatte sich nicht einmal verabschieden können, zudem versagte er ihr eine Antwort auf ihre drängenden Fragen nach dem Warum. Der überstürzte Aufbruch war ihr wie eine Flucht vorgekommen. Aber wer hatte Grund zu fliehen? Sie? Oder ihr Vater? Aber er kehrte ins Deutsche Kaiserreich zurück!

Heute vermutete Sarah, dass ihr Vater den nahenden Krieg vorausgeahnt hatte. Er hatte sie wohl in Sicherheit wissen wollen ... Damals hatte sie das als einen Verrat an ihr empfunden, zumal sie vor der herrischen, selbstbewussten Frau, bei der er sie abgab, zunächst furchtbare Angst verspürt hatte. Bei ihrem unfreiwilligen Umzug war sie 12 Jahre alt gewesen, hatte sich fortan jedoch wie ein Kleinkind gefühlt. Alles und jedes hatte ihr Angst gemacht, jede Veränderung ihres Lebensrhythmus hatte sie in Panik versetzt.

Mit der Zeit hatte sie jedoch Zutrauen zu Lady Alison gefasst und bemerkt, dass diese sich wirklich um sie bemühte und nur das Beste für sie wollte. Allerdings war Sarah lange Zeit tagtäglich mit der Hoffnung aufgewacht, ihr Vater würde zurückkehren und sie mit sich nehmen. Wie eine Ertrinkende hatte sie sich an diesen Wunsch geklammert, bis die dahinfließende Zeit einen Nebel vor ihr Bild von ihrem Vater geschoben hatte, der nur noch Schatten und Silhouetten und einzelne kurze Erinnerungen an sein Äußeres oder seine Stimme durchscheinen ließ. Nun, im Jahr 1922, waren diese kleinen Erinnerungsstücke an ihr früheres Leben so verschwommen wie ein Bild von Monet; als habe sie das Andenken an ihren Vater gewaltsam zu verdrängen versucht.

Sarah zuckte zusammen, als jemand sie am Ellenbogen ergriff. Alison, mit ihren 1,75 Metern einen ganzen Kopf größer als Sarah, forderte ihre Aufmerksamkeit ein.

„Sarah, hast du gehört? Mr Carter hat Porchy gebeten, die Grabungslizenz für das Tal der Könige um eine letzte Saison zu verlängern. Er bot sogar an, die Kosten selbst aufzubringen. Er bettelte förmlich darum, zumindest noch einen Winter in dieser Steinwüste herumstochern zu dürfen."

Sarah nickte zögernd. Ja, sie hatte derlei Gerüchte vernommen. Lord Carnarvon war nicht bereit, noch mehr Geld in die Wüste zu stecken, die laut versierter Archäologen nichts mehr zu bieten hatte.

„Sein Engagement grenzt beinahe an Besessenheit, nicht wahr, meine Liebe?", fuhr Alison fort. Die raue Stimme der älteren Frau offenbarte die Begeisterung, die sie für alles Geheimnisvolle empfand. „Schon Mr Theodore Davis war der Meinung, dass alle Grabstätten im Tal der Könige inzwischen entdeckt und ausgeschöpft wurden. Mr Carter hat dennoch einen Teil davon systematisch absuchen lassen. Kein Staubkorn blieb auf dem anderen, und noch immer behauptet er standhaft, dieser Pharao, dessen Existenz manche Ägyptologen sogar anzweifeln, läge dort begraben. Zudem meint er, es bestehe die Möglichkeit, dass sein Grab völlig unversehrt sei, gerade weil es so schwer zu finden ist!"

Sarah ahnte inzwischen, dass eine erneute Reise anstand – dieses Mal nach Ägypten. Seit ihrer Ausbildung zur Krankenschwester war Sarah Alisons ständige Begleiterin auf ihren Reisen. Angeblich, um ihr zu helfen, wenn sie unter Beschwerden durch ihr Rheuma litt – obwohl die agile Frau nur selten Probleme damit hatte. In Sarah überwog der Verdacht, dass Alison eher auf ihrer Begleitung bestand, damit Sarah etwas von der Welt sah, auch wenn diese das ständige Unterwegssein nicht immer begeisterte.

„Nun, was denkst du?"

Sarah lächelte. Auf diese Frage bedurfte es keiner Antwort. Alison hatte längst entschieden, wann und wie lange sie zu verreisen gedachte.

„Ich sehe, du bist begeistert!", kommentierte die Witwe Sarahs Lächeln.

Alison, die nach dem frühen Tod ihres Ehemanns sämtliche Besitztümer des Earls veräußert hatte und ein kleines, hübsches Haus in Newbury bewohnte, liebte das Reisen und hatte die nötigen Mittel dazu.

Nun schritt sie forsch durch die Bibliothek, als gehöre ihr das Anwesen, um in den eigentlich nur den Männern vorbehaltenen Rauchersalon zu gelangen. Sarah folgte ihr zögernd. Selbst nach all den Jahren, die sie sich inzwischen in der erlauchten Gesellschaft bewegte, fühlte sie sich noch immer fehl am Platz.

Die Herren in ihren dunklen Maßanzügen mit Krawatten und passenden Einstecktüchern hoben die Köpfe, als Alison in den rustikal eingerichteten Salon stürmte. Ihre Absätze klapperten auf dem Holzboden, und die Ledersessel knarzten, als die Männer sich eilig erhoben.

Alison ignorierte sie und eilte über einen bunten Perserteppich zu Lord Carnarvon, vermutlich um ihn nach der angenehmsten Reiseroute, dem besten Hotel und dergleichen auszufragen. Dabei missachtete sie wieder einmal sträflich jede Etikette und unterbrach eine politisierende Männerrunde, indem sie sich einfach bei Carnarvon unterhakte und ihn zu einem Fenster zog.

Sarah hob die Augenbrauen. Alison war der einzige Mensch, der nicht zu Carnarvons unmittelbarer Familie gehörte und sich dennoch herausnahm, den Earl „Porchy" zu nennen, aber das erstaunte niemanden. Seit dem Tod ihres Mannes vor 25 Jahren pflegte Alison ohnehin einen als exzentrisch verschrienen Lebensstil. Am Todestag von Theodore Clifford, ihrem Ehemann, war sie ergraut und wirkte deshalb wesentlich älter, als sie eigentlich war, was durch ihre schlanke, fast knochige Gestalt noch verstärkt wurde. Gleichzeitig besaß sie aber auch die Anerkennung der britischen Aristokratie, verteilte sie doch großzügig finanzielle Unterstützung und verfügte über wichtige Kontakte. Zudem hatte sie ein schier unerschöpfliches Wissen und forderte mit ihrer direkten Art und ihrem unnachgiebigen, gelegentlich hart wirkenden Wesen den Respekt ihrer Mitmenschen ein.

Alison hatte nicht wieder geheiratet, obwohl es zumindest in früheren Jahren genug Verehrer gegeben haben musste. Entweder hatte sie diese durch ihre forsche, unkonventionelle Art verschreckt oder sie wollte das Andenken an ihren verstorbenen Mann nicht entehren. Sarah konnte darüber nur spekulieren, denn Alison schwieg hartnäckig, wenn das Gesprächsthema auf Lord Theodore Clifford kam.

„Ich bin mir immer unsicher, ob ich Lady Alison wegen ihrer Energie und ihres Mutes bewundern oder über sie den Kopf schütteln soll", vernahm Sarah ein Flüstern hinter sich. Verunsichert wandte sie sich um. Redete die Frau mit ihr? Für gewöhnlich übersah man sie in solchen illustren Runden.

Zu ihrer Erleichterung antwortete eine andere Dame: „Ich war entsetzt, als sie nach dem Tode des lieben Theodore alle seine Ländereien, das Schloss und die beiden Stadthäuser in London und Preston verkaufte, um fortan in dem winzigen, unscheinbaren Haus zu leben. Der einzige Luxus, den sie sich gönnt, sind ihre Pferde, die Reisen und eine Haushälterin. Und natürlich das Kind, das sie großgezogen und zur Ausbildung geschickt hat."

Als die Sprache auf Sarah kam, versuchte diese, sich noch ein bisschen kleiner zu machen. Sie wagte kaum zu atmen, um nicht die Aufmerksamkeit der Damen auf sich zu ziehen.

„Das Mädchen hat mein Mitgefühl. Hätte Lady Alison sie an Kindes statt angenommen, könnte sie in unseren Kreisen verkehren. So ist sie lediglich ihre Begleiterin und Privatkrankenschwester. Dennoch muss sie Lady Alison überallhin begleiten, gehört aber nirgends wirklich dazu. Wie ein Mauerblümchen steht sie am Rande. Und es ist gewiss nicht einfach, Lady Alisons wankelmütige Stimmungen und abenteuerliche Ideen auszuhalten."

Sarah presste die Lippen zusammen. Diese Frau sprach, ohne die genauen Hintergründe zu kennen, eine Wahrheit aus, die sie seit dem schrecklichen Tag beschäftigte, als ihr Vater sie bei Alison abgeliefert hatte: Sie fühlte sich nirgendwo zugehörig. Ihr Vater hatte sie fortgeschickt. Das Gefühl, irgendwie nicht „richtig" zu sein – womöglich sogar ungewollt –, hatte sie zu einem verschüchterten, stillen Mädchen gemacht, das nie auffallen oder gar anecken wollte und das sich liebend gern in ihre Welt der Bücher und Zeichnungen zurückzog. Im letzten Jahr hatte Sarah bewusst versucht, sich von dem mittlerweile von ihr selbst als lästig empfundenen Selbstmitleid zu befreien, in das sie sich so oft geflüchtet hatte. Inzwischen erlebte sie nur noch selten Zeiten, in denen sie sich wieder wie das verängstigte Kind auf der Türschwelle vorkam, das von ihrem Vater in eine Welt geschoben wurde, die ihr erschreckend fremd war.

„Seien wir doch ehrlich, Cecile", mischte sich unvermittelt eine dritte weibliche Person ein. „Diese Sarah Hofmann wäre in unseren Kreisen nicht willkommen, gleichgültig, *wie* Alison sie eingeführt hätte. Außerdem ist sie ein furchtbar schüchternes Ding. Vermutlich hält sie sich gern abseits."

„Wen wundert es? Ich möchte kein Mündel von Lady Alison sein. Sie schleift das arme Mädchen ja durch die halbe Welt, auch sonst ist sie ja wenig zartfühlend."

„Alison hat durchaus ihre guten Seiten, meine Damen", widersprach die besonnene Stimme erneut.
Schritte entfernten sich, andere kamen näher. Sarah, der es unangenehm war, Zeuge des Gesprächs zu sein, drückte sich hinter einen bemalten Paravent.
„Könnte vielleicht eine der Damen unsere Lady Clifford zur Vernunft bringen?", polterte eine ungehaltene Männerstimme.
Unterdrücktes Kichern war die Antwort. „Es sollte Ihnen doch allmählich vertraut sein, dass Lady Alison die Männerrunden im Rauchersalon den Unterhaltungen mit uns Damen vorzieht."
„Daran gewöhnt man sich nicht, man nimmt es höchstens irgendwann hin. Dennoch kann es nicht angehen, dass die Frau nur in Begleitung ihrer Krankenschwester nach Ägypten reisen will!"
Jemand schnappte hörbar nach Luft.
„Sie schließt sich doch bestimmt Lord Carnarvon an, William?"
„Der Lord plant vorerst keine Reise nach Ägypten."
„Es ist nicht die erste Reise, die sie allein und ..."
„Aber nach *Ägypten*, meine Liebe!", hauchte die zweite Dame entsetzt. „Das Land ist so mystisch und fremdartig! Man denke nur an die Gefahren der Wüste, die verschleierten Frauen und die vielen Krankheiten, ganz abgesehen von ..."
„... den Abenteuern aus Tausendundeiner Nacht!", unterbrach Alisons Reibeisenstimme die Frauen. Aufgeregtes Kleiderrascheln verriet Sarah, dass die Damen und der Herr sich zu der Frau umdrehten, die ihr Gespräch bestimmt hatte.
„Ich bewundere Ihren Mut", stammelte eine der Frauen.
Der Mann wagte anzumerken: „Vielleicht wäre es von Vorteil, bei dieser Reise einen männlichen Reiseführer an Ihrer Seite zu haben, Lady Alison?"
„Ach, und wozu? Damit ich noch eine Person mehr durch die Gegend scheuchen muss, weil sie nicht mit mir Schritt halten kann?"
„Zu Ihrem Schutz!"
„Ägypten ist zwar seit Frühjahr dieses Jahres von Großbritannien in die Unabhängigkeit entlassen worden, und Fuad I. regiert jetzt ein eigenständiges Königreich, doch bleiben wir realistisch: Es sind weiterhin britische Truppen im Land stationiert, und die Regierung hat weitreichende Interventionsrechte behalten, die die Selbstständigkeit des Landes einschränken. Das nennt sich – bitte korrigieren Sie mich, William, falls ich falschliege –, *Protektorat*, nicht wahr?"
Der Mann hüstelte, und Sarah hörte, wie er sich entfernte. Auch sie

hielt es für angebracht, ihr Versteck unauffällig zu verlassen, und so gesellte sie sich möglichst beiläufig zu Alison.

„Da bist du ja, meine Liebe. Auf, hol unsere Mäntel. Wir haben zu packen!", befahl sie gewohnt forsch.

An der Pforte angelangt griff Alison selbst nach der Klinke und stürmte so rasch in die Parkanlage hinaus, dass es Sarah schwerfiel, mit ihr Schritt zu halten und sie beide mithilfe des schwarzen Herrenschirms – ein feminineres Modell wäre Alison viel zu unpraktisch und affektiert vorgekommen –, vor dem Regen zu schützen.

***

Ein Ausdruck ungläubigen Staunens breitete sich auf dem Gesicht des Mannes aus. Hektisch sichtete er die Unterlagen, wobei er gelegentlich lauschend den Kopf hob, um sicherzugehen, dass er nicht überrascht wurde.

Er fand die Stelle, die ihm bereits vor Wochen aufgefallen war, und las sorgfältig und hoch konzentriert. Gebannt glitten seine Augen über die Zeilen und die zusätzlich mit einer energischen Handschrift an den Rand geschriebenen Vermerke. Allmählich erschloss sich ihm das brisante Gesamtbild.

Schließlich ließ er die Akte sinken und drehte sich herum, sodass sein Blick aus dem Fenster auf die zu dieser späten Stunde wie leer gefegte Straße fiel. Ob es ihm gelingen würde, das delikate Geheimnis für sich zu nutzen? Es nicht zu versuchen käme einem fatalen Fehler gleich. Zögernd rieb er sich das sorgsam glatt rasierte Kinn. Einfach war das sicher nicht zu bewerkstelligen. Aber einen Versuch war es wert!

Die junge Frau hatte er ja bereits angesprochen und erste Bande geknüpft. Er war selbstbewusst genug, um zu wissen, dass er mit seinem Aussehen und seinem Charme bei den Damen stets gut ankam. Auch bei *ihr* würde es nicht schwer sein, ihr Herz zu erobern. Und dann …

Voller Tatendrang stand er auf, stopfte die brisanten Unterlagen in seine Tasche und stellte die Mappen ordentlich zurück in das Regal. Mit der Hand an der Türklinke zögerte er noch einmal und überdachte sein Vorhaben. Doch es war nicht anders zu bewerkstelligen. Er drückte die Klinke herunter und verdrängte seine letzten Zweifel. Seinen Planungen entsprechend würde das Ganze mindestens zwei Todesopfer fordern.

***

Die Geschwindigkeit, in der Alison ihre eigene und Sarahs Reisegarderobe zusammenstellte, war erstaunlich. Sarah kam aus dem Ankleidezimmer gar nicht mehr heraus, so schnell schleppte eine Angestellte des Modehauses die von Alison für Sarah ausgewählten Kleidungsstücke und Accessoires herbei. Darunter befanden sich neumodische, einteilige Badekleider aus Trikotstoff, die wie ein Leibchen mit kurzem Rockschoß eng an ihrem Körper anlagen, dazu bedruckte Kleider, die zu Sarahs Erleichterung bis über die Waden gingen. Die Sommerkleider für junge Damen in diesem Jahr hatten nur bis zu den Knien gereicht. Sarah hatte sich diesen gewagten Varianten verweigert, während Alison sie mit Begeisterung getragen hatte. Zwar hingen auch die neuen Modelle noch locker um Sarahs Körper, doch wirkten sie nicht mehr ganz so sackähnlich wie in den vergangenen Jahren, sondern hoben ihre schlanke Silhouette vorteilhaft hervor. Gegen die Büstenhalter statt des Korsetts hatte selbst Sarah nichts einzuwenden. Außerdem fand sie die Spangenschuhe hübsch und bequem, ebenso gefielen ihr die bunten Schultertücher, mit denen sie die in den ärmellosen Tages- und Abendkleidern unbekleideten Schultern und Oberarme bedecken konnte. Besonders angetan war sie von den krempenlosen Glockenhüten. Wenn sie diese wie vorgesehen bis über die Augenbrauen ins Gesicht zog, brachten sie ihre großen, dunklen Augen wunderbar zur Geltung. Allerdings behinderten die Hüte ein wenig die Sicht, weshalb sie den Kopf leicht in den Nacken legen musste. In dieser Haltung sah sie Alison entgegen, als diese das Umkleidezimmer betrat.

„Und? Passt alles?"

„Ja, das tut es, Lady Alison. Aber ..."

„Sagte ich nicht, ich will kein Aber hören? Hier sind noch einige Pullover. Mit ihren weiten Ärmeln kannst du sie über jedem Kleid tragen, falls es dir zu kühl werden sollte. Funktionelle Kleidung für unsere Entdeckungstouren bei den Ausgrabungsstätten erstehen wir direkt in Ägypten. So hat Porchy es mir empfohlen."

„Ja, Lady Alison." Sarah wusste nur zu gut, dass jede Diskussion zwecklos war. Alison verfügte über scheinbar grenzenlos viel Geld, das sie gern großzügig ausgab. Nach dem Tod ihres Mannes hatte sich Lady Alison, damals erst 25, den Suffragetten angeschlossen. Mit ihren Mitstreiterinnen hatte sie sich für mehr Rechte der Frauen einschließlich des Wahlrechts eingesetzt und war dabei mehrmals verhaftet worden. Allerdings hatte ihr guter Name sie vor der teilweise menschenverachtenden Behandlung geschützt, die ihre Kampfgenossinnen ertragen mussten.

Einmal hatte sie erwogen, stur im Gefängnis zu bleiben, obwohl man sie förmlich hinauswerfen wollte. Doch eine der Frauen hatte sie gebeten, zu gehen und *ihrer Verantwortung gerecht zu werden*. Alison hatte lange über diese Bitte gegrübelt, bis ihr bewusst geworden war, dass die Kinder der eingesperrten Frauen ohne ihre Mütter große Not litten. Also hatte sie die Familien der Inhaftierten besucht und ihnen Lebensmittel, Kleidung und Trost gespendet.

Diese Geschichte war eines der vielen kleinen Geschehnisse, die Alison Sarah allmählich nahegebracht hatte. Die nach außen so herrische, unangepasste Frau versteckte unter ihrem harten Kern ein weiches Herz.

Sarah zog einen orangefarbenen Wollpullover über das graugrün bedruckte Kleid mit der tief sitzenden Taille und blickte in den Spiegel.

„Die kräftigen Farben passen wunderbar zu deinem hellen Haar und den dunklen Augen. Du bist wirklich eine Schönheit geworden", kommentierte Alison, ohne Sarah anzusehen, und drehte dabei einen schwarz-apricotfarben gestreiften Glockenhut in ihren Händen. „Miss Denzel, lassen Sie bitte meine neue Garderobe und die von Miss Hofmann in mein Haus liefern", wies sie die Angestellte an, die mit verklärtem Blick und vor Anstrengung hochroten Wangen auf weitere Befehle der Countess gewartet hatte.

„Gern, Mylady", erwiderte sie, knickste und sammelte die auf Stühlen, einer Couch und den Beistelltischen verteilten Kleidungsstücke ein.

„Und wir beide, liebe Sarah, begeben uns jetzt zu Camille."

„Zu Miss Camille, Lady Alison? Aber wir waren doch erst vor einer Woche bei ihr, um uns frisieren zu lassen."

„Richtig, und wieder hast du dich geweigert, dir einen dieser modischen Bobs schneiden zu lassen. Das holen wir heute nach."

Sarah presste erschrocken die Lippen zusammen. Sie mochte ihr langes, in weichen Locken fallendes Haar und hielt diese neumodischen Kurzhaarfrisuren für schrecklich maskulin.

„Keine Widerrede! Du wirst spätestens im warmen Ägypten feststellen, wie praktisch es ist, wenn du dich nicht mit umständlichen Aufsteckfrisuren abplagen musst."

Sarah nahm den Hut ab, um ihre Ziehmutter ohne übertriebenes Zurückneignen ihres Kopfs ansehen zu können, und stemmte die Hände in die Hüften.

„Ah, ich sehe Widerstand. Das gefällt mir!"

„Ich mag mein Haar so, wie es ist."

„Du wirst diesen Bobschnitt lieben. Wie kann ich dich nur davon überzeugen? Ach, ich weiß!"

Sarah wartete gespannt. Lady Alison würde sie nie zwingen, etwas gegen ihren Willen zu tun; das widersprach ihrer Art.

„Ich lege mir ebenfalls eine Kurzhaarfrisur zu. Dann wirst du erkennen, wie gut sie uns schlanken Wesen steht!"

„Bitte nicht, Lady Alison! Ihr schönes Lockenhaar!", widersprach Sarah sofort. Allerdings lachte sie innerlich bei der Vorstellung, Alison könne ihre Drohung wahr machen. Sie sah bereits die schockierten Blicke ihres hochwohlgeborenen Bekanntenkreises vor sich, wenn Alison mit einer für junge Frauen gedachten Modefrisur auftauchte.

Alison winkte wortlos ab, hakte sich bei Sarah unter und führte sie zu ihrem Automobil, das sie selbstverständlich persönlich steuerte. Es hieß, Lord Carnarvon sei einer der ersten Eigentümer eines Automobils in England gewesen, doch Sarah war sich sicher, dass Alison ihren ersten Kraftwagen kaum später angeschafft und dadurch für einen der vielen Skandale um ihre Person gesorgt hatte – zumal sie bis heute auf einen Chauffeur verzichtete. Die Tatsache, dass ihre Ziehmutter unendlich viel Freude dabei empfand, die Gesellschaft zu echauffieren, ließ in Sarah den Verdacht aufkeimen, sie könne auch die Idee mit dem neuen Haarschnitt womöglich ernst meinen. Ein heimliches Lächeln schlich sich auf ihre Lippen.

Kapitel 2

Camille, eine stämmige Frau mit kurzen, schwarzen Locken und braunen Augen, betonte gern, dass sie es eigentlich nicht nötig hatte, ihrer Arbeit als Friseurin nachzugehen. Jedem, der es hören wollte, erzählte sie – und den anderen ebenfalls –, wie sehr sie es liebe, die natürliche Schönheit der Damen hervorzuheben und den Herren der Schöpfung ein gepflegtes Äußeres zu verleihen.

Sarah lächelte zumeist heimlich in sich hinein, vermutete sie doch, dass Camille vor allem den Klatsch liebte, den sie in ihrem geschmackvoll eingerichteten Salon und in den adeligen Häusern, die sie aufsuchte, zugetragen bekam.

„Lady Clifford, wie wunderbar, dass Sie vorbeischauen. Ich wäre selbstverständlich auch zu Ihnen gekommen! Wobei – Sie kommen ja immer persönlich zu mir, was mich sehr ehrt. Miss Hofmann, Sie sehen bezaubernd aus." Camille legte den Kopf schief, und Sarah ahnte, was nun folgen würde. „Allerdings finde ich, Sie sollten sich als moderne junge Frau endlich eine modischere Frisur schneiden lassen."

„Setz dich, Sarah", befahl Alison und wandte sich an Camille, die nur wenige Jahre älter war als Sarah. „Ich möchte, dass Sie mir einen Bob schneiden."

„Ihnen?" Camille stand der Mund offen. Ihre nicht versteckte Verwunderung entlockte Sarah ein leises Lachen.

„Ich bin weder alt noch unmodern, liebe Miss Camille!", griff Alison mit vorwurfsvollem Tonfall die Worte der Friseurin von zuvor auf, was diese erröten ließ.

„Nein, bestimmt nicht, Lady Clifford. Nur, bei Ihren Locken …"

„Warum haben die Leute die Dauerwelle erfunden, wenn Locken ein Problem sind?"

„Da mögen Sie recht haben …"

„Nun stehen Sie nicht da wie der Leuchtturm von Jersey. Fangen Sie an!"

Camille lachte etwas gezwungen und drehte sich nach ihrer Schürze um. Dabei warf sie Sarah einen fragenden Blick zu. Diese zuckte lediglich mit den Schultern. Wenn Alison sich etwas in den Kopf gesetzt hatte, war es ein Ding der Unmöglichkeit, sie von dieser Idee wieder abzubringen. Allerdings musste Sarah zugeben, dass alle Entscheidungen, die Alison für sie getroffen hatte, ausnahmslos von Vorteil für sie gewesen waren. Schmunzelnd erinnerte sie sich an ihren ersten Zeichenkurs bei einem Künstler, vor dem sie einen so gewaltigen Respekt empfunden hatte, dass sie erst gar nicht über die Schwelle seines Cottages in Cornwall treten wollte. Es war nur Alisons Mischung aus Unnachgiebigkeit und Ermutigung zu verdanken, dass Sarah letztendlich doch in den einmaligen Genuss dieser Lehrstunden gekommen war. Bereits nach wenigen Minuten war sie vollkommen in ihrer Zeichenübung aufgegangen und hatte alle Furcht vor dem fremden Mann abgelegt, sodass Alison eine Bekannte besuchen konnte.

Alison verwöhnte sie, dessen war sich Sarah bewusst. Doch bei allem Fördern und Fordern hatte Sarah niemals die tief sitzende Unsicherheit ablegen können, die sie an dem Tag befallen hatte, als ihr Vater sie bei Alison abgegeben hatte. Er hatte sie kurz umarmt und ermahnt, ein braves Mädchen zu sein. Und dann war er gegangen, ohne sich noch einmal umzudrehen. Sarah stellte sich mittlerweile vor, dass er damit lediglich versucht hatte, seinen Abschiedsschmerz vor ihr zu verbergen, um es ihr nicht noch schwerer zu machen. Das milderte den Stachel der Zurückweisung ein wenig. Vielleicht wurde sie aber auch einfach nur erwachsen und hatte gelernt, dass die Menschen manchmal Entscheidungen treffen mussten, die nicht ihren eigentlichen Wünschen entsprachen.

„Einen Bubikopf für Lady Clifford also", murmelte Camille halblaut vor sich hin, als müsse sie sich davon überzeugen, richtig gehört zu haben, und riss Sarah aus ihren schmerzlich-süßen Erinnerungen.

„Wir reisen nach Ägypten und Lady Alison findet den Haarschnitt praktisch", erklärte Sarah.

„Ägypten? Wie aufregend!", rief Camille, band sich die Schürze um, griff zur Schere und erging sich in fantasievollen Vorstellungen über das Land.

„Ich habe bis jetzt noch nie gesehen, wie man jemandem die Haare vom Kopf redet, aber versuchen Sie es ruhig weiter", fiel Alison ihr irgendwann ins Wort.

Als Sarah Camilles entrüstetes Gesicht sah, zwinkerte sie ihr verschwörerisch zu und lächelte über die sich ihr bietende Szene.

Camilles Gesichtszüge entspannten sich merklich. Sie begann munter draufloszuschneiden, jedoch ohne dabei ihren Redefluss zu unterbrechen. Nach und nach entlockte sie Alison immer mehr Informationen über ihr Vorhaben, wovon auch Sarah profitierte. So bekam sie zumindest einen Eindruck davon, was in den nächsten Wochen auf sie zukommen würde. Allerdings wurde sie den Verdacht nicht los, dass Alison bei manch einer Beschreibung maßlos übertrieb, vermutlich mit dem Hintergedanken, dass Camille Alisons skandalöse Pläne an die Klatschbasen in Alisons Kreisen weitergeben würde, die sich dann maßlos darüber aufregen konnten. Einmal mehr fragte sich Sarah halb amüsiert, halb besorgt, weshalb Alison so gern provozierte.

***

Zwei Stunden später saßen Sarah und Alison in einem Kaffeehaus und ließen sich köstliches Gebäck schmecken. In einem fort tastete Sarah nach ihren Stirnfransen und dem kinnlangen, schwingenden blonden Haar. Dabei betrachtete sie sich und ihre Begleiterin in dem goldumrahmten Spiegel, der fast die gesamte Wand der Nische einnahm. Überrascht und erfreut zugleich stellte Sarah fest, wie überaus apart und modern sie beide aussahen.

„Ich sehe, du bist zufrieden, obwohl deine Entscheidung für den Haarschnitt nicht ganz freiwillig gefallen ist."

„Mein Kopf fühlt sich erstaunlich leicht an", erwiderte Sarah.

„Camille wird doch nicht mit den Haaren auch Hirnmasse entfernt haben?", spottete Alison gutmütig.

Sarah lachte leise. „Jetzt passen meine Haare auf jeden Fall besser unter diese absolut wunderschönen neuen Hüte."

„Da haben wir ja noch einen zweiten Vorteil gefunden!", scherzte Alison.

„Vielen Dank für die neue Garderobe."

„Du hast sie dir verdient. Ich weiß, ich bin eine schreckliche Tyrannin. Es ist mir sowieso ein Rätsel, wie du es mit mir aushältst." Sarah öffnete den Mund, aber Alison gebot ihr mit einer typischen Handbewegung zu schweigen. „Kein weiteres Wort darüber, wie sehr du mir zu Dank verpflichtet bist, weil ich dich aufgenommen habe. Du bist die Tochter meiner besten Freundin! Victoria hat mir so viel bedeutet, vor allem nach Theodores –"

Abrupt brach Alison ab, fing sich aber schnell wieder und begann von ihrer einstigen Freundin zu schwärmen. Schon bald hing Sarah ihren eigenen Gedanken nach. Ihre Mutter hatte erst im Alter von 30 Jahren einen Deutschen namens Martin Hofmann geheiratet und war mit ihm ins Deutsche Kaiserreich gezogen. Ein ungewöhnlicher Schritt für eine Frau, die aus einem wohlhabenden, britischen Elternhaus stammte. Immerhin blieb diese elitäre Gesellschaft damals wie heute gern unter sich. Alison hatte Sarah erzählt, dass sie und ihre Mutter sich leider nur wenige Jahre gekannt hatten und dass von Sarahs Familie hier in England niemand mehr lebte.

Sarah seufzte. Ohne Alison wäre sie völlig allein auf dieser Welt. Da ihr Vater sich nie wieder gemeldet hatte, gingen sie und Alison davon aus, dass er den Krieg nicht überlebt hatte. Sarah versuchte erneut, sich das Gesicht und die Stimme ihres Vaters in Erinnerung zu rufen, doch es wollte ihr nicht mehr gelingen. Die Zeit ihrer Trennung hatte sich endgültig wie ein dichter Nebel zwischen sie und ihr Erinnerungsvermögen gelegt; er verwischte alle Konturen und Farben.

„Ich bin es gewohnt, dass du nicht viel sagst, Sarah. Deine momentane Schweigsamkeit deutet allerdings darauf hin, dass du mir nicht einmal zuhörst. Ich verspüre keine Lust auf ein Gespräch, bei dem ich das Gefühl habe, ich könnte mich ebenso gut mit einer Kaffeetasse unterhalten!"

Sarah setzte sich nach dieser Rüge aufrecht hin, trank ihren inzwischen kalten Kaffee und neigte leicht den Kopf, um Interesse zu demonstrieren.

„Gehen wir! Wir müssen packen. In zwei Stunden kommt mein Anwalt mit seinem Sekretär vorbei, um letzte geschäftliche Anweisungen für die Zeit meiner Abwesenheit mit mir zu besprechen. Morgen brechen wir auf und in zwei Tagen legt unser Schiff ab!"

Folgsam erhob sich Sarah, spürte jedoch, wie die Aussicht auf diese Reise ihre Knie zum Zittern brachte. Grundsätzlich fand Sarah durchaus Gefallen am Reisen. Die fremden Länder und Kulturen faszinierten sie und hatten sie zu etlichen Gemälden animiert. Doch bei der unternehmungslustigen Alison gerieten sämtliche Exkursionen meist äußerst abenteuerlich. Zudem erinnerte jede Schiffsfahrt Sarah an ihre allererste, sehr schmerzliche Seereise von Deutschland nach England, und mit der Erinnerung kam diese unbestimmte Angst, die sie nie recht fassen, aber auch einfach nicht loswerden konnte.

***

Dayton Ferries, Alisons Anwalt, war ein Herr um die 60 mit schlohweißem, stets wirr vom Kopf abstehenden, aber noch dichtem Haar, einem am Kinn spitz zulaufenden weißen Bart und einem struppigen, weit über die Lippenpartie hinausreichenden Schnurrbart. Eine runde Drahtbrille saß tief auf seiner langen, schmalen Nase, und er hatte einen Tick in Form eines nervösen Augenzwinkerns, das ihn jedoch fröhlich und sympathisch wirken ließ.

Sarah beobachtete, wie Ferries sich galant vor Alison verneigte, ihre Hand nahm und sie an seine Lippen führte. Alison verdrehte gekonnt die Augen, und Sarah versuchte, ihr belustigtes Schmunzeln zu verstecken. Bereits bei ihrem ersten Zusammentreffen mit Ferries vor acht Jahren war ihr aufgefallen, wie sehr der Anwalt Alison verehrte. Mit seinen gemächlichen Bewegungen, der langsamen Aussprache und seiner gemütlichen Art war er genau das Gegenteil der lebhaften, immer in Bewegung befindlichen Alison. Sarah konnte sich nur schwer vorstellen, wie ein Zusammenleben der beiden aussehen würde.

„Sie sehen wie immer bezaubernd aus, Lady Alison", beteuerte er.

„Sie benötigen wohl eine neue Brille!", konterte Alison trocken.

Ferries wandte sich mit einem Augenzwinkern an Sarah, und sie wusste nicht recht, ob dies sein nervöses Zwinkern gewesen war oder ob er ihr seine Belustigung offenbarte. „Miss Sarah, Sie sind wie der junge Frühling und blühen von Tag zu Tag mehr auf."

„Richtig, sie blüht auf und ich verwelke allmählich", spottete Alison gutmütig und reichte dem Assistenten des Familienanwalts die Hand. Der schlanke, nicht sehr groß gewachsene junge Mann namens Bob Shane verbeugte sich knapp und murmelte einen Gruß.

Alison öffnete den Mund, schloss ihn aber schnell wieder. An Shane war in den vier Jahren, seit er die Stelle bei Ferries übernommen hatte, jeder Spott, jedes aufmunternde Wort und jede Herausforderung vonseiten Alisons einfach abgeprallt. Er war eine ernste und gewissenhafte Person und folgte Ferries wie ein treuer Schatten. Auch jetzt wartete er bescheiden im Hintergrund, bis sein Arbeitgeber sich wieder Alison zuwandte, ehe er Sarah mit zurückhaltender Höflichkeit begrüßte.

„Darf ich Ihnen und Mr Ferries einen Tee anbieten?", erkundigte sich Sarah bei Shane, doch wie zumeist beantwortete dessen Dienstherr die Frage. „Gern, Miss Sarah. Der Herbst zeigt sich in diesem Jahr von seiner nebligen und feuchten Seite. Eine Tasse heißer Tee wäre genau das Richtige. Und Sie setzen sich bitte noch etwas zum Plaudern zu uns."

„Wir sind zum Arbeiten zusammengekommen", wehrte Alison ab.

„Gnädigste, die Arbeit läuft uns nicht davon. Sie haben es immer so eilig. Irgendwann sind Sie mal noch schneller als die Zeit."

„Es gibt viel für Sie zu erledigen, schließlich reisen Sarah und ich morgen gen Ägypten ab."

„Ägypten, Lady Clifford?" Ferries zog die Stirn kraus. Sie reagierte darauf nur mit einem Schulterzucken und öffnete die Tür zu ihrem kleinen Arbeitsraum. Während Shane eintrat und seine Mappe auf dem dunklen Eichentisch ablegte, drehte Ferries sich zu Sarah um.

„Sie beide reisen nach Ägypten?", holte er sich bei ihr die Bestätigung für Alisons Ankündigung ein.

„Lord Carnarvon hat dem Archäologen Mr Carter eine letzte Ausgrabungssaison genehmigt. Lady Alison möchte dabei sein."

„Sie wollen mit ansehen, wie Carter endgültig scheitert?"

„Sie wissen doch, dass Lady Alison sich nie am Misserfolg einer Person weiden würde."

„Aber sicher, meine Liebe. Lady Alison ist eine amüsante Rebellin, jedoch niemals verletzend. Zumindest nicht, wenn man ihre Art von Humor versteht." Wieder war da dieses Zwinkern.

Sarah lächelte den Anwalt an. Sie fand ihn überaus sympathisch und seine Zuneigung und Bewunderung für Alison war unübersehbar.

Sarah wusste nicht viel von der Liebe zwischen Mann und Frau. Bisher hatte noch kein Mann Interesse an ihr gezeigt – und das beruhte auf Gegenseitigkeit. Sie hatte, nachdem ihr Vater sie nach England gebracht hatte, genug damit zu tun gehabt, sich an die raubeinige Alison und ihren unruhigen Lebensstil zu gewöhnen. Ihr Heimweh, verbunden mit der Sehnsucht nach ihrer Großmutter und ihrem Vater, galt es ebenfalls zu bewältigen. Später war ihr Leben so voll und abwechslungsreich verlaufen, dass sie gar keine Zeit für die Beschäftigung mit den Angehörigen des anderen Geschlechts gefunden hatte.

„Ob ich die Damen nicht besser begleite? Ägypten als Reiseziel hört sich nicht ungefährlich an."

„Würden Sie es denn wagen, Lady Alison diesen Vorschlag zu unterbreiten?", flüsterte Sarah und erntete ein erneutes Zwinkern.

„Das kommt wohl darauf an, wie lebensmüde ich heute bin."

„Und?"

„Wenig. Ich genieße mein Leben und lege zunehmend mehr Verantwortung in die Hände meines Stellvertreters, der eines Tages meine Kanzlei übernehmen wird. Ob ich mein bequemes Leben hier für einen Haufen übereinandergeschichteter Steine und einen heißen Wüstenwind, der mir Sand ins Gesicht bläst, verlassen würde? Nein, unter gar keinen Umständen! Ich kann mir gut vorstellen, wie Lady Alison reagiert, wenn sie mich, den ihr heimlich nachgereisten Verehrer, vor den Pyramiden entdecken würde …"

Sarah kicherte hinter vorgehaltener Hand. In diesem Augenblick schoss Alisons weißer Zwergspitz Giant zwischen ihren Beinen hindurch und sprang schwanzwedelnd an dem Besucher hoch. Dieser bückte sich, kraulte dem Tier den Hals und warf dabei einen unauffälligen Blick auf seine Angebetete, die am Tisch Platz genommen hatte und ungeduldig mit der Bleistiftrückseite auf die Tischplatte tippte.

„Geben Sie bitte auf Lady Alison acht, Miss Sarah."

Sarah schluckte. Sie war sicher nicht die diejenige, die Lady Alison beschützen würde – eher schon umgekehrt. Also zuckte sie nur hilflos mit den Schultern.

„Notfalls geben Sie ihr eine von diesen Spritzen, die sie für einige Stunden ins Land der Träume schicken."

Diesmal lachte Sarah und ließ es zu, dass der Mann sie dankbar auf die Stirn küsste.

„Dann wage ich mich jetzt in die Höhle der Löwin!", sagte Ferries, als er sich der offenen Tür zuwandte.

„Das habe ich gehört, Sie alter Löwenbändiger!"

„Diesen Beruf habe ich leider nie erlernt!"

„*Dafür* bezahle ich Sie auch nicht mit einem abnorm hohen Stundenlohn, den Sie übrigens gerade mit meiner Krankenschwester vertrödeln."

„Nicht eine Sekunde, die ich mit Miss Sarah im Gespräch verbringe, ist vertrödelte Zeit."

„Sie geht auf meine Kosten und scheint, soweit ich das mithören konnte, ungesund für mich zu sein!" Ferries drehte sich lächelnd zu Sarah um. „Ich bin so froh, dass *Sie* unseren Tee zubereiten, Miss Sarah. Bitte verwechseln Sie nicht die Tasse, in die Sie den Baldrian schütten, den ich Ihnen vorhin heimlich zugesteckt habe!"

„Mr Ferries, für heute bezahle ich Ihnen nur den halben Stundensatz!"

„Würden Sie endlich auf mein Werben eingehen, bräuchten Sie meine juristischen Dienste gar nicht mehr zu bezahlen!"

Mit einem letzten Zwinkern in Sarahs Richtung schloss Ferries die Tür hinter sich. Giant war dem Anwalt gefolgt, wie immer, wenn Ferries zu Besuch im Hause war. Zumindest der kleine Spitz wusste den Charme des Mannes zu schätzen!

Kapitel 3

Die Biskaya zeigte sich von ihrer widerspenstigen Seite, als Sarah und Alison sie an Bord eines Dampfschiffs durchquerten. Der Wind pfiff kalt über die Decks, die aufgepeitschten Wogen warfen sich angriffslustig gegen den Stahlrumpf und der Dampfer stampfte unaufhaltsam durch sie hindurch. Selbst die Möwen hatten es vorgezogen, sich zurückzuziehen, und Sarah wünschte sich nichts sehnsüchtiger, als dies ebenfalls zu tun. Ihr war elend zumute, obwohl sie sich zumindest nicht, wie viele andere Mitreisende, fortlaufend erbrechen musste.

Zitternd und blass hielt sie sich die meiste Zeit in ihrer Kabine auf und versuchte zu lesen, während Alison sich bester Gesundheit erfreute, und nur ihr Rheuma machte sich gelegentlich in ihren Finger- und Zehengelenken bemerkbar.

Endlich erreichten sie die Straße von Gibraltar. Sogar Sarah stand an Deck und freute sich über die deutlich ruhigere See und die zaghaft durch die Wolken dringenden Sonnenstrahlen. Stolz und kühn erhob sich die felsige Kalksteinküste Gibraltars an der Meerenge zwischen Spanien und Afrika.

Das Mittelmeer gewährte ihnen freundliches Wetter bei angenehmen Temperaturen. Sarah erholte sich rasch und genoss den frischen Wind auf den offenen Decks, das Kreischen der Möwen und den Ausblick auf die Küsten Italiens und Griechenlands, wenn sie einen Hafen ansteuerten. Auch die exquisiten Mahlzeiten im Speiseraum und die Gespräche mit den anderen Reisenden sagten ihr zu.

Endlich, nach beinahe zwei Wochen auf See, steuerten sie den Hafen von Alexandria mit seinen von der Sonne hell beschienenen zinnenbesetzten Befestigungsanlagen an. In dieser lebhaften Hafenstadt bestiegen sie einen Zug nach Kairo. Dort würden sie auf einen Nildampfer umsteigen, weshalb sie sich am frühen Abend am Hafen einfanden, wo sie warten mussten, bis ihr Gepäck verladen war.

In dieser Zeit war Sarah vollauf damit beschäftigt, Alisons Spitz Giant in Schach zu halten. Der Hund wand sich in ihren Armen und wollte auf den Boden, doch Sarah hielt ihn eisern fest. Vermutlich würde sie das verwöhnte Schoßhündchen in dem mit Kisten, Koffern, Säcken und Fässern vollgestellten Bereich nicht mehr wiederfinden, falls er ihr davonsprang. Ein Halsband mit einer Leine hatte das Tier nicht. Er solle nicht – wie manche Menschen – in Ketten gelegt werden, erklärte Alison ihre Weigerung, den Hund anzubinden.

Interessiert betrachtete Sarah die hoch über die Dächer ragenden schlanken Minarette, die sie, von der tief stehenden Sonne angestrahlt, mit ihrer weißen Farbe blendeten. Der brackige Geruch des Wassers mischte sich mit dem Duft fremdartiger Gewürze, mit Zigarettenrauch und dem Gestank des im Fluss treibenden Unrats. Gerade als Sarah sich mit einer Frage an Alison wenden wollte, näherten sich ihnen eine Reihe Hafenarbeiter in langen, fließenden Galabijas und schleppten ihr umfangreiches Gepäck vorbei. Sarah wich zurück, um den Männern Platz zu machen. Dabei wurde sie von Alison getrennt und fand sich plötzlich von einer Gruppe Mädchen in bunten Röcken umringt. Mit lauten, unverständlichen Worten boten sie Lederarbeiten und Ketten feil. Kleine Kinder, die wie aus dem Nichts aufgetaucht waren, bedrängten Sarah und streckten bittend die Hände nach ihr aus.

Sarah wich zurück, da sie die Nähe der Kinder als bedrohlich empfand. Sie verstand nicht, was sie ihr zuriefen. Ihre Augen blitzten, und Sarah wusste nicht, ob sie darin Freude, Not oder Verschlagenheit sah. Sie stieß einen aufgebrachten Ruf aus, doch es gelang ihr nicht, sich der Kinder zu erwehren.

Alison, die das Verladen ihres Gepäcks mit Argusaugen verfolgte, hörte sie über der Geräuschkulisse auf dem Kai nicht. Zwei ältere Jungen mischten sich unter die kleinen Bettler und drängten die junge Frau immer weiter von Alison und der Kaimauer fort. Heiße Tränen der Hilflosigkeit und der Furcht verschleierten ihren Blick. Was hatten die Jungen mit ihr vor? War sie in Gefahr?

Bretterverschläge und Hauswände wuchsen bedrohlich vor ihr in die Höhe und tauchten die Gasse, in die die Halbwüchsigen sie zerrten, in ein schummeriges Licht. Sarahs Herzschlag und ihr Atem beschleunigten sich. Als eine tiefe Männerstimme hinter ihr einen Befehl ausstieß, zuckte Sarah erschrocken zusammen. Sie verstand kein Wort, aber die Kinder schienen für den Moment eingeschüchtert. Endlich gelang es ihr, sich loszureißen, und sie wirbelte herum. Ein Mann stand dicht vor ihr. Auffällig helle Augen musterten sie ungeniert. In diesem Augenblick wand sich Giant aus ihrem Griff, sprang zu Boden und verschwand zwischen nackten Füßen und wallenden Gewändern.

Der schlanke, salopp gekleidete Herr ergriff Sarah an den Ellenbogen und betrachtete sie aus diesen ungewöhnlich blauen Augen mit einem Blick, den sie nur schwer deuten konnte. Lag darin Vorwurf oder Besorgnis? Erneut rief er einen Befehl über sie hinweg und die Kinder wichen zurück. Die älteren Jungen bedachten ihn mit einigen Widerworten, die vermutlich wenig schmeichelhaft waren, trollten sich aber ebenfalls.

„Kommen Sie, Miss. Ich bringe Sie zu Ihrem Begleiter", sprach der junge Mann in perfektem, wenn auch etwas hart klingendem Englisch und zog dabei die Schildmütze von dem kurz geschnittenen, braunen Haar.

„Meine Reisebegleitung ist Lady Alison Clifford. Vielmehr bin ich *ihre* Begleitung", stellte Sarah schnell richtig und schaute sich suchend nach dem Hund um.

„Sie und die Lady reisen ohne männlichen Schutz?"

Sarah sah zu ihm auf und zuckte mit den schmalen Schultern. Wie sollte sie dem Fremden erklären, dass Alison ihren eigenen Kopf besaß und durchaus in der Lage war, sich im Leben allein zu behaupten?

„Das mag im beschaulichen England gehen, doch hier …" Sein Blick zeigte eine Mischung aus Verwunderung und Unverständnis.

„Ich danke Ihnen für Ihr Eingreifen. Aber jetzt muss ich zuerst Giant suchen", sagte Sarah in dem Bestreben, von dem Mann fortzukommen.

Sein Auflachen ließ sie innehalten, dabei verschwand die bedrohlich wirkende Ernsthaftigkeit aus seinem Gesicht. „Giant? Dieses kleine Wollknäuel trägt den Namen *Giant*?"

Sarah nickte beipflichtend.

„Na, dann verstehe ich Ihren und Lady Cliffords Mut, ohne männliche Begleitung ein afrikanisches Land zu bereisen. Sie befinden sich ja in Gesellschaft eines starken Beschützers!"

„Ja, er war sehr hilfreich", murmelte Sarah und entlockte dem Fremden damit erneut ein Schmunzeln. Zuvorkommend begleitete der Mann sie zurück zum Kai, wo Alison noch immer das Verladen ihres Gepäcks überwachte. Sarah beobachtete, wie er Alison musterte. Allein ihr Äußeres und ihre aufrechte Haltung verrieten ihre hochgestellte Herkunft. Dennoch sprach Sarahs Retter Alison salopp an: „Sie hatten da etwas verloren, Lady."

Alison drehte sich abrupt um und starrte den Mann vorwurfsvoll an, der sie nur um ein paar Zentimeter überragte. „So?"

„Die junge Dame sah ein wenig … verloren aus", konterte er gelassen und ließ endlich Sarahs Ellenbogen los.

„Eine Horde Kinder hat mich abgedrängt, Lady Alison", sagte sie und deutete auf die Schar, die mittlerweile andere Mitglieder ihrer Reisegruppe bedrängte. „Und leider ist mir Giant entwischt."

Alisons Augenbrauen zuckten missbilligend in die Höhe.

„Ich suche ihn", bot der Fremde an und setzte sein Vorhaben sofort in die Tat um.

Sowohl Alison als auch Sarah schauten ihm nach, als er sich zwischen den Gepäckstapeln, Arbeitern, Lastenkränen und Eselskarren hindurchschlängelte, die das Hafengelände zu einem beengten und unübersichtlichen Ort machten.

„Was ist denn geschehen?", wollte Alison nun von Sarah wissen und ergriff fürsorglich ihre Hand.

„Die Kinder umringten mich und versuchten, mich in eine Nebengasse zu drängen."

„Du musst unbedingt in meiner Nähe bleiben, Sarah. Ich möchte nicht, dass dir etwas zustößt! Außerdem warnten meine Freunde mich davor, allein nach Ägypten zu reisen. Auch deshalb müssen wir gut aufeinander achtgeben. Die Blöße, am Ende doch noch männliche Unterstützung zu brauchen, möchten wir uns doch nicht geben, nicht wahr?!"

Sarah nickte, wusste sie doch um Alisons eiserne Entschlossenheit, niemals auf die Hilfe eines Mannes angewiesen zu sein. Sie kannte Alison gut genug, um die unterschwellig mitschwingende Erleichterung darüber herauszuhören, dass ihrem jungen Schützling nichts zugestoßen war.

„Du musst solchen Kindern gegenüber energischer auftreten", riet ihr Alison, während sie ihren Blick auf die Schauerleute richtete. „Obwohl sie die englische Sprache nicht beherrschen, verstehen sie sicher, wenn man sie lautstark fortschickt. Dein sanftes, freundliches Wesen ist in manchen Situationen nicht von Vorteil!"

„Vielleicht wäre es sinnvoll, ein paar Worte Arabisch zu lernen?"

„Das ist eine vortreffliche Idee. Sobald wir in Luxor sind, stelle ich einen Lehrer ein! Aber sieh nur, da kommt dieser verwegen aussehende Mann mit Giant."

Der Fremde schlängelte sich so gewandt durch die Menschenmasse, als habe er sich sein Leben lang in diesem Hafenviertel aufgehalten. Nachsichtig lächelte er auf Sarah hinab, während er ihr den Hund entgegenstreckte. „Diese Spitzbuben-Seele hat sich die richtige Rasse herausgesucht!", scherzte der Mann und zog erneut höflich die Mütze.

„Nun werden Sie aber nicht frech", konterte Alison statt eines Dankes und warf dem Mann einen warnenden Blick zu.

Dieser grinste unbeeindruckt zurück. „Es war mir eine Ehre, Ihre beiden Begleiter zu retten! Vielleicht sollten Sie künftig besser auf sie achtgeben", sagte er, verbeugte sich knapp und entfernte sich zügig.

„Wie ungehobelt!", entfuhr es Sarah, obwohl ihr noch immer das Herz heftig klopfte. Als sie das Lächeln auf Alisons Gesicht bemerkte, wurde ihr bewusst, dass dieser junge Mann genau die Art Mensch war, für die die freigeistige Adelige sich begeisterte.

Das tiefe Dröhnen des Schiffshorns mahnte zum Aufbruch. Sarah folgte Alison über die flache Gangway an Bord des Flussdampfers, wo ihnen ein unterwürfiger Steward eine beengte Kabine zuwies und dann geduldig auf sein Bakschisch wartete.

„Porchy hat mich davor gewarnt, nicht abgekochtes Wasser zu trinken, außer dem, das in den von ihm empfohlenen Hotels angeboten wird. Das Gleiche gilt für Obst, vor allem, wenn es keine Schale hat", erklärte Alison und deutete auf eine bereitgestellte Wasserkaraffe. „Halten wir uns also lieber an Alkoholisches." Lachend zwinkerte sie Sarah zu.

Diese schüttelte innerlich den Kopf. Dieser Satz hätte in der Gesellschaft von Alisons adeligem Bekanntenkreis wieder für einigen Aufruhr gesorgt.

„Du darfst natürlich Pfefferminztee bestellen", fügte Alison hinzu, während sie die Hutnadeln aus ihrem Kopfputz zog und den feschen, wenn auch ergrauten Bubikopf mit beiden Händen aufschüttelte. „Komm. Wir packen später nur das Nötigste aus. Jetzt gehen wir an

Deck und lassen uns vom Nil verzaubern, ehe wir in die trockenen, unfruchtbaren Gefilde gelangen."

„Ich habe gelesen, dass die regelmäßigen Überflutungen entlang des Nils von Juli bis Oktober für gute Ernten sorgen."

„Ich sehe, du hast deine Hausaufgaben gemacht", lobte Alison.

Sie traten durch einen schmalen Korridor an Deck und lehnten sich an die nicht mehr ganz weiße Reling. Papyruspflanzen, die sich im Wind wiegten, majestätische Dattelpalmen und farbenprächtige Blumen breiteten sich am Ufersaum aus und malten in ihrer Urwüchsigkeit ein Bild längst vergangener Tage. Das Boot stampfte energisch gegen die Strömung an und das Wasser blitzte mal blau, mal grün, mal unansehnlich braun in der Sonne. In der Luft lag neben den Abgasen des Dieselmotors ein herber, modriger Geruch.

Winzige Fischerboote schaukelten in den von weißen Lotusblüten gesäumten Nebenarmen, vereinzelt drängten sich in Ufernähe einfache Unterstände und Hütten in das Grün. Kinder winkten ihnen vom Ufer aus zu und jetzt, auf die Entfernung, wagte Sarah es, ihnen zurückzuwinken.

„Das ist alles so anders, als ich es aus Deutschland oder England kenne", flüsterte sie ehrfürchtig.

Alison lachte und stieß leicht mit der Schulter gegen Sarahs. „Wann habe ich das bloß schon einmal aus deinem Mund gehört? Ach, ich erinnere mich. Bei allen unseren Reisen!"

Sarah lächelte und warf Alison heimlich einen prüfenden Blick zu. Wenn sie unterwegs waren, wirkte die Frau gelöster, fröhlicher und zugänglicher als in ihrer Heimat. Ob es daran lag, dass sie sich in England immer beobachtet fühlte, obwohl sie sich jede nur erdenkliche Freiheit leistete, die andere Damen ihres Standes sich versagten? Oder erinnerte sie in der Heimat alles zu sehr an ihren früh verstorbenen Ehemann, den kein anderer Mann je hatte ersetzen können? Alison sprach wenig über ihren Ehemann oder ihre Gefühle, und Sarah wagte nicht, sie darüber auszufragen.

Sie seufzte verhalten, als ihre Augen ihr heutiges Ziel, die drei Pyramiden, erblickten, die sich Ehrfurcht gebietend in den abendlichen Himmel erhoben.

In wenigen Tagen würde Sarah ihren 21. Geburtstag begehen. Zwar fürchtete sie sich längst nicht mehr vor Alison, die ihr zuerst so bedrohlich erschienen war, dennoch fragte sie sich, ob sie wohl den Rest ihres Lebens bei ihr verbringen würde. Ein Lächeln umspielte ihre Lippen. Es gab gewiss Schlimmeres! Immerhin war sie bestens versorgt und bereiste die halbe Welt. Entbehrungen kannte sie nicht. Zudem war es in Alisons Nähe niemals langweilig. Dafür sorgte neben ihren gemeinsamen Reisen auch Alisons unvergleichliche Art, die Dinge zu sehen und das Leben anzupacken.

Das Wichtigste aber, was ihre Gönnerin ihr mit auf den Weg gegeben hatte, war ihr unerschütterlicher Glaube an Gott. Wie bei allem, was sie anpackte, leistete Alison sich ihre eigene Art, ihren Glauben zu leben und auszudrücken. Ihre offenherzige und extravagante Art, mit der sie über Gott sprach, ging nicht immer mit den allgemeinen Auffassungen darüber konform, wie sich eine christliche Dame zu verhalten hatte. Einmal war Sarah dabei gewesen, als Alison zum Entsetzen aller Gottesdienstbesucher den Pfarrer mitten in der Predigt unterbrochen und eine Diskussion mit ihm begonnen hatte, weil ihr die Ansicht, die er vertrat, zu schwammig erschienen war.

Obwohl Sarah, anders als Alison, Glaubensdiskussionen scheute, hatte sie viel Halt und Trost im Glauben gefunden. In all den Unsicherheiten und Fragen zu ihrer Vergangenheit und ihrer Zukunft hatten sie die Zusagen der Bibel getröstet. Es kam nicht darauf an, woher sie kam oder wie andere sie sahen, wichtig war nur, wie Gott sie sah: als sein geliebtes Kind. Er kannte mehr als ihre nach außen gezeigte Zurückhaltung. Er sah tief in ihr Herz, wusste um Sarahs Liebe zu den Menschen, die an ihrer Seite waren, und um ihre Bereitschaft, für sie da zu sein. Und Gott kannte auch ihre Angst davor, von ihren Mitmenschen verletzt zu werden, und Sarah klammerte sich an die Hoffnung, dass er diese Wunde eines Tages heilen würde.

Der glutrote Sonnenball senkte sich rasant auf die Wipfel der Palmen nieder und verschwand so schnell hinter ihnen, als sei er auf der Flucht. Für einige Sekunden verwandelte sich der Nil in ein rotes Samtband, dann warf die Nacht ganz plötzlich ein schwarzes Tuch über die Landschaft. Abertausende von Zikaden zirpten, Nachtvögel schrien und Sarah glaubte, dazwischen auch das Kreischen von Affen zu hören.

„Faszinierend!", flüsterte Alison.

„Ich bin froh, dass der Kapitän rechtzeitig am Ufer angelegt hat", meinte Sarah und verleitete Alison damit zum leisen Spott: „Wen wundert es. Dabei habe ich die Hoffnung noch nicht aufgegeben, eine mutige Abenteurerin aus dir zu machen."

Die junge Frau wollte protestieren, doch Alison legte einen Finger auf Sarahs Mund. „Es gibt schlimmere Fehler, ich weiß. Dennoch wünschte ich, du könntest eines Tages in meine Fußstapfen treten."

„Ihre Schritte, Lady Alison, sind für mich zu groß!"

„Zumindest bist du nicht auf den Mund gefallen", brummte Alison und hakte sich erneut bei ihr unter. „Vielleicht sollte ich dich nicht so sehr verwöhnen und dich stattdessen mehr herausfordern."

„Haben Sie das nicht in den ersten zwei, drei Jahren genug getan, die ich bei Ihnen verbrachte?"

„Oh ja! Ich erinnere mich gut an das verängstigte, schweigsame, dürre, unansehnliche Mädchen, das angeblich die Tochter meiner wunderschönen, blitzgescheiten und anmutigen Freundin sein sollte. Du bekamst nicht mehr heraus als ‚Bitte', ‚Danke' und ‚Es tut mir leid'. Wochenlang. Bis ich dich eines Tages so stark gängelte, dass du wütend wurdest und lauthals in deinem Zimmer über die grässliche, ungerechte und alte Frau geschimpft hast."

„Meine Güte!" Sarahs Knie drohten ihren Dienst zu verweigern. Entsetzt schlug sie die freie Hand vor den Mund. „Sie waren damals Zeuge meines Ausbruchs?"

„Ich hatte ihn herausgefordert und wollte ihn auf keinen Fall verpassen! Ich hatte mit weitaus Schlimmerem gerechnet. Doch selbst in deiner Wut warst du noch zurückhaltend. Aber immerhin! Ab diesem Tag hast du begonnen, vorsichtig deine Meinung zu äußern und mir gelegentlich sogar zu widersprechen." Alison neigte den Kopf zur Seite und fuhr nachdenklich fort: „Vielleicht habe ich mich mit zu wenig zufriedengegeben. Womöglich hätte ich dich nicht so mit Samthandschuhen anfassen sollen, dann wäre das vorhin im Hafen nicht geschehen. Und dieser junge Geck hätte dich nicht so zum Erröten gebracht."

„Aber Sie haben doch bis heute nicht damit aufgehört, mich herauszufordern!", widersprach Sarah aufgebracht. „Zuletzt mit dieser Frisur."

„Ha!", machte Alison. „Du hast dir diesen absolut praktischen und schmucken Bob aus freiem Willen schneiden lassen."

„Ich habe nur zugestimmt, weil ich verhindern wollte, dass Sie als Einzige mit einem Bob herumlaufen", protestierte Sarah und fügte schnell hinzu: „Allerdings würde ich es gleich wieder tun. Der Haarschnitt ist so patent!"

„Gut, ich sehe ein, dass du trotz all meiner Bemühungen nie so sein wirst wie ich. Und das birgt bestimmt auch seine Vorteile."

„Bestimmt!", konterte Sarah schmunzelnd, und Alison gab einen belustigten Grunzlaut von sich, ehe sie in das Schiffsinnere traten.

Kapitel 4

Pechschwarze Nacht breitete sich von einer Minute auf die andere über Alexandria aus. Der Ruf des Muezzin war verhallt, die Gläubigen erhoben sich von den Knien und das Getümmel in den Straßen und Gassen folgte wieder seinem seit Jahrhunderten gleichen Rhythmus. Der Duft von herzhaftem Essen, verfeinert mit exotischen Gewürzen, stieg dem einsamen, schwarzen Schatten am Fensterrahmen in die Nase.

Die Person am Fenster war müde, hatte doch die Überfahrt von Dover nach Calais, die Zugfahrt über Paris bis Marseille und die Fahrt mit dem Dampfschiff nach Alexandria wenig Gelegenheit für einen erholsamen Schlaf geboten.

Ohne die Lichter der Stadt und ihre Spiegelungen auf dem Wasser aus den Augen zu lassen strich die Schattengestalt mit beiden Händen über den leichten Vorhang, fast so, als liebkose sie den Stoff. Geduld war noch nie ihre Stärke gewesen, doch seit der Plan herangereift war, galt es, nichts zu überstürzen. Die Reise riss zwar ein gewaltiges Loch ins Budget, bot aber hervorragende Möglichkeiten, dem Ziel mit großen Schritten näher zu kommen.

Am nächsten Tag sollte frühmorgens der nächste Zug fahren. Dieser würde im Gegensatz zu dem Nildampfer, den Lady Clifford und Miss Hofmann genommen hatten, keinen längeren Stopp in Gizeh einlegen, sondern nur in Kairo Waren ent- und beladen und dann nach Luxor weiterfahren. So konnte der Verfolger sicher sein, noch vor seiner Beute die Stadt am Nil zu erreichen.

***

Auch nach Sonnenuntergang herrschten noch angenehme Temperaturen. Der dünne Stoff vor den Fenstern sorgte dafür, dass keine Insekten eindrangen und die Passagiere in dem kleinen Speiseraum belästigten.

Ein diensteifriger Steward führte Alison und Sarah zu einem Tisch, an dem sich zwei junge Herren höflich erhoben. Zu Sarahs Leidwesen erkannte sie in dem einen ihren Helfer aus dem Hafen. Der andere, ein dunkelhaariger US-Amerikaner, stellte sich ihnen als Jacob Miller vor und erzählte leutselig, dass er soeben sein Jura-Examen bestanden habe und nun als Ausgleich für die Lernstrapazen für einen wohlhabenden Freund rund um die Welt nach Antiquitäten suche.

Alison nickte dem Mann zu, nannte ihre Namen und wandte sich dann an Sarahs Retter. „Wie schön, dass wir Sie hier wiedersehen. Jetzt sind Sie wohl gezwungen, sich anständig vorzustellen." Damit drückte sie dem verdutzten Mann Giant in den Arm und ließ sich von Jacob den Stuhl zurechtrücken.

„Mein Versäumnis, das gebe ich gern zu", erklärte der Gerügte, setzte sich mit dem Spitz auf dem Arm wieder hin und sagte gehorsam: „Mein Name ist Andreas Sattler. Ich schreibe für deutsche Zeitungen, veröffentliche Reiseberichte und gehe einigen Reiseunternehmen bei der Auswahl ihrer Routen für ihre Gäste zur Hand."

„Das hört sich nach einem Mann an, der nicht weiß, was er will. Und was führt Sie nach Ägypten?", hakte Alison nach.

„Ich weiß sehr wohl, was ich will, Lady Clifford. Nämlich unabhängig sein und die Welt sehen! Ägypten ist ein faszinierendes Land, voll von jahrtausendealter Geschichte und immer neuen Entdeckungen. Das ist es, was mich hierher brachte."

Sarah beobachtete den Schlagabtausch zwischen Alison und dem Deutschen aufmerksam. Offenbar hatten sich hier verwandte Seelen gefunden; zwei Menschen, die ihre Ungebundenheit liebten und genossen.

„Sie haben im Krieg gekämpft?"

Andreas nickte, beließ es allerdings dabei. Entweder war er nicht gewillt, über seine Erfahrungen zu sprechen, oder er wollte in Gegenwart des Amerikaners und der beiden Britinnen brisante Gesprächsinhalte meiden. Womöglich war er aber auch einfach eines leidigen Themas müde.

Der Steward brachte eine Kanne duftenden Pfefferminztee und eine Karaffe mit Dattelsaft. Gleich darauf trug er eine Abendspeise aus gebratenem Rindfleisch, Fladenbrot und Auberginensalat auf.

„Darf ich fragen, was die Damen in dieses heiße Land führt?", erkundigte sich Jacob, nachdem er mit anerkennendem Nicken das erste Stück Fleisch gekostet hatte.

„Die reine Neugier", erwiderte Alison. „Lord Carnarvon lässt Mr Carter eine letzte Saison im Tal der Könige graben. Meine Begleiterin und ich wollen uns die Grabungsstätten ansehen."

„Sie kennen den Lord persönlich?", hakte Jacob nach, wobei seine gefüllte Gabel in halber Höhe zum Mund verharrte.

„Wir sind befreundet, ja", sagte Alison und lächelte Sarah zu, die jedoch nicht einschätzen konnte, was genau an diesem Gespräch Alison gefiel.

„Dann hoffe ich, dass Sie mich bei einem Ihrer Ausflüge ins Tal der Könige als Begleiter und Führer akzeptieren", erwiderte Jacob prompt.

„Sie meinen, ob *wir Sie* mitnehmen? Abgemacht! Auch Sie, Mr Sattler, dürfen sich uns gern anschließen."

„Ich danke für die Ehre!" Den belustigten Unterton in Andreas' Stimme überhörte Alison geflissentlich.

Zurück in ihrer winzigen Kabine verkündete Alison: „Jetzt hast du die Wahl, Sarah. Entweder einen lebenslustigen Abenteurer oder einen seriösen Geschäftsmann!"

„Wie bitte?" Sarah umklammerte den dunklen Gürtel ihres ärmellosen Abendkleids, den sie gerade abgenommen hatte, und wandte sich erschrocken zu Alison um.

„Kind, du wirst dieser Tage deinen einundzwanzigsten Geburtstag feiern. Es wird Zeit, dass du endlich interessante Männer kennenlernst. Die Söhne meiner Bekannten fand ich bislang alle ungeeignet, weshalb ich sie beizeiten vergrault habe."

Sarah runzelte die Stirn. „Was soll das werden, Lady Alison? Betätigen Sie sich jetzt als Heiratsvermittlerin?"

Die ältere Frau kicherte in sich hinein und murmelte etwas von einer „gewaltigen Anzahl Kamele". Sarah verstand ihre Worte nicht richtig, worüber sie nicht unglücklich war. Bei der Vorstellung, dass Alison es sich offenbar auf die Fahnen geschrieben hatte, ihr einen Ehemann aufzudrängen, überkam sie ein flaues Gefühl.

Beunruhigt legte sich Sarah wenig später in ihre enge Koje. Schließlich rang sie sich dazu durch, laut zu sagen: „Ich möchte nicht, dass Sie einen Ehemann für mich suchen, Lady Alison."

„Grundgütiger, Sarah! Das würde mir nie einfallen!"

„Warum sprachen Sie das Thema dann an?"

„Um dich aus deinem Dornröschenschlaf zu wecken. Aussuchen musst du dir den Mann schon selbst!"

Das darauf folgende Kichern ließ Sarah erahnen, dass das Thema damit keinesfalls ausgestanden war. Sogar das Geräusch, das der Hund beim Gähnen von sich gab, klang in ihren Ohren ein bisschen belustigt.

Kapitel 5

Das Pflaster glänzte nass, und die Wolken hingen so tief, dass sie die Schornsteine der Stadt wie Watte einzuhüllen schienen. Irgendwo gurrten ein paar Tauben und raues Männerlachen durchbrach die Stille des frühen Abends.

Andreas drückte sich an der Hausfassade entlang und spähte vorsichtig um die Ecke. Er wusste, dass er verfolgt wurde, doch auch er war auf die Fährte eines Mannes angesetzt. Schritte näherten sich ihm von hinten. Hohl hallten sie zwischen den Hauswänden wider. Ein Schweißtropfen lief ihm über den Rücken. Weit entfernt hörte er detonierende Granaten, dazwischen leiser, kaum wahrnehmbar, das Stakkato der Maschinengewehre. An dem orangefarbenen Glimmen über den niedrigen Hausdächern glaubte er den Verlauf der Frontlinie zu erkennen.

Abermals richtete er seine gesamte Konzentration auf den Mann, dem er seit gut einer Stunde folgte. Aber er schien wie vom Erdboden verschluckt zu sein.

Stattdessen kamen die Schritte in seinem Rücken immer näher. Andreas griff nach der Waffe im Holster. Die Luger lag gut in seiner Hand. Langsam, um jeden noch so verräterischen Laut zu vermeiden, schob er sich rücklings zwischen die eng beieinanderstehenden Hausfronten. Der Geruch von Fäkalien hüllte ihn ein.

Irgendetwas stimmte nicht. Nervös zuckten seine Mundwinkel. Die Schritte waren verklungen. Hatte sein Verfolger bemerkt, dass er ihn erwartete? Die Angst schnürte ihm die Kehle zu. Er schluckte mehrmals trocken.

Plötzlich packten ihn zwei Hände von hinten. Ein Schuss löste sich aus einer Waffe. Die Detonation zerriss ihm beinahe die Trommelfelle. Er wurde zu Boden geworfen. Spitze Steine bohrten sich in seinen Rücken und seinen Hinterkopf. Jemand kniete sich derb auf ihn und brach ihm beinahe die Rippen. Wortlos drückte sein Angreifer ihm eine Waffe gegen die Schläfe. Er sah in kalte Augen. Sie waren dunkelbraun und mit seltsamen, hellen Sprenkeln versehen. Dies war sein Ende. Er hatte versagt. Aus dieser Situation gab es keinen Ausweg …

Andreas schreckte laut keuchend hoch. Schweißgebadet sah er sich um. Automatisch tastete er mit einer Hand nach der Schusswaffe, die er nicht mehr besaß. Die Luft war zu warm für die Gasse, in der er sich – zumindest am Ende seines Albtraums – aufgehalten hatte.

Es dauerte geraume Zeit, bis Andreas wieder wusste, wo er sich befand. Das sanfte Schaukeln des Dampfers brachte ihn zurück nach Ägypten. Der Krieg war seit vier Jahren vorbei, doch die Albträume quälten ihn nahezu jede Nacht.

Er wagte einen Blick auf seinen Kabinennachbarn, aber Jacob schlief ruhig. Zumindest hatte er diesmal nicht laut geschrien, stellte Andreas erleichtert fest.

Geraume Zeit starrte er an die niedrige Decke seiner Koje. An Schlaf war nicht mehr zu denken. Der junge Mann verschränkte die Hände unter seinem Hinterkopf und fragte sich, wie oft er noch von diesen Bildern heimgesucht werden würde. Ob er sie jemals vergessen könnte?

Vermutlich nicht. Doch er war keiner der vielen, die die grausamen Erinnerungen zu verdrängen versuchten. Er hatte alle seine Taten, Entscheidungen und Handlungen zu Papier gebracht und sie erst vor dem Altar kniend vorgelesen und später, symbolisch für die Vergebung, die Gott ihm zuteilwerden ließ, hinter der Kirche verbrannt. Dennoch blieben die schrecklichen Träume.

Das Niederschreiben seiner Erlebnisse war ihm – trotz des Grauens, das er erlebt hatte – leicht von der Hand gegangen. Der französische Geistliche, der ihm Beistand leistete, hatte ihm eine schriftstellerische Begabung bescheinigt, und schließlich hatte Andreas sich gleich mehreren Berufszweigen zugewandt, in der diese gefragt war. Er war einer der vielen jungen Männer, die nach dem Schulabschluss kein Studium und keine Lehre begonnen hatten, sondern in den Krieg gezogen waren. In seinen speziellen Krieg – mit seinen besonderen Anforderungen und Folgen! Die Fähigkeiten, die er dabei gebraucht und unweigerlich geschult und verfeinert hatte, kamen ihm heute zugute.

Andreas seufzte. Er wusste, dass er einer gebrandmarkten Generation angehörte, dennoch wollte er die Hoffnung auf eine Zukunft ohne Gewalt, Hass und Tod nicht aufgeben. Jacob drehte sich geräuschvoll auf die andere Seite, dabei murmelte er unverständliche Worte vor sich hin. Auch sein Kamerad schlief nicht friedlich. Andreas' linker Mundwinkel zuckte kurz. Jacob schien immerzu auf der Suche zu sein. Nicht nach den Schätzen, die er für seine reichen Freunde in den Staaten sammelte, sondern nach etwas, das ihm verloren gegangen war. Er sprach nicht darüber – so wie auch Andreas sich in Schweigen hüllte, was seine Vergangenheit anbelangte. Seit 1919, bei ihrem ersten Zusammentreffen in Ägypten, hatten Andreas und Jacob sich immer wieder in Afrika, aber auch in Frankreich und Deutschland getroffen und sich gegenseitig bei ihren Aufträgen geholfen. Sie achteten sich, doch eine innigere Freundschaft war daraus nie entstanden.

Erneut bewegte sich Jacob. Seine Decke rutschte zu Boden und der Mann murmelte einen Namen. Andreas glaubte, „Clarissa" verstanden zu haben, aber sicher war er sich nicht. Grübelnd betrachtete er die Maserungen an der Decke und beschloss, ihn nicht darauf anzusprechen. Diese Sache ging ihn nichts an. Noch vor ein paar Jahren hätte das anders ausgesehen. Da war jede nebensächliche Information für Andreas wichtig, vielleicht sogar überlebenswichtig gewesen. Diese Angewohnheit musste er endlich ablegen. Die Menschen hatten ihre ganz privaten Geschichten, und es war nicht seine Aufgabe, diese alle zu ergründen!

Und was war mit seiner eigenen Geschichte? Ob das Leben für ihn Liebe und Glück bereithielt? Eine Frau, die ihn liebte – trotz seiner Vergangenheit? Ihm war durchaus bewusst, dass seine ständigen Reisen, seine Vergangenheit und die quälenden Albträume keine günstigen Voraussetzungen für ein friedliches Familienleben waren. Ob er nicht besser allein blieb?

Seufzend warf er sich auf die andere Seite. Da der Schlaf ausblieb, erhob er sich schließlich, schlüpfte in die bereitgelegten Kleidungsstücke und schlich aus der Kabine. Auf dem Promenadendeck angekommen lehnte er sich an die Reling und blickte in die Nacht hinaus, wie er es während der Kriegsjahre oft getan hatte: Wartend, abwägend, immer mit dem Gefühl im Nacken, bedroht zu werden, und doch selbst eine Bedrohung darstellend.

***

Wie es von Alison nicht anders zu erwarten gewesen war, saß sie nicht in einem der kleinen Eselskarren, die sie hinaus zu den Pyramiden bringen sollten, sondern ritt auf einem Maulesel. So fand Sarah sich in Begleitung von Jacob in einem der schaukelnden Gefährte wieder; wie gewöhnlich hatte Giant es sich auf ihrem Schoß bequem gemacht.

„Darf ich Ihnen ein paar Details über die drei Pyramiden erzählen?", erkundigte Jacob sich höflich, und Sarah nickte lächelnd, obwohl sie sich ein durchaus fundiertes Wissen angelesen hatte.

„Die große Pyramide wurde für Chufu, auch Cheops genannt, als Grab erbaut. Er lebte etwa zwischen den Jahren 2585 und 2560 vor unserer Zeitrechnung in der vierten Dynastie. Die Grabanlage des Pharaos Chephren, ebenfalls aus der vierten Dynastie, liegt etwas höher auf dem Plateau, weshalb sie größer wirkt. In Wirklichkeit ist sie aber kleiner. Leider beraubte man die Bauten im Mittelalter ihrer weißen Verkleidungen aus Tura-Kalkstein. Sie finden sich in den Moscheen und anderen Gebäuden der Umgebung wieder. Bei Chephren sieht man an der Spitze noch ein paar Überreste davon. Früher waren die Pyramiden durch die glatte, helle Verkleidung noch aus weiter Ferne zu sehen."

Eingerahmt von Felsmauern, zersprungenen Felsplatten und Sand erhoben sich die Pyramiden vor Sarah in den wolkenlosen Himmel. Aus der Nähe erkannte sie, dass die Bauwerke weitaus größer und eindrucksvoller waren, als sie dies anhand von Zeichnungen, Fotografien und Beschreibungen vermutet hätte.

„Die kleinste Pyramide wird Pharao Mykerinos zugesprochen. Sie wurde nie fertiggestellt, vermutlich starb der König zu früh. Mr Vyse, der im vergangenen Jahrhundert die Pyramide als Erster betrat, fand an der Nordseite den Eingang zur Grabkammer, in der sich ein Basaltsarkophag befand. Leider ging der Sarkophag vor der spanischen Küste auf See verloren und erreichte nie Ihr *British Museum.*"

„Wie bedauerlich", erwiderte Sarah betroffen. Der Eselskarren hielt an und sie wartete, bis Jacob ausgestiegen war und ihr fürsorglich mit einer etwas steif wirkenden Verbeugung herunterhalf.

„Noch heute finden Archäologen in diesem Areal bisher unentdeckte Mastabas, die Gräber der Beamten oder anderer hochrangiger Persönlichkeiten im Gefolge der Pharaonen. Das Gebiet ist längst nicht erschöpfend erforscht."

„Im Gegensatz zum Tal der Könige?"

Jacob sah sie einen Augenblick nachdenklich an. „Mr Carter und Lord Carnarvon konnten in den vergangenen Jahren mit einigen äußerst interessanten Funden aufwarten. Ich möchte nicht sagen, dass sich Mr Carter, was das Tal der Könige anbelangt, womöglich in einen aussichtslosen Traum verrannt hat. Allerdings steht er mit seiner Meinung, in dieser Wüstenschlucht noch irgendetwas finden zu können, allein da."

„Was trödelst du denn so, Sarah?", rief Alison ihr von einer erhöhten Plattform vor der Chephrenpyramide zu. Ihre Wangen waren gerötet, was nicht nur von der gleißenden Sonne und der Hitze herrührte, die die hellbraunen Steine abstrahlten.

Zu dieser frühen Stunde hatte ihre kleine Reisegruppe offenbar als Einzige Interesse an den alten Pharaonengräbern, denn außer den Karrenfahrern und einem Führer in der traditionellen Galabija und dem kunstvoll geschlungenen Turban schien sich niemand in der Nähe aufzuhalten.

„Ich komme!", rief Sarah. Sie zog sich ihren Strohhut tiefer in die Stirn, um ihre Augen vor der Sonne zu schützen, und ließ Jacob zurück, der auf Andreas wartete. Sarah richtete ihre Aufmerksamkeit auf den Weg. Es war mühsam, den leicht ansteigenden, durch Geröll und herbeigewehten Sand schwer passierbaren Aufstieg in Angriff zu nehmen, zumal sie den Hund trug. Entsprechend froh war sie, als sie am Fuß der Pyramide angekommen war. Mit einer Hand hielt sie ihren Hut fest, als sie den Kopf weit in den Nacken legte, um zur Spitze hinaufsehen zu können. Endlos schien die Steinwand vor ihr in den blauen Himmel zu wachsen. Gewaltige Quader reihten sich auf- und nebeneinander, und obwohl der Zahn der Zeit deutlich an ihnen genagt hatte, erahnte sie, mit welcher Präzision sie einst zusammengefügt worden waren.

„Was für eine Leistung", flüsterte Sarah und berührte ehrfürchtig einen der monumentalen Kalksteinblöcke. Er fühlte sich hart und rau an, war von der Sonne aber angenehm aufgewärmt.

Als sie sich wieder aufrichtete, blickte sie direkt in das Gesicht von Andreas, der sie aufmerksam musterte. Ob er ihr angesehen hatte, wie es sie bewegte, das Zeugnis einer Hochkultur zu berühren, die bereits seit Abertausenden von Jahren der Vergangenheit angehörte?

Ein warmer, trockener Wind blies über die terrassenförmig angeordneten Quader hinweg, entlockte ihren Spalten ein leises Sirren und trug feinen, hellen Sand mit sich. Schnell wandte Sarah sich ab, damit dieser nicht in ihre Augen drang. Dabei glitt ihr Blick über das abfallende, steinige Gelände, die zerfallenen Monumente, die abgesperrten Bereiche, in denen momentan gegraben wurde, hin zu dem unproportional lang gezogenen Körper des Sphinx. Der Löwe mit dem Menschenkopf, dessen Nemes-Kopftuch auf einen früheren Herrscher, vermutlich Chephren, hindeutete, wandte ihr den Rücken zu. Ob es den Archäologen jemals endgültig gelingen würde zu ergründen, welche Motivation hinter der Errichtung all dieser monumentalen Gebäude, der Skulpturen und Wandzeichnungen der alten Ägypter gestanden hatte?

„Falls Lord Carnarvon und Howard Carter gelingt, was sie anstreben, wäre dies ein großartiger Fortschritt für die Ägyptologie. Man weiß noch immer viel zu wenig über das Leben der Menschen damals, über die Pharaonen und ihre Beisetzungstraditionen", erklärte Andreas, als habe er ihre Gedanken erraten.

„Wurde denn noch nie ein unberührtes Grab eines Pharao gefunden?"

„Die Grabräuberei begann schon kurz nach dem Tod der Herrscher, nicht erst seit der Wiederentdeckung der teilweise gut versteckten Beerdigungsstätten."

Sarah wandte sich dem Deutschen zu. Offenbar verfügte er über ein weit größeres Wissen, was Ägypten und die alten Pharaonen anbelangte, als sie bisher angenommen hatte. „Und ich dachte immer, das Volk hätte seine Könige wie Götter verehrt. Wie konnten sie es wagen, deren letzten Ruhestätten zu plündern?", fragte sie.

„Es war vor Jahrtausenden nicht anders als heute, Miss Hofmann. Nicht jeder, der die kirchlichen Feste begeht oder laut Urkunde getauft ist, empfindet Ehrfurcht vor Gott. Den Räubern war ein Pharaonengrab mitnichten heilig, nicht einmal die Toten selbst. Sie wussten, dass in den Mumifizierungsbinden wertvoller Schmuck eingewickelt war. Schlimmer war jedoch, wenn ein Pharao den Namen des Vorgängers aus den Stelen, aus den Tempeln und Gräbern meißeln ließ. Denn die Ägypter glaubten, ohne Namen ein seelenloses Nichts zu sein."

„Ist das diesem Tutanchamun passiert, den Mr Carter seit Jahren so versessen sucht? Sein Eifer deutet ja an, dass der Archäologe ihn für einen nicht unbedeutenden Pharao hält, obwohl er eher wie ein Geist scheint. Sein Name taucht in keinem der antiken Königsregister auf, nur an ein paar wenigen Monumenten ist sein Thronname eingemeißelt gefunden worden."

„Da sind Sie richtig informiert. Carter arbeitete seit seinem siebzehnten Lebensjahr als Zeichner für den Archäologen Petrie. Dieser grub die ehemalige Königsstadt Achetaton, beim heutigen Amarna, aus. Dabei fand Petrie einen Ring, der die Kartusche, also das Siegel eines Pharaos enthielt, der in keiner Königsliste zu finden war. Die Kartusche zeigt eine Sonne, einen Skarabäus, dazu drei senkrechte Striche und einen Halbkreis: Neb-Cheperu-Re."

„Herr der Gestalten, ein Re."

Andreas' linker Mundwinkel zuckte nach oben. Ob dies ein Zeichen von Bewunderung war? Oder amüsierte er sich über das Wissen, das Sarah sich eigens für die Reise angeeignet hatte?

„Dann gab es ihn also wirklich?"

Andreas zog die Schultern hoch. „Wer weiß? Immerhin hat Theodore Davis, der über viele Jahre die Grabungslizenz für das Tal der Könige innehatte, inmitten des Geröllts zwischen den Gräbern einen unscheinbaren Becher aus weißem Steingut und einige winzige Bruchstücke einer Goldplatte mit derselben eingeprägten Kartusche gefunden."

„Ist dies der Grund, weshalb Mr Carter das Grab des unbekannten Königs in diesem Tal sucht?"

„Ich denke schon. Man entdeckte Gebrauchsgegenstände mit seinem Siegel im Tal der Könige, demnach könnte er dort begraben sein."

„Ja", sagte Sarah gedehnt und blickte an dem Mann vorbei in Richtung Pyramidenspitze.

„Was überlegen Sie?"

„Soweit ich weiß, hoffen Mr Carter und Lord Carnarvon nicht nur darauf, das Grab dieses Pharao zu finden, sondern vor allem, es *unversehrt* anzutreffen – gerade weil nie jemand nach dem anscheinend nicht existierenden oder unwichtigen König suchte."

Andreas nickte und schwieg abwartend.

„Da der Steingutbecher und die Goldfolien inmitten der anderen Ausgrabungsstätten aufgefunden wurden, könnte das zwar bedeuten, dass es den Pharao wirklich gab und er womöglich doch nicht so unbedeutend war, wie man gemeinhin annimmt … aber auch, dass dieses Grab bereits von Grabräubern leer geräumt wurde. Wie sonst sollten die Gegenstände nach außen gelangt sein?"

„Vielleicht ist es besser, Sie behalten diese Überlegung Carter und dem Lord gegenüber für sich", lachte Andreas. Er beugte sich ihr entgegen und erklärte: „Davis, der damals die Goldfolie mit den Namen von Tutanchamun und seiner Ehefrau Anchesenamun entdeckte, vermutete, die Grube sei das Grab des Pharaos. Nach Davis übernahm Winlock den Ausgrabungsbereich. Er fand eine zweite Grube mit Überresten einer Einbalsamierungszeremonie. Fragmente von Terrakottagefäßen, Leinenbinden und Reste von Blumengirlanden. Diese zweite Grube lag unweit des von Davis angenommenen Grabes Tutanchamuns und bestätigt Davis' These."

„Sarah!" Wieder war es Alisons ungeduldige Stimme, die sie aus ihrem Gespräch riss. Giant wand sich in ihren Armen und Andreas nahm ihr den Spitz ab.

„Gehen Sie nur. Ich war schon einige Mal hier und passe auf das Tier auf. Nicht, dass Sie Ärger mit Ihrer gestrengen Lady bekommen."

„Sie ist eigentlich nicht sehr streng", wandte Sarah ein.

„Ich weiß!" Er zwinkerte ihr verschwörerisch zu.

Sarah schloss sich der kleinen Reisegruppe an, die hinüber zur Cheopspyramide wanderte. Es war mühsam, über die Quader, die deutliche Beschädigungen aufwiesen, hinauf zum Eingang zu steigen, obwohl die schräg nach oben verlaufende Wand im Schatten lag.

Alison drehte sich zu Sarah um und drückte begeistert ihre Hand. „Sieh, dort oben, das muss die ursprüngliche Pforte gewesen sein. Diese hier haben vor vielen, vielen Jahren die Grabräuber in die Pyramide geschlagen", flüsterte die Frau aufgeregt. Gleichzeitig trieb sie mit einer Handbewegung ihren ägyptischen Führer an, da sie endlich das Innere betreten wollte. Sarah blickte in den niedrigen Gang, aus dem ihr unangenehme Wärme entgegenschlug. In ihrem Bauch wuchs ein mulmiges Gefühl heran. Kleine, enge Räume riefen die Angst in ihr hervor, von den sie umgebenden Wänden erdrückt zu werden. Nur ungern folgte sie Alison in den düsteren Gang. Viel lieber hätte sie sich auf einen Sandsteinblock gesetzt, als sich durch dunkle Gänge zu zwängen, mit dem Wissen, dass sich über ihr tonnenschwere Steine erhoben. Dabei hätte sie den weiten Blick über das staubige Plateau und in das grüne Niltal genießen können. Allerdings lockte auch sie die hohe Galerie mit ihrem Stufengiebel, über die sie gelesen hatte, und der Anblick der in warmem Rosenrot gehaltenen Grabkammer mit dem Sarkophag des Pharao.

Kapitel 6

Sarah wühlte sich durch das hauchdünne Netz, das ihr Bett vor Insekten schützte, und tappte barfuß über die Orientteppiche auf dem Steinboden an das bis zum Boden reichende Fenster. Wie jeden Morgen in den vergangenen fünf Tagen, seit sie und Alison eine Suite im Winter Palace bezogen hatten, schob sie die luftigen, weißen Gardinen beiseite und schaute hinaus. Ihr Blick wanderte über die wunderschöne, von Palmen gesäumte Außenanlage des 1886 erbauten Hotels hinab zum schimmernden Wasser des Nils mit seinen schmucken Segelbooten und modernen Motorschiffen. Am gegenüberliegenden Ufer erhob sich hinter begrünten Flächen und sich im leichten Wind neigenden Dattelpalmen eine felsige Hügellandschaft, in die die Pharaonen die Tempelanlagen für ihre Gottheiten hatten meißeln lassen. Dort irgendwo versteckte sich auch der Eingang zum Tal der Könige.

Sarah und Alison hatten von der Stadt Luxor und ihrer Umgebung noch nicht mehr gesehen als den kurzen Weg zwischen der Anlegestelle und dem Hotel, dessen Lobby und ihre fürstlich eingerichteten Räume. Alison litt seit ihrer Ankunft unter heftigen Magenproblemen, weshalb sie sich die ersten beiden Tage und Nächte fast ständig erbrochen hatte.

Sorgenvoll furchte Sarah die Stirn und lehnte diese gegen die kühle Glasscheibe. Sie kannte Alison als robuste, vor Energie strotzende Frau. Niemals zuvor hatte sie Alison dermaßen kraftlos, blass und zitternd erlebt.

Schnell stieß sie sich von der Fensterbank ab und eilte in ihr Badezimmer. Wären ihr Luxus und Prunk nicht aus den Adelskreisen vertraut gewesen, wäre sie wohl angesichts der exklusiven und teuren Ausstattung ihres Hotelzimmers, ja sogar des Bades, vor Ehrfurcht erstarrt. So aber beachtete sie die zarten Wandmalereien, die Schmucksäulen, blitzenden Spiegel und liebevoll ausgesuchten Relikte einer alten Kultur nicht weiter, die wohl ohnehin gut gemachte Fälschungen waren.

Sie erfrischte sich, zog sich ein leichtes, blaues Baumwollkleid über, das der aktuellen Mode entsprechend den schmalen Gürtel unterhalb der Taille sitzen hatte und dessen oberste Rocklage über den Knien endete, die untere jedoch züchtig bis zu den Waden reichte. Die weiten Fledermausärmel teilten sich an den Ellenbogen zu langen Zipfeln.

Zügig fuhr sie sich mit der Bürste über das kinnlange Haar und schlüpfte in die zum Kleid passenden Spangenschuhe. Anschließend ging sie an den dunklen Edelholzmöbeln vorbei und durch die Verbindungstür in die von Alison bewohnten Räumlichkeiten. Zu ihrer Freude fand sie die Dame nicht in ihrem Bett, sondern in einen Morgenmantel gehüllt an einem zierlichen Tisch vor. Alison hatte die schweren braunen Vorhänge zurückgezogen und genoss den Ausblick auf den Strom.

„Lady Alison! Wie wunderbar, dass Sie heute auf sein können!"

Alisons ohnehin schmales Gesicht wirkte erschreckend ausgezehrt, dafür fiel ihr Lächeln umso herzlicher aus und auch ihre Augen funkelten munter. „Komm zu mir, Mädchen!", sagte sie, erhob sich etwas mühsam und nahm Sarah liebevoll in den Arm. „Meinen Glückwunsch zu deinem Geburtstag, meine Liebe. Ich wünsche dir ein brillantes Lebensjahr mit aufregenden Entdeckungen, liebevollen Menschen und allem voran Gottes reichen Segen."

„Vielen Dank", flüsterte Sarah, doch Alison war noch nicht fertig.

Ihre Stimme klang spitzbübisch, als sie hinzufügte: „Und natürlich einen famosen Mann an deine Seite!"

„Natürlich!", lachte Sarah. „Ich helfe Ihnen bei …"

„Nichts da!", brummte Alison und setzte sich auf den hochlehnigen Stuhl zurück. „Eigens für deinen Geburtstag hatte ich ein wunderbares Programm ausgearbeitet. Ich fürchte jedoch, ich bin noch zu geschwächt, um es mit dir zu verwirklichen."

„Wir holen es nach."

„Unbedingt! Dennoch will ich, dass du heute im Restaurant dein Frühstück einnimmst. Ich habe mir meines bereits aufs Zimmer bestellt. Also lauf!"

Sarah wollte ein zweites Mal widersprechen, doch Alison hob gebieterisch die Hand und brachte sie damit zum Schweigen. „Keine Widerrede!"

Bekümmert musterte Sarah die Frau und gab es auf, Widerworte zu geben. Sie wusste inzwischen einzuschätzen, wann sie verloren hatte. „Ich komme später wieder."

„Soll das eine Drohung sein?"

„Wenn Sie es als eine solche empfinden!"

Alison lachte, tätschelte Sarahs Unterarm und scheuchte sie mit einem hastigen Winken davon. Unter dem Türrahmen hörte Sarah noch, wie sie vor sich hin murmelte: „Manchmal gefällt sie mir richtig gut, die Kleine!"

Lächelnd zog Sarah die Tür hinter sich zu und ging den langen Flur entlang, bis sie in die prächtige Galerie des Treppenhauses gelangte. Dort lehnte sie sich an die schwarze, kunstvoll geschmiedete Brüstung und betrachtete die sandfarbenen, rechteckigen Säulen, die hohen, die gesamte Front einnehmenden Fenster, die von bodenlangen Vorhängen eingerahmt waren, und das Foyer, in dem sich in verschiedenen Sitzgruppen die ersten Frühaufsteher trafen und Pläne für den Tag schmiedeten.

Zögernd nahm sie die Treppe in Angriff. Sie fühlte sich nicht wohl bei dem Gedanken, allein den Speisesaal zu betreten. War es nicht seltsam, einen Tisch ganz für sich zu beanspruchen? Ob sie sich zu den Herrschaften gesellen könnte, die mit ihnen auf dem Nildampfer nach Luxor gereist waren?

Sarah betrat das Foyer. Ihre Absätze klapperten auf den kleinen dunklen Steinfliesen, als sie sich dem Durchgang zum Restaurant näherte. Noch bevor sie diesen erreicht hatte, erhob sich Jacob aus einem Sessel und steuerte lächelnd auf sie zu.

„Wie schön, Sie wiederzusehen, Miss Hofmann", begrüßte er sie und nahm ihre beiden Hände in die seinen. Konsterniert über die vertrauliche Geste wollte sie zurückweichen, aber als Jacob ihr zum Geburtstag gratulierte, ließ sie es geschehen, zumal er sie gleich darauf losließ und ihr galant den Arm bot. „Lady Clifford ließ mir gestern Abend eine Nachricht zukommen und bat mich, Ihnen heute als Begleiter zur Verfügung zu stehen."

Sarah warf ihm einen erschrockenen Seitenblick zu. „Das ist sehr freundlich von Ihnen, doch das brauchen Sie nicht zu tun. Es tut mir leid. Lady Alison geht gelegentlich … ich meine, Sie haben bestimmt Ihre eigenen Pläne."

„Nichts, was ich nicht verschieben konnte, seien Sie unbesorgt. Und Lady Clifford hat völlig recht damit, dass Sie Ihren Geburtstag nicht am Krankenbett Ihrer Arbeitgeberin verbringen sollten. Zumal sie, das versicherte sie mir in ihrer Mitteilung, auf dem Wege der Besserung ist."

Jacob führte sie zu einem der ovalen Tische mit den dunklen Stühlen, rückte ihren zurecht und setzte sich ihr gegenüber. Sarah faltete ihre Hände im Schoß und beobachtete einen Angestellten, der ihnen Tee und Kaffee brachte, dazu Sahne und die üblichen Fladenbrote. Jacob empfahl ihr zum Frühstück ein Omelett. Sie bestellte es pur, während er eine würzige Variante mit Gemüse, Paprika und Zwiebeln wählte.

Kaum hatte der Kellner ihren Tisch verlassen, zog Jacob ein mit Schnitzereien verziertes Holzkästchen aus seiner Jackett-Tasche und schob es ihr über den Tisch zu. „Mein Geschenk für Sie."

„Aber ..."

„Es ist nichts Großartiges, Miss Hofmann. Sie dürfen es getrost annehmen."

Neugierig griff Sarah nach dem Kästchen, fasste hinein und hielt eine filigrane Bronzebrosche in Form eines Skarabäus in den Händen.

„Der Pillendreher", lachte Sarah. „Soweit ich weiß, durchschauten die alten Ägypter nicht, dass er seine Eier in Kotkugeln ablegt. Sie dachten, das Tier entstehe von allein, und verehrten es deshalb als Sinnbild für den Leben spendenden Sonnengott."

„Sie wissen viel über die altägyptische Kultur. Damit haben Sie mir jetzt meinen eigens einstudierten Vortrag über den Mistkäfer vorweggenommen."

„Entschuldigen Sie bitte", erwiderte Sarah bestürzt.

Jacob schüttelte lächelnd den Kopf. „Dafür müssen Sie sich nicht entschuldigen, Miss Hofmann. Vielmehr freut es mich, wie ausgeprägt auch Ihr Interesse an der Geschichte dieses Landes ist."

Geschickt heftete Sarah die Brosche an den blauen Stoff ihres Kleides und bedankte sich für das Geschenk. Ein Schatten fiel auf sie, und sie legte den Kopf in den Nacken, um zu sehen, wer an den Tisch getreten war. Andreas nickte Jacob grüßend zu und streckte Sarah seine Rechte entgegen. Sie nahm sie und ließ sich auch von dem Deutschen gratulieren. Andreas drückte ihr kräftig die Hand und setzte sich dann ungefragt zu ihnen. Im Gegensatz zu Jacob, der mit seinem weißen, sportiven Jackett adrett gekleidet war, wirkte er in einer lässig weiten Hose und dem am Hals offen stehenden Hemd mit den aufgekrempelten Ärmeln wie jemand, der soeben von einer körperlich anstrengenden Arbeit kam.

„Hat Lady Clifford dir ebenfalls eine Nachricht mit der Bitte zukommen lassen, dich heute um Miss Hofmann zu kümmern?", erkundigte Jacob sich.

„Eine Bitte würde ich das nicht nennen. Eher einen Befehl!"

Jacob lachte, wohl, weil er Alisons Nachricht nicht anders empfunden, dies allerdings nicht auszusprechen gewagt hatte. Das Essen wurde aufgetragen, und da Andreas sein Frühstück bereits eingenommen hatte, war er es, der Sarah verschiedene Vorschläge unterbreitete, was sie an diesem Tag unternehmen könnten. Sie entschied sich schließlich dafür, zuerst einmal Luxor zu erkunden.

***

Andreas beobachtete, mit welcher Selbstverständlichkeit das zierliche Persönchen mit den faszinierend großen, braunen Augen die dargebotene Hand von Jacob annahm, der ihr die Stufen hinabhalf. Sie schlenderten zwischen den wenigen Automobilen und Lastwagen und den vielen Eselskarren und Fußgängern hindurch die Corniche el-Nile entlang und betraten das Areal des Luxor-Tempels. Amüsiert registrierte Andreas Sarahs Ehrfurcht vor den sandsteinfarbenen, einst bemalten Bauten, Sphinxen, Obelisken, Säulen und Statuen und wie aufgeschlossen sie Jacobs Ausführungen lauschte, in denen er keine Fehler fand, wenngleich sie auch nicht sehr in die Tiefe gingen. Ein paarmal huschte ein verstecktes Lächeln über das Gesicht der jungen Frau. Dies weckte in Andreas die Vermutung, dass Sarah die meisten geschichtlichen Hintergründe über die Götter und die Erbauer der Tempelanlage, die Jacob vortrug, bereits kannte. Offenbar hatten sie und ihre Lady sich gut auf den Ägyptenbesuch vorbereitet.

Er führte Sarah und Jacob an ein Mauerfragment des Eingangstors an der Nordwand der Großen Kolonnade und deutete auf das dort verewigte Relief eines Pharao, der eine Art langstielige Pfeife in den Händen hielt. Sarah beschattete ihre Augen und nahm sich viel Zeit bei der Betrachtung der Abbildungen. „Ich sehe es!", jubelte sie dann begeistert.

„Das ist eine der wenigen Abbildungen von Tutanchamun, in denen zu erkennen ist, wie einer seiner Nachfolger, hier Haremhab, der zusammen mit Eje die Geschicke für den noch jungen Pharao geführt haben muss, die Kartusche Tutanchamuns ausmeißeln und auf seinen Namen ändern ließ."

Andreas freute sich an dem strahlenden Lächeln, das Sarah ihm als Belohnung dafür schenkte, dass er sie auf diese Seltenheit hingewiesen hatte. Sie wirkte wie ein kleines Kind, dem man ein Geschenk gemacht hatte. Fasziniert betrachtete sie die ausgearbeiteten Gesichtszüge des Pharao. Schließlich wandte sie sich der Kolonnade zu und blickte zwischen den sieben parallel angeordneten und etwa sechzehn Meter hohen Säulen hindurch. Sie wirkte nachdenklich und ergriffen, als versuche sie, dem Leben des rätselhaften Pharao nachzuspüren. Lächelnd beobachtete Andreas die junge Frau und fühlte dabei ein angenehm warmes Gefühl in sich aufsteigen.

Nachdem sie gut vier Stunden lang über von der Sonne aufgeheizte Trümmerstücke geklettert waren, hielt Sarah inne und legte ihre Hand auf ein sonnenbeschienenes Relief.

„Ist es albern zu überlegen, wie viele Personen vor mir genau diese Stelle berührt haben? Wer diese Menschen wohl waren, wie sie gelebt haben?"

„Keineswegs, Miss Hofmann. Immerhin ist das ein geschichtsträchtiger Ort. Eines von vielen Zeugnissen einer vergangenen, geheimnisvollen Kultur und ihrer Religion."

Sarahs Augen wanderten von Jacob zu Andreas, der in den letzten Stunden fast ausschließlich geschwiegen hatte.

„Im Schatten dieser Bauten lebten Menschen unterschiedlichster Herkunft. Sie waren gut oder böse, ängstlich oder mutig, empfanden Liebe und Glück ebenso wie Trauer und Leid. Könnten diese Mauern sprechen, würden sie vielleicht weniger über die Herrscher erzählen, die sie erbauen ließen, als vielmehr von dem Leben der Männer, die Schweiß und Blut vergossen, um sie zu errichten, und von ihren Familien und den nachfolgenden Generationen."

Sarah schaute ihn intensiver an als jemals zuvor. Er las Verblüffung, aber auch Interesse in ihrem Gesicht. Vermutlich hatte seine Ausführung ihren ersten Eindruck durcheinandergeworfen, es mit einem oberflächlichen, leichtlebigen Kerl zu tun zu haben. Sein linker Mundwinkel zuckte zu einem angedeuteten Lächeln nach oben. Er fand Sarah reizend, wusste jedoch, dass sie keine Partie für ihn war. Sie war zu zart, zu ängstlich und vorsichtig für ihn. Was er brauchte, war eine abenteuerlustige Partnerin, die er auf seine Reisen mitnehmen konnte. Die Frau an seiner Seite müsste ihn unterstützen oder zumindest gewähren lassen, zudem benötigte sie eine gewisse Robustheit, um seine saloppen Sprüche nicht falsch einzuordnen. Wäre Sarahs Arbeitgeberin Alison Clifford ein Vierteljahrhundert jünger gewesen, sie hätte er vom Fleck weg geheiratet!

Er spürte Jacobs Blick mehr, als dass er ihn sah. Andreas wandte sich mit seinem charmanten Lächeln an den US-Amerikaner. „Jacob, Miss Hofmann wünschte sich, die Straßen und Gassen der Stadt zu erkunden. Du bist hier tagtäglich auf der Jagd nach Antiquitäten und kennst dich daher weit besser aus als ich."

Jacob nickte und deutete einladend in die Sharia Karnak hinein. Sarah gesellte sich zu Jacob, während Andreas das Schlusslicht bildete. Er hoffte, dass der Kamerad die unterschwellige Botschaft verstanden hatte: Andreas plante keinesfalls, mit Jacob in Konkurrenz um Sarahs Aufmerksamkeit zu treten.

Zielsicher führte Jacob sie durch die Stadt in Richtung Basar. Die eng beieinanderstehenden Hausfassaden warfen die Wärme der Sonne zurück, Straßenstaub schien die trockene Luft zu erfüllen. Händler und Passanten verschiedenster Herkunft tummelten sich auf dem Platz und bildeten ein buntes Sprach- und Kleidungsgemisch. Unter den Vordächern und entlang der Hauswände türmten sich Verkaufsstände mit Ananas, Bananen, Äpfeln, Erdbeeren, Apfelsinen, Aprikosen, Birnen und den allgegenwärtigen Datteln. Ihnen folgten Auberginen, Kürbisse, Gurken, Blumenkohl, Karotten, grüne und Saubohnen, Erbsen, Kartoffeln, Kohl und natürlich Knoblauch und Zwiebeln. Die Farbenfülle lenkte vom Staub und der teilweise fadenscheinigen Kleidung der herumlungernden Kinder ab.

Sarah hatten es nicht etwa die Lederwaren- oder Schmuckhändler angetan, die aufdringlich ihre Waren feilboten, sondern die in offenen Säcken und großen Körben ausgestellten farbenfrohen Gewürze mit ihren unterschiedlichen Wohlgerüchen. Andreas grinste, als er sah, wie Sarah sich über Koriander, Anis, Kümmel, Chili, Dill, Ingwer und Kardamom beugte, bevor sie sich eifrig wie ein übermütiges Kind den Säcken mit Mangold, Lorbeer, Kurkuma und Mastix zuwandte. Die Farben- und Duftfülle schien sie zu begeistern, ebenso wie die Frauen in ihren langen, fließenden, oftmals bunt bestickten Jilbabs und das Sprachgewirr der meist lautstark und gestenreich geführten Preisverhandlungen.

Andreas verharrte im Schatten einer Standüberdachung und beobachtete Sarah in ihrem Eifer und Jacob, der sie beinahe gelangweilt begleitete. Im Gegensatz zu der jungen Frau fand der US-Amerikaner in diesem Souk nichts, was ihn begeisterte.

Andreas fiel eine stämmige, nicht sehr groß gewachsene Gestalt auf, die trotz der Hitze über der Galabija noch eine schwarze Abaya trug und Jacob und Sarah folgte. Obwohl der Platz zwischen den Ständen eng bemessen und voller Menschen war, blieb die Gestalt immer in der Nähe der beiden Europäer. Zu Anfang vermutete Andreas, dass sie es ausnutzte, von Jacob und Sarah einen Weg durch die Menschenmenge gebahnt zu bekommen. Dann aber verharrte sie im Schatten eines Gebäudes, bis Sarah und Jacob an einem Schmuckstand und einem Gestell mit Ledertaschen vorbeischlenderten, und folgte ihnen. Andreas' Mundwinkel zuckten misstrauisch. Was führte dieser Ägypter im Schilde?

Andreas regte an, zuerst ein Café aufzusuchen, um etwas zu trinken, ehe sie die Exkursion fortsetzten. Dabei hoffte er, dass der auffällig warm gekleidete Ägypter aufgrund der Wartezeit das Interesse an ihnen verlor.

Während ihrer Rast schlug Jacob einen Besuch der Karnak-Tempelanlage vor, doch Sarah lehnte ab. Ihr gefiel es nicht, noch mehr Sehenswürdigkeiten ohne Alison an ihrer Seite anzuschauen; lieber wollte sie warten, bis ihre Arbeitgeberin genesen war, damit sie mit von der Partie sein konnte.

Also durchstreiften sie weiter Luxor, aßen eine Kleinigkeit auf der Terrasse eines Lokals direkt am Nil und kehrten gegen Abend zum Hotel zurück.

Während Jacob Sarah die Stufen hinauf zum Haupteingang geleitete, huschte Andreas in den unterhalb gelegenen Arkadengang und verbarg sich geschickt zwischen einer Säule und der steinernen Brüstung der im Rund nach oben führenden Treppe.

Was er sah, behagte ihm gar nicht: Die geheimnisvolle Gestalt mit dem schwarzen Umhang war ihnen bis hierher gefolgt. Sie verharrte im Zwielicht unter einer der Palmen, bis Sarah und Jacob aus ihrem Blickverschwunden waren, und betrat dann ebenfalls das Winter Palace.

Kapitel 7

„Bitte, Lady Alison. Sie dürfen sich nicht zu viel zumuten."

„Wer will mir denn verbieten zu tun, woran ich Freude habe?" Alisons herausfordernd blitzende Augen warnten Sarah, die sich einen Moment überlegte, ob sie noch vehementer gegen Alisons Pläne protestieren sollte, an diesem Tag das Tal der Könige aufzusuchen. Doch sie beließ es bei den bereits vorgebrachten Bedenken.

Als Sarah nach der Klinke zu ihrem Zimmer griff, rief Alison ihr nach: „Und zieh die Hose und eine der Blusen an, die wir eigens für unsere Ausflüge in die Wüste erstanden haben!"

Sarah zog eine Grimasse, befolgte aber auch diese Anweisung. Sie schlüpfte in eine weiße, locker fallende Hose, eine ebenfalls weiße Bluse und holte ihren hellen Strohhut mit dem weißen Schmuckband und einen lindgrünen Pullover aus dem Schrank. Feste Schuhe aus weichem Leder vervollständigten ihre Garderobe, in der sie sich nicht sonderlich weiblich fühlte. Allerdings ahnte sie, dass bei einer Begehung der Grabungsstätte, zumal in Begleitung der unternehmungslustigen Alison, diese durchaus praktisch war.

So gerüstet verließen sie das Winter Palace und trafen auf den Stufen mit Jacob und Andreas zusammen. Dass dies keine zufällige Begegnung war, verrieten Jacobs Worte: „Das Boot liegt bereit, Lady Clifford."

„Wunderbar!", kommentierte Alison und hakte sich bei Andreas unter, der nach einer ausladenden Ledertasche griff und sich diese über die freie Schulter warf.

Sarah übersah den angebotenen Arm von Jacob, da sie nicht zu viel Vertraulichkeit zulassen wollte, folgte aber an seiner Seite dem ungleichen Gespann.

„Lord Carnarvon teilte mir per Telegramm mit, dass Mr Carter fünfzig Arbeiter zur Verfügung hat und heute mit den neuen Ausgrabungen beginnt!", hörte sie Alison sagen.

„Das bedeutet nicht, dass Mr Carter heute, in den nächsten Wochen oder überhaupt fündig wird", schwächte Andreas ihre Begeisterung ab.

Alison gab ihm mit ihrer in einem weißen Handschuh steckenden Hand einen Klaps auf den Arm. „Werden Sie nicht unverschämt, junger Mann! Halten Sie mich tatsächlich für so einfältig, dies anzunehmen?"

„Nein, vielmehr für überaus begeisterungsfähig und neugierig, gepaart mit einer Spur Ungeduld."

„Was an meiner Bitte, nicht unverschämt zu sein, haben Sie nicht verstanden?"

„Die Bitte darin?"

Alison lachte, drehte den Kopf und zwinkerte Sarah zu. „Ich denke, mir würde es Freude bereiten, Ihren Vater kennenzulernen", meinte sie dann wieder an ihren Begleiter gewandt.

Sarah hielt entsetzt den Atem an, ahnte sie doch, was folgen würde.

„Wenn er nur halb so charmant ist wie Sie, könnte er mir gefallen!"

„Ich würde ihn auch gern kennenlernen", lautete Andreas' trockene Entgegnung.

„Demnach wissen Sie nicht, wer Ihr Vater ist?"

„Richtig."

„Und Sie haben nie versucht, es herauszufinden?"

„Bis jetzt hatte ich daran kein Interesse. Aber wenn ich ihn für Sie auftreiben soll, kann ich es ja mal versuchen."

„Ist dies unsere Felucke, Mr Miller?", wandte Alison sich übergangslos an Jacob und deutete auf das Segelboot vor ihnen.

Er nickte und half erst Sarah, dann Alison an Bord, während Andreas seine Tasche sorgfältig auf dem kleinen Segler verstaute. Sarah blinzelte kritisch an dem im Wind knatternden, naturfarbenen Segel hinauf. Auf die zwischen den Ufern verkehrende Fähre hatte Alison wohl keine Lust verspürt.

„Was schleppen Sie da eigentlich mit sich herum?", fragte Alison den Deutschen.

„Meine Fotografieausrüstung."

„Sie besitzen einen Fotoapparat? Wie wunderbar! Hast du gehört, Sarah? Mr Sattler kann uns vor ägyptischer Kulisse ablichten. Welch famose Erinnerung an unsere ereignisreiche Reise!"

Sarah fragte sich, ob Alisons Magenerkrankung bereits unter die Kategorie „ereignisreich" fiel, denn im Grunde war das, bis auf den Besuch bei den drei großen Pyramiden, alles, was die Countess seit ihrer Ankunft in Ägypten erlebt hatte.

Alison, die ihr gegenüber auf einer hölzernen Bank saß, musterte sie durchdringend und murmelte dann: „Manchmal wünschte ich mir, du würdest aussprechen, was du denkst, liebe Sarah!"

„Wie bitte?"

„Sie haben es doch ebenfalls gesehen, nicht wahr, Mr Sattler? Da war dieses kleine, aufmüpfige Lächeln auf ihrem hübschen Gesicht?"

„Es tut mir leid, ich war damit beschäftigt, das Ablegemanöver zu beobachten", entgegnete Andreas und sah Sarah auch jetzt nicht an.

Sarah fuhr zusammen, als sich das rechteckige Großsegel über ihr aufblähte, in Richtung Lee ruckte und die Felucke schnittig über die Wellen schoss.

„Zu meinem Bedauern ist es mir ebenfalls entgangen, Lady Clifford", brachte Jacob sich in Erinnerung. Er hatte so nahe neben Sarah Platz genommen, als müsse er sie vor einer Gefahr beschützen. „Doch in einem gebe ich Ihnen sofort recht: Miss Hofmann besitzt ein wunderschönes Äußeres."

„Ich sagte hübsch!", berichtigte Alison herausfordernd. Jacob hatte noch mehr hinzufügen wollen, schloss zu Sarahs Erleichterung aber den Mund. „Als schön bezeichne ich ausschließlich klassisch schöne Gesichter. Wie das der Nofretete, deren Büste Sarahs Landsmann Ludwig Borchardt 1912 gefunden hat."

Nun schenkte Andreas Sarah seine ungeteilte Aufmerksamkeit. Mit seinen hellen Augen, die deutlich aus dem braun gebrannten Gesicht heraustachen, musterte er sie einige Sekunden lang. War ihm erst jetzt bewusst geworden, dass „Hofmann" nicht nur ein aus dem Deutschen stammender Nachname war, sondern Sarah tatsächlich noch direkte deutsche Wurzeln besaß?

Er fragte jedoch nicht nach, was Sarah erleichtert zur Kenntnis nahm. Sie kannte weder Jacob noch Andreas gut genug, um ihnen ihre Lebensgeschichte erzählen zu wollen.

Die Felucke legte mit lautem Rumpeln am Steg des gegenüberliegenden Ufers an. Die kleine Gesellschaft bestieg zwei Eselskutschen und ließ sich durch das fruchtbare Grünland in Richtung Gebirge fahren. Bevor sie in den felsigen Abschnitt wechselten, erhaschte Sarah einen kurzen Blick auf das erhöht am Eingang zur Schlucht erbaute Haus von Howard Carter. Dann schlossen sie helle Felsen, Geröll und Sand ein.

Zu beiden Seiten ragten die Felshänge in die Höhe und stauten die Wärme, obwohl das Thermometer an diesem ersten Novembertag noch keine fünfundzwanzig Grad erreicht hatte. Die eisenbeschlagenen Holzräder knirschten über den harten, von Sandverwehungen bedeckten Boden, die Hufschläge der Zugtiere hallten als leises Echo von den Wänden wider. Der ansteigende Weg führte sie in mehreren Windungen durch die Felsen, und Sarah fühlte sich zwischen ihnen wie bedrängt, bis sich schließlich das Tal der Könige wie ein Amphitheater vor ihnen öffnete. Sarah entdeckte den pyramidenförmig zulaufenden Berg El Qurn, die mit 500 Metern höchste Erhebung der thebanischen Berge, und sie lächelte bei dem Gedanken, dass die Pharaonen hier zwar keine Pyramiden mehr errichtet hatten, jedoch ein ganz ähnlich aussehender Berg wie ein Wächter über ihren letzten Ruhestätten thronte.

Sarahs Augen nahmen die Spuren früherer Ausgrabungen wahr, dazu verschlossene Gatter vor vollständig erforschten, aber bereits seit Jahrtausenden, Jahrhunderten oder Jahrzehnten geplünderten Gräbern. Nach einer weiteren Biegung stießen sie auf offene Zelte, unter denen einige Maultiere neugierig die Köpfe nach den Neuankömmlingen umwandten. Verschiedene Ausrüstungsgegenstände lagen in zusätzlich aufgebauten Unterständen, deren weiße Planen im leichten Wind ein leises Knattern hören ließen. Absperrungen grenzten ein großes Quadrat ein, in dem Männer in hellen Galabijas arbeiteten, die zum Schutz vor der Sonne Turbane auf den Häuptern trugen.

In das Hämmern von Spitzhacken mischte sich das Kratzen von Schaufeln und das Schleifgeräusch, das die Weidenkörbe verursachten, ehe die Arbeiter sie aufnahmen, um das beiseitegeschaufelte Geröll fortzutragen.

„Carter hat an dieser Stelle vor Jahren zu suchen aufgehört, nachdem er auf Arbeiterhütten gestoßen war, die wohl während der Grabbauarbeiten für Ramses den Sechsten errichtet worden sind", erklärte Andreas, sprang vom Wagen und hob seine Tasche herunter. Damit überließ er es Jacob, den Frauen hinunterzuhelfen.

„Ich dachte, der Zankapfel, der ihn schließlich zwang, an dieser Stelle aufzuhören, war, dass er mit seinen Grabungen den Besuchern den Zugang zum Ramsesgrab versperrte?", murmelte Alison halblaut vor sich hin.

Sarah stieg aus dem schwankenden Gefährt und trat auf den felsigen Boden. Feiner Sand knirschte unter jedem ihrer Schritte. Sie beobachtete, wie ein kräftiger, nicht sehr großer Mann mit buschigem Schnurrbart in heller Arbeitskleidung und – wie Andreas – mit aufgekrempelten Hemdsärmeln seinen Platz bei einem geschützt stehenden Kartentisch verließ. Zielstrebig steuerte er auf Andreas zu und streckte ihm freundschaftlich die Hand hin. Ganz offensichtlich kannten Carter und der deutsche Reporter sich bereits.

„Möchten Sie zuerst das Grab Ramses' des Sechsten sehen?", erkundigte sich Jacob bei den Damen, und Alison bejahte eifrig. Sie gingen auf den durch neu errichtete Mauern eingefassten Eingang der Grabkammer zu, der sich unter einer halbrunden Gesteinsformation befand, während Andreas sich mit Carter über eine Karte beugte.

Sarah nahm Jacobs dargebotene Hand zu Beginn des Grabsystems in Anspruch. Er zeigte ihr, wo der Königsname von Ramses V. zu Ramses VI. geändert worden war, da dieser die unfertige Grabanlage für sich beansprucht hatte. Der Eingangsbereich wurde von einer elektrischen Lampe erhellt, die von einem laut knatternden Transformator mit Strom versorgte wurde.

Sarah wartete, bis Jacob eine Karbidlampe entzündet hatte, und trat dann hinter ihm in die Grabanlage. Fasziniert betrachtete sie die im Lichtkegel wie von Geisterhand auftauchenden schwarzen und goldfarbenen ägyptischen Wand- und Deckenzeichnungen. Darunter mischten sich bald auch königliches Blau und ein warmes Rotbraun. Die Vielfalt der Abbildungen, die sich wie eine nicht enden wollende Galerie aneinanderreihten, ließ Sarah ehrfurchtsvoll den Atem anhalten.

Sie folgte Jacob durch den erstaunlich weitläufigen, leicht abschüssigen ersten Korridor in die darauffolgenden ebenso großzügig angelegten und verzierten Flure. Durch die unerwartet große Deckenhöhe wirkten die Gänge des Schachtgrabes wie schmale Säle. Sie betraten einen wunderschön gestalteten Pfeilersaal, der die vorherigen Räume bei Weitem an Eleganz und Schönheit übertraf. In diesem verharrte Sarah wie gebannt. Sie konnte sich nicht sattsehen an den herrlichen, seit Jahrtausenden erhaltenen Zeichnungen auf den meisterhaft geglätteten Steinwänden. Ehrfurcht vor so viel Können und liebevoll verewigten Details machte sich in ihr breit. Nur schweren Herzens riss sie sich los und folgte Jacob eine steile Rampe hinab, weiter in die Grabanlage hinein. Hier boten sich hauptsächlich blaue und goldfarbene Abbildungen zum Bewundern an. Plötzlich neigte sich der Gang abrupt in die Tiefe.

Sarah wusste aus ihren Büchern, dass die einstigen Erbauer an dieser Stelle auf ein dahinterliegendes Grab gestoßen waren, das heute den Namen KV12 trug, und daher ihre Baupläne dem unvermittelt aufgetauchten Hindernis anpassen mussten. Sie wartete auf eine entsprechende Erläuterung ihres Führers, doch die blieb aus. Offenbar war auch er zu ergriffen von der Pracht an den Wänden, um zu sprechen.

Von diesem abschüssigen Gang gelangten sie in einen Raum, der im Vergleich zu den vorherigen Kammern und Korridoren eine bedrückend niedrige Höhe aufwies. Sarah nahm an, dass sich das Grab KV12 über ihnen befand und die Baumeister deshalb auf die sonst großzügige Raumhöhe hatten verzichten müssen. Ein unangenehmes Gefühl beschlich sie. Eilig strebte sie auf den nächsten Raum zu, in dem sie die Grabkammer vermutete. Hintereinander betraten sie den sich nach beiden Seiten ausweitenden Saal. Während an dessen Eingang zwei Pfeiler aus dem Fels herausgearbeitet worden waren, wirkte der hintere Bereich unfertig, soweit dies im fahlen Licht erkennbar war. Dennoch wiesen die Wände kunstvolle Verzierungen auf, besonders gegenüber des Durchgangs leuchteten auf der weißen Fläche Rot, Blau und Gold, an der Decke wieder kräftiges, dunkles Blau.

Die stickige Luft ließ Sarah erschaudern. Nun, da sie ein zweites Mal in einer Grabkammer war, wenngleich diese keinerlei Ähnlichkeit mit der in der Pyramide aufwies, überfiel sie die Erinnerung an die dortige Enge, die heiße Luft, die ihr das Atmen nahezu unmöglich gemacht hatte, und die kaum zu unterdrückende Panik, die sie empfunden hatte. Wie erleichtert war sie gewesen, als sie endlich aus den dunklen, sauerstoffarmen Gängen der Pyramide hatte fliehen, die frische Luft atmen und das helle Tageslicht hatte genießen können. Alison gegenüber hatte sie sich nichts anmerken lassen wollen, doch der Ausflug in die Pyramide war für sie eine Qual gewesen. Ohne dass sie es verhindern konnte, beschleunigte sich auch jetzt ihr Herzschlag. Ängstlich sah sie sich um. Erst jetzt bemerkte sie einen Ägypter, der ihnen gefolgt sein musste. Ob dieser vom Antikendienst zur Überwachung der Gräber beauftragt worden war?

„Der Sarkophag muss gewaltige Ausmaße gehabt haben", drang Jacobs Stimme in ihr Bewusstsein, und sie zuckte zusammen. Zuletzt war es bis auf ihre Schritte und die leise vernehmlichen Atemzüge vollkommen still gewesen. „Er befand sich hier in dieser Vertiefung und bestand aus schwarzem Granit. Das Granitgestein wurde mit Barken über den Nil hierher befördert. Allerdings wurde der Sarkophag bereits in der Antike von Plünderern aufgebrochen. Erwin Brock fand ihn 1885 zertrümmert vor." Das Licht der Karbidlampe huschte über zerbrochenes, verstaubtes Gestein und Schutt. „Kommen Sie, ich zeige Ihnen die letzte Kammer."

Sarah wollte ihm folgen, doch in diesem Moment hob der ägyptische Wächter den Kopf. Im flackernden Licht von Jacobs Lampe sah sie dunkle Augen auf sich gerichtet, die finster dreinblickten. Auch glaubte sie, vertraute Gesichtszüge zu erahnen. Irritiert trat sie zurück.

Wie kam sie nur auf den aberwitzigen Gedanken, der Mann könne ihr bekannt sein? Sie kannte hier niemanden – schon gar keinen Ägypter! Sarah begann zu zittern.

Der Araber in einer weißen Galabija und einem langen, schwarzen Übermantel machte einen Schritt auf sie zu. Sarah wich zurück – und verlor den Boden unter den Füßen.

Jacobs Warnruf hallte mehrfach durch die Kammer, brach sich an den glatten Wänden und zwischen den quadratischen Säulen. Sarah drohte rücklings in die Sarkophaggrube zu stürzen, aus der die scharfkantigen Bruchstücke hervorragten! Sie hörte das Rascheln von Stoff und schnelle Schritte. Mit rudernden Armen kämpfte sie um ihr Gleichgewicht. Aber sie wusste, dass es vergebens war.

***

Zwei Hände packten derb Sarahs Arm und rissen sie nach vorn. Sie taumelte und fiel gegen einen männlichen Körper. Kräftige Arme umfingen sie und hielten sie schützend umschlungen. Erleichterung überkam sie. Die Gefahr war gebannt!

Ihr Retter flüsterte ihr beruhigende Worte ins Ohr, legte schließlich seine Wange an ihre Stirn und zog sie noch fester in seine Arme. Für einen Augenblick genoss Sarah dieses Gefühl der Sicherheit, bekam eine Ahnung davon, wie schön es war, einen Mann an ihrer Seite zu wissen, der ihr Geborgenheit und Zuneigung schenkte.

Erschrocken darüber, wohin ihre Gedanken wanderten und dass sie Jacob bereits unschicklich lange Zeit gewähren ließ, machte sie sich von ihm frei. Sie trat zurück, wobei sie einen Blick in die Grube warf.

Erneut jagte ein gewaltiger Schreck durch ihre Glieder. Nun erst wurde ihr das Ausmaß der Gefahr bewusst, in der sie geschwebt hatte! Sie dankte Gott im Stillen für die Bewahrung vor einem schrecklichen Unfall. Ein Unfall? Weshalb hatte dieser Ägypter sich ihr plötzlich genähert und damit die unheilvolle Situation herbeigeführt? Sarah rief sich selbst zur Vernunft. Der Mann hatte nicht ahnen können, dass sie so überreagieren würde.

Sarah sah sich um. Die einzige Lichtquelle stand auf dem Boden, gut vier Meter von ihr entfernt, und leuchtete die Halle nur spärlich aus. Die Säulen und Mauern warfen diffuse Schatten. Die bunten Malereien an den Wänden und der hohen Decke trugen nicht eben zu einer guten Sicht bei. Dennoch wusste Sarah sofort, dass der Fremde verschwunden war. Genauso schnell, heimlich und lautlos, wie er erschienen war, war er auch wieder untergetaucht.

Alison! Sarah wirbelte um ihre eigene Achse. Wo war Alison? Sie konnte sich nicht erinnern, wann sie ihre Ziehmutter zuletzt gesehen hatte. War sie in einem der Gänge zurückgeblieben, fasziniert von den Malereien? Sie hatten Alison doch hoffentlich nicht versehentlich irgendwo im Dunkeln stehen lassen! Falls doch, müsste sie dem Ägypter begegnet sein.

„Wo ist Lady Alison?", stellte sie ihre Frage laut.

Jacob, der noch immer dicht vor ihr stand und sie besorgt musterte, schüttelte den Kopf. „Sie ist uns nicht in das Grabsystem gefolgt."

„Aber sie war es doch, die sich das Grab ansehen wollte!", protestierte Sarah mit bebender Stimme. Weshalb sollte Alison ihre Begeisterung darüber kundtun, die Anlage zu besichtigen, und sie dann nicht begleiten?

„Es ist wohl besser, ich geleite Sie in die Sonne hinaus", schlug Jacob vor, ging an ihr vorbei und hob die Lampe auf. Wieder bei ihr angelangt verneigte er sich leicht und streckte ihr einladend seine Rechte entgegen.

Sarah sah von seinen schlanken Fingern in sein Gesicht hinauf. Sanfte Augen waren voll Sorge auf sie gerichtet. Zögernd, aber nicht unwillig legte sie ihre schmale Hand in die seine. Er ergriff sie fest, wie um ihr zu versprechen, sie zu beschützen und auf dem Weg nach draußen nicht loszulassen.

Obwohl sich ihr auf dem Rückweg völlig andere Bilder, Texte aus dem Totenbuch und interessante Facetten aus dem Leben des Pharao an den

Wänden und entlang der Decke eröffneten, hatte Sarah keinen Blick mehr für sie übrig.

Mit fliegenden Schritten, froh über die bequemen Schuhe und die praktische Hose, die sie trug, lief sie hinter Jacob her, der kräftig ausschritt. Den Ägypter holten sie nicht mehr ein. Endlich verriet ein heller Schimmer das Ende des letzten Korridors. Sarah atmete auf. Bald würde die dunkle Gruft hinter ihr liegen und sie durfte das Sonnenlicht sehen. Sie trat noch vor Jacob aus der steinernen Pforte und hob ihre freie Hand über die Augen, um sie vor den blendenden Sonnenstrahlen und der Reflektion auf den hellen Steinen zu schützen. Ihre Lungen füllten sich wohltuend mit frischer Luft. Es störte sie nicht im Geringsten, dass diese warm und extrem trocken war. Ihre Augen glitten suchend über die Ausgrabungsstätte. Zwar trugen alle Männer weiße Galabijas, doch einen schwarzen Überwurf sah sie nirgends. Dafür entdeckte sie Alison. Sie saß auf einem primitiven Holzstuhl unter einem Pavillon aus Zeltplanen neben Carter, hielt eine Tasse in den Händen und unterhielt sich angeregt mit dem Ausgrabungsleiter. Es schien, als habe sie keinen Fuß in das Grab gesetzt.

Sarah löste sich endgültig von ihrer Beklemmung und eilte über loses Gestein und unter ihren Füßen wegrutschenden Sand zum Schutzzelt.

„Meine liebe Sarah! Ich hoffe, du hast die Schönheit des Grabes genossen! Ich möchte dir Mr Howard Carter vorstellen. Ich glaube, ihr seid euch auf Highclere Castle nie begegnet."

Der Archäologe erhob sich, zog den Hut und begrüßte Sarah höflich. Sie wechselte ein paar Worte mit ihm, ehe sie sich Alison zuwandte. „Ich habe Sie da drin vermisst!" Es gelang ihr nicht, den Vorwurf in ihrer Stimme zu unterdrücken.

„Du hast mich vermisst?" Alison warf Jacob einen missbilligenden Blick zu. Dieser beobachtete jedoch die Grabungen. „Ich dachte, Mr Miller kümmert sich aufmerksam um dich!"

In Sarah keimte Ärger auf. Hatte Alison sie bewusst allein mit dem Amerikaner in die dunkle Gruft geschickt? Was wollte sie damit erreichen? Dass sie und Jacob sich näherkamen? Sarah hockte sich neben Alisons Stuhl auf den sandigen Boden, legte eine Hand auf den weiten Ärmel von Alisons Bluse und raunte ihr zu: „Ich mag diese Verkupplungsversuche nicht, Lady Alison."

„So?"

„Nein!", erwiderte Sarah fest. „Es ist meine Angelegenheit, wen, wann und ob ich überhaupt heiraten möchte!"

„Bravo, meine Liebe!", lobte Alison ihre Widerworte, lächelte triumphierend und wandte sich wieder Carter zu, der sich über eine Karte beugte.

Sarah erhob sich und stemmte die Hände in die schmalen Hüften. In Alisons Augen war Sarah zu angepasst, zu schüchtern und zu wenig selbstbewusst – wobei im Vergleich zu einer Lady Alison Clifford vermutlich jede Frau und so mancher Mann diesen in Alisons Augen großen Makel aufwies!

Ja, manchmal wünschte sie sich, so mutig und frei heraus zu sein wie ihre Ziehmutter. Vor allem in Situationen wie der gerade durchlebten. Sie mochte es nicht, wenn die Angst sie so gefangen nahm, dass sie beinahe handlungsunfähig wurde. Allein bei dem Gedanken an den bedrohlichen Ägypter, der aufzutauchen und zu verschwinden verstand wie ein Flaschengeist, zog sich ihr Magen krampfhaft zusammen. Sie hoffte, diesen Mann nie mehr wiederzusehen, und fragte sich gleichzeitig, woher die unheimliche Stimme in ihrem Kopf stammte, die ihr zuflüsterte, dass dieser Wunsch nicht in Erfüllung gehen würde …

***

Jacob beobachtete Sarah, die sich zu Carter und Alison gesellte. Ganz die freundliche und zuvorkommende junge Frau, als die er sie kennengelernt hatte, widmete sie sich dem Gespräch mit den beiden, dennoch meinte er, noch eine Spur von Blässe in ihrem Gesicht zu bemerken. Kein Wunder, denn der Beinahesturz auf die Granittrümmer hätte, wäre sie unglücklich gefallen, tödlich enden können.

Bei dieser Vorstellung zog es ihm das Herz zusammen. Er kannte Sarah erst wenige Tage, dennoch fühlte er sich zu ihr hingezogen, während die Countess ihm Kopfzerbrechen bereitete. Alisons Art, in rasanter Abfolge zwischen höflicher Konversation, spitzzüngiger Herausforderung und Befehlston zu wechseln, verwirrte ihn und machte es ihm nahezu unmöglich, sie einzuschätzen. Jedenfalls hatte sie Sarah gehörig an der Kandare. Deshalb galt es für ihn, sich mit der Lady gutzustellen. Am einfachsten erschien ihm dies, indem er sich ein bisschen von ihr fernhielt!

Aus diesem Grund stapfte er über die festgetretene Straße zu Andreas hinüber. Der stand mit seinem an eine Ziehharmonika erinnernden Fotoapparat breitbeinig auf einer Abbruchkante und lichtete einen schwitzenden Arbeiter mit Spitzhacke ab.

„Willst du über die Ausgrabung berichten?"

„Ich fertige entsprechende Texte an und unterlege sie mit Bildmaterial, ja. Letztendlich wird es wohl auf den Erfolg oder Misserfolg der Ausgrabung ankommen, in welchem Umfang meine Schreibarbeit ausfällt."

„Das Los der Abenteurer und Entdecker."

Andreas packte seine *Faltus*-Reisekamera, die eigens für Berufsphotographen hergestellt worden war, sorgfältig in eine Holzkiste, ehe er sich aufrichtete und dem Stativ zuwandte. „Ja. Aber ich muss dich etwas fragen: Dieser Ägypter mit der schwarzen Abaya, der dir und Miss Hofmann in die Grabanlage gefolgt ist ... war das ein vom Antikendienst beauftragter Offizieller zum Schutz der Grabstätten?"

„Uns ist jemand gefolgt?" Jacob runzelte verwundert die Stirn.

„Du hast ihn nicht bemerkt?"

Jacob verneinte und blickte irritiert zu dem größeren Freund auf. Dieser hatte ebenfalls die Stirn in Falten gelegt und schaute an ihm vorbei zu Sarah, Alison und Carter.

„Als er einige Zeit vor euch das Grab verließ, nahm ich an ... immerhin lässt die Vertrautheit zwischen Miss Hofmann und dir vermuten ..." Andreas brach ab und schüttelte den Kopf.

Jacob betrachtete seine Hände. Andreas hatte also registriert, dass er und Sarah Hand in Hand das Grab Ramses VI. verlassen hatten. Bedeutete sein nicht vollendeter Satz, dass ihn das störte? Allerdings blieb die Frage, was es mit diesem Mann auf sich hatte, der sie angeblich begleitet haben sollte.

„Warum fragst du nach diesem Ägypter, den ich übrigens nicht bemerkt habe."

„Ich habe ihn schon einmal in deiner und Miss Hofmanns Nähe gesehen. Natürlich kann ich mich täuschen, aber die Statur und die Kleidung lässt den Verdacht zu, dass es sich um ein und dieselbe Person handelt."

Jacob schnalzte mit der Zunge. „Ich würde ja behaupten, dass der Ägypter uns nicht weit in das Grabsystem gefolgt sein kann, da ich seine Gegenwart überhaupt nicht wahrgenommen habe. Andererseits gab es einen ... Zwischenfall. Miss Hofmann wäre beinahe in den beschädigten Sarkophag gestürzt."

Andreas kniff die Augen zu schmalen Schlitzen zusammen und suchte mit dem Blick erneut die junge Frau. Offenbar wusste er nur zu gut, wie gefährlich spitz die Bruchstücke des Sarkophags in die Höhe ragten.

„Womöglich hat *sie* den Mann gesehen und sich über seine Anwesenheit erschreckt", mutmaßte Jacob, dem bei dem Gedanken daran, wie knapp Sarah einem Unglück entronnen war, ein brennender Schmerz durch die Brust jagte. Sie war die erste Frau, die in ihm etwas anrührte, seit er vor mehr als vier Jahren seine Verlobte bei einem Reitunfall verloren hatte. Lange Zeit hatte er gedacht, alle seine Gefühle seien mit Clarissa gestorben. Doch nun war Sarah in sein Leben getreten. Mit ihrer Hilfsbereitschaft und sanften Freundlichkeit hatte sie ihn bezaubert. Sarah war ebenso zart und feinfühlig, wie seine Verlobte es gewesen war, sogar ihre dunklen Augen erinnerten ihn an seine große Liebe, deren Verlust ihn noch heute schmerzte.

„Miss Hofmann hat dir nicht erzählt, wie es zu dem Beinaheunfall kam?", hakte Andreas nach und riss Jacob damit aus seinen schmerzlichen Erinnerungen.

„Miss Hofmann gehört nicht gerade zu den gesprächigsten Frauen", erwiderte Jacob und erhielt als Antwort ein verstehendes Schmunzeln. „Womöglich war ihr das Geschehen peinlich. Ich konnte sie gerade noch rechtzeitig auffangen und gebe zu, dass ich die Situation ein wenig … ausgenutzt habe!"

Andreas zog seinen linken Mundwinkel zu seinem typischen halben Grinsen nach oben. „Das kann man dir kaum verübeln. Sie ist eine reizende kleine Person. Ich wünsche dir viel Glück!"

„Danke, Sattler! Aber dieser Ägypter …" Jacobs Erleichterung darüber, dass Andreas ihm nicht in die Quere zu kommen gedachte, wurde von Sorge abgelöst. Gab es tatsächlich einen Mann, der Sarah verfolgte und ihr womöglich Übles wollte?

„Am besten wird sein, wir behalten die beiden Ladys ein paar Tage im Auge", schlug Andreas vor.

„Höre ich da den Abenteurer in dir?"

„Das mag schon sein. Oder eine Spur eines tief in mir verschütteten Beschützerinstinkts? Immerhin sind die Damen ohne männliche Begleitung in Ägypten. Und den Spaß, mich mit dieser Lady Clifford zu streiten, möchte ich mir ungern entgehen lassen! Aber vielleicht ist der Ägypter ja auch hinter dir her?", warf Andreas übergangslos einen anderen Gedanken ein.

Jacob schüttelte nachdenklich den Kopf. „Ich wüsste nicht, weshalb! Außer man würde annehmen, ich wollte illegal Antiquitäten aus dem Land schaffen."

„Das wäre doch denkbar, zumal ich mir nicht vorstellen kann, aus welchem Grund dieser Mann die Damen verfolgen sollte!"

„Miss Hofmann ist blond, in diesem Landstrich eine nicht häufig anzutreffende Haarfarbe. Das könnte gewisse Männer reizen ..."

Beide ließen ihre Blicke durch das Tal schweifen. Doch außer den Arbeitern, Carter und den zwei Frauen konnten sie keine Menschenseele entdecken.

„Wir sehen uns in den nächsten Tagen aufmerksam um", griff Jacob Andreas' Vorschlag auf.

„Du achtest auf die Ladys, und ich schaue, was in deinem Rücken passiert", stimmte Andreas zu.

„Abgemacht, Freund." Jacob reichte Andreas die Rechte. Dieser zögerte einen Moment und betrachtete ihn mit seinen hellen Augen prüfend, ehe er einschlug.

„Wer hätte gedacht, dass ich mal mit einem GI ein Bündnis eingehe!", lachte er.

„Ich habe nicht gekämpft", wehrte Jacob ab, obwohl Andreas das bereits wusste.

Andreas klopfte ihm auf die Schulter, ergriff seine Ausrüstung und verließ halb gehend, halb rutschend den aus Geröll und Sand aufgeworfenen Hügel.

Jacob sah ihm nachdenklich hinterher. Offenbar sprach Andreas nicht gern über den Krieg oder seine Rolle darin. Aber das konnte er ihm nicht verübeln. Jacob hatte Freunde, die sich damals freiwillig zum Kriegseinsatz gegen die Deutschen gemeldet hatten. Noch heute war das Grauen des Erlebten in den Augen derer zu sehen, die das Glück gehabt hatten, heimkehren zu dürfen.

Kapitel 8

Am Morgen des nächsten Tages fühlte Alison sich erneut unwohl. Sie klagte über ein Schwindelgefühl und leichte Magenschmerzen. Allerdings war sie munter genug, um Sarah energisch aus ihrem Zimmer und zum Frühstück ins Restaurant zu scheuchen.

So nahm die junge Frau die Mahlzeit allein an einem Fenstertisch ein und betrat anschließend den oberhalb der Arkaden gelegenen wunderschönen Terrassenbereich des Winter Palace.

Nachdenklich lehnte sie sich auf die Steinbrüstung und genoss den Blick in das Grün der Parkanlage. Die schlanken, hochgewachsenen Palmen wiegten sich sanft im kaum spürbaren Wind, der von Norden kommend über Luxor strich und kleine Federwolken vor sich her trieb. Der Ruf eines Drosselrohrsängers erklang, wurde aber von aufgeregten Stimmen übertönt. Erschrocken drehte Sarah sich um.

Zwei verschleierte Frauen in dunklen Kleidern, über die sie nicht mehr ganz saubere Schürzen gebunden hatten, waren unterhalb der Treppe aus einer Seitentür getreten. Die eine von ihnen weinte leise, die zweite schien sie zu beschimpfen.

Sarah wollte sich gerade abwenden, als sie sah, wie die Ältere ein schmutziges Tuch von der Hand der anderen Frau wickelte und darunter blutverschmierte Finger zum Vorschein kamen. Wieder erhoben sich das schmerzerfüllte Weinen und die vorwurfsvollen Worte. Als Sarah mit ansehen musste, wie die zweite Frau das fleckige Tuch erneut über die Wunden legte, stieß sie sich von der Brüstung ab und eilte die Treppe hinab.

Zwei schwarze Augenpaare schauten ihr erschrocken entgegen. Sarah zögerte. In ihren langen Gewändern und mit der deutlich dunkleren Haut wirkten die beiden Frauen so erschreckend fremd. Doch die Krankenschwester in ihr und der Wunsch zu helfen trieben sie an, auch noch die restlichen Stufen hinabzusteigen.

„Sprechen Sie Englisch?", fragte sie langsam und akzentuiert. Die Ältere schüttelte den Kopf, während die Jüngere nickte. „Darf ich mir Ihre Verletzung ansehen? Ich bin Krankenschwester."

Die Ältere packte die Verletzte am Arm und wollte sie zurück in den Hauswirtschaftsbereich des Hotels ziehen, doch diese ließ es nicht zu. Sie sprach schnell in für Sarah unverständlichen Worten auf die Frau ein. Diese warf dem Hotelgast einen aufgebrachten Blick zu und verschwand dann durch die unscheinbare Nebentür.

„Entschuldigen Sie bitte. Wir dürfen eigentlich keinen Kontakt zu den Gästen pflegen", erklärte die verletzte Frau. Ihr Englisch klang leicht abgehackt, war aber bis auf einen minimalen Akzent erstaunlich gut.

„Würden Sie mir bitte Ihre Hand zeigen?"

Vorsichtig wickelte die junge Angestellte das Tuch ab und Sarah nahm die zitternde, blutige Hand und drehte sie dem Sonnenlicht zu. Drei der schlanken Finger wiesen tiefe Schnittverletzungen auf, die vermutlich von einem extrem scharfen Messer herrührten.

„Stammen die Verletzungen von einem Fleischmesser?"

Die Frau nickte.

„Wir müssen sie auswaschen, desinfizieren und verbinden. Ich kann wegen der starken Blutung nicht viel sehen, aber ich gehe davon aus, dass der Schnitt am Zeigefinger genäht werden muss."

„Kein Arzt!", wehrte die Frau sofort ab.

Sarah betrachtete den einfachen Jilbab und die unter dem Saum hervorspickenden alten Sandalen. Vermutlich fehlte der Küchengehilfin für einen Arztbesuch das Geld. „Kommen Sie bitte mit mir. In meinem Zimmer habe ich Verbandsmaterial und Jod."

„Das geht nicht!" Die Ägypterin trat einen Schritt zurück. Das Misstrauen in ihren dunklen Augen schmerzte Sarah.

„Also gut. Dann warten Sie bitte hier, bis ich Verbandszeug und Jod geholt habe, ja?"

„Gut", erwiderte die Frau und ließ sich schwer auf eine der Sandsteinstufen fallen.

Sarah beeilte sich, hinauf zur Terrasse und von dort in die Lobby zu laufen. Voller Sorge, die Frau könne es sich anders überlegen, wenn sie zu lange fortblieb, stürmte sie über die Treppenhausgalerie und polterte unsanft in ihr Zimmer.

„Sarah?"

Sie eilte zur offen stehenden Verbindungstür und fand Alison aufrecht sitzend in ihrem Bett. Sie hielt ein Buch in den Händen und wirkte zu Sarahs Erleichterung sehr munter. „Du donnerst hier herein wie eine Horde durchgegangener Kamele."

„Gehen Kamele überhaupt durch?"

Alison schmunzelte und sah sie fragend an.

„Eines der Küchenmädchen hat sich geschnitten. Ich dachte …"

„Natürlich hilfst du ihr. Hast du Mr Miller oder Mr Sattler getroffen?"

„Nein, keiner der beiden befand sich während des Frühstücks im Restaurant."

Missbilligend runzelte Alison die Stirn, und Sarah drehte sich der Tasche mit den Medikamenten und Verbandsmaterialien zu, um ihre Belustigung zu verbergen.

„Ich habe dein Lächeln gesehen, Sarah Hofmann! Denkst du, ich weiß nicht, dass die zwei Männer nicht unablässig nach meiner Pfeife tanzen müssen?"

„Aber Sie hätten es gern!"

„Es reicht mir, dass du es tust", seufzte Alison.

„Ich tanze nicht nach Ihrer Pfeife, Lady Alison. Ich bin gern in Ihrer Nähe."

„Hilf der Frau!", sagte Alison brüsk und wandte sich wieder ihrer Lektüre zu. Sarah hielt inne. Sie kannte Alison als einen sehr fürsorglichen Menschen. Wenn sie allerdings in dieser knappen, fast unfreundlichen Art jede Zuneigungsbekundung abwies, fragte Sarah sich jedes Mal, was dahintersteckte. Entschlossen packte sie Verbandmull, Pflaster, die Jodflasche und ein sauberes Tuch in einen Henkelkorb und ging zur Tür.

„Vor der Abendmahlzeit, die ich hoffentlich im Restaurant einnehmen kann, erwarte ich dich nicht zurück", rief Alison ihr nach.

Sarah holte tief Luft, untersagte sich jedoch eine Entgegnung. Was sollte sie den ganzen Tag über in dieser fremden Stadt tun? Ohne eine Begleitung saß sie im Hotel fest. Ob sie Alison vorschlagen sollte, in die Heimat zurückzukehren? Die Countess schien weder das Essen noch das Klima zu vertragen und Sarah könnte in ihr gewohntes Umfeld zurückkehren …

In Erinnerung an ihre wartende Patientin schob sie die Überlegungen beiseite und eilte zu ihr zurück. Zu ihrer Erleichterung sah sie, dass die Frau noch auf derselben Stufe kauerte. Sie hatte die zum Jilbab gehörende Kopfbedeckung abgenommen und ihr dichtes, schwarzes, sorgfältig aufgestecktes Haar glänzte blauschwarz in der Sonne. Die Schläfe gegen die Steinsäulen der Brüstung gelegt, schrak sie hoch, als Sarah sich neben ihr niederkauerte. Einige rote Tropfen auf den Stufen verrieten, wie stark die Schnitte nach wie vor bluteten.

Sarah tupfte die blutüberströmten Finger ab, damit sie sich ein Bild vom Ausmaß der Verletzung machen konnte, und entschied, dass sie nicht genäht zu werden brauchten. Sie versorgte die Wunden mit Desinfektionsmittel und verband sie. „Sie müssen die Hand dringend ein paar Tage schonen."

„Ich kann unmöglich der Arbeit fernbleiben."

„Aber das müssen Sie, wenn Sie keine Entzündung riskieren wollen."

„Wie kann ich Ihnen danken?", flüsterte die Frau und sah sie das erste Mal direkt an. Fasziniert betrachtete Sarah ihre geschwungenen dunklen Augenbrauen und die langen dichten Wimpern, die dem Blick aus den fast schwarzen Augen etwas betörend Sinnliches und Tiefgründiges gaben. Ihre Haut war makellos und ihre gerade, nicht zu große Nase saß über vollen naturroten Lippen. Unwillkürlich kam Sarah die Kleopatra-Büste in den Sinn.

„Ich möchte Sie einladen", sagte die junge Frau plötzlich. „Bitte begleiten Sie mich nach Hause!"

Zögernd runzelte Sarah die Stirn. War es klug, die Einladung einer wildfremden Person anzunehmen? Wo befand sich ihr Zuhause? Was erwartete sie dort? Sie wusste doch kaum etwas über die Mentalität der

Ägypter. Als sie einen enttäuschten Ausdruck über das Gesicht der Frau huschen sah, schob Sarah alle Einwände beiseite. Vermutlich würde sie die Ägypterin beleidigen, wenn sie ihrer Bitte nicht nachkam. Außerdem, hatte sie sich vor ein paar Minuten nicht noch gefragt, wie sie diesen Tag herumbringen sollte?

„Ich begleite Sie gern. Aber ich bin das erste Mal in Ägypten und weiß nicht viel über das hiesige Leben."

„Dann lernen Sie es kennen", schlug die Frau vor und erhob sich eilig. Als Sarah sah, wie das Küchenmädchen Halt suchend nach dem Geländer griff, eilte sie ihr zu Hilfe.

Als sie aus dem Schatten der Palmen auf die Uferstraße traten, wirbelte der mittlerweile an Stärke zunehmende Wind den Jilbab ihrer Begleiterin auf, zerrte an den weiten Ärmeln von Sarahs apricotfarbenem Kleid und zerzauste ihr Haar.

Ihre Begleitung schlang mit flinken Bewegungen den zu ihrem Kleid gehörenden Schleier über ihr Haar, was in Sarah den Verdacht aufkeimen ließ, dass sie diesen nur trug, weil es von ihrer Familie gewünscht war und sie sich ihrem Heim näherten.

Die beiden folgten eine Zeit lang der sich am Fluss entlangschlängelnden, staubigen Corniche el-Nile mit ihren vielen Fußgängern und Eselskarren. Es roch nach den Hinterlassenschaften der Zug- und Reittiere, nach der feuchten Uferbefestigung und exotischen Blüten. Sarah, noch immer unsicher, ob dieser Ausflug eine gute Idee war, sandte ein Stoßgebet um Bewahrung zum Himmel.

Die Frauen bogen in eine Seitenstraße und von dort in eine schmale Gasse ein. Sie überquerten einen kleinen Souk, bevor sie in eine weitere Gasse traten. Hier standen die Kalksteinhäuser dicht beieinander und auf den Flachdächern flatterte munter Wäsche im Wind. Sarahs Patientin betrat eines dieser quadratischen, kleinen Häuser durch die einfache Holztür und entledigte sich ihrer Sandalen, was Sarah veranlasste, ebenfalls die Schuhe auszuziehen.

Der Steinboden war angenehm kühl, wie auch das Innere des Raums, den sie durchschritten, ehe sie in eine geräumige Wohnküche kamen. Eine greise Frau in einem dunklen, bunt bestickten Jilbab saß auf einem niedrigen Hocker, den gebeugten Rücken an die Wand gelehnt, und hob bei ihrem Eintreten den Kopf. Unzählige, tief eingegrabene Falten verrieten ihr hohes Lebensalter und erzählten ihre Geschichte von Freud und Leid eines Menschenlebens. Die Künstlerin in Sarah betrachtete das ausdrucksvolle Gesicht fasziniert und wünschte sich, sie hätte ihren

Zeichenblock und die Bleistifte bei sich. Die alte Frau sah sie überrascht an, vertiefte sich dann aber wieder in ihre Näharbeit.

Ein etwa dreizehnjähriger Junge saß an einem Tisch, schaute kurz auf und beugte sich wieder über eine Schreibarbeit, das kleine Mädchen, das herbeigerannt kam, schlang ihre Arme um Sarahs Begleiterin.

„Das sind meine Großmutter Nalan und meine Geschwister Marik und Tari."

„Und wie heißen Sie?", fragte Sarah die Hotelangestellte und erntete einen überraschten Blick.

„Entschuldigen Sie", prustete die junge Frau, nahm die Kopfbedeckung ab und löste gleichzeitig die strenge Frisur. Eine Flut gewellten schwarzen Haars fiel über ihren Rücken. „Samira. Mein Name ist Samira."

„Ich heiße Sarah, Sarah Hofmann."

„Ich weiß. Sie sind gemeinsam mit der britischen Countess Alison Clifford angereist. Auch wir in der Küche wissen meist über die Gäste Bescheid." Fasziniert beobachtete Sarah Samiras weit ausholende, elegante Gesten, mit denen sie ihre Worte unterstrich.

Samiras Großmutter erhob sich plötzlich überraschend schnell und griff nach ihrer verbundenen Hand. Sarah lauschte dem lebhaften Gespräch der beiden, bis die alte Frau sich wieder auf ihren Hocker zurückzog.

Samira wandte sich an ihren Gast. „Bitte setzen Sie sich. Ich bereite Malventee und geröstete Maiskolben zu. Ich hoffe, Sie mögen das?"

Sarah nickte, obwohl sie noch nicht hungrig war. Auf eine Geste ihrer Gastgeberin hin ließ sie sich auf einem zweiten Hocker nieder und sah sich in dem angenehm kühlen Zimmer um. Rotbraun schimmernde Holzmöbel, bunte Teppiche und makelloses Geschirr in einer europäisch aussehenden Glasvitrine sowie die Kochutensilien aus rötlichem Kupfer deuteten auf einen gehobenen Lebensstandard hin, obwohl das Haus klein war und in einem eher ärmlichen Viertel lag. Allerdings war es tadellos sauber und aufgeräumt. Ein Blick in die angrenzenden Räume blieb ihr verwehrt, da die Türdurchgänge mit Webteppichen verhängt waren.

Wenig später zog der Duft von gebratenem Mais durch den Raum. Marik packte erwartungsvoll die Schreibunterlagen beiseite. Sarah schmunzelte. Wie wohl überall auf der Welt war auch hier der Junge der hungrigste Hausbewohner. Beim Essen erfuhr Sarah, dass Samira und ihre Geschwister den britischen Nachnamen Elwood trugen. Ihre Mutter hatte einen der Engländer geheiratet, die es in das geheimnisvolle Ägypten gezogen hatte. Offenbar war der Mann noch vor der Geburt von Tari gestorben und die Mutter kurz danach. Seitdem lebten die Geschwister in eher bescheidenen Verhältnissen bei der Großmutter.

Sarah fühlte sich Samira plötzlich sehr nahe, teilten sie durch den frühen Verlust ihrer Eltern doch ein ganz ähnliches Schicksal. Im Gegensatz dazu fühlte Sarah sich unter den misstrauischen Blicken von Samiras Großmutter unwohl. Die alte Frau mit dem markanten Gesicht zeigte ihr zwar die in diesem Land hochgeschätzte Gastfreundschaft, doch ihr Unbehagen über die Anwesenheit ihrer europäischen Besucherin war kaum zu übersehen. Als die durchdringende Stimme des Muezzin zum Mittagsgebet, dem *Zuhr,* rief, ging Nalan mit Marik hinaus in den Hof, nachdem sie Samira einen Blick zugeworfen hatte, den Sarah nicht deuten konnte. Beide kehrten nach dem Gebet nicht mehr zurück.

***

Der ägyptischen Sonne gelang es nicht mehr, ihre Strahlen in die Gassen zwischen den Häusern zu schicken, als Sarah und Samira den Rückweg zum Hotel antraten.

Der Himmel, vor dem sich die Palmen in der Parkanlage des Hotels wie schwarze Schattengestalten erhoben, wies eine eigentümliche gelbe Farbe auf. Der warme Abendwind trug feinen Sand mit sich und Stechmücken surrten umher, die Samira mit schnellen Handbewegungen zu vertreiben versuchte.

„Du solltest deine Hand wirklich schonen", mahnte Sarah und schlug erneut vor, dass sie sich für einige Tage von der Hotelküche fernhalten sollte.

Samira wiegte zweifelnd den Kopf. „Ich rede mit dem Küchenchef", gab sie schließlich seufzend nach und winkte Sarah zum Abschied zu.

Samira lächelte in die Dunkelheit hinein. Als Küchenhilfe unterhielt sie keinen direkten Kontakt mit den Gästen. Oft beobachtete sie, wie sie auf der Suche nach dem Besonderen über den Markt schlenderten, um dann mit einem billigen Imitat, für das sie deutlich zu viel gezahlt hatten, glücksstrahlend in ihre heile Welt der Hotels zurückzukehren. Ein Großteil der Damen, die sich nach Luxor wagten, kamen ihr längst nicht so frei vor, wie Samira sich das früher immer eingebildet hatte. Sie mussten sich im Normalfall von Männern begleiten lassen und unterlagen strengen Regeln, was ihre Gesprächsinhalte, ihre Garderobe, ihre Frisuren und ihre Handlungsweisen betraf. Einige der weiblichen Reisenden schienen Angst vor Samiras Landsleuten zu haben, warfen allenfalls bettelnden Kindern aus der Entfernung Almosen zu.

Die Männer waren ganz anders, als sie ihren fröhlichen und gesprächigen britischen Vater in Erinnerung hatte. Als einfache Küchengehilfin war sie es wohl nicht wert, beachtet zu werden. Sah allerdings doch einmal einer von ihnen genauer hin, glaubte sie Begehrlichkeit in seinen Augen zu entdecken. Deshalb widersprach sie kaum noch, wenn ihre Großmutter sie drängte, sich in einen Jilbab und den dazugehörigen Khimar zu hüllen. Ein Tourist hatte ihr einmal angeboten, sie in seine Heimat mitzunehmen, doch sie war auf seinen ungebührlichen Vorschlag natürlich nicht eingegangen. Nicht zuletzt, weil sie seit einigen Jahren bereits einem Mann versprochen war.

Samira seufzte. Wieder spürte sie das Unbehagen mit eiskalten Fingern nach ihrem Herzen greifen. Dero Kaldas war schon über 30, und es würde wohl nicht mehr viel Zeit verstreichen, bis er sie zur Frau nahm. Dabei hegte sie keinesfalls den Wunsch, diese Vermählung voranzutreiben, die schon vor Jahren von Deros Vater und ihrer Großmutter arrangiert worden war. Dero verbrachte im Auftrag seines Vaters viel Zeit auf Reisen, daher wusste Samira nicht viel über ihren zukünftigen Ehemann und hatte ihn nur ein paarmal getroffen. Bei dem Gedanken daran, den Rest ihres Lebens mit diesem Fremden zu verbringen, rumorte ihr Magen.

Samira drehte dem erhaben in den nächtlichen Himmel ragenden Hotel den Rücken zu und begab sich auf den Heimweg in ihre eigene beengte Welt. Je älter sie wurde, je mehr sie hörte, sah und verstand, umso fremdbestimmter und einengender kam ihr ihre Zukunft vor. Und mit Samiras Unzufriedenheit stieg auch ihr Wille zum Protest.

Samira wusste, dass sie nicht die erste Frau in der Ahnenreihe ihres ägyptischen Familienzweigs war, die widersprüchlich dachte und neue Wege einschlug. Es hatte einmal eine gegeben …

Samira ging schneller. Seit Vaters Tod sprach man nicht mehr von ihren Vorfahren und ihren ungewöhnlichen Geschichten. Diese machten einige Mitglieder der weitverzweigten Familie nervös. Sie seufzte ein zweites Mal, während ihre Füße über die festgestampfte Gasse huschten. Es war ohnehin müßig, sich derartigen Gedanken hinzugeben. Ihr Leben war von ihrer Großmutter verplant worden, nachdem ihr Vater nahe des See Genezareth zu Tode gekommen war – bei einer Ausgrabung, die Deros Vater geleitet hatte.

Clive Elwood war nicht mehr zurückgekehrt. Seine Familie hatte lediglich seine Reisetasche zurückerhalten, und eine derb zusammengezimmerte Kiste, die ein paar Tage später eintraf. Zum Erstaunen aller hatte Samiras Name auf dieser gestanden. Der Inhalt hatte das Mädchen damals in helle Aufregung versetzt. Sie hatte nur einmal hineingesehen und die Kiste dann versteckt. Seit sie in das Haus ihrer Großeltern gezogen waren, ruhte die Kiste unter Samiras Bett vergraben in ägyptischer Erde.

Etwas außer Atem erreichte sie ihr Zuhause. Aus einem der winzigen Fenster drang ein flackernder Lichtschein, doch im Haus herrschte Stille. Aufgewühlt wie selten zuvor lehnte sie sich gegen die Holztür und blickte zu den Sternen hinauf, deren Leuchten immer kräftiger wurde. Ihr Herz schlug in einem wilden Takt. Sehnsüchte, die sie lange Zeit tief in ihrem Inneren verschlossen gehalten hatte, brachen sich Bahn und drängten mit einer Vehemenz an die Oberfläche, die ihr fast körperliche Schmerzen verursachten. Die Erinnerungen an ihren Vater traten ihr klar vor Augen. Wie sehr sie ihn vermisste! Sarah war die erste Europäerin, mit der sie mehr als einige höfliche Worte gewechselt hatte. Denn Sarah war anders. Sie hatte sie gesehen, ihre Not erkannt und ihr Hilfe angedeihen lassen. Entweder war Sarah extrem mutig oder…

Samira schüttelte entschieden den Kopf. Hilfsbereitschaft hatte nichts mit Naivität zu tun. Es war eine Herzenshaltung. Gleichgültig, ob die junge Britin nun anders dachte, fühlte oder erzogen war als sie – Samira mochte Sarah. Es war Samira gleichgültig, dass es Nalan missfiel, dass sie die Fremde mit in ihr Haus gebracht hatte. Samira schloss die Augen. War dies das erste Anzeichen einer beginnenden Rebellion gegen die Zukunft, die man ihr aufzwingen wollte?

***

Nach diesem ereignisreichen Tag stieg Sarah bedächtig die Stufen zur Terrasse hinauf und lehnte sich dort an die Brüstung. Die Sonne sank tiefer, tauchte den Himmel und den Nil in einen Farbenrausch aus Rot und Violett, bis es nach einem letzten Aufglühen, als halte sich der Feuerball verzweifelt an der Erde fest, dunkel wurde. Ein Muezzin rief zum *Maghrib,* dem Gebet nach Sonnenuntergang, untermalt vom Gesang eines einsamen Vogels und dem Zirpen der Zikaden. Der Wind trug den modrigen Geruch des Nils mit sich und vertrieb die Trockenheit aus der Luft.

Leise Schritte, die von der Terrassentreppe her auf sie zukamen, ließen Sarah aufmerken, doch aufgrund der schnell aufkommenden Dunkelheit gelang es ihr nicht, die sich ihr nähernde Person zu sehen. Mit einem Mal vernahm sie auch von der entgegengesetzten Seite Schritte. Diese klangen nach kräftig aufgesetzten Männerstiefeln.

„Miss Hofmann?"

Sarah glaubte am Rascheln von Stoff zu erkennen, dass sich die Person auf der Treppe eilig entfernte. Sie kam nicht mehr zu der Überlegung, ob sie die Vielzahl an nächtlichen Geräuschen getäuscht hatten, denn Andreas gesellte sich zu ihr an die Brüstung. „Ihre Lady wirkt beunruhigt über Ihr langes Ausbleiben."

Sarah lächelte in die Nacht hinein. Beunruhigt hatte sie Alison nur selten einmal erlebt. „Sie war es doch, die mich davor warnte, ihr vor der Abendmahlzeit wieder unter die Augen zu treten."

„Als die Lady uns mitteilte, dass Sie bereits am frühen Morgen das Hotelzimmer verlassen hätten, um einer verletzten Ägypterin zu helfen, und bis jetzt nicht einmal das Verbandsmaterial zurückgebracht hätten, waren wir alle ein wenig in Sorge."

Sarah hob ihren Henkelkorb an. „Samira hat mich in ihr Haus eingeladen", erklärte sie.

„Samira? ‚Die nächtliche Unterhalterin, die Gesprächspartnerin'", übersetzte Andreas für Sarah den Namen ihrer neuen Freundin. „Im Hebräischen bedeutet es Diamant oder Stachel."

„Samira ist ein Küchenmädchen hier aus dem Hotel. Sie hatte eine Schnittwunde an der Hand. Ich habe sie verbunden und zum Dank lud sie mich zum Essen mit ihrer Familie ein und erzählte mir eine Menge Interessantes über das Leben hier."

Der Blick, mit dem Andreas sie nun ansah, ließ Unruhe in ihr aufkeimen. Seine auffällig hellblauen Augen schienen sie förmlich zu durchbohren, als suche er tief in ihrem Inneren nach ihren Beweggründen. „Sie sind mit einer wildfremden Person durch die Straßen gestreift und haben sie in ihrem Haus besucht?"

„Hätte ich das nicht tun sollen?" Sarah schaute Andreas fragend an. Sie war zu Beginn ihres Ausflugs verunsichert gewesen, doch Samira hatte auf sie durchaus vertrauenswürdig gewirkt.

Andreas hob entschuldigend beide Hände. „Sie haben nichts falsch gemacht. Ich frage mich nur …" Er führte seinen Satz nicht zu Ende, sondern betrachtete sie wieder auf diese eigentümliche, prüfende Art.

Die Sterne funkelten inzwischen wie Brillanten am Himmel und verliehen seinen Augen einen Farbton, der Sarah an die spiegelnde Oberfläche des gefrorenen Sees in ihrem deutschen Heimatstädtchen erinnerte. Ihr wurde unter seinem Blick zunehmend unbehaglicher. Sie wandte den Kopf ab und blickte auf den Nil hinaus, dessen Wasser sich schwarz durch das Flussbett wälzte.

„Vielleicht sollten Sie Ihre Lady aufsuchen", durchbrach Andreas das Schweigen. „Am besten, ich geleite Sie zu ihr ins Restaurant und begebe mich dann auf die Suche nach Jacob."

„Sie und Mr Miller haben mich also richtiggehend gesucht?"

Ein schiefes Grinsen zeigte sich auf seinem Gesicht mit dem etwas ungepflegt wirkenden Zweitagebart. „So lautete unser Auftrag!"

Sarah schüttelte belustigt den Kopf. Es gab nicht viele Männer, die mit Alisons dominanter und gelegentlich ruppiger Art derart lässig umzugehen wussten. „Entschuldigen Sie bitte. Ich wollte niemanden in Aufregung versetzen."

„Kommen Sie ", forderte Andreas sie auf und ging vor ihr in Richtung Tür. Er hielt ihr einen Türflügel auf und begleitete sie ins Restaurant.

Alisons saß mit zwei jüngeren Damen und einem älteren Herrn am Tisch und unterhielt sich offensichtlich prächtig. Sie sah kurz auf, nickte Sarah und Andreas zu und beendete zuerst ihren Satz, ehe sie sich ihrem Mündel zuwandte. „Wo hast du nur gesteckt, meine Liebe?"

„Ich war … unterwegs", sagte Sarah vage, da sie vor den anderen Gästen nicht mehr erzählen wollte. Ihre Antwort entlockte Andreas ein leises Auflachen.

Alison zog die Augenbrauen zusammen, doch da ihr Gesprächspartner sich höflich erhoben hatte, stellte sie ihn Sarah als Dr Finders und die Damen als seine beiden Töchter vor. Anschließend wandte sie sich abrupt an Andreas. „Ich habe bereits gespeist. Sie und Mr Miller noch nicht. Werden Sie Sarah Gesellschaft leisten?"

„Ist das ein Befehl oder eine Bitte?", konterte Andreas.

„Ein Zeichen guter Kinderstube!"

„Da versage ich kläglich. Vielleicht hat Jacob Miller mehr davon vorzuweisen."

„Jedenfalls haben Sie Sarah aufgespürt. Also lassen Sie sich den Hauptpreis nicht vor der Nase wegschnappen."

Sarah spürte, wie sie errötete. Alisons Direktheit fand sie meist erheiternd. Aber seit sie zunehmend mehr in den Mittelpunkt ihrer spitzfindigen Aufmerksamkeit rückte, behagte ihr diese nicht immer.

„Ich habe ebenfalls bereits gegessen. Wenn Sie mich bitte entschuldigen", sagte sie daher schnell, lächelte, ohne jemanden anzusehen, und floh aus dem Speisesaal.

In der Lobby traf sie auf Jacob, der sichtlich erleichtert wirkte. „Miss Hofmann! Wir waren alle in Sorge um Sie", stieß er atemlos hervor.

„Mr Miller, mir geht es gut. Ich hatte einen vergnüglichen Tag in Begleitung einer freundlichen jungen Ägypterin und möchte mich jetzt zurückziehen." Sarah konnte nicht verhindern, dass ihre Stimme einen gereizten Unterton enthielt. Jacob hob irritiert die Augenbrauen, ließ sie aber kommentarlos gehen.

Auf dem Weg über die Galerie zur zweiten Treppe sah sie im Licht der funkelnden Kronleuchter, wie sich Jacob zu Andreas gesellte, der in der Lobby abwartend an einer der Säulen gelehnt hatte. Die beiden folgten Sarah mit ihren Blicken, bis die Biegung der Galerie sie endlich vor ihnen verbarg.

Müde und mit einem schlechten Gewissen wegen ihres unhöflichen Rückzugs betrat Sarah die Suite und knipste die Deckenleuchte an. Erleichtert, allein zu sein, kickte sie ihre Schuhe von den Füßen, ließ sich auf einen Sessel fallen und streichelte Giant, der seinen Abendspaziergang mit einem Angestellten des Hauses anscheinend bereits absolviert hatte.

„Was soll das werden, Lady Alison?", fragte sie halblaut in das Zimmer hinein. Warum waren ihre Eigeninitiative und ihre Entscheidungsfreiheit, die Alison zuletzt immer vehementer von ihr eingefordert hatte, auf einmal nicht mehr gefragt?

Sarah lag bereits im Bett, als Alison ihre Suite betrat. Das Klicken des Schlosses und ein schmaler Lichtstreifen an der Tür verrieten Sarah, dass Alison die Verbindungstür geöffnet hatte, um nach ihr zu sehen.

„Ich bin noch wach, Lady Alison", sagte sie leise. „Kann ich etwas für Sie tun? Wie geht es Ihrem Magen?"

Alisons Schritte näherten sich ihrer Schlafstatt. Die Frau schob das dünne Moskitonetz auseinander und setzte sich auf die Bettkante. „Erzählst du mir, was du heute erlebt hast?"

Sarah tat ihr den Gefallen. Alison unterbrach sie nur selten, um ein paar Details ausführlicher geschildert zu bekommen. Als Sarah geendet hatte, schwiegen sie. Das Surren eines Insekts löste die Stille auf, dazu einige murmelnde Männerstimmen, die von außen durch die geschlossenen Holzläden zu ihnen hereindrangen.

„Gut gemacht", sagte Alison plötzlich, beugte sich nach vorn und hauchte ihr einen Kuss auf die Stirn.

Erst, als sich die Tür hinter der Frau nahezu lautlos schloss, konnte

Sarah sich wieder rühren. Es war lange her, dass Alison auf ihrer Bettkante gesessen und ihren Erzählungen gelauscht hatte. Und an Zärtlichkeiten wie diesen Kuss konnte sie sich gar nicht erinnern. Gelegentlich umarmte Alison sie, was der Countess schon tadelnde Blicke ihrer Freundinnen eingebracht hatte, die diese Zuneigungsbekundungen einer Angestellten gegenüber für unangebracht hielten. Aber dieser gehauchte Kuss auf die Stirn …

Und wie sollte Sarah Alisons Worte deuten? Was hatte sie gut gemacht? Sie hatte den Tag doch lediglich in Begleitung einer Einheimischen verbracht.

Sarah schloss die Augen. Sie erinnerte sich nur allzu gut an die Begegnung mit den Kindern im Hafen von Kairo und daran, welche Ängste sie inmitten der Schar überfallen hatten. Heute hingegen hatte sie sich aus freien Stücken einer Frau eines ihr unbekannten Kulturkreises genähert und ihre Wunden verbunden. Zudem hatte sie es gewagt, ihrer Einladung Folge zu leisten, hatte den Tag in einer völlig fremden Umgebung zugebracht und das sogar genossen!

Ein verstehendes Lächeln breitete sich auf Sarahs Gesicht aus. Alison war dabei, sie aus dem Nest zu schubsen! Einem Nest, das dem Waisenkind lange Zeit ein sicherer Hort gewesen war. Nun erschloss sich ihr, warum Alison Wert auf die Anwesenheit beider jungen Männer legte. Damit wollte sie Sarah zu eigenständigem Handeln zwingen. Entweder musste sie sich komplett gegen Alisons Pläne zur Wehr setzen oder sich für einen von ihnen entscheiden. Ihren Ausflug heute hingegen hatte Alison nicht geplant gehabt. Sarah hatte von selbst erste Schritte in die manches Mal so bedrohliche Welt hinaus gewagt. Sie war über eine unsichtbare Mauer in ihrem Inneren gesprungen. Alison hatte Sarah viele Jahre lang darauf vorbereitet, doch den letzten Sprung hatte sie eigenständig getan. Das freute ihre Ziehmutter und machte sie womöglich sogar stolz.

Sarah vergrub ihr Gesicht in dem weichen Kissen. Ob sie auch ein bisschen stolz auf sich selbst sein durfte?

Kapitel 9

Alisons überraschend schnelle Genesung erhärtete Sarahs Verdacht vom Vorabend, dass die Frau sich nur in ihr Zimmer zurückgezogen hatte, um ihr Mündel dazu zu zwingen, ihre Zeit in der Fremde allein zu gestalten.

Als sie an diesem Vormittag gemeinsam über den Basar schlenderten, hakte Alison sich bei ihr unter und sagte leise: „Ich fürchte, ich habe dich zu lange behütet und beschützt, liebe Sarah. Einerseits wollte ich dich zu einer selbstbewussten, selbstständigen Frau erziehen, andererseits habe ich dich häufig vor den Herausforderungen des Lebens abgeschirmt. Entschuldige bitte, dass ich dich in diesem Widerspruch gefangen hielt."

Sarah nickte, erstaunt über die plötzliche Offenheit ihrer Ziehmutter.

„Vielleicht kannst du meine Beweggründe verstehen … Schließlich musste ich dich wie meinen Augapfel beschützen, weil du das Kind meiner besten, meiner einzigen Freundin bist. Du kamst als verwirrtes, verzweifeltes Mädchen zu mir, warst vollkommen fremd in England, ohne Mutter und zuletzt auch ohne Vater. Er hatte dich meiner Fürsorge anvertraut." Alison hielt vor einem Sandalenstand, ließ Sarah los und stellte sich direkt vor sie. „Verzeih mir bitte."

„Natürlich verzeihe ich Ihnen, Lady Alison. Sie haben immer nur das Beste für mich gewollt. Allerdings war Ihr Verhalten in den letzten Tagen ziemlich verwirrend für mich. Und erfolgreich."

„Dann …?" Alison hielt inne und Sarah lachte leise auf. Das seltene Ereignis, ihre Arbeitgeberin einmal sprachlos zu erleben, erheiterte sie.

„Lady Alison, ich bin kein Kind mehr. Vor einigen Monaten hätten mich die Herausforderungen der vergangenen Tage erdrückt. Doch ich lerne. Schritt für Schritt. Der gestrige Tag war sehr heilsam. Ich habe den Sprung ins kalte Wasser gewagt und ein Ziel erreicht. Vermutlich nur eines von vielen auf einem langen Weg, aber ich weiß jetzt: Ich kann ihn gehen. Mit etwas Mut und dem Wissen, dass Gott mich bei keinem meiner Schritte alleinlässt. Was ich brauche, ist nicht unbedingt ein ausgeprägtes Selbstvertrauen, sondern vielmehr Gottvertrauen."

„Wunderbar!", lobte Alison, verstummte jedoch, als Sarah die Hand hob.

„Aber erwarten Sie von mir bitte nicht, dass ich so werde wie Sie. Ich bin von ganz anderer Natur. Ich muss nicht in der ersten Reihe stehen, wenn es darum geht, eine Aufgabe anzupacken. Auch werde ich nie so eloquent diskutieren und meine Meinung durchsetzen wie Sie."

„Das erwartet niemand, meine Liebe. Deine ruhige, freundliche Art ist überaus liebenswert. Wo kämen wir denn hin, würden alle Menschen sich ununterbrochen in den Vordergrund drängen? Wer würde *mir* dann noch zuhören?"

Sarah lachte erneut und ergriff Alisons Hände, als sie ihr diese einladend entgegenstreckte.

„Ich will nicht mehr, als dass du lernst, deine eigenen Entscheidungen zu treffen und zu ihnen zu stehen; dass du dir eine Meinung bildest und dich nicht von anderen bevormunden lässt. Das wird vielleicht noch ein schwieriger Lernprozess. Dennoch bin ich guter Hoffnung, dass du ihn in Angriff nehmen wirst." Alison schaute Sarah forschend an, ließ ihre Linke los, um ihr auf die Nase zu tippen und fügte hinzu: „Es gibt Momente, da liebe ich es, wenn du mir nicht widersprichst!"

Sarah erwiderte ihren Blick mit großen Augen. Niemals zuvor war ihr so deutlich geworden, wie sehr sie Alison liebte. Sie war für sie wie die Mutter, die sie nie hatte kennenlernen dürfen. „Danke."

„Wofür? Für meine Gardinenpredigt inmitten des Trubels eines ägyptischen Souks?" Alisons Stimme klang nun wieder gewohnt forsch.

Doch diesmal ließ Sarah sich nicht davon abhalten, das zu sagen, was ihr auf dem Herzen lag. „Für Ihre Fürsorge und Liebe. Mein Vater vertraute mich Ihnen an, weil er wusste, dass Sie gut für mich sorgen würden. Und Sie taten weit mehr als das!"

Plötzlich schien in Sarahs Herz ein buntes Feuerwerk aus Erinnerungen, Gefühlen und Glück zu sprühen. Ja, ihr Vater hatte sie weggegeben, allerdings nicht einfach an irgendjemandem. Er hatte mit Sicherheit gewusst, dass aus Alisons Sicht für das ihr anvertraute Kind nur das Allerbeste gerade gut genug war. Weshalb auch immer er diesen Schritt getan hatte, seine Fürsorge für Sarah war groß genug gewesen, um sie bei niemand Geringerem als Lady Alison Clifford unterzubringen.

Alison vollführte eine abweisende Handbewegung und hängte sich erneut bei ihr unter. „Genug geredet! Jetzt geben wir ordentlich Geld aus. Ich freue mich schon seit Tagen darauf, diese Verkäufer in Grund und Boden zu feilschen!"

Sarah verdrehte die Augen, ahnte sie doch, dass sie einmal mehr eine vorzügliche Lektion erhalten würde.

Alison erstand Sandalen, Ketten, Stoffe und zwei Taschen. Sie handelte um diese Sachen, als ginge es um ihr Leben. Offenbar gefiel dies den Händlern, zumindest anfangs. Doch je vehementer die Britin den Preis drückte, umso schmallippiger wurde ihr Grinsen.

Währenddessen stieg die Sonne hoch an den Himmel und wärmte den Platz zunehmend auf. Der Duft der Gewürze und des Obstes und die weniger angenehmen Ausdünstungen der dicht gedrängten Menschenmenge erfüllten die Luft. Es war Alison, die vorschlug, sich in einem kleinen Straßencafé niederzulassen. Hier hüllte sie der Duft der Speisen, bald auch der herbe Geruch des Tabaks ein, und die Stimmen der Backgammonspieler mischten sich mit den Rufen der Händler und spielenden Kinder.

„Das pralle Leben", seufzte Alison glücklich. Der Kontrast zu ihrer ruhigen Zweisamkeit in England oder der steifen Atmosphäre in den Adelshäusern hätte kaum größer sein können.

Sarah lehnte sich auf dem wackeligen Holzstuhl zurück, schloss die Augen und reckte ihr Gesicht der Sonne entgegen. Sie ließ sich nicht stören, als jemand unsanft gegen die Lehne ihres Stuhls stieß. Die Menschen drängten hinter ihr vorbei und mussten entgegenkommenden Passanten ausweichen. Mit klapperndem Geschirr brachte der Cafébesitzer ihren Kaffee. Sarah öffnete die Augen und betrachtete den bunt bemalten Steingutteller, auf dem zwei Stücke Nussstrudel lagen. Der Dampf des heißen Getränks stieg aus den bauchigen Bechern in Richtung der Schatten spendenden Markise.

„Bist du erschöpft?", erkundigte Alison sich.

„Nein …", sagte Sarah und zögerte einen Augenblick. Wie sollte sie beschreiben, was sie fühlte? Diese plötzliche Leichtigkeit, als habe sie einige schwere Steine im Gepäck gehabt und diese jetzt abgeworfen. „Glücklich?", fügte sie eher zögernd hinzu.

„Verliebt?"

Sarah schürzte die Lippen und dachte an Jacob. Er hatte sie im Arm gehalten. Seine Nähe hatte ihr durchaus gefallen und sein Trost gutgetan. Allerdings empfand sie nicht mehr als Dankbarkeit. Und Andreas … Ihn konnte sie nur schwer einschätzen. Seine Blicke beunruhigten sie, aber das hatte wohl kaum etwas mit Liebe zu tun.

„Ich fürchte, ich muss Sie enttäuschen."

Alison lachte und trank vorsichtig einen Schluck des heißen Gebräus. „Mich enttäuschst du nicht, Sarah. Immerhin habe ich eine Antwort auf meine Frage erhalten. Wie es dagegen den beiden Herren ergehen mag …"

„Sie kennen mich doch erst seit wenigen Tagen."

„Ich kannte Theodore auch nicht lange." Alison brach ab. In der Annahme, die Erinnerung an ihren verstorbenen Mann schmerze sie, legte Sarah ihre Hand auf Alisons. Diese zog ihre jedoch ruckartig zurück und richtete sich steif auf. „Überstürze nichts!", riet sie ihr nüchtern und verwirrte Sarah damit einmal mehr.

Nachdenklich senkte sie den Blick und entdeckte dabei zu ihren Füßen einen geflochtenen, runden Korb, der mit einer Holzscheibe abgedeckt war. Woher kam das Behältnis plötzlich? Hatte es bereits dort gestanden, als sie sich am Tisch niedergelassen hatte?

Sarah sah sich um, aber niemand schien Anspruch auf den Korb zu erheben. Von Neugier übermannt beugte sie sich hinab, ergriff den Holzdeckel und hob ihn an. Die Sonnenstrahlen erhellten das vormals dunkle Innere. Eine Schlange schoss zischend und mit zum Angriff weit geöffnetem Maul auf Sarah zu.

***

Sarah zitterte am ganzen Leib. Hitzewellen jagten durch ihren Körper. In ihrem Mund sammelte sich Speichel, der eigentümlich metallisch schmeckte. Mühsam schluckte sie ihn hinunter. Sie hockte auf dem staubigen Boden, mit dem Rücken an die Steinmauer des Cafés gelehnt. Die Aufregung um sie herum nahm sie nur gedämpft wahr, als habe jemand eine dicke Daunendecke über sie geworfen. Die Intensität des Stimmengewirrs steigerte sich. Scharrende Füße, nackt, in Sandalen oder Stiefeln, wirbelten Staub und Sand auf. Irgendjemand stellte den Tisch wieder auf die Beine. Hatte sie ihn umgeworfen?

Die Person ging vor ihr in die Hocke, kniete sich mit einem Bein in den Straßenstaub und ergriff ihre Arme. Kräftige Männerhände drehten diese hin und her und schoben die weiten Ärmel des Kleides bis über ihre Schultern hinauf. Dann wandte der Mann sich ihren Beinen zu. Sarah wollte zurückweichen, den Stoff schicklich zurück über ihre Knie schieben, aber mahnende Schnalzlaute hielten sie davon ab.

„Hat die Schlange Sie gebissen?"

Sarah runzelte die Stirn. Das Reptil war ihr entgegengeschnellt, doch sie erinnerte sich an keinen Schmerz, an keine Berührung. „Hat die Schlange Sie gebissen, Miss Hofmann?", hakte die Männerstimme nach.

Sarah hob den Kopf und blickte in eisblaue, besorgte Augen. Mühsam zwang sie sich zu einem Kopfschütteln.

„Wie sah sie aus?"

„Hellbraun", stammelte Sarah, und da Andreas mit dieser vagen Beschreibung nicht viel anfangen konnte, fügte sie hinzu: „Ihr Kopf war eckig und sie hatte über den Augen so etwas wie Hörner."

„Und Sie wurden wirklich nicht gebissen?"

„Nein. Die Schlange ist einfach geflohen."

„Das ist gut. Der Biss einer Hornviper ist gefährlich. Ich helfe Ihnen jetzt, sich auf den Stuhl zu setzen."

„Danke", flüsterte Sarah und ließ sich von Andreas auf die Beine ziehen. Auf dem Platz vor dem Café bewegten sich eine Menge Menschen mit auf den Boden gerichteten Blicken wie in einem eigentümlich anmutenden Tanz, vermutlich befanden sie sich auf der Jagd nach der Viper.

„Wie konnte das passieren? Wo kam die Schlange her?", fragte Jacob an Alison gewandt.

„Bin ich unter die Schlangenbeschwörer gegangen? Woher soll ich das wissen?"

„Miss Hofmann hat sich furchtbar erschreckt."

„Glauben Sie mir, *das* habe ich bemerkt!"

„Sie sollten sie ins Hotel zurückbringen", schlug Andreas vor.

„Natürlich nicht!", diesmal warf Alison dem Deutschen einen vorwurfsvollen Blick zu. „Sie lernt gerade, sich ihren Ängsten zu stellen, und das ist eine hervorragende Übung."

Die beiden taxierten sich, doch Sarah war abgelenkt. Jemand zupfte am Ärmel ihrer Bluse. Neugierig drehte sie den Kopf und blickte in die dunklen Augen von Samiras kleiner Schwester Tari.

„Was machst du denn hier?", fragte sie langsam und wandte sich dem Kind vollständig zu.

„Samira weint."

„Deine Schwester weint?" Fragend hob Sarah die Augenbrauen. „Wo ist sie?"

Tari ergriff ihre Hand. „Hat dich nicht gesehen. Aber ich."

„Ihr seid hier vorbeigekommen? Wo ist Samira jetzt?"

„Ich gesagt, ich hole Hilfe."

„Hilfe wofür?"

„Für … alle!"

Sarah schüttelte den Kopf. Taris Englisch reichte nicht aus, um zu erklären, weshalb Samira weinte, wo sie sich momentan aufhielt und warum die Siebenjährige sie angesprochen hatte.

Prüfend blickte Sarah zu Alison, Jacob und Andreas. Die drei diskutierten noch immer hitzig miteinander. Sie kramte ihr Tagebuch aus der Handtasche, trennte vorsichtig die letzte Seite heraus und schrieb eine Nachricht für Alison, die sie dem Caféinhaber in die Hand drückte.

„Geben Sie das bitte der Dame, sobald sie fertig damit ist, die Männer aufzuregen?"

Der Ägypter grinste breit und nickte. Sarah ergriff Taris Hand und ließ sich von dem Kind in eine angrenzende Straße ziehen. Als sie zurückblickte, stellte sie belustigt fest, dass die drei ihr Fortgehen nicht einmal bemerkten. Kurz streifte ihr Blick einen stämmigen Ägypter mit schwarzem Überwurf, doch da an diesem kühleren Morgen viele so gekleidete Menschen unterwegs waren, schenkte sie ihm keine Beachtung.

***

„Gleichgültig, wie wir es sehen: Die Hornviper ist ja nicht zufällig hier vorbeigekommen!", sagte Andreas mit einem durchdringenden Seitenblick in Richtung des Caféinhabers.

Der hob entschuldigend die Schultern und streckte Alison ein zusammengefaltetes Stück Papier entgegen. Sie zog es ihm beiläufig aus der Hand. Andreas' Blick blieb an dem leeren Stuhl hängen, auf dem eben noch Sarah gesessen hatte. Suchend blickte er sich um, doch er sah auf dem Platz nur Einheimische in ihren wallenden Gewändern, zwei weibliche Touristen in Begleitung ihrer Führer und eine struppige Ziege, die sich irgendwo losgerissen haben musste. Wohin war Sarah verschwunden?

„Dass ausgerechnet Sarah auf die Schlange treffen musste! Das arme Mädchen", hörte er Alison seufzen.

„Das ‚arme Mädchen' hat sich offenbar schneller erholt, als wir dachten!", sagte Andreas und konnte eine Spur von Bewunderung nicht verhehlen. Besaß dieses Mädchen womöglich weitaus mehr Eigeninitiative und Mut, als er bisher angenommen hatte? Vielleicht täuschten ihre zarte Gestalt, ihre großen Augen und ihre Nachgiebigkeit Alison gegenüber.

„Wo ist Sarah?", fragte Alison. Suchend zwängte sie sich zwischen zwei molligen Ägypterinnen hindurch in die Mitte der Straße. Da sie für eine Frau ungewöhnlich groß war, fiel es ihr nicht schwer, über die Köpfe der Anwesenden nach ihrem Mündel Ausschau zu halten.

„Was steht denn auf dem Zettel?", erkundigte sich Andreas und grinste, als er sah, wie sie irritiert die Nachricht betrachtete, die sie seit geraumer Zeit unbeachtet in den Händen hielt.

Alison trat zurück in den Schutz der Markise und faltete das raschelnde Papier auseinander. „Dieses ... Gör!", schalt Alison, lächelte aber dabei.

„Wo ist sie?", wollte Jacob wissen.

Alison drückte ihm die Mitteilung in die Hand und Jacob las laut: „Samiras Schwester hat mich geholt, da sie wohl meine Hilfe benötigt. Wir treffen uns später im Hotel, vorausgesetzt Sie, Lady Alison, und die beiden Herren sind bis dahin damit fertig, über mein Leben zu philosophieren. Sarah."

Andreas lachte und fing sich einen vorwurfsvollen Blick seines Freundes ein. „Miss Hofmann sollte nicht allein unterwegs sein", sagte Jacob besorgt.

„Sarah macht genau das Richtige. Statt sich in ihren Ängsten zu verlieren, konzentriert sie sich auf die Bedürfnisse anderer!", korrigierte Alison.

Andreas' Mundwinkel zuckten. Grundsätzlich gab er Alison recht, doch die Angelegenheit mit der Schlange missfiel ihm, zumal ihm bereits einige weitere eigentümliche Begebenheiten rund um Sarah aufgefallen waren. Sein Instinkt, über die Jahre geschult und bis vor Kurzem noch überlebenswichtig, sagte ihm, dass Sarah in Gefahr war. Er war jedoch nicht in der Lage zu erfassen, was genau nicht stimmte. Die Verdachtsmomente waren zu abstrakt und unzusammenhängend.

„Vielleicht ist es an der Zeit, Ihnen mitzuteilen, Lady Clifford, dass Sarah seit Tagen von einer Gestalt in Landeskleidung verfolgt wird, wodurch sie vermutlich beinahe in die Granitscherben des Sarkophags von Ramses gestürzt wäre. Ich glaube, dass die Sache mit der Schlange ein hinterhältiger Anschlag auf ihr Leben gewesen sein könnte", brach es aus Jacob hervor.

Alison stemmte die Hände in die Hüften und musterte den Amerikaner kritisch. „Was für eine Veranlassung sollte ein Ägypter haben, meine Sarah zu verfolgen?", fragte sie an Andreas gewandt.

„Das wissen wir nicht. Mir fiel der Mann auf, allerdings kann ich nicht mit Bestimmtheit sagen, ob er Miss Hofmann oder Mr Miller folgte."

„Ich habe kein gutes Gefühl dabei, dass Miss Hofmann jetzt allein-", begann Jacob, wurde von Alison jedoch sofort unterbrochen: „Warum stehen Sie dann noch hier herum?"

„Andreas?" Fragend blickte Jacob ihn an.

„Ich muss zum Telegraphenamt. Aber auf dem Weg dorthin sehe ich mich um."

„Zuerst begleiten Sie mich zurück zum Winter Palace." Alison nickte Jacob grüßend zu, bezahlte den Kaffee und sah Andreas auffordernd an.

„Also gut", brummte er und ging vor ihr her über den Souk, ohne sich zu vergewissern, ob ihm die Countess folgte.

Als sie in eine ruhigere Straße eingebogen waren, gesellte Alison sich an seine Seite. Sie wirkte kein bisschen außer Atem und schritt raumgreifend aus, um sich wegen seiner Geschwindigkeit keine Blöße zu geben.

„Dieser Jacob kann meine Sarah anscheinend gut leiden", begann sie.

„Den Eindruck habe ich ebenfalls. Er ist sehr besorgt um sie."

„Weshalb waren Sie gemeinsam auf dem Basar unterwegs?"

„Wir haben ihn nur überquert, da ich Jacob zu einem Händler führen wollte, bei dem ich gestern interessante antike Kleingegenstände sah. Sie und Miss Hofmann fielen uns erst auf, als der Tisch umkippte und ihre Schutzbefohlene erschrocken zur Seite taumelte."

„Vermuten Sie, ebenso wie Mr Miller, dass die Schlange bewusst in Sarahs Nähe platziert worden ist?"

„Dazu wage ich mich nicht zu äußern. Ich kenne weder Miss Hofmann noch Sie gut genug, um zu wissen, ob Sie in irgendwelche Geheimnisse oder Intrigen verwickelt sind."

„Kennen Sie sich mit Geheimnissen und Intrigen aus?"

Andreas' linker Mundwinkel zuckte, diesmal jedoch nicht aus Erheiterung. Alison war selbst für ihn nur schwer zu durchschauen. Wer wusste schon, über welche Beziehungen sie verfügte und ob sie begonnen hatte, seine und Jacobs Vergangenheit zu durchleuchten. Höchstwahrscheinlich würde ihr nicht gefallen, was sie dabei fand – zumindest, was ihn betraf.

„Ich versichere Ihnen, dass Sarah und ich völlig harmlose Touristen sind. Ich sehe keinen Grund, weshalb jemand Sarah etwas antun sollte!"

„Und Ihnen?"

„Ich bin ein alter Besen, der sagt, was er denkt. Zeitgenossen, die mir nicht viel Zuneigung entgegenbringen, gibt es vermutlich genug – aber bestimmt nicht hier in Ägypten", entgegnete Alison.

„Dann hoffen wir um Miss Hofmanns willen, dass dies alles nur dumme Zufälle waren."

„Ich glaube nicht an Zufälle", wehrte Alison ab. „Gott gleitet das Geschehen nicht aus den Händen. Die Ereignisse haben alle ihren Sinn, ob uns das in den Kram passt oder nicht"

„Zumindest gefällt es uns oft nicht, solange wir mittendrin stecken", sinnierte Andreas laut.

„Da widerspreche ich Ihnen nicht. Einigen wir uns also darauf, dass alle diese Vorkommnisse keine Zufälle waren, sie aber auch noch keinen Grund zur Beunruhigung bilden!", beschloss Alison und Andreas brummte abermals zustimmend.

„Den Rest des Weges kann eine unabhängige Frau wie Sie ohne männlichen Schutz zurücklegen." Andreas deutete auf die Uferstraße, an der sie in diesem Moment ankamen.

Der brackige Geruch des Nils verdrängte die in den Gassen herrschende stickige, trockene Luft, sein glitzerndes Wasser, die grünen Palmkronen und die Blütenvielfalt entlang der für die Touristen gepflegten Anlagen hoben das zwischen den Häusern vorherrschende Braun auf. Ein Dampfer ließ sein tiefes Horn ertönen, und über ihnen zogen einige Nilgänse hinweg, deren lautes Schnattern Andreas veranlasste, ihnen nachzublicken.

„Ich hätte den Weg vom Basar bis ins Hotel ohnehin allein gehen können", stellte Alison klar.

„Selbstverständlich! Wie kam ich nur auf den wahnwitzigen Gedanken, Ihnen meine Begleitung aufzudrängen?"

Alison schmunzelte und trat einen Schritt näher. „Mögen Sie meine Sarah auch ein wenig?"

Andreas' linker Mundwinkel zuckte erneut unruhig. Dieser Themenwechsel behagte ihm nicht, und der herausfordernde Blick von Alison verdeutlichte ihm, dass sie ihn durchschaute. War der einzige Grund, weshalb sie seine Begleitung gefordert hatte, dass sie ihm ungestört diese Frage stellen konnte? Er spürte, wie sich die Schutzmauer, die er um sein Herz und seine Seele aufgebaut hatte, um einige Mauersteine erhöhte. Es fiel ihm schwer, sich nicht einfach umzudrehen und die Frau stehen zu lassen.

„Wer könnte eine so freundliche Person wie Miss Hofmann nicht mögen?", erwiderte er ausweichend, verbeugte sich leicht und ließ sie stehen.

Aufgebracht schüttelte er den Kopf. Was hatte diese Lady denn vor? Dass Jacob Sarah bewunderte, war auch der Countess nicht entgangen. Warum fragte sie ihn nun nach seinen Gefühlen? Sagte ihr Jacob nicht zu, er dagegen schon? Andreas lachte trocken auf. Er hätte Alison mehr Menschenkenntnis zugetraut! Außerdem war die Frau eines anderen tabu für ihn. Nachdenklich hob er die Augenbrauen. Sarah war noch nicht mit Jacob liiert. Allerdings genügte ihm das Interesse des Amerikaners an ihr, um sich zurückzuhalten, zumal das Mädchen und der fürsorgliche, höfliche Jacob perfekt zusammenpassten! Andreas war ohnehin nicht bereit, für Sarah die Schutzmauer um sein Herz einzureißen.

Wenig später betrat er das Telegrafenamt und kramte die kurze Nachricht an einen seiner deutschen Verleger heraus. Geraume Zeit starrte er die Buchstaben an, zog schließlich einen Bleistift aus der Tasche und fügte eine Bitte hinzu, die ihn beschäftigte, seit er das erste Mal den Namen Hofmann wiedergehört hatte:

Bitte darum, männliche Person, Martin Hofmann, in Zusammenhang mit einer jetzt 21-jährigen Frau namens Sarah, wohnhaft bei Alison Clifford, London, zu überprüfen.

Die Anweisung war vage gehalten, doch der, an den sie gerichtet war, würde genug damit anzufangen wissen.

Kapitel 10

Samira weinte nicht, als Sarah und Tari das Haus betraten, wirkte aber bekümmert. Sie sprang von ihrem Platz auf, als sie ihre neue Freundin entdeckte. Ein Redeschwall prasselte auf Tari nieder, die ihre ältere Schwester gelassen und in kindlichem Vertrauen darauf ansah, dass das Donnerwetter bald vorüber sein würde. Danach lief sie zum Spielen in den Hinterhof.

Sarah und Samira blieben allein zurück. Zwischen ihnen entstand ein nahezu greifbares Schweigen, das Sarah schließlich brach: „Ich wollte mich nicht aufdrängen, aber Tari schien sehr besorgt um dich. Was ist los? Hast du Schmerzen?"

Samira nickte, ließ sich wieder auf den Hocker fallen und streckte der Britin ihre verbundene Hand entgegen. Mit einem erleichterten Lächeln setzte Sarah sich auf die zweite Sitzgelegenheit und wickelte vorsichtig den Verband ab.

„Es ist nicht nur das ... Ich bin verunsichert, weil meine Großmutter mich vor dem Kontakt mit dir gewarnt hat", erklärte Samira leise. „Sie fürchtet, dass du mir deine westlichen Ansichten aufdrängen willst."

„Möchtest du mir denn deine aufdrängen?", lautete Sarahs Gegenfrage. Sie drehte Samiras Hand in das durch die Hintertür hereinfallende Sonnenlicht und betrachtete die verheilenden Schnittverletzungen.

„Nein." Samiras Antwort kam prompt und sie wirkte dabei seltsam belustigt.

„Dann einigen wir uns einfach darauf, dass wir weder über Glaubensfragen noch über die Unterschiede in unseren Kulturen diskutieren."

„Wird uns das gelingen?"

„Wir finden es nicht heraus, wenn wir es nicht ausprobieren." Sarah wunderte sich selbst ein bisschen, diese Worte aus ihrem Mund zu hören. Sie war doch sonst diejenige, die bei allem, was fremd und neu war, mit ängstlicher Zurückhaltung reagierte. Etwas verlegen kramte sie in ihrer Tasche nach einem frischen Pflaster und wand schließlich den alten Verband als Schutzpolster darüber. „Fertig!"

„Danke. Möchtest du Tee?"

„Gern! Dein Malventee schmeckt herrlich. Aber bitte gib dieses Mal nicht ganz so viel Zucker hinein, gleichgültig, ob es von dir als Gastgeberin unhöflich ist, damit zu geizen."

Samiras glockenhelles Lachen füllte den Raum und wärmte Sarahs Herz. Sie mochte die junge Ägypterin wirklich gern.

Einige Minuten später saßen sie auf dem Flachdach im Schatten eines über ihren Köpfen aufgespannten verblassten Tuchs. Der Wind bewegte die Stoffbahn in Wellen und ließ die Befestigungsschnüre leise knarren.

„Ich habe meine Arbeit verloren", verriet Samira nun endlich, was sie bedrückte, und blickte wütend auf ihre verbundenen Finger.

„Das heißt, es wird noch schwieriger, den Lebensunterhalt für deine Familie zu bestreiten?"

„Wir kommen zurecht. Aber es ist nicht leicht, seit mein Vater …"

Sarah zögerte, da sie schwer einschätzen konnte, wie weit sie mit ihren Fragen gehen durfte. „Was genau ist mit deinem Vater passiert?"

„Er starb vor einigen Jahren bei einer Ausgrabung. Eine Mauer stürzte auf ihn."

„Das tut mir leid", flüsterte Sarah betroffen. „Ich hoffe, es ist nicht zu schlimm für dich, dass ich hier bin, um die Gräber der alten ägyptischen Könige zu sehen."

Samira schüttelte lächelnd den Kopf. „Viele von uns leben von den Archäologen, die meinen, sie müssten jahrelang im Sand graben, und von den reiselustigen Fremden, die Teil des geschichtsträchtigen Abenteuers sein wollen."

Über Sarahs Arme breitete sich eine Gänsehaut aus, und sie spürte, wie ihr Herzschlag sich beschleunigte. Auf so manches Abenteuer hätte sie getrost verzichten können. Dabei dachte sie nicht nur an ihre Begegnung mit der Dornviper, sondern darüber hinaus an den Beinahesturz in den Sarkophag.

Sarah erzählte Samira, was ihr in den vergangenen Tagen widerfahren war, und die junge Frau lauschte entsetzt ihren Worten.

Sie schrak ebenso wie Sarah zusammen, als eine Stimme laut sagte: „Das kommt davon, wenn die Leute die Ruhe der Pharaonen stören. Dann trifft sie der Fluch!" Marik erhob sich von einer Matte jenseits eines hölzernen Verschlags und gesellte sich zu ihnen. Offenbar war seine Anwesenheit auch Samira entgangen.

„Das ist doch nur das dumme Gerede deiner Freunde, Marik. Du musst deinem Namen nicht gerecht werden!", spottete Samira, beugte sich zu Sarah hinüber und raunte: „Sein Name bedeutet ‚Wächter des Pharao'."

„Was meinst du damit, Marik?", hakte Sarah nach.

Der Junge setzte sich zu ihnen auf ein verschlissenes Kissen und deutete mit einer knappen Handbewegung auf die Kupferkanne mit dem Tee. Samira seufzte zwar, goss ihm aber dennoch von dem süßen Getränk ein. Es würde wohl nicht mehr lange dauern, bis Marik seinen Platz als männliches Familienoberhaupt einfordern würde. Vermutlich würde die Großmutter dies mit Freude und Erleichterung begrüßen, doch wie stand es mit Samira? Sie hatte in den vergangenen Jahren als mit Abstand ältestes Kind große Verantwortung übernommen und schien durchaus selbstbewusst und selbstständig zu sein. Sie hatte aufgrund dieser Rolle etliche Freiheiten genossen, die anderen jungen Frauen in ihrem Alter verwehrt blieben. Ob sie sich in eine ihr aufgezwungene Rolle in der zweiten Reihe fügen konnte?

„Es gibt viele, die sagen, es sei unrecht, die Pharaonen auszugraben, und oft genug sind die Grabräuber bestraft worden", brummte Marik.

„Und damit meinst du nicht unsere ägyptischen Gerichte?"

„Nein. Man spricht von den Strafen der alten Götter."

Samira lachte fröhlich, was ihr allerdings verging, als Marik aufsprang und sie mit einem Schwall wütender Worte bedachte. Er verließ das Dach über die Leiter, ohne sie eines weiteren Blickes zu würdigen.

Samira räumte geschäftig den Tee und die Steingutbecher nach unten. Sarah folgte ihr langsam und lehnte sich an den Durchgang zum Hinterhof, in dem mehrere Mädchen, darunter Tari, spielten. Ihr war ein Gedanke gekommen, aber sie wusste nicht, ob sie ihn Samira gegenüber ansprechen durfte. Sie wollte keine Hoffnung in ihr wecken, die sie später womöglich nicht erfüllen konnte.

„Es gibt noch viele Menschen hier in Ägypten, die den Pharaonen, einst Göttersöhne, eine große Macht einräumen und ihnen so etwas wie Ehrerbietung entgegenbringen", sagte Samira schließlich. „Ihnen gefällt es nicht, dass Fremde im Biban el-Moluk ihre Ruhe stören. Deshalb kramen sie uralte Fluchsprüche hervor und wollen damit die Archäologen und Touristen erschrecken."

„Ich hörte bereits davon."

„Du glaubst aber nicht, dass deine Erlebnisse mit so einem Fluch zusammenhängen?"

Sarah schüttelte den Kopf und setzte zu einer Entgegnung an, schloss ihren Mund jedoch wieder. Sie erinnerte sich an ihr Versprechen, ihren Glauben nicht zu erwähnen. Stattdessen sprach sie aus, was ihr soeben durch den Kopf gegangen war: „Lady Alison und ich möchten gern mehr über Ägypten und seine Kultur erfahren und ein wenig eure Sprache lernen. Es wäre schön, jemand Ortskundigen an unserer Seite zu haben. Könntest du dir vorstellen, diese Aufgaben zu übernehmen? Natürlich muss ich erst mit Lady Alison darüber sprechen."

Sarah schwieg einen Moment, während Samira sich zu ihr gesellte und sich an die gegenüberliegende Türfassung lehnte. „Ich gehe aber davon aus, dass Lady Alison von dieser Idee begeistert sein wird, zumal du eine Frau bist. Sicher will sie ihrem britischen Bekanntenkreis wieder einmal beweisen, wie problemlos sie ohne männlichen Beistand über die Runden kommt."

„Ich könnte es versuchen."

„Dann komm mit. Ich mache euch miteinander bekannt!"

„Die Leute im Hotel sagen, die britische Lady sei sehr streng."

„Das wirkt nur so, keine Angst. Lady Alison hat ein gutes Herz."

„Das muss sie wohl, wenn du sie so gern hast."

„Also kommst du?"

„Ich sage kurz Nalan Bescheid."

„Ich warte draußen!", rief Sarah der davoneilenden Frau nach, schlüpfte in ihre Schuhe und verließ das Haus.

Einmal mehr raubte ihr die trockene, heiße und mit feinem Sand vermischte Luft den Atem. Geblendet kniff Sarah die Augen zu Schlitzen zusammen und lehnte sich an die aufgeheizte Gebäudefassade.

Aus dem Schatten zwischen zwei Lehmhäusern auf der gegenüberliegenden Straßenseite löste sich eine Gestalt. Sie wandte Sarah den Rücken zu und eilte die Straße hinunter. Ihr schwarzer Umhang flatterte auf und gewährte einen Blick auf die darunter getragene helle Galabija und eine kräftige Statur. Sarah sah der Person nach, bis sie hinter entgegenkommenden Fußgängern verschwand. Erst jetzt bemerkte sie, wie fest sie ihre Finger in ihre Handflächen gekrallt hatte. Nachdenklich betrachtete sie die roten, sichelförmigen Abdrücke ihrer Fingernägel in der Haut. War es die Erinnerung an den unheimlichen Mann im Grab Ramses VI., die sie so nervös machte? Dieser Mann hatte sie nachhaltig erschreckt! Aber deshalb durfte sie nicht in jedem stämmigen Ägypter in einer weißen Galabija und dem schwarzen Übermantel eine Gefahr sehen.

Sie war erleichtert, als Samira sich zu ihr gesellte. Gemeinsam begaben sie sich auf den Rückweg zum Hotel, und Samiras freudige Erregung war so ansteckend, dass Sarah ihre düsteren Gedanken schnell vergaß.

***

Samiras Augen wanderten von dem vergoldeten Kronleuchter mit seinen blitzenden Prismen über das Himmelbett zu dessen gedrechselten Bettpfosten, an denen die Stoffenden des Betthimmels bis fast zum Boden hingen. Sie musterte die beigen und roten Volants des golddurchwirkten Bettüberwurfs, den bemalten Rundbogen zwischen Schlaf- und Wohnbereich und die winzigen verschiedenfarbigen Mosaiksteine des Bodenbelags. Ihr Staunen verriet Sarah, dass sie noch nie eine der prächtig eingerichteten Hotelsuiten betreten hatte. Sie hatte damit gerechnet, dass Samira Alison gegenüber gehemmt sein würde, doch ihre neue Freundin meisterte die Situation souverän. Sie beantwortete in ihrem leicht abgehackten, aber nahezu perfekten Englisch die Fragen der älteren Dame und bedankte sich höflich, als diese ihr tatsächlich eine Anstellung zusagte. Nur das Lächeln, das sie daraufhin Sarah schenkte, zeigte ihre Erleichterung und Freude.

Alison schlug vor, nach der warmen Mittagszeit gemeinsam die Tempelanlage von Karnak zu besuchen, und Samira versprach, die beiden unten an der Hauptpforte abzuholen. Als Sarah sie zur Tür brachte, flüsterte Samira ihr zu: „Du hast recht, sie ist sehr freundlich. Aber hier bei uns hätte sie einen schweren Stand. Ihr Auftreten ist für eine Frau zu forsch."

„Glaub mir", raunte Sarah zurück, „in den Kreisen, in denen Lady Alison in England verkehrt, gilt sie als extravagant und rebellisch."

Samira zögerte noch einen Moment, nickte dann und eilte so leichtfüßig davon, dass Sarah ihre Schritte nicht hörte – wohl aber die einer Person, die sich ihr von hinten näherte. Sie drehte sich um und erblickte Jacob.

„Geht es Ihnen gut, Miss Hofmann?", fragte er.

„Bestens!", erwiderte Sarah und meinte es auch so. Nach all den Begegnungen und Erlebnissen der vergangenen Stunden schien das Ereignis mit der Schlange schon lange zurückzuliegen.

„Das freut mich zu hören. War die Frau, mit der sie gesprochen haben, diese Samira?"

„Das war sie, ja. Lady Alison hat sie als Arabischlehrerin und Fremdenführerin eingestellt."

„Ist sie denn vertrauenswürdig?"

Sarah runzelte die Stirn und blickte fragend in das Gesicht ihres Gesprächspartners. „Aber warum sollte sie es denn nicht sein?", fragte sie.

Jacob lächelte entschuldigend und nahm ihre Hand. „Verzeihen Sie. Mein Misstrauen entspringt meiner Sorge um Ihre Sicherheit. Dieses

Land ist berauschend schön, birgt allerdings für eine verletzliche Frau wie Sie unzählige Gefahren."

Sarah senkte den Blick. Es gefiel ihr nicht, dass Jacob sie für schutzbedürftig und hilflos hielt. Dahingehend färbte wohl doch die Erziehung von Alison auf sie ab. Sie war ruhig und bestimmt nicht die Mutigste, aber nicht völlig hilflos. Sarah entzog ihm ihre Hand und griff nach der Klinke.

„Übrigens wollte ich Sie und Lady Clifford einladen, morgen noch vor Sonnenaufgang das Tal der Könige aufzusuchen. Zur Morgenstunde zeigt das Wüstental seinen Besuchern gelegentlich eine außergewöhnliche Farbintensität."

„Ich unterbreite Lady Alison Ihren Vorschlag." Sarah betrat ihr Zimmer, nur um dort von einer ungewöhnlich besorgten Alison über ihr Erlebnis im Schachtgrab Ramses VI. ausgefragt zu werden.

***

Zaghaft, als überlege die Sonne, ob sie diesen Flecken Erde wirklich mit ihrem Licht streicheln solle, traf ihr erster Strahl die karge Felslandschaft. Die in den folgenden Sekunden ablaufende Verwandlung entlockte Alison und Sarah ein begeistertes Aufseufzen: Wo zuvor schwarze, schroffe Felshänge für eine kalte, düstere Atmosphäre gesorgt hatten, entstanden im Licht der aufgehenden Sonne lang gezogene, bizarre Schatten, die dann übergangslos einer gelben Farbe wichen, für die Sarah keinen Vergleich, keinen Namen fand. Fahl und doch warm, hell, dennoch sanft, berauschend, aber allzu vergänglich. Das Schauspiel hielt nur ein paar Atemzüge an, bis die Sonne über die höchste Felskante geklettert war und das Kalksteintal mit Licht erfüllte. Das faszinierende Gelb wurde von den gewohnten tristen Farben verschluckt.

„Und? Habe ich Ihnen zu viel versprochen?"

„Mr Miller, das war … gewaltig!", rief Sarah begeistert aus, drehte sich zu dem Mann um und drückte mit beiden Händen seine Rechte.

Er erwiderte ihren Blick lächelnd und küsste sie sowohl auf die linke wie auch auf die rechte Hand. Sarah wurde mulmig zumute. Ihr Herz pochte kräftig. Von einem Mann bewundert zu werden war so aufregend neu für sie und fast ebenso berauschend wie das soeben erlebte Farbenspektakel.

Überwältigt drehte sie sich zu Alison um, die sie mit hochgezogenen Augenbrauen musterte, bevor sie an Jacob gewandt sagte: „Sie schulden mir noch eine Führung durch das Grab von Ramses dem Sechsten."

„Sobald ein Angestellter des Antikendienstes eintrifft, der uns einlässt, geleite ich Sie gern durch das Grabsystem. Vielleicht möchte uns Miss Hofmann begleiten?"

Sarah sah die Bitte in seinem Blick. Gegen das Glücksgefühl, das sie dabei überfiel, kam sie nicht an. Es war herrlich zu spüren, dass ihm ihre Nähe höchst willkommen war. Völlig unvorbereitet sah sie plötzlich ihren Vater vor sich. Der Wind zerzauste sein Haar und die Luft schmeckte nach Salz. Sarah befand sich wieder auf dem Schiff ... Sie kniff die Augen zusammen und versuchte verzweifelt, sein Gesicht besser zu erkennen, doch es entglitt ihr wie schon so viele Male zuvor. Zurück blieb das schmerzliche Gefühl der Einsamkeit. Jacobs erfreutes Lächeln streichelte dagegen ihr Inneres und der Gedanke, dass sie sich daran gewöhnen könnte, in diese freundlichen Augen zu sehen, wurde jäh von Alisons Stimme unterbrochen.

„Sehen Sie! Da kommen die ersten Arbeiter. Und der Mann auf dem Maulesel scheint ein Offizieller zu sein!"

Die drei Frühaufsteher kletterten von der Anhöhe hinunter auf den Fußpfad. Geröll rutschte unter jedem ihrer Schritte den Abhang hinab. In der morgendlichen Stille erinnerte das Geräusch an das Zischen der Viper. Sarah lief ein eiskalter Schauer über den Rücken. Misstrauisch begann sie, den Boden nach Bewegungen oder verdächtigen Schatten abzusuchen.

Inzwischen waren die Arbeiter bei der neu angelegten Grabungsstelle angelangt. Ahmed Gerigar, Carters Vorarbeiter, unterhielt sich kurz mit einem der über Nacht im Tal verbliebenen Wächter, gab die Arbeitsgeräte aus und erteilte den Männern Anweisungen.

Wenig später vertrieben der Lärm der Spitzhacken und Schaufeln und die Rufe der Arbeiter die Stille zwischen den Gräben.

Alison ging zielstrebig zum Eingang des Ramses-Grabes, gefolgt von Jacob, der sich mit dem Aufseher verständigte. Da der Generator noch nicht lief, lag der Grabeingang in völliger Finsternis. Sarah warf einen Blick auf das gähnende schwarze Loch. In ihrer Fantasie, angeheizt durch ihr unschönes Erlebnis, mutete es wie eine Falle an, die sie verschlingen wollte.

„Lady Alison, ich glaube, ich nutze die Zeit, in der Sie das Grab bewundern, lieber für ein paar Zeichnungen."

Alison sah sie zwar kritisch an, nickte aber wortlos. Ob sie nicht durchschaut hatte, dass ihr Schützling sich vor dem Betreten der Gruft drücken wollte, blieb damit ungeklärt. Sarah jedenfalls atmete erleichtert auf. Inzwischen hatte Jacob die Karbidlampe zum Brennen gebracht und wandte sich an die junge Frau.

„Ich würde mich sehr freuen, wenn Sie uns begleiten, Miss Hofmann. Die Wandmalereien bergen viele zauberhafte Details. Sie erschließen sich dem Betrachter meist erst beim zweiten oder dritten Besuch."

„Wir halten uns ja noch länger in Luxor auf. Ein anderes Mal", wehrte Sarah ab, und es gelang ihr, ihre Stimme souverän klingen zu lassen. Dies veranlasste Alison zu einem Schmunzeln, Jacob hingegen sah sichtlich enttäuscht aus.

Um weiteren Diskussionen zu entkommen, entfernte sich Sarah über einen der schmalen Fußpfade und gelangte auf die niedrige Bergkuppe oberhalb eines Grabes. Dort stampfte sie kräftig mit den Füßen auf den Boden, um etwaige Schlangen zu vertreiben, stieß mit den Schuhen mehrmals in das lockere Geröll und fühlte sich dennoch unbehaglich, als sie sich auf einem abgeflachten Stein niederließ.

Minutenlang saß sie einfach nur da und beobachtete ihre unmittelbare Umgebung. Kein Tier zeigte sich auf dem zunehmend wärmer werdenden Gestein. Beruhigt nahm sie endlich ihre Umhängetasche ab und kramte ihr Journal und einen Bleistift hervor.

Sie schrieb gern Tagebuch und hatte bereits in der Schule ihre Vorliebe fürs Zeichnen entdeckt. Alison hatte dieses Talent gefördert und ihr Unterricht bei britischen Malern ermöglicht. In Alisons gemütlichem Haus in England besaß Sarah sogar ein kleines Atelier. Für die Reise hatte sie außer ihrem Journal und den Bleistiften jedoch kein weiteres Material mitgebracht und hoffte nun, nachdem sie diesen einzigartigen Sonnenaufgang erlebt hatte, dass es ihr später gelingen würde, die richtigen Farbtöne zu mischen, um ihre Skizzen zu kolorieren.

Sarah vertiefte sich in ihre Arbeit. Auf dem Papier wuchsen die Felshänge in die Höhe. Schattierungen hauchten dem Bild Leben ein.

Während sie einen Maulesel schraffierte, runzelte sie irritiert die Stirn. Etwas war anders als zuvor. Sie hielt inne, hob den Kopf und sah sich suchend um. Niemand befand sich in ihrer unmittelbaren Nähe, obwohl sie dasselbe unangenehme Gefühl empfand wie früher in der Schule, wenn der Lehrer durch die Reihen ging und über ihre Schulter schaute. Sie warf einen Blick zum Grabungsabschnitt hinab und erkannte sofort, was ihr unterbewusst aufgefallen war: Die Ägypter hatten sich müßig im Schatten von Zeltplanen oder Felsen niedergelassen. Die Arbeit ruhte. Wie während des Sonnenaufgangs hatte sich Stille über dem Tal ausgebreitet, als harre jedermann ehrfürchtig auf etwas für Sarah nicht Greifbares.

Irritiert betrachtete sie die fast reglos dasitzenden Männer. Sie beteten nicht, also war dies keine der Gebetspausen. Was war geschehen? Auf was warteten sie?

Die Sekunden verrannen zähflüssig wie Harz und wurden zu Minuten. Dann sah Sarah, noch bevor sie das Klappern der Hufe vernahm, wie sich ein kräftiger Reiter auf einem dunklen Maultier näherte. Der Ausgrabungsleiter ritt an seine Wirkungsstätte. Er vermittelte den Eindruck eines müden, hoffnungslosen Mannes, der seit Jahren einem Phantom nachjagte, deshalb verspottet wurde und sich dennoch seine Niederlage nicht eingestehen wollte. Ob er sich ebenfalls über die Tatenlosigkeit und die ungewöhnliche Stille wunderte?

Carter band das Maultier bei den anderen Tieren an und eilte auf die ausgehobene Vertiefung unterhalb des Ramses-Grabes zu.

Gerigar ging ihm entgegen und die beiden diskutierten aufgeregt miteinander. Wenig später sprang Carter in das Ausgrabungsloch. Er hockte sich hin, schien etwas zu betasten und verlangte nach einer Schaufel. Zügig kam man seinem Wunsch nach. Nun war es Carter selbst, der Schaufel um Schaufel voller Geröll in die bereitgestellten Körbe warf. Die Arbeiter traten neugierig näher, doch Gerigar winkte nur einige Ausgesuchte herbei, damit sie die vollen Behältnisse forttrugen.

Eine erwartungsvolle Anspannung hatte das Ausgrabungslager erfasst. Dies war die letzte Saison, in der Lord Carnarvon es Carter ermöglichte, nach einem Pharao zu graben, dessen Existenz zweifelhaft war. Niemand wollte so recht an einen Erfolg glauben, nicht einmal sein Finanzier. Sogar Carter selbst hatte gegen Zweifel anzukämpfen. Doch jetzt … waren die Arbeitskräfte auf etwas Aufsehenerregendes gestoßen? Was elektrisierte den bulligen Mann so sehr, dass er in der prallen Sonne wie ein Besessener grub?

Trotz der Entfernung sah Sarah, wie sich auf seinem weißen Hemd Schweißflecken bildeten. Plötzlich hielt er inne, bückte sich, fuhr mit den Fingern über das Gestein, schaufelte erneut und richtete sich dann auf. Die Personen an der Grabungsstelle diskutierten hitzig.

Sarah beobachtete gespannt, wie Carter auf einige muskulöse Ägypter in der ersten Reihe deutete. Sie griffen sich Schaufeln und sprangen zu ihm in die Mulde. Seite an Seite gruben sie weiter, von der warmen ägyptischen Sonne angestrahlt, schwitzend und keuchend: vier Ägypter mit Turbanen und verstaubten Galabijas und der hellhäutige Europäer mit dem grauen Filzhut auf dem Kopf.

Sie hielt die Szene eilig in einer Skizze fest. Ganz zuletzt fügte sie mit wenigen Strichen die Umrisse von Jacob und Alison hinzu, die in diesem Moment aus dem Grab traten, keine vier Meter von Carters Ausgrabung entfernt.

Alison bemerkte die erregte Geschäftigkeit sofort und gesellte sich furchtlos mitten zwischen die Männer. Sarah beobachtete, wie Jacob sich suchend umsah. Als er sie auf der Anhöhe entdeckte, breitete sich ein Lächeln auf seinem Gesicht aus, und er kletterte zu ihr auf den Hügel. Sarah rutschte auf ihrem Quader nach links, und Jacob verstand die Einladung, sich neben ihr niederzulassen. Dabei warf er einen Blick auf die Skizze.

„Darf ich?", fragte er.

Sarah zögerte. Auf diesen Seiten befanden sich nicht nur ihre Zeichnungen, sondern auch ihre Reiseerinnerungen, ihre Gedanken und Gefühle.

„Es ist herrlich, wie Sie es mit ein paar wenigen Strichen verstehen, Stimmungen einzufangen, Miss Hofmann!", lobte Jacob.

„Danke!", flüsterte Sarah, blätterte eine Seite zurück und reichte Jacob die zuvor angefertigte, bereits vertiefte Darstellung dieses Talabschnitts.

„Großartig!", rief Jacob aus. „Sie sind eine Künstlerin! Gibt es noch mehr Skizzen in diesem Buch?"

Blitzschnell griff Sarah nach dem Journal, aber Jacob hielt es fest. Dabei beugte er sich ihr entgegen, sodass sein Gesicht nur Zentimeter von ihrem entfernt war. Irritiert und doch auch fasziniert von der Wärme in seinen braunen Augen und seinem sanften Lächeln begann sie am ganzen Leib zu zittern.

„In diesem Skizzenheft befinden sich auch private Notizen", stammelte sie und zog vehementer daran.

„Ich hoffe, ich komme eines Tages in den Genuss, darin blättern zu dürfen", gab er leise zurück, ohne den Blick von ihr zu lösen oder ihr das Buch zu überlassen. Vielmehr streichelte er mit seinen Fingern über die ihren.

„Sarah!"

Alisons durchdringende Stimme ließ sie auseinanderfahren. Sarah hörte Jacob verhalten seufzen. Obwohl sie noch immer von seiner Nähe gefangen war, perlte ein heiteres Lachen in ihr auf. Es war so typisch für Alison, wie ein Wirbelsturm alles durcheinanderzuwerfen.

„Das musst du dir einfach ansehen!"

Sarah nahm das Journal an sich, das Jacob nun widerstandslos freigab, sprang auf die Füße und rutschte mehr den Abhang hinab, als dass sie ging. So erreichte sie zügig die Ausgrabungsstelle.

„Betrachte, was hier geschieht, nicht das Gesicht von Mr Miller", spottete Alison. „Siehst du neuerdings schlecht, dass du so nah an ihn heranmusst?"

„Was ist das?", fragte Sarah und deutete auf einen kantigen Steinblock von rund 20 Zentimetern Höhe. Er war so exakt behauen, als sei die Kante mit dem Lineal vermessen und mit einem Winkelmesser berechnet. Er endete auf einem zweiten Kalksteinblock, der ebenfalls deutlich sichtbar von Menschenhand bearbeitet worden war.

Carter richtete sich auf, stützte sich auf seine Schaufel und sah sie ernst an. „Das sind Stufen, Miss Sarah."

„Sie haben Stufen gefunden?! Stufen, die zu einem Grabeingang führen könnten?", stieß sie fassungslos hervor.

Carters Lächeln verriet, wie sehr er sich über ihre Begeisterung freute, dennoch hob er abwehrend die Hand. „Bis jetzt sind es nur zwei Tritte. Mehr nicht. Niemand weiß, ob sie überhaupt irgendwohin führen."

„Wer sollte Stufen in den Stein treiben, die dann im Nirgendwo enden?", begehrte Sarah auf.

„Es muss hier kein Grab geben, kleine Miss", betonte Carter erneut, was er vermutlich selbst nicht akzeptieren wollte.

„Ich wünsche es Ihnen so sehr, Mr Carter! Sie arbeiten schon so lange und beharrlich auf Ihren Traum hin."

„Hoffen wir, dass er nicht zum Albtraum wird", murmelte Carter und widmete sich wieder seiner Tätigkeit.

„Ist das nicht aufregend, Sarah? Da begeben wir uns nach Ägypten, um uns die Gräber der Pharaonen anzusehen, und werden vielleicht Zeugen, wie dieser fabelhafte Mr Carter einen bislang unentdeckten ägyptischen König findet!"

„Schrauben Sie Ihre Hoffnung nicht zu hoch, Lady Clifford", dämpfte Carter keuchend Alisons Enthusiasmus. „Wie ich Ihrer Tochter bereits sagte, bis jetzt haben wir nur zwei abwärtsführende Stufen."

„Ich bin mir sicher: Sie finden ein ungeplündertes, längst vergessenes Grab, Mr Carter!", erklärte Alison fest.

„Darf ich um Ihre Verschwiegenheit bitten, Lady Clifford?", fragte Carter und blinzelte gegen die Sonne zu der Dame auf.

„Aber selbstverständlich! Denken Sie, ich will eine Horde neugieriger Journalisten und Touristen hier herumstreifen sehen, die mir meinen Platz in der ersten Reihe streitig machen?"

Carter sah sie irritiert an, bevor sein Blick zu Sarah wanderte. Sie lächelte ihm beruhigend zu. Offenbar verstand er die darin enthaltene Nachricht, dass er Alisons Worte nicht allzu ernst nehmen sollte, denn er verzog das Gesicht zu einem etwas gequälten Lächeln, verbeugte sich und setzte seine Arbeit fort.

„Mr Miller, was halten Sie davon, Sarah und mir zwei der dort im Zeltunterstand stehenden Stühle zu bringen?"

„Ich komme Ihrer Bitte gerne nach, Lady Clifford. Allerdings empfehle ich Ihnen, nicht zu lange in der prallen Sonne zu verweilen."

„Wir sind beide nicht aus Zucker!", begehrte Alison auf. „Wenn diese Männer stundenlang schwere, körperliche Arbeit in der Sonne verrichten können, dürfte es uns wohl möglich sein, eine kleine Weile hier zu sitzen!"

„Diese Arbeiter sind die ägyptische Sonne gewohnt, Sie und Miss Hofmann nicht", konterte Jacob, entfernte sich aber dennoch.

„Herrlich, wie besorgt er um dich ist!", lachte Alison.

„Und deshalb foppen Sie ihn?"

„Wenn er mit dir anbandelt, muss er es ja auch mit mir aushalten! Ich gebe ihm die Gelegenheit, sich zu überlegen, ob er das will!"

„Er tut mir fast ein wenig leid."

„Mr Miller sollte dir nicht leidtun, du solltest ihn gern haben."

Sarahs Entgegnung war nur ein undefinierbares Brummen. Hatte sie Jacob gern? Natürlich, immerhin war er ein zuvorkommender, höflicher Mann. Doch ob sie mehr für ihn empfand, wusste sie nicht. War es nicht vielmehr ein tief in ihr verwurzeltes Sehnen nach Anerkennung und dem Gefühl, gern gesehen, ja willkommen zu sein, das sich in ihr regte? Sarah wollte geliebt werden – für das, was sie tat, fühlte und war. Sie war inzwischen alt genug, um zu wissen, dass diese Sehnsucht mit ihrem unerwarteten und plötzlichen Abschied von ihrer Familie und ihrer Heimat zusammenhing. Sie durfte nicht die Geborgenheit und Zuneigung, die eine Familie oder gute Freunde vermittelten, mit der Liebe verwechseln, die eine Frau für einen Mann empfand. Sarah nahm sich vor, jede Empfindung mit Bedacht abzuwägen. Sie wollte sich nicht von ihren eigenen Gefühlen täuschen lassen und dann womöglich in etwas hineinstolpern, was sie eines Tages bereuen würde.

Um sich selbst und Alison auf andere Gedanken zu bringen, fragte sie: „Weshalb haben Sie Mr Carter nicht berichtigt?"

„Berichtigt?" Alison warf ihr einen fragenden Blick zu. „Glaubst du, ich kann den aufregenden Treppenfund nicht für mich behalten?"

Sarah lachte leise, wurde jedoch schnell wieder ernst. „Das meine ich nicht. Er nannte mich Ihre Tochter."

Alison neigte den Kopf zur Seite und musterte sie, ehe sich ein ungewohnt sanftes Lächeln auf ihren hageren Gesichtszügen ausbreitete. „Ich habe ihn nicht korrigiert, weil mir die Vorstellung gefällt."

„Tatsächlich?"

„Jetzt schau mich nicht so verwundert an!", stieß Alison nun mit gewohnt forscher Stimme hervor, griff dabei nach Sarahs Hand und drückte diese kräftig. „Ich liebe dich wie eine Tochter, weißt du das denn nicht?"

„Ich habe es nicht zu hoffen gewagt, Lady Alison", flüsterte Sarah. Ein Gefühl der Wärme breitete sich in ihr aus, als habe die Sonne einen harten Panzer durchbrochen, und ihren Strahlen gelang es endlich, in ihr Herz vorzudringen. Tränen der Freude und Dankbarkeit stiegen ihr in die Augen. Hatte sie nicht längst eine Familie, selbst wenn diese lediglich aus Alison und einem kleinen, frechen Hund bestand? Musste sie erst nach Ägypten reisen, um sich dessen bewusst zu werden? War sie denn all die Jahre blind gewesen oder zu gefangen in ihrem Kummer und ihrer eigenen Vorstellung von Familie?

Alison stieß sie leicht an. „Reiß dich bitte zusammen. Sonst denkt dieser Mr Miller, ich hätte dich irgendwie verletzt."

„Seit wann gehen Sie Diskussionen mit dem anderen Geschlecht aus dem Weg?"

„Unterschätze nie einen verliebten Kerl!", lachte Alison. Nur einen Augenblick später wurde ihr Blick hart und der Glanz in ihren Augen verschwand. Litt sie noch immer so unermesslich unter dem Verlust ihres Ehemannes, dessen Tod mittlerweile ein Vierteljahrhundert zurücklag?

Es mochte sein, dass Alison ihren Theodore so sehr geliebt hatte, dass kein Mann ihn je ersetzen konnte. Oder auch, dass ihre selbstbewusste, burschikose Art Männer in ihrem Bekanntenkreis davon abgehalten hatte, sich ihr zu nähern. Allerdings begann Sarah allmählich anzuzweifeln, dass Alison sich über so viele Jahre an den Schmerz über den Verlust des Gatten klammerte. Aber was war es dann, das Alison so eigentümlich reagieren ließ, wenn die Sprache auf ihren verstorbenen Ehemann kam? Sarah betrachtete eingehend ihre kurz geschnittenen Fingernägel und wich damit Alisons prüfendem Blick aus. Sowohl ihre Ziehmutter als auch sie selbst trugen wohl ihre schmerzlichen Erinnerungen gut versteckt herum, verborgen unter einer undurchdringlichen Schicht. Ähnlich dem Skarabäus, den sein Chitinpanzer vor den Angriffen seiner Feinde schützen sollte. Doch wer waren Sarahs *Feinde*? Wer die von Alison? Mussten sie sich davor scheuen, Nähe und Liebe zuzulassen, weil dies die Gefahr barg, dass man beides eines Tages wieder verlieren konnte?

***

Der Wanderer atmete schwer, war der Aufstieg auf die Bergkuppe doch Kräfte raubend gewesen. Als er endlich die Anhöhe erreicht hatte, bot sich ihm ein weiter Blick über das Tal der Könige, das sich wie ein verästelter Baum vor ihm ausbreitete. Keuchend hielt er inne, zog ein Taschentuch hervor und wischte sich den Schweiß vom Gesicht.

„Hoffentlich lohnt sich die Plackerei auch", knurrte die in eine weiße Galabija gehüllte Gestalt leise und wandte den Kopf. Unterhalb der Felskuppe lagerte der jugendliche Führer Marik bei den Pferden. Er hatte es sich im Schatten eines Felsens bequem gemacht und wartete dort wie angewiesen auf die Rückkehr des Ortsunkundigen.

Die Idee mit der giftigen Hornviper war vortrefflich gewesen, die Durchführung simpler als gedacht. Doch leider hatte sie nicht den erwünschten Erfolg gebracht. Diese Sarah Hofmann hatte einfach zu rasch reagiert, und die Schlange war verängstigt geflohen, anstatt sich ein zweites Mal auf das Mädchen zu stürzen.

Der Wanderer ballte die kräftigen Hände zu Fäusten; Hände, die es gewohnt waren, geschickt und flink zu arbeiten. Eilig nahm er den stabilen Stock aus Schwarzerlenholz auf, der ihm als Gehhilfe diente, und stieg ein Stück auf der anderen Seite der Bergkuppe hinab.

Es gab hier einen steinigen Pfad, aber die losen Gesteinsschichten und dazwischenliegenden Felsbrocken machten ein zügiges Vorankommen schwierig. Umso erleichterter war er, als er den Abhang oberhalb des Wegs, der aus der Schlucht herausführte, erreichte, bevor Lady Clifford und ihre Ziehtochter der Grabungsstelle den Rücken zukehrten.

Hastig suchte er einen stabilen Halt und begann, sich an einem kopfgroßen Stein zu schaffen zu machen. Als dieser in geeigneter Position kurz vor der Abbruchkante lag, setzte er sich. Seine Geduld wurde auf eine harte Probe gestellt, zumal die Sonne ungetrübt auf ihn herunterbrannte.

Es vergingen zwei weitere Stunden, bis Bewegungen auf der Straße im Tal verrieten, dass sich Alison Clifford und Sarah Hofmann auf den Weg in Richtung Nil gemacht hatten. Vorsichtig, um nicht zu stürzen oder ihre Anwesenheit zu verraten, erhob sich die Gestalt und griff nach dem nun als Hebel dienenden Stock.

***

Das Klappern der Hufe ihrer Reittiere klang dumpf zwischen den Felshängen wider. Die Sonne stand in ihrem Zenit und erhitzte die Luft in der Schlucht, sodass sie flimmerte. Schatten existierten kaum noch, und die allgegenwärtige helle Sandfarbe langweilte das Auge, wohingegen das Blau des Himmels eine wahre Wohltat darstellte. Aus diesem Grund überließ Sarah es ihrem Maultier, dem voranreitenden Jacob zu folgen. Sie legte den Kopf in den Nacken und blickte mit zusammengekniffenen Augen an den Felswänden entlang auf den schmalen Streifen des Himmelsgewölbes.

Ihre weiße Bluse und die Hose klebten, von einer feinen Sandschicht überzogen, an ihrem Körper, ihr blondes Haar fühlte sich im Nacken feucht an. Womöglich wäre es sinnvoll gewesen, früher den Rückweg anzutreten, doch Carters Entdeckung hatte sowohl Alison als auch Sarah fasziniert. Wie gut, dass Alison die Reise angeregt hatte, denn nun durften sie möglicherweise Augenzeugen werden, wie das Grab eines vergessenen Pharao gefunden und seine Existenz neu bezeugt werden würde. Es wäre fantastisch zu erfahren, ob die Könige damals wirklich mit so viel Prunk beerdigt worden waren, wie die Grabinschriften es andeuteten. Sie stellte es sich ergreifend vor, Gegenstände zu berühren, die über 3.000 Jahre lang niemand mehr in den Händen gehalten hatte!

Eine Bewegung oberhalb des Bergkamms riss Sarah aus ihren Gedanken. Ein blendend heller Fleck rührte sich dort. War das ein Mensch? Aber dann wäre dieser gefährlich weit nach vorn getreten! Sarah zügelte besorgt das Tier und beschattete ihre Augen mit dem Unterarm. Wer war so leichtsinnig, in dieser Höhe am Felsvorsprung entlangzubalancieren?

Alison ritt an ihr vorüber und reihte sich hinter Jacob ein. „Kommst du, Sarah? Es ist unangenehm heiß zwischen den Felsen!"

„Ja, sofort", erwiderte sie abgelenkt, denn das helle Etwas verschwand plötzlich. Da es jedoch nichts mehr zu sehen gab, trieb sie ihr Maultier an und folgte den beiden Vorausreitenden.

***

Andreas wischte sich mit dem Ärmel seines hellgrauen Hemds den Schweiß von der Stirn, ohne das eingeschlagene Tempo zu verringern. Obwohl er beschlossen hatte, durch das Tal der Könige zu gehen statt zu reiten, damit ihm Zeit zum Nachdenken blieb, schritt er gewohnt kräftig aus. Das vor einer Stunde erhaltene Telegramm schien ihm ein Loch in die Hosentasche zu brennen, seine Gedanken wirbelte es jedenfalls erfolgreich durcheinander.

Martin Hofmann war mit einer Britin verheiratet gewesen, sie und ihre Tochter Sarah galten als tot. Die Ehefrau musste bereits bei der Geburt des Mädchens gestorben sein, Sarahs Todesdatum hingegen war vage und lag innerhalb des Krieges. Ob sie von einer Krankheit oder vom Hunger dahingerafft worden war? Doch … womöglich lebt sie noch – bei Alison Clifford?

Das Alter stimmte überein, und nun, da sich sein Verdacht erhärtet hatte, glaubte er auch Ähnlichkeiten zwischen Sarah und Hofmann zu erkennen. Die Farbnuance ihres blonden Haars, die Augenstellung … Martins Mut und Zähigkeit, seine Liebe zum Risiko und seine meisterhafte Art, sich zu verstellen, fehlten dem Mädchen allerdings gänzlich.

Aber wie war Hofmanns Tochter nach London gelangt – und das während des Krieges? Und weshalb galt sie in Deutschland als verstorben?

Ein eigentümliches, brodelndes Geräusch, das zunehmend anschwoll, ließ Andreas den Kopf heben. Von einer steil abfallenden Felswand wirbelte Staub auf. Eine Gesteinslawine löste mit jedem Aufschlag der fallenden Felsbrocken weitere Steine und riss diese donnernd mit sich ins Tal. Gleich einem wütend in die Höhe steigenden Geist aus den Geschichten von Tausendundeiner Nacht verdunkelte die Staubwolke den Himmel. Das Grollen wurde zu einem bedrohlichen Donnern. Andreas wandte sich ab und zog sich sein Hemd über das Gesicht. Eine Druckwelle erreichte ihn. Sand, winzige Steinsplitter und heiße Luft zerrten an seiner Kleidung und an seinem Haar und veranlassten ihn, den Atem anzuhalten.

Endlich ließ das Getöse nach. Die aufgewirbelten Sand- und Gesteinspartikel verflüchtigten sich allmählich. Dafür vernahm er sich rasant nähernde Hufschläge. Es musste sich jemand während des Steinschlags auf dem darunterliegenden Pfad befunden haben!

Andreas drehte sich um. Aus dem sandfarbenen Dunst, der schwer in der Luft hing, lösten sich zwei dunkle Schatten. Er stellte sich breitbeinig in den Weg, um die durchgehenden Maultiere aufzuhalten. Den Reitern war es trotz des wilden Gebarens der erschrockenen Tiere gelungen, sich auf ihren Rücken zu halten.

Andreas trat neben den einen Reiter und half ihm herab; erst da erkannte er Alison unter der Schmutzschicht und dem Rinnsal Blut, das ihr von einer kleinen Platzwunde am Haaransatz ins Gesicht lief. Der zweite Reiter sprang ebenfalls ab. Es handelte sich um Jacob.

„Wo ist Sarah?", keuchte Alison, ehe ein Hustenanfall sie schüttelte. „Wo ist Sarah?", wiederholte sie und sah sich um. Noch immer hing die Staubwolke zäh wie Sirup über dem Pfad.

„Sie war hinter uns", krächzte Jacob.

„Waschen Sie sich den Staub aus den Augen und husten sie ihn möglichst aus. Ich gehe Sarah suchen!", wies Andreas die beiden an.

Alison wollte widersprechen, doch als ein neuerlicher Hustenreiz sie schüttelte, ließ sie sich von Jacob eine Flasche mit Wasser reichen.

Andreas zog sich erneut das Hemd über Nase und Mund und tastete sich über den Splitt zu immer größeren Steinen und schließlich zu Felsbrocken gewaltigen Ausmaßes vor.

Das erste, was er fand, war ein gesatteltes Maultier, das aus unzähligen Wunden blutend inmitten des Geröllfelds lag. Da sich der aufgewirbelte Steinstaub allmählich verzog, ließ er das Hemd von seinem Gesicht gleiten und betrachtete voller Schrecken das tote Tier. Ob es überhaupt noch eine Chance gab, Sarah lebend zu finden?

Er kämpfte sich weiter voran, achtete nun sorgfältiger darauf, wohin er seine Füße setzte. Zwischen Staub und Geröll suchte er nach einem Kleidungsfetzen, einem Körperteil, ihrer Tasche ... und fürchtete doch, bei jedem Schritt auf sie zu treten. Wie sollte er Alison beibringen, dass ihre Begleiterin bei diesem Steinschlag ums Leben gekommen war? Zwar gab die Frau sich gern herrisch und kühl, aber dass sie das Mädchen liebte, konnte sie nicht verheimlichen.

Erneut spann sein Gehirn Verbindungen zu Sarahs Vater, dem Mann, der wie ein Schatten, wie ein Phantom in seiner Erinnerung existierte – ähnlich wie dieser Tutanchamun, den Carter aus dem Sand und Stein zu buddeln hoffte. Auch für Jacob würde es ihm leidtun, falls Sarah dem Felsrutsch zum Opfer gefallen war. Falls ...? Andreas sah keine Möglichkeit, wie Sarah überlebt haben könnte. Er spürte einen schmerzhaften Stich in seinem Herzen, als ihm die Endgültigkeit der Lage bewusst wurde. Irritiert rieb er sich über sein kantiges Gesicht und gestand sich ein, dass er Sarah gern hatte. Aber wer konnte sich schon ihrem Humor, ihrer Freundlichkeit und Hilfsbereitschaft entziehen?

Aufgeregte Stimmen näherten sich der Unglücksstelle. Vermutlich hatten die Arbeiter bei der Grabungsstätte die Gesteinswolke gesehen und die Erschütterung gespürt und eilten herbei, um nachzusehen, was geschehen war. Carter würde die Grabung bestimmt unterbrechen, damit die Ägypter ihm und Jacob halfen, Sarahs Leichnam zu bergen.

Erneut verspürte er einen Stich in seinem Inneren, der sich zu einem schmerzlichen Ziehen ausbreitete. In dem Augenblick, als die Ägypter wild gestikulierend die äußerste Kante des abgegangenen Berghangs erreichten, nahm er ein ersticktes Husten wahr. Hektisch fuhr er herum. War das Sarah? Lebte sie doch noch?

Sein Herzschlag beschleunigte sich. Er lief, nun weniger vorsichtig, in Richtung des Geräuschs auf die steil abfallende Wand zu, über der sich das Gestein gelöst hatte. Wieder hörte er jemanden husten, dann das Scharren von übereinanderreibenden Steinen.

„Sarah?", rief er gegen die lauthals diskutierenden Arbeiter an.

„Ich bin hier ...", vernahm er eine leise Stimme, der sofort ein Hustenanfall folgte.

Andreas sprang über mehrere Geröllbrocken hinweg und entdeckte vor sich einen dunklen Schatten. Eine Nische in der Gesteinswand. Sarah war klein und zierlich ... vielleicht war es ihr gelungen, sich dort in Sicherheit zu bringen, und die Geräusche waren nicht nur ein Produkt seiner Fantasie, das Wunschdenken seines Herzens?

Andreas runzelte die Stirn, ging diesem Gedanken jedoch nicht nach. Er lief die letzten zwei Meter, wobei unter seinen Stiefeln das Geröll klackernd fortrollte, und kniete sich vor den in völlige Schwärze gehüllten Einschnitt im Fels.

„Sarah?"

„Ist es vorbei?" Sarahs Stimme klang verängstigt, aber deutlich zu ihm heraus.

„Es ist alles gut. Sie können herauskommen."

Wieder hustete sie. Als der Anfall vorüber war, sah er zu, wie sie sich mit den Füßen voran aus der Spalte zwängte. Als sie es geschafft hatte, zog er sie in seine Arme und trug sie über das Geröll aus dem Gefahrenbereich. Sie wog erstaunlich wenig und schmiegte sich an ihn wie eine Katze an den warmen Ofen. Offenbar benötigte sie nach dem erlittenen Schrecken Nähe und Trost. Andreas spürte, wie sie am ganzen Leib zitterte.

Am Rand des Steinschlags angekommen wichen die Ägypter vor ihnen zurück. Carter zerrte sich sein verschwitztes Hemd über den Kopf und rollte es zusammen. Andreas legte Sarah behutsam auf den Weg und bettete ihren Kopf auf dieses provisorische Kissen. Ihr Arm löste sich nur zögernd von seinem Nacken. Genoss sie womöglich seine Nähe? Andreas wies den Gedanken von sich und musterte die junge Frau von oben bis unten. Sie schien bis auf einige Kratzer keine Verletzungen davongetragen zu haben.

„Sind Sie verletzt?", fragte er dennoch nach.

„Meine ganze linke Seite schmerzt. Das Maultier hat mich vor Schreck abgeworfen. Das war aber vermutlich meine Rettung", murmelte Sarah und brachte es fertig, den besorgt dreinsehenden Carter anzulächeln. „Ich stürzte direkt vor diesen Spalt und kroch hinein."

„Das war unbedingt Ihre Rettung", raunte Andreas. „Ich habe das Maultier tot im Geröll gefunden!"

Wieder sah sie ihn aus ihren dunklen Augen an. Er bemerkte die winzigen, elfenbeinfarbenen Tupfen in ihnen, die ihm zuvor nicht aufgefallen waren, und runzelte die Stirn. Sarah war ohne Zweifel Martin Hofmanns Tochter! Dieselben hellen Farbtupfer hatten auch seine Iris geschmückt.

„Alison!!", stieß sie plötzlich hervor.

„Lady Clifford geht es gut", beruhigte Andreas sie unverzüglich.

„Gott sei Dank!", flüsterte Sarah und schloss für einen Moment die Augen.

„Jacob ist ebenfalls in Ordnung", fügte Andreas hinzu.

„Das ist gut!", gab Sarah zurück und schrak zusammen, als Carter einige der tatenlos herumstehenden Arbeiter anfuhr.

Andreas wandte sich ihnen ebenfalls zu und hörte, wie einer von ihnen zischte: „Uns wird es auch treffen!"

Ein zweiter Mann erwiderte: „Es gibt keinen Fluch! Ebenso wenig wie ein Grab!"

„Was ist los?", fragte Sarah, erhob sich und ergriff Andreas' Hand. Für einen Augenblick betrachtete er ihre schmalen, weißen Finger auf seinen braun gebrannten und bedauerte es, als sie diese zurückzog.

„Die Arbeiter sind beunruhigt. Sie sprechen von einem Fluch. Diese Geschichten grassieren hier häufig."

„Da war jemand oben auf der Bergkuppe", sagte Sarah. „Diese Person muss die Steinlawine losgetreten haben. Mit einem Fluch hat das nichts zu tun. Vielleicht möchten Sie das den Ägyptern sagen?"

Andreas ergriff Sarah an beiden Oberarmen. Besorgt beugte er sich zu ihr hinab und betrachtete nochmals diese faszinierend hellen Sterne in ihrer Iris. „Sie haben dort oben einen Menschen gesehen, bevor der Steinschlag abging?"

Sarah nickte, aber die Ankunft von Alison und Jacob lenkte sie ab.

Alison warf Andreas einen eisigen Blick zu, woraufhin er Sarah sofort losließ und einen Schritt zurücktrat. Er sah zu, wie die Lady die junge Frau in die Arme zog und lange festhielt. Die Frauen unterhielten sich flüsternd, ungeachtet der Männer um sie herum. Sie ignorierten auch Jacob, der mehrmals versuchte, seine Erleichterung darüber auszudrücken, dass Sarah unversehrt geblieben war.

Schließlich wandte Jacob sich an Andreas. „Miss Hofmann scheint es gut zu gehen!?"

„Ihr Reittier warf sie vor einer Felsspalte ab, in die sie sich retten konnte. Allerdings verriet sie mir soeben, dass sie vor dem Gesteinsabgang eine Person oben auf der Felskante gesehen hat." Andreas deutete mit dem Daumen die Kalksteinwand hinauf.

Jacob beschattete die Augen und starrte mehrere Sekunden lang in die Höhe, jedoch vergeblich. Die Kuppe lag verlassen und ruhig da. „Es widerstrebt mir zwar, aber vielleicht sollten wir Lady Clifford bitten, dass sie und Sarah ihre Reise abbrechen."

„Möchtest du das übernehmen?", fragte Andreas mit seinem typischen schiefen Grinsen.

Jacob drehte sich seufzend um. „Ich bin sehr froh, dass ich Sie unversehrt wiedersehe, Miss Hofmann!", sagte er an Sarah gewandt, die sich aus Alisons Umarmung löste und ihm ein zaghaftes Lächeln schenkte.

„Nach dem Vorfall in der Grabgruft, dem mit der Schlange und der Tatsache, dass Sie, Miss Hofmann, dort oben jemanden gesehen haben, fürchte ich noch mehr um Ihre Sicherheit!"

„Meine Sicherheit?" Sarah blickte Jacob fragend an und verflocht nervös ihre schlanken Finger ineinander.

Jacob nickte und fuhr fort: „Das sind drei Anschläge auf Ihr Leben innerhalb kürzester Zeit!"

„Anschläge …?" Sarah schüttelte den Kopf. „Wer sollte ausgerechnet mir denn nach dem Leben trachten wollen?", fragte sie leise.

„Es wäre von Vorteil, das zu wissen." Jacob warf der untypisch schweigsamen Alison einen verwunderten Blick zu. „Allerdings möchte ich es nicht herausfinden müssen, nachdem dieser Kerl sein Ziel erreicht hat."

„Welcher Kerl?", hauchte Sarah.

„Der, der Sie beobachtet und der vermutlich auch diese Anschläge plante!"

Wieder schüttelte Sarah den Kopf. Ihr fragender Blick streifte Andreas, der lediglich leicht mit den Schultern zuckte. Die Countess presste nachdenklich ihre schmalen Lippen zusammen und schien ins Leere zu starren. Wog sie bereits ab, ob sie und das Mädchen besser nach England zurückkehrten – und ob es dort wirklich sicherer für Sarah war? Denn wer sollte hier in Ägypten einen Groll gegen eine so harmlose Frau wie Sarah Hofmann hegen – zumal derjenige offenbar nach ihrem Leben trachtete? Viel naheliegender war da doch die Annahme, dass jemand aus dem heimatlichen Umfeld Sarahs Besuch in diesem orientalischen Land und damit die sich hier bietenden „natürlichen" Gefahren dazu nutzen wollte, um ihr zu schaden, ohne in Erscheinung treten zu müssen. Da bot eine Heimkehr nur vordergründig Schutz.

Ein in eine völlig neue Richtung weisender Gedanke veranlasste Andreas, sich mit einer Hand über das Gesicht zu streichen. War außer ihm noch jemand dahintergekommen, wer Sarahs Vater war? Andreas' Mundwinkel zuckten nervös. Gab es jemanden, der eine Rechnung mit Hofmann offen hatte und seine Rachegedanken nun auf dessen Tochter übertrug? Nur wenige Eingeweihte hatten jemals erfahren, was Hofmann getan hatte ... und selbst ihm, der er ihn gut gekannt hatte, war anfangs lediglich die Namensgleichheit zwischen ihm und Lady Cliffords Krankenschwester aufgefallen – mehr nicht.

Alisons befehlsgewohnte Stimme riss Andreas in die Gegenwart zurück. „Ich weiß nicht, was Sie vorhaben, meine Herren, aber Sarah und ich begeben uns jetzt ins Winter Palace."

„Sie müssen sich wirklich Gedanken darüber machen, ob eine Heimreise nicht angebracht wäre", schlug Jacob vor.

„Das ändert nichts daran, dass wir jetzt in Hotel zurück müssen", unterbrach Alison ihn scharf. „Dort will ich von Ihnen und auch von Mr Sattler haargenau erfahren, was es mit diesem Mann auf sich hat, der Sarah angeblich verfolgt. Dann erst wird eine Entscheidung fallen. Und diese wird Sarah treffen!"

Andreas sah, wie sich Sarahs Augen weiteten.

„Ich sollte Sarah einpacken und mit in die Staaten nehmen", knurrte Jacob, als Andreas sich ihm näherte.

„Wenn sie das will, dann tu es. Ich glaube nämlich nicht, dass sie in England vor Anschlägen dieser Art geschützt ist. Irgendjemand scheint ihr ernsthaft ans Leben zu wollen."

„Und du vermutest, das Problem gab es bereits, bevor sie und Lady Clifford nach Ägypten reisten?"

„Wem sollte Miss Hofmann in der kurzen Zeit, in der sie in Ägypten weilt, denn so übel mitgespielt haben, dass man ihr nach dem Leben trachtet?"

Jacob nickte gewichtig und drehte sich zu den beiden Frauen um. Sarah zögerte bei dem toten Maultier, ging zu Andreas' Verwunderung in die Knie und strich kurz über das struppige Fell, als wolle sie sich entschuldigen oder bedanken. Das Mädchen mochte zart sein, vielleicht auch sensibel, aber wohl nicht überempfindlich. Da hatte er sich in ihr gründlich getäuscht. Ob es an ihren großen Augen lag, mit denen sie unschuldig und hilfsbedürftig wie ein Kind in die Welt schaute?

Nun war es an ihm, grimmig die Hände zu Fäusten zu ballen. Wer hatte einen Grund, diesem lieben Mädchen etwas antun zu wollen? Rührten die Anschläge auf sie tatsächlich aus der Vergangenheit ihres Vaters, von der sie womöglich nichts wusste?

„Andreas", riss Jacob ihn aus seinen Grübeleien. „Bist du terminlich sehr gebunden?"

„Das kommt darauf an, was Carter findet oder ob irgendwo politische Scharmützel ausbrechen. Warum fragst du?"

„Ob es uns gelingen könnte, dass immer einer von uns in Sarahs Nähe bleibt? Vielleicht entdecken wir den Kerl …" Jacob räusperte sich und fuhr sich mit einer Hand durch das staubige Gesicht. „Natürlich nur, falls es dir ebenfalls ein Anliegen ist."

Andreas' linker Mundwinkel zuckte leicht nach oben. Jacob war unübersehbar verliebt in das Mädchen. Und auch er selbst mochte sie genug, um sich Sorgen zu machen, zumal er zumindest einen Verdacht hatte, woher der Hass auf eine Hofmann stammen könnte. „Begleitest du die beiden Damen ins Hotel zurück? Ich möchte noch mit Carter sprechen. Wir planen dein Vorhaben dann später."

Jacob sah ihn schweigend an, und Andreas fragte sich, ob er nur anhand seiner knappen Antwort verraten hatte, dass Geheimniskrämereien und die Beschattung von Personen ihm nicht fremd waren. Er musste besser achtgeben, gleichgültig, mit wem er sprach!

„Danke, ich weiß das sehr zu schätzen!"

Andreas nickte und machte sich auf den Weg zur Ausgrabungsstelle. Unterdessen hatte der Antikendienst Arbeiter und Lasttiere herbeigeschafft, die die ersten Spuren des Gesteinsabgangs beseitigten.

Bei Carter angelangt registrierte Andreas sofort die aufgeregte Geschäftigkeit. Der Ausgrabungsleiter stand in einer neu ausgehobenen Grube und schaufelte Schutt und Sand heraus. Immer wieder bückte er sich, tastete etwas ab, hantierte mit einem Maßband und notierte die Ergebnisse.

Andreas wollte den Mann nicht stören und setzte sich unter den Sonnenschutz auf einen Stuhl. Er zog sein Notizbuch und seinen Bleistift hervor und notierte einige Fragen, die er sich bezüglich Sarahs, ihres Vaters und Lady Cliffords zu stellen hatte.

Als Carter auf den Besucher aufmerksam wurde, überließ er die Schaufel einem Arbeiter, kletterte aus der Grube, schöpfte sich mehrere Handvoll Wasser ins Gesicht und in den Nacken und gesellte sich schließlich zu ihm.

„Was haben Sie gefunden?"

„Treppenstufen, mein Freund. Ein Meter sechzig breit, bis jetzt neun Stufen. Die Arbeiterhütten für das Ramsesgrab sind einfach über dem Eingang einer Grabkammer errichtet worden."

„Vermuten Sie?"

„Hoffe ich!"

Andreas lächelte und machte sich Notizen.

„Wie geht es den Damen Clifford?"

„Gut, soweit ich das beurteilen kann. Sie sind glimpflich davongekommen."

„Wenn wir Glück haben, hält uns dieser Steinschlag ein paar Schaulustige vom Hals", brummte Carter und blickte auf die Unerschrockenen, die sich nicht von einer Kletterpartie durch das Geröll hatten abhalten lassen. Andreas folgte seinem grimmigen Blick. Die Leute drängten sich an der Absperrung und reckten die Hälse. Was erhofften sie zu sehen, außer Kalkstein und Sand? Die Auferstehung eines Pharao? Carter hoffte ebenfalls darauf. Ob ihm dieser Erfolg vergönnt war?

„Vielleicht sollten Sie die Gerüchte um einen Fluch anheizen, den die Arbeiter vorhin erwähnten, Carter. Dann sind Sie allzu neugierige Touristen vermutlich auch los", schlug Andreas grinsend vor, als er sah, wie einer der Männer über die provisorische Barriere stieg.

„Ich frage mich, was hier der Fluch ist", zischte Carter mit trockenem Humor und erhob sich ächzend. Andreas überlegte, wie Carter mit dem Ansturm von Journalisten und Schaulustigen fertigwerden wollte, falls er tatsächlich ein bislang unentdecktes Grab auftat.

Carter vertrieb die aufdringlichen Besucher aus dem abgesperrten Bereich und sagte, kaum zurück: „Ich führe Lord Carnarvons Bekannten und Verwandten gern herum, zumal wenn es so reizende und fachkundige Personen sind wie Lady Clifford und ihre Tochter. Doch diese

Menschen, die meinen, sie müssten in den Gräbern rauchen, Steine als Andenken herausbrechen, die Zeichnungen bekritzeln und ausprobieren, wie robust die Wände sind, sind mir zuwider!"

Andreas stimmte ihm brummend zu. „Informieren Sie mich, sobald …?" Er ließ den Satz in der Luft hängen.

Carter griff nach der Wasserflasche. „Das werde ich. Sie waren mir in den vergangenen Jahren oft genug eine Hilfe. Aber schrauben Sie Ihre Hoffnungen nicht zu hoch. Nicht, dass Sie mich damit womöglich noch anstecken!"

Carter vertiefte sich im gleichen Augenblick in seine Aufzeichnungen, als habe er seinen Gast sofort vergessen. Währenddessen befreiten seine Arbeiter unweit von ihm eine weitere Treppenstufe vom Schutt vergangener Jahrhunderte. Dabei lief ihnen der Schweiß in Strömen über die Körper.

Andreas betrachtete die mittlerweile erfolgreich freigelegten Kalksteinstufen, denen deutlich anzusehen war, mit welcher Präzision sie damals dem Felsen entrungen worden waren. War Carter nach so vielen Jahren der vergeblichen Suche und des Spotts auf eine Sensation gestoßen, die hier niemand mehr vermutet hatte? Wie musste dem Ägyptologen zumute sein, wenn sogar Andreas' Herz bei dieser Vorstellung schneller schlug!

Die Begeisterung war ansteckend wie ein Fieber und er bewunderte Carter für seine Zurückhaltung. Doch vermutlich war er ein gebranntes Kind, das nun das Feuer scheute. Von der Krönung all seiner Bemühungen auszugehen und sie gar zu verkünden, um dann nur vor einem leeren Schachtgrab oder dem eines niederen Beamten zu stehen, wollte er bestimmt nicht riskieren.

Andreas genoss das in Wellen durch seinen Körper laufende Prickeln, das ihn an vergangene Tage erinnerte, in denen die Lebensgefahr ihn ebenso unter Strom gesetzt hatte. Er vermisste diese Zeiten nicht, gelegentlich aber das Gefühl der Lebendigkeit, das sie in ihm entfacht hatten. War das der Grund, weshalb er Jacob zugesichert hatte, Sarahs geheimnisvollen Feind zu suchen? Oder lag es doch vielmehr an Sarah …?

Andreas wandte sich abrupt ab und begab sich auf den langen Fußmarsch Richtung Luxor. Er würde Jacob nicht ins Gehege kommen. Das entsprach nicht seiner Art. Außerdem war Sarah nichts für ihn. Sie war ja nicht weniger zerbrechlich als ein Schmetterling.

Kapitel 11

Die weinroten Vorhänge blähten sich im Wind wie die Segel der Felucken, die schnell und elegant über den Nil glitten. Ihr sanftes Rascheln ließ Sarah den Kopf drehen. Es war still in ihrem Zimmer, nur durch die geschlossenen Läden drangen gelegentlich Stimmen, das Klappern von Hufen und das Knirschen beschlagener Kutschräder von der Uferstraße.

Alison hatte ihr Ruhe verordnet, doch sie fand keine. Nach wenigen Minuten auf ihrem Bett hatte sie sich wieder erhoben und saß nun an dem Ebenholztisch, dessen Schubladen und Fächer mit farbigen Intarsien verziert waren. Ihr Journal lag aufgeschlagen vor ihr. Mit leicht zur Seite geneigtem Kopf schraffierte sie mit geübten Strichen die am frühen Morgen skizzierten Felskanten hinter der Ausgrabungsstätte. Dabei flogen ihre Gedanken wie im Wind wirbelnde Schwalben umher.

Ein weiteres Mal war sie nur knapp dem Tod entgangen. Wie viele Situationen wie die heutige konnte sie noch so glimpflich überstehen, bis er sie ereilte? Jacob hatte ihr und Alison deutlich gemacht, dass er das Ganze nicht für eine Reihe von Zufällen hielt. Bei dem Gedanken, dass jemand absichtlich versuchte, ihr etwas anzutun, erschauerte Sarah, und die Linien auf dem Papier gerieten ein wenig zu dick. Jacob hatte ihr von dem Ägypter in der Galabija und dem schwarzen Übermantel berichtet. Seiner Meinung nach spähte er sie aus und verfolgte sie.

Ein zweiter eisiger Schauer rieselte ihren Rücken hinab. Bei dem Gedanken daran, seit Tagen auf Schritt und Tritt beobachtet zu werden, wurde ihr beinahe übel. Weshalb tat der Unbekannte das? Wohin hatte er sie überall begleitet, ohne dass sie ihn wahrgenommen hatte? War er es, der ihr nach dem Leben trachtete? Aber aus welchem Grund? Sie hatte niemandem einen Anlass für einen derart ausartenden Hass geboten! Oder doch? Hatte sie sich in dem ihr fremden Land mit der fremdartigen Kultur falsch verhalten und den Zorn eines Mannes auf sich gezogen?

Beunruhigt legte sie den Zeichenstift beiseite und sprang auf. War es ratsam, Ägypten zu verlassen und nach England zurückzukehren?

Aber wenn sie jetzt abreiste, lief sie wie ein Kaninchen vor dem Fuchs davon. Hatte Alison diese Reise nicht unter anderem deshalb mit ihr angetreten, damit sie ihr zu ausgeprägtes Sicherheitsstreben ablegte und mutige Schritte in die Selbstständigkeit wagte?

Zitternd schlang Sarah die Arme um ihren Leib. „Was soll ich tun?", fragte sie in die Stille hinein und wünschte sich, dass Gott einmal nur mit einer hörbaren Stimme antworten würde.

Sie schrak zurück, als es an der Tür klopfte. Das Geräusch durchbrach die bisherige Ruhe wie Donnerschläge. Heiße Schauer jagten durch Sarah hindurch.

„Reiß dich zusammen!", flüsterte sie sich selbst Mut zu und trat zur Tür. Sie streckte die Hand nach der Klinke aus, zögerte dann aber. Was, wenn dort draußen der Ägypter stand, der ihr Böses wollte?

„Sarah?", hörte sie eine Mädchenstimme rufen.

Verwundert öffnete sie die Tür und blickte in die leuchtenden Augen von Samiras jüngerer Schwester.

„Tari! Was machst du hier?", fragte Sarah beunruhigt, beugte sich vor und schaute in den Flur. Doch Tari befand sich nicht in Samiras Begleitung.

„Komm mit. Bitte", lautete Taris Antwort, wobei das Mädchen ihre Hand ergriff.

„Wohin soll ich kommen? Warum bist du allein unterwegs?"

„Deine Tasche!"

„Ich soll meine Tasche mit den Medikamenten und dem Verbandsmaterial mitnehmen? Ist etwas mit Samiras Hand? Hat sie sich entzündet?"

„Nein, Kinder!"

Sarah kniff die Augen zusammen und schüttelte frustriert den Kopf. Sie wusste nicht, was Tari von ihr wollte. Das Englisch des Mädchens war zu bruchstückhaft.

„Wohin soll ich dich denn begleiten?"

„Nach draußen. Zu Corniche!"

Sarah wandte nachdenklich den Kopf und blickte auf ihre Verbandstasche, die auf dem Boden zwischen der Kommode und der Tür zu Alisons Zimmer stand. „Warte einen Moment, ja?"

Das Kind nickte heftig, wobei ihre schwarzen Locken lustig auf und ab hüpften. Sarah ließ die Tür offen und eilte zur Verbindungstür. Mit einem Blick stellte sie fest, dass Alison schlief. Giant kam aufgeregt auf sie zugerannt und Sarah nahm ihn mit einer Hand hoch, mit der anderen griff sie nach ihrer Tasche.

„Schließt du bitte die Tür hinter mir?", bat Sarah Tari. Sie tat, wie ihr geheißen, und lief Sarah voraus die Stufen hinab, als sei es das Selbstverständlichste der Welt, sich in diesem exklusiven Hotel aufzuhalten. Eine spätnachmittägliche Sonne begrüßte sie mit angenehmer Wärme, während der kräftige Wind für Abkühlung sorgte.

Ohne ein Wort führte Tari Sarah durch die Außenanlage auf die Uferstraße und diese entlang. Nach einer stufenförmig angelegten Mauer, die Sarah etwas ungelenk hinabkletterte, erreichten sie einen festgetretenen Sandstrand von etwa zwei Metern Breite. An ihm leckten glucksend die Wellen des Nils, als wollten sie den Sandstreifen auffressen. Auf dem Wasser dümpelten Enten in verschiedenen Färbungen, schlanke Reiher zogen am blauen Himmel elegante Bahnen.

Sarahs Aufmerksamkeit wurde allerdings von einer Gruppe Kinder jeden Alters angezogen. Sie saßen im Sand und sahen ihr erwartungsvoll entgegen. Die Mädchen und Jungen steckten aufgeregt die Köpfe zusammen, als Samiras Schwester Sarah zu ihnen führte.

„Ich nehme Hund", sagte die Kleine. Sarah reichte ihr das zappelnde Bündel.

„Was sind das für Kinder, Tari? Sind das deine Freunde?"

„Brauchen Hilfe!", erklärte Tari und deutete auf einen etwa Dreijährigen. Der Junge streckte das linke Bein vor, um seinen Fuß hatte er einen verschmutzten Stofffetzen gewickelt.

Jetzt begriff Sarah, was Tari von ihr wollte. Das Mädchen hatte in seiner Nachbarschaft alle Kinder mit Verletzungen und Schmerzen eingesammelt, um sie von ihr behandeln zu lassen!

„Hör mal, Tari. Ich bin kein Arzt."

Das Mädchen zuckte mit den schmalen Schultern, lächelte sie strahlend an und drückte dem ängstlich dreinschauenden Dreijährigen Giant in den Arm. Der Hund leckte dem Kleinen die Hände, was die Furcht aus dem Kindergesicht vertrieb und freudiger Begeisterung Platz machte.

„Du würdest eine gute Krankenschwester abgeben", sagte Sarah zu Tari, die stolz strahlte und prompt den Verband vom Fuß des jetzt abgelenkten Jungen wickelte. Zum Vorschein kam eine entzündete Fußsohle rund um einen tiefen Schnitt, den das Kind sich vermutlich an einer Glasscherbe oder einem anderen scharfkantigen Gegenstand zugezogen hatte.

Sarah kniete sich in den warmen, harten Sand, öffnete ihre Tasche und entnahm eine Wasserflasche und die Jodtinktur. Behutsam säuberte sie die Verletzung und verband sie frisch. Schließlich entledigte sie sich ihrer Schuhe, schlüpfte aus ihren Strümpfen und zog einen davon über den verletzten Fuß. Der Junge wackelte mit den Zehen, grinste und übergab Giant einem älteren Mädchen. Dieses hatte eine geschwollene Backe. Der Spitz rollte sich in ihrem Schoß zusammen und genoss die ihm zuteilwerdenden Streicheleinheiten, während Sarah sich die Entzündung in der Mundhöhle des Kindes besah. Taris andere Freunde sahen ihr interessiert zu, redeten ununterbrochen und reckten sich hin und wieder, um Giant auch kraulen zu dürfen.

Nach dem fünften Patienten gestattete Sarah sich eine kleine Pause. Sie erhob sich, streckte die schmerzenden Knie und stemmte die Hände in den Rücken. Dabei fiel ihr Blick auf Alison. Die Frau saß auf einer der Steinstufen der Mauer und drehte ihren robusten Männerschirm über ihrem Kopf im Kreis herum.

„Das tust du also, wenn ich dich darum bitte, dich auszuruhen?"

Sarah schmunzelte. „Ich kam ohnehin nicht zur Ruhe. Und als Tari mich aufsuchte …"

Tari hörte ihren Namen und hob ebenfalls den Kopf. Erschrocken schaute sie auf die vornehm gekleidete Dame, in der sie Sarahs Arbeitgeberin erkannte. Die Tatsache, dass die Frau auf dem nackten Fels saß, die Beine baumeln ließ und einen Herrenschirm bei sich trug, schien sie allerdings zu beruhigen.

„Du bist Tari?", sprach Alison das Mädchen an. Dieses bejahte und knickste.

„Fang den Schirm auf und halte ihn über Sarah, sonst holt sie sich einen Sonnenbrand." Alison warf den Schirm, sodass er für einen Augenblick wie ein Drachen in der Luft schwebte, ehe er sich herabsenkte. Tari fing ihn etwas ungeschickt auf.

Alison sprang von der letzten Steinstufe, wozu sie ihren Rock weit hochraffte, was den Kindern ein Kichern entlockte, und kniete sich neben Sarah. „Wie kann ich dir helfen?"

„Das müssen Sie nicht, Lady Alison", wehrte Sarah erschrocken ab.

„Sarah!!", begehrte Alison lautstark auf. „Ich will diesen Kindern helfen! Ich will nicht schmückendes Beiwerk im Leben anderer sein … und ich höre mich an wie ein Kind, das ein Eis will!", lachte Alison bitter und griff nach der fast leeren Wasserflasche. „Während du nachsiehst, was das Kind sich da zugezogen hat, hole ich frisches Wasser und noch mehr Verbandsmaterial!" Alison erhob sich energisch, nahm auch die Jodflasche und machte sich auf den Weg zur Straße. Sarah sah ihr mit gerunzelter Stirn nach.

„Schmückendes Beiwerk?", murmelte sie vor sich hin. Alison war nie das schmückende Beiwerk von Sarah Hofmann gewesen! Vielmehr war es andersherum: Sarah war seit ihrer Ankunft in England die unscheinbare Begleiterin einer britischen Aristokratenlady. Und wie kam Alison auf die Idee, dass sie *jemals* schmückendes Beiwerk gewesen sei?

Ausgerechnet Lady Alison Clifford; Witwe eines vermögenden Earls, ausgestattet mit einem scharf arbeitenden Verstand und vor allem einer auffällig unkonventionellen Art, das Leben zu gestalten. Sarah schüttelte den Kopf, wandte ihre Aufmerksamkeit aber wieder ihren Patienten zu.

Sie hatte zwei weitere Kinder versorgt und war mit einem scheuen Lächeln belohnt worden, als plötzlich Samira neben ihr stand. Die junge Frau fuhr Tari ungehalten an. Sarah erahnte anhand der hitzigen Tonlage und der schnell auf die Kleine niederprasselnden Worte, dass Samira sie rügte. Daher richtete Sarah sich auf und ergriff Samiras Hand. Die Ägypterin unterbrach ihre Tirade und drehte sich zu ihr um.

„Ich helfe den Kindern gern, Samira. Tari hat ein großes Herz."

„Sie hat dich belästigt."

„Aber nein. Sie hat die Not ihrer Freunde gesehen und einen Weg gefunden, ihnen Hilfe angedeihen zu lassen. Ich habe die Ausbildung dafür und Lady Alison gibt gern die Mittel. Alles in bester Ordnung!"

Samira entzog Sarah die Hand. Der Wind zerrte an ihrem Kleid und an der Kopfbedeckung, und sie starrte Sarah ungewohnt ausdruckslos an, während diese sich wieder ihren kleinen Patienten widmete.

Ein paar Minuten darauf kehrte auch Alison keuchend an den Strand zurück. Sie drückte Samira drei Wasserflaschen in die Arme und kniete sich neben Sarah.

„Samira, was hältst du davon, Sarah und mir die wichtigsten arabischen Begriffe rund um die Versorgung dieser Verletzungen beizubringen? Es ist bestimmt hilfreich, wenn wir den Kindern erklären können, wie sie sich in den nächsten Tagen zu verhalten haben, um die Heilung nicht zu gefährden!"

„Gern", erwiderte Samira reserviert und setzte sich in den Sand.

Sarah warf ihr einen prüfenden Seitenblick zu. Die Ägypterin wirkte weniger angespannt als zuvor, wollte aber offenbar noch immer nicht verstehen, weshalb sie und Alison sich um Taris Freunde kümmerten. Schulterzuckend konzentrierte Sarah sich auf einen entzündeten Mückenstich und versuchte nebenbei, die Worte für „abgekochtes Wasser", „Verbandswechsel" und „Geh zum Arzt" in der ihr fremden Sprache zu erlernen.

Es dauerte lange, bis alle Kinder behandelt waren und Sarah sich mit einem erleichterten Seufzen aufrichtete. Ihre Knie brannten und der Rücken schmerzte von der ungewohnten Haltung. Tari rief den Kindern etwas zu. Einige von ihnen stoben sofort davon. Ein Mädchen griff nach Sarahs Hand, bedankte sich mit einem „*Shukran*" und küsste flüchtig

Sarahs Handrücken, ehe es davoneilte. Ein älterer Junge verbeugte sich, jagte dann aber peinlich berührt seinen Kameraden hinterher.

Sarah sah ihnen lächelnd nach. Dabei fiel ihr Blick auf zwei Männer, die oberhalb des Küstenabschnitts auf einer Bank saßen und sich angeregt unterhielten. Trotz der tief stehenden Sonne erkannte sie in ihnen Jacob und Andreas.

Über welches Thema sie wohl diskutierten? Und das ausgerechnet hier, in ihrer unmittelbaren Nähe. Sicher, von dort oben hatten sie eine bezaubernde Aussicht auf den in der Abendsonne golden glitzernden Nil und auf das gegenüberliegende Ufer, aber die beiden erweckten nicht den Eindruck, als würden sie die Szenerie genießen. Vielmehr sahen sie sich fortwährend aufmerksam um. Ein unbehagliches Gefühl beschlich Sarah. Obwohl es noch immer sehr warm war, ließ der kräftige Wind sie frösteln. Oder lag das daran, dass sie sich jetzt, nachdem die muntere Kinderschar verschwunden war, erneut an den Vorfall vom Vormittag erinnerte? Und an ihre Überlegungen, weshalb ihr in den letzten Tagen diese seltsamen Dinge zugestoßen waren? Wirkten Jacob und Andreas nicht wie zwei Wächter, die sich in ihrer Nähe aufhielten, um sie im Auge zu behalten?

Sarah schüttelte über sich selbst den Kopf. Aus welchem Grund sollten die beiden viel beschäftigten Männer sie bewachen wollen? Außer sie spürten dieselbe Bedrohung, die Sarah fast körperlich empfand. Bedeutete sie ihnen denn so viel? Bei Jacob war der Gedanke nicht von der Hand zu weisen. Er genoss ganz offensichtlich ihre Nähe. Andreas allerdings ...

Er verhielt sich ihr gegenüber höflich, aber distanziert; es schien vielmehr, als suche er Alisons Anwesenheit, weil ihm die kleinen Wortgefechte mit ihr gefielen. Ein Gefühl des Bedauerns schlich sich bei Sarah ein, wurde jedoch verscheucht, als Tari ihre Hand ergriff.

„Danke, Sarah. Du bist ... lieb!" Tari warf einen fragenden Blick zu ihrer wesentlich älteren Schwester. Samira nickte ihr zu. Das Kind freute sich, das richtige Wort gefunden zu haben.

„Und du bist ein ganz besonders hilfsbereites, fürsorgliches Mädchen. Deine Familie kann stolz auf dich sein!", erwiderte Sarah.

In diesem Augenblick entstanden hektische Bewegungen auf der Küstenstraße. Während Jacob auf sie zueilte, spurtete Andreas in erstaunlicher Geschwindigkeit die Straße entlang.

Alison stellte sich auf die Zehenspitzen und beobachtete seinen ungestümen Lauf. Schließlich wandte sie sich an ihre Schutzbefohlene und sagte ernst: „Er verfolgt einen Ägypter in weißem Kaftan und schwarzem Umhang. Der rennt ebenfalls, als sei der Teufel hinter ihm her!"

Sarah drehte sich mit rasendem Herzschlag dem Fluss zu und starrte wie versteinert auf die an das Ufer plätschernden Wellen. Stimmte es also, dass jemand sie verfolgte!? Wollte diese Person ihr tatsächlich etwas antun? Die Vorstellung raubte ihr förmlich die Luft zum Atmen.

Plötzlich schien der Wind eisige Nadelspitzen mit sich zu führen, die sich in ihre Haut bohrten, in ihren Körper eindrangen und ihr Herz und ihre Lunge zu umschließen drohten. Sie spürte den nahezu protestierend anmutenden Pulsschlag an ihrer Schläfe und atmete hektisch und flach, aus Furcht, nicht ausreichend Sauerstoff zu bekommen.

Zwei kräftige Hände ergriffen sie an den Oberarmen und hielten sie fest. Hatte sie geschwankt? Sarah riss die Augen auf und schaute in Jacobs besorgtes und zugleich grimmiges Gesicht. „Ich bringe Sie und Lady Clifford ins Hotel", beschloss er.

Fragend wanderte ihr Blick zu Alison, die sie mit leicht geneigtem Kopf vorwurfsvoll ansah. Sarah straffte die Schultern und löste sich aus dem Griff des Amerikaners. „Danke für das Angebot, Mr Miller. Aber das ist wirklich nicht nötig. Samira und Tari begleiten uns, nicht wahr?", wandte sie sich mit bebender Stimme an die Schwestern.

Samira nickte sofort, blickte jedoch forschend zwischen ihr und dem Mann hin und her. Tari verstand die Aufregung nicht, ergriff dennoch Sarahs Hand und zog sie zu der steil ansteigenden Uferbefestigung.

„Gut, dann suche ich Andreas!", sagte Jacob, geleitete sie noch über die Straße und lief dann zügig in Richtung Luxor-Tempel.

Alison übernahm die Führung, brachte sie allerdings nicht ins Haus, sondern in den weitläufigen, wunderschön angelegten Parkgarten des Winter Palace. Dieser wurde von hohen, schlanken Palmen, Maulbeerfeigen und Dattelpalmen sowie den großzügig verteilten Statuen und dem plätschernden Springbrunnen beherrscht. Auf einer gusseisernen Gartenbank ließen sie sich nieder. Samira nahm Tari auf den Schoß und umschlang sie fürsorglich mit ihren Armen.

„Was hat das alles zu bedeuten?", fragte die Ägypterin, und in ihrer Stimme lag dieselbe Verwirrung, die auch aus ihren Gesichtszügen sprach.

Es war Alison, die sich nach vorn beugte und ihr von den seltsamen Begebenheiten erzählte, die ihnen widerfahren waren. Sie schloss mit den Worten: „Lassen wir doch die vergangenen Tage Revue passieren, vielleicht fällt dir etwas auf, was uns auf die Idee bringen könnte, was es mit all dem auf sich hat?"

„Ich kann mir nicht vorstellen, dass jemand von hier Sarah verfolgt, Lady Clifford", wandte Samira sofort ein. „Gastfreundschaft wird in unserem Land sehr ernst genommen. Es gefällt uns nicht immer, wenn sie etwas tun, was unserer Kultur zuwiderläuft, aber deshalb greifen wir sie noch lange nicht an."

Alison lächelte Samira an. „Das mag stimmen. Andererseits können wir die Geschehnisse unmöglich weiterhin als Zufälle oder Missgeschicke abtun."

„Nein, bestimmt nicht. Ich möchte nicht, dass dir etwas zustößt!" Samira schaute Sarah ernst und voller Zuneigung an. „Erzählen Sie, Lady Clifford. Ich höre aufmerksam zu!"

„Gut. Und du, Sarah, ergänzt mich, wenn ich Details vergesse oder falls dir noch etwas einfällt."

Während die Countess berichtete, sank die Sonne hinter das Winter Palace. Schwarze Schatten breiteten sich im Garten aus. Obwohl die Temperatur angenehm blieb, fror Sarah erbärmlich. Die Erinnerung an die Vorfälle und die Unsicherheit darüber, was dahintersteckte, ließen sie frösteln. Nervös strich sie mit den Fingern über ihren eng anliegenden Rock. Bei jedem Knacken der Zweige zuckte sie zusammen, das verhaltene Knattern der Palmblätter im Wind mutete ihr wie eine Drohung an. Da half es wenig, dass Taris Hand noch immer warm und weich in ihrer lag, während das Mädchen den Kopf an die Brust ihrer Schwester gebettet hatte und friedlich schlief.

Kapitel 12

Insektenschwärme tanzten im letzten Licht der schnell sinkenden Sonne. Die Wasseroberfläche des Nils bildete ein wildes Mosaik aus goldfarbenen Wellen und dunklen Wellentälern, die Palmen am Ufersaum hoben sich wie Schattenrisse vor dem gelblichen Himmel ab, ehe die Dunkelheit sich ausbreitete, als habe jemand ein schwarzes Tuch über die Landschaft geworfen.

Der hagere Ra'is, dessen Gesicht im orangefarbenen Aufglühen der Zigarette in regelmäßigen Abständen angeleuchtet wurde, fand zielsicher die Anlegestelle und fing geschickt die Münze auf, die Andreas ihm zuwarf, ehe er mit einem Satz aus der noch nicht festgezurrten Felucke sprang. Der Ruf eines Muezzin hallte über den Fluss, als Andreas in einen flotten Trab fiel. Er verließ zwischen den letzten Dattelpalmen, Mais- und Zuckerrohrfeldern den grünen Landstreifen, eilte die Lehmstraße entlang und kam durch mehrere Dörfer. In einem von ihnen lieh er sich ein knochiges Maultier, auf dem er in den zum Fluss hin offenen Felsenkessel von Deir el-Bahari ritt. Er schlug die Abkürzung am Tempel der Hatschepsut vorbei ein und erklomm über einen in Serpentinen nach oben führenden Pfad die Gebirgsflanke, was ihm nur möglich war, da mittlerweile ein fast runder Mond die karge Landschaft in fahles Licht tauchte.

Auf der Anhöhe angelangt ließ er das heftig atmende Maultier ausruhen und genoss den Blick über das vor ihm liegende Niltal. Der Strom wand sich wie eine Schlange durch den gelben Sand, über ihm spannte sich ein dunkles, von Millionen funkelnden Himmelslichtern geschmücktes Firmament. Die Lichter von Luxor leuchteten hell, während die Dörfer, in denen die Bauern und Arbeiter am nächsten Tag früh aufstehen mussten, bereits in tiefem Schlaf lagen. Ein kräftiger, kalter Wind zerrte an seinem Hemd und wirbelte feinen Sandstaub auf, der für einen Moment wie ein Meer aus Diamanten funkelte, ehe er in der Dunkelheit der Nacht verschwand.

Andreas' Gedanken wanderten zu Sarah, ob er das nun wollte oder nicht. Es hatte ihn beeindruckt, mit welcher Selbstverständlichkeit und Hingabe sie am Vortag die Kinder medizinisch versorgt hatte. Es gefiel ihm, wie sie sich auf die Menschen dieses Landes einließ, ohne Berührungsängste zu zeigen. Aber dann war da plötzlich diese Person aufgetaucht ... Andreas' Mundwinkel zuckten ärgerlich. Es war ihm zwar gelungen, dem Unbekannten in seinem wehenden Umgang zu folgen, jedoch hatte er sich dann wie eine Fabelgestalt zwischen den Häusern in Luft aufgelöst. Sein plötzliches Verschwinden ließ sich für Andreas nicht erklären, hatte er doch selbst lange genug wie eine Schattenfigur gelebt. Andreas war aufgetaucht und wieder verschwunden, wie es ihm gepasst hatte. Offenbar verfügte Sarahs Beobachter über ganz ähnliche Fähigkeiten. Diese Überlegung erweckte in ihm erneut den Verdacht, dass die Angelegenheit mit Sarahs Vater zusammenhängen könnte. Hofmanns Geschichte drohte seine Tochter einzuholen, und womöglich war es Andreas' Aufgabe, das zu verhindern.

Andreas atmete tief die trockene, warme Luft ein, die die Felsen noch immer ausstrahlten, ehe er das Maultier antrieb, um in das Tal der Könige hinabzureiten.

Ob er sich auf dieses Abenteuer einlassen sollte? Er hatte seine Vergangenheit begraben und ein neues Leben begonnen. Er wollte sich nicht an eine Frau binden, die ihn nur verletzlich machen würde. Mit einer herrischen Bewegung vertrieb er einige Mücken vor seinem Gesicht und wünschte sich, er könnte seine bohrenden Gedanken ebenso leicht loswerden.

„Ich helfe Jacob!", rechtfertigte er sich, als er die Talsenke erreichte und das Reittier in Richtung der aktuellen Grabungsstelle lenkte.

Seit er zwei Jahre zuvor seinen Frieden mit Gott gemacht hatte, verstand er solche Sätze als Gebet. Die drei Worte beinhalteten nicht nur die Bitte um Gottes Beistand, sondern auch darum, dass Andreas keine unpassenden Gefühle für Sarah entwickelte.

Flackernde Lichter erweckten an den Berghängen bedrohlich wirkende Schatten zum Leben und wiesen Andreas den Weg. Carter hatte die meisten seiner Arbeiter nach Hause geschickt, einige wenige arbeiteten noch. Einer von ihnen nahm Andreas das Maultier ab.

„Schauen Sie!", begrüßte ihn der aufgeregte Ausgrabungsleiter. Carter stand inzwischen eine deutliche Anzahl Stufen tiefer als am Tag zuvor und hatte den oberen Teil einer Mörtelwand freigelegt.

„Eine zugemauerte Tür!", entfuhr es Andreas. Er schob sich zwischen zwei Arbeitern hindurch, stieg die Treppe hinunter und betrachtete im Lichtschein der von einem Generator betriebenen Lampe die mit dem umliegenden Gestein verbundene Mörtelschicht. „Keine Plünderer!", resümierte er und spürte Wellen der Vorfreude durch seinen Körper laufen, als geriete sein Blut ins Kochen.

„Und hier!" Carter, offenbar nur zu Satzfragmenten fähig, hob seine schwach glimmende Taschenlampe. In ihrem Lichtkegel tauchte ein Relief auf.

Andreas trat eilig näher. Er erkannte einen schlanken Hund mit langen, spitzen Ohren. Anubis, der altägyptische Gott der Toten! Das Tier stand über neun Gestalten, die aussahen, als seien sie kunstvoll gefesselt. Die Feinde des alten Ägypten.

„Carter! Das ist das Grab einer hochstehenden Persönlichkeit! Eines Pharao?"

„Langsam, Freund. Langsam!", beschwichtigte der Brite. Aber die ungewohnt hohe Tonlage seiner Stimme verriet, dass er dasselbe dachte und hoffte, es aus Furcht vor einer erneuten Enttäuschung jedoch nicht auszusprechen wagte.

„Die Treppe ist zu schmal für ein Königsgrab. Vielleicht ein Beamter von Ramses dem sechsten? Ihnen war gelegentlich ein Begräbnis im Tal der Könige gestattet, doch ihre Grabanlagen durften nur bescheiden ausgestattet werden."

Carter schwenkte die Lampe weiter nach links, sodass Anubis und die Gefesselten in der Dunkelheit verschwanden. Andreas fühlte den Wunsch in sich, das Relief zu betasten, allein um sicherzugehen, dass es sich mit dem forthuschenden Lichtschein nicht aufgelöst hatte wie eine Fata Morgana in der trockenen, flimmernden Wüste.

Ein schabendes Geräusch lockte Andreas neben den Archäologen. Dieser machte sich mit einem Stichel an dem Mörtel zwischen Fels und Tür zu schaffen, an einer Stelle, wo der Verputz ohnehin bereits abgebröckelt war. Das Loch, das er dabei schuf, vergrößerte sich zusehends, bis endlich die Lampe hindurchpasste.

Andreas hielt den Atem an, als Carter den Kopf gegen den Felsen presste und hinter die Türfassung zu blicken versuchte.

„Ein Gang, vom Boden bis zur Decke mit Steinen aufgeschüttet. Damit wollte man Plünderungen vermeiden!", erklärte Carter Andreas, was er sah. Womöglich dachte er aber auch nur laut.

Die schwächlich schimmernde Taschenlampe erlosch. Der Archäologe stand für einige Sekunden reglos vor der Tür und schien nachzudenken. Dann drehte er sich um, stieg gefolgt von Andreas nach oben und befahl nach einem letzten, sehnsüchtigen Blick nach unten den Arbeitern, die Treppe sorgsam wieder zuzuschütten. Einen seiner zuverlässigsten Arbeiter wies er an, über Nacht als Wache bei der Ausgrabungsstätte zu bleiben.

Während die Arbeitskräfte die Grube mit Sand und leichtem Geröll auffüllten, verfasste Carter Notizen, raffte dann die Papiere zusammen und begab sich zu den Maultieren.

„Ich bin gezwungen, auf die Ankunft Lord Carnarvons zu warten. Morgen werde ich ihm ein Telegramm überstellen lassen."

Andreas bestieg ebenfalls sein Muli und folgte dem bedrückt wirkenden Carter durch die Schlucht. Nur zu gut verstand er das Gefühlschaos des Mannes. Er hatte soeben vermutlich eine sensationelle Entdeckung gemacht und war nun dazu verdammt, mehrere Tage auf die Ankunft seines Finanziers zu warten. Erst in Carnarvons Anwesenheit würde er den Mörtel beseitigen, die Tür öffnen und den dahinter befindlichen Gang freiräumen dürfen. Jahre des Suchens, des Hoffens und der Enttäuschungen lagen hinter ihm und nun, womöglich kurz vor dem Ziel, wurde er zu einer nervenaufreibenden Tatenlosigkeit gezwungen.

Andreas wusste aus eigener Erfahrung, wie zermürbend das sein konnte, doch bei dem, was er früher getan hatte, hatte eine angemessene Portion Geduld über Leben und Tod entschieden.

„Ich werde, wie die letzte Nacht, wohl kaum ein Auge zutun", murmelte Carter vor sich hin. Sein Sattel knarrte, als er sich zu dem Journalisten umwandte. Im Schein des Mondes sah Andreas das Weiß seiner Augen unnatürlich hell schimmern. Sie schienen das Feuer widerzuspiegeln, das mühsam unterdrückt in Carter loderte.

„Was halten Sie von einem Drink und einer Plauderrunde?"

„Hört sich gut an. Allerdings kann ich nicht lange bleiben. Ich habe einen Skipper gebeten, auf meine Rückkehr zu warten."

Andreas folgte dem Mann zu dessen selbst entworfenem Haus oberhalb eines kargen Hügels nordöstlich vom Taleingang. Der rechteckige, eingeschossige Bau war im ägyptischen Stil gebaut. Der zentrale Raum, um den herum weitere Zimmer gebaut waren, trug eine Kuppel, die tagsüber unter der Sonne erstrahlte, in der Dunkelheit jedoch wie der Kopf eines schlafenden Riesen wirkte.

Carter sattelte sein Maultier ab, während Andreas bei seinem lediglich den Sattelgurt lockerte und sich dann auf dem mit Schmucksteinplatten ausgelegten Vorplatz daran machte, einige Lampen zu entzünden. Ihr sanfter Schein beleuchtete einen runden Holztisch, zwei Stühle und ein paar Ausgrabungswerkzeuge. Er ließ sich auf eine der Sitzgelegenheiten fallen und nahm Carter ein Glas mit bernsteinfarbenem Whiskey ab, das dieser herausbrachte. Aus dem Inneren des geräumigen Hauses klangen die leisen Töne eines Grammophons und untermalten die Musik der Zikaden. Offenbar wollte Carter die Stimmen in seinem Kopf mit allen Mitteln verdrängen. Schwer seufzend setzte er sich auf den zweiten Stuhl, legte die Füße auf einen Hocker und schloss erschöpft die Augen.

„Sattler, erzählen Sie mir was", murmelte Carter irgendwann. „Etwas, das nichts mit Ägypten zu tun hat."

„Vor allem nichts, das mit einem Pharao zu tun hat, dessen Name von seinen Nachfolgern ausradiert wurde und der Tausende von Jahren in seiner verborgenen Gruft geschlummert hat, um von Ihnen ausgegraben zu werden?"

„Ein Wunschtraum!"

„Was wären wir ohne unsere Träume und Wünsche?"

„Auf unsere Träume!" Carter prostete ihm zu.

„Auf die Träume!", erwiderte Andreas, und während er einen großen Schluck des exquisiten Whiskeys genoss, spürte er beunruhigt, wie sich bei diesen Worten erneut Sarahs Gesicht in seine Gedanken drängte.

***

Ein fast runder Mond stand übergroß am nachtschwarzen Himmel und ließ die Bäume und Palmen über Sarah wie Scherenschnitte aussehen. Der kräftige Wind bewegte die Baumkronen und Palmblätter und entlockte ihnen eine Melodie aus sanftem Rascheln und aufdringlichem Knattern, die gelegentlich durch den tiefen, kehligen Laut einer Eule eine neue Nuance bekam. Grillen zirpten und aus dem Hotel klang ab und an ein Lachen oder ein Klappern aus der Küche in den weitläufigen Park.

Sarah konnte nicht schlafen. Den ganzen Tag über hatten Alison, Samira und auch Jacob sie bewacht wie ein Huhn sein letztes verbliebenes Küken. Sie hatte sich schrecklich eingeengt und gefangen gefühlt. Noch vor wenigen Tagen hätte sie es nicht für möglich gehalten, dass sie einmal den Wunsch in sich verspüren könnte, vor diesen ihr wohlgesonnenen Menschen zu flüchten. Aber in den vergangenen Stunden hatte sie mehrmals den Drang in sich verspürt, die drei in die Wüste zu jagen.

Zwar genoss sie Samiras Arabischunterricht, und die Sticheleien von Alison gegen den stets um Höflichkeit bemühten Jacob hatten sie das eine oder andere Mal zu einem heimlichen Schmunzeln verleitet, doch das Gefühl, unter Beobachtung zu stehen, gefiel ihr gar nicht. Lag es daran, dass er vermutlich mehr für sie übrighatte als sie für ihn und er dies offen zur Schau stellte? Oder weil sein Beschützerinstinkt sie fortwährend an die Gefahr erinnerte, die hinter jeder Ecke auf sie zu lauern schien?

Sarah sah sich in dem in Dunkelheit gehüllten Garten um. Warum verspürte sie in diesem Augenblick keine Angst? Immerhin hielt sie sich allein mitten in der Nacht in einer Parkanlage auf; weit entfernt von ihren Bewachern, die annahmen, sie liege schlafend in ihrem Bett. Rührte ihre Furchtlosigkeit daher, dass derjenige, der ihr Böses wollte, kaum damit rechnen konnte, sie um diese Stunde hier anzutreffen?

Sarah kannte auf keine ihrer Fragen eine Antwort. Allerdings empfand sie einen gewissen inneren Frieden, nachdem sie ihre Angst in Gottes Hände gelegt hatte. Irgendwann in dieser endlos erscheinenden Nacht hatte sie begriffen, dass es ihr nicht aus eigener Kraft möglich war, der lauernden Gefahr zu entgehen, ihre Beklemmungen in den Griff zu bekommen und weise Entschlüsse zu treffen. Sie war völlig überfordert mit dem, was da plötzlich über sie hereingebrochen war. Also brauchte sie jemanden, der größer war, weiter sah und wusste, was das alles bedeutete. Und genau in diese Hände hatte sie ihre Ängste, Fragen und Zweifel gelegt.

Eigentlich hätte Sarah jetzt zu Bett gehen können, aber sie war kein bisschen müde. Vielmehr fühlte sie sich gestärkt, ja fast tatendurstig. Beinahe wünschte sie sich, Tari möge kommen und für ihre kleinen Freunde Hilfe einfordern. Oder Mr Carter würde unverhofft diesen Weg entlangschlendern und ihr berichten, was er in den vergangenen Stunden entdeckt hatte ...

Sarah lehnte sich an die verschnörkelte, gusseiserne Lehne zurück, zog die Beine an, sodass ihre Schuhe auf der Sitzfläche ruhten, und umschlang mit ihren Armen ihre Knie. Sie genoss die Kühle der Luft, den Wind, der ihre Bluse zum Flattern brachte und ihr durchs Haar zauste und die nächtliche Ruhe. Sie schrak nicht einmal auf, als sich langsame Schritte näherten. Die Person, zu der sie gehörten, hatte es weder eilig noch schlich sie sich heimlich an sie an. Also schien von ihr keine Gefahr auszugehen.

Sarah wartete, bis das Mondlicht eine große, muskulöse Männergestalt beschien. Sie trat zwischen einer Gruppe hoher Palmen hindurch und verharrte bei ihrem Anblick, offenbar erstaunt darüber, um diese Uhrzeit jemanden im Park anzutreffen.

„Miss Hofmann?"

Sarah hob den Kopf und stellte die Füße auf den Boden. Sie hatte Andreas nicht mehr gesehen, seit er am Vortag die Verfolgung des Ägypters aufgenommen hatte. Es war Jacob gewesen, der ihr und Alison mitgeteilt hatte, dass der Mann entkommen war.

„Guten Abend, Mr Sattler", erwiderte sie leise.

„Darf ich fragen, was Sie so spät hier draußen tun?"

„Die kühle Nachtluft genießen, meiner Schlaflosigkeit entfliehen und beten."

„Drei gute Gründe", nickte er ernst und deutete mit einer Handbewegung die Bitte an, sich zu ihr setzen zu dürfen. Sarah rutschte nach links und Andreas ließ sich neben ihr nieder.

Sie war froh, dass er sie nicht mit Vorwürfen und Warnungen überhäufte, weil sie allein hier draußen war. Er setzte sich seitlich und legte den Arm auf die Lehne, sodass seine Hand beinahe ihre Schulter berührte.

„Es wundert mich allerdings, Sie allein hier draußen anzutreffen, nach all dem, was sie die letzten Tage erlebt haben."

„Meine Beschützer brauchen auch ihren Schlaf – und ich etwas Freiraum zum Durchatmen und zum Sortieren meiner Gedanken."

Auf dem von Bartstoppeln überzogenen Gesicht ihres Gesprächspartners breitete sich ein fröhliches Grinsen aus, ehe er verstehend nickte. Dennoch fügte er an: „Diese Einstellung hätte ich bei Ihnen nicht vermutet."

„Weil ich wie ein verängstigtes Reh in die Welt schaue?"

„Hat man Ihnen das schon öfter gesagt?"

„So oft, dass ich es schon selbst geglaubt habe!", lachte Sarah, verstummte jedoch schnell, da sie die friedliche Stille der Nacht nicht zerstören wollte. „Ich gebe es zu: Ich bin nicht die Mutigste. Aber ich lerne täglich dazu. Außerdem besitze ich durchaus einen eigenen Willen. Und der sagt mir, dass ich mich unwohl fühle, wenn ich behandelt werde wie ein rohes Ei."

„Darf ich Ihren Worten den Wunsch entnehmen, dass Sie Ägypten nicht verlassen wollen?"

„Ich möchte bleiben. Allerdings trifft Lady Alison derartige Entscheidungen."

„Sie haben einen weit größeren Einfluss auf die streitbare Lady, als Sie annehmen", erwiderte Andreas und tippte ihr mit dem Zeigefinger gegen den Oberarm.

Sarah betrachtete im schwachen Mondlicht das Gesicht ihres Gesprächspartners. Seine kurze, kameradschaftliche Berührung hatte ihr einen Schauer über den Rücken gejagt. Vor Verwirrung waren ihre Augen wieder groß und rund, als sie in sein auffällig hellblaues Augenpaar blickte.

„Lady Alison spricht viele Entscheidungen mit mir durch. Gelegentlich fällt sie diese aber einfach aus einer Laune heraus und alle um sie herum müssen dann springen." Ihr Tonfall verriet, dass sie diese Eigenheit belustigend fand.

Umso erstaunter war sie, als Andreas nicht darauf einging, sondern ernst erwiderte: „Ihre Lady wünscht sich vor allem, dass es Ihnen gut geht."

„Sie ist sehr gut zu mir", murmelte Sarah. Mühsam brach sie den Blickkontakt mit ihm. Weshalb nur hämmerte ihr Herz so wild?

Stille senkte sich über den Garten. Sarah beobachtete wieder die schwarzen, schwankenden Palmblätter vor dem Mond. Verwundert stellte sie fest, dass sie das Schweigen zwischen ihr und Andreas nicht als unangenehm empfand. Es entstammte nicht dieser oftmals peinlichen Sprachlosigkeit, wenn zwei Menschen sich im Grunde überhaupt nichts zu sagen hatten.

Andreas ergriff nach geraumer Zeit das Wort. Leise, als wolle er die friedliche Atmosphäre um sie herum nicht stören, fragte er: „Wie kommt es, dass Sie in England und nicht in Ihrer Heimat Deutschland leben?"

Sarah drehte sich nun ebenfalls ein wenig zu ihm hin. Ihr Knie streifte beinahe das seine, doch sie hatte sorgfältig darauf geachtet, jeden Kontakt zu vermeiden. Die Erinnerung an seine eigentlich unbedeutende Berührung eben und an das, was diese in ihrem Körper ausgelöst hatte, ermahnte sie zur Vorsicht.

„Meine Mutter war Britin, mein Vater Deutscher. Sie starb bei meiner Geburt. Kurz vor Ausbruch des Krieges brachte mein Vater mich zu der besten Freundin meiner Mutter, Lady Alison. Er rechnete wohl damit, dass er in den Konflikt hineingezogen wird, und wollte mich gut versorgt wissen – und weit fort von einem möglichen Schlachtfeld." Sarah zögerte einen Moment. Erstaunlicherweise gelang es ihr, diese vernünftige, nüchtern klingende Erklärung vorbringen, obwohl in ihrem Inneren der alte Schmerz wie ein wildes Tier zu toben begann. Dem Wunsch zu fliehen, sich diesem schrecklichen Verlustgefühl nicht schon wieder auszusetzen, sich keine Gedanken über das Wie und Warum zu machen, konnte sie kaum etwas entgegensetzen. Daher konzentrierte sie sich angestrengt auf ihren Gesprächspartner. Wie viele Details durfte sie diesem Mann anvertrauen? Seine außergewöhnlichen Augen waren freundlich auf sie gerichtet. Sie erkannte darin weder übergroße Neugier noch oberflächliches Interesse, vielmehr höfliche Aufmerksamkeit.

„Wir haben nie wieder etwas von ihm gehört. Lady Alison und ich gehen davon aus, dass er im Krieg gefallen ist."

Andreas nickte, als wolle er ihr bei dieser naheliegenden Vermutung beipflichten. „Es tut mir sehr leid", sagte er leise und legte seine Hand über die ihren, die sie ineinandergelegt hielt. Vor Schreck wich sie an die Rückenlehne zurück, allerdings lag dort noch immer seine Linke. Die Wärme seiner Finger drang durch ihren dünnen Blusenstoff. Sie rückte unwillkürlich ein Stück von ihm fort und spürte erneut ihr Herz aufgeregt hüpfen.

„Haben Sie heute Mr Carter im Tal der Könige aufgesucht?", fand sie schnell ein neues Gesprächsthema und glaubte, einen Anflug von Enttäuschung über seine Gesichtszüge huschen zu sehen.

„Ich komme soeben von dort."

„Und? Wohin führen die Stufen?", fragte sie neugierig und entzog ihm ihre Hände.

Diesmal durchbrach Andreas mit seinem Auflachen die vorherrschende Stille. „Sie können sich wirklich für die Archäologie begeistern, nicht?"

„Ich finde es spannend zu ergründen, wie die Menschen früher lebten. Was ihr Leben bestimmte, wie sie ihren Alltag meisterten … ich wünschte, ich könnte sie fragen, was sie während dieses oder jenes Geschehens empfunden haben", sprudelte es aus Sarah heraus. „Falls Mr Carter das unberührte Grab eines hohen Beamten oder eines bisher vergessenen Pharao findet, würde das sicher neuen Aufschluss über das Leben, zumindest aber über die Begräbniszeremonien der alten Ägypter geben."

Sarah beobachtete, wie Andreas' Mundwinkel belustigt nach oben zuckte. Amüsierte er sich über ihre Begeisterungsfähigkeit?

„Leider hat Mr Carter die Stufen wieder zuschütten lassen, sonst hätte ich Ihnen morgen die von ihm entdeckte Tür zeigen können."

„Eine Tür? Wie spannend!", stieß Sarah heiser vor Begeisterung hervor.

„Sie scheint nie geöffnet worden zu sein. An ihr befindet sich das Siegel des Anubis über neun gefesselten Gefangenen", fuhr Andreas fort. Seine Augen erforschten ihr Gesicht intensiv. Offenbar freute er sich über ihre Aufmerksamkeit.

„Anubis und neun Gefangene?"

Andreas lehnte sich mit der Schulter gegen die gusseiserne Lehne, behielt aber seinen linken Arm darauf und seine Hand damit aufregend nahe an ihrer Schulter. Er erzählte ausführlich, was Carter an diesem Tag gesehen und getan hatte. Als er seinen Bericht beendet hatte, senkte sich erneut Schweigen über sie. Sarah blickte in den nächtlichen Park und überlegte, wie lange Lord Carnarvon wohl brauchen würde, um von England nach Luxor zu reisen. Bestimmt würde er ohne Verzögerung aufbrechen, kaum dass er das Telegramm mit dieser aufrüttelnden, wunderbaren Neuigkeit zugestellt bekam.

„Miss Hofmann?"

Sarah blinzelte irritiert und wandte sich wieder ihrem Gesprächspartner zu.

„Ich möchte Sie jetzt gern hineinbegleiten. Es sie denn, Sie hätten dabei das Gefühl, ich würde Sie wie ein rohes Ei behandeln."

Sie schmunzelte über den Schalk in seiner Stimme und erhob sich. „Ich folge Ihrem vernünftigen Vorschlag, Mr Sattler", sagte sie und wartete, bis Andreas ebenfalls aufgestanden war. Nebeneinander schlenderten sie in Richtung des Winter Palace.

Er bot ihr nicht seinen Arm, obwohl die Wege durch die Gartenanlage fast völlig im Dunkeln lagen. Ob auch er einen weiteren Körperkontakt scheute? Sarah lächelte bei dieser Überlegung vor sich hin. Ein weltgewandter Mann wie Andreas Sattler ließ sich wohl kaum durch eine harmlose Berührung so aus der Fassung bringen, wie es bei ihr der Fall gewesen war.

„Ich gäbe alle Schätze des geheimnisumwitterten Tutanchamun für Ihre Gedanken, Miss Hofmann."

„Darauf gehe ich nicht ein, denn diese würden dem Land Ägypten und Lord Carnarvon gehören."

„Einen Versuch war es wert", scherzte er, und Sarah sah trotz der Dunkelheit, dass er ihr zuzwinkerte. Diese Vertraulichkeit rührte etwas zutiefst Verwirrendes in ihrem Inneren an. Unwillkürlich sorgte Sarah für einen größeren Abstand zwischen ihnen, streifte dabei jedoch mit der rechten Schulter die Zweige eines Zierstrauchs. Es folgte eine hektische Bewegung. Sarah riss gewarnt die Augen auf. Plötzlich sprang ein grauer Schatten genau auf sie zu. Nur mühsam konnte sie einen erschrockenen Aufschrei hinter vorgehaltener Hand unterdrücken. Hitzewellen jagten durch ihren Körper.

Die Erinnerungen an die Angriffe auf sie waren schlagartig allzu präsent. Sarah überkam das Gefühl zu ersticken. Als etwas ihr Bein berührte, wirbelte sie herum, bereit, die Flucht anzutreten.

Plötzlich fand sie sich in einer kräftigen Umarmung wieder. Eine Hand presste ihr Gesicht schützend und tröstend zugleich gegen den Stoff eines Männerhemds. Darunter spürte sie angenehme Wärme und das Schlagen eines Herzens.

„Es war nur eine Katze, Sarah", flüsterte ihr eine raue Stimme auf Deutsch zu. Sarah benötigte einen Moment, bis sie die Bedeutung der Worte verstand. Zu lange war es her, seit sie zuletzt ihre Muttersprache gehört und gesprochen hatte.

Allmählich setze ihr Verstand wieder ein. Sie begriff, dass keine Gefahr bestand, und wand sich aus Andreas' Armen, der sie, wie es ihr schien, nur zögernd freigab.

„Entschuldigen Sie bitte", brachte sie in holprigem Deutsch heraus und strich sich die ins Gesicht fallenden Haarsträhnen hinter die Ohren.

„Diese Katzen sind einfach zu leise", entgegnete er, trat aber nicht zurück. Er stand sehr nahe vor ihr. Durch die Blätter des Baums, unter dem sie standen und die das Mondlicht nur unzureichend zu ihnen durchließen, waren seine Gesichtszüge eine unruhige Fläche aus hellen Konturen und dunklen Schatten. Der kräftige Geruch fruchtbarer Erde umgab sie, dem sich die Ahnung eines süßlichen Blütendufts beimischte. Lag es an dieser Duftfülle, dass ihr das Atmen so schwerfiel?

„Jetzt habe ich mich lächerlich gemacht", flüsterte sie beschämt. Wie hatte sie sich vor einer harmlosen Katze so erschrecken können? Was musste er nur von ihr denken?

Wieder zog Andreas den linken Mundwinkel nach oben und ließ ihn dort. Sie fand sein schiefes Grinsen beruhigend und hinreißend. Am liebsten hätte sie es mit ihrem Zeigefinger nachgezeichnet. Er beugte sich etwas zu ihr hinab. Nicht weit, aber doch genug, dass die wechselhafte Beleuchtung aufhörte und sie ihn genauer sehen konnte; seine gerade, nicht sehr prominente Nase, das kantige Kinn und die dunklen Bartstoppeln. Die unruhige Bewegung der Blätter schien auf ihren Bauch übergegangen zu sein.

„Ihr Deutsch ist bezaubernd", sagte er leise und neigte sich ihr noch mehr entgegen. Sein Gesicht war nur wenige Zentimeter von ihrem entfernt. Sie atmete eine Spur von Rasierwasser ein, dazu eine männlichherbe Mischung aus Salz, Schweiß, was in diesem Land einfach nicht zu verhindern war, und irgendetwas, das sie als alkoholisches Getränk einordnete. Sie empfand diese Sinneseindrücke als unglaublich aufregend. Weil sie ihr so fremd waren?

„Aber furchtbar ungeübt", gelang es ihr zu antworten.

„Würden Sie nicht gerade Arabisch lernen …" Er brach mitten im Satz ab, runzelte die Stirn und richtete sich auf. Gleichzeitig trat er zurück und vergrub die Hände in den Hosentaschen. Es war, als habe er von irgendwoher eine Warnung erhalten, sich ihr nicht noch mehr zu nähern.

„Gehen wir?", fragte er beiläufig und deutete mit einer Kopfbewegung in Richtung des Hotels, das wie ein schlafendes Märchenschloss vor ihnen in die Höhe ragte.

Sarah fühlte sich, als habe man sie gewaltsam aus ihrem Märchen herausgerissen. Sie schalt sich wegen dieser Gedanken und schritt Andreas voraus. Zügig ging sie um das Winter Palace herum, eilte die Stufen hinauf und betrat vor ihm den Eingangsbereich. Ein müde aussehender Angestellter hob hinter der Empfangstheke den Kopf, lächelte unverbindlich und machte es sich wieder auf seinem Sitzplatz bequem.

Sarah durchschritt die gewaltige Halle mit ihren eleganten Säulen und blitzenden Kronleuchtern und stürmte in das offene Treppenhaus, vorbei an den großen Fenstern mit ihren bis zum Boden reichenden Vorhängen. Vor ihrer Zimmertür hielt sie endlich an. Erst als sie nach der Klinke griff, wurde ihr bewusst, dass Andreas ihr gefolgt war, obwohl sein Zimmer in einem anderen Flügel des Hauses lag.

„Vielen Dank für das Gespräch und Ihre Begleitung, Mr Sattler."

„Ich hoffe, die Lady erwischt Sie nicht", erwiderte er flüsternd. Sie konnte sein Gesicht nicht sehen, da dafür das Licht nicht ausreichte, ahnte aber sein einseitiges Grinsen.

„Solange Giant ruhig bleibt …", gab sie belustigt zurück.

„Gute Nacht."

Andreas wandte sich um, und Sarah sah seiner schemenhaften Gestalt nach, die sich über den Flur entfernte, kurz vom Lichtschein im Treppenhaus eingefangen wurde und dann die nach oben führenden Stufen hinaufhuschte.

„Gute Nacht", sagte sie verhalten in die im Haus herrschende Stille hinein. Ein eigentümliches Gefühl beschlich sie. Es war ihr aus ihrer ersten Zeit in England in Erinnerung geblieben: Verlorenheit. Allerdings hatte sie es schon lange nicht mehr als so schmerzlich empfunden. Und dabei hatte sie doch Alison und Samira. Und Jacob. Und Andreas …?

Kapitel 13

Obwohl er lange keinen Schlaf gefunden hatte, betrat Andreas am nächsten Tag früh das Postamt.

Er diktierte ein ungewöhnlich umfangreiches Telegramm, bei dem sein Redakteur alle eingesparten oder abgekürzten Worte vervollständigen musste. In dem Moment, als er zahlte, trat Carter neben ihn.

„Guten Morgen."

„Guten Morgen. Wie Sie geschlafen haben, frage ich wohl besser nicht."

„Sparen Sie sich das!", lachte der Archäologe und schob einen Zettel über den Tresen. Andreas registrierte blitzschnell dessen Inhalt: *Habe endlich wunderbare Entdeckung im Tal gemacht. Ein großartiges Grab mit unbeschädigten Siegeln. Bis zu Ihrer Ankunft alles wieder zugeschüttet. Gratuliere.*

„Sie sehen ebenfalls übernächtigt aus", meinte Carter, während er sein Telegramm bezahlte.

„Das kommt gelegentlich vor!", winkte Andreas ab, konnte jedoch nicht verhindern, dass seine Gedanken zu Sarah wanderten. Er hatte sie gestern für einen kurzen Augenblick in den Armen gehalten und seitdem ging sie ihm nicht mehr aus dem Sinn. Einen Großteil der verbliebenen Nacht hatte er damit zugebracht, sich einzureden, dass er sie nicht mehr mochte als andere weibliche Bekanntschaften. Er musste die Finger von ihr lassen, weil Jacob sich für sie interessierte. Und weil sie Martin Hofmanns Tochter war!

Zwar wusste er jetzt, dass Hofmann seine Tochter bereits vor Beginn des Krieges nach England gebracht hatte, aber das besagte nicht viel. Immerhin hatte ihr Einsatz schon Monate vor der ersten kriegerischen Auseinandersetzung begonnen.

Ob Sarah und ihre Lady auch nur im Entferntesten ahnten, wie oft Hofmann sich in den vergangenen Jahren in ihrer Nähe aufgehalten hatte? Vermutlich nicht. Der Mann war immer sehr vorsichtig vorgegangen! Bis auf einmal ... Und da war eine Frau im Spiel gewesen. „Was tun Sie bis zu Lord Carnarvons Ankunft?", erkundigte Andreas sich bei Carter und vertrieb Sarah somit gewaltsam aus seinen Gedanken.

„Papierkram. Außerdem gibt es einen Ingenieur im Ruhestand, der in der Nähe von Luxor lebt. Arthur Callender. Ihn möchte ich fragen, ob er sich um die technischen Details bei der Graböffnung kümmert."

„Ihre Arbeiter haben Sie freigestellt?"

„Zumindest diejenigen, die Ahmed nicht als Wachen eingeteilt hat."

Damit war es mit Carters Gesprächigkeit auch schon wieder vorbei. Er drückte Andreas verabschiedend die Rechte, setzte seinen weißen Hut auf und verschwand in leicht gebeugter Haltung im gleißenden Sonnenschein, als suche er noch immer nach etwas.

„Mr Sattler, eine Antwort!", rief ihm ein Postangestellter zu. Ruckartig drehte Andreas sich um und stieß dabei gegen einen Jungen. Der stolperte und stürzte, wobei ihm der Weidenkorb entglitt, den er getragen hatte. Mit einem dumpfen Schlag fiel das Behältnis auf den dunkel gemusterten Steinboden. Ein Meer aus Notizzetteln flog hoch und verteilte sich raschelnd um Andreas und das Kind. Dieses schaute den Europäer erschrocken an, schob sich auf die Knie und begann, begleitet von lauten Schimpftiraden des Angestellten hinter dem Schalter, die Zettel zusammenzuraffen.

Andreas stellte seinen Rucksack mit der Fotografenausrüstung ab, ging in die Hocke und half dem etwa Zehnjährigen.

„Nicht, Sir. Entschuldigung, Mister", stammelte der.

„Es war meine Schuld, Junge", versuchte Andreas, den Kleinen zu beruhigen, was ihm jedoch nicht gelang. Mit fahrigen Bewegungen stopfte er den Müll, den er hätte hinaustragen sollen, zurück in den Weidenkorb und stob davon. Andreas, der sich hingekauert hatte, um ihm zu helfen, sah ihm nach und warf dann einen Blick auf die Zettel in seiner Hand. In Ermangelung eines Behältnisses wollte er die Telegrammnotizen in seine Hosentasche schieben, stockte jedoch, als ihm die Namen „Hofmann" und „Clifford"ins Auge fielen.

Er zog den zerknitterten Zettel zwischen den anderen hervor, glättete ihn und las die schlampig geschriebenen Zeilen aufmerksam: *Hofmann und Clifford von zwei Männern umgeben. Komme kaum an sie heran. Brauche Unterstützung.*

Mit gerunzelter Stirn richtete Andreas sich auf, ohne das schmuddelige Papier aus den Augen zu lassen. Die Mitteilung war sichtlich hastig verfasst, dennoch ordnete er die Schrift einer Frau zu. Soweit er der telegraphischen Kurzform trauen durfte, benutzte die Frau ein tadelloses Englisch. Dass sie diese Sprache für ein Telegramm nutzte, deutete darauf hin, dass der Empfänger ebenfalls Engländer war. Ob die Botschaft auf die britische Insel übersandt worden war? Doch wann? Vielleicht konnte der Postbeamte sich noch an die Absenderin erinnern!

Grimmig schaute er auf die gesprungenen Bodenfliesen. Was trieb diese Frau an, einem harmlosen Mädchen aufzulauern? War es an der Zeit, seinen Verdacht, die Aggressionen gegen Sarah könnten mit Sarahs Vater zu tun haben, zu begraben und andere Ansatzpunkte zu suchen?

Eine Frau … Andreas schüttelte den Kopf. Versteckte sie ihre Gestalt geschickt unter einer weißen Männer-Galabija und dem schwarzen Übermantel mit der Kapuze? Als er sie kürzlich in der Gasse verloren hatte – hatte sie sich da einfach der ägyptischen Kleidung entledigt und war als britische Touristin an ihm vorbeigeschlendert? Wie viel Gerissenheit gehörte zu so einer dreisten, kaltschnäuzigen Handlungsweise? Und damit war er wieder bei Hofmann!

Andreas stellte sich erneut am Schalter an, denn es galt herauszufinden, wer hinter den Anschlägen stand. Doch seine Hoffnung, dass sich ein Angestellter an eine britische Dame – oder einen Ägypter – erinnerte, die ein Telegramm mit diesem Wortlaut aufgegeben hatten, war gering. Seine Angst um Sarah hingegen wuchs, je länger sich seine Überlegungen um die möglichen Zusammenhänge drehten. Gleichgültig, ob Hofmanns Vergangenheit hinter all dem steckte oder Sarah das Problem in England heraufbeschworen hatte – es handelte sich nicht um eine Einzelperson, die ihr Böses wollte. Mindestens zwei Menschen waren darauf aus, der jungen Deutschbritin Schaden zuzufügen. Und dieses Mehr an Antrieb und Organisation war gefährlich. Gefährlich für Sarah! Dieser Gedanke bohrte sich wie ein brennender Schmerz in sein Herz.

***

Alison hatte darauf gedrängt, ihren Arabischkurs fortzusetzen, und so lernten sie nun von Samira die wichtigsten Begriffe rund um die Suche nach einem Arzt und weitere praktische Alltagsfragen. Sarah war nur mit halbem Herzen bei der Sache, weilte sie mit ihren Gedanken doch bei ihrer nächtlichen Begegnung mit Andreas.

„Sarah?" Alisons Stimme rief sie in die Gegenwart zurück. Sie spürte, wie ihr die Hitze ins Gesicht stieg, und war froh darüber, dass die beiden Frauen weder ihre Gedanken noch ihre verworrenen Empfindungen lesen konnten.

„Deine Aufmerksamkeit lässt zu wünschen übrig", rügte Alison. „Ich bin eine alte Frau im Vergleich zu dir, weshalb dir das Erlernen einer fremden Sprache wesentlich leichter fallen sollte. Also werde dieser Weisheit gefälligst auch gerecht!"

„Damit Ihre Logik ihre Richtigkeit behält oder damit Sie eine Entschuldigung für Ihre fehlerhafte Aussprache haben?", fragte Sarah keck zurück und erntete wie erwartet schallendes Gelächter.

„Ich frage mich gelegentlich, wer dich erzogen hat, meine liebe Sarah!"

„Das dürften in den vergangenen acht Jahren Sie gewesen sein, Lady Alison."

Sarah kicherte vergnügt und entlockte auch Samira und Alison ein Lächeln. In diesem Moment klopfte es an der Tür. Alison erhob sich, um zu öffnen. Im Vorbeigehen legte sie Samira voll Zuneigung die Hand auf die Schulter.

Auf Samiras verwunderten Blick hin stieß Sarah sich vom Fenster ab und hockte sich vor die Couch. „Das war dein Ritterschlag. Lady Alison mag dich."

„Ich werde sie nicht enttäuschen!", antwortete Samira ebenso leise.

Alison ließ Jacob ein. Der junge Mann wirkte fahrig und sein Blick ruhte lange auf Sarah, ehe er sich setzte.

Sarah wurde es mulmig zumute. Irgendetwas musste geschehen sein. Jacob zeigte seit Tagen seine Besorgnis um sie, doch jetzt sah er geradezu verstört aus. Sie hatte das Gefühl, als glitten Eiswürfel ihren Rücken hinunter. Die Angst vor dem Unbekannten kehrte mit Vehemenz zurück. Sie suchte Halt an einem der hohen, gedrechselten Bettpfosten und sank auf die Matratze, wobei der Insektenvorhang nachgab und die Halterung an der Decke protestierend quietschte.

„Was ist passiert?", fragte Alison, die breitbeinig dastand und wie eine der Statuen wirkte, die die Tempelanlagen und Gräber der Pharaonen bewachten.

„Mr Sattler hat auf dem Postamt einen Telegrammentwurf in die Hände bekommen und sich einige Gedanken über den Inhalt und den möglichen Verfasser gemacht. Vermutlich stammt es von einer Britin. Sie hat wohl einen Komplizen in England darüber informiert, dass sie nicht an Miss Hofmann und Sie herankäme und Hilfe bräuchte."

„Wie bitte?" Alison blieb unbeweglich stehen, doch auf ihrer Stirn entstanden tiefe Falten.

„Es tut mir leid, das sagen zu müssen, jedoch liegt der Verdacht nahe, dass Sie das Problem aus England mitgebracht haben."

„Sarah hatte noch nie Schwierigkeiten mit ihren Mitmenschen, Mr Miller. Niemand hat auch nur im Entferntesten einen Grund, ihr Schlechtes zu wünschen!"

Jacob hob beschwichtigend beide Hände. „Das ist mir und Mr Sattler durchaus bewusst, Lady Clifford. Dennoch können wir nun mal die Tatsache nicht länger verleugnen oder kleinreden, dass jemand Miss Hofmann nach dem Leben trachtet!"

„Aber warum? Und wer?"

„Das herauszufinden ist es dringend an der Zeit, bevor Miss Hofmann etwas zustößt." Jacob wandte sich an Sarah. Sie kauerte wie ein Häuflein Elend auf der Bettkante, verknotete nervös die Finger ineinander und hätte am liebsten die Flucht angetreten. Doch wohin? Dort draußen gab es irgendjemand, der es aus unerklärlichen Gründen auf sie abgesehen hatte!

„Sie müssen sich ernsthaft Gedanken darüber machen, was in den letzten Jahren in England geschehen ist. Rekapitulieren Sie jeden einzelnen Monat. Erzählen sie Lady Clifford, Samira und auch mir von jeder Begegnung, jeder Diskussion, jedem Ereignis. Wir sind drei äußerst verschiedene Charaktere mit unterschiedlichen Lebenserfahrungen. Womöglich fällt einem von uns ein Detail auf, das die anderen beiden oder Sie selbst als unwichtig erachten."

„Ich weiß nicht …"

„Miss Hofmann", unterbrach Jacob sie, ungeduldig vor Sorge. „Es geht um Ihr Leben! Gehen Sie die vergangenen drei Jahre systematisch durch. Ihre Ausbildung. Die Prüfungen. Wurden Sie bevorzugt behandelt? Fühlte sich eine Mitstudentin benachteiligt, weil Sie besser abschnitten? Überdenken Sie Ihre Reisen mit Lady Clifford. Haben Sie einen Wertgegenstand erstanden, der für jemand anderen von Interesse sein könnte? Gibt es Bekannte in Ihrem Umfeld, die Sie um Ihre privilegierte Stellung als Mündel von Lady Clifford beneiden? Gab es einen Verehrer, der womöglich eine junge Dame sitzen ließ, um Ihnen den Hof zu machen? Erzählen Sie einfach, rekapitulieren Sie Stück für Stück die letzten Jahre. Und falls wir nichts finden, das die Angriffe erklärt, müssen wir noch tiefer in Ihre Vergangenheit blicken."

Sarah starrte den Mann ausdruckslos an. Sie fühlte sich restlos überfordert. Es war ihr unmöglich, sich an jede einzelne Kleinigkeit zurückzuerinnern. Nicht, weil ihr Leben so bunt und turbulent verlaufen war, sondern vielmehr, weil eben wenig Bemerkenswertes geschehen war. Mit Ausnahme einiger Reisen und der Besuche und Feste in den Adelshäusern, zu denen sie Alison begleitet hatte.

„Wir könnten auch in ein anderes Land reisen, Sarah", überlegte Alison laut.

„Damit Ihnen diese Personen auch dorthin folgen?", wandte Jacob energisch ein. „Überlegen Sie, was für ein Aufwand diejenigen bereits auf sich genommen haben, um Ihnen nach Ägypten nachzureisen."

„Und wie lange soll das so weitergehen? Denken Sie, meiner Kleinen gefällt es, dass sie wie ein Fuchs von der Meute gejagt wird?"

Sarah erhob sich. Obwohl sich ihre Beine noch immer anfühlten, als wollten sie ihren Dienst verweigern, eilte sie auf die aufgelöste Frau zu und legte ihre Hand auf die von Alison. „Mr Miller und Mr Sattler haben vermutlich recht, Lady Alison. Falls uns jemand aus England gefolgt ist …"

Alison ergriff sie an den Schultern und schob sie ein Stück von sich, damit sie ihr ins Gesicht blicken konnte. „Bestimmt haben die beiden Herren recht. Und wir können dankbar sein, dass sie sich dieser Sache annehmen! Deshalb hege ich dennoch große Angst um dich."

„Sie haben Angst um mich?" Sarah war unsicher, ob sie die Frau beruhigen oder ob sie sich darüber amüsieren sollte, dass ausgerechnet diese starke, streitbare und durch kaum etwas zu erschütternde Frau von Angst sprach.

„Zweifelst du an meiner Liebe zu dir?"

„Nein", entgegnete Sarah und senkte den Kopf.

Alison straffte die Schultern. „Wir können nach England zurückkehren, in ein weit entferntes, fremdes Land reisen oder hierbleiben. Wir können dich einsperren und hoffen, dass die Person das Interesse an dir verliert, oder wir führen unsere Pläne fort und vertrauen darauf, dass diese beiden Herren gut über dich wachen. Und vor allem, dass Gott weiterhin seine schützende Hand über dich hält! Was also gedenkst du zu tun, Sarah Hofmann?", forderte Alison gewohnt forsch eine Entscheidung von ihr ein.

Sarah wandte sich ab, ging ans Fenster zurück und blickte lange auf den Nil, die grünen Plantagen und das karstige Gebirge. Welche Alternative sollte sie wählen? Ein einigermaßen normales Leben? So wie der Fluss, der tagein, tagaus durch das ihm altvertraute Bett plätscherte und sich von den äußeren Einflüssen nicht stören ließ. Doch versteckten sich in diesem nicht auch gefährliche Untiefen? Oder war der Weg in die schützende Isolation der richtige? Aber dieser mutete ihr ebenso trostlos und langweilig an wie die Steinwüsten jenseits der ägyptischen Lebensader. War der Schutz eines zurückgezogenen Daseins nicht genauso trügerisch wie das einladende Licht der pflanzen- und wasserlosen Wüste?

Die Fensterscheibe strahlte eine angenehme Kühle aus, als Sarah ihre Stirn gegen sie lehnte und die Augen schloss. Sie betete und hoffte auf denselben Frieden, den sie in der vergangenen Nacht empfunden hatte, doch ihr Herz blieb unruhig. Wie sollte es auch anders sein, im Angesicht der von Jacob aufgeworfenen Fragen?

Ein leises Seufzen entrang sich ihrer Kehle. Sie hörte näher kommende Schritte, dann legten sich kräftige Hände auf ihre Schultern. Sarah wandte den Kopf und blickte in die freundlichen Augen von Jacob.

„Vielleicht hilft es Ihnen bei Ihrer Entscheidung, dass ich plane, zwei Ägypter einzustellen, die Sie und Lady Alison ununterbrochen begleiten. Zu Ihrem Schutz. Auch ich bleibe natürlich, so weit es mir möglich ist, in Ihrer Nähe."

Sarah schwieg weiterhin. Auf Alisons Räuspern hin nahm der junge Mann die Hände von ihren Schultern und entfernte sich etwas. Es war nicht gerade Erleichterung, die Sarah darüber verspürte, doch es kam diesem Gefühl sehr nahe. Ja, sie mochte Jacob, aber sie durfte ihm nicht erlauben, ihr noch näherzukommen. Das wäre nicht richtig und nicht fair, denn sie würde ihm nie mehr als ihre Freundschaft schenken können. Zumindest dessen war sie sich gewiss.

„Ich hätte nicht gedacht, dass dir die Entscheidung so schwerfällt", vernahm Sarah Alisons Stimme.

Die junge Frau biss sich auf die Unterlippe und rief sich zur Vernunft. Sie hatte wichtige Beschlüsse zu fassen und sollte sich nicht den Kopf über Jacob zerbrechen, gleichgültig, wie freundlich er zu ihr war. Sarah straffte die Schultern und wandte sich den wirklich drängenden Fragen zu. Wollte sie Sicherheit, für den Preis, womöglich wochenlang das Haus nicht verlassen zu dürfen, und wenn doch, dann nur unter Bewachung? Oder wählte sie ihre Freiheit, die sie sich in den vergangenen Wochen hart erkämpft hatte – erkämpft gegen sich selbst, weil ihr ängstliches, zurückhaltendes Wesen sie bisher nie über eng abgesteckte Grenzen hatte treten lassen?

Flieg, Schmetterling, hatte Alison einmal zu ihr gesagt und dadurch ausgedrückt, dass bei aller Zartheit auch die Kraft in ihr steckte, die Flügel zu entfalten und sich in ungeahnte Höhen und Weiten aufzuschwingen. Auch auf den Schmetterling lauerten Gefahren, doch verbrachte er deshalb sein kurzes Leben in einem Kokon? Er war geschaffen, um zu fliegen und mit seinen wunderschönen Flügeln die Welt ein wenig bunter zu machen.

„Ich will mich nicht wieder verpuppen", sagte sie leise, fast so, als spräche sie nur zu sich selbst. „Ich will fliegen!"

Alison nickte beipflichtend. Jacob hingegen sah aus, als wolle er ihr widersprechen. Er schwieg jedoch, wenngleich sich sorgenvolle Furchen auf seiner Stirn bildeten. Auf Samiras Gesicht lag ein bewunderndes Lächeln, allerdings verriet das ununterbrochene Zupfen an ihrem Jilbab ihre sorgenvollen Gedanken. Eine Entscheidung war getroffen. Aber würde sie sich als richtig erweisen?

***

„Wunderbar! Dann ist das geklärt." Alison klatschte in die Hände, sodass alle Anwesenden nach der lange anhaltenden Stille zusammenzuckten und Giant ein leises Jaulen ausstieß.

In Sarah perlte ein Lachen auf, befreit, ja abenteuerlustig und wohl mit einer Spur von Galgenhumor. Samira stimmte mit ein. Nur Jacob blieb ernst. Er rieb sich den Nacken und schaute zweifelnd von einer Frau zur anderen.

Alison ergriff das Wort: „Überall erzählt man sich, Mr Carter habe eine versiegelte Tür am Ende der Treppenstufen entdeckt. Die Versiegelung deute auf einen hohen Beamten, wenn nicht sogar auf einen Pharao hin. Sarah, Samira, was haltet ihr davon, wenn wir uns das anschauen?"

Samira nickte, blickte jedoch fragend zu Sarah. Diese schwieg, um nicht zu verraten, dass sie von Carters Fund bereits seit der vergangenen Nacht wusste. Ihren heimlichen Ausflug und das Zusammentreffen mit Andreas hütete sie wie ein wertvolles Geheimnis.

„Mr Sattler ist unterwegs", überlegte Jacob laut. „Ich sage meinen Termin ab und begleite Sie. Anschließend erkundige ich mich nach zwei zuverlässigen Männern, die Miss Hofmann ab sofort bewachen."

„Ich möchte nicht, dass Sie meinetwegen Ihre Geschäfte vernachlässigen", begehrte Sarah auf.

„Ihre Sicherheit ist mir wichtiger!"

„Nein, dann verschieben wir den Besuch im Tal der Könige! Entweder bis Mr Sattler Zeit findet oder bis Sie Ihren Termin wahrgenommen haben", widersprach Sarah bestimmt und ohne zuvor Alisons Meinung einzuholen. Sie war selbst überrascht, wie leicht ihr das fiel. Vielleicht half ihr dabei auch der Wunsch, Abstand zu Jacob einzuhalten. Sie wollte ihn nicht zusätzlich ermutigen, indem sie ihm den Eindruck vermittelte, ihr liege überaus viel an seiner Gegenwart.

„Dann bitte ich die Damen, mich zu entschuldigen." Jacob verbeugte sich und griff nach der Türklinke. In diesem Augenblick klopfte es und Jacob öffnete die Tür.

Im Flur stand Andreas. Sein Haar wirkte zerzaust, vermutlich, weil er sich vor dem Anklopfen seine Schildmütze vom Kopf gezogen hatte. Er stützte sich mit einer Hand am rechten Türbalken ab, sodass er den gesamten Durchlass ausfüllte.

„Ich war noch einmal auf dem Postamt. Auch der andere Angestellte erinnert sich nicht an eine britische Dame, die das Telegramm aufgeben ließ", erzählte er Jacob und nickte den drei Frauen grüßend zu.

„Ich muss mit dir sprechen", erwiderte Jacob und schloss hinter ihnen beiden von außen die Tür.

Alison huschte so schnell zu dieser, um zu lauschen, dass Samira und Sarah sich amüsiert anlächelten. Als sich die Schritte der beiden Männer entfernten und Alison sich von der Tür wegdrehte, bemühte Samira sich um ein möglichst neutrales Gesicht, während Sarah, die derlei ungewöhnliche Handlungen von Alison kannte, diese fragend ansah.

„Mr Miller missfällt deine Entscheidung. Er wünscht sich, dich in deinem Zimmer einzuschließen und die Tür bewachen zu lassen, und zwar so lange, bis er herausgefunden hat, wer hinter all dem steckt."

„Und Mr Sattler?"

Alison neigte den Kopf zur Seite und betrachtete Sarah intensiv. Diesmal glichen ihre Gesichtszüge denen eines routinierten Pokerspielers. Nichts verriet auch nur im Geringsten, was ihr durch den Kopf ging.

„Er nannte dich ein großartiges Mädchen und lachte über deinen Vergleich mit der Schmetterlingspuppe und dem Fliegen. Aber bei dem Abenteurer war das ja zu erwarten. Offenbar kennt er einige ägyptische Männer, die sich als Beschützer für dich eignen. Die zwei sind bereits auf dem Weg zu ihnen. Falls dieser Mr Miller jedoch glaubt, dass er für den

Lohn der beiden aufkommt, hat er sich mit der Falschen eingelassen. Denn noch gehört er nicht zu unserer Familie!"

Da ihr die Vorstellung, Jacob könne Geld für sie ausgeben, ebenfalls missfiel, pflichtete Sarah ihr bei und hob erstaunt die Augenbrauen, als Alison sie vorwurfsvoll ansah. „Meine Liebe, um das Geld geht es nicht. Manchmal sind Männer dumm genug, einen Haufen Geld in irgendwelche Frauen zu stecken. Sollen sie, wenn es ihnen Vergnügen bereitet! Ich will vermeiden, dass der Kerl sich einbildet, er besitze einen Anspruch auf dich. Nicht, bevor du dir nicht absolut im Klaren darüber bist, ob du diesen Mann liebst und er deiner würdig ist!"

Sarah entging der harte, ja schmerzvolle Zug um Alisons Mund nicht, als sie sich abwandte. Erneut drängte sich ihr die Frage auf, was diese von Alison gelegentlich an den Tag gelegte ruppige Hartherzigkeit Männern gegenüber hervorgerufen hatte.

„Ich schlage vor, ich bringe Ihnen einige arabische Worte und Sätze bei, die sich um Warnungen, um Gefahren und um die Bitte um Hilfe drehen", meldete sich Samira leise zu Wort.

„In Anbetracht von Sarahs Situation und der Möglichkeit, dass die als Bewacher eingestellten Männer womöglich nur unzureichend Englisch sprechen oder wir gezwungen sein könnten, fremde Hilfe zu erbitten, halte ich deinen Vorschlag für sehr scharfsinnig, liebe Samira. Also setzen wir uns und lernen!", fand Alison.

Sarah ließ sich auf einem Stuhl nieder. Sie hoffte, dass sie die richtige Entscheidung gefällt hatte. Ihre Hoffnung gründete sich darin, die Person erneut aus der Reserve zu locken. Nur dann bestand die Aussicht auf ihre Enttarnung! Dennoch blieb allen Vorsichtsmaßnahmen zum Trotz ein ängstliches Kribbeln in ihrem Inneren.

Sie wusste: Letztendlich lag ihr Leben nicht in ihrer Hand. Und – das war ein kleiner Trost – auch nicht in der Hand derjenigen, die es aus unerklärlichen Gründen auf sie abgesehen hatten.

Kapitel 14

Andreas dankte dem Araber für seine Offenheit und dafür, dass er ihn bis an den Rand der Felsformation geführt hatte. Hier hatte Clive Elwood vor Jahren gearbeitet, obwohl er von seinem ägyptischen Freund Iskander Kaldas mit der Leitung einer Ausgrabung einige Kilometer entfernt betraut worden war. Andreas zog eine Wasserflasche aus seinem

Lederrucksack, und während er gierig seinen Durst löschte, beobachtete er, wie sein Führer durch das karstige Gras und die von braunem Sand und Gestein geprägte, hügelige Landschaft in Richtung See Genezareth davonschlenderte. Maher war einer der Männer, die mit Elwood zusammengearbeitet hatten. Er verstand bis heute nicht, wie das freigelegte Mauerstück auf den Briten hatte stürzen können, und er vermutete, Samiras Vater sei einem Mordkomplott zum Opfer gefallen.

Andreas verschloss die Flasche, packte sie zurück in den Rucksack und ließ diesen auf einem Felsvorsprung zurück. Nachdenklich betrachtete er den halb felsigen, halb sandigen und mit widerstandsfähigem Gras bewachsenen Boden. Ganz schwach glaubte er die Spuren eines Lagerplatzes auszumachen. Er hob den Blick und suchte die steil ansteigende Felswand ab. In weniger als zehn Metern Höhe entdeckte er von Menschenhand behauene Felsen.

„Na dann", feuerte er sich selbst an und sah sich prüfend um. Niemand hielt sich in der Nähe auf. Die Hügel und sogar das unweit gelegene Dorf wirkten aus der Entfernung wie ausgestorben. Er entledigte sich seiner Jacke, warf sie zu seinem Rucksack und erklomm behände die ersten drei Meter der Felswand, bis er auf einen schmalen Pfad traf, der eher von Werkzeugen als von der Natur erschaffen worden war. Vorsichtig folgte er diesem, und obwohl sich unter seinen Stiefeln gelegentlich kleine Gesteinsbrocken lösten und klackernd in die Tiefe fielen, erreichte er zügig die auffällige Ansammlung losen Schutts. Er kauerte sich hin. Hatte Elwood an dieser Stelle nach etwas gesucht? Ob es hinter diesem Gesteinsabgang eine Höhle gab? War er fündig geworden und hatte daraufhin den Zugang oder das Loch wieder verschüttet? Eine andere Frage drängte sich dem scharf arbeitenden Verstand des Mannes auf: War Elwood womöglich gar nicht an der eigentlichen Ausgrabungsstelle von herabstürzenden Steinen erschlagen worden, sondern hier?

Was aber würde das bedeuten? Dass Elwood einen Partner oder einen heimlichen Beobachter gehabt hatte, der ihn aus dem Weg schaffen wollte, nachdem der Fels sein Geheimnis preisgegeben hatte?

Nachdenklich zog Andreas seine Arbeitshandschuhe aus dem Hosenbund. Obwohl es ihm ein Rätsel war, was der Brite ausgerechnet in diesem Landstrich gesucht haben könnte, begann er mit der schweißtreibenden Arbeit, die Gesteinsbrocken beiseitezuwuchten. Dabei fragte er sich, ob er sich nicht gerade zum Narren machte. Was hatten Elwoods Nachforschungen in diesem Gebiet mit Sarah zu tun? Womöglich sah er Gespenster und weder Samira noch ihre Familie waren in die Sache verwickelt. Grimmig schuftete Andreas weiter, wenngleich ihm der Schweiß inzwischen in Strömen über den Körper lief. Die Angriffe auf Sarah nahmen ihn mit. Er hatte im Krieg viele Frauen leiden sehen und sich nie daran gewöhnen können, dass auch Frauen und Kinder zu Opfern wurden. Jetzt wollte er den Frieden genießen, und es war ihm zuwider, Sarah in Gefahr zu wissen. Und neben seiner Vermutung, die unschöne Angelegenheit könne mit Hofmanns Vergangenheit in Verbindung stehen, hegte er den Verdacht, die einzige Einheimische, die Sarah in Ägypten näher kennengelernt hatte, könne ihre Finger im Spiel haben. Deshalb war er ins Britische Mandatsgebiet Palästina gereist, um den eigenartigen Todesfall von Clive Elwood näher zu untersuchen. Dass das ziemlich aussichtslos war und seine Überlegung, Elwoods Tod und Sarahs Schwierigkeiten könnten miteinander im Zusammenhang stehen, jeder Logik entbehrte, wusste er selbst. Es hatte ihn aber nicht aufzuhalten vermocht.

Andreas richtete sich auf und fuhr sich mit dem Unterarm über die Stirn. Was sollte er mit der Tatsache anfangen, dass er viel mehr für Sarah empfand, als das jemals bei einer anderen Frau der Fall gewesen war? Das konnte und durfte er nicht zulassen. Wegen Jacob, wegen Hofmann, wegen Sarah …

Sein bisheriges Leben war nicht dafür gemacht, einer Frau einen Platz darin einzuräumen. Viel zu gefährlich und unstet war es, und die Liebe zu einer Frau, das hatte Hofmanns Schicksal bewiesen, führte zu Verletzlichkeit und Unaufmerksamkeit. Deshalb hatte er sein Herz in Stacheldraht gepackt. Sarah jedoch hatte etwas an sich, das eine Drahtschere unnötig machte, um dieses Hindernis zu überwinden.

Andererseits – der Krieg war vorbei. Er hatte seinem früheren Leben den Rücken zugekehrt und wollte neu anfangen. War es nicht an der Zeit, auch wieder Gefühle zu einer Frau zuzulassen, sein Herz auszuwickeln? Warum klammerte er sich so vehement an seinem alten, erprobten Schutzmechanismus fest? Nur wegen Jacob? Oder weil er Sarah niemals würde offenbaren können, was mit ihrem Vater geschehen war, welche Schuldgefühle er lange Zeit mit sich herumgetragen hatte und wie viele Fragen trotz seiner Aussöhnung mit sich selbst und Gott noch offengeblieben waren? Weshalb hatte seine Vergangenheit ihn auf diese schmerzliche Weise einholen müssen? Was dachte Gott sich dabei, ihm ausgerechnet Hofmanns Tochter über den Weg zu schicken?

„Du hast einen seltsamen Humor", murmelte er. Er schob alle Überlegungen beiseite und wich seinen Gedanken und Gefühlen aus, indem er einen Felsbrocken nach dem anderen beiseitewuchtete.

***

Der November bescherte der Stadt Luxor ein paar kühle Tage, an manchen von ihnen kletterte das Thermometer nicht einmal auf 20 Grad. Sarah und Alison freuten sich darüber und unternahmen mit Samira Ausflüge, lernten fleißig die Sprache und versorgten kranke Kinder. Andreas war kurzfristig in das neu entstandene Britische Mandatsgebiet Palästina abgereist und Jacob begab sich, nachdem mehrere Tage nichts geschehen war, wieder auf die Suche nach legal erwerbbaren Antiquitäten.

Sarah hob den Kopf und strich sich einige Haarsträhnen hinter das Ohr. Das fiebernde Mädchen auf der einfachen Pritsche bereitete ihr Kummer, konnte sie doch nicht feststellen, woher ihr Fieber stammte. Eine offenkundige Verletzung gab es nicht, auch zeigte die kleine Aalisha keine anderen Symptome, die Rückschlüsse auf eine bestimmte Erkrankung zuließen. Sie bat die besorgte Mutter, weiterhin kühlende Wadenwickel anzulegen, und verließ das winzige, quadratische Haus in dem heruntergekommenen Viertel der Stadt. Hier, weitab von den für die Touristen gepflegten Bauten, offenbarte sich die Armut, in der viele Ägypter lebten.

Sarah fand Tari im Schatten eines überstehenden Daches. Das Mädchen saß auf dem staubigen Boden, den Rücken gegen die Hauswand gelehnt, und döste. Sarah setzte sich neben sie und betete stumm für die Dreijährige auf der anderen Seite der Mauer. Seit nunmehr zwei Wochen hatte es keinen Anschlag mehr auf ihr Leben gegeben. Hieß das, dass die Person aufgegeben hatte oder zur Vernunft gekommen war? Vielleicht war Sarah ja auch einfach nur das Opfer einer Verwechslung oder eines Missverständnisses geworden und dieses hatte sich mittlerweile aufgeklärt?

Sarah öffnete träge die Augen und beobachtete die Wäsche, die auf dem Flachdach gegenüber im Wind flatterte. In den vergangenen Tagen hatte sie aufgehört, sich fortwährend ängstlich umzusehen und hinter jeder Ecke eine Gefahr zu vermuten. Heute war sie sogar ohne Alison zu ihren kleinen Patienten aufgebrochen, da diese erneut unter Magenproblemen litt.

Sie lauschte auf die verhaltenen Gespräche in den umliegenden

Gebäuden, das Kinderlachen und das klagende Meckern einer unmittelbar in der Nachbarschaft gehaltenen Ziege. Neben ihren Füßen krabbelte ein Käfer mit gedrungenem Körper vorbei, dessen Chitinpanzer je nach Lichteinfall mal grau, mal grün schimmerte. Ein Skarabäus, der heilige Pillendreher der alten Ägypter. Fasziniert beobachtete die junge Frau, wie er auf seinen sechs Beinen die Gasse überquerte und in einer Mauerritze verschwand.

Vermutlich würde sie sich in diesem Land nicht auf Dauer wohlfühlen, doch im Augenblick war Sarah sicher, dass sie am richtigen Ort war und hier gebraucht wurde. Und genau das machte sie glücklich. Beinahe so, als benötige *sie* diese verletzten und kranken Kinder, auf die Tari sie hingewiesen hatte, um ihren goldenen Käfig freiwillig zu verlassen – ja, um zu leben!

Eine Bewegung an der gegenüberliegenden Hausecke ließ sie aufblicken. Angestrahlt durch die Sonne gewahrte sie dort einen kräftig gebauten Ägypter im weißen Gewand und dem üblichen Turban auf dem Kopf. Es war einer ihrer Bewacher. Sein Anblick trübte Sarahs Stimmung, erinnerten er und sein Kollege sie doch an die Gefahr, die womöglich noch immer irgendwo auf sie lauerte. Es war keine bodenlose Furcht, die sie erfasste, vielmehr eine unbehagliche Vorsicht und eine Spur von Trauer über den Verlust des Wohlfühlmoments.

„Wach auf, Tari", sagte sie zu dem Mädchen neben sich und ergriff die kleine Hand. „Wir wollen doch Samiras Hand ansehen, bevor ich zum Abendessen im Hotel erwartet werde."

„Wir gehen!", sagte Tari sofort hellwach und sprang mit einem Satz auf die in Ledersandalen steckenden winzigen Füße.

Hand in Hand schlenderten sie die Straße entlang, gefolgt von Sarahs Bewacher. Nach der ersten Abzweigung in eine noch schmalere Gasse gesellte sich dessen Kollege, ein groß gewachsener, sehniger Kerl, zu ihm. Im Gegensatz zu dem kräftigen Wächter trug dieser europäische Kleidung. Die zwei wirkten wie ein Ägyptenreisender und sein einheimischer Führer, nicht jedoch wie Männer mit dem Auftrag, eine junge Britin zu beschützen. Jacob und Andreas hatten bei ihrer Auswahl gute Arbeit geleistet, zumal die Männer eine militärische Ausbildung besaßen. Sarah war sich nicht ganz sicher, ob sie das wirklich beruhigte. Was würden die beiden tun, wenn sich ihr diese geheimnisvolle Frau in orientalischer Männerkleidung wieder nähern sollte? Sie erschießen? Allerdings wusste Sarah nicht einmal, ob einer von ihnen eine Schusswaffe mit sich trug.

Tari führte Sarah in eine breitere Straße, ab hier kannte sich auch die Britin wieder aus. Bald erreichten sie das Haus von Taris Familie. Samira und die mürrisch dreinblickende Großmutter empfingen sie. Sarah grüßte die alte Frau höflich, aber distanziert. Nalan gefiel die wachsende Zuneigung zwischen Samira, Tari und der Fremden nicht, das war deutlich zu spüren.

„Bleibst du zum Essen?", fragte Samira, die am Herd hantierte.

„Tut mir leid, nein. Lady Alison bestand darauf, dass ich zum Dinner im Hotel bin. Ich fürchte, sie will mich immer noch mit Mr Miller zusammenbringen."

Samira wandte sich um und schaute sie interessiert an. „Ich dachte immer, ihr Europäerinnen sucht euch euren Ehepartner selbst aus."

„Das tun wir auch", murmelte Sarah. „Zumindest die meisten."

„Und du darfst das nicht?"

„Doch, natürlich. Aber Lady Alison ist gelegentlich nicht einfach zu durchschauen. Einerseits will sie, dass ich selbstständig handle, meine eigenen Entscheidungen treffe und meine Interessen durchsetze, andererseits versucht sie noch immer, mich in die in ihren Augen richtige Richtung zu schubsen."

„Sie liebt dich und möchte nur das Beste für dich!", stellte Samira fest, während sie eine Aubergine schnitt.

„Vielleicht will sie mich nur herausfordern, damit ich mich mit Händen und Füßen dagegen wehre, von ihr einen Heiratskandidaten aufgedrängt zu bekommen", überlegte Sarah laut. Daraufhin stieß Samiras Großmutter einige ungehaltene Worte hervor, erhob sich mühsam und schlurfte in den Hinterhof hinaus.

„Habe ich etwas Falsches gesagt?" Samiras zögerliches Kopfschütteln ließ Sarah vermuten, dass sie einen wunden Punkt berührt hatte. War Samiras Mutter einem Mann versprochen gewesen? Dieser hatte mit Bestimmtheit nicht Clive Elwood geheißen!

„Ich muss ins Hotel zurück", murmelte Sarah. Da ihr unbehaglich zumute war, packte sie zügig ihre Tasche zusammen.

„Wo ist eigentlich Marik? Ihn habe ich lange nicht mehr gesehen."

„Er ist entweder in der Schule oder arbeitet als Fremdenführer. In diesen kühleren Monaten gibt es viele Europäer, die Luxor besuchen, sodass er ständig unterwegs ist. Damit trägt er zum Familieneinkommen bei und sichert sich seinen Schulbesuch."

Sarah nickte, wandte sich der Tür zu und schlüpfte dort in ihre Schuhe. Samira folgte ihr und wartete, bis sie sich wieder aufgerichtet hatte.

„Pass auf dich auf!", flüsterte Samira, beugte sich vor und hauchte ihr einen Kuss auf die Stirn.

„Mir wird schon nichts zustoßen, solange diese grimmigen Kerle mich auf Schritt und Tritt begleiten!", versuchte Sarah ihre Freundin zu beruhigen und trat hinaus auf die Gasse. Sofort waren ihre beiden Begleiter an ihrer Seite.

Vor dem Hotel angelangt gab sie ihnen durch ein Handzeichen zu verstehen, dass sie für heute entlassen waren. Sarah beobachtete, wie sie einige Worte miteinander wechselten und dann getrennte Wege gingen.

Sie hingegen verharrte auf der Schwelle und blickte über den Vorgarten auf den Nil hinaus, auf dem Dampfschiffe und Felucken ihre Bahnen zogen, die Sonne sich im Wasser spiegelte und das Leben der Menschen seinen gewohnten Verlauf nahm. Die meisten der Passanten, ob nun Ägypter oder einer anderen Nation angehörend, wirkten auf Sarah einfach nur … alltäglich. Womöglich saßen sie alle nur irgendwelchen Hirngespinsten auf, wie Sarah vor einigen Jahren, als sie sich eingebildet hatte, ihren Vater in den Straßen Londons gesehen zu haben …

***

Der Mann wartete, bis seine Partnerin den Kellner in ein Gespräch verwickelt hatte, ehe er sich dem Servierwagen zuwandte. Vier Teller befanden sich auf diesem. So unauffällig wie möglich las er die Namen der Empfänger. Ein einzelner Teller, abgedeckt mit einer silbernen Speiseglocke, in der sich auf grotesk verzerrte Weise sein Gesicht spiegelte, war für Lady Alison Cliffords Suite vorgesehen. Er warf einen prüfenden Blick auf den Kellner. Der bemühte sich noch immer darum, die verwirrenden Fragen der Britin zu beantworten. Behutsam hob er den Deckel an, träufelte eine Flüssigkeit in die kräftig dampfende Suppe und deckte den Teller lautlos wieder ab. Seine Hand war feucht von dem aufsteigenden Dampf, sodass ihm das unscheinbare Fläschchen beinahe entglitten wäre, als er es in seiner Jackentasche verschwinden ließ. Er signalisierte seiner Begleiterin durch ein Handzeichen, dass das Gift erfolgreich platziert war, und sie bedankte sich bei dem Ägypter. Der Mann verbeugte sich, ergriff wieder den Wagen und schob ihn durch den Flur davon.

***

„Sarah? Du bist spät dran!", erklang Alisons rügende Stimme aus dem Nebenraum, kaum dass die junge Frau in ihr Zimmer trat. Die Countess öffnete die Verbindungstür. „So staubig und zerzaust kannst du unmöglich zum Dinner gehen."

„Das hatte ich auch nicht vor", erwiderte Sarah, legte ihre Tasche ab und wandte sich Alison zu. „Geht es Ihnen besser?"

„Viel besser, danke. Dennoch nehme ich meine Mahlzeit lieber auf dem Zimmer ein. Vor einer Minute hat ein Kellner mein Essen gebracht."

Sarah hob die Augenbrauen. „Dann speise ich hier mit Ihnen", beschloss sie.

„Kommt gar nicht infrage!" Alisons Tonfall und Blick ließen keine Widerrede zu.

Sarah war mit ihren Gedanken jedoch woanders. Sie war es gewohnt, von Giant stürmisch begrüßt zu werden. Die Tatsache, dass im Zimmer von Alison das Abendessen für sie bereitstand, stimmte sie misstrauisch.

„Falls Sie noch etwas von Ihrem Essen haben möchten, sollten Sie vielleicht Giant im Auge behalten!", schmunzelte sie und lachte laut auf, als Alison auf dem Absatz kehrtmachte und in ihrem Zimmer verschwand.

Gleich darauf drang eine Schimpftirade zu Sarah hinüber, und Giant flüchtete zu ihr, wo er schwanzwedelnd auf seine Streicheleinheiten zur Begrüßung wartete, die sie ihm mit einem strengen Blick verwehrte.

„Meine Suppe! Er hat die ganze Hühnerbrühe aufgeleckt!", polterte Alison. „Na, wenigstens hat er mir das Fladenbrot und den Tee übrig gelassen", lauteten gleich darauf die versöhnlichen Worte.

Sarah hatte es nicht anders erwartet, denn Alison konnte dem kleinen Spitz nie lange böse sein. Die Countess erschien erneut in der Tür und trieb Sarah mit einem auffordernden Händeklatschen an, sich für das Dinner umzukleiden. Die junge Frau folgte der Aufforderung und schlüpfte in ein ärmelloses, eng anliegendes grünes Kleid mit tief sitzender Taille, legte sich ein Tuch über die Schulter und griff nach der zum Ensemble passenden Handtasche.

„Wunderbar siehst du aus, meine Liebe. Ich wünsche dir einen vergnüglichen Abend."

Sarah wünschte Alison ebenfalls einen schönen Abend, ehe sie ihr Zimmer verließ.

Wie bereits in den vergangenen Tagen erwartete Jacob sie bei einer Sitzgruppe in der Lobby und geleitete sie in den Speisesaal. Sie fanden einen Tisch, an dem sie vorerst nur zu zweit Platz nahmen, und bestellten ihr Essen.

Während sie auf die Speisen warteten, ließ Sarah sich berichten, was ihr Tischnachbar an diesem Tag erlebt hatte, danach erkundigte er sich nach ihren Erlebnissen. In dem Moment, als sie zu erzählen beginnen wollte, betrat ein Mann in etwas nachlässiger Kleidung den Raum. Sarah erkannte Andreas sofort. Er war also von seiner sehr kurzfristig geplanten Reise zurückgekehrt. Sarah spürte ein aufgeregtes Kribbeln in ihrer Magengegend, und dieses nahm an Intensität zu, als Andreas auf ihren Tisch zuging.

Er begrüßte sie mit einem festen Händedruck und einer angedeuteten Verbeugung. Jacob erhielt einen kräftigen kameradschaftlichen Schlag auf die Schulter.

„Darf ich mich zu Ihnen setzen?", fragte er, und noch ehe Sarah darauf reagieren konnte, zog er sich einen Stuhl zurück. „Sie sehen sehr munter aus, Miss Hofmann. Kann ich deshalb annehmen, dass es Ihnen gut geht?" Während er sprach, lächelte er sie freundlich an, doch sein Blick wanderte sofort fragend zu Jacob, der ihm ein zustimmendes Nicken zuteilwerden ließ.

Sarah schürzte leicht die Lippen. Es war ganz offensichtlich, dass die beiden um ihren Schutz besorgten Männer ihrer Einschätzung der Lage nicht trauten. Ärger stieg in ihr auf, und sie beobachtete, wie ein Angestellter die Vorspeise, eine Pastete, servierte. Sie griff nach ihrem Besteck und der Serviette, als ein livrierter Page neben sie trat und sich verhalten räusperte. „Entschuldigen Sie bitte, Miss. Lady Clifford verlangt dringend nach Ihnen. Wenn ich es sagen darf, Miss: Sie wirkte sehr aufgelöst!"

„Danke", murmelte Sarah und schob ihren Stuhl zurück. Alison und aufgelöst? Das konnte nichts Gutes bedeuten! Die beiden Männer erhoben sich höflich, wobei sie erneut diesen eigentümlichen Blick austauschten. Sarah kümmerte sich nicht um sie, sondern verließ mit großen Schritten den Speisesaal und eilte die Stufen hinauf. In der Befürchtung, dass es Alison wieder schlechter ging, stürmte sie nach einem knappen Klopfen in ihr Zimmer. Das Bild, das sich Sarah bot, ließ sie erschrocken innehalten: Alison kauerte auf dem Boden und hielt ein lebloses Fellbündel in den Armen. Tränen liefen über ihre schmalen Wangen.

„Was ist mit Giant?", stieß Sarah hervor und fiel neben Alison auf die Knie. Der Hund hatte die Augen verdreht, seine Zunge hing weit heraus und um das Maul hatte sich weißer Schaum gebildet.

„Er zuckte plötzlich und fiel um. Dann röchelte er schrecklich! Überall war dieser Schaum", schluchzte Alison und drückte das Tier noch fester an ihre Brust.

Sarah untersuchte den Hund, nur um ihren ersten Eindruck bestätigt zu bekommen: Das Tier war tot.

Andreas und Jacob erschienen im Türrahmen. Während der Amerikaner sich zu den beiden Frauen gesellte, schloss Andreas die Tür hinter sich und lehnte sich mit verschränkten Armen dagegen.

„Vergiftet?", fragte Jacob leise.

„Gift oder irgendein hoch dosiertes Rauschmittel, vermute ich." Sarahs Kehle fühlte sich so trocken an, als habe sie mehrere Tage keine Flüssigkeit zu sich genommen. Der qualvolle Tod des Hundes nahm sie mit, war er doch auch ihr ein treuer Begleiter gewesen. Wie stark musste da erst Alison unter seinem Tod leiden?

„Was hat er zu fressen bekommen?", erkundigte sich Andreas. Seine Frage ließ Sarah auf die Füße springen. Ein eisiger Schrecken bemächtigte sich ihrer. Giant bekam sein Fressen immer später am Abend. Aber er hatte Alisons Hühnerbrühe aufgeleckt!

Die Wucht der Erkenntnis drohte ihr die Beine unter dem Körper wegzuziehen. Vor ihren Augen drehte sich alles. „Sarah?", fragte eine tiefe Männerstimme sehr nahe an ihrem Ohr. Kraftlos lehnte sie sich mit dem Rücken an Andreas. Seine Nähe und die von ihm ausgehende Wärme taten ihr unendlich gut. Dennoch rief sie sich schnell zur Vernunft und löste sich von ihm, murmelte eine halbherzige Entschuldigung und wagte nicht, ihn dabei anzusehen. Zu sehr fürchtete sie, er könne ihr ansehen, wie sehnsüchtig sie sich nach einer Umarmung sehnte.

„Er hat Alisons Suppe verspeist", verriet sie schließlich, was ihr so schrecklich zu schaffen machte. Nun, da sie es ausgesprochen hatte, kehrte die Panik zurück. Sie hatte das Gefühl, als habe ihr jemand mit ungezügelter Wut in den Unterleib geboxt.

Alison hob den Kopf und starrte sie mit einer Mischung aus Entsetzen und Zorn an. Noch immer waren die Tränenspuren in ihrem Gesicht zu erkennen. Ein Zeichen ihrer Liebe zu dem kleinen Vierbeiner, zugleich auch einer Schwäche, die Alison sich selten einmal leistete, vor allem nicht in der Gegenwart von Männern. Das Gefühl der Ohnmacht ließ Sarah trotzig den Kopf heben und die Schultern straffen. Sie ballte ihre Hände zu Fäusten. Jetzt galt es, Ruhe zu bewahren. Dieselbe Ruhe, die sie in sich verspürte, wenn sie eine schwere Verletzung behandelte oder einem Arzt bei der Operation assistierte.

„Könnte jemand angenommen haben, Ihre Mahlzeit sei für Sarah bestimmt?", fragte Jacob nach, wobei seine Stimme vor unterdrückten Emotionen bebte.

„Ich denke nicht", erwiderte Alison knapp und streichelte über das weiche Fell ihres Hundes. „Ich habe die Suppe selbst bestellt und entgegengenommen."

„Ich gehe in die Küche!", sagte Andreas und griff nach der Klinke. Sarah drehte sich zu ihm um. Der Blick aus seinen blauen Augen hielt den ihren für geraume Zeit gefangen, ehe er sich ruckartig umdrehte und in den Flur verschwand.

Kaum dass er den Raum verlassen und die Tür leise hinter sich ins Schloss gezogen hatte, trat Jacob zu Sarah, die händeringend im Zimmer stand und nicht wusste, wohin mit ihrem Schmerz und ihrer verlorenen Hoffnung auf Normalität und Sicherheit. Erneut war ihr jemand ohne Vorwarnung entrissen worden, den sie sehr gemocht hatte. Wenngleich es sich dabei nur um einen kleinen, frechen Hund handelte, drohte ihr Herz in Stücke zu brechen. Der Schmerz wiederholte sich …

Sarah sah dem Mann entgegen und ahnte, dass er sie tröstend berühren, vielleicht sogar in die Arme schließen wollte. Beinahe hektisch wich sie in Richtung Fenster aus. Alles in ihr sträubte sich dagegen, ihn – oder jemand anderen – so nahe an sich heranzulassen. Mit Ausnahme von Alison. Die gemeinsamen Jahre hatten sie unweigerlich zusammengeschweißt. Erneut kniete sie sich vor die Frau, die immer noch auf dem Boden kauerte. Sarah nahm den verendeten Spitz aus Alisons Armen, was diese widerstandslos geschehen ließ, und legte ihn behutsam auf den Teppich. Anschließend rutschte sie näher und legte vorsichtig, fast zaghaft ihre Arme um den knochigen Körper ihrer Ziehmutter. Alison nahm ihr scheues Angebot an. Sie schluchzte unterdrückt auf und erwiderte die Umarmung, geschüttelt von tiefen Schluchzern.

Sarah blickte zu Jacob, der mit verlorenem Gesichtsausdruck vor dem Fenster stand. Mit einer Hand winkte sie in Richtung Tür und hoffte, ihre nonverbale Aufforderung, den Raum zu verlassen, würde nicht beleidigend wirken. Zumindest reagierte er sofort.

An der Tür drehte er sich noch einmal um und sagte: „Ihr Verlust tut mir sehr leid." Dabei sah er Sarah an und auf seinem Gesicht zeigte sich eine bislang unbekannte Härte.

Die Minuten vergingen, begleitet vom monotonen Ticken der Wanduhr, dem leisen Schluchzen Alisons und dem Brummen einer Fliege, die gegen das Glas der Fenster ankämpfte und ihren Weg in die Freiheit nicht fand. Sarah beobachtete das Insekt bei seinen vergeblichen Versuchen und fragte sich, ob es ihr nicht ähnlich erging. Sie wollte den Weg hinaus ins Leben antreten, selbst auf die Gefahr hin, dass man sie erneut verletzte. Sie musste die schützenden Mauern verlassen, die Alison ihr über viele Jahre hinweg geboten hatte. Doch konnte sie in eine Welt hineinfliegen, in der blinder Hass so weit führte, dass man sie und Alison samt eines harmlosen Schoßtiers zu töten versuchte?

***

Jacob rieb sich den Nacken, wurde jedoch die in seinen Kopf ausstrahlenden Schmerzen nicht los. Jemand hatte einen Giftanschlag auf Alison verübt! Es verwirrte ihn zutiefst, dass plötzlich nicht mehr Sarah, sondern die Countess das Ziel eines Anschlags war, und er konnte sich diese Veränderung nicht erklären. In Gedanken rekapitulierte er die Ereignisse der vergangenen Wochen, doch bis auf den Steinschlag im Tal der Könige deutete nichts darauf hin, dass Sarah nur versehentlich den Gefahren ausgesetzt gewesen war und die Übergriffe eigentlich Alison gegolten hatten.

Die Dame war nicht mit im Grab von Ramses VI. gewesen, als Sarah beinahe in die Sarkophagreste gestürzt wäre, und der Korb mit der Giftschlange war bei Sarahs Stuhl abgestellt worden, nicht neben dem ihrer Begleiterin.

Mit schweren Schritten ging Jacob an die Fensterfront und beobachtete, wie innerhalb von Sekunden die Sonne hinter dem Gebirgszug untertauchte und das nächtliche Schwarz den letzten orangefarbenen Schimmer am Horizont auffraß wie ein Schwarm Heuschrecken den Weizen. Als einzige Lichtquelle blieben die Lampen auf einem Nildampfer, weshalb sie unweigerlich seinen Blick auf sich zogen.

Wieder kehrte die Erinnerung an Clarissas Tod zurück und quälte ihn. Sarah war ihr in vielem so ähnlich. Sie besaß ebenfalls eine selbstlose Ader; die Bereitschaft, die eigenen Bedürfnisse zum Wohl anderer zurückzustellen und sich für sie einzusetzen. Trotzdem wies sie auch diese Zartheit auf, die den Beschützer in ihm weckte. Ja, er wollte Sarah gern vor allem Unbill bewahren und ihr einen sicheren Hort bieten. Allerdings nahm sie seine behutsamen Angebote in diese Richtung Tag für Tag weniger wahr. Es schien fast, als triebe jede neue Gefahr sie nicht mehr in seine Arme, sondern von ihm fort. Sarah gewann an Selbstvertrauen und an Stärke, das war nicht zu übersehen. Im Grunde waren das begrüßenswerte Eigenschaften, doch er wurde den Eindruck nicht los, dass sie sich gleichzeitig von ihm entfernte.

Jacob seufzte und lehnte sich an das Fenster. War er dabei, erneut die

Frau seines Herzens zu verlieren, noch bevor er sie für sich gewonnen hatte?

Es klopfte kräftig an der Tür und auf seinen Brummlaut hin trat Andreas ein. Mit weit ausholenden Schritten gesellte er sich zu ihm ans Fenster.

„In der Küche ist man entsetzt, kann sich aber nicht erklären, wie das Gift in die Suppe gelangt ist. Allerdings hat mir ein Kellner gerade erzählt, dass er auf seinem Weg zu Lady Clifford für einen Moment abgelenkt worden sei. Eine britische Dame hatte ihn nach dem Weg zum Speisesaal gefragt. Was ihr männlicher Begleiter getan hat, während er ihr den Weg erklärte, konnte er mir nicht sagen."

Jacob runzelte die Stirn und rieb sich erneut den schmerzenden Nacken. „Konnte er die Frau beschreiben?"

„Kräftig gebaut, dunkles Haar. Mehr wusste er nicht."

„Hältst du sie für die Frau, die Sarah verfolgt?"

„Möglich ist es."

„Und die Anwesenheit eines Begleiters, von dem der Kellner sprach, deutet darauf hin, dass der telegrafisch herbeigebetene Mitverschwörer angekommen ist."

„Ebenfalls möglich."

Aufgebracht schüttelte Jacob den Kopf. „Wir ergehen uns hier in Vermutungen und Spekulationen. Das bringt doch alles nichts!"

„Was schlägst du vor?"

„Nichts!", knurrte er und schlug mit der Faust gegen die leise in ihrer Fassung klirrende Fensterscheibe. „Ich bin nicht geschaffen für so etwas! Diese bösartigen Intrigen sind mir fremd!"

Andreas schwieg und starrte weiterhin in die Nacht hinaus.

„Verlegt diese Fremde sich mit ihrer tödlichen Obsession jetzt auf Lady Clifford, da sie an Sarah nicht mehr herankommt?", überlegte Jacob laut und beobachtete, wie Andreas' linker Mundwinkel zuckte. Der Deutsche stieß sich vom Fenster ab und ging gemessenen Schritts auf und ab. Die tief in seinen Hosentaschen vergrabenen Hände und sein leicht geneigter Kopf zeugten von höchster Konzentration.

„Das hieße jedoch, dass es sich bei ihrem Motiv um kein persönliches handelt", mutmaßte er. „Andererseits: Falls der Lady etwas zustößt, ist auch Miss Hofmann betroffen."

Jacob atmete laut aus. „Diese Person täuscht sich, wenn sie annimmt, Sarah stünde nach Lady Cliffords Tod mittellos, allein und schutzlos da."

Andreas prompte Antwort signalisierte, dass dieser sofort wusste, worauf er ansprach. „Womöglich bringt dich deine offen gezeigte Zuneigung zu Miss Hofmann ebenfalls in Gefahr!"

Jacob nickte. Ihm konnte es nur recht sein, wenn die unbekannte Frau ihre Aufmerksamkeit auf ihn richten würde statt auf Sarah! Eine geraume Zeit lang hing er diesen grimmigen Überlegungen nach, während er auf die gleichmäßigen Schritte von Andreas lauschte. Schließlich hielt dieser vor ihm an. „Morgen werden Lord Carnarvon und seine Tochter in Luxor erwartet. Ich sehe zu, was ich aus der Geschichte um den Fundort für meine Zeitungsverleger herausschlagen kann. Die übrige Zeit bin ich weiterhin an deiner Seite, um die beiden Frauen, die dir so sehr am Herzen liegen, zu beschützen. Mehr kann ich dir nicht zusagen."

„Das ist weitaus mehr, als ich erhofft habe." Jacob streckte Andreas die Rechte entgegen. Der Deutsche nahm sie und drückte sie kräftig, wie als Bestätigung für einen geschlossenen Pakt.

Den kriegserprobten Andreas als Mitstreiter an seiner Seite zu wissen beruhigte Jacob. Es war keinesfalls selbstverständlich, wie viel Zeit und Engagement Andreas in diese Angelegenheit investierte, obwohl es sicher seiner Abenteuerlust entgegenkam. Offenbar war aus ihrer jahrelangen, lockeren Bekanntschaft eine echte Freundschaft entstanden.

„Ich hoffe, Miss Hofmann weiß zu schätzen, was du auf dich zu nehmen bereit bist, um sie vor Schaden zu bewahren!", murmelte Andreas, ehe er ihm eine gute Nacht wünschte und das Zimmer verließ.

Jacob wandte sich wieder dem Fenster zu. Die ersten Sterne funkelten am nächtlichen Firmament, tauchten die Landschaft in ein bläuliches Licht und zauberten glitzernde Lichtreflexionen auf den Fluss. Der Gedanke daran, Sarah in den Armen zu halten und mit ihr diesen romantischen Anblick zu bewundern, ließ ihn aufseufzen. All seinen Hoffnungen und Wünschen zum Trotz war ihm bewusst, dass er Sarah nicht überrumpeln durfte. Sie brauchte Zeit. Zeit, die ihr und ihm womöglich nicht vergönnt war.

Kapitel 15

Die Nachricht, dass Howard Carter möglicherweise ein wichtiges Grab gefunden hatte, hatte zu Anfang einen wahren Besucheransturm an der wieder zugeschütteten Ausgrabungsstelle ausgelöst.

Entsprechend verwundert war Sarah bei ihrer Ankunft, als sie neben den Arbeitern nur eine Handvoll Neugierige, darunter Andreas, den

Ausgrabungsleiter, seinen Finanzier Carnarvon und dessen Tochter Lady Evelyn, antraf. Vermutlich lag dies an der verzögerten Anreise der Carnarvons, deren Schiff einige Tage verspätet in Ägypten eingetroffen war.

Alison ging auf das Schutzzelt zu, in dessen Schatten Evelyn sich aufhielt. Die junge Dame erhob sich höflich von ihrem Korbflechtstuhl, um Alison zu begrüßen, und schenkte auch Sarah ein herzliches Lächeln. „Ich erinnere mich gut an Sie, Miss Hofmann. Wir sahen uns bei einem Empfang auf Highclere Castle, nicht?"

Mit ihrem kurz geschnittenen Lockenhaar, auf dem keck ein Glockenhut saß, dem karierten Rock und einer legeren Bluse wirkte sie weit weniger adrett als Alison und Sarah, die an diesem Tag in hellen Kleidern ins Tal der Könige gekommen waren. Die junge Lady bot Alison und Sarah die zwei verbliebenen Stühle als Sitzgelegenheit an. Samira warf sie einen kurzen Blick zu, kümmerte sich dann aber nicht weiter um sie. Alison, noch immer sichtlich mitgenommen vom Tod ihres Hundes, setzte sich, während Sarah stehen blieb und ihren Bewachern durch ein Handzeichen zu verstehen gab, dass auch sie sich einen Schattenplatz suchen sollten. In der Nähe der Ausgrabungsstätte mit den vielen Menschen bestand wohl keine Gefahr für sie oder Alison.

„Sie haben fast den ganzen Eingangsbereich wieder freigelegt", berichtete Evelyn mit ihrer sanften Stimme und reichte Alison eine Tasse angenehm kühles Wasser. „Ich amüsiere mich über Howard und meinen Vater. Vorhin saßen sie noch hier, doch seit geraumer Zeit hocken sie dort auf der Mauer des Ramses-Grabs, um ja keinen Spatenstich zu verpassen. Alle paar Minuten rücken sie ein Stück auf der Mauer weiter, damit sie im Schatten bleiben."

Eine Weile beobachteten die vier Frauen das Geschehen, ehe sich Alison erneut an die junge Frau wandte. „Ich hoffe, Sie hatten eine angenehme Reise?"

Evelyn kicherte, beugte sich in ihrem Stuhl nach vorn und drückte kurz Alisons Hand. „Soweit man eine Reise mit einem völlig aufgekratzten, Luftschlösser bauenden Vater als angenehm bezeichnen kann, ja. Vielen Dank der Nachfrage. Mir macht raue See nichts aus. Nur die Verspätung war nahezu unerträglich. Wir haben unserer Ankunft hier im Tal der Könige ungeduldig entgegengefiebert!"

„Ich wünsche Mr Carter und Ihrem Vater so sehr, dass sie auf eine aufregende Entdeckung stoßen!", beteiligte Sarah sich an dem Gespräch.

„Und ich erst!", seufzte Evelyn und warf einen langen Blick auf die Arbeiter, die Korb um Korb Geröll und Sand beiseiteschafften. „Ihre Jagd nach dem geheimnisumwitterten Pharao dauert schon so viele Jahre an. Ich wage gar nicht daran zu denken, was geschieht, wenn sie nochmals enttäuscht werden."

Unterdessen hatte sich Andreas dem Unterstand genähert. Er begrüßte Alison, nickte Samira zu und wandte sich an Sarah. „Könnte ich Sie kurz unter vier Augen sprechen?"

„In Ihrer Funktion als Reporter?"

Andreas zeigte sein schiefes Grinsen, ehe er den Kopf schüttelte. „Nein, nur als Freund."

„Bin ich als Anstandsdame gefordert?", schaltete Alison sich ein.

„Nein, Lady Clifford. Sie dürfen bequem im Schatten sitzen bleiben."

„Das nenne ich eine klare Antwort!" Alison vollführte eine Handbewegung, als wünschte sie, Andreas und Sarah würden gemeinsam durchbrennen, und wandte sich Evelyn zu.

Sarah blickte Andreas fragend an, der mit einer einladenden Geste in Richtung eines Nebentals deutete. Sie schlenderten von der Grabstätte Ramses VI. in einen deutlich schmaleren Nebenzweig des Tals. Dort wiesen künstlich errichtete Gesteinshügel und abgestützte Felswände auf ehemalige Ausgrabungen hin. Schweigend passierten sie das Grab von Sethos I., gleich darauf den Eingang zu den unterirdischen Kammern von Ramses I. Hier bückte Sarah sich und ergriff einen der hellbraunen Kalksteine, den sie spielerisch von einer Hand in die andere fallen ließ. Auch Andreas war stehen geblieben und drehte sich zu ihr um.

„Sie wollten mich sprechen?", erinnerte Sarah ihren Begleiter. Der Mann strich sich über die knisternden Bartstoppeln, die ihm ein verwegenes Äußeres verliehen. Offensichtlich empfand er eine tägliche Rasur als Zeitverschwendung.

„Vertrauen Sie Samira?"

„Wie bitte?" Verblüfft starrte Sarah ihn an. Wie kam er zu dieser Frage? Nahm er an, Samira wolle ihr Böses? Das war doch vollkommen unsinnig! Obwohl ... war es nicht die Crux an dieser schrecklichen Geschichte, dass sie niemanden wusste, der ihr oder Alison nach dem Leben trachten könnte, und dies machte somit jeden verdächtig. Sogar Samira ...?

„Ich verstehe die Frage nicht, Mr Sattler", entgegnete sie mit weit weniger Nachdruck in der Stimme, als sie das eigentlich wollte.

„Sie verstehen sehr gut. Wenn Sie sich solchen Fragen nicht stellen wollen, können Jacob und ich unsere Bemühungen aufgeben, Ihnen und Ihrer Lady zu helfen." Andreas klang ruhig, doch das Zucken um seine

Mundwinkel und das aufgebrachte Blitzen in seinen Augen zeigte seine Verärgerung über ihr Ausweichmanöver.

„Ich bin Samira erst nach dem Vorfall mit dem Sarkophag begegnet!", begehrte sie auf.

„Ihr Verfolger auf dem Markt und der Mann im Ramses-Grab könnten ein und dieselbe Person sein. Sie folgte Ihnen, um herauszufinden, wie man an Sie herankommen kann. Anschließend wurde dann Samira auf Sie angesetzt …"

„Unsinn!", entfuhr es Sarah. Nun war sie es, die ihren Gesprächspartner zornig anfunkelte. „Samira hatte sich in der Hotelküche verletzt und ich bot ihr meine Hilfe an. Das ist alles!"

Andreas trat einen Schritt vor und umfasste ihre Ellenbogen. Leicht über sie gebeugt erwiderte er mit beherrschter Stimme, jedoch in Deutsch: „Manche Menschen sind für Geld zu vielem bereit, Fräulein."

Sarah schaute zu ihm auf. Verwirrung ergriff sie. Hatte Samira sich ihre Freundschaft erschlichen, indem sie sich absichtlich schwere Schnittwunden zufügte? Alles in Sarah sträubte sich, diese Vermutung anzunehmen. Dennoch war nicht von der Hand zu weisen, dass Samira ab dem Tag ihres Kennenlernens immer genau darüber Bescheid gewusst hatte, wann Sarah und Alison zu irgendwelchen Unternehmungen aufbrachen und was das Ziel ihres Ausflugs war. Und dass die Familie Geld gut gebrauchen konnte, stand auch außer Frage. Fungierte sie als Informantin für Sarahs Verfolger?

„Bestimmt nicht", flüsterte Sarah, vollkommen hilflos ihren beunruhigenden Gedanken erlegen. „Nicht Samira!"

Mit weit aufgerissenen Augen schaute sie Andreas an. Er strich ihr über die Oberarme, wohl um sie zu beruhigen, erreichte damit aber nur das Gegenteil. Ein Schauer lief durch Sarahs Körper. Seine Berührung auf ihrer nackten Haut erweckte Schmetterlinge in ihrem Bauch zum Leben und ließ sie leicht erzittern. Ahnte er, welche Emotionen seine Nähe in ihr auslösten? Das Gefühl der Sicherheit, das sie bereits in jener Nacht im Park überkommen hatte, war angenehm, alle anderen Empfindungen wirbelten jedoch ihr Innerstes in einem wilden Strudel durcheinander, der jeden vernünftigen Gedanken zu verschlingen drohte. „Ich habe mich in den vergangenen Tagen nicht nur aus beruflichen Gründen im britischen Mandatsgebiet aufgehalten", erklärte Andreas und hielt sie noch immer fest. „Wussten Sie, dass Samiras Vater bei einem Mauereinsturz nahe des See Genezareth ums Leben gekommen ist?"

Sarah schluckte und zwang sich zu einer Antwort. „Samira erzählte von einem Unfall bei einer Ausgrabung", erwiderte sie zögernd. Was hatte der Unfalltod von Samiras Vater mit ihrem Dilemma zu tun?

„Clive Elwood war auf Bitten seines vermögenden ägyptischen Freundes Iskander Kaldas als Leiter der Unternehmung dort. Ich habe mich umgehört …"

Sarah hob die Hand und Andreas verstummte. „Sie vermuten also tatsächlich, Samira gehört zu denen, die mir etwas antun möchten?"

„Nein, aber sie könnte für viel Geld dazu überredet worden sein, Informationen über Sie an Dritte weiterzugeben."

„Sie ist doch keine, keine … Spionin!", begehrte Sarah mit einem freudlosen Lachen auf. „Und ich bin für niemanden von Interesse!"

„Da täuschen Sie sich", murmelte Andreas und sein Griff um ihre Oberarme verstärkte sich.

Sarah sog scharf die Luft ein. Was wollte er damit andeuten? Wer hatte denn ein Interesse an ihr? Wusste er mehr, als er preisgab? Andreas ließ sie los und trat zurück. Er fuhr sich mit der Hand durchs Haar; irgendetwas schien ihn zu beschäftigen, das er ihr nicht anvertrauen konnte.

„Der Unfall von Samiras Vater passierte nachts und wurde von niemandem beobachtet. Die Sache wird von den dortigen Behörden als reichlich mysteriös angesehen. Es gab wohl Arbeiter, die damals angedeutet haben, beim Einsturz der Mauer sei es nicht mit rechten Dingen zugegangen. Sie vermuten einen Mordanschlag auf ihren Vorgesetzten, dem sie alle viel Respekt entgegengebracht hatten."

„Samiras Vater wurde *ermordet*? Das ist ja schrecklich!" Entsetzt schüttelte Sarah den Kopf. „Aber weshalb sollte jemand einem Mann wie Samiras Vater nach dem Leben trachten? Außerdem geschah der Unfall vor mehr als fünf Jahren. Ich sehe keinen Zusammenhang zwischen dem womöglich gewaltsamen Tod des Mannes und den Vorkommnissen heute! Vor fünf Jahren wusste definitiv niemand, dass Lady Alison und ich Ägypten bereisen würden!"

„Es muss keine direkte Verbindung geben. Vor fünf Jahren können andere Gründe für einen Mord existiert haben. Die jetzt herrschende finanzielle Notsituation der Familie oder ein noch immer bestehendes Abhängigkeitsverhältnis könnte völlig ausreichen, damit der Urheber des damaligen Vorfalls diese Verbindung erneut für seine Zwecke nutzt", erklärte Andreas. „Wenn ich herausfinde, wer Samiras Vater auf dem Gewissen hat, könnte ich die Person gefunden haben, die Ihnen und Ihrer Lady Schaden zufügen möchte. Zumindest könnte er denjenigen kennen und unterstützen."

„Meine Güte, was für ein verworrenes Geflecht Sie da spinnen!" Fasziniert, aber ungläubig schob sich Sarah eine Haarsträhne hinter ihr Ohr. Ein unerwartet kräftiger Windstoß blies sie ihr sofort wieder ins Gesicht.

„Das ist noch gar nichts", schmunzelte Andreas, trat erneut direkt vor sie und hob die Hand. Nach einem kurzen, kaum merklichen Zögern strich diesmal er ihr Haar zurück. Seine Finger verharrten an ihrer Schläfe und Sarah umfasste einem Impuls folgend mit beiden Händen seinen linken Unterarm. Daraufhin senkte er seine Hand auf ihre Schulter.

„Nehmen wir einmal an, Sie haben recht, Herr Sattler. Das würde bedeuten, dass Samira dies nicht aus freien Stücken tut! Man darf ihr keine Schuld geben!", bemühte sich Sarah weiterzuargumentieren, obwohl seine Hand auf ihrer Schulter kleine Nadelstiche auszusenden schien.

„Sie haben ein goldenes Herz, Fräulein Hofmann!" Andreas legte nun auch seine Rechte auf Sarahs Schulter. Wieder beugte er sich über sie. Sein Gesicht war ihrem sehr nah und in ihrem Inneren fühlte es sich an, als habe man mit einem Stock in eine Ameisenburg gestochen.

„Samira hat die Wahl …", raunte er, und sie spürte, wie sein Atem ihre Wange streifte. Seine Worte brachen den Zauber, der sie ergriffen hatte, wie Grashalme unter einem Fuß. Ruckartig befreite sie sich aus seinem Griff und wich zurück. Die knirschenden Steine unter ihren Schuhen schienen ihr warnend zuzuraunen, keine weiteren Überlegungen in diese Richtung zuzulassen.

„Und trotzdem glaube ich nicht, dass Samira etwas damit zu tun hat. Niemals!", begehrte sie energisch auf und ballte die Hände zu Fäusten.

„Ich verstehe Ihre Weigerung, meinen Gedankengängen zu folgen. Dennoch müssen Sie in Samiras Beisein Vorsicht walten lassen."

„Es gibt bestimmt eine andere Lösung."

„Vielleicht." Andreas schaute sie erstaunt an. Vermutlich wunderte er sich über ihren vehementen Widerspruch.

Sarah öffnete ihre Fäuste und strich sich in einem Anflug von Verlegenheit das ärmellose Kleid glatt. „Entschuldigen Sie bitte. Ich habe überreagiert. Dabei tun Sie so viel für mich und Lady Alison."

Das einseitige Hochziehen seines Mundwinkels empfand Sarah als angenehm vertraut. „Wir sind schließlich Landsleute. Und-", Andreas presste seine Lippen so fest zusammen, als müsse er sich gewaltsam am Weitersprechen hindern.

Unangenehmes Schweigen senkte sich zwischen sie. Sarah bückte sich und hob erneut einen runden Stein auf. Sie konnte sich nicht erinnern, was sie mit dessen Vorgänger getan hatte. War er ihr vor Schreck über Andreas' aufwühlende Nähe aus der Hand gefallen?

„Bitte lassen Sie allen Menschen gegenüber Vorsicht walten, denen Sie in den nächsten Tagen begegnen."

„Gilt das auch für Sie und Ihren amerikanischen Freund?"

„Natürlich!" Andreas' Lachen kam in seinen hellen Augen nicht an. „*Vor allem* für mich!", fügte er hinzu, und dass er sie dabei durchdringend ansah, ließ sie frösteln.

Der Mann verriet nie etwas über seine Vergangenheit oder seine Zukunftspläne. War er mehr als ein schweigsamer Abenteurer, der von der Gefahr, die sie und Alison umgab, angezogen wurde? War allein der Umgang mit ihm riskant für sie?

Sarahs Knie drohten nachzugeben. Wem konnte sie überhaupt noch vertrauen? Niemandem außer Alison … Verzweifelt schlug sie die Hände vor ihr Gesicht. Das Gefühl, in ihrer bedrohlichen Lage allein zu sein, schwappte wie eine eiskalte Woge über sie hinweg und wollte sie ertränken. In ihrer Hilflosigkeit wusste sie nur einen Ausweg: Lautlos flehte sie Gott an, ihr beizustehen, ihr Weisheit und Schutz zu gewähren.

Allmählich beruhigte sich ihr rasender Herzschlag, ebenso ihr Atem. Sie nahm ihre Umgebung wieder bewusster wahr. Die sandfarbenen Felshänge, die sirrenden Insekten in der trockenen Luft, die Sonne, deren Wärme von der Grabanlage abstrahlte, vor der sie noch immer standen.

Als sie sich zögernd umdrehte, knirschte der Sand unter ihren Schuhen. Andreas lehnte an der Eingangsumfriedung des Ramses-Grabes. Er hielt die Arme vor der Brust verschränkt und den Kopf gesenkt. Offenbar war er tief in Gedanken versunken, blieb aber in ihrer Nähe.

Sarah wartete, bis er den Blick hob und den ihren fand. Sie fragte sich, ob auch sie so verzweifelt aussah wie er. Irgendetwas trieb sie an, loszulaufen und sich in seine Arme zu stürzen. Sie wagte einen ersten Schritt. Andreas nahm die Arme herunter und stieß sich von der niedrigen Mauer ab. Machte er sich bereit, sie aufzufangen?

„Sarah! Mr Sattler!", Samiras atemlose Stimme ließ beide herumwirbeln. Die junge Ägypterin blieb stehen und blickte irritiert zwischen ihnen hin und her.

Schließlich löste sich Sarah aus ihrer Erstarrung. „Was gibt es denn?"

„Lady Clifford schickte mich, dich und Mr Sattler zu holen. Die Tür ist vollständig freigelegt. Offenbar haben sie etwas gefunden."

„Wie aufregend!", entfuhr es Sarah. Der Wind schien plötzlich alle ihre Ängste davonzutragen. Eine rastlose Neugier erfasste sie. Sie schaute in Samiras ebenmäßiges Gesicht mit den freundlichen Augen und wischte jeden Gedanken daran beiseite, Andreas könne mit seiner Vermutung richtigliegen. Samira war ihr zugeneigt. Sie intrigierte nicht gegen sie.

Demonstrativ ergriff Sarah die Hand der Ägypterin und zwang sie damit, sich ihrem schnellen Laufschritt anzupassen. Sarahs Rock und Samiras Jilbab flatterten, als sie zur Ausgrabungsstätte liefen.

***

Die Frauen erreichten die Ausgrabung, als sich der Ingenieur Arthur Callender, Carter und Lord Carnarvon in der ausgehobenen Grube auf den Boden kauerten. Sechzehn Stufen führten in die Tiefe und zu einem mit Mörtel bestrichenen Eingang.

„Sie haben ein zweites Siegel gefunden", erläuterte Alison, und Evelyn fügte hinzu: „Wieder enthält es Anubis und die neun Feinde Ägyptens. Doch es gibt an dieser Stelle zusätzlich Hieroglyphen!"

Sarah ergriff Alisons Hand. Sie brauchte jetzt die Nähe eines Menschen. Neugierig beugte sie sich nach vorn und blickte in die von Lichtern erhellte Grube. Aber die drei Männer raubten ihr die Sicht auf das Siegel. Ihre Aufregung wuchs. Entschied sich in diesen Sekunden, ob Carter erneut einen Fehlschlag erleiden würde, der das Aus für seinen Traum bedeutete, oder hatte er tatsächlich das Grab des von ihm gesuchten, geheimnisvollen Pharao entdeckt?

Unwillkürlich hielt sie den Atem an. Es herrschte völlige Stille. Nur das Zischen des Sandes über den felsigen Boden, von kräftigen Windstößen aufgewirbelt, war zu hören.

Carters leise ausgesprochene, unspektakulär klingende Worten schossen wie ein Blitz durch die Herzen der Anwesenden: „Er ist es."

Sarah schnappte nach Luft. *Er ist es?* Carter hatte das Grab des Tutanchamun gefunden? Des Pharao, über dessen Existenz man im Grunde nichts wusste, von dem nur wenige, zumeist beschädigte Inschriften zeugten?

Carter wandte sich mit triumphierendem Gesichtsausdruck zu seinem Geldgeber um. Er wirkte, als wolle er ihm etwas sagen, sprach die Worte aber doch nicht aus. Dafür richtete er sich auf und trat einen Schritt zurück.

„Die Tür ist unbeschädigt, das Grab ist unberührt", hörte Sarah Evelyn flüstern. Ihre Stimme zitterte vor unterdrückten Gefühlen.

Sarah nahm ihren Blick nicht von Carter. Etwas an ihm beunruhigte sie. Seit er sich erhoben hatte und zurückgetreten war, furchte sich seine Stirn zunehmend. Seine Hände bewegten sich fahrig über den Stoff seines Hemdes hinweg, als versuche er, die dortigen Falten auszustreichen.

Eine Männerstimme raunte ihr zu: „Der Mörtel hat unten bei dem zweiten Siegel eine andere Farbe als oben."

Sarah wandte den Kopf. Andreas stand schräg hinter ihr und sah anstelle des freigelegten Grabeingangs sie an. Sie blickte in seine Augen, war sich seiner Nähe nur zu bewusst. Die Anspannung um die Entdeckung mischte sich mit einem wohligen, nicht minder aufregenden Gefühl, das sie dazu drängte, mit ihren Händen sein Gesicht zu berühren. Erschrocken gelang es ihr, diesen Wunsch tief in ihrem Herzen zu vergraben.

„Was bedeutet das?", fragte sie ihn leise.

„Der obere Teil ist geöffnet und neu verschlossen worden. Vermutlich schon bald nach der Schließung der Gruft."

Sarah spürte die Nachricht in ihrem Kopf widerhallen. Das Grab war nicht unversehrt! Selbst hier waren Grabräuber zugange gewesen!

„Oh nein", stieß sie unterdrückt hervor. Wie viele seiner Kollegen vor ihm stand auch Carter vor einem geplünderten Schachtgrab. Es war seiner Schätze beraubt worden und somit all der Informationen, die es für die Nachwelt erhalten hätte. „Es wird wohl nur ein geringer Trost für Mr Carter sein, dass er die Existenz eines Pharao nachweisen konnte, von dem bisher kaum einmal die Rede war?" Sarahs Enttäuschung glich eisigem Wasser, das an ihrem Körper hinabrieselte.

„Ein verschwindend kleiner Trost." Andreas nickte ihr zu. Er wirkte betroffen. Sarah vermutete, dass sich nicht nur der Reporter in ihm um eine sensationelle Geschichte betrogen sah, sondern dass er mit Carter mitlitt.

„Das ist wunderbar!", rief Lord Carnarvon nun. „Wir haben das Grab Tutanchamuns unberührt vorgefunden. Sie hatten recht, Howard. Gratulation!"

Carter sah den Lord schweigend an. Trotz der sonnengebräunten Haut war der Archäologe sichtlich erbleicht. Im Gegensatz zu seinem Geldgeber hatte er sofort den wahren Zustand der Mauer erkannt. Er wirkte um Jahre gealtert und desillusioniert.

Zwar hatte er eine Grabstätte aufgespürt, die über 3.000 Jahre lang unentdeckt geblieben und deshalb seit damals nicht mehr betreten worden war, dennoch blieb eine Tatsache bestehen: Es handelte sich wiederum nur um ein bereits in der Antike geplündertes Grab!

Kapitel 16

Klatschend schlugen die Wellen des Nils gegen die rostverfärbte, einst weiße Bordwand der Fähre. Möwen kreisten krächzend über dem Dampfschiff, als wollten sie die lärmenden Motoren übertönen. Die tief stehende Sonne im Westen verriet, dass es höchstens noch eine halbe Stunde hell sein würde. Andreas hatte die Unterarme auf die Reling gelegt und beugte sich weit hinaus, um in die aufgewühlte Gischtspur des Schiffes zu blicken. Sie sprudelte ebenso aufgepeitscht am Rumpf entlang, wie ihn seine Überlegungen und seine überhandnehmenden Gefühle durcheinanderwarfen.

Selbstverständlich war allein die Entdeckung eines seit mehr als 3.000 Jahren verschütteten Grabes eines bislang kaum beachteten Pharao eine Schlagzeile und einen ausführlichen Bericht wert. Allerdings bot der heutige Fund längst nicht das, was er sich erhofft hatte. Vermutlich musste er sich innerhalb der nächsten Tage nach einem neuen Wirkungsfeld umsehen. Und das bedeutete, Sarah zu verlassen.

Es gelang ihm nicht mehr, sich einzureden, dass er lediglich um ihre Sicherheit fürchtete und Jacob versprochen hatte, ebenfalls auf sie achtzugeben. Er hatte sich verliebt! Und das ausgerechnet in ein Mädchen, das verwöhnt, unselbstständig und ängstlich war. Sarah war keine mutige Abenteurerin, die seine Eskapaden mittragen konnte. Von seiner Vergangenheit und seinem Wissen über ihren Vater einmal ganz abgesehen! Zudem hatte er Jacob versprochen, sich von ihr fernzuhalten. Andreas atmete ruckartig aus. Er hatte es wirklich versucht. Doch von Tag zu Tag gelang es ihm weniger. Sarah wirkte wie ein Magnet auf ihn. Sie verzauberte ihn mit ihrem fröhlichen Lachen, ihrem gelegentlich aufblitzenden Humor und ihrer Feinfühligkeit. Er bewunderte die Selbstlosigkeit, mit der sie den Kindern begegnete, ihnen Zeit schenkte und sie medizinisch versorgte. Inzwischen brachte sie sogar den Mut auf, die Häuser der Patienten zu betreten.

Andreas fuhr sich durch das vom Fahrtwind zerzauste Haar. Eigentlich war sie gar nicht so verschreckt, wie er zu Anfang gedacht hatte. In den vergangenen Wochen hatte Sarah eine Veränderung durchlaufen. Sie löste sich aus dem sie schützend umgebenden Kokon und wagte sich in die Welt hinaus.

Aber nicht in seine Welt! Er rief sich zur Vernunft und zwang seine Gedanken zurück zu Carter und Tutanchamun. In Geiste begann er bereits, seinen Artikel zu schreiben, als ihn plötzlich jemand fest am

Oberarm ergriff. Er richtete sich auf und blickte in das erschrockene Gesicht von Alison.

„Helfen Sie ihr!", keuchte die Frau.

Andreas reagierte in Sekundenschnelle. „Wo ist sie?"

Alison deutete über die Reling. Andreas spürte, wie sein Herz stolperte: Ein helles Kleid, aufgebläht wie ein Ballon, tanzte auf dem Wasser. Ohne Sarah aus den Augen zu lassen zerrte er seine Schnürsenkel auf. Er entledigte sich der Schuhe, erkletterte die Reling und sprang kopfüber in die Fluten. Klatschend schlugen die Wellen über ihm zusammen. Gleichzeitig schien ihm jemand in die Magengrube zu boxen. Sarah! Wie war sie in den Fluss geraten? War sie des Schwimmens mächtig? Er bezweifelte es.

Nach einigen kräftigen Schwimmbewegungen durchbrach sein Kopf die Wasseroberfläche. Die Fähre setzte unbeirrt die Fahrt fort, während es ihn flussabwärts trieb. Umgeben von den zwar flachen aber aufgewühlten Wellen war es schwierig, Sarah zu finden. Wassertretend schraubte er sich in die Höhe. Schließlich entdeckte er, bereits ein gutes Stück entfernt, einen hellen Fleck. Sofort kraulte er los. Die mit Wasser vollgesogene Kleidung klebte schwer und hinderlich an ihm, trotzdem kämpfte er sich weiter. Jede Sekunde war kostbar. Trotz seiner Furcht um Sarah stellte er erleichtert fest, dass sie sich über Wasser hielt. Es schien fast, als versuche sie, ans Ufer zu gelangen. Doch wie lange sie wohl in der Lage war, gegen die Strömung und die Wellen anzukämpfen? Er kam ihr zwar näher, dennoch war er zu weit entfernt, um beurteilen zu können, wie gut sie sich schlug. Wurden ihre Bewegungen schwächer? Blieb ihm genug Zeit, um sie zu erreichen?

***

Alison presste die Hände auf ihren Mund und beobachtete, wie schnell Sarah abtrieb. Für ihr Empfinden dauerte es ewig, bis Andreas' nasser Haarschopf die Wasseroberfläche durchbrach und er sich suchend umsah. Aufgeregt deutete sie mit ausgestrecktem Arm in Sarahs Richtung, doch der Mann schaute nicht in ihre Richtung, sondern kraulte kraftvoll los.

Alisons Herz pumpte so kräftig, dass sie kurzatmig nach Luft schnappte. Wie gut, dass sie heute Andreas statt Jacob begleitet hatte, denn der Deutsche war unübersehbar der athletischere Typ von beiden. Aber ob es ihm gelingen mochte, Sarah zu erreichen, bevor die trüben Fluten des Nils sie in die Tiefe zogen?

Alison krallte sich mit den Händen an der Reling fest. Sie wusste nicht einmal, ob Sarah schwimmen konnte. War es ihr als Kind von ihrem Vater beigebracht worden?

„Nicht Sarah! Bitte nicht Sarah", stieß sie laut hervor. Der Wind trieb ihre Worte davon. Der Gedanke, sie zu verlieren, bereitete ihr grässliche Qualen. Tränen der Verzweiflung liefen über ihre Wangen. Ihre Gelenke schmerzten im kühlen Abendwind, schlimmer jedoch war das Reißen, das ihr Herz zu zerfetzen drohte. Außer Sarah gab es keinen Menschen, der die von ihr aufgebaute Schutzmauer um ihr Herz zu durchbrechen imstande war. Sie blickte hinter die harte herrische Fassade und brachte ihr vorbehaltlose Zuneigung entgegen. Eines Tages, bald schon, wollte Alison Sarah erzählen, was sie zu dem gemacht hatte, was sie heute war: Eine einsame, verschlossene Frau, die allein ihren Mann stehen wollte, die eine eigene Meinung besaß und diese vehement vertrat, gleichgültig, was andere über sie dachten. Sarah sollte ihre Erbin sein. Alison hatte dies noch vor der Abreise nach Ägypten und vor Sarahs 21. Geburtstag mit ihrem Anwalt geregelt. Das Vermögen, das ihr so viel Leid zugefügt hatte, sollte Sarah Glück bringen. Doch womöglich würde ihr liebes Mädchen diesen Tag, diese Stunde, diese Minuten nicht überleben ...

Samira warf sich heftig an die Brüstung. Diese wackelte quietschend in der Verankerung. Alison warf Sarahs Freundin einen verzweifelten Blick zu. Sarah hatte ihr berichtet, welch bösen Verdacht Andreas geäußert hatte. Aber der Anblick der zitternden und aufgewühlten Samira bewies Alison deren Unschuld. Pure Angst um Sarah sprach aus den Gesichtszügen der jungen Ägypterin.

„Sarah ist schon so schrecklich weit abgetrieben", jammerte die junge Frau. Sie gestikulierte wild mit beiden Händen. „Er muss schneller schwimmen! Schneller!"

Samira schien Andreas allein mit ihrer Willenskraft antreiben zu wollen. Allerdings hielt der in diesem Moment mit seinen kraftvollen Bewegungen inne. War er dabei aufzugeben? Alisons Atem ging keuchend. Doch Andreas orientierte sich neu und kämpfte sich dann weiter voran.

„Kann er sie noch erreichen?", fragte Samira. Sie nahmen die Augen nicht von der im Dämmerlicht brodelnden Wassermasse. Alisons kritischer Blick galt der glutroten Sonne. Diese schickte sich an, hinter den Gebirgszügen unterzutauchen. Ohne das Tageslicht war für Andreas jede Chance dahin, Sarah zu finden. Bedeutete die hereinbrechende Nacht ihr Todesurteil?

Alison sagte laut gegen das Dröhnen der Motoren und das Kreischen der Möwen an: „Ich habe dich gebeten, auf sie aufzupassen. Ist das deine Antwort?"

Samira sah sie erschrocken an.

„Ich habe nicht mit dir gesprochen. Das ist meine Art zu beten." Krampfhaft behielt Alison Andreas im Blick. Von Sarah war nichts mehr zu sehen. Die Angst drohte ihr den Magen umzudrehen.

„Das war ein Gebet?"

„Es mag respektlos und knapp klingen. Aber es ist wenigstens ehrlich!"

Samira schwieg. Nebeneinander harrten sie an der Reling aus, während die Fähre unbeirrt ihre Fahrt fortsetzte. Irgendwann verschwand auch Andreas aus ihrer Sicht. Die letzten Strahlen der Sonne verfärbten die Wasseroberfläche in eine aufgewühlte rote Fläche. Schließlich schien die Sonne förmlich vom Himmel zu stürzen, als könne sie dieser Welt nicht eilig genug Adieu sagen – und Sarah ihrem Schicksal überlassen.

***

Wieder hob Andreas den Kopf aus den Fluten und sah sich um. Er spuckte das Wasser aus, das ihm von den Haaren über das Gesicht in den Mund lief. Sarah befand sich nur wenige Meter vor ihm. Mit ruhigen, wenn auch nicht sehr kräftigen Arm- und Beinbewegungen, schwamm sie dem mittlerweile nahen Ufer entgegen. Allerdings trieb die Strömung sie noch immer unbarmherzig flussabwärts. Andreas benötigte nur noch Sekunden, bis er sie erreichte und sie an der Schulter ergriff. Sie fuhr erschrocken herum. Große Augen schauten ihn an.

„Hören Sie nicht auf zu schwimmen!", feuerte er sie keuchend an. Sein Brustkorb hob und senkte sich heftig von der vollbrachten Anstrengung. Seinen Worten zum Trotz drehte sie sich ihm zu und stieß ihm erbost mit der flachen Hand gegen das linke Schlüsselbein.

„Warum sind Sie nicht bei Lady Alison geblieben? Sie ist jetzt mit dem Kerl allein auf der Fähre!", herrschte sie ihn über das Plätschern der Wellen hinweg an.

„Eine feine Art, Ihre Dankbarkeit zu zeigen", brummte Andreas. „Welcher Kerl?", hakte er lauter nach.

„Der, der mich gepackt und über die Reling geworfen hat!"

Wütend über den neuerlichen Angriff auf Sarah presste Andreas die Lippen zusammen. Während sie sich musterten, trieben sie weiter flussabwärts. Entlang des Ufers stampfte eine Felucke gegen die Wellen an, doch die Personen an Bord konnten sie nicht sehen, zu sehr verschmolzen sie mit dem durch die untergehende Sonne rot verfärbten Nil.

„Können Sie noch schwimmen?", erkundigte Andreas sich und deutete mit der Hand auf den nahen Uferstreifen.

Ohne ihm zu antworten wandte Sarah sich ab. Kurz strichen ihre Zehen über seinen Oberschenkel und er beeilte sich – schon wieder atemlos –, neben sie zu gelangen. In dem Augenblick, als sich die letzten Sonnenstrahlen in einer flüssigen Bewegung erst entlang der Landschaft, dann über den Fluss zurückzogen, erreichten sie einen sandigen, mit Schilfhalmen gesäumten Uferabschnitt. Andreas zog sich auf den Sand, erhob sich und streckte Sarah die Hand hin, um sie aus dem Wasser zu ziehen. Sie taumelte und fiel förmlich gegen ihn. Er schlug alle warnenden Gedanken in den Wind, legte seine Arme um sie und hielt sie fest. Ganz vorsichtig schob er ihre tropfenden Haarsträhnen zurück und behielt seine Hand in ihrem Haar.

Sie wirkte so zerbrechlich, so zart und klein. Wie ein flügellahmer Schmetterling. Ein Zittern durchlief ihren Körper, und als sie sich von ihm wegdrückte, fühlte auch er die Kälte, die unbarmherzig in seine nasse Kleidung kroch.

„Wir sollten nachsehen, ob es in der Gegend ein Bauernhaus gibt", schlug er mit heiserer Stimme vor. Wo war nur sein Vorsatz hin, sich von Hofmanns Tochter fernzuhalten?

„Wo sind wir?"

„Auf jeden Fall weit unterhalb des Tals der Könige."

Sarah drehte sich um. Neben ihnen wälzte sich der Strom dahin, die andere Uferseite war nicht zu sehen. Weit entfernt verriet ein heller Schimmer, wo sich die Stadt Luxor ans Ufer schmiegte.

„Ich hoffe so sehr, dass der Kerl Lady Alison in Ruhe lässt!", drang ihr Flüstern zu ihm.

„Ich musste Ihnen nachspringen. In dem Augenblick befanden Sie sich in Gefahr, nicht Ihre Lady."

„Woher sollten Sie auch wissen, dass ich eine recht passable Schwimmerin bin."

„Ich weiß vieles über Sie nicht." Der Gedanke verursachte einen eigentümlichen Schmerz in seinem Inneren, den er zu verdrängen versuchte.

„Das beruht auf Gegenseitigkeit", erwiderte sie leise. Allmählich gelang es ihm, einige Umrisse und Schatten zu erkennen. Sie hatte schützend die Arme um ihren Leib geschlungen. Ihr Kleid klebte an ihr und formte ihre Figur aufregend detailliert nach. „Samira passt bestimmt auf Lady Alison auf."

Andreas gab lediglich einen Brummlaut von sich. Es war nicht so, dass er der Ägypterin rundweg misstraute, aber etwas in ihrer Familiengeschichte empfand er als eigenartig. Dies genügte ihm, um misstrauisch zu sein. Allerdings war er in seinen Nachforschungen noch nicht sehr weit vorangeschritten.

„Kommen Sie. Wir müssen aus den nassen Kleidern raus." Er streckte Sarah einladend seine Rechte entgegen. Sie zögerte, und er bedauerte, nicht mehr als ihre Silhouette erkennen zu können. Was ging in diesem Moment in ihr vor? Fürchtete sie sich vor ihm? Widersprach es ihrer Erziehung, einen Mann einfach an der Hand zu halten? Oder kämpfte sie ebenso wie er gegen ihre Gefühle an?

Andreas ließ die Rechte wieder sinken, wandte sich um und schritt langsam voraus in eine Dattelpalmen-Plantage. Mehrmals vergewisserte er sich, dass sie ihm noch folgte. In dieser Hinsicht war sie so eisern wie Alison. Offenbar wollte sie sich keine Blöße geben, obwohl sie das Barfußlaufen nicht gewohnt war.

Die Plantage zog sich scheinbar unendlich in die Länge. Inzwischen begannen die ersten Sterne wie Glühwürmchen am Himmel zu leuchten. Das Rascheln des Bodenbewuchses unter ihren Füßen blieb das lauteste der sie umgebenden Geräusche. Der Wind entlockte den Palmwedeln nicht mehr als ein leises Flüstern und selbst die Zikaden trommelten in dieser Nacht nur verhalten.

Andreas fröstelte in seiner nassen Kleidung und atmete auf, als er vor sich ein Gemüsebeet und dahinter, im Schein eines flackernden Feuers, ein winziges Bauernhaus entdeckte. Behutsam, um die Pflanzen nicht zu zertreten, näherten sie sich dem flachen Kalksteingebäude.

Ein greiser Fellache in einer grauen Tunika erhob sich und kam ihnen entgegen.

„Massa al cheer", grüßte Andreas.

Der Bauer lächelte und erwiderte mit einer Stimme, die sich eigentümlich hohl anhörte, als spräche er durch ein Rohr: „Massa al nuur." Er ignorierte Sarah, bot Andreas allerdings einen Sitzplatz am Feuer an.

Andreas nahm die Einladung an und entschuldigte sich für ihren späten Besuch. In wenigen Worten berichtete er, was vorgefallen war. Nun erst musterte der Alte die zitternde, noch immer abseits wartende Person und rief seine Frau aus dem Haus.

Die Ägypterin war deutlich jünger als ihr Ehemann und nicht größer als Sarah, aber wesentlich beleibter. Sie hörte sich die Ansprache ihres Mannes an, dann nickte sie, winkte Sarah, ihr zu folgen, und verschwand in dem winzigen Gebäude. Sarah trat zögernd zu der baufälligen Tür, wandte sich um und warf Andreas einen zweifelnden Blick zu.

„Gehen Sie nur", ermunterte Andreas sie. „Die Frau gibt Ihnen etwas Trockenes zum Anziehen."

Sarah lächelte ihn so verloren an, dass es ihm beinahe das Herz zerriss. Nun erschloss sich ihm, weshalb Alison das Mädchen bislang so überbehütet hatte und was sofort bei ihrem ersten Zusammentreffen Jacobs Beschützerinstinkt geweckt hatte: Sarah wirkte so verletzlich, dass er am liebsten eine Mauer um sie errichten wollte.

Er fuhr zusammen, als der Bauer mit seiner eigentümlichen Stimme sagte: „Keine gute Frau. Viel zu mager!"

Andreas rückte grinsend näher ans Feuer, hob aber erstaunt den Kopf, als Sarah auf ihn zukam. Sie hielt eine fadenscheinige, bunt gemusterte Decke in den Händen, die sie ihm locker über die Schulter legte, ehe sie erneut im Inneren des Hauses verschwand. Andreas ergriff die Decke, obwohl sie nicht eben angenehm nach gebratenem Fett und Pfeifenrauch roch, und zog sie fester um sich.

„Frauen müssen eine Form wie ein Skarabäus haben, damit sie kräftig arbeiten und Kinder gebären können!"

„Ich sage es ihr!", witzelte Andreas.

Der alte Mann neigte den Kopf zur Seite und offenbarte durch ein breites Lächeln seine schadhaften Zähne. „Ich weiß, dass eure Frauen so aussehen wollen und dass euch Europäern das gefällt. Für uns sieht das aus, als könntet ihr Männer nicht genug Essen für eure Familien beschaffen!"

„Jedenfalls sind sie billig im Unterhalt!"

Das röhrende Gelächter des Alten verdrängte die Geräusche der Nacht. Andreas fiel mit ein, erleichtert, dass Sarahs Sturz in den Nil so glimpflich ausgegangen war.

Als der Bauer sich wieder beruhigt hatte, fragte Andreas ihn über seine Plantage aus, und er erzählte mit ausschweifenden Worten und unüberhörbarem Stolz in der Stimme von seinen Anbauflächen, den Wasserbüffeln, Kühen, Hühnern und Eseln, die er sein Eigen nannte. Allerdings wurde Andreas abgelenkt, als Sarah erneut vor die Tür trat. Sie trug einen einfachen blauen Jilbab, in den sie dreimal gepasst hätte. Der Stoff schlackerte um ihren Körper und machte es ihr schwer, die beiden dampfenden Schüsseln und das Fladenbrot zu tragen, ohne zu stolpern.

Andreas war versucht, aufzuspringen und ihr zu helfen, doch mit einem Blick auf ihren Gastgeber ließ er es bleiben und fürchtete so lange um seine Abendmahlzeit, bis Sarah sich neben ihn kniete und ihm eine Schüssel in die Hand drückte. Der würzige Duft von Tomatensuppe stieg ihm in die Nase. Als Sarah ihm das runde Fladenbrot reichte, flüsterte sie: „Die Suppe hat ausgiebig gekocht. Ich denke, wir können sie ohne Bedenken genießen!"

Andreas nickte und nahm ihr das flache Brot aus der Hand. Dabei berührte er ihre Finger, und sie zuckte zurück, als habe sie sich verbrannt.

Der Ägypter erhob sich seufzend. „Wir Bauern müssen früh arbeiten und haben keine Zeit, nach Sonnenuntergang zu baden."

Andreas pflichtete ihm schmunzelnd bei.

„Löschst du später das Feuer, mein Freund?"

„Natürlich. Vielen Dank für deine Gastfreundschaft."

„Shukran", sagte Sarah. Ihr Gastgeber würdigte ihre Bemühung, seine Sprache zu sprechen, mit einem Nicken, ehe er sich zurückzog.

Nun erst setzte Sarah sich an das Lagerfeuer, wobei sie den Stoff des Jilbab bis über ihre nackten Zehen zog. Sie beugte sich zu ihm herüber, brach ein großes Stück Fladenbrot ab und tunkte es in ihre Suppenschüssel. „Ich konnte übrigens verstehen, über was Sie und der Ägypter sich unterhalten haben!", erklärte sie, sehr zu seinem Vergnügen, mit vollem Mund.

„Diese Samira bringt Ihnen und Ihrer Lady entschieden zu viel bei!", lachte er.

„Ich hoffe nur, ihr und Alison geht es gut!", seufzte Sarah.

Andreas' gelöste Stimmung verflog ebenso schnell wie die in den Nachthimmel aufsteigenden Funken. „Erzählen Sie mir, was genau auf dem Schiff geschehen ist."

Sarah tauchte ein weiteres Brotstück in die rote Suppe. „Da gibt es nicht viel zu erzählen. Ich stand an der Reling, während Samira für Alison übersetzte, die sich mit einer ägyptischen Frau unterhielt. Plötzlich wurde ich von hinten gepackt, und ohne dass ich etwas dagegen tun konnte, fiel ich über Bord ins Wasser."

„Sie haben den Kerl nicht gesehen?"

„Ich hatte nicht die Gelegenheit, ihn zu mustern."

„Wo waren die beiden Männer, die Ihre Lady zu Ihrem Schutz angestellt hat?"

Sarah schob sich ein Stück Brot in den Mund, kaute bedächtig und starrte dabei in die zuckenden, ihr Gesicht unruhig beleuchtenden Flammen.

„Miss Hofmann?", hakte er sanft nach.

„Ich hatte ihnen erlaubt zurückzubleiben, um einen Bekannten zu besuchen." Ihr Blick traf seinen, und er las darin die Bitte, ihr Vorhaltungen zu ersparen. Er schüttelte leicht den Kopf, nicht weil er ihr Verhalten als leichtsinnig empfand, sondern weil er sie nur zu gut verstand. Ihm hätte es ebenfalls missfallen, ständig von zwei Wachhunden verfolgt zu werden.

„Zur Gewohnheit sollten Sie sich das aber nicht machen. Ich bin nicht immer zur Stelle, um hinter Ihnen herzuspringen!"

„Aber heute waren Sie da. Ich danke Ihnen dafür!"

„Wer könnte sich Lady Cliffords Befehl entziehen? *Spring oder stirb!*"

„So schrecklich ist sie nicht!"

Beschwichtigend hob Andreas die Hand. „Das weiß ich doch, keine Sorge. Ihre Lady ist eine patente Frau!" Andreas sah sie aufmerksam an und fragte schließlich: „Möchten Sie mir von Ihren gemeinsamen Reisen erzählen?"

„Fragen Sie in Ihrer Funktion als Reporter?"

„Könnte ich nicht aus reinem Interesse fragen?", brummte er. Als sie errötend den Kopf senkte, lenkte er ein: „Sie haben recht. Die Frage entstammt zum einen aus meiner Reporterneugier, zum anderen erhofft sich der Beschützer in mir neue Informationen. Außerdem gibt es da noch den Privatmann Andreas Sattler, der sich für Ihr Leben interessiert."

„Und wem von diesen Dreien soll ich nun antworten?"

Andreas schüttelte leise lachend den Kopf. Sarah gelang es immer wieder, zu ihrem spitzbübischen Humor zurückzufinden. „Vorrangig dem Beschützer. Ich verspüre nämlich keine Lust auf noch mehr spätabendliche Bäder!"

„Bisher waren meine Verfolger zumindest fantasievoll. Sie müssen bestimmt nicht noch einmal in den Nil springen. Was ihnen wohl als Nächstes einfallen wird?"

„Es wäre von Vorteil, das zu wissen", meinte Andreas, zutiefst verwundert über Sarahs erstaunliche Gelassenheit. „Dann könnten wir ihnen zuvorkommen und dem ganzen Spuk ein Ende bereiten."

„Das wäre schön", seufzte sie. In Ermangelung eines letzten Stückchens Fladenbrots strich sie mit dem Zeigefinger durch ihren Suppenteller und steckte diesen anschließend in den Mund, um ihn genüsslich abzuschlecken.

Fasziniert beobachtete Andreas jede ihrer Bewegungen. Im fahlen Schein der Sterne wirkte sie wie ein junges Mädchen. Verspielt, unbekümmert und hinreißend natürlich. Er spürte, wie in seinem Inneren aus einer glimmenden Glut allmählich ein loderndes Feuer entstand.

Sie schlang die Arme um die angewinkelten Knie, zog die unter dem Stoff hervorschauenden Zehen ein und blickte ihn offen an. „Sie möchten also, dass ich Ihnen von Lady Alisons und meinen Reisen berichte?"

Von Andreas kam nicht mehr als ein Nicken, war er sich doch unsicher, ob seine Stimme ihm überhaupt noch gehorchen wollte.

„Nach meinen Abschlussprüfungen reisten wir zunächst in die Niederlande. Waren Sie schon einmal in den Niederlanden?"

Andreas schüttelte den Kopf. Die Niederlande waren für ihn uninteressant gewesen, da es dem Land gelungen war, sich aus dem Großen Krieg herauszuhalten. Er lauschte ihr aufmerksam, vorrangig, um herauszufinden, ob er irgendwo einen Hinweis darauf entdeckte, dass die Bedrohung für Sarah und Alison nicht erst hier in Ägypten entstanden war. Bald schon war er fasziniert von ihrer bildhaften Art der Berichterstattung. Sie war zweifelsohne eine Künstlerin, die jedes Detail wahrnahm.

Langsam schob sich ein bleicher Mond an den Himmel. Er warf sein silbernes Licht auf die Palmenblätter und auf Sarahs Gesicht. Während sie erzählte, schaute sie an ihm vorbei in die Ferne, als sähe sie die Länder und Menschen, die sie besucht hatte, lebendig vor sich. Ein glückliches Lächeln umspielte ihre Lippen und ihre dunklen Augen spiegelten ihre Begeisterung wider.

Andreas durchfloss ein Glücksgefühl wie perlender Champagner. Es war unübersehbar, dass sie sich in seiner Gegenwart wohlfühlte. Der gehetzte Ausdruck war verschwunden, die schlimmen Erlebnisse und ihre Sorge um Alison vorübergehend vergessen. Er hätte ihr stundenlang zuhören können. Tagelang. Ein Leben lang.

Andreas sprang auf die Füße, wobei ihm die Decke von den Schultern rutschte. Seine Kleidung war noch immer klamm, doch er fror zumindest nicht mehr. Sarah schrak bei seinem plötzlichen Aufspringen zusammen und sah mit weit aufgerissenen Augen zu ihm auf. Wie sollte er ihr sagen, was er für sie empfand? Durfte er das überhaupt, nachdem Jacob … Andreas ballte die Hände hinter seinem Rücken zu Fäusten. Er stand zu seinem Versprechen!

„Dank des Mondlichts ist es jetzt hell genug, um den Rückweg anzutreten." Er beobachtete ihr irritiertes Blinzeln, als habe sie Mühe, in die Gegenwart zurückzufinden. „Vielleicht finden wir einen Skipper, der uns noch nach Luxor bringt. Dann müsste sich Ihre Lady nicht länger um Sie sorgen."

„Das wäre bestimmt gut", pflichtete Sarah ihm bei. Dennoch glaubte er eine Spur von Enttäuschung in ihrer Stimme zu hören. Genoss sie ihre Zweisamkeit so sehr? Vermutlich lag es aber nur an dem Gefühl der Sicherheit, das sie hier in der Einöde verspürte. Immerhin wusste niemand, wo sie sich in diesem Augenblick aufhielt.

Während er das Feuer löschte, raffte sie ihre Kleidung von der Wäscheleine und rollte sie zu einem feuchten Bündel zusammen. Ohne ein Wort stapfte sie auf dem ausgetretenen Feldweg davon, und ihn beschlich der Eindruck, dass Sarah wütend auf ihn war.

„Gut so", flüsterte er in die Nacht hinein und ignorierte das heiße Aufflammen in seinem Herzen.

***

Innerhalb kürzester Zeit schmerzten Sarahs Füße. Jeder Stein, auf den sie trat, schien sich ein Stückchen tiefer in ihre Haut zu bohren als der vorige. Dennoch strebte sie unbeirrt voran. In Gedanken verweilte sie bei Andreas. Er war für sie schwer zu durchschauen – und das nicht nur, weil er selten etwas von sich preisgab. Sie verstand nicht, weshalb sie sich zu einem Mann hingezogen fühlte, der sich, was seine Vergangenheit anbelangte, in Schweigen hüllte und zudem ihr gegenüber zwischen fürsorglicher Zuneigung und dann wieder erschreckender Gleichgültigkeit schwankte.

Faszinierte sie sein raubeiniges, geheimnisvolles Auftreten? Sarah presste die Lippen zusammen und setzte stur einen Fuß vor den anderen. Sie war doch keine dieser überdrehten Frauen aus den Groschenromanen, die sich immer in die wildesten Kerle verliebten?! Aber war sie nicht im Begriff, genau dies zu tun? Nahezu gewaltsam zwang sie ihre Gedanken zu dem zweiten Mann in ihrem Leben. Jacob war mit Andreas kaum zu vergleichen. Er war berechenbar, rücksichtsvoll, immer freundlich und wie ein offenes Buch. Er würde ihr Sicherheit bieten, ein ruhiges, schönes Leben, eingebunden in seine Familie in den Staaten. Ja, sie mochte ihn sehr. Mehr aber auch nicht! Andreas hingegen … Sarah wechselte ihr Kleiderbündel in die andere Hand.

Die Person, die sich nicht mehr aus ihren Gedanken vertreiben ließ, lief leicht versetzt hinter ihr und hüllte sich ebenfalls in Schweigen. Sie passierten ein paar Fellachenhäuser, ehe sich der unebene, schlecht befestigte Pfad erneut zwischen verschiedensten Anpflanzungen hindurchwand. Gelegentlich sahen sie den im Mondlicht bläulich glitzernden Nil, meist jedoch waren es Guavenbäume und Baumwollpflanzen, Bananenstauden und die nicht wegzudenkenden Dattelpalmen, die ihren Weg säumten. Bei Tag hätte Sarah die grüne Vielfalt bestimmt bewundert und sich alle Einzelheiten eingeprägt, die sie zu Papier bringen könnte. Aber nun war sie lediglich umgeben von schwarzen Umrissen und ihre innere Unruhe trieb sie vorwärts.

Jedes Zeitgefühls enthoben stellte Sarah irgendwann verwundert fest, dass ihr die Gegend vertraut vorkam. Sie befanden sich auf der vom Tal der Könige an den Nil führenden Straße. Im Stillen dankte sie Gott dafür, denn sehr weit würden ihre schmerzenden Füße sie nicht mehr tragen. Sie verspürte großen Durst, und der kühlen Nachtluft zum Trotz gewann sie den Eindruck, als klebe ihr der Jilbab am Körper. Erneut trat sie auf einen spitzen Stein. Nur mit Mühe gelang es ihr, einen Schmerzensschrei zu unterdrücken. Gepeinigt taumelte sie noch ein paar Schritte bis zu der niedrigen Mauer an der Anlegestelle und ließ sich auf diese fallen. Keuchend vor unterdrücktem Schmerz legte sie ihr Kleiderbündel neben sich, winkelte das rechte Bein an und stützte den Fuß auf ihren linken Oberschenkel. Beim Anblick ihrer Fußsohlen verzog sie erschrocken das Gesicht.

Blutige Schürfwunden bedeckten die Ferse und die Fußballen, sogar ihr Fußgewölbe zeigte winzige Verletzungen. Nun, da sie saß, überfiel sie der Schmerz in unangenehmen Wellen.

Andreas musterte sie von oben herunter, ging dann in die Hocke und betrachtete ihre Wunden, bevor sein Blick langsam, als müsse er sich in dieser Zeit überlegen, was er sagen solle, zu ihrem Gesicht wanderte. „Ich wollte Sie schon für Ihre Zähigkeit loben. Allerdings sieht mir das vielmehr nach Selbstverstümmelung aus. Wollen Sie sich eine Blutvergiftung zuziehen?", herrschte er sie an.

Sarah schüttelte stumm den Kopf. Sie hatte nicht mit einem derart schlimmen Zustand ihrer Fußsohlen gerechnet. Bis eben war der Schmerz zumindest so erträglich gewesen, dass sie hatte gehen können. Tränen schimmerten in ihren Augen und ließen sich kaum noch zurückhalten.

Andreas, der noch immer vor ihr hockte, griff an ihr vorbei und stützte sich an der Mauer hinter ihr ab, die andere Hand legte er in ihren Nacken. Warm und angenehm lag sie dort. Er übte sanften Druck auf ihren Hinterkopf aus, sodass sie ihre Stirn gegen seine Schulter lehnte. Wie ein Schwamm nahm Sarah den Trost in sich auf, den er ihr anbot. Sie atmete tief den herben Männerduft ein, der ihm eigen war, spürte seinen Atem in ihrem Nacken und das Prickeln, das sich in ihrem Körper ausbreitete.

Seine Bartstoppeln kratzten sie, und ihr war, als streiften seine Lippen ihre Wange. Zutiefst aufgewühlt hob sie den Kopf und wandte ihr Gesicht dem seinen zu. Leicht wie Federn berührten sich ihre Nasen. Seine Finger vergruben sich in ihrem Haar. Sarah wartete bebend darauf, dass seine Lippen die ihren trafen. Vorfreude und Angst zugleich bemächtigten sich ihrer; umso mehr schrak sie zusammen, als Andreas sie ruckartig losließ und sich erhob.

„Hier liegt eine Felucke", sagte er tonlos und ohne sie anzusehen. Er eilte auf das am Steg festgemachte Segelboot zu. Offenbar hatte ihm das Barfußgehen nichts anhaben können. Und ihre Berührung auch nicht?

Sarah schlang die Arme um ihren Leib. Das, was hier mit ihr geschah, hatte rein gar nichts mehr mit dem Wunsch zu tun, die verlorene Vaterliebe zu kompensieren. Angst schlich sich in ihr Herz. Sie wusste sofort, woher diese stammte, war sie ihr doch altvertraut. Eine leise Stimme warnte sie vor der Gefahr eines weiteren Verlusts. Plötzlich fror sie entsetzlich. Auch ihre verletzten Füße brachten sich schmerzhaft in Erinnerung. Sie folgte Andreas mit den Augen und beobachtete, wie er mit einem Satz auf das Boot sprang. Nahezu rüde weckte er den an Bord liegenden Schläfer, um sich kurze Zeit später wieder zu ihr zu gesellen.

„Der Skipper fährt nachts nicht, aber ich konnte eine Flasche Wasser ergattern. Er versicherte mir, dass es sauber sei."

Sarah nahm Andreas die Glasflasche aus der Hand und hielt sie prüfend gegen den Mond. Zumindest optisch sah die Flüssigkeit klar aus und das Glas vermittelte einen unbedenklichen Eindruck. Erfreut zog sie den Korken heraus und trank ein paar Schlucke. Anschließend reichte sie ihrem Begleiter die Flasche. Als er seinen Durst gelöscht hatte, kniete er sich vor sie, hob ihre Füße an und schüttete den restlichen Inhalt über ihre Fußsohlen.

„Halten Sie Ihre Füße hoch", wies er sie knapp an. Er knöpfte sein Hemd auf, zerschnitt es mit einem klappbaren Taschenmesser und wickelte den Stoff um ihre Füße.

„Danke."

„Keine Ursache", erwiderte er, wandte sich ab und setzte sich auf die gegenüberliegende Kaimauer. Mit hinter dem Rücken aufgestützten Händen verharrte er, bis die ersten Vögel ihr Lied anstimmten. Kaum dass der Himmel sich zu verfärben begann, erhob er sich und weckte den Skipper, der zuerst sein Gebet verrichtete, ehe er sie an Bord ließ.

Sarah humpelte über den Steg. Zwar bot Andreas ihr beim Einsteigen die Hand zur Hilfe, ließ sie jedoch sofort wieder los und setzte sich weit entfernt von ihr auf das Dollbord. Diese beinahe kalte Zurückhaltung verwirrte Sarah, kam ihr aber auch entgegen. Schließlich schüttelte sie alle Erinnerungen an seine Nähe ab und konzentrierte sich auf die Farbenfülle, die den neuen Morgen begrüßte. Dem sanften Rosa am Firmament folgte ein kaltes Grau, das allmählich in das gewohnt freundliche Blau überging. Die eben noch farblosen Palmen bestachen nun durch ihr frisches Grün und bildeten einen herrlichen Kontrast zu den Kalksteingebäuden und der hellen Sandfarbe der umliegenden Landschaft. Als sie auf der Luxor-Seite anlegten, fieberte Sarah dem Wiedersehen mit Alison, Samira und Tari entgegen. Im Gegensatz zu Andreas wusste sie diese drei Personen ohne Mühe einzuschätzen.

Andreas winkte trotz der kurzen Wegstrecke zum Hotel eine Eselskutsche herbei. Er verhandelte den Fahrpreis und setzte sich zu dem Kutscher auf die vordere Bank, während Sarah hinten Platz nahm.

Das Gefährt rollte mit knirschenden Rädern vor den Eingangsbereich des Winter Palace und stoppte dort ruckartig. Überrascht bemerkte Sarah zwei auf den Stufen der geschwungenen Treppe sitzende Personen, in denen sie Samira und Jacob erkannte. Die beiden erhoben sich, als Andreas mit einem Satz vom Kutschbock sprang. Erneut reichte er Sarah die Hand, um ihr beim Aussteigen behilflich zu sein.

Sobald ihre Füße den Boden berührten, ließ er sie los. Sarah bemerkte dies jedoch kaum, war ihr Blick doch auf Jacob konzentriert. Er eilte zwei Stufen auf einmal nehmend auf sie zu. In der Befürchtung, er wolle sie in die Arme schließen, schaute sie Hilfe suchend zu Andreas. Allerdings hatte der sich bereits abgewandt und befand sich auf dem Weg über den freien Platz zur zweiten Treppe.

„Miss Hofmann! Ich bin so froh, Sie zu sehen!", stieß Jacob hervor. „Geht es Ihnen gut? Wie konnte das passieren?"

Beschwichtigend hob Sarah beide Hände. „Mir ist nichts geschehen, Mr Miller", gelang es ihr noch zu sagen, ehe Samira herbeigewirbelt kam und sie so fest an sich drückte, dass Sarah für einen Augenblick die Luft wegblieb.

„Ich war krank vor Angst um dich!", raunte die Ägypterin ihr ins Ohr.

„Ich kann recht passabel schwimmen."

„Das ist gut."

„Wie geht es Lady Alison?"

„Es geht ihr gut. Ich fürchte allerdings, sie hat heute Nacht nicht geschlafen."

„Da ist sie nicht die Einzige", lächelte Sarah. Ihre Erleichterung darüber, dass dieser schreckliche Kerl, der sie über Bord geworfen hatte, Alison nichts zuleide getan hatte, entlockte ihr ein lautes Aufseufzen.

„Stimmt", pflichtete Samira bei und trat einen Schritt zurück.

„Konntest du den Mann sehen, der mich von hinten gepackt und über die Reling geworfen hat?", fragte Sarah.

„Leider haben weder Lady Clifford noch ich den Vorgang beobachtet. Wir sahen dich erst, als du bereits im Wasser warst."

„Es ging alles so furchtbar schnell." Aus dem Augenwinkel sah sie, wie der mittlerweile zurückgekehrte Andreas den Kutscher bezahlte. Allerdings kam er nicht zu ihr, Jacob und Samira herüber, sondern verschwand über die zweite Treppe aus ihrem Blick.

Samira entließ sie aus ihrer Umarmung, trat zurück und gewahrte jetzt erst die verschmutzten Verbände um ihre Füße. „Du bist verletzt?"

„Ich bin es nicht gewohnt, kilometerweit ohne Schuhe zu gehen, und die musste ich im Wasser abstreifen."

„Darf ich Sie hineintragen?", bot Jacob an.

„Danke für Ihre Fürsorge, Mr Miller. Ich denke, die paar Schritte schaffe ich allein", wehrte Sarah ab. Sie hakte sich bei Samira unter und trat vorsichtig von einem Fuß auf den anderen, während sie die Treppe in Angriff nahmen. Jacob folgte ihnen, um beim ersten Anfall von Schwäche einzugreifen.

Ihr Zimmer vor Augen, überfiel Sarah eine bleierne Müdigkeit.

Bei ihrem Eintreten wirbelte Alison, die am Fenster stand, herum. Ihr Morgenmantel flatterte wie eine Fahne hinter ihr her, als sie auf Sarah zustürmte und sie förmlich an sich riss. Aufseufzend barg Sarah sich in Alisons Armen. Sie war zu Hause! Wie durch einen dichten Nebel hindurch hörte sie, dass Samira Jacob bat, die Damen allein zu lassen. Daraufhin klickte die Tür ins Schloss.

„Meine liebe Sarah. Ich war schrecklich in Sorge um dich", flüsterte Alison. Sie strich ihr wie einem kleinen Kind über den Hinterkopf. Sarah genoss diese Zuneigungsbekundung nach den durchlittenen Schrecken, den Schmerzen und Andreas' verwirrendem Verhalten. Allerdings gelang es ihr irgendwann nicht mehr, das Gefühl zu ignorieren, dass ihre Füße in Flammen standen.

„Bitte, Lady Alison. Ich muss mich setzen", sagte sie leise.

„Aber sicher, meine Liebe!" Alison legte ihren Arm um Sarahs Schulter und führte sie zur Couch. Sarah ließ sich ungelenk auf das Polster fallen und streckte die Füße vor, sodass nur noch die Fersen den Boden berührten.

„Meine Güte! Du bist ja verletzt!" Alison kniete sich vor sie und wickelte die schmutzigen und blutigen Fetzen ab, die von Andreas' Hemd übrig geblieben waren. „Wie gut, dass ich dir so oft über die Schulter geschaut habe! Ich kümmere mich darum."

„Lady Alison, Sie brauchen nicht …"

„Keine Widerrede!" Tatkräftig erhob sich die Frau und holte Sarahs Verbandstasche. „Und da soll mal einer sagen, Gottes Wege seien nicht zu durchschauen!"

„Das sind sie für uns Menschen nicht immer", wandte Sarah ein, während sie zusah, wie Alison sauberes Wasser in eine Schüssel füllte.

„Vermutlich", räumte Alison mit einem Blick über die Schulter ein. „Aber meist liegt es wohl an unserem beschränkten Horizont! Was wir nicht überblicken und was wir nicht können, das kann Gott auch nicht – so denken wir doch, nicht wahr?"

Alison ließ Sarah ihre Füße in die Flüssigkeit tauchen, um sie vom gröbsten Schmutz zu befreien. Samira brachte inzwischen Handtücher und zwei Glasflaschen mit frischem Wasser.

„Ob es ratsam ist, die Hautfetzen mit einer Schere zu entfernen?"

Sarah raffte den Jilbab hoch und betrachtete ihren linken Fuß. Große, ausgefranste Hautlappen hingen von der Sohle, dazwischen waren Schnitte und Risse, in einigen von ihnen glaubte sie Steinchen zu erkennen. „Ja, das wäre gut. Und die Steinchen müssen entfernt werden."

„Samira, du hast jüngere Augen als ich. Darf ich dir die Aufgabe übertragen, mit der Pinzette zu Werke zu gehen?"

Samira nickte und deutete auf die Seitenlehne der Couch. „Vielleicht ist es von Vorteil, wenn Sarah sich hinlegt und die Füße auf die Lehne legt. Dann könnten Sie sich mit dem Hocker davorsetzen. Dort neben dem Fenster ist auch das Licht besser."

„Samira, was hältst du davon, uns nach England zu begleiten, sobald wir abreisen? Es wäre mir eine Freude, dir ebenfalls die Ausbildung zur Krankenschwester zu ermöglichen."

Samira zögerte lange, ehe sie zurückhaltend erwiderte: „Das wird nicht gehen, aber vielen Dank für Ihr großzügiges Angebot!"

Sarah hätte es gefallen, Samira in England um sich zu haben, doch sie verstand auch, dass diese ihre Familie nicht im Stich lassen wollte. Müde schloss sie ihre schweren Lider und ließ die schmerzhafte Prozedur über sich ergehen. Als Alison die Jodtinktur auf ihre Wunden auftrug, trieb es ihr Schmerzenstränen in die Augen.

Sie vermisste die fröhliche Begrüßung durch Giant. Auch ihn hatte sie verloren, ebenso wie ihr bisheriges, beschauliches Leben. Ihre Welt war völlig auf den Kopf gestellt. Nichts passte mehr zusammen, Freude und Furcht wechselten sich in unüberschaubar schnellem Rhythmus ab. Zwar war sie ein weiteres Mal dem Tod von der Schippe gesprungen, aber wie oft mochte ihr das noch gelingen?

Kapitel 17

Mit leicht zur Seite geneigtem Kopf saß Sarah auf der Couch. Ihre Füße ruhten auf dem Hocker und in ihrem Schoß lag das Journal, dem sie eine Zeichnung hinzufügte.

Im Augenblick schraffierte sie Carters Hemd. Der Archäologe war auf einer, der Lord auf der anderen Bildseite angedeutet, das Hauptaugenmerk ihrer Darstellung konzentrierte sich jedoch auf das, was man über die Schultern der Männer hinweg sehen konnte: die Kartusche von Tutanchamun im Mörtel des Grabeingangs.

„Möchtest du noch Tee?" Samiras Worte rissen Sarah aus ihrer Konzentration.

„Nein, danke. Ich frage mich, wo Lady Alison bleibt."

„Sie ist so fasziniert von dem Fund im Biban el-Moluk wie ein kleines Kind von einem neuen Spielzeug. Obwohl sie heute vermutlich nicht mehr als den Stollen hinter der Tür vom Schutt befreien, kann sie sich offenbar nicht trennen."

Sarah betrachtete die untätig über dem Papier schwebende Bleistiftspitze. Wie gern wäre sie jetzt in dieser Felsschlucht gewesen! Sie verstand Alisons Wunsch, nicht eine Sekunde der spannenden Ausgrabung zu versäumen. Zumindest hatte sie aber auf Sarahs Bitte hin die beiden ägyptischen Männer zu ihrem Schutz mitgenommen.

Unwillkürlich drifteten Sarahs Gedanken zu Andreas ab. Seit er sich wie ein Dieb über die zweite Außentreppe davongestohlen hatte, hatte sie ihn nicht mehr gesehen. Ob er ebenfalls den Ausgrabungen beiwohnte? Vielleicht würde Alison ihn erwähnen, wenn sie ihr von den heutigen Erlebnissen im Tal berichtete.

Die Sonne neigte sich bereits der Erde entgegen, als Alison endlich das Zimmer betrat. Ihre weiße Hose war mit einer feinen Sandschicht bedeckt, das Gesicht von der Sonne gerötet. Offenbar hatte sie es nicht im Schatten der Überdachung ausgehalten. Als sie ihren Hut schwungvoll auf Sarahs Tisch warf, entstieg diesem eine Wolke aus winzigen Gesteinskörnchen.

„Wie geht es deinen Füßen, meine Liebe?"

„Sie sind noch da, wo sie hingehören."

„Wunderbar! Danke, Samira, dass du auf Sarah aufgepasst hast."

„Muss man auf mich aufpassen?"

„Neuerdings unternimmst du allerlei gefährlichen Unsinn. Schwimmstunden im Nil, um nur ein Beispiel zu nennen!"

Sarah lächelte, froh darüber, dass Alison trotz Giants Tod weder ihren Schwung noch ihren Humor eingebüßt hatte. „Was gibt es zu berichten?"

„Sie haben einen Abdruck der Siegel gemacht und sie fotografisch dokumentiert. Anschließend entfernten die Arbeiter die mit Mörtel bestrichenen Steine der Türöffnung und legten einen leicht abschüssigen, zwei Meter hohen Gang frei!" Alisons Worte überschlugen sich beinahe vor Aufregung. „Dieser war vollständig mit weißen Kieselsteinen gefüllt – bis auf die linke obere Ecke. Dort zeigten dunkle Steine, dass jemand einen Tunnel gegraben hatte, der später wieder zugeschüttet worden war. Auf diesem Wege sind die Grabräuber damals eingedrungen! Wie erfolgreich die Diebe waren, zeigen Scherben von Tongefäßen, von Alabasterkrügen und von bemalten Vasen, die die Arbeiter zwischen dem Schutt fanden." Alison atmete tief ein, als habe sie die Luft angehalten.

„Das Ganze war nervenaufreibend! Jedes Bruchstück eines Gefäßes muss geborgen werden. Ihr könnt euch nicht vorstellen, wie lange es dauert, bis so eine Scherbe freigelegt ist. Anschließend wird sie nummeriert und der Fundort genau in ein Verzeichnis eingetragen, ehe man sie in eine Kiste verpackt, so sorgfältig, als sei es die Edwardskrone. Ich habe gesehen, wie ungeduldig Carter wurde. Dabei hätte er beim Fund dieser Scherben vor vier Wochen noch einen Freudentanz aufgeführt!"

„Und? Ist außer den Scherben noch etwas gefunden worden?", hakte Samira mit gewohnt großer Gestik nach.

„Nein, Samira. Erst morgen früh wird weiter daran gearbeitet, die Steine aus dem Gang zu schaffen."

„Aber nicht ohne uns!", beschloss Sarah.

„Und deine Füße?" Samira sah sie zweifelnd an.

„Das geht schon irgendwie. Notfalls besorge ich mir Krücken."

„Mit denen du durch das Geröll klettern willst, um dir den Hals zu brechen?", ging Alison dazwischen.

„Ich muss nur die Wegstrecke zwischen dem Hotel und einem Eselskarren, der uns zur Anlegestelle bringt, und von der Fähre bis zu den Mauleseln überbrücken, auf denen wir ins Tal der Könige reiten können. Ich verspreche, dass ich brav im Schatten sitze und keine Kunststücke versuche!", beteuerte Sarah schnell. Sie spürte ihr Herz heftig schlagen, so stark sehnte sie sich danach, Zeuge des Geschehens zu sein.

„Also gut." Alison tat, als fiele es ihr schwer, ihre Zustimmung zu geben, doch Sarah ließ sich nicht täuschen. Das den Mund ihrer Ziehmutter umspielende Lächeln verriet deutlich, wie sehr sie sich darüber freute, dass Sarah trotz ihrer Schmerzen gewillt war, diesen aufregenden Tag an ihrer Seite zu verleben.

„Aber", warf Samira plötzlich ein. „Morgen ist Sonntag. Lässt Mr Carter an diesem Tag überhaupt arbeiten?"

„Glaube mir, liebe Samira: nichts, aber auch gar nichts, wird Carter oder Porchy davon abhalten! Zumal die körperliche Tätigkeit ja ohnehin die ägyptischen Arbeiter übernehmen."

Samira und Sarah sahen sich lächelnd an. Beide fieberten sie dem gemeinsamen Ausflug am nächsten Tag entgegen.

„Vor dem Dinner brauche ich dringend ein Bad", murmelte Alison halblaut vor sich hin und ging auf die Verbindungstür zu.

Sarah blieb damit noch eine gute Stunde Zeit, um an ihrer Skizze zu arbeiten. Sie senkte den Kopf, schraffierte weiter an Carters Hemd und ließ sich nicht stören, als Samira sich vorsichtig neben sie setzte.

„Was ist das?" Samiras Aufschrei schrillte in Sarahs Ohren. Erschrocken zog sie den Stift zurück. Ihre braunen Augen suchten die eine Nuance dunkleren der Freundin, aber diese starrte wie hypnotisiert auf Sarahs Journal.

„Was meinst du?"

„Was hast du da gezeichnet?" Zwar klang Samiras Stimme beherrschter als zuvor, dennoch bemerkte Sarah, wie ein Zittern durch deren Körper lief.

„Den Grabeingang", antwortete Sarah irritiert. Obwohl die Zeichnung längst nicht fertig war, musste Samira doch erkennen, was sie darstellen sollte.

„Ich meine das da." Samiras Zeigefinger näherte sich dem Bildausschnitt, auf dem das Siegel zu sehen war, zog die Hand allerdings so ruckartig wieder fort, als fürchte sie, sich daran zu verbrennen.

„Das ist das Siegel mit der Thronkartusche von Tutanchamun."

„Das kann nicht sein!", stieß Samira auf Arabisch hervor.

„Was kann nicht sein? Dies ist die Kartusche des Pharao Tutanchamun: eine Sonne, ein Skarabäus, drei senkrechte Striche und ein Halbkreis; Herr der Gestalten, ein Re."

„Eine Sonne, ein Skarabäus ..." Samira brach ab. Ihre Hände zitterten, als sie sie vor ihr Gesicht presste.

„Was ist denn mit dir?", erkundigte Sarah sich besorgt.

Samira sprang auf die Füße. Eiligen Schritts ging sie der Tür zu, wobei sie ihr Kopftuch ergriff und es sich über das Haar schlang.

„Samira?" Sarah wollte ihr nacheilen, doch der Schmerz, der sie beim Aufsetzen der Fußsohlen durchzuckte, hinderte sie daran.

Schon stürmte Samira aus der Suite und schlug die Tür hinter sich zu. Verwirrt betrachtete Sarah die von ihr skizzierte Sonne, den Skarabäus und die restlichen Zeichen in dem an der Ecke abgerundeten Rechteck. Warum hatte dieser Anblick Samira so sehr verstört, dass sie nahezu kopflos davongestürmt war?

Sarah fröstelte und rieb mit den Händen über ihre Oberarme. Dabei fiel ihr Blick auf den nebenanstehenden Schreibtisch, auf dem die Brosche lag, die Jacob ihr zum Geburtstag geschenkt hatte. Die hochwertige Bronzearbeit glänzte matt, wobei die zügig sinkende Sonne Bewegungen des Käfers vortäuschten, die nicht da waren – nicht da sein durften. Genauso wenig wie die Furcht, die erneut von Sarah Besitz ergriff und das mulmige Gefühl einer drohenden Eskalation der ohnehin beängstigenden Ereignisse.

***

Keuchend stürmte Samira durch die dunklen Gassen von Luxor. Ihre Schritte hallten hohl zwischen den eng beieinanderstehenden Hausfronten wider. Ihre Gedanken überschlugen sich, gehetzt von unbändiger Angst. Angst um sich, um ihre Familie und um Sarah und Alison. Vor ihrem inneren Auge sah sie die Sonne, den Skarabäus, die senkrechten Striche und den Halbkreis. Zeichen, die sie vor Jahren schon einmal verwundert betrachtet hatte. Weshalb hatte sich ihr nicht viel früher der Zusammenhang erschlossen? Weil es in ihrer Familie ein Gebot gab, das besagte, dass man über diese Geschehnisse nicht sprach? Vor allem ihre Großmutter beharrte darauf, dass man über die alten Geschichten schwieg. Samira erinnerte sich vage an den Wutausbruch von Nalan, als ihr ungeliebter Schwiegersohn, Samiras Vater, seinem Sohn den Namen Marik – Hüter der Pharaonen – gegeben hatte.

Samiras Großvater hatte, anders als seine Frau, Clive Elwood als Schwiegersohn akzeptiert, die Familie seiner Tochter fast täglich besucht, obwohl seine Frau sie gemieden hatte, als litten sie unter einer ansteckenden Krankheit. Er war es auch gewesen, der seine Tochter und ihre Kinder nach Clives Tod in das elterliche Haus zurückgeholt hatte – gegen den Protest seiner Frau. Leider war er wenig später verstorben. Sogar über ihn sprach Nalan selten und wenn doch, dann in fast abfälliger Weise. Bei Samiras Großvater gab es einen *dunklen Fleck* in der Ahnenreihe. So zumindest drückte ihre Großmutter sich aus. Dieser Makel habe sich von Generation zu Generation vererbt. Ebenso wie die unter Samiras Bett versteckte Kiste. Angeblich war das Geheimnis um diese Kiste immer dem ältesten Kind anvertraut worden, bis das dazugehörige Schriftstück eines Tages verschwand und man begann, die alten Erzählungen anzuzweifeln. Seitdem galt diese Geschichte als eine Art Sage, über deren Wahrheitsgehalt innerhalb der Familie gestritten wurde. Allerdings hatte Samiras Vater, der Abenteurer und Entdecker, das Ganze sehr ernst genommen und die sagenumwobene Kiste tatsächlich wiedergefunden! Kurz vor seinem Tod hatte er sie per Boten an Samira, seine älteste Tochter, geschickt.

Endlich erreichte Samira ihr Wohnhaus. Mit wild klopfendem Herzen lehnte sie sich an die Wand neben der Tür und bemühte sich, ihre Atmung zu beruhigen. Sie konnte das Haus auf keinen Fall betreten, solange sie so aufgewühlt war wie im Augenblick. Das würde ihr nur neugierige Fragen von ihrer Großmutter einbringen, die sie nicht beantworten durfte, und von Marik, den sie nicht einweihen wollte. Was ihr bisher als ein kurioses Familiengeheimnis erschienen war, wurde nun zu einem gefährlichen Erbe!

Der Klang näher kommender Stimmen veranlasste Samira, sich von der Mauer abzustoßen. In der Hoffnung, unentdeckt zu bleiben, öffnete sie leise die Holztür. Ein Lichtschein im Wohnraum deutete darauf hin, dass ihre Großmutter dort saß. Wo Marik sich wohl aufhielt? Führte er zu dieser späten Stunde noch immer Touristen durch die Gegend?

Mit Bedacht setzte Samira einen Fuß vor den anderen und verschwand ungesehen in ihrer Schlafkammer. Sie zündete eine Lampe an und warf einen prüfenden Blick auf ihre Schwester. Sie schlief gewohnt tief. Samira ergriff ihr Bettzeug, legte es auf den Boden, rückte ihre Schlafstatt von der Wand und nahm die mittlerweile im sandigen Boden eingesunkenen Holzbretter von der heimlich angelegten Grube. Sand und loser Kalkstein rieselten zu Boden. Ihr Atem ging keuchend, obwohl sie die Anstrengung ihres schnellen Laufs längst überwunden hatte. Unsicher blickte sie auf den Vorhang, der als Tür diente, und betrachtete dann im Schein der flackernden Lampe Taris schlafendes Gesicht. Dann erst griff sie nach den beiden Metallbügeln, führte sie aus der Lasche und hob langsam den Deckel an. Zitternd schlug sie das schützende Öltuch zurück, das inzwischen eine schmutzig-braune Farbe angenommen hatte. Ein kelchartiges Trinkgefäß lag zuoberst. Samira erinnerte sich daran, wie sie es vor etwa fünf Jahren verwundert in den Händen gehalten hatte und wie schwer es ihr erschienen war.

Samira ergriff den Kelch. Sofort wurde ihr klar, dass sie damals nicht einfach nur fasziniert von dem gewesen war, was sich ihr nach dem Öffnen der Holzkiste offenbart hatte. Ihr war der Inhalt nicht verklärt in Erinnerung geblieben! Der Kelch war schwer – so schwer, wie Gold nun einmal wog.

Vorsichtig rieb sie die Sandschicht von dem matten Gefäß. Das Lampenlicht entlockte diesem einen glänzenden, goldfarbenen Schimmer. Aber Samira interessierte sich weder für die faszinierende Farbe noch für den Wert des Kelchs. Sie drehte ihn in den Händen und fand schließlich, was sie suchte: die Gravur. Was sie sah, jagte ihr einen eisigen Schauer über den Rücken. Panik ergriff sie und wollte sie mit sich fortspülen, wie einst eine der gewaltigen Wellen am Mittelmeer, bei dem einzigen Badeausflug, den ihr Vater je mit ihr unternommen hatte. Ihr Vater! Was hatte er getan? Betroffen betrachtete Samira die eingravierten Zeichen im Gold: eine Sonne, ein Skarabäus, drei senkrechte Striche, ein Halbkreis.

Kapitel 18

Der Wind wirbelte Sandstaub auf und trieb ihn in wildem Tanz mehrere Meter vor sich her, ehe er ihn fallen ließ, als habe er plötzlich jedes Interesse an ihm verloren.

Seit geraumer Zeit beobachtete Sarah dieses lautlose Spektakel, während die Arbeiter keuchend und schwitzend einen Korb nach dem anderen aus dem immer tiefer in das Gestein führenden Tunnel schleppten. Sarahs Beschützer saßen im Schatten des Felsens und ihre gemurmelte Unterhaltung bildete einen angenehmen Kontrast zu den schlurfenden

Schritten der Arbeiter, ihrem Keuchen und dem Klackern der Steine, die aus den schweren Körben zu Boden fielen.

Sarah sah auf, als ein stärkerer Windstoß knatternd die Planen des Pavillons aufblähte, in dem außer ihr auch Alison, Evelyn und Samira Platz gefunden hatten. Die Ägypterin war auffällig schweigsam. Den Vorfall vom Vorabend hatte sie mit keinem Wort erwähnt, weshalb auch Sarah ihn nicht ansprechen mochte. Allerdings bemerkte sie die dunklen Ränder unter den Augen der Freundin. Sie hielt eine Stickarbeit in den Händen, hatte jedoch nicht einen Nadelstich gesetzt.

Sarahs Wunsch, Samira auf ihr eigentümliches Verhalten anzusprechen, wurde übermächtig. Es quälte sie, nicht zu wissen, was Samira umtrieb, denn so war es ihr unmöglich, ihr zu helfen. Aber ihre Freundin hüllte sich in brütendes Schweigen, wich ihren Blicken aus und beantwortete ihre Fragen knapp und oberflächlich.

Es war später Nachmittag, als der Lord seiner Tochter und den beiden Bekannten gestattete, in die Grabhöhle zu treten. Samira half Sarah an den ausruhenden Arbeitern vorbei und die Stufen hinab. Trotz der elektrischen Beleuchtung war sie froh über Samiras Nähe. Der Gang, obwohl zwei Meter hoch, kam ihr bedrückend winzig vor. Die Vorfälle im Ramses-Grab holten sie erneut ein. Sosehr sie sich auch dagegen sträubte und darüber ärgerte: Offenbar wurde sie diese traumatischen Erinnerungen nicht mehr los. Sie überfielen sie immer aufs Neue, sobald sie sich in einer höhlenartigen, schlecht beleuchteten Umgebung aufhielt.

Nach etwa zehn Metern erreichten sie einen zugemauerten Durchlass. Er glich auffällig dem ersten, sogar der dunklere, nachträglich angebrachte Mörtel in der oberen linken Ecke war vorhanden. Sarah sah es mit Schrecken, wiewohl die zurückgelassenen Scherben sie eigentlich darauf hätten vorbereiten müssen. Die Spuren der Grabräuber waren nicht zu übersehen! Sie flüsterte ihre Entdeckung Samira zu, die einen gequälten Laut ausstieß. Verwundert runzelte Sarah die Stirn. Sie hatte nicht damit gerechnet, dass Samira ebenso mit Carter und Carnarvon mitfieberte, wie Alison und sie es taten.

In angespannter Erwartung beobachtete sie, wie Carter mit sichtlich zitternden Händen eine Eisenstange nahm und mit ihr an einer Stelle den Mörtel zu entfernen begann. Schließlich schob er das Arbeitsgerät zwischen zwei Steine und trieb es mit einem Hammer tief hinein. Die metallisch klingenden Schläge hallten durch den Gang und schmerzten in Sarahs Ohren.

Mehrmals drehte Carter die Stange in kreisenden Bewegungen und weitete damit das bereits entstandene Loch, ehe er erneut zum Hammer griff. Mit jedem Schlag schien Sarahs Herz einen Satz zu vollführen. Sie konnte ihre Ungeduld kaum mehr bändigen. Am liebsten hätte sie selbst das schwere Werkzeug in die Hand genommen, um den Keil tiefer in die Wand zu treiben.

Plötzlich stieß die Stange ins Leere. Die Tür war durchbrochen, dahinter musste ein Hohlraum sein!

Sarah sah, wie Alison von einem Bein auf das andere trat. Auch ihr war ihre Aufregung anzusehen, während Evelyn reglos, aber mit ineinander verkrampften Händen neben ihnen ausharrte.

Die Glühbirne flackerte kurz, als wolle sie die Anwesenden warnen, sich keinen zu großen Hoffnungen hinzugeben. Carter drehte sich um. Auf seinem Gesicht war die Skepsis abzulesen, die er in diesem Moment empfand. Er ahnte wohl mehr als alle anderen, was das unübersehbare Eindringen der Grabräuber bedeutete und wie schmerzlich sich die abgrundtiefe Enttäuschung anfühlen würde.

„Callender, haben Sie eine Kerze?", wandte sich Carter an den Ingenieur. Der Mann bejahte, kramte aus seiner Werkzeugkiste eine Kerze hervor und reichte diese mitsamt einem Streichholzbriefchen weiter.

Carter zündete den Docht an, wobei seine zitternden Hände seinen inneren Aufruhr offenbarten. Er zog die Stange aus dem in den Mörtel getriebenen Loch und hob zügig die Kerze an. Sie flackerte, als die Luft aus dem dahinterliegenden Hohlraum über sie strömte.

„Er überprüft, ob die Luft dahinter gefährliche Gase enthält", flüsterte Alison Sarah nicht gerade leise zu.

Gebannt verfolgte Sarah jedes noch so winzige Flackern der Flamme, jedoch nicht, weil sie eine Stichflamme oder gar eine Explosion erwartete, sondern weil der Vorgang selbst absolut faszinierend war. Wie viele Jahrhunderte lang war diese Luft, die ihnen da entgegenströmte, hinter der Mörteltür eingesperrt gewesen? Es mussten Tausende von Jahren sein; immerhin hatten die Häuser der Arbeiter von Ramses VI. über dem Grabeingang gestanden.

Ehrfurcht erfasste Sarah, und sie drehte sich zu Samira um, die seltsam teilnahmslos neben ihr stand. War sie denn kein bisschen gespannt darauf, was sich hinter der Tür befand?

Inzwischen war Carter dabei, das Loch zu vergrößern. Kleine Steinchen brachen aus der Mauer und fielen klackernd zu Boden, untermalten das Knirschen der Stange, die Carter immer energischer einsetzte.

Schließlich nahm er das Hilfsgerät herunter, ergriff erneut die Kerze und schob sie vorsichtig in die Öffnung. Wieder flackerte die Flamme wild.

„Ich schaue jetzt hinein", erklärte Carter mit mühsam beherrschter Stimme. Er drückte sein Gesicht an den rauen Putz und spähte durch den von ihm geschaffenen Spalt. Geraume Zeit geschah nichts. Vollkommene Stille breitete sich aus. Alle Anwesenden verharrten reglos. Sarah meinte, die Anspannung kaum noch aushalten zu können. Wie eine gespannte Feder lauerte sie darauf, endlich nachzugeben.

Lord Carnarvon war der Erste, der die Erregung, die sie alle erfasst hatte, nicht länger aushielt. Seine Worte durchbrachen das Schweigen wie Donnerschläge: „Sehen Sie etwas?"

Carter bewegte den Kopf etwas von der Wand weg. Er stand wie immer leicht gebeugt da, in der Hand die Kerze. Seine Stimme zitterte; er sprach, als habe er verlernt, vollständige Sätze zu bilden: „Ja. Wunderbare Dinge!"

***

Hatte Sarah zuvor das Gefühl beschlichen, die Zeit stehe still, so verstärkte sich der Eindruck nun noch. Es schien unendlich lange zu dauern, bis Carter das Loch nochmals vergrößert hatte. Schließlich lehnten er und der Lord nebeneinander an der Mörtelmauer und blickten minutenlang schweigend durch die Öffnung, vollkommen versunken in das, was sich ihnen darbot.

„Wo ist der Pharao?", hörte Sarah Carter murmeln, doch da er leise und praktisch in die Spalte redete, war sie sich unsicher, ob sie ihn richtig verstanden hatte.

Was sahen die beiden für wunderbare Dinge? Und weshalb sollte es diese noch geben, den Pharao aber nicht?

„Sehen Sie die zwei Statuen?", fragte der Lord. „Sie wirken, als bewachten sie etwas, zum Beispiel eine verborgene Tür."

„Ja, da ist eine zugemauerte Tür. Vermutlich führt sie in eine zweite Kammer!" Carters Stimme überschlug sich, ehe er sich erneut in seine schweigenden Betrachtungen vertiefte.

„Das ist einfach fantastisch, Carter!", jubelte Carnarvon. „Wir haben eine großartige Entdeckung gemacht!"

Noch einmal wandte er sich dem Loch zu, ehe er zurücktrat und seine Tochter zu sich winkte. Sogar Carter gelang es endlich, sich von dem

Anblick loszureißen, und Callender nahm seinen Platz ein. Auch er und Evelyn verharrten minutenlang vor der Öffnung.

Sarah übte sich in Geduld. Sie wusste, welch große Ehre es war, überhaupt hier sein zu dürfen. Dies war der große Moment in Howard Carters Leben. Er hatte niemals aufgegeben, an seine Vision zu glauben. Nun war der Lohn jahrelanger Mühen und auch finanzieller Aufwendungen vonseiten Lord Carnarvons da und wollte genossen werden.

Endlich trennten sich Evelyn und der Ingenieur, wenn auch widerwillig, von dem Guckloch. Alison stürmte förmlich nach vorn, während Sarah vorsichtig die Schritte in Angriff nahm, ehe sie sich gegen die raue Mauer lehnte.

Eine ungeheure Scheu überkam sie. Sie blickte in das über 3.000 Jahre alte Grab eines Pharao, der von seinen Nachfolgern aus den Registern gestrichen worden war. Seitdem hatte niemand diese Luft geatmet oder gesehen, was sich ihr nach und nach eröffnete.

Ihr Blick fiel auf zwei schwarz schimmernde, einander zugewandte Holzstatuen. Handelte es sich bei ihnen um lebensgroße Ebenbilder des Pharaos? Sie waren mit Keulen und langen Stäben bewaffnet. Sarah blinzelte. Täuschte sie sich oder bestanden die Waffen wie auch die Schmuckstücke, die Kopfbedeckungen und die Schürze aus Gold?

Ehrfürchtig ließ sie den Blick durch den etwa vier mal acht Meter großen Raum gleiten, jedoch unfähig, jedes Detail aufzunehmen. Da standen vor einer weißen Wand gleich drei gewaltige, mit schimmerndem Gold überzogene Gestelle. Waren dies die Betten des Königs? Ihre Seitenholme bildeten in die Länge gezogene Körper eines Nilpferdes, einer Kuh und eines Löwen, ihre Köpfe wirkten furchterregend. Unter den Bettgestellen stapelten sich Gegenstände. Sarah erkannte kunstvoll gedrechselte Stühle, Truhen, Kästen, dazwischen eine Alabasterschale in der Form einer Lotusblüte und seltsame eiförmige Behälter. Wozu sie wohl damals gedient haben mochten?

Ihr Blick huschte ruhelos umher, um ja nichts von der Pracht zu übersehen, die ihr da leicht verstaubt, aber gut erkennbar entgegenprangte. Sie erblickte einen wirren Haufen an Rädern, Achsen und Gestellen aus Gold und vermutete darin die Streitwagen des Königs. Ein schwarzer Hocker mit Sternen fiel ihr ins Auge. Und was sich wohl hinter der zugemauerten, von den schwarzen Wächterstatuen flankierten Tür finden ließ? Der Sarkophag mit dem Pharao? Weitere Grabbeigaben? Noch mehr Schätze, die unermesslichen historischen, aber auch materiellen Wert besaßen?

Sarah betrachtete eingehender das Durcheinander auf dem Boden. Dort lagen kaputte Körbe, Stofffetzen, zertrümmerte Vasen und allerlei mehr. Dies wertete sie als ein deutliches Zeichen für das Eindringen von Plünderern, die in ihrer Gier wahllos alles durcheinandergeworfen hatten. Doch weshalb befanden sich so viele Kostbarkeiten noch hier? Waren die Eindringlinge von den Nekropolenwächtern gestört worden und überstürzt geflohen? Oder wurden sie gar ertappt und vor Gericht gestellt? Wie wohl die Strafe für Grabräuberei damals ausgesehen hatte?

Sarah warf einen letzten Blick auf die beiden schwarzen Statuen, von denen sie annahm, dass sie den Pharao zeigten. Sie wirkten eher wie Halbwüchsige, nicht wie erwachsene Männer.

Zögernd trennte Sarah sich von dem nur schemenhaft angeleuchteten Anblick. Sie hatte längst nicht alles gesehen. Dafür war das Chaos in dem Raum zu groß und das Licht zu schlecht. Sie wandte sich um und fühlte eine Mischung aus Trauer und Beschämung, weil sie sich ein bisschen wie ein Störenfried vorkam; wie ein Eindringling in dieser vergangenen Welt. Der Mann, der hier begraben war, hatte über ein Volk regiert, das eine sagenhafte Kultur erschaffen hatte. Sie hatte in die Gruft eines Pharao geblickt, der endlich seine seit Jahrtausenden gut gehüteten Geheimnisse preisgeben würde.

Sarah schüttelte ihre eigenartige Melancholie ab und wollte Samira signalisieren, dass nun sie ihren Platz einnehmen könnte. Doch die junge Frau war verschwunden.

***

Die blendende Helligkeit und die zwischen den Felshängen stehende Hitze trafen Sarah wie ein Keulenschlag. Sie kniff die Augen zusammen und blinzelte, bis sie sich an das gleißende Sonnenlicht gewöhnt hatte. Sie warf einen Blick zurück in den spärlich ausgeleuchteten Gang, der sich in tiefem Schwarz verlor.

Ihre Gedanken wanderten zu dem Tag, als man den Pharao hier zur letzten Ruhe gebettet hatte. Wie war es wohl der Frau des Königs ergangen, als sie ihn zu Grabe trugen? Hatte er Kinder gehabt? Aus welchem Grund hatten seine Nachfolger die Erinnerung an diesen Mann in fast allen Tempeln und sämtlichen Registern entfernen lassen?

Sarah senkte den Blick und betrachtete ihre ehemals weißen Spangenschuhe. Sie fragte sich, wie viele Menschen vor ihr ihren Fuß auf diese Stelle gesetzt hatten. Nicht in den vergangenen Tagen, während die Stufen freigelegt und der Tunnel vom Schutt befreit wurde, sondern damals, als das Schachtgrab erbaut und später der Pharao darin beerdigt worden war. Sie fühlte sich plötzlich klein und unbedeutend. Vermutlich hatten die Einwohner dieser Gegend kaum mehr gekannt als ihr kleines Dorf, die Tempel und die umliegenden Grabanlagen. Sie hingegen hatte bereits unzählig viele fremde Orte bereist. Sie hatte Möglichkeiten, an die die Menschen vor 3.000 Jahren nicht einen Gedanken verschwendet hatten. Doch nutzte sie diese auch richtig?

Sarah beschattete ihre Augen mit der Hand und blickte auf die karge Landschaft. Aufgeregte Stimmen drangen zu ihr hinab; die Arbeiter in ihren Galabijas waren noch immer damit beschäftigt, den letzten Schutt davonzutragen. Ein Lächeln schlich sich auf Sarahs Gesicht. Dank Samira und vor allem dank Tari hatte sie das erste Mal auf einer ihrer Reisen nicht nur die fremde Kultur kennengelernt, sondern auch selbst etwas dazu beigetragen, die Situation der Menschen zu verbessern. Ihre Ausbildung zur Krankenschwester schien ihr zum ersten Mal eine Berufung zu sein. Verknüpften sich hier die Pläne Gottes für ihr Leben mit ihrer noch im Dunkeln liegenden Zukunft? Doch die rätselhaften Angriffe auf sie konnten dem schnell ein Ende setzen …

Dieser Gedanke ließ auf Sarahs unbedeckten Armen eine Gänsehaut entstehen. Sie rieb diese kräftig und humpelte die Stufen nach oben. Suchend sah sie sich um und fand Samira beim Unterstand der Reittiere. Langsam, da jeder Schritt sie schmerzte, ging sie auf die Freundin zu, die ihr nicht entgegenkam.

„Warum bist du hinausgegangen?", fragte Sarah, lehnte sich an den Holzpfosten des Unterstands und kraulte ein Maultier zwischen den Augen.

Samira sah über sie hinweg in den blauen Himmel hinein. „Ich will nicht so nah beim Grab sein", gab sie zur Antwort.

Sarah runzelte die Stirn. „Du fürchtest jetzt aber nicht plötzlich diesen Fluch?"

Samira schüttelte den Kopf. „Nein. Aber im Grunde habe ich hier ja nichts verloren. Ich möchte nicht am Ende noch des Diebstahls bezichtigt werden. Der Grabräuberei!"

Für Sarah klang diese Erklärung sehr eigentümlich. „Aber wieso sollte jemand dich des Diebstahls verdächtigen? Ich weiß einfach nicht, wie du auf diese abwegige Idee kommst."

„Das kann ich nicht erklären", sagte Samira und schaute Sarah bittend an. Was befürchtete sie? Dass sie ihr die Freundschaft aufkündigte, nur weil sie eine eigenartige Befürchtung hegte? Ehe Sarah etwas erwidern konnte, straffte Samira die Schultern: „Ich werde dich und Lady Alison nicht mehr ins Biban el-Moluk begleiten. Bitte respektiere meinen Wunsch!"

Verwirrt nickte Sarah, obwohl sie Samiras eigentümliches Verhalten nicht verstand.

Das Eintreffen der ersten Neugierigen lenkte sie ab. Die Herren der kleinen Reisegesellschaft lüfteten zur Begrüßung ihre Strohhüte, während die Frauen tunlichst vermieden, die grazilen Sonnenschirme zu senken und lediglich mit den in weißen Spitzenhandschuhen steckenden Händen winkten.

„An diesem Ort wird es bald sehr laut und turbulent zugehen", vermutete Sarah.

„Ein weiterer Grund, das Tal fortan zu meiden", entgegnete Samira und lächelte Sarah verschwörerisch zu. Das erste Mal seit dem Vortag lag wieder das fröhliche Leuchten in den Augen ihrer Freundin, und so drückte Sarah ihr erleichtert die Hand.

„Ich wundere mich, dass Mr Miller und Mr Sattler nicht hier sind", sagte Alison, die forschen Schritts bei den jungen Frauen und den dösenden Tieren eintraf. „Sie müssten doch wissen, was hier im Gange ist. Gerade Mr Sattler könnte einen sensationellen Erstbericht in der Presse veröffentlichen."

Dieser Gedanke war Sarah ebenfalls durch den Kopf gegangen, allerdings war sie nicht sicher, ob sie sich die Männer wirklich herbeiwünschte. Zu verwirrend waren ihre Gefühle für Andreas, zu unangenehm war es ihr, von Jacob mit Aufmerksamkeiten umgarnt zu werden, die sie nicht erwidern konnte.

„Aber das ist ihr Problem, nicht unseres. Wir gehen zurück ins Hotel, damit du deine Füße hochlegen kannst."

Die resolute Dame winkte ihre beiden Begleiter herbei. Diese beauftragten den im Schatten schlafenden Kutscher, sein Gefährt vorzufahren. Wenig später verließ die Gruppe das Tal. Als sie die Felsenschlucht hinter sich gelassen hatten, wandte Sarah den Blick zurück. Ihnen folgte eine Staubwolke, als zögen sie einen langen Schleier aus Gaze hinter sich her. Steil und karstig, fast weiß in den sonnenbeschienenen Abschnitten und geheimnisvoll dunkel in den Schattenregionen ragten die Felsen in den blauen Himmel, ein Bild unerschütterlicher Ruhe und Beständigkeit. Ob mit der Entdeckung des Grabes von Tutanchamun das letzte der von ihnen gehüteten Geheimnisse aufgedeckt war?

Ein Gefühl von Wehmut setzte sich in Sarahs Herzen fest. Was war es nur, das sie in diese Stimmung versetzte? Eine eigenartige, unbestimmte Ahnung, dass dies heute womöglich ihr letzter Ausflug in das sagenumwobene Tal der Könige gewesen sein könnte?

Kapitel 19

Ihre schmerzenden Füße ignorierend kniete Sarah vor dem Bett und freute sich über die erleichterten Tränen der Mutter und das schüchterne Lächeln ihrer kleinen Patientin. Das Fieber war gesunken und die Kleine verströmte bereits wieder die den Kindern eigene unerschütterliche Energie.

Ein Wortschwall rieselte auf Sarah hinab, begleitet von einer zurückhaltenden Umarmung der Frau, die bisher ihr Kommen und Gehen eher misstrauisch verfolgt hatte.

Tari übersetzte nicht. Sie schien zu wissen, dass die Worte der Mutter und ihre Gestik keiner Übersetzung bedurften. Sie strahlte mit der Sonne um die Wette und legte vertrauensvoll den Kopf auf Sarahs Schulter. „Ich bin froh", flüsterte sie Sarah zu.

„Und ich auch, liebe Tari. Ich glaube, du weißt gar nicht, wie viel du mir geschenkt hast."

„Du hast geholfen."

„Und du hast mir geholfen zu erkennen, dass ich Dinge wagen muss, um glücklich zu sein und um das zu tun, wofür Gott mich begabt hat."

„Ich möchte auch Krankenschwester sein", beschloss Tari.

Sarah lächelte wehmütig. Es gab wohl keine Möglichkeit für Tari, ihren Traum zu verwirklichen. Vermutlich würde Marik gemeinsam mit der gestrengen Großmutter bald schon einen Mann für die Kleine aussuchen und die spätere Heirat arrangieren. Tari musste einen anderen Weg finden, ihre Begabungen einzusetzen.

Langsam und mit deutlich akzentuierter Aussprache erklärte Sarah der Mutter, wie sie Aalisha in den folgenden Tagen versorgen sollte. Schließlich verabschiedete sie sich und humpelte mit ihren verbundenen Füßen zur Tür, wo sie sich etwas mühsam in ihre Schuhe zwängte. Während Tari voraus in die Gasse hüpfte, hielt die Frau sie am Arm zurück und streckte ihr ein Paar mit blauen Perlen verzierte Ledersandalen entgegen.

Zögernd nahm Sarah sie ihr aus der Hand. „Anziehen! Besser. Die zu eng!", radebrechte die Frau auf Englisch.

Sarah streifte ihre Schuhe wieder ab und schlüpfte in die Sandalen. Glücklich atmete sie auf. Die biegsame Ledersohle wirkte fast wie ein weiches Bett für ihre geschundenen Füße. Sie strahlte die Frau an, die zurücklächelte, wobei sie ihre schadhaften Zähne offenbarte.

„Die sind wunderschön! Ich werde wie auf Wolken gehen. Vielen Dank!", versuchte sie sich halb auf Arabisch, halb auf Englisch zu bedanken.

Ein mehrmaliges, heftiges Nicken war die Antwort. Sarah hängte sich ihre Tasche um, ergriff die Spangenschuhe und betrat die Gasse. Sofort gesellten sich ihre Wächter zu ihr. „Ich tragen Schuhe", erbot sich Tari.

„Das brauchst du nicht."

„Doch, ich stütze dich. Wegen Füße!"

„Also gut", gab Sarah nach, reichte Tari ihre Schuhe und ließ sich von ihr an der Hand nehmen. So schlenderten sie langsam durch die Gassen und über den mittlerweile fast verlassenen Markt in Richtung Hotel.

Auf halbem Wege trafen sie überraschend auf Jacob. Er verschloss gerade eine schwere, stabil wirkende Holztür mit einem gewaltigen Vorhängeschloss und lächelte, als er sie und Tari erkannte. „Miss Hofmann! Wunderbar, dass ich Sie treffe! Möchten Sie einmal einen Blick auf die Schmuckstücke werfen, die ich ankaufen konnte?", bot er Sarah an.

„Ein anderes Mal vielleicht, Mr Miller. Meine Füße brauchen dringend Erholung."

„Dann lassen Sie mich Ihnen Ihre Tasche abnehmen."

Sarah gab ihm bereitwillig ihre schwere Umhängetasche und gemeinsam setzten sie ihren Weg fort.

„Ich bin so froh, dass wir diese Männer für Sie engagiert haben", begann Jacob und deutete mit dem Daumen über seine Schulter.

„Wenn ich sie nicht gerade wegschicke, sind sie eine Beruhigung", erwiderte Sarah und zwinkerte Tari dabei zu. Alison und Jacob waren beruhigter, wenn die Bewacher um sie waren. Sie hingegen kam noch immer nicht umhin, ihre Anwesenheit als unangenehm zu empfinden. Sie erinnerten sie viel zu sehr daran, was passieren könnte …

„Ich sehe eine kleine Kutsche!", rief Jacob in diesem Moment und lief voraus, um den Fahrer anzuhalten. Bis der Preis verhandelt war, hatten Tari und Sarah das schmale, klapprige Gefährt erreicht und stiegen ein. Da dieses nur für zwei Personen Platz bot, nahm Sarah das Kind auf den Schoß.

„Ein schönes Bild", kommentierte der Amerikaner, während er in die Kutsche stieg. „Allerdings sieht man dem Mädchen seine Herkunft deutlich an."

„Ist das ein Problem für Sie?", hakte Sarah nach und fühlte sich plötzlich ebenso rebellisch wie Alison. Entsprechend spitz fiel ihr Tonfall aus.

„Nein." Er legte seinen Arm hinter Sarahs Rücken auf die niedrige Lehne. „Aber in den Staaten würde es viel Naserümpfen hervorrufen, wenn eine weiße Lady ein schwarzes Kind auf dem Schoß hielte. Allerdings … meine verstorbene Verlobte hat das Gerede der anderen nie gestört."

„Sie haben Ihre Verlobte verloren? Das tut mir sehr leid!" Sarah schaute Jacob aufmerksam an. Kummerfalten gruben sich in seine Stirn, und in ihr keimte der Verdacht, dass er über den Verlust dieser Liebe längst noch nicht hinweg war. Zum ersten Mal überfielen sie Zweifel, ob Jacob wirklich Interesse an ihr zeigte oder ob er sich ihr gegenüber einfach nur höflich, zuvorkommend und sensibel verhielt. Seine leise Antwort schien ihre Überlegung zu bestätigen: „Sie sind ihr in vielem sehr ähnlich, Miss Hofmann." Er versank in grüblerisches Schweigen.

Ihre Fahrt endete vor den gewaltigen, geschwungenen Außentreppen des Winter Palace. Mit der größten Selbstverständlichkeit nahm Sarah Tari an der Hand. Sie entließ die beiden Bewacher und versicherte Jacob, dass sie sich beim Dinner sehen würden. Dann erst ging sie mit dem Kind an den Gästen und Besuchern vorbei zu ihrem Zimmer. Dort begrüßten sie Alison und Samira, die sofort ihr angeregtes Gespräch unterbrachen.

„Ich habe aus dem Fenster gesehen und festgestellt, dass zumindest Mr Miller noch unter den Lebenden weilt", scherzte Alison.

„Ich vermute, er erinnert sich allmählich daran, aus welchem Grund er nach Ägypten gereist ist."

„Du hast ihn bisher von der Arbeit abgehalten!"

„Ich habe gar nichts getan", verteidigte sich Sarah.

„Das stimmt. Du hast den armen Kerl über Wochen in dem Glauben gelassen, aus dir und ihm könne ein Paar werden."

„Vielleicht …"

„Erzähle keine Märchen, meine Liebe. Meinst du, ich sehe nicht, wie du diesen Mr Sattler anschaust?"

„Ich bin ihm zu großem Dank verpflichtet, nachdem er mir in den Fluss nachgesprungen ist. Denken Sie das nicht auch?"

„Ja, allerdings ist er seit jener Nacht verschwunden. Mich interessiert brennend, was in ihr geschehen ist."

„Nichts, was Ihnen Sorge bereiten müsste", konterte Sarah, obwohl sie sich entsetzt fragte, was Alison womöglich annahm.

Diese lachte und zog Tari auf ihren Schoss. Wenig später verabschiedeten sich Samira und die Kleine, während die Britinnen sich für das Dinner im Speisesaal zurechtmachen wollten.

Wieder einmal versank eine blutrote Sonne am Horizont und verwandelte das Wasser des Nils in ein langes Band aus funkelnden Rubinen. Sarah betrat den Balkon, um das farbenfrohe Naturschauspiel zu bewundern. Dabei fiel ihr Blick auf die ägyptischen Schwestern, die gerade die Anlage des Hotels verließen. Plötzlich trat aus dem Schatten eine Männergestalt und stellte sich den beiden in den Weg. Sarahs Augen weiteten sich vor Schreck. Was wollte der Fremde von den beiden?

Besorgt beobachtete Sarah, wie der Mann Samira an den Oberarmen packte und auf sie einredete. Samira riss sich los und schlang sich die zum Kleid gehörende Kopfbedeckung über ihr Haar. Nun war sie es, die sprach, wie ihre deutlichen Gesten verrieten. Allerdings ließ der Mann sie nicht lange zu Wort kommen. Obwohl sich die Dunkelheit wie ein Theatervorhang über das Land senkte, erkannte Sarah, dass er Samira beschimpfte. Seine verzerrten Geschichtszüge, die zu Fäusten geballten Hände und Samiras Zurückweichen sprachen für sich. Tari klammerte sich Halt suchend an den Jilbab ihrer Schwester.

Sarah kniff die Augen zu schmalen Schlitzen zusammen. Ob sie rufen sollte, um dem Mann zu signalisieren, dass er beobachtet wurde? Oder sollte sie ihren wunden Füßen zum Trotz ihrer Freundin zu Hilfe eilen?

In diesem Moment näherte sich ein Herr im modischen Anzug mit Hosenaufschlag und hoch taillierter, kurzer Anzugjacke dem Schauplatz. Als er den Filzhut abnahm und darunter das mit Brillantine geglättete Haar zum Vorschein kam, erkannte Sarah Jacob.

Der junge Mann mischte sich in das hitzige Gespräch ein. Es dauerte nur wenige Sekunden, bis der Fremde sich umwandte und mit eiligen Schritten das Hotelareal verließ. Sarah lächelte, als Samira und Tari wenig später in Begleitung von Jacob den Heimweg einschlugen. Offenbar hatte er beschlossen, sie nach Hause zu eskortieren, um weitere Unannehmlichkeiten von ihnen fernzuhalten.

„Bist du schon fertig?" Alisons Frage riss Sarah aus ihren Gedanken.

Sie drehte sich zu Alison um, die in Unterwäsche im Türrahmen stand. „Möchten Sie, dass ich Ihnen helfe?"

„Meine Finger schmerzen heute etwas. Aber du sagtest, es sei gut, sie dennoch zu bewegen, also tue ich das. Möchtest du schon vorgehen? Wähle uns einen schönen Tisch aus. Vielleicht ist Mr Miller bereits im Speisesaal. Du könntest ihm endlich erklären, dass er von dir keine Zuneigung erwarten darf, die über das Maß einer Bekanntschaft hinausgeht."

„Mr Miller bringt Samira und Tari nach Hause."

„Ein wahrer Gentleman und offenbar ohne Standesdünkel! Ich weiß nicht, ob du gut daran tust, ihm diesen ungehobelten, unrasierten Abenteurer vorzuziehen."

Sarah starrte Alison grübelnd an. Was bezweckte Alison mit ihren Worten? Forderte sie einfach nur eine Stellungnahme heraus? „Sie wollen Mr Sattler doch nur für sich selbst haben, Lady Alison", gab sie schließlich keck zurück und erntete schallendes Gelächter.

„Du hast mich durchschaut, meine Liebe!", japste Alison und Sarah schüttelte schmunzelnd den Kopf. Mit ihrem lauten Lachen und den flapsigen Bemerkungen wäre Alison im Kreise ihrer adeligen Bekanntschaft wieder einmal gehörig aus dem Rahmen gefallen. Doch Sarah gefiel es, Alison so fröhlich zu sehen. „Nun lauf und reserviere uns einen guten Platz. Ich möchte ungern eine zweites Mal bei der geistlosen Madame Banier und ihren albernen Töchtern sitzen oder mir von Mr Sessonwirth einen langweiligen Lehrvortrag über die wunderbare Vielfalt der ägyptischen Spinnentiere anhören, während ich mein Dessert genießen will." Alison schüttelte sich angewidert, obwohl sie vor Spinnen keinen Ekel empfand, und scheuchte Sarah mit wedelnden Handbewegungen davon.

Sarah schlenderte durch die Treppenhausgalerie. Von unten drangen die Stimmen der sich allmählich zum Dinner einfindenden Hotelgäste zu ihr hinauf. Vornehm gekleidete Herren und Damen in bunten Sommerkleidern nach dem neuesten Chic unterhielten sich angeregt. Wortfetzen wie „Tal der Könige", „Carter", „Lord Carnarvon", „ungeplündertes Grab" und auch der Name Tutanchamun verrieten ihr, wie schnell die Kunde von dem Grabfund den Weg hierher gefunden hatte.

Sarah umfasste das gusseiserne Geländer und suchte das Foyer nach Andreas ab, allerdings ohne fündig zu werden. Wo steckte er nur, jetzt, wo er den ersten Bericht über diese Sensation hätte verfassen können?

Da sie Menschenmassen nicht sonderlich mochte, verharrte Sarah auf der Galerie und wartete darauf, dass sich die Herrschaften allmählich in den Speisesaal begaben. Damit schien es an diesem Tag allerdings niemand eilig zu haben.

So war es wenig verwunderlich, dass plötzlich Alison neben ihr stand und sie leicht mit dem Ellenbogen in die Seite stupste.

„Was denkst du? Sollen wir die Feuerglocke läuten, damit wir freie Bahn in den Speiseraum haben, oder bitten wir einen der Stewards, uns die Mahlzeit hier auf den Stufen zu kredenzen?"

„Ich finde beide Ideen zwar sehr praktisch, aber auch leicht überspannt."

„Du hältst mich für überspannt?"

„Lediglich Ihre Ideen, Lady Alison."

„Fein herausgeredet. Und jetzt komm. Dieser Spinnenmann hat uns entdeckt, und ich möchte nicht, dass er uns dazu nötigt, ihm beim Dinner Gesellschaft zu leisten."

„Sie haben sich doch noch nie davor gescheut, eine Einladung rundweg auszuschlagen. Es gibt sogar das Gerücht, Sie hätten einmal eine königliche …"

„Gerüchte, meine Liebe! Gerüchte!", unterbrach Alison sie mit strengem Blick. Dennoch entging Sarah das beinahe spitzbübische Grinsen auf Alisons Gesicht nicht.

Wie ein Eisbrecher in der Arktis pflügte Alison sich durch die diskutierende Menge und Sarah folgte unbehelligt in ihrem Kielwasser. Trotzdem atmete sie auf, als sie den leeren Speisesaal betraten, in dem die Kellner tatenlos auf die Gäste warteten.

„Champagner für mich und meine Tochter!", rief Alison dem ihnen entgegeneilenden jungen Mann zu, der beflissen nickte und ihnen an einem der begehrten Fensterplätze die Stühle zurechtrückte.

„Champagner?", hauchte Sarah, die allerdings vielmehr die erneute Titulierung als Tochter irritierte. Die angenehme Wärme, die in ihrem Inneren aufstieg und ihr Herz einzuhüllen schien wie ein Mantel, war herrlich.

„Sollen die da draußen ihre Spekulationen vertiefen. Wir beide feiern, dass wir Zeuge des Geschehens waren und einen ersten Blick auf die wunderbaren Schätze Tutanchamuns werfen durften."

„Mein Kopf ist voll mit Zeichnungen, die ich dringend zu Papier bringen muss!"

„Dann tu das, dabei schonst du auch deine Füße. Und dieser säumige Reporter, der ausgerechnet an einem Tag wie diesem das Weite gesucht hat, muss sie dir dann vielleicht abkaufen, damit er seinem Redakteur etwas vorzuweisen hat."

Sarah wandte ihren Blick der Scheibe zu und sah auf ihr Spiegelbild. Eingerahmt von dem hellen Bubikopf schaute ihr ein fahles, traurig dreinblickendes Gesicht entgegen. Weshalb nur fehlten ihr Andreas' Anwesenheit, seine tiefe Stimme und das schiefe Lächeln so schmerzlich? Fühlte sich so die Liebe an? Unerfüllte Liebe – denn wie sonst sollte sie Andreas' zuletzt gezeigte Zurückhaltung deuten?

Alison legte ihre Hand auf Sarahs. „Er kommt bestimmt wieder, meine Liebe."

„Ihnen kann ich wohl nichts vormachen."

„Nein, dafür bist du nicht geschaffen. Übrigens habe ich den Eindruck, dass auch Mr Miller einen Verdacht hegt."

„Mr Miller hat mir heute gesagt, dass ich seiner verstorbenen Verlobten gleiche."

„Vielleicht hat er sich nur in die Erinnerung verliebt, die du geweckt hast?"

„Womöglich. Ich vermute, dass er noch immer um sie trauert." Sarah verschluckte den ihr auf der Zunge liegenden Nachsatz, dass dies bei Alison ja nicht anders sei. Allerdings erwartete sie eine verständnisvolle Reaktion der Countess. Diese blieb zu ihrer Verwunderung jedoch aus. Wieder nagten die Zweifel an ihr, ob Alison wahrhaftig seit Jahrzehnten um ihren früh verschiedenen Ehemann trauerte …

Der Champagner wurde gebracht und Alison erhob das Glas. „Auf Tutanchamun, der nun seinen Namen zurückhat. Auf die Freiheit, die wir Frauen mittlerweile genießen dürfen, und auf die Liebe, für die wir sie ein Stück weit aufzugeben bereit sind."

Die Gläser klirrten melodiös aneinander, noch ehe Sarah über den eigenartigen Toast nachdenken konnte.

Allmählich füllte sich der Raum und irgendwann gesellte sich auch Jacob zu ihnen an den Tisch. Leise bedankte Sarah sich bei ihm dafür, dass er Samira und Tari zu Hilfe geeilt war.

„Der junge Mann – wobei, das ist falsch, immerhin scheint er um einige Jahre älter zu sein als ich –, war Samiras Verlobter Dero Kaldas. Ich wollte nicht lauschen, bekam aber das Ende des Disputes mit. Dabei ging es um Sie, Miss Hofmann."

„Um mich? Samira stritt sich meinetwegen mit ihrem zukünftigen Ehemann?"

Jacob nickte ernst. „Ich frage mich, ob dieser Kerl hinter den Angriffen auf Sie steckt und Samira da vielleicht unfreiwillig mit hineingeraten ist."

„Nein!", stieß Sarah empört hervor. Sie fing sich vom Nebentisch entrüstete Blicke ein. Ungewohnt rebellisch erwiderte sie diese mit einem gleichgültigen Lächeln, ehe sie sich wieder Jacob zuwandte. Obwohl ihr durchaus bewusst war, dass auch Andreas den Namen Kaldas erwähnt hatte, erklärte sie: „Das kann ich nicht glauben. Samira würde mir nie etwas antun oder tatenlos zusehen, wenn andere dies planen! Außerdem kenne ich den Mann nicht, dem sie versprochen ist."

„Womöglich gefällt ihm Samiras Kontakt mit einer Europäerin nicht."

„Aber als die seltsamen Zwischenfälle begannen, kannte ich Samira noch nicht einmal."

Jacobs Augen waren besorgt auf Sarah gerichtet, weshalb sie ihm nicht böse sein konnte. Er war nur bemüht, ihr zu helfen und sie zu beschützen.

„Da haben Sie recht", gestand er ein und schenkte ihr ein entschuldigendes Lächeln.

Sarah griff nach ihrer Gabel, doch ihre Gedanken beschäftigten sich mit den erneut aufgeworfenen Fragen um Samira. Auch Andreas hatte eine diesbezügliche Vermutung geäußert. Irrten sich beide Männer oder lag Sarah falsch? Spielte ihr Samira ihre Zuneigung lediglich vor? Hatte sie sogar den Nerv, ihre unschuldige kleine Schwester für ihre Ziele einzuspannen? Da war es wieder – dieses altbekannte Misstrauen, das sie davor warnte, sich an Menschen zu binden.

Kapitel 20

Den darauffolgenden Tag verbrachte Sarah in der wunderschönen Gartenanlage des Winter Palace. Sie saß auf der gusseisernen Bank, die angenehme Erinnerungen an das Gespräch mit Andreas barg. Um sie herum lagen einige Zeichenmappen, ihr Journal und ein aus Kirschholz gefertigter Griffelkasten mit ihren Bleistiften, ein Anspitzmesser und ein kleiner Schwamm. Alison war, begleitet von den beiden Ägyptern, ohne sie zum Tal der Könige aufgebrochen. Samira hatte ihre Entscheidung nicht rückgängig machen wollen und war zu ihrer Großmutter und Tari nach Hause zurückgekehrt.

Sarah hatte aus dem Gedächtnis mehrere Skizzen der ersten Kammer des Tutanchamun-Grabes angefertigt, momentan arbeitete sie an den Details zu einer von ihnen. Sie bedauerte einmal mehr, dass sie ihre Farben nicht mitgebracht hatte, denn das matte, vom Staub der Jahrhunderte überzogene Gold oder die zarte Perlmuttfarbe des Alabasters fehlte ihr nahezu schmerzlich auf den Bleistiftzeichnungen. Schon jetzt freute sie sich darauf, sie zu Hause nachzukolorieren.

Sarah atmete tief durch. Stand ihre Abreise kurz bevor? Hätte sie Ägypten bereits viel früher den Rücken kehren sollen? Wie bei jeder ihrer bisherigen Reisen konnte sie sich nicht sattsehen an der exotischen Fremdheit, an der betörenden Landschaft und der faszinierenden Farbenfülle des Landes. Dieses Mal fiel es Sarah besonders schwer, an einen Abschied zu denken. Sie würde ihr neu erkämpftes Leben zurücklassen, dazu lieb gewonnene Menschen und eine sinnvolle, erfüllende Aufgabe. Und wofür? Für das trügerische Gefühl der Sicherheit und ein beschauliches, aber eintöniges Leben?

War es diese Sinnlosigkeit und Langeweile, die Alison in regelmäßigen Abständen in die Fremde trieb und auch ihre rebellische Art erklärte? Sarahs Gedanken verweilten lange bei diesen Überlegungen, bis der Ruf eines Falken sie in die Gegenwart und zu ihren eigenen Sorgen und Ängsten zurückholte. Wenn sie Ägypten in den nächsten Tagen den Rücken kehrte, würde sie Andreas nicht wiedersehen … Ein tiefer Schmerz in ihrem Inneren drohte ihr den Atem zu stehlen. Dieser Verlust wog am schwersten. Aber was konnte sie dagegen tun? Keinesfalls durfte sie sich ihm einfach an den Hals werfen. Dafür fehlte ihr die Courage, zumal sie ohnehin nicht wusste, was Andreas für sie empfand.

Sich nähernde Schritte ließen Sarah den Kopf heben. Sie lächelte, als sie die nach Alisons Ansicht „langweilige Madame Banier und ihre albernen Töchter" erblickte. Diese beiden bestätigten im Augenblick das Bild, das Sarahs Ziehmutter von ihnen gezeichnet hatte. Sie hatten sich beieinander untergehakt und kicherten ununterbrochen.

Als Maxime, die Ältere der beiden, Sarah entdeckte, löste sie sich von ihrer Schwester und eilte mit flatterndem Kleid, das mit Pochoirdrucktechnik in schrillen Farben gestaltet war, auf Sarah zu, schob die Zeichenmappen beiseite und setzte sich neben sie.

„Haben Sie schon gehört? Heute Abend gibt es einen festlichen Empfang im Winter Palace. Der Lord und Lady Evelyn sind die Gastgeber. Erwartet werden wichtige Vertreter der ägyptischen Regierung."

Ihre Schwester gesellte sich zu ihnen. Eilig nahm Sarah ihre Mappen und den Griffelkasten auf ihren Schoß.

„Sie als nahe Bekannte des Lords sind bestimmt ebenso eingeladen wie wir! Ist das nicht herrlich? Endlich etwas Kultur in dieser Einöde", jubelte Claire, die denselben ausgeprägten französischen Akzent hatte wie ihre ältere Schwester.

Sarah überspielte ihre Ungehaltenheit über die Aussage des Mädchens mit einem künstlichen Hustenanfall.

„Vielleicht wird zum Tanz aufgespielt! Haben Sie schon diesen Charleston ausprobiert? Wir waren vor einigen Wochen in den Vereinigten Staaten. Dort haben wir ihn erlernt. Sicher wird er auch bald in Paris und London getanzt. Mutter nennt ihn frivol!" Das Mädchen warf einen Blick zurück, doch ihre Mutter reagierte nicht auf ihre Bemerkung, sondern bewunderte die blühenden Zierbüsche.

Nun mischte sich Maxime wieder in die Unterhaltung ein: „Ich liebe Ihren modischen Bob, Miss Hofmann. Meine Mutter sagte, es sei skandalös, dass Lady Clifford ihn sich schneiden ließ. Aber ist skandalös sein nicht einfach herrlich? Tragen Sie heute Abend eines der kurzen, fransigen Tanzkleider? Und eine von diesen wunderbar langen Perlenketten?"

„Noch weiß ich nichts von einer Einladung für Lady Alison und mich", dämmte Sarah den Redefluss ein. „Womöglich muss ich einige Kinder medizinisch behandeln. Wissen Sie, hier liegt das Gesundheitswesen noch sehr im Argen. Viele Kinder, vor allem die der ärmeren Familien, leiden unter Krankheiten. Kleine Wunden entwickeln sich zu lebensbedrohlichen Eiterherden, falsch oder gar nicht aufbereitetes Wasser führt zu heftigem Erbrechen und Durchfall, der extreme Flüssigkeitsverlust zu einem qualvollen Tode …" Hingerissen betrachtete Sarah die erblassten, von Ekel ergriffenen Gesichter der jungen Frauen.

„Maxime, Claire, wir haben einen Termin beim Coiffeur. Ihr möchtet euch doch einen Bubikopf schneiden lassen." Dieser Köder der konsternierten Mutter wäre vermutlich nicht nötig gewesen, denn die beiden flohen förmlich aus Sarahs Nähe. Diese lehnte sich mit einem schalkhaften Lächeln zurück.

„Welch ein Skandal! Ich bin entsetzt!", rief Alison auf Französisch. Angetan mit einer staubbenetzten Hose und einer sackförmigen, tief taillierten Bluse setzte sie sich neben Sarah auf die Bank und schaute diese mit undefinierbarem Blick an.

„War ich zu ‚skandalös'?"

Alison schüttelte sich vor Lachen. „Sarah, du warst herrlich! Nie hätte ich zu träumen gewagt, dass ich das noch erleben darf!"

„Vielleicht sollte ich mich nachher bei den drei Damen entschuldigen. Aber ihr Getue hat mich furchtbar aufgeregt. Es überkam mich einfach so."

„Du hattest eine gute Lehrmeisterin."

„Das fürchte ich auch."

„Komm, wir müssen uns für den Empfang heute Abend vorbereiten. Als Erstes, so denke ich, sollten wir beim Coiffeur vorbeischauen." Alison fuhr sich durch ihre Locken. „Erst gestern sah ich eine junge Dame, die trug ihren Bubikopf noch kürzer und richtiggehend an den Kopf geklebt. Vielleicht …" Wieder lachte Alison, nahm Sarah die Mappen ab und forderte sie mit einer herrisch anmutenden Kopfbewegung auf, sich endlich zu erheben.

„Was ist im Tal geschehen?", erkundigte sich Sarah.

„Gestern Abend hatte Carter vor, Reginald Engelbach, den Inspektor des Antikendienstes, über die bevorstehende Eröffnung des Grabes zu informieren. Allerdings ist dieser auf einer Geschäftsreise, weshalb sein Assistent, Ibrahim Effendi, heute eintraf. Carter löste also in seinem Beisein so viele Steine aus der Mauer, dass er hineingehen konnte. Ich denke, es war ein ergreifender Augenblick für ihn. Sein großer Traum ist Wirklichkeit geworden! Der zweite Durchlass, der zwischen den schwarzen Wächterstatuen, ist tatsächlich unberührt! Stell dir das vor! Hinter der Kammer, die wir sahen, liegt eine weitere. Vielleicht die mit dem Sarkophag? Carter wollte die Tür aufbrechen, doch Effendi untersagte es. Zuerst müssen in dem ersten Raum sämtliche Fundstücke katalogisiert und entfernt sein, bevor die Mauer nach innen eingerissen werden kann. Schließlich weiß man nicht, was sich jenseits der Wand befindet. Die Gefahr, dass herunterfallende Steine dort gelagerte Kostbarkeiten zerstören, ist zu groß. Carter gab ihm zähneknirschend recht. Vermutlich wird es Monate dauern, bis alle Artefakte aus der ersten Kammer geborgen sind."

„Und so lange bleibt die Tür verschlossen? Der arme Mr Carter!"

„Moment! Lass mich weitererzählen. Evelyn hat unter eines der Betten geschaut. Du erinnerst dich sicher an das Gestell mit den Nilpferdköpfen?" Alison wartete keine Antwort ab. „Sie fand dort ein Loch in der Wand. Der Zugang zu einer zweiten, verborgenen Tür."

„Aber ein Loch …"

„Ja, auch in diese vermutlich dritte Kammer sind die Plünderer eingedrungen. Ich bin natürlich ebenfalls unter das Bett gekrochen, und glaub mir, die Eindringlinge haben in dem dahinterliegenden Raum wüst gehaust. Sie haben einfach alles durcheinandergeworfen."

„Das heißt, es gibt dort noch weitere Gegenstände?"

„Richtig! Tonfiguren und Alabastervasen, Schemel aus Rohrgeflecht, Körbe, die vielleicht mit Lebensmitteln für die Reise ins Jenseits gefüllt waren, Weinkrüge, Betten, Schiffsmodelle und vieles mehr."

„Meine Güte! Wie lange wird es dauern, das alles zu katalogisieren, zu fotografieren und hinauszuschaffen?"

„Das ist eine berechtigte Frage, die sich Carter und Porchy ebenfalls stellen. Niemand hat jemals vor ihnen ein intaktes Pharaonengrab gefunden! Es ist absolutes Neuland. Und bedenke: Es gibt noch diese zweite, von den schwarzen Statuen bewachte Tür. Damit handelt es sich bereits um drei Räume!"

Die Frauen hatten den Eingangsbereich des Hotels erreicht und hielten tief in Gedanken versunken inne.

Sarah ahnte, was dies bedeutete: Sie würden noch wochenlang in Ägypten bleiben, um das faszinierende Geschehen mitzuerleben. Immerhin hatten sie die außergewöhnliche Gelegenheit, einen Blick auf die sagenhaften Grabbeigaben Tutanchamuns zu werfen, bevor die eine Hälfte in Lord Carnarvons Privatbesitz überging und die andere an die ägyptische Regierung fiel.

War ihre Freude über diesen Aufschub ihrer Abreise richtig? Sie wusste es nicht, fühlte jedoch ein unangenehmes Rumoren in ihrer Magengegend, das sie nicht als vorfreudige Aufregung, sondern als warnendes Zeichen verstand, gut über diese Frage nachzudenken. Wie sollte sie auch ahnen, dass die Ereignisse dieses Abends sie förmlich überrollen und ihr die Entscheidung abnehmen würden …

***

Wie bereits am Vorabend lehnte Sarah an der Galeriebrüstung vor der ersten Treppe und betrachtete fasziniert die sanften Farben, die die Kerzen der Kronleuchter den bemalten Säulen und Wänden, den bis zum Boden reichenden, schweren Vorhängen und dem zweifarbigen Fußboden entlockten. Zwischen dem Grün der Palmblätter wirkten die bunt bedruckten Kleider der Damen und die modischen Anzüge der Herren wie Blüten auf einer im Schatten liegenden Wiese.

Sarah fuhr mit einer Hand über ihr enges, tief tailliertes Kleid aus hellblauer Seide mit den aufgedruckten grauen Rosen, dessen leicht schwingendes Rockteil knapp oberhalb ihrer Knöchel endete. Über die außer den schmalen Trägern unbekleideten Schultern hatte sie ein orangefarbenes Tuch geschlungen. Dieselbe Farbe wiesen ihre Spangenschuhe und die große Schleife an ihrem grauen Hut auf. Seine Vorderkrempe war weit nach oben geschlagen und sie trug ihn, wie es die Mode vorgab, tief in die Stirn gezogen.

Neugierig betrachtete sie die Anwesenden, entdeckte Maxime und Claire mit ihren extrem kurzen, eng am Kopf anliegenden Kurzhaarschnitten und modischen Fransenkleidern, wobei die Fransen lediglich auf den ersten Blick darüber hinwegtäuschten, wie anrüchig kurz der eigentliche Schnitt ausfiel. Beide hatten sie auf dunkle Strümpfe verzichtet und durchsichtige gewählt, die den Eindruck von viel nackter Haut zusätzlich verstärkten.

Hinter ihnen hatte sich eine angeregt diskutierende Gruppe zusammengefunden, darunter Lord Carnarvon, seine Tochter Evelyn, der mürrisch dreinblickende Carter, dem die Veranstaltung sichtlich nicht behagte, und ein Herr mit orientalischem Aussehen, wenn auch in europäischem Zwirn. Sarah vermutete in ihm einen der Abgeordneten des ägyptischen Antikendienstes. Zu ihnen gesellten sich zunehmend mehr männliche Hotelgäste. Sie alle waren begierig darauf, Details über die Sensation zu erfahren, die praktisch vor ihrer Haustür in der Wüste entdeckt worden war.

Alison kam ihr aus der Lobby einige Stufen entgegen. „Du hast die Rede von Porchy im Victoria Room verpasst, meine Liebe. Was hat dich so lange aufgehalten?"

„Wichtige Überlegungen und eine Zeichnung."

„Du hast über dem Malen wieder die Zeit vergessen?"

Sarah lächelte entschuldigend, doch Alison winkte gewohnt forsch ab. „Deshalb mache ich dir keine Vorwürfe. Wer Talent hat, sollte es ausleben!"

In diesem Moment begann ein Musikensemble zu spielen, weshalb für ein paar Sekunden die Gespräche verebbten, ehe sie, deutlich lauter, fortgesetzt wurden. Stewards mit blitzenden Silbertabletts eilten zwischen den Gästen hindurch und boten perlenden Champagner in hochstieligen, geschliffenen Kristallgläsern an.

Alison ergriff Sarahs Hand und nahm ihr somit die Entscheidung ab, ob sie auf dem Absatz kehrtmachen oder in den Trubel eintauchen sollte. In der Lobby angekommen ließ Alison ihren Schützling los und gesellte sich zu der sonst nur aus Männern bestehenden Gruppe um den Lord und Carter.

Sarah schlenderte durch den erhabenen Raum, grüßte in alle Richtungen und ließ sich einen Champagnerkelch reichen, allerdings mehr, um sich an diesem festzuhalten, als die im Lichterglanz funkelnde Flüssigkeit zu genießen. Jacob, in ein Gespräch mit einem etwas altmodisch gekleideten Herrn mit Spitzbart und Nickelbrille vertieft, lächelte ihr zu, konzentrierte sich aber schnell wieder auf seinen Gesprächspartner. Sarah vermutete, dass es sich bei diesem ebenfalls um einen Antiquitätensammler oder -aufkäufer handelte.

Sie befand sich rund ein Dutzend Schritte von der Eingangstür entfernt, als diese aufschwang. In der Tür erschien ein breitschultriger Mann in hellem, legerem Anzug. Wie bei vielen Herren waren die Hosenbeine umgeschlagen, das Revers kühn breit, das Hemd blütenweiß, und die Krawatte saß streng um den Hals, wobei das Einstecktuch in der Brusttasche ungeschickt gefaltet wirkte.

Sarah blieb wie angewurzelt stehen. So hatte sie Andreas noch nie zuvor gesehen. Er war glatt rasiert, was ihm ein nahezu jugendliches Aussehen verlieh, allerdings hatte er auf die obligatorische Pomade verzichtet, weshalb sich sein Haar frech lockte. Sarah warf einen zweiten Blick auf sein Gesicht und sah, dass er sie ebenso musterte wie sie ihn. Eine feine Röte überzog ihre Wangen, was ihm ein amüsiertes Hochziehen des linken Mundwinkels entlockte. Ihr Herz begann wie ein junges Fohlen zu galoppieren. Sie hatte dieses schiefe, immer etwas spöttisch anmutende Lächeln schmerzlich vermisst.

Ohne ein Wort an sie zu richten, das sie bei der Musik im Hintergrund und bei den lautstark geführten Gesprächen ohnehin nicht verstanden hätte, streckte er ihr einladend die Hand entgegen. Sarah zögerte nur einen kleinen Augenblick, gerade einmal so lange, wie ein Schmetterling für einen Flügelschlag benötigt, ehe sie ihr Glas auf einer Kommode abstellte und auf ihn zuging. Er drehte sich um, öffnete die Tür und geleitete sie in die kühle Nacht hinaus.

Sie betraten die Terrasse und schlenderten den halbrunden, auf beiden Seiten mit einer Steinbrüstung abgesicherten Wandelgang entlang. Im Garten brannten flackernde, rußende Fackeln. Vereinzelte Gäste hielten sich an der frischen Luft auf, suchten Abkühlung oder ein wenig Ruhe, ehe sie sich erneut in das Vergnügen warfen. Sarah und Andreas traten an die Brüstung vor den auf die große Außenterrasse hinaufführenden Stufen. Dort waren sie auf den ersten Blick nicht zu entdecken, zumal der Schein der Fackeln diese Stelle nicht erreichte.

„Sie sehen bezaubernd aus", sagte Andreas.

„Und Sie ungewohnt", gab sie zurück und genoss sein Lächeln.

„Bei entsprechender Gelegenheit weiß ich mich durchaus zu benehmen und angemessen zu kleiden." Er blickte über sie hinweg auf die Palmen, wobei sein Gesicht erschreckend ernste Züge annahm. „Ich habe Nachforschungen über Samiras Familie angestellt."

Sarah wich einen Schritt zurück und spürte durch den Stoff ihres Kleides die kühle Brüstung. „Sie misstrauen Samira nach wie vor?"

„Hören Sie mir bitte zu, Miss Hofmann. Samiras Vater war unter einem Ägypter namens Iskander Kaldas als Ausgrabungsleiter tätig. Das allein ist schon einen zweiten Blick wert. Immerhin ist es ungewöhnlich, dass ein Europäer sich von einem Ägypter einstellen lässt."

„Vielleicht war der Ägypter derjenige mit dem Geld und Samiras Vater der mit dem Wissen und dem Wunsch, praktisch zu arbeiten. Nicht anders ist es doch bei Lord Carnavon und Mr Carter."

„Da stimme ich Ihnen zu. Clive Elwood hat die Expedition nicht nur geplant und beaufsichtigt, sondern tatkräftig bei der Ausgrabung mitgeholfen. Allerdings fand ich schon während meines Aufenthalts in Palästina heraus, dass er sich immer wieder von der offiziellen Ausgrabungsstelle entfernt und in der Nähe eine eigenständige Suche betrieben hatte. Ein Gerücht besagt, Elwood sei dort fündig geworden und habe das, was er aus einer Höhle geholt hat, noch vor seinem Tod verschickt."

„An seine Familie?"

„Das ist anzunehmen."

„Aber was hat das mit mir zu tun? Samiras Vater entdeckte also eine zweite Fundstelle und finanzierte sich die Suchmaßnahme durch seine Arbeit bei Mr Kaldas. Daran wird nichts Illegales sein."

„Aus unserer Sicht sicher nicht. Dennoch stellt sich mir die Frage, weshalb eine Mauer auf ihn stürzte, die am Tag zuvor von den Arbeitern noch geprüft und als stabil eingestuft worden war."

Sarah stemmte sich mit den Armen rücklings hoch und setzte sich auf die Brüstung. Andreas trat einen Schritt näher, als befürchte er, sie könnte hintenüberfallen.

„Wissen Sie, dass der Sohn von Iskander Kaldas der zukünftige Ehemann von Samira ist?"

Irritiert nickte Samira. „Sie vermuten, dieser Kaldas hat Samiras Vater aus Habgier umgebracht, weil der irgendetwas von Wert gefunden hatte? Und die Heirat wurde arrangiert, um an diese Kostbarkeiten zu kommen?"

„Ich weiß, es klingt verwirrend. Aber Sie müssen zugeben, dass diese Verbindung zwischen einem reichen Kaufmannssohn und der verarmten Tochter eines Briten ansonsten eher ungewöhnlich wäre."

Sarah verfiel in grüblerisches Schweigen. Falls Andreas recht hatte, war Samira nicht mehr als ein Spielball in den Händen einer mächtigen ägyptischen Familie. „Was auch immer Samiras Vater gefunden haben mag, ich habe bisher nicht den Eindruck gewonnen, dass Samiras Familie irgendetwas besitzt, für das sich eine arrangierte Vermählung oder der Mord an einer Fremden lohnt, die sich mit Samira angefreundet hat. Zudem habe ich Samira nie beeinflusst, diese Verbindung aufzugeben. Darauf wollten Sie doch hinaus, nicht wahr, Mr Sattler? Falls Samiras Familie jemals etwas von Wert besessen haben sollte, ist es bestimmt schon vor Jahren veräußert worden, denn schließlich geht es der Familie seit dem Tod des Ernährers finanziell nicht gerade rosig."

Andreas schob die Hände in die Hosentasche. Er wirkte unschlüssig, was Sarah nie zuvor bei ihm erlebt hatte. Sie wartete ab und ließ ihn nicht aus den Augen. Was gab es noch, das er anscheinend nicht zu sagen wagte? Seine Stirn furchte sich, während er über sie hinweg in die Dunkelheit blickte, als stünde dort die Antwort auf seine und ihre Fragen.

Endlich nahm er die Hände aus den Taschen, zog das Jackett glatt und trat einen Schritt auf sie zu. Er stützte sich mit einer Hand auf die Brüstung, auf der sie noch immer saß. Sarah legte den Kopf in den Nacken, um an ihrer Hutkrempe vorbei zu ihm aufzusehen. „Ich kann Sie wohl nicht dazu bewegen, zumindest vorerst den Kontakt zu Samira abzubrechen?"

„Nein, das können Sie nicht, zumal ich Ihre Verdächtigungen für weit hergeholt halte. Außerdem kann ich nicht nachvollziehen, was das alles mit mir zu tun haben soll."

Andreas nickte und beugte sich ihr leicht entgegen. Sarah versank förmlich in seinen Augen und zwang sich, ruhig zu atmen. Seine Nähe war einfach zu aufregend, um sie gelassen hinzunehmen.

„Diese Meinung steht Ihnen frei. Dennoch möchte ich Sie erneut bitten, vorsichtig zu sein!"

Seine Worte trafen sie in mehrfacher Hinsicht: Er misstraute ihrer Freundin. Er hielt sie für leichtgläubig und gab ihr zu verstehen, dass er nicht aus Zuneigung ihre Nähe suchte, sondern nur, um sie eindrücklich zu warnen. Unwillkürlich wich sie mit dem Oberkörper vor ihm zurück. Zu weit. Jemand stieß einen Warnruf aus. Sarah griff Halt suchend um sich und erhaschte mit beiden Händen das Revers von Andreas' Jackett. Während sie ihre Finger in den Stoff krallte, schlossen sich seine kräftigen Arme um sie und zogen sie gegen seinen Körper. Für einige Sekunden verlor sie den Boden unter den Füßen und schien zu schweben, ehe Andreas sie sanft absetzte.

„Für derlei Leichtsinn fehlen Ihnen die Flügel!", raunte er ihr ins Ohr.

„Willst du Sarah umbringen?", fauchte eine Männerstimme in Andreas' Rücken. „Lass sie sofort los!"

Zu Sarahs Leidwesen gehorchte Andreas Jacobs harscher Aufforderung und trat zurück. Er blieb ruhig, während auf dem Gesicht von Jacob rote Flecken der Entrüstung entstanden.

„Weshalb ist mir nicht früher aufgefallen, dass du nie zugegen warst, wenn Miss Hofmann etwas zustieß? So langsam drängt sich mir das Gefühl auf, dass *du* für die Angriffe auf Miss Hofmann verantwortlich bist! Du wusstest immer, wo sie sich aufhielt. Du hast die Wächter ausgesucht! Sind sie von dir dazu angehalten worden, im richtigen Augenblick wegzuschauen?"

Andreas' linker Mundwinkel zuckte verdächtig. Sarah rang die Hände und blickte von einem zum anderen, als Andreas sich ihr ruckartig zuwandte. „Bitte, Fräulein Hofmann. Es ist sehr kühl geworden. Gehen Sie doch hinein. Lady Alison vermisst Sie sicher bereits."

Sarah stellte erstaunt fest, wie rasch er zwischen der deutschen und der englischen Sprache hin und her zu wechseln imstande war. Da sie wusste, wann es angebracht war, sich zurückzuziehen, nickte sie und unterdrückte den Wunsch, Jacob warnend die Hand auf den Arm zu legen. Andreas war vermutlich weitaus aufgebrachter, als seine ruhige Fassade vermuten ließ. Mit zitternden Knien ging sie in Richtung Hoteleingang. Jede Bewegung verlangte ihr gewaltige Anstrengungen ab, ihre Beine drohten unter ihr nachzugeben. Sie hörte, wie Andreas und Jacob ihr fürsorglich, aber schweigend einige Schritte folgten.

Hatte sie diese unerfreuliche Auseinandersetzung der befreundeten Männer heraufbeschworen? Was war an Jacobs Verdächtigung dran? Immerhin hatte er auf einen Umstand hingewiesen, der bisher ihrer Aufmerksamkeit entgangen war: Tatsächlich war Andreas bei keinem der Angriffe auf sie in ihrer unmittelbaren Nähe gewesen, aber meist danach plötzlich aufgetaucht.

Eine aufkeimende Panik, die sich wie Gift in ihren Adern ausbreitete, ließ sie kraftlos gegen eine der quadratischen Säulen des Eingangsvorbaus sinken. Hatte sie sich in den Mann verliebt, der ihr, aus welchem Grund auch immer, das Leben nehmen wollte? Aber das war doch irrsinnig … immerhin war er ihr in den Nil nachgesprungen …

Seine verhaltene, aber hörbar aufgebrachte Stimme ließ sie aufhorchen. „Deine Verdächtigungen sind völlig aus der Luft gegriffen. Sie mögen dazu geeignet sein, Sarah gegen mich aufzubringen, ansonsten sind sie haltlos, und das weißt du genau!"

„Hattest du mir nicht versichert, dass du keinerlei Interesse an dem *verängstigten Mädchen* hast, wie du sie nanntest?"

„Das hatte ich auch nicht."

„Bis wann?"

„Bis ich bemerkte, dass ihre Ängstlichkeit lediglich Zurückhaltung ist. Bis ich feststellte, was für ein großes Herz in dieser zierlichen Person steckt."

„Dann ist es also wahr? Du hast dich ihr … genähert?"

Sarah zuckte zusammen. Jacobs Stimme war kalt und aggressiv. So hatte sie ihn noch nie reden gehört. Liebte er sie doch mehr, als sie angenommen hatte?

„Verdammt, Jacob! Ich wollte das nicht! Ich bin kein Mann, der einem anderen die Frau wegschnappt", begehrte Andreas auf und hörte sich tatsächlich verzweifelt an.

„Aber?" Der US-Amerikaner klang wieder deutlich beherrschter.

Lange Zeit war nur das Zirpen der Zikaden zu hören. Ob die Insekten sie auslachten? Endlich gab sie dem Schwächegefühl in ihren Knien nach und sank mit dem Rücken an der Steinpforte entlang zu Boden, um dort zusammengekauert wie ein Häuflein Elend zu verweilen.

„Hör mir zu." Andreas zögerte, und Sarah fragte sich, ob er sich mit den Händen durch das Haar fuhr und sein schiefes Lächeln zeigte. „Gleichgültig, welche Gefühle ich für Sarah hege, ich werde die Finger von ihr lassen."

„Du bist ein Idiot!" Verwundert registrierte Sarah, dass Jacob auflachte. War es Erleichterung, die ihn zu diesem Gefühlsumschwung trieb, oder meinte er ernst, was er sagte? Wieder entstand eine Pause. Sarah schloss gequält die Augen und vergrub ihren Kopf in den Armen, die sie auf die Knie gelegt hatte.

„Ich kannte Sarahs Vater!"

Ruckartig hob sie den Kopf. Sie war versucht, aufzuspringen und zu Andreas zu laufen. Was wusste er von ihrem Vater? Wo hatte er ihn kennengelernt? Was war aus ihm geworden? Aus Furcht, nie zu erfahren, was mit ihrem Vater geschehen war, rührte sie sich nicht.

Jacob schien nicht minder verblüfft zu sein, denn er schwieg abwartend.

„Ich arbeitete vor und während des Krieges für die Abteilung IIIb, den militärischen Nachrichtendienst. Mein vorrangiger Einsatzort war London. Martin Hofmann war mein direkter Vorgesetzter. Er war ein toller Kerl. Intelligent, wagemutig und geschickt wie ein Phantom. Er verstand es, an einem Ort aufzutauchen und zu verschwinden, ohne irgendwelche Spuren zu hinterlassen. Allerdings fingen die Briten uns Spione bereits zu Beginn des Krieges fast ausnahmslos ab. Im Oktober 1914 verdankte ich es allein Hofmann, dass mir die Flucht gelang. Doch seine Fähigkeiten und die Tatsache, dass er praktisch der einzige Spion war, der dem britischen Geheimdienst trotzen konnte, erregten das Misstrauen unserer Vorgesetzten. Das *Australian and New Zealand Army Corps* hatte sich in Ägypten formiert. Die ersten Truppenteile trafen ab November 1914 in Alexandria ein. Ich verbrachte lange Zeit in Ägypten, wurde aber plötzlich ins Kaiserreich zurückgerufen. Bei meinem neuen Auftrag setzte man mich auf meinen ehemaligen Mentor Hofmann an. Der Verdacht der Doppelspionage musste ausgeräumt oder bestätigt werden."

Sarah schüttelte den Kopf. Das, was sie da erfuhr, war einfach unvorstellbar. Ihr Vater war einer dieser geheimnisumwitterten Spione gewesen, vor denen sich die britische Regierung so gefürchtet hatte, dass man beinahe hinter jedem im Königreich lebenden Deutschen eine Gefahr gewittert hatte? Er hatte sich während des Krieges in London aufgehalten, ohne seine Tochter auch nur einmal zu besuchen? Hatte sie sich also doch nicht getäuscht, als sie eines Tages geglaubt hatte, ihn gesehen zu haben? Und dann war ihr Vater als Doppelspion, als Verräter gebrandmarkt worden?

Nun erschloss sich ihr auch ein längst vergessen geglaubter, eigentümlicher Besuch dreier Herren in Alisons kleinem Salon. Ihre Ziehmutter hatte sie damals ziemlich harsch auf ihr Zimmer verbannt. Aber die offenen Kamine in ihrem Privatraum und im Salon teilten sich einen Rauchabzug, sodass es nicht schwer gewesen war, zumindest Teile der Unterhaltung zu verstehen. Alison hatte irgendwelche Beschuldigungen rigoros von sich gewiesen und war ausfallend wie selten aufgetreten. Letztendlich hatte sie die drei Herren hinauskomplimentiert. Hatten die Männer nach einer Verbindung zwischen Sarah Hofmann und einem Spion, vielleicht einem Doppelspion gleichen Nachnamens gefahndet? Hatten sie versucht, in Erfahrung zu bringen, ob das junge Mädchen Kontakt zu ihrem Vater hatte? Selbstverständlich hatte ihr Vater sie niemals besucht, wollte er sie doch vor jeder Gefahr bewahren! Jetzt erschloss sich ihr auch das fast vollständig von der Außenwelt abgeschottete Leben, das Alison über Jahre mit ihr geführt hatte. Beide hatten sie viel geopfert, um Sarah zu schützen. Ihr Vater hatte sie nicht zu Alison gegeben, weil er ihrer überdrüssig war, sondern weil er sie zu sehr liebte, um sie einer Gefahr auszusetzen!

Ob Alison über die Geheimdiensttätigkeit von Sarahs Vater von vornherein Bescheid gewusst hatte?

Das Scharren von Füßen schreckte Sarah auf. Andreas' Worte drangen wieder zu ihr durch: „… Ich kam ihm immer näher. Er hatte einflussreiche Kontakte innerhalb des britischen Militärs. Aber offenbar wusste er um meine Anwesenheit in London. Eigentlich hätte ich es ahnen müssen; er war ein gewiefter Fuchs. Ich konnte seine Tätigkeit als Doppelspion weder beweisen noch widerlegen, und so geschah, was unweigerlich geschehen musste: Ich bekam den Auftrag, Hofmann auszuschalten."

„Du hast …?" Jacob schnappte hörbar nach Luft.

Andreas lachte trocken. „Hofmann hat den Spieß umgedreht. Er machte aus dem Jäger den Gejagten. Ab einem gewissen Zeitpunkt hieß es nur noch: er oder ich. Schließlich stellte er mich in einem heruntergekommenen Viertel, und was dort geschah, erschließt sich mir bis heute nicht. Schüsse fielen. Ich gehe davon aus, dass es nicht Hofmann war, der schoss, denn er ging als Erster zu Boden. Dann traf auch mich eine Kugel. Der dritte Mann verschwand. Ich robbte mich zu Hofmann. Wir lagen nebeneinander im Dreck, er starb nach etwa einer halben Stunde, ohne etwas gesagt zu haben. Mich fand ein Kollege, den das Deutsche Kaiserreich mir zu Hilfe geschickt hatte. Allerdings ist bis heute die Frage offen, wie er mich in dieser Gegend überhaupt finden konnte. Vermutlich war *er* der dritte Mann in der Gasse. Womöglich nahm man an, ich sei nicht fähig, meinen Mentor auszuschalten. Der Kerl schmuggelte mich nach Deutschland zurück. Erspare mir bitte die Einzelheiten dieser Odyssee, immerhin hatte ich eine Kugel im Körper."

„Aber was danach geschah, das erzählst du mir?", forschte Jacob interessiert nach.

„Ich lag einige Wochen in einem Krankenhaus. In dieser Zeit sortierte man mich aus dem aktiven Dienst aus. Man vertraute mir nicht mehr. Als ich genesen war, wurde ich in den Sanitätsdienst gesteckt. Du weißt schon, das sind die Männer, die zwischen den Schützengräben und den Frontlazaretten unterwegs waren und verwundete Soldaten rausschleppten, wobei sie als gefundenes Fressen für Scharfschützen und sonstige schießwütige, feindliche Infanteristen herhalten durften."

„Man legte es darauf an, dich loszuwerden?"

„Darüber lässt sich spekulieren. Genauso gut hätte man mich als Infanterist an die vorderste Front oder in ein Flugzeug stecken können."

„Miss Hofmanns Vater starb also in einer Londoner Gasse?"

„Ja, sehr nahe beim Wohnort seiner Tochter. Und ich weiß nicht, ob ich ihn getötet habe oder der andere."

Für geraume Zeit blieb das plötzlich übernatürlich laut scheinende Zirpen der Zikaden und das Rascheln der Palmblätter das einzige Geräusch, bis Jacob sich leise räusperte. „Du wirst ihr das nie erzählen, oder?"

„Nein. Und genau das ist der Grund, weshalb ich mich von ihr fernhalte, gleichgültig, wie stark meine Zuneigung zu ihr sein mag. Sie hat einen besseren Mann verdient. Einen wie dich, Jacob. Vor allem, weil ich befürchte, dass Sarah momentan von der Vergangenheit ihres Vaters eingeholt wird. Hofmann war bei seiner Tätigkeit brillant, ging jedoch nicht gerade zartfühlend vor. Das brachte seine Aufgabe als Leiter unserer kleinen Einheit so mit sich. Wer weiß, was heute in England über ihn bekannt ist? Vielleicht gibt es Familienangehörige der Personen, die mit Hofmann zu tun hatten, die er für seine Zwecke ausnutzte und womöglich zu eliminieren gezwungen war."

„Die Anschläge auf Sarah …", sinnierte Jacob so leise, dass Sarah seine Worte nur erahnen könnte.

„Ein Rachefeldzug?"

„Aber weshalb trifft es dann auch Lady Clifford?"

„Sie hat Sarah aufgezogen. Vermutlich denken die Täter, dass sie mit Hofmann unter einer Decke steckt."

„Ich bin froh, dass du mir das anvertraut hast."

„Jacob, versuch das Mädchen dazu zu bewegen, mit dir in die Staaten zu reisen. Nicht nur wegen der drohenden Gefahr, der sie dort hoffentlich so lange entgehen kann, bis ich herausfinde, wer dahintersteckt."

„Niemand könnte das besser als du!"

„Mit meiner Ausbildung und Vorgeschichte, natürlich!"

„Und der zweite Grund ist der, sie von dir fernzuhalten?"

„Es ist besser so. Für dich, für Sarah und auch für mich. Es fällt mir von Tag zu Tag schwerer, ihre Gegenwart auszuhalten, ohne … du weißt schon!"

„Entschuldige bitte, dass ich dich verdächtigt habe, hinter den Angriffen auf Sarah zu stecken."

„Vielleicht stecke ich in der Sache mit drin, wenn auch unfreiwillig", knurrte Andreas.

„Dann lege ich mir am besten eine Strategie für mein weiteres Vorgehen mit Sarah zurecht."

„Sprich mit der Lady. Sie liebt die Kleine wie ihr eigenes Kind. Die

Frau ist vernünftig und praktisch veranlagt. Das Leben ihres Schützlings steht weit über ihrer Faszination für einen längst verstorbenen König."

„Was wirst du tun?"

„Mich mit dem britischen Geheimdienst anlegen."

„Das könnte unangenehme Folgen für dich nach sich ziehen!"

„Ich habe der Familie Hofmann gegenüber etwas gutzumachen."

„Meinst du? Und was ist, wenn du nicht der Todesschütze warst, wovon ich nach deiner Erzählung eigentlich ausgehe?"

„Dann war es dennoch ich, der den Schützen auf Hofmanns Fährte gelockt hat."

„Ein schmutziges Geschäft!", resümierte Jacob.

„Das irgendjemand erledigen musste."

„Tollkühne Abenteurer wie du …"

„Oder der heimatlose, vernachlässigte Junge, der ich war. Hofmann bot mir innerhalb seiner Truppe eine Art Familienersatz an."

Sarah zuckte zusammen, als sich ihr feste Schritte näherten. Erschüttert von der Geschichte, die Andreas erzählt hatte, und von den widersprüchlichen Gefühlen, die diese in ihr auslöste, hatte sie völlig vergessen, dass sie nicht gesehen werden durfte. Doch nun war es für eine heimliche Flucht zu spät. Sie machte sich noch kleiner und hielt den Atem an, bis die Tür hinter den Freunden mit einem lauten, endgültigen Klicken ins Schloss schnappte. Sarah blieb allein zurück; verwirrt, verängstigt und gefangen in einem Sturm sich überschlagender Empfindungen. Sie hatte ihre Vergangenheit wiedergefunden und dabei ihre Zukunft verloren. Nun fühlte sie sich wie eine Feder im Wind, ohne einen Ort, an dem sie Schutz finden konnte, den Stürmen hilflos ausgesetzt.

Das Gehörte brachte vehementer als jemals zuvor die Frage auf, wem sie überhaupt noch vertrauen konnte – und wem besser nicht.

Kapitel 21

Der Lichterglanz der Kronleuchter, die schwungvolle Musik und das Stimmengewirr empfingen Sarah, als betrete sie eine andere Welt. Eine Welt, die noch nie die ihre gewesen war und der sie nun noch weniger abgewinnen konnte. Sarah hatte angenommen, sie würde bittere Tränen vergießen, doch selbst diese blieben ihr versagt. Dagegen wuchs in ihr eine unerträgliche Anspannung, und sie fürchtete, demnächst zu explodieren. Ein falsches Wort an sie gerichtet …

Claire und Maxime steuerten mit strahlenden Gesichtern auf sie zu. Sarah fürchtete, laut schreien zu müssen. Sah denn niemand ihre Not? Musste sie diese hinausbrüllen, mitten in diese ausgelassen feiernde Gesellschaft?

Eine kleine Hand schob sich in Sarahs. Verwundert senkte sie den Blick und sah Tari vor sich. Unverzüglich ging Sarah in die Hocke und bemerkte aus dem Augenwinkel, wie die französischen Schwestern sich zurückzogen.

„Du hast gerade zwei jungen Damen das Leben gerettet", raunte Sarah Tari zu. Das Mädchen blinzelte sie verwirrt an. „Was machst du hier?"

„Samira ist draußen. Aalisha wieder Fieber."

„Ich gehe meine Tasche holen. Du und Samira wartet am besten am Fuß der Außentreppe auf mich."

„Danke!", flüsterte Tari mit Tränen in den Augen. Ihre Angst um ihre kranke Freundin war unübersehbar groß.

Sarah bat einen Hotelangestellten, Lady Alison auszurichten, dass sie zu einem kranken Kind gerufen worden sei. Sie lief, so schnell es die Spangenschuhe zuließen, in ihr Zimmer, nahm sich die Zeit, in die weichen Schuhe zu schlüpfen, die die Mutter der kleinen Patientin für sie gemacht hatte, schnappte ihre prall gefüllte Tasche und flog förmlich die Stufen wieder hinab. Wie vereinbart traf sie auf dem Vorplatz auf die Schwestern.

„In diesem guten Kleid?", entfuhr es Samira.

„Ich wollte mich nicht mit Umziehen aufhalten", erwiderte Sarah und stürmte voraus. Tari folgte ihr und ergriff ihre Hand.

„Wie hast du von dem Zustand deiner Freundin erfahren? Um diese späte Stunde bist du doch nicht mehr in den Gassen unterwegs!"

„Marik sagte es uns. Er hat die Mutter getroffen."

„Das ist nett von Marik", keuchte Sarah. Bisher hatte sie nicht den Eindruck gehabt, dass sich der Junge sonderlich für Tari oder ihre kleinen Freundinnen interessierte. Seine Geste bewies jedoch, wie grundlegend sie sich offenbar in ihm getäuscht hatte. Diese Erkenntnis war nicht gerade dazu angetan, Sarahs Herz zu beruhigen. Gab es noch mehr Menschen, die sie nicht durchschaute, die sie hinters Licht führten?

In Gedanken ging sie noch einmal die Krankheitssymptome des Kindes durch, und sie beschloss, einen Arzt hinzuzuziehen. Vermutlich übernahm Alison gern die Kosten für die Behandlung.

Gut hundert Meter von ihnen entfernt bog ein Automobil in die Straße ein. Die Lichtkegel der Scheinwerfer tasteten wie suchend über die

Hauswände und trafen schließlich die drei Mädchen. Es gab nicht viele motorisierte Wagen in dieser Stadt, deren enge Gassen nicht für sie geeignet waren. Der Wagen beschleunigte mit röhrendem Motor. Sarah runzelte die Stirn. Konnte der Chauffeur die Fußgänger überhaupt sehen?

Samira trieb wohl ein ähnlicher Gedanke um, denn sie ergriff Sarahs Hand und zog sie und Tari eilig vorwärts in den Lichtschein eines Fensters. Erleichtert sah Sarah, wie der Wagen nach links schwenkte. Aber weshalb drosselte er seine Geschwindigkeit nicht?

Plötzlich ging alles sehr schnell. Das Automobil war auf ihrer Höhe. Mit einem Ruck schwenkte es nach rechts und kam genau auf die drei Mädchen zu. Geblendet von den Scheinwerfern schloss Sarah die Augen. Sie hörte jemanden schreien. Samira riss sie mit sich. Dadurch entglitt Sarah Taris Hand. Metall knirschte auf Stein. Ein dröhnendes Geräusch folgte, begleitet von einem lauten Knall. Etwas quietschte, als bettele es um Erbarmen. Sarah fiel auf Samira. Sie spürte, wie sie sich die Knie aufschlug, dann knallte ihr Kopf gegen die Kalksteinmauer.

Der Motor röhrte und spuckte. Unter schrillem Aufheulen entfernte sich das Automobil in hoher Geschwindigkeit und hüllte sie in eine beißende Abgaswolke.

Sarah stöhnte leise. Ihr Kopf dröhnte, als spiele jemand Pauke darin. Sie hörte Samira schluchzen, sie musste noch viel schlimmer gestürzt sein als sie selbst. Mühsam schob Sarah sich auf die schmerzenden Knie, als ein verhaltenes Stöhnen, nicht mehr als ein Wispern im Wind, sie aufmerken ließ.

„Tari?" Sarah erhielt keine Antwort. Sie robbte über den Lichtschein hinaus und ertastete einen kleinen Fuß in einer Sandale. „Tari?", wiederholte sie. Ihre zweite Hand fasste in eine warme, klebrige Flüssigkeit.

„Wo ist Samira?", fragte Tari in ihrer Muttersprache. Ihre Stimme klang gequält, schwach.

„Ich bin hier." Samira robbte sich neben Sarah. Diese untersuchte das Mädchen. Da sie nicht mehr als graue Umrisse sehen konnte, griff sie unter den Körper und hob das Kind vorsichtig in den aus dem Fenster fallenden Lichtschein. Anwohner rissen ihre Türen auf. Lichter fielen auf die Straße. Stimmen wurden laut. Sarah nahm all das kaum wahr. Sie sah nur das kleine Mädchen in seinem bemitleidenswerten Zustand. Und die Tatsache, dass sie vor ihren Augen verblutete.

Samira brach in Tränen aus, ihre Hände strichen fahrig über die unversehrten Arme des Kindes.

„Sprich mit ihr", wies Sarah Samira knapp an. Sie schnitt mit der

Schere aus ihrer Tasche den Kinderjilbab auf, um nach der Ursache der heftigen Blutung zu suchen. Die Verletzungen, die sie zu sehen bekam, waren wie ein Fausthieb ins Gesicht: Tari hatte keine Überlebenschance. Nicht hier in Luxor, weitab eines gut ausgestatteten Krankenhauses. Dennoch arbeitete sie mechanisch weiter, versuchte den Blutverlust aufzuhalten. Sie war es den Schwestern schuldig, dass ihnen zumindest wertvolle Minuten zum Abschiednehmen blieben.

„Erzähl mir die Geschichte von den Engeln", hörte sie Tari flüstern, wobei sie das letzte Wort auf Englisch aussprach. Nie zuvor hatte Sarah gehört, dass das Kind ein Sprachgemisch zwischen der Heimatsprache ihrer Mutter und ihres Vaters benutzte. Kannte sie das Wort Engel womöglich nur auf Englisch?

Sie hörte nicht, was Samira ihrer Schwester ins Ohr flüsterte. Zu beschäftigt war sie mit ihren vergeblichen Bemühungen, das Leben des Mädchens zu verlängern, zu fremd war ihr die Sprache. Plötzlich lief ein Zittern durch den kleinen Körper. Sarah griff nach Taris Hand, die sich ihr entgegenstreckte. Tränen der Verzweiflung mischten sich mit Tränen der Wut. In Gedanken schrie sie Gott an, warum er das zuließ.

Tari schenkte ihr einen leichten Händedruck, nicht mehr als ein letzter, sanfter Gruß, dann erschlafften ihre Glieder. Samira schrie laut auf. Sie warf sich wie schützend über den Körper des Mädchens. Es war zu spät.

Tari war tot.

Das Mädchen, das sich so um seine kleinen Freunde gesorgt hatte, gab es nicht mehr. Nie wieder würde sie ihre Hand in Sarahs legen. Nie wieder würde Tari ihr strahlendes Lächeln zeigen. Tari … *die Schönste von allen*. Sie hatte ihren Namen zu ihrer Herzenshaltung gemacht. Ihr Herz war wunderschön gewesen.

Sarah ließ die leblose kleine Hand los, vergrub ihr Gesicht in ihren blutigen Fingern und weinte hemmungslos.

***

Sarah hob den Kopf und betrachtete die funkelnden Sterne am schwarzen Himmel. Sie blinkten wie ein Gruß aus einer anderen Welt zu ihr hinab. Wollten die Himmelslichter sie trösten?

Um sie herum herrschte tiefe Stille. Die Straße wirkte verwaist, alle Türen waren verschlossen, die Lichter gelöscht. Wie lange war es her, seit ein alter Mann Taris Leichnam aufgehoben und davongetragen hatte?

War Samira ihm gefolgt? Mehrere Frauen hatten sich um Sarah versammelt und auf sie eingeredet, doch sie hatte immerzu den Kopf geschüttelt. Wie viel Zeit war vergangen, seit die Frauen sie allein gelassen hatten?

Da sie erbärmlich fror, erhob Sarah sich endlich. Ihr Kopf strafte es mit einem scharfen, pochenden Schmerz. Suchend sah sie sich um. Ihre Verbandstasche war ebenso verschwunden wie ihr Hut. Hatte man sie bestohlen? Ihr Blick fiel auf einen dunklen Fleck. Er zog sich bis weit in die Straße hinein. Taris Blut.

In Sekundenschnelle zogen die Ereignisse nochmals an ihrem inneren Auge vorbei, ließen sie wieder und wieder in die blendenden Scheinwerfer sehen, das Dröhnen des Motors und die grässlichen Geräusche hören, als der Wagen gegen die Hauswand raste und Tari zerquetschte.

Sarah taumelte die Gasse entlang. Sie wollte fort von diesem Ort, von der tief in ihrem Herzen eingegrabenen Erinnerung.

Eine Katze sprang fauchend in eine angrenzende Straße und warf dort etwas um. Laut klang das Klappern durch die Nacht. Aufgescheuchte Hühner gackerten, aber deren Zetern verlor sich bald. Sarah eilte immer weiter. Ihre Sandalen patschten auf das Pflaster, ihr Atem ging keuchend. Ob sie sich auf dem richtigen Weg befand? Sie war die Strecke nie ohne Tari gegangen. Tari! Niemals mehr würde sie mit ihr kranke Kinder besuchen …

Sarah lief noch schneller, ungeachtet ihrer brennenden Lunge und des Schmerzes, der ihr Kopf und die Füße ausstrahlten. Sie entschied sich für eine breitere Straße. Wieder bog Sarah um eine Ecke. Am Ende der kurzen Gasse glaubte sie, eine dunkle Silhouette zu sehen. Jemand kam ihr entgegen.

***

Andreas blickte über die Schulter zurück. Jacob war deutlich zurückgefallen, was bei dem zwar eleganten, aber unpraktischen Schuhwerk des Mannes nicht verwunderlich war. Keuchend lehnte Andreas sich an die raue Hauswand. Seit über zwei Stunden befanden sie sich auf der Suche nach Sarah, ohne auch nur eine Spur von ihr zu finden.

Jacobs Atem ging rasselnd, als er Andreas erreichte. Dieser betrachtete die hochrote Gesichtsfarbe seines Freundes. Vielleicht wäre es sinnvoller, wenn sie sich trennten. So könnte jeder von ihnen in seinem eigenen Tempo weitersuchen und sie deckten gleichzeitig einen größeren Radius ab.

„Ob wir besser … umkehren und im … Hotel nachsehen, ob Sarah … inzwischen zurückgekehrt ist?", stieß Jacob atemlos hervor.

„Ja, geh du zum Winter Palace. Ich suche noch dieses Viertel ab. Wir treffen uns spätestens in einer Stunde im Souk."

„Einverstanden!" Der Amerikaner nickte, blieb aber noch einen Moment vornübergebeugt stehen, um zu verschnaufen.

Andreas gönnte sich diese Pause ebenfalls. Eine ungute Ahnung hatte sich seiner bemächtigt, seit Alison ihm und Jacob mitgeteilt hatte, dass Sarah den Empfang verlassen hatte, um nach einer Patientin zu sehen. Sarah war seit nunmehr vier Stunden fort. Was hielt sie so lange auf? Sie musste doch ahnen, dass die Countess sich Sorgen machte!

War Sarah etwas zugestoßen? Hatten ihre Verfolger sie abgefangen und …

Die Verzweiflung, gepaart mit einer gehörigen Portion Wut, traf ihn mit voller Wucht, schien ihn innerlich zu verbrennen. Ruckartig stieß er sich von der Mauer ab. Er musste sie einfach finden! Lebend!

Auch Jacob richtete sich wieder auf und sah Andreas verzweifelt an. Vermutete er, dass sie Sarah verloren hatten? „In einer Stunde", murmelte er, ehe er sich abwandte und mit hängenden Schultern den Weg in Richtung Winter Palace einschlug.

Andreas bog in die Querstraße ein. Er hatte erst ein paar Schritte zurückgelegt, als er im matten Schein der Sterne eine Bewegung am anderen Ende der Gasse ausmachte. Eine zarte Frauengestalt näherte sich ihm taumelnd.

„Jacob!", brüllte Andreas über die Schulter, ehe er zu rennen begann. Auf seinen Ruf hin war Sarah stehen geblieben. Bald war er ihr so nahe, dass er ihr zerrissenes Kleid und das an ihr klebende Blut erkennen konnte. Sein Herz schien zu einem Eisklumpen zu erstarren.

Als er sie erreichte, fiel sie ihm förmlich entgegen. Er fing sie auf, doch er wagte angesichts des vielen Bluts nicht, sie an sich zu drücken.

„Was ist passiert?", fragte er und strich ihr mit einer Hand das verklebte Haar zurück.

„Das Automobil! Es fuhr einfach in uns hinein!" Ein Zittern durchlief Sarahs Körper. Ihre Hände krallten sich in sein Hemd.

„Sind Sie verletzt?"

Ein Kopfschütteln folgte, dann sackte Sarah in die Knie, sodass er sie kräftiger mit seinen Armen umfangen musste. Die Erleichterung, sie gefunden zu haben, mischte sich mit seinem Wunsch, sie tröstend an sich zu ziehen, und dem schmerzhaften Wissen, dass er das nicht durfte.

Gepeinigt hob er den Kopf und empfand es nahezu als eine Erlösung, als Jacob bei ihnen eintraf.

„Übernimm du!", befahl er rüde und schob Sarah in Jacobs Arme. Ihr Blick suchte den von Andreas. Er sah, wie ihre Augen sich weiteten, als er eine Pistole aus dem Gürtelbund zog. „Das war nicht mehr der Versuch, einen Unfall zu provozieren, sondern ein offener Mordanschlag. Miss Hofmann muss unverzüglich ins Hotel!"

Er bedeutete Jacob mit einer Kopfbewegung vorauszugehen, während er die im Sternenlicht blau schimmernde Waffe mit beiden Händen schussbereit hielt und die Umgebung absicherte. Sein Verstand arbeitete fieberhaft, doch er kam über zwei Erkenntnisse nicht hinaus: Die Vergangenheit ihres Vaters musste Sarah eingeholt haben und Samira und Tari hatten die junge Frau in eine Falle gelockt. Allerdings schien beides in einem nur schwer nachvollziehbaren Zusammenhang zu stehen.

Er musste nun all seine Energie in die Aufklärung dieser verworrenen Angelegenheit stecken. Das war er Hofmann und seiner Tochter schuldig. Sobald er dies zu einem Abschluss gebracht hatte, konnte er sowohl seinen ehemaligen Vorgesetzten als auch Sarah endgültig aus seinen Gedanken verbannen und ein neues Leben beginnen. Ein weiteres Mal …

Kapitel 22

„Sarah! Lieber Gott, ich danke dir!"

Alison bedeutete Jacob, dass er Sarah zur Couch bringen sollte. Als er Sarah vorsichtig auf das Sitzmöbel gelegt hatte, atmete diese auf. Sie hoffte inständig, dass die beiden Männer ihr Zimmer sofort verlassen würden. Sie wollte Alison berichten, was geschehen war und endlich ihrer Trauer um Tari freien Lauf lassen.

„Lady Clifford, stellen Sie schnellstmöglich fest, ob das Blut wirklich nicht von Sarah stammt", sagte Andreas knapp und wandte sich zu Sarahs großer Erleichterung tatsächlich zum Gehen. Jacob folgte ihm, wenn auch nur zögerlich, und schloss behutsam hinter ihnen die Tür.

„Ungehobelter Kerl!", schalt Alison und kniete sich vor die Couch. „Was ist mit dir, meine Liebe?"

„Ich bin nicht verletzt, Lady Alison."

„Aber dieses viele Blut …"

„Ich habe mir nur den Kopf gestoßen und die Knie aufgeschlagen." Sarah wimmerte, als sie von ihren erschreckend detaillierten Erinnerungen an das Automobil, den Aufschlag und die begleitenden Geräusche eingeholt wurde. Tari hatte nicht einmal geschrien! Hatte sie keine Schmerzen leiden müssen? Was für eine Geschichte über Engel hatte sie von Samira hören wollen? Verwirrt über die Sprunghaftigkeit ihrer Gedanken stöhnte Sarah auf. „Das Blut ist von Tari."

„Tari?" Das Entsetzen im Gesicht der älteren Frau brachte alle Dämme zum Bersten. Tränen quollen aus Sarahs Augen, begleitet von einem erstickten Aufschrei. Sie schlang die Arme um Alison und barg ihr Gesicht an ihrer Schulter. Alison wiegte sie zart hin und her wie eine Mutter ein kleines Kind.

„Tari ist tot, Lady Alison. Sie starb in Samiras Armen. Ich konnte nichts für sie tun!"

„Oh mein Gott!", flüsterte Alison und ihre Umarmung nahm an Intensität zu.

Lange Zeit kauerten sie einfach nur da, eng umschlungen, tief verbunden in ihrem Schmerz. Irgendwann bemerkte Sarah, dass Alison leise vor sich hin murmelte. Betete sie? Sie hörte ihren eigenen Namen, den von Samira und von Tari und plötzlich die für Alison typischen, aufrührerischen Gedanken, die sie selbst Gott gegenüber gebrauchte: „Das, Herr, das wirst du mir genau erklären müssen! Ich verstehe es nicht! Warum wolltest du sie bei dir haben? Hatte sie denn die ihr für ihr Leben zugedachte Aufgabe schon erfüllt? Nein, ich verstehe es nicht, und alles in mir sträubt sich, das zu akzeptieren! Aber ich werde dich danach fragen, wenn ich einmal vor deinem Thron stehe, verlass dich drauf!"

Die folgende Stille lag schwer im Raum. Dem Aufruhr folgte ein Flüstern: „Aber du kennst mich ja, ich beruhige mich schnell wieder und werde lernen, damit zu leben."

Erneut breitete sich Stille aus, eine Stille, die bis tief in Sarahs Inneres zu spüren war. Wie ein sanfter, heilsamer Windhauch, der ihren Schmerz umschloss und verhinderte, dass er sich auszubreiten und sie zu zerfressen begann. Sarahs Tränen versiegten. Sie hörte das Rascheln der im Wind tanzenden Gardinen. Es war, als flüstere Gott ihnen tröstende Worte zu.

Ein kräftiges Klopfen an der Tür schreckte beide Frauen auf.

„Wir sind noch nicht so weit, meine Herren. Aber keine Angst, Sarah hat nur oberflächliche Blessuren."

Andreas' Stimme drang dumpf durch die Tür, als er fragte: „Woher stammt dann das Blut?"

„Tari ... die kleine Tari ist gestorben." Alisons Antwort klang sachlich, doch Sarah entging der Schmerz nicht, der ihre Stimme rau machte. Auch Alison hatte dieses selbstlose Kind geliebt!

Auf dem Flur war eine kurze, unverständliche Diskussion zu hören, anschließend entfernten sich die Schritte einer Person.

Sarah fühlte eine unangenehme Kälte in sich aufsteigen. Sie wusste, dass es Andreas war, der sich zurückzog. Er würde für immer aus ihrem Leben verschwinden. Aber vermutlich war das nach dem, was sie aus seinem eigenen Mund gehört hatte, besser so. Da war es gleichgültig, dass ihr Herz gerade zu erfrieren drohte … In diesem Moment überkam sie ein grausiger Gedanke mit ungeheurer Wucht: Tari war an ihrer Stelle gestorben!

„Lady Alison?"

„Ja, meine Liebe?" Alison streifte ihr vorsichtig die Bluse ab.

„Ich möchte abreisen. Gleich morgen!"

Alison warf einen Blick auf die Kommodenuhr, und auch Sarah stellte fest, dass es weit nach Mitternacht war. So schnell abzureisen war wohl unrealistisch. Doch Alison hatte zweifellos verstanden, dass sie keinen Tag länger als nötig hierbleiben wollte.

Die Frau musterte sie aus zusammengekniffenen Augen. Ihre Angst, Alison würde sie zwingen, in Ägypten auszuharren, verwandelte sich in Wut. Vermutlich fürchtete ihre Ziehmutter, dass sie sich wieder in das ängstliche Reh zurückverwandelte, das sie noch vor wenigen Wochen gewesen war.

„Falls Sie noch bleiben möchten, reise ich allein, Lady Alison. Aber ich reise!"

Die Frau ließ von ihren Bemühungen ab, ihr die blutverkrusteten Kleider auszuziehen und umfasste mit beiden Händen Sarahs bleiches und von Tränen gezeichnetes Gesicht. „Ich kümmere mich um unsere Abreise. Doch zuerst musst du etwas schlafen. Auf der Heimreise haben wir mehr als genug Zeit, um über alles zu sprechen, was vorgefallen ist, und um über zwei junge Herren zu diskutieren, denen du dann schon das Herz gebrochen haben wirst."

„Und Samira?"

„Wir lassen ihr selbstverständlich eine Nachricht zukommen und hinterlegen ein großzügiges Gehalt für sie an der Hotelrezeption."

„Womöglich will sie es gar nicht haben. Nicht nach dem, was heute Nacht geschehen ist."

„Über deine Selbstvorwürfe reden wir später!", beschloss Alison im Befehlston.

Sarah fühlte sich nicht in der Lage, mit ihr über das zu sprechen, was sie am Abend unfreiwillig von Andreas erfahren hatte. Willenlos wie eine Puppe ließ sie sich von Alison ausziehen und waschen, schlüpfte in ein Nachthemd und legte sich ins Bett. Sie hörte Alison noch mit Jacob diskutieren, bevor ihre Gedanken zu Samira und Tari abdrifteten, zu Marik und ihren kleinen, liebenswerten Patienten in dieser Stadt, die sie nun verlassen musste.

***

Sarah schrak zusammen, als die Tür aufsprang und zwei Personen eintraten. Im Dunkeln und aufgrund des Gegenlichts aus dem Flur konnte sie unmöglich erkennen, wer es war. Erschrocken verkroch sie sich tiefer unter ihrer Decke. Hatte Andreas nicht davon gesprochen, dass die Unbekannten jetzt anscheinend bereit waren, sie kaltblütig zu ermorden? Sie hatten sich schon einmal im Hotel aufgehalten, um Alisons Mahlzeit zu vergiften. Womöglich waren sie sogar im Winter Palace abgestiegen? Kamen sie jetzt und brachten zu Ende, was sie begonnen hatten? Kalter Schweiß brach ihr aus. Sie atmete flach und schnell. Was sollte sie nur tun?

Die Deckenlampe flammte auf und blendete Sarah. Schritte näherten sich dem Bett, der Vorhangring des Moskitonetzes klirrte, als dieses beiseitegeschoben wurde.

„Sarah? Samira ist hier."

„Samira!", stieß Sarah hervor. Sie schüttelte jede Angst von sich, wühlte sich aus der Decke und dem Vorhang und lief im Nachthemd und barfuß zu ihrer Freundin. Diese empfing sie mit ausgebreiteten Armen. Weinend hielten sich die beiden jungen Frauen fest, bis ihr Schluchzen allmählich verstummte.

„Du willst abreisen?", brach Samira schließlich die Stille.

„Woher …?"

„Ich dachte es mir."

Sarah nickte und beobachtete, wie Samira sich an Alison wandte. „Ich … es ist eine unverschämte Frage, aber ich weiß mir keinen anderen Rat: Darf ich Sie bitten, mich mit nach England zu nehmen? Es-"

„Was?" Sarah runzelte die Stirn. „Du willst deine Familie und deine Heimat verlassen?"

„Vorgestern hatte ich einen Streit mit meinem Verlobten. Ich habe ihm gesagt, dass ich ihn nicht heiraten werde."

Sarah und Alison sahen sich an, schwiegen aber, zumal Samira an ihnen vorbei in den anbrechenden Morgen vor dem Fenster blickte.

„Gleich gestern war meine Großmutter bei Iskander und Dero Kaldas. Daraufhin haben sie die Hochzeit auf heute festgelegt. Ich soll gezwungen werden …" Samiras Stimme zitterte. Sie brach ab und bemühte sich um einen gefassten Tonfall. „Dero saß heute Nacht am Steuer dieses Automobils. Die Familie Kaldas besitzt mehrere Wagen …"

Sarah riss die Augen auf. Konnte das möglich sein? Hatte der Anschlag nicht ihr, sondern Samira gegolten?

„Woher weißt du das?", fragte sie mit zittriger Stimme.

„Marik!" Samira schluchzte auf und ballte die Hände zu Fäusten.

„Als er sah, was mit Tari geschehen war und ich ihm und meiner Großmutter von dem Automobil erzählte, ist er wütend geworden. Bevor er das Haus verließ, sagte er, Dero habe ihm Geld dafür gegeben, dass er Tari sagen sollte, Aalisha sei wieder krank …"

„Dero Kaldas wollte dich und mich in die Gasse locken? Dich, weil er mit dieser Schmach nicht leben wollte, und mich, weil er mich für die Urheberin deines Widerstands hält?"

Samira zuckte mit ihren schmalen, bebenden Schultern. „Verstehen Sie, Lady Clifford? Ich kann nicht länger hierbleiben!" Samira holte tief Luft. „Ich liebe meine Familie. Das Leben hier ist nicht schlecht. Aber es ist nichts für mich. Nicht mehr. Tari ist nicht mehr da und Marik wird seinen Weg auch ohne mich machen. Tari wollte so gern Krankenschwester oder sogar Ärztin werden. Jetzt werde ich ihrem Wunsch nachgehen. Ich bin mir sicher, ich kann eine gute Krankenschwester sein – und vielleicht eines Tages hierher zurückkehren." Samira verstummte und senkte den Blick auf den Orientteppich.

„Wir nehmen dich gern mit nach England", sagte Alison schlicht.

„Ich kann hart arbeiten, um die Überfahrt und meine Unterbringung zu bezahlen. Das schaffe ich. Und …"

„Hörst du nicht, was ich sage, Samira? Du bist bei uns herzlich willkommen. Als Gast, nicht als Arbeitskraft."

„Lady Alison?" Sarah beugte sich vor und griff nach der Hand der Frau. „Wir könnten uns gewaltigen Ärger einhandeln."

„Das ist doch nichts Neues für uns!"

„Aber in einer völlig anderen, uns unbekannten Dimension."

„Ich glaube nicht, dass Dero mich lange suchen wird. Die Familie ist wohlhabend, er findet sicher schnell eine andere Frau."

Sarah öffnete den Mund, schloss ihn aber wieder, ohne weitere Zweifel angesprochen zu haben. Andreas' warnende Worte um Samira und ihr Familiengeheimnis brannten in ihrem Gedächtnis. Allerdings beruhten sie nur auf Vermutungen. Ihr Gefühl sagte ihr, dass Samira mit alledem nichts zu tun hatte. Sie konnte ihr vertrauen.

„Ich beauftrage jemanden, dein Gepäck zu holen." Alison erhob sich. Für sie war die Entscheidung – wieder einmal eine zutiefst ungewöhnliche – gefallen.

„Mein Gepäck steht unten vor der Außentür der Küche."

„Du bist …?" Sarah schüttelte erstaunt den Kopf.

„Verstehst du nicht? Ich kann auf keinen Fall bleiben. Nicht mit der Aussicht, heute Dero heiraten zu müssen, der womöglich meine kleine Schwester getötet hat! Irgendeinen Weg hätte ich gefunden!" Kämpferisch stemmte Samira die Hände in die Hüften. Erst jetzt wurde Sarah bewusst, dass sie ihren Jilbab gegen Rock und Bluse ausgetauscht hatte. Ihr schwarzes, kräftiges Haar war sorgsam aufgesteckt.

„Der Dampfer nach Kairo fährt in etwas mehr als zwei Stunden. Samira, hol dein Gepäck. Sarah, du packst!"

Sarah sah das glückstrahlende Lächeln, das Samiras schönes, von Kummer gezeichnetes Gesicht erhellte. „Danke, vielen Dank! Sie werden sehen, ich kann hart anpacken und-" Samira stockte, als Alison gebieterisch die Hand hob.

„Kein Wort mehr darüber. Ich bin froh, dir helfen zu können! Glaub mir, ich verstehe deine Beweggründe *sehr* gut!" Damit drehte Alison sich um und verschwand in ihrer Suite, während Samira in den Flur eilte.

Sarah zupfte an ihrem weißen Nachthemd und war sich nun völlig sicher, dass Alisons Ehe unglücklich gewesen sein musste. Ob die Verbindung mit Theodore von ihren Eltern arrangiert worden war? Nagte an Alison ein schlechtes Gewissen, weil sie über den frühen Tod ihres Mannes Erleichterung statt Trauer empfunden hatte? Rührte daher ihre abweisende Art dem männlichen Geschlecht gegenüber?

Vielleicht war es an der Zeit, Alison direkt danach zu fragen. Dazu würden sie genug Zeit haben, wenn sie unterwegs nach Hause waren. Sie würden Ägypten verlassen … dieses Land mit all seinen Gefahren und faszinierenden Seiten … und Andreas.

Sarah sprang auf, was sofort heftige Stiche in ihrem Kopf nach sich zog. Doch dieser Schmerz war erträglicher als der, der in ihrem Herzen wütete.

***

Sarah hatte sich angekleidet und war noch mit Packen beschäftigt, als Samira klopfte. Sie wuchtete eine verschrammte Holzkiste vom Flur in das Zimmer. Offenbar war deren Inhalt extrem schwer.

„Träum nicht, Sarah. Ich habe bereits fertig gepackt." Alison trieb sie zur Eile an, zumal in diesem Moment zwei Hotelangestellte eintrafen, die die Gepäckstücke hinuntertragen und in einen angemieteten Transportkarren laden sollten. Samira ging Sarah zur Hand, und so verließ die bunt zusammengewürfelte Reisegruppe bald das Winter Palace.

Sarah hatte gerade die letzte Stufe hinter sich gelassen, als jemand ihren Namen rief. Sie, Alison und Samira wandten die Köpfe und sahen Jacob, der ihnen nachkam.

„Kläre das, Sarah! Endgültig! Es hilft dem armen Kerl nichts ..." Wieder vollführte Alison ihre knappe, gebieterische Handbewegung und nickte Samira auffordernd zu, in die wartende offene Kutsche zu steigen.

„Sie reisen ab?", fragte Jacob sichtlich verwirrt.

„Das ist schon lange überfällig. Ich danke Ihnen für Ihre Begleitung, Ihre Hilfe und den Schutz, den Sie mir angedeihen ließen!"

„Sarah, ich ..."

Sarah hob die Hand und nahm all ihren Mut zusammen. „Bitte, Mr Miller, reisen Sie uns nicht nach."

Jacob trat einen Schritt zurück. Dies verriet Sarah, wie schnell er begriff, was sie anzudeuten versuchte. Etwas zuversichtlicher und in dem Wunsch, endlich klare Verhältnisse zu schaffen, fügte sie hinzu: „Es tut mir leid, dass ich nicht mehr als Freundschaft für Sie empfinde. Ich hoffe und bete, dass Sie eines Tages eine wunderbare Frau kennenlernen. Eine Frau, die den Platz in Ihrem Herzen, der bis jetzt Ihrer verstorbenen Verlobten gehörte, vollständig ausfüllen kann."

Jacob nickte lediglich. Ob er inzwischen selbst eingesehen hatte, dass Sarah seiner verlorenen Liebe zu sehr glich, als dass er sie um ihrer selbst willen lieben könnte? „Ich wünsche Ihnen eine sichere Reise!" Er verbeugte sich knapp, drehte sich um und stieg gemessenen Schritts die Stufen wieder hinauf.

Sarah blickte ihm nach. Sie fühlte sich furchtbar. Warum hatte sie so lange damit gewartet, für klare Verhältnisse zu sorgen? Ihre Worte kamen ihr schrecklich unzureichend vor.

Als er den Wandelgang erreicht hatte, sah sie, wie er die Schultern straffte. Er wandte sich um und winkte ihr kurz zu, ehe er aus ihrem Blick verschwand. Sarah lächelte traurig. Jacob würde seinen Weg gehen.

Eilig lief sie zu dem wartenden Gefährt und kletterte hinauf. Ein letzter Blick fiel auf das Hotel mit seinem gepflegten Vorplatz und den schön geschwungenen Arkaden, als sie über die Auffahrt zur Küstenstraße rollten. Für einen Moment glaubte sie, Andreas zu sehen, wie er mit dem Rücken an einen Palmstamm gelehnt ihre Abreise beobachtete. Eine Reihe weiterer Palmen verdeckten ihr die Sicht, und als diese wieder frei wurde, war der Platz verwaist.

„Auf Wiedersehen", murmelte sie auf Deutsch, wusste allerdings nicht, ob sie das tatsächlich wollte. Immerhin stand der Verdacht im Raum, dass Andreas nicht ganz unschuldig am Tod ihres Vaters war.

Kapitel 23

1923

Jacob musterte sprachlos die umwerfende Erscheinung, die ihm die Tür öffnete. Ein modischer roter Strickpullover mit langen Ärmeln umhüllte die schlanke Gestalt. Darunter trug sie einen grünen, mit Pfauenaugen bedruckten, eng anliegenden Rock. Das tiefschwarze Haar lag locker über ihren Schultern und wurde nur mit einer Spange auf der linken Seite zurückgehalten. Er wusste, dass er die junge Frau mit dem sommerlichen Teint kannte, war aber zu verwirrt ob seines heftig pochenden Herzens, um sie einordnen zu können.

„Mr Miller!" Ein erfreutes Lächeln ließ das ebenmäßige Gesicht erstrahlen, und nun erkannte Jacob, wen er da vor sich hatte.

„Miss Elwood?" Seiner Stimme war die Überraschung über ihr europäisches Erscheinungsbild deutlich anzuhören.

Samira wich zurück und ließ ihn eintreten. Überrumpelt folgte Jacob ihr und schaute sich irritiert um. Das Haus der Countess war überraschend bescheiden und schien für die nunmehr drei Bewohnerinnen fast zu klein.

„Sie dürfen mir gern Ihren Mantel überlassen."

Jacob nickte, noch immer beeindruckt von Samiras Schönheit. In Ägypten hatte sie sich stets hinter ihrem Jilbab und der dazugehörenden Verschleierung versteckt. Er erinnerte sich mit einem warmen Gefühl im Herzen an ihre lange Unterhaltung in jener Nacht auf der Treppe des Winter Palace, als sie nach Sarahs Sturz vom Schiff auf ein Lebenszeichen von Sarah und Andreas gewartet hatten.

Er pellte sich aus dem Mantel und reichte ihn Samira. Sie nahm ihm auch den Hut ab, den er vor dem Läuten abgenommen hatte, und lud ihn mit einer Geste ein, das gemütlich eingerichtete Wohnzimmer zu betreten. Schließlich bereitete sie Tee zu und setzte sich wie selbstverständlich zu ihm auf die samtbezogene Couch.

„Was führt Sie hierher nach England?"

„Ich komme aus der Heimat und bin auf dem Weg nach Ägypten."

Jacob beobachtete, wie ein Schatten über Samiras Gesicht huschte. Ob sie Heimweh empfand? Oder waren durch seine Worte die Erinnerungen an die vergangenen Monate schmerzlich zurückgekehrt?

„Sie wollten doch eine Anwaltskanzlei eröffnen …?" Samira biss sich auf die Unterlippe. Fürchtete sie, mit ihrer Frage zu weit gegangen zu sein?

„Die ersten Schritte sind in die Wege geleitet. Jetzt bietet sich mir für sehr lange Zeit die letzte Gelegenheit, noch einmal zu reisen. Und da im Tal der Könige die Eröffnung der Grabkammer Tutanchamuns unmittelbar bevorstehen muss, dachte ich …" Er unterbrach sich selbst und musterte seine Gesprächspartnerin. In ihren Augen glomm etwas wie Furcht auf.

„Keine Angst, ich habe nicht vor, Lady Alison oder Miss Hofmann zu überreden, dass sie mit mir dorthin fahren", beteuerte er schnell.

Samiras Antwort war ein undefinierbares Lächeln. Es erwärmte eigentümlich sein Inneres. Schon im vergangenen Herbst hatte er die freundliche, ruhige, aber durchaus willensstarke Frau gemocht. Er hatte niemals Andreas' Verdacht geglaubt, dass Samira etwas mit den Anschlägen auf Sarah zu tun haben könnte. Samira verteilte ihre Zuneigung sparsam, doch wenn sie jemandem ihr Herz geöffnet hatte, dann war dies ehrlich und beständig – so zumindest schätzte er sie ein.

„Ich fürchte, Lady Alison zieht es ohnehin nach Luxor. Sie schmiedet schon länger Reisepläne. Sarah allerdings kann sich kaum von ihren neuen Patienten trennen."

„Neue Patienten?"

Samira warf mit einer anmutigen Kopfbewegung das schwarze Haar über ihre Schulter. Fasziniert sah Jacob sie an und musste sich zwingen, sie nicht wie ein alberner, verliebter Schuljunge anzustarren. Diese Frau übte eine ungeheure Faszination auf ihn aus. Wie hatte ihm das im vergangenen Jahr nur entgehen können? Weil er völlig auf Sarah fixiert gewesen war, die ihn so sehr an Clarissa erinnerte?

„Sarah versorgt im East End von London kostenlos die Kinder der armen Bevölkerung. Sie setzt dort fort, was sie mit Tari in Luxor begonnen hat. Leider erwarte ich sie erst in ein paar Stunden zurück."

Jacob fand das nicht weiter schlimm, bot dieser Umstand ihm doch die Gelegenheit einer eingehenden Unterhaltung mit Samira.

„Was halten Sie davon, wenn ich Sie zum Essen ausführe, Miss Elwood? Sie könnten mir erzählen, wie es Ihnen in letzter Zeit ergangen ist und ob um Miss Hofmann und Lady Alison etwas Ruhe eingekehrt ist. Zumindest gehe ich davon aus, da Miss Hofmann sich allein nach London wagt."

„Wir sind in den ersten Wochen hier sehr vorsichtig gewesen. Lady Alison hat die hiesige Polizei über die Vorkommnisse in Kenntnis gesetzt und einen pensionierten Detective Inspector gebeten, zum Schutz für Sarah in ihrer Nähe zu bleiben. Aber es ist nie etwas vorgefallen. Demnach muss das Problem wohl doch in Ägypten entstanden sein."

„Eigenartig …", brummte Jacob. Hatte nicht alles darauf hingedeutet, dass hinter den Anschlägen auf Sarah und Alison jemand aus ihrer Heimat steckte? Andreas und er waren zu dem Schluss gekommen, dass diejenigen die fremde, exotische und ohnehin nicht gänzlich ungefährliche Kulisse des Landes für ihre Pläne hatten nutzen wollen.

„Übrigens …" Samira neigte den Kopf. Ihr Lächeln beschleunigte seinen Herzschlag. „Ich nehme Ihre Einladung gern an."

„Wunderbar!", unterbrach Jacob sie, sprang auf die Füße und streckte ihr auffordernd beide Hände entgegen. Sie legte die ihren in seine und ließ sich von ihm auf die Füße ziehen. Viel länger als nötig hielt er ihre warmen, zarten Hände in den seinen und beobachtete mit Freude, wie sie leicht errötete.

***

Mit quietschenden Rädern kam der Zug im unterirdischen Bahnhof zum Stehen. Die Oberleitung schlug Funken und der eigentümliche Geruch erhitzten Metalls breitete sich aus. Doch der war bei Weitem erträglicher als der Rauch und die fliegende Asche, mit denen die Dampfloks vor Jahren die Stationen gefüllt hatten.

Mit einem nicht enden wollenden Klappern öffneten sich die Türen und das Gefährt schien Tausende von Menschen auszuspucken. Ein Gewirr vieler Stimmen erfüllte die Station. Die Passagiere eilten zu den Ausgängen oder zu benachbarten Gleisen. Wie an jedem Tag in den vergangenen zwei Wochen und trotz der unübersichtlichen Menschenmenge entdeckte er Sarah sofort. Obwohl sie eine graue Hose und darüber einen robusten Mantel trug, sah sie betörend feminin, aber auch erschreckend zerbrechlich aus. Über ihrer Schulter trug sie eine Umhängetasche und in der Hand hielt sie einen kompakten Lederkoffer.

Andreas wusste, woher sie kam und was sie in dem heruntergekommenen Viertel tat. Bei aller Bewunderung verspürte er gleichzeitig jedoch eine nagende Unruhe, wenn er daran dachte, wo sie sich tagein, tagaus aufhielt. Er hatte Angst um sie! Zudem sehnte er sich danach, ihre Stimme zu hören, in ihre dunklen Augen zu blicken, sie zu berühren … Dennoch wich er hinter eine Säule aus, als sie sich ihm näherte. Sarah hatte die Schutzmauer um sein Herz zum Bröckeln gebracht, doch seine Vergangenheit, die sich mit der ihres Vaters kreuzte, würde immer zwischen ihnen stehen. Er musste sich von ihr fernhalten.

Vorsichtig schob er sich um den kalten Stein und betrachtete ihr herzförmiges Gesicht. Sie wirkte zufrieden, wenngleich die Ringe unter ihren Augen darauf schließen ließen, wie müde, ja ausgelaugt sie war. Ob sie in all ihrer Geschäftigkeit ab und zu an ihn dachte? Spürte sie dieselbe schmerzliche Sehnsucht in sich wie er, die ihn umtrieb, ihn erneut zu einem rastlosen Wanderer machte?

Andreas hatte sich nach ihrer überstürzten Abreise aus Ägypten darum bemüht, Kontakte mit der Sektion 6 des *Military Intelligence Service* aufzunehmen, war aber abgewiesen worden. Auch in Deutschland war er auf Schwierigkeiten dabei gestoßen, bereits vergessene Spuren auszugraben, doch schließlich hatte er die Adresse eines ehemaligen MI6-Mitarbeiters erhalten und Zugang zu alten Akten und weniger verschlossenen Gesprächspartnern bekommen. Nichts deutete darauf hin, dass aus dieser Richtung eine Gefahr für Sarah bestand. Der Krieg war vorüber, die Aufmerksamkeit der aktiven MI6-Mitarbeiter richtete sich auf andere Krisenherde. Die ausgeschiedenen Veteranen versuchten zumeist – so, wie er das eigentlich ebenfalls geplant hatte –, die Vergangenheit zu begraben und den Rest ihres Lebens in Ruhe und Frieden zu genießen. Niemand zeigte Interesse an Martin Hofmann oder seiner Tochter.

So blieb Andreas also nur, den Agressor im privaten Umfeld von Sarah zu suchen. Aber auch hier gab es nichts zu finden. Sarah hatte bald nach ihrer Rückkehr ihre ehrenamtliche Tätigkeit im East End aufgenommen, Alison nahm eine Anzahl Einladungen wahr, bei der sie der britischen Elite in aller Ausführlichkeit vom Fund des Grabes berichten musste. Samira hatte eine Ausbildung als Krankenschwester begonnen.

Das Leben der drei Menschen, die sich zu einer Familie zusammengeschlossen hatten, verlief beschaulich und ohne das geringste Anzeichen dafür, dass irgendjemand Sarah oder Alison Böses wollte. Doch so leicht ließ Andreas sich nicht beruhigen, wenngleich es ihn quälte, Sarah jeden Tag zu sehen, ohne ihr näher als die von ihm selbst verordneten 50 Meter zu kommen.

Andreas schrak zurück, als Sarah sich umdrehte. Als habe sie seine Augen auf sich gespürt, blickte sie in seine Richtung. Ihre Augen weiteten sich, was ihm signalisierte, dass sie ihn gesehen hatte. Hastig drehte er sich um, tauchte in die Menschenmenge hinein und ließ sich von dieser die Stufen zur Straße hinaufschieben.

Innerhalb von Sekunden hatte ihn die Menge verschluckt. Er verließ die Underground-Station und verschwand in den Häuserschluchten Londons. Dabei schien ein wildes Tier sein Herz in Stücke zu reißen.

***

Drei Tage später blieb Sarah ihrer Tätigkeit fern. Andreas fuhr unverzüglich mit dem Zug nach Newbury, was er während seines Aufenthalts in England nur einmal getan hatte. Verwundert stellte er fest, dass Jacob Miller das Haus betrat, in dem Alison, Sarah und Samira wohnten. Andreas zog den linken Mundwinkel hoch, trat in den Schatten einer blätterlosen Kastanie und verharrte an deren Stamm gelehnt.

Jacob hatte ihm nach der überstürzten Abreise der drei Frauen aus Luxor erzählt, dass Sarah ihm unmissverständlich zu verstehen gegeben hatte, dass sie ihn nicht liebte. Das hatte Andreas in ein Gefühlschaos gestürzt, offenbar mehr als das bei seinem Freund der Fall gewesen war, der ihm versichert hatte, er habe das seit geraumer Zeit geahnt.

Was also machte Jacob jetzt hier? Hoffte er doch noch auf eine Verbindung mit Sarah? Hatte diese eigenwillige Alison ihn eingeladen?

Andreas verbrachte mehrere Stunden unter dem Baum. Aber das einzig Aufregende dabei war, den aus den Zweigen fallenden Tropfen des letzten Regengusses auszuweichen. Schließlich gab er es auf und kehrte in sein winziges Zimmer in London zurück.

Auch in den folgenden drei Tagen konnte er Sarah in der durch die Halle des Underground-Bahnhofs eilenden Passanten nicht entdecken. Am vierten Tag fuhr er zutiefst besorgt ins East End. Nach einer intensiven Suche traf er inmitten der kalten, feuchten und verschmutzten Straßenzüge und düsteren Kaschemmen auf eine junge Frau, die Sarahs

Umhängetasche und ihren Lederkoffer bei sich trug und die kranken Kinder besuchte. Als er sie nach Sarah fragte, erklärte sie ihm, dass sie Sarah vertrete, bis sie aus Ägypten zurück sei.

Andreas starrte der jungen Frau nach, bis sie hinter den in den verregneten Himmel ragenden Häuserfassaden aus seinem Blick verschwand. Sarah war nach Ägypten zurückgekehrt? Tausende von unbeantworteten Fragen strömten auf ihn ein. Schließlich begab er sich erneut auf den Weg nach Newbury. Er musste sich Gewissheit verschaffen.

***

Andreas läutete ungeduldig zum vierten Mal, dann umrundete er das Haus. Zwei Fenster im ersten Stock waren unverschlossen. Es wäre ein Leichtes für ihn gewesen, in das Gebäude einzudringen, zumal der Garten mit seinem hohen Baumbestand ihn vor neugierigen Blicken der Nachbarn schützte. Allerdings deuteten die offenen Fenster darauf hin, dass nicht alle Hausbewohner abgereist waren. Es schien ihm sehr wahrscheinlich, dass Samira nicht mit nach Ägypten gereist war.

Andreas hatte bereits den einfachsten Weg zum Erklimmen der aus Backsteinen bestehenden Hauswand ausgemacht, überlegte es sich aber anders und setzte sich auf die Stufen vor der Eingangstür. Seine Geduld wurde nicht lange strapaziert: Ein Automobil hielt vor der Auffahrt, dem Samira und Jacob entstiegen. Die beiden stutzten, als er sich erhob, eilten dann aber auf ihn zu.

Jacob erreichte ihn als Erster, und Andreas hob überrascht die Augenbrauen, als der Amerikaner ihn flüchtig umarmte. Samira reichte ihm ihre Hand und schenkte ihm ein herzliches Lächeln, das ihre Schönheit noch mehr zur Geltung brachte.

„Was machst du denn hier?", wandte Andreas sich ohne Umschweife an Jacob.

„Ich war auf der Durchreise nach Ägypten und … nun ja …" Der Blick des Amerikaners wanderte zu Samira, deren Gesichtsfarbe sich um eine Nuance verdunkelte. Andreas schmunzelte. Zumindest die Frage, ob Jacob erneut sein Glück bei Sarah versuchen wollte, war damit beantwortet. Er blickte über das Paar hinweg in den grauen Himmel und spürte ein heißes Feuer in seinem Inneren aufsteigen. Hieß das nicht, dass der Weg für ihn frei war? Allerdings hatte Sarah Ägypten und somit ihm einfach den Rücken zugekehrt. Und was war mit seiner schwierigen Vergangenheit …?

„Es tut mir leid, Andreas, aber Sarah und Alison sind vor drei Tagen nach Ägypten abgereist."

„Das sagte mir die junge Frau bereits, die an Sarahs statt die Kinder im East End medizinisch betreut."

„Woher wissen Sie davon?" Samira ließ die Hand mit dem Hausschlüssel sinken.

„Ich halte mich seit über zwei Wochen in London auf." Andreas beschloss, bei der Wahrheit zu bleiben und deutete fragend auf die noch immer verschlossene Tür. „Ich denke, ich sollte Ihnen ein paar Dinge über mich erzählen."

„Sie beunruhigen mich", murmelte Samira, schloss auf und trat vor den beiden Männern ein.

Interessiert wanderten Andreas' Blicke durch das für eine Countess erstaunlich einfache Haus. Aber es passte zu Alison. Die Frau ließ sich einfach nicht in ein Schema pressen.

Als sie ihre Hüte und die Mäntel abgelegt hatten, verschwand Samira in der Küche. Die beiden Männer traten ans Wohnzimmerfenster, gegen das der graue Himmel die ersten Regentropfen warf.

„Du bist also noch immer dabei, Nachforschungen um Sarah anzustellen?", erkundigte sich Jacob.

Andreas zuckte mit den Schultern. „Mein schlechtes Gewissen."

„Ich vermute dahinter vielmehr dein leidendes Herz", gab sein Gesprächspartner unverblümt zurück und erntete von Andreas ein Brummen.

„Es bestehen keine Verbindungen zwischen der damaligen Geheimdiensttätigkeit ihres Vaters und Sarah. Diese Spur erwies sich als eine Sackgasse."

„Dann liegt der Ursprung ihrer Schwierigkeiten doch in Ägypten?"

„Sollen wir uns so getäuscht haben?" Andreas schüttelte den Kopf. Er wollte das nicht akzeptieren. Sein Gespür und sein Verstand hatten ihn selten einmal dermaßen in die Irre geleitet. Das hätte sein Todesurteil bedeuten können!

„Müssen wir jetzt, da Sarah erneut nach Ägypten unterwegs ist, wieder um ihr Leben fürchten?", fragte Jacob gegen das Prasseln des Regens an.

„Weshalb ist sie überhaupt nach Ägypten zurückgekehrt? Hat sie die Eröffnung der Grabkammer so sehr gelockt, dass sie alle Vorsicht in den Wind schlug?"

„Sie hoffte vielmehr, Sie dort anzutreffen, Mr Sattler", drang Samiras Stimme von der Küchentür herein. Die beiden Männer drehten sich zu der Ägypterin um, die ein Tablett mit Teetassen in den Händen hielt. „Das hat sie mir beim Abschied anvertraut, nachdem ich ihr genau dieselbe Frage gestellt hatte." Samira trat an den Beistelltisch, setzte das Tablett ab und ließ sich in einen der weinroten Sessel gleiten.

„Das ist nicht gut", murmelte Andreas, dessen Herz und Verstand wieder einmal gegeneinander ankämpften.

„Sarah weiß, dass ihr Vater im Krieg als Spion gearbeitet hat. Und sie weiß, dass Sie ihren Vater kannten, ja sogar die Befürchtung hegen, Mitschuld an seinem Tod zu tragen. Sie hat ein Gespräch zwischen Ihnen und Jacob mit angehört", offenbarte Samira mit leiser Stimme.

Andreas fuhr sich mit beiden Händen durchs Haar. Sarah hatte sie belauscht? Und er hatte es nicht bemerkt? Anscheinend trug sie mehr von ihrem Vater in sich, als er geahnt hatte. Aber was bedeutete es, dass sie trotz ihres Wissens um seine Vergangenheit auf der Suche nach ihm war? Andreas' Herz schien über die eigenen Schläge zu stolpern. War Sarah bereit, ihm zu vergeben? War ihre Liebe zu ihm größer als alle Hindernisse, die in der Vergangenheit aufgebaut und bis zu diesem Tag niemals eingerissen worden waren?

„Ich muss zu ihr", stieß er heiser hervor und entlockte Samira ein wissendes Lächeln.

„Es wäre sicher hilfreich, wenn du bei deinem Eintreffen in Luxor wüsstest, vor wem oder was du sie beschützen musst", erinnerte sein Freund ihn.

„Ich hoffe, vor nichts und niemandem! Vielleicht ist dieser Spuk inzwischen vorbei", sagte Samira leise, und in ihren Augen stand die Angst um ihre Freundin.

Während Jacob nach seiner Teetasse griff, wandte sich Andreas an die Ägypterin. „Sie haben die vergangenen Monate mit der Lady und Sarah in diesem Haus verbracht. Ist Ihnen irgendetwas aufgefallen, was uns weiterhelfen könnte?"

Samira schüttelte entschieden den Kopf, doch ein kurzes, kaum merkliches Innehalten hatte Andreas alarmiert. „Weshalb haben Sie gezögert?"

„Ach, das bedeutet bestimmt nichts." Samira errötete wieder und winkte mit der ihr eigenen, großen Gestik ab. „Niemand weiß davon."

„Bitte, Miss Elwood. Womöglich erscheint es Ihnen unwichtig, aber …" Andreas brach ab, als er Samiras fragenden Blick zu Jacob sah.

Der ergriff ihre Hand und sagte: „Erzähl alles, was dir einfällt, meine Liebe. Ich denke nicht, dass Zurückhaltung angebracht ist."

„Ich möchte nicht, dass Sarah etwas zustößt. Aber …" Dieses Mal unterbrach Samira sich selbst, rang nervös die Hände und erhob sich schließlich. Sie trat an das Fenster, an dem zuvor Andreas und Jacob in den Regen hinausgeschaut hatten. „Sarah wusste nichts davon; sie erfuhr es erst nach der Rückkehr aus Ägypten. Lady Alison hat kurz vor Sarahs einundzwanzigstem Geburtstag ein Testament verfassen lassen, in dem sie Sarah als ihre Alleinerbin einsetzen ließ."

Stille senkte sich über den Raum, nur unterbrochen von den gegen die Scheiben trommelnden Regentropfen. Andreas schüttelte den Kopf. *Sarah ist die Erbin der Countess?* Eigentlich sollte ihn das nicht verwundern, immerhin hatte Alison die Mutterrolle für Sarah übernommen. Hatte die Frau denn sonst keine Angehörigen? Er stellte seine Frage laut, was Samira verlegen lächeln ließ.

„Das war auch Sarahs erste Frage, als Lady Alison ihr die Neuigkeit eröffnete."

„Und?"

„Sie verneinte. Offenbar gibt es weder auf ihrer noch auf der Seite ihres längst verstorbenen Ehemanns irgendwelche Verwandten."

„Ein Erbe wäre ein Motiv", sinnierte Jacob.

„Aber es existiert doch niemand, der einen Anspruch darauf hätte, falls Lady Alison und Sarah etwas zustoßen sollte!", rief Samira aufgeregt und drückte ihre Stirn gegen die Scheibe. Es war ihr anzusehen, wie sehr die Furcht um Sarah und Alison von ihr Besitz ergriffen hatte. Sie flüsterte: „Ich hätte verhindern müssen, dass sie nach Ägypten fahren. Irgendwie …"

„Der Familienanwalt müsste wissen, wohin das Vermögen geht, falls Sarah als Alleinerbin ausfällt", überlegte Jacob laut.

Andreas nickte und erhob sich. Eine bleierne Schwere hatte sich auf seine Schultern gelegt. Geld, vermutlich viel Geld, war ein starkes Motiv für einen Mord – oder mehrere. Und die erneute Reise nach Ägypten bot den Tätern wieder Möglichkeiten, ihr Vorhaben als Unfall getarnt zu Ende zu führen.

Eine innere Stimme trieb ihn an, unverzüglich nach Ägypten zu reisen. Er musste Sarah und Alison beschützen. Allerdings siegte die ihm von Martin Hofmann eingebläute alte Schule. Es war sinnlos, überstürzt zu agieren, ohne zu wissen, *wer* und *wo* der Feind war.

„Ich brauche die Adresse des Anwalts", stieß er hervor. „Wo ist der Schreibtisch der Lady?"

Samira führte die Männer in das winzige, vollgestellte Arbeitszimmer. Andreas ging routiniert und ohne ein auffälliges Durcheinander anzurichten die Mappen und Aktenordner durch. Er wurde schnell fündig, notierte die Adresse eines gewissen Dayton Ferries und verließ gleich darauf mit Jacob das Haus.

„Weißt du ungefähr, wo die Straße zu finden ist?", rief Jacob ihm über das Dach seines Mietwagens hinweg zu, als er die Tür des Ford T-Modell öffnete.

„West End, London. Vor einigen Jahren wohnte ein hoher Militär in der Straße."

„Dann fahr du."

„Das wirst du bereuen", murmelte Andreas, als sich sein und Jacobs Weg vor dem Automobil kreuzten.

„Wohl kaum. Dieser Linksverkehr ist nervtötend", entgegnete Jacob, als sie im Wagen saßen.

Andreas ließ das Fahrzeug an und jagte es in hoher Geschwindigkeit auf die Landstraße, wo er, dem Regen und der schlechten Sicht zum Trotz, nochmals beschleunigte. Sand und Kies schossen unter den Reifen hervor, trafen die Räder auf eine Pfütze, spritzte das Wasser meterweit zur Seite. Dennoch gelangten sie ohne Probleme ins Londoner West End und hielten vor einem schmucken, im viktorianischen Stil erbauten Haus. Da es noch immer kräftig regnete, liefen sie schnell durch den winzigen Vorgarten bis zu einem schützenden Vordach und läuteten.

Ein distinguierter Herr um die 60 mit weißem Haar, gepflegtem Bart und runder Drahtbrille öffnete ihnen. „Was führt Sie zu mir, meine Herren?", fragte er.

„Sarah Hofmann und Alison Clifford", antwortete Andreas knapp und kam der daraufhin hastig ausgesprochenen Aufforderung des Anwalts nach, ihm in sein Büro zu folgen. Jacob trat als Letzter ein und schloss die Tür hinter sich.

„Nehmen Sie bitte Platz. Was ist mit Lady Clifford und Miss Hofmann? Ihnen ist auf dieser vermaledeiten Reise doch hoffentlich nichts zugestoßen?"

„Noch nicht." Andreas behielt bewusst eine gewisse Spannung aufrecht. Er ahnte, dass die beiden Frauen dem Mann nicht gleichgültig waren und erhoffte sich so detailliertere Informationen als die, die Ferries sonst herauszurücken bereit war.

„Bringen Sie mich bitte auf den neuesten Stand", bat der Mann und legte die gefalteten Hände auf die Tischplatte.

„Sie wissen von den Angriffen auf Sarah und die Lady bei ihrem letzten Ägyptenaufenthalt?"

„Nur so viel, wie Lady Clifford auf diversen Veranstaltungen zum Besten gab. Einen Großteil ihrer Geschichten schrieb ich allerdings ihrer blühenden Fantasie und ihrer Schwäche für Abenteuer zu."

Jacob berichtete ungeschönt, was vorgefallen war. Unterdessen erhob Andreas sich und betrachtete die Urkunden, Auszeichnungen und Fotografien an den Wänden, widmete sich dann dem überquellenden Bücherregal und den sauber etikettierten Akten.

„Mein Gott, das ist ja grauenhaft. Und jetzt sind die Damen erneut auf dem Weg in dieses unzivilisierte Land!" Ferries brachte sein weißes Haupthaar noch mehr durcheinander.

„Das Land ist weit weniger unzivilisiert als die Personen, die es auf das Leben der Countess und das von Sarah abgesehen haben", murmelte Jacob.

„Wir brauchen Ihre Hilfe, Mr Ferries", mischte sich nun Andreas wieder in das Gespräch ein. Er verharrte vor der Wand mit den Urkunden und gerahmten Fotografien.

„Ich helfe selbstverständlich, soweit es in meiner Macht steht."

„Samira Elwood sagte uns, dass die Lady kurz vor ihrer ersten Ägyptenreise Sarah als Alleinerbin einsetzen ließ."

Ferries buschige Augenbrauen schoben sich über der Nasenwurzel zusammen, doch er nickte, wenn auch kaum merklich. Es war ihm anzusehen, wie sein Wunsch zu helfen mit seinem Gewissen zu streiten begann. Immerhin durfte er wildfremden Männern keine Details über seine Mandantin zukommen lassen.

Andreas beschloss, stärkere Geschütze aufzufahren. „Meine Kontaktmänner beim MI5 und MI6 versicherten mir, dass unser Verdacht, die Probleme seien nicht in Ägypten entstanden, sondern von den Damen aus England mitgebracht worden, nicht von der Hand zu weisen seien."

„Tatsächlich!", stotterte Ferries. Vermutlich war er schon lange Alisons Anwalt und wusste von den Verdächtigungen, die der britische Geheimdienst während des Krieges gegen Alison aufgebracht hatte, da sie Hofmanns Tochter bei sich beherbergte. „Es stimmt. Miss Hofmann wird Lady Cliffords Vermögen, nicht jedoch ihren Titel erben."

„Gibt es andere Erbberechtigte?"

„Offiziell nur einige Stiftungen und gemeinnützige Einrichtungen."

„Und inoffiziell?"

Ferries' Hände fuhren in einer zögernden Bewegung über die Oberschenkel. „Was sollte mich veranlassen, diese Details an Sie weiterzugeben? Warum sind Sie so erpicht darauf, diese zu erfahren? Zu Lady

Cliffords und Miss Hofmanns Schutz? Oder steht eine andere Motivation dahinter?" Der Anwalt zwinkerte nervös mit beiden Augen.

„Es gibt einen zweiten Beweggrund", gestand Andreas mit einem Blick auf die drei Fotos, auf denen Alison in recht jungen Jahren abgelichtet war. Wenn sein Gespür nicht völlig versagte, war dieser Anwalt seit Langem ein heimlicher Verehrer der Lady.

„Und der wäre?"

Andreas hatte jahrelang alle Gefühlsregungen tief in sich eingeschlossen. Sie waren in einem Job wie dem seinen nicht erwünscht, womöglich gar gefährlich gewesen. Es fiel ihm nicht leicht, seine verletzliche Seite zu offenbaren.

„Ich liebe Sarah." Andreas sah seinem Gegenüber fest in die Augen. Kein Zwinkern, kein Zucken eines Muskels in seinem Gesicht verriet den in seinem Inneren tobenden Sturm, als er endlich aussprach, was er seit Monaten zu unterdrücken versuchte. „Wir hatten einen schlechten Start, was vor allem an meiner Vergangenheit liegt. Dennoch hoffe ich, dass uns eine Chance auf eine gemeinsame Zukunft bleibt."

„Wie sich die Geschichten doch manchmal gleichen", raunte der Mann in seinen Bart und schenkte Andreas ein verständnisvolles, leidgeprüftes Lächeln. Trotzdem hielt sein Zögern an. Obwohl Andreas nicht übel Lust hatte, den Anwalt am Kragen seines steifen Hemdes zu packen und zu schütteln, harrte er scheinbar gelassen aus.

„Was ich Ihnen jetzt anvertraue, ist delikat. Ihnen das zu offenbaren könnte mich in gehörige Schwierigkeiten manövrieren. Zum einen, weil ich es Ihnen überhaupt erzähle, zum anderen, weil ich eine Konfrontation mit Lady Clifford voraussahe." Ferries hüstelte kurz in seine Faust, zog ein Taschentuch aus der Hosentasche und tupfte sich winzige Schweißperlen von der Stirn. Erneut zeigte er dieses nervöse Blinzeln. „Ich habe Lady Clifford nicht alle Karten auf den Tisch gelegt." Wieder zögerte er.

„Ich bin seit über vierzig Jahren der Anwalt der Cliffords, davor war es mein Vater. Die Ehe zwischen dem einzigen Sohn, Theodore, und Alison wurde von den Eltern arrangiert. Gegen den Willen der jungen Dame. Entsprechend unglücklich gestaltete sich die Verbindung. Theodore suchte sein Vergnügen in vielen anderen Betten. Ich nehme an, Lady Clifford wusste darum. Aus einem dieser Fehltritte ging ein Kind hervor, eine Tochter."

„Die Sie Lady Clifford verschwiegen, auch nach dem Tod des Earls?", hakte Jacob nach.

„Sie hatte in dieser Ehe bereits genug gelitten!", ereiferte sich der Mann, atmete dann tief durch und fuhr fort: „Die Mutter des Kindes erhielt eine angemessene Abfindung aus dem Vermögen der Cliffords. Nach ihrem frühen Tod ist es die Tochter, die von dem kleinen Vermögen lebt."

„Zumindest dahingehend war der Mann korrekt", stellte Andreas nüchtern fest und Jacob merkte an: „Diese Frau ist eine rechtmäßige Erbin."

Ferries nickte, hob aber um Geduld bittend die Hand. „Die junge Frau weiß nicht, wer ihr Vater ist. Theodore hatte die Zahlung der durchaus großzügigen Summe an die Mutter an die Bedingung geknüpft, dass das Kind nie den Namen ihres Erzeugers erfährt. Ich vermute, er hat dieser Bedingung einige überaus deutliche Drohungen beigefügt, was mit Mutter und Kind geschehen könnte, sollte sich je eine von beiden wieder an ihn oder seine Familie wenden! Es gibt keinen Hinweis darauf, dass die Frau das Geheimnis gelüftet hat. Die Tochter dürfte also keine Ahnung davon haben!", wiederholte der Anwalt.

„Damit würde sie als Täterin ausscheiden", meinte Andreas nicht gänzlich überzeugt und übersprang die Frage, ob Ferries im Fall von Alisons Ableben die Wahrheit ans Licht gezerrt und das uneheliche Kind in die Erbschaftsangelegenheit einbezogen hätte. Immerhin war er um einige Jahre älter als Alison. Wenn Ferries ein paar Unterlagen vernichtete und sein Wissen mit ins Grab nahm, würde niemals wieder jemand über die uneheliche Clifford-Tochter stolpern. Hatte er geplant, dies als letzten Liebesdienst zu tun, obwohl Alison sein Werben seit Jahren ignorierte?

Andreas wandte sich den Fotografien zu. „Wer ist diese Person neben Ihnen?" Sein Finger deutete auf einen in teurem Zwirn steckenden, schlanken Mann, der vermutlich von der Damenwelt heftig umschwärmt wurde.

„Mein Assistent, Bob Shane. Er soll mein Nachfolger werden, da ich keine Kinder habe."

„Er weiß um die delikate Geschichte?"

„Nein!"

„Weil Sie ihn nie einweihen wollten?", hakte Jacob nach. Andreas hörte den Juristen aus ihm heraus. Offenbar waren die Überlegungen seines Freundes in eine ähnliche Richtung gewandert wie die seinen.

„Es gibt in diesen alten Adelsgeschlechtern Vorgänge, die erfährt ein Nachfolger des Familienanwalts erst, wenn er bereit dafür ist." Ferries klang abgeklärt, doch das Blinzeln hinter den Brillengläsern fiel heftiger aus als zuvor.

Andreas trat zu dem Regal mit den Akten und deutete auf mehrere Mappen, auf denen gut leserlich der Name „Theodore Clifford" vermerkt war. „Enthalten diese Mappen Informationen über das kleine Geheimnis des verstorbenen Earls?"

Ferries drehte sich zu Andreas um, nickte und blinzelte.

„Arbeitet Ihr Assistent gelegentlich allein in Ihrem Büro?"

„Selbstverständlich."

„Dann könnte er ohne Ihr Wissen Einsicht in die Unterlagen genommen haben."

„Ja", lautete die in die Länge gezogene, nachdenkliche Antwort.

„Bob Shane könnte also durchaus an die uneheliche Tochter herangetreten sein. Damit wüsste sie von ihrem Erbrecht."

„Das sie allerdings auf gerichtlichem Wege einfordern kann!", unterbrach Jacob Andreas' laut ausgesprochenen Überlegungen.

„Außer, wenn Shane ihr gesagt hat, dass Mr Ferries dies zu verhindern wissen wird, indem er die Akten, die die Vaterschaft belegen, entweder nicht herausgibt oder gar völlig vernichtet."

„Weshalb sollte er annehmen, dass ich …?"

Andreas fiel Ferries ins Wort. „Weil Sie sowohl der Lady als auch Sarah bekanntermaßen sehr zugetan sind."

„Aber Mr Ferries hätte die entsprechenden Unterlagen auch noch nach dem gewaltsamen Tod der Frauen beseitigen können", forderte Jacob Andreas erneut heraus, seine These zu überdenken.

„Hätte Mr Ferries nach dem Tod der Lady denn noch eine Veranlassung dazu? Eher nicht. Immerhin muss er sie dann nicht mehr vor der Wahrheit schützen. Oder ist Mr Ferries gar der Nächste auf der Todesliste der beiden?"

„Aber …!" Ferries schnappte hörbar nach Luft.

„Sie haben recht, Mr Ferries. Bis jetzt sind das alles wilde Spekulationen." Andreas drehte sich vom Regal fort und blickte auf eine jüngere Fotografie. Sie zeigte Alison und Sarah. Beide trugen zum Zeitpunkt der Aufnahme langes, nahezu streng aufgestecktes Haar. Beim Anblick von Sarah krampfte sich sein Magen schmerzhaft zusammen, so stark tobten Sehnsucht und Sorge in ihm.

„Wo finden wir Bob Shane?", fragte Jacob.

„Er weilt derzeit in Manchester. Seine arme Mutter ist schon wieder schwer erkrankt."

„War sie im November vergangenen Jahres schon einmal krank?" Andreas musterte den Mann unter zusammengezogenen Augenbrauen.

Ferries Augen weiteten sich, als er den zeitlichen Zusammenhang zur letzten Ägyptenreise von Sarah und Alison erkannte, was Andreas lediglich den linken Mundwinkel hochziehen ließ. Allerdings wütete in seinem Inneren ein Sturm los, der jede Vernunft und jeden klaren Gedanken aus ihm herauszupeitschen drohte.

Nicht nur Sarah und Alison befanden sich auf dem Weg nach Ägypten, sondern auch Shane, vermutlich in Begleitung der unehelichen Tochter von Alisons verstorbenem Ehemann!

Ferries erhob sich mühsam, als traue er seinen Beinen nicht und ging an das Aktenregal. Zielsicher zog er eine der Mappen heraus, legte sie auf eine Ablage und begann darin zu suchen. Dabei murmelte er vor sich hin: „Ich weiß selbst nicht mehr, wie die Frau heißt. Ich habe damals lediglich dafür gesorgt, dass sie die erkleckliche Geldsumme zugestellt bekam. Warum können die Menschen nicht damit zufrieden sein, was ihnen geschenkt ist? Mit dem Geld kann sie sich ein sorgenfreies Leben leisten."

„Womöglich ist das Vermögen inzwischen aufgebraucht", antwortete Jacob, obwohl der Mann vermutlich gar keine Entgegnung erwartet hatte.

„Noch ist das nur ein Verdacht", gab Andreas zu bedenken. „Vielleicht hat Shane Pläne, die wir noch nicht durchschauen."

„Aber wir haben einen Ansatzpunkt, einen Namen!", brummte Jacob. Er wollte sich die Hoffnung auf eine baldige Lösung nicht rauben lassen. Andreas verstand ihn gut. Viel zu gut. Seine Angst um Sarah wuchs mit jedem Blatt Papier, das der Anwalt umdrehte und zurück in die braune, gut gefüllte Akte schob.

„Ein Teil der Aufzeichnungen fehlt tatsächlich! Doch hier ist der Name", murmelte Ferries endlich. Andreas hatte längst Notizblock und Bleistift parat, schrieb Namen und Adresse ab, bedankte sich und wollte zur Tür eilen. Eine Hand auf seinem Arm hielt ihn davon ab.

„Bitte sorgen Sie dafür, dass Lady Clifford und der kleinen Sarah nichts zustößt! Ich könnte es mir nie … Immerhin habe ich geschwiegen und damit möglicherweise das Desaster heraufbeschworen!"

Andreas nickte Ferries ernst zu und stürmte aus dem Haus. Jede ungenutzte Sekunde konnte eine zu viel sein.

***

Samira wich erschrocken in den Flur zurück, als die Männer ungestüm in das Haus drängten. Die Entschlossenheit, mit der sie sich aus ihren tropfenden Mänteln pellten, und das nahezu verbissene Gesicht von Andreas verdeutlichten, dass sie auf etwas Wichtiges gestoßen sein mussten.

„Ich brauche ein Flugzeug!", rief Andreas, als hoffe er, jemand im Haus könne ihm bei der Suche danach helfen.

„Kannst du denn eins fliegen?" Verwundert sah Jacob Andreas an, ehe er den Hut auf die Ablage warf.

„Ich habe zu Beginn des Krieges beim Flugzeugbauer Fokker, genauer bei einem Oberleutnant Meindorff, die Pilotenlizenz erworben. Hofmann meinte, es könne von Nutzen sein …"

Samira registrierte fasziniert, dass Andreas irgendwelche unwichtigen Details erzählte, als müsse er die Anwesenden unterhalten, während er das Arbeitszimmer der Hausherrin betrat und zum Telefonhörer griff. Ob er das in seinen Jahren beim Geheimdienst trainiert hatte: reden und dabei mit seiner Aufmerksamkeit ganz woanders sein?

Da Samira endlich Details erfahren wollte, ergriff sie Jacob an der Hand und zog ihn aus dem Arbeitsraum in den Flur. „Was habt ihr herausgefunden?"

„Es gibt delikate Geheimnisse um Alisons verstorbenen Ehemann. Ich erzähle dir später mehr darüber. Jedenfalls haben wir zwei Namen. Bob Shane ist der Assistent des Familienanwalts der Cliffords und hat sich unerlaubt Zugang zu besagten Geheimnissen verschafft. Seine Komplizin ist vermutlich eine Frau, die laut ihrer Nachbarin vor drei Tagen mit reichlich Gepäck ihr Haus verlassen hat, obwohl sie erst im vergangenen Spätherbst auf Reisen gewesen ist."

„Sie war in Ägypten und ist auch jetzt wieder auf dem Weg dorthin!", entfuhr es Samira. Entsetzt über die Tatsache, dass Sarah und Alison bereits verfolgt wurden, schlug sie beide Hände vor ihr Gesicht. „Hoffentlich sind sie nicht auf dem gleichen Dampfschiff. Stell dir vor, sie könnten Sarah schon unterwegs …"

„Deswegen wohl der Wunsch nach einem Flugzeug", flüsterte Jacob, da die Stimme von Andreas wütend aus dem Büro zu ihnen schallte.

Andreas kam zu ihnen. „Der Kerl schiebt irgendwelche Vorschriften und Verbote aus dem Versailler Vertrag vor, von denen ich nicht weiß, ob sie überhaupt existieren oder ob der Typ mir nur kein Flugzeug geben will."

„Vielleicht ist er ein ehemaliger Kriegspilot, der einem Deutschen …" Jacob brach ab. Es führte zu nichts, Spekulationen anzustellen.

„Aber was machen wir nun?", fragte Samira und schaute flehend von Jacob zu Andreas. Jemand musste dringend Sarah und Alison warnen!

„Wir brauchen die Reiseroute der beiden Damen, Miss Elwood. Damit kann Jacob zum einen versuchen, an das Schiff telegrafieren zu lassen, zum anderen herausfinden, ob Shane und diese Beals auf demselben Dampfer gebucht sind."

„Beals?" Samiras Finger schlangen sich nervös ineinander. „Camille Beals?"

„Du kennst sie?" Perplex runzelte Jacob die Stirn, während Andreas einen großen Schritt auf sie zutrat.

„Sie ist seit einigen Jahren eine in den besseren Häusern gern gesehene Friseurin. Lady Alison und Sarah waren oft bei ihr. Sie mögen die Frau, die immer behauptet, sie müsse eigentlich nicht arbeiten, tue dies aber zu ihrem Vergnügen. Sie weiß über alles und jeden etwas zu erzählen und …"

„… und sie ist die uneheliche Tochter von Alisons verstorbenem Ehemann."

Samira riss die Augen auf. „Sie glaubt, Sarah habe sie um ihr Erbe betrogen?"

„Die Reiseunterlagen, Miss Elwood!", ermahnte Andreas sie zur Eile.

Samira drückte sich an dem großen Mann vorbei in das Büro und fand schnell die Unterlagen zu den Zug- und Schiffsverbindungen in England und Ägypten. Diesmal war Andreas bei seinen Telefonaten erfolgreicher. Als er das letzte Mal den Hörer auf die Gabel geknallt hatte, eilte er zurück in den Flur und griff nach seinem Mantel.

„Sie reisen ihnen nach?", fragte Samira hoffnungsvoll.

„So schnell, wie es mir nur möglich ist."

„Das ist gut", seufzte Samira und reichte dem Deutschen zum Abschied ihre Rechte. Schweigend sah sie in sein verbissenes Gesicht und behielt ihre eindringliche Bitte, Sarah und Alison zu retten, für sich. Seine Züge zeigten überdeutlich, dass er alles daransetzen würde, genau das zu versuchen.

„Soll ich …" Jacob brach ab, als Andreas die Hand hob.

„Bleib bei Miss Elwood. Wer weiß, ob außer Shane und Beals nicht noch mehr Menschen ihre Finger im Spiel haben."

„Ich fahre dich zum Hauptbahnhof. Oder zu einem Flugplatz?!", bot Jacob an.

Die Tür schlug hinter den beiden zu. Samira blieb allein zurück.

Nach dem hektischen Treiben der letzten Minuten lastete die nun herrschende Stille schwer auf ihr. Sie rutschte mit dem Rücken an der Flurwand hinab und setzte sich auf den kalten Steinfußboden. Lange Zeit verharrte sie in dem zugigen Flur und wünschte sich, sie könne die Freundinnen warnen, doch ihr blieb nur zu beten ...

Irgendwann wanderten ihre Gedanken in ihre eigene Vergangenheit. Der Konflikt zwischen ihrem europäischen Vater und der traditionsbewussten muslimischen Großmutter hatten nicht nur ihre Mutter, sondern auch sie aufgerieben. Sie war der drohenden Zwangsheirat und weiteren am Horizont aufziehenden Schwierigkeiten entkommen, indem sie Ägypten den Rücken zugekehrt hatte.

Hatte sie mit ihrem Fortgang einen Verrat an ihrer Großmutter, ihrer Familie begangen? Aber ohne Tari ... Samira spürte eine sanfte Trauer wie einen Windhauch durch ihr Herz ziehen. Sie vermisste ihre kleine Schwester noch immer schmerzlich. Wäre sie in Ägypten geblieben, wenn Tari noch am Leben gewesen wäre?

Samira schüttelte sachte den Kopf. Wie oft hatte sie sich diese Frage schon gestellt!? Doch Samira war nicht die erste Frau in dieser Familie, so erzählten sich die Alten seit vielen Jahrhunderten, die aus Liebe und Freiheitsdrang ihre Heimat und ihre Familie verlassen hatte.

Gleichgültig, wohin ihr Weg sie in der Zukunft auch führen mochte, er würde unter dem Schutz des Gottes stehen, von dem ihr Vater ihr erzählt hatte und der Liebe und Vergebung im Übermaß verschenkte.

Wieder kehrten ihre Gedanken zu ihrer Großmutter zurück. Vermutlich würde Nalan nie erfahren, dass Samira eine gefährliche Last von ihrer Familie genommen hatte. Diese stand nun in Form einer Reisekiste unscheinbar auf dem Speicher von Alisons Haus. Bei der Erinnerung an den brisanten Inhalt glaubte Samira zu spüren, wie sämtliche auf den Artefakten abgebildete Skarabäen in ihrem Bauch durcheinanderkrabbelten.

Als Sarah die Kartusche von Tutanchamun gezeichnet und Samira begriffen hatte, was sich in der Kiste unter ihrem Bett befand, war sie versucht gewesen, den Inhalt in den Nil zu werfen. Sie hatte es nicht übers Herz gebracht, zumal sie eine viel zu große Angst gehabt hatte, dass sie dabei gesehen werden könnte. Zuletzt war ihr auch noch die Zeit davongerannt. War ihre Ahnin nicht allein aus Liebe und Abenteuerlust aus Ägypten fortgegangen, sondern weil sie eine Grabräuberin gewesen war? Hatte sie den Tunnel in die Bestattungsgruft Tutanchamuns gegraben? Der neuere Mörtel, das Loch in der Wand ... deutliche Zeichen dafür, dass sich vor mehr als 3.000 Jahren jemand Zutritt zur letzten Ruhestätte des Pharao verschafft hatte. Ihre Vorfahrin? Und wer hatte später diesen Schatz in der Felshöhle im heutigen Palästina versteckt?

Samira legte die Stirn auf ihre Arme, die auf ihren Knien ruhten. Auf diese Fragen würde sie wohl nie eine Antwort erhalten. Ob man ihr diese Geschichte geglaubt hätte? Sie fußte einzig auf einer jahrtausendealten, von Generation zu Generation weitergegebenen Erzählung und auf einem Schriftstück, das aber längst verloren gegangen war. Womöglich hätte man ihr Glauben geschenkt, wenn sie die Existenz der Grabbeigaben *vor* dem Öffnen der ersten Tür der Grabkammer bekannt gemacht hätte. Aber zu diesem Zeitpunkt war ihr nicht bewusst gewesen, was ihr Vater ihr geschickt hatte …

Zumindest vorerst lagen die wertvollen Stücke gut versteckt auf dem Speicher. Vielleicht brachte sie eines Tages den Mut auf, sie zurück ins Biban el-Moluk zu bringen. Oder sie in irgendeinem tiefen Gewässer für immer zu versenken …

Kapitel 24

Im gedämpften Lichtschein der elektrischen Lampen, die auf die verputzte Wand gerichtet waren, blickte Sarah sich unbehaglich um. Die Vorkammer hatte keine Ähnlichkeit mehr mit der, in die sie im November voll Ehrfurcht hineingesehen hatte. Die Kostbarkeiten waren in den Wochen seit ihrer Abreise allesamt in penibler Kleinarbeit fotografiert, gezeichnet und katalogisiert worden, bevor man sie mit auf Schienen rollenden Wagen bis hinunter an den Nil und dort auf ein Schiff geladen hatte. Alle Wände, bis auf die dem Eingang gegenüberliegende, waren mit derben Holzbrettern verkleidet. Der Boden war penibel gekehrt, der Sand sorgfältig durchsiebt worden, um auch nicht das winzigste Fragment zu übersehen. Vor der Wand zur nächsten Kammer, wo über 3.000 Jahre lang die beiden schwarzen, vergoldeten Wächterstatuen ausgeharrt hatten, stand ein hölzernes Podest, auf das Evelyn jetzt stieg.

Das Schachtgrab Tutanchamuns hatte sich als eine vergleichsweise kleine, hastig angefertigte Begräbnisstätte erwiesen. Vermutlich musste die altägyptische Verkündigung, „Der Falke ist gen Himmel geflogen", als Nachricht vom Tod des Pharao sehr überraschend ausgerufen werden.

Auf den eigens aufgestellten Stühlen hinter der Absperrung hatten zuvor die wenigen Bevorzugten gesessen, die der feierlichen Eröffnung hatten beiwohnen dürfen. Unter ihnen waren selbstverständlich Lord

Carnarvon, seine Tochter Lady Evelyn, Exzellenz Abd el-Halim Pascha Suliman, seines Zeichens Minister der öffentlichen Arbeiten, dazu der Generaldirektor der Altertümerverwaltung, Pierre Lacau, der Leiter der ägyptischen Abteilung am Metropolitan Museum, Lythgoe, und der Generalinspektor der Altertümerverwaltung, Reginald Engelbach, sowie drei weitere ägyptische Inspektoren, dazu Carters Expertenstab und der Kairoer Berichterstatter der Londoner *Times,* Arthur Merton. Einige der Männer hatten die Gruft inzwischen verlassen, andere standen herum und diskutierten verhalten miteinander.

Sarah bekam nicht viel von dem mit, was um sie herum geschah. Die vielen Menschen in dem niedrigen, hinten im Halbdunkel liegenden Raum machten ihr ebenso zu schaffen wie die zunehmende Wärme.

Am liebsten hätte sie kehrtgemacht und das Weite gesucht. Doch Alison, die aufgeregt wie ein Backfisch war, und das Wissen darum, welch große Ehre es war, überhaupt vor Ort sein zu dürfen, hielten sie zurück. Sie war Evelyn überaus dankbar, dass diese Alison und sie nach der offiziellen Grabkammeröffnung mit hinunter genommen hatte, um ihnen das zu zeigen, was sie als „unglaublich" bezeichnete. Wie gern hätte Sarah ihren Platz an Andreas abgetreten! Aber Lord Carnarvon hatte verfügt, dass ausschließlich der Gentleman von der *Times* über die Funde berichten durfte, was ihm einigen Unmut nicht nur von anderen Journalisten, sondern auch von Carter und der ägyptischen Regierung eingebracht hatte.

Sarah sehnte sich mehr denn je nach Andreas. Alle ihre Bemühungen, ihn zu vergessen, waren kläglich gescheitert. Ihr Herz klammerte sich krampfhaft an dieser Liebe fest, genährt durch den kurzen Augenblick in der Londoner Underground, als sie geglaubt hatte, ihn gesehen zu haben. Wochenlang hatte sie dieses intensive Gefühl zu unterdrücken versucht. Sie hatte sich vor Augen geführt, dass Andreas womöglich am Tod ihres Vaters eine Mitschuld trug, um ihre Gefühle für ihn zu unterdrücken. Doch sie kämpfte auf verlorenem Posten. Liebe ließ sich nicht niederringen; sie war tatsächlich die stärkste Macht. Außerdem war sie dankbar dafür, dass sie seit dem unfreiwillig belauschten Gespräch zwischen Andreas und Jacob zumindest wusste, weshalb ihr Vater sie weggegeben hatte. Er hatte es aus Liebe zu ihr getan! Diese Erkenntnis hatte tiefe Wunden ihrer Seele heilen lassen, und das Gefühl, nicht gewollt zu sein, war geschwunden. Im Grunde hatte sie Andreas viel zu verdanken. Das Leben schrieb manchmal eigentümliche Geschichten und Gott auf krummen Zeilen gerade.

Vor einigen Tagen hatte Jacob ihnen ein Telegramm auf das Dampfschiff zukommen lassen. Dieses hatte die verwirrenden Worte enthalten: *B. Shane auf dem Weg nach Luxor. Nichts unternehmen, bis A. Sattler eintrifft!*

Alison hatte es für absurd erachtet, dass der Anwaltssekretär ihnen nach Luxor nachreiste, zumal es dafür keinen Anlass gab. Und da auch Sarah mit der Nachricht nichts anzufangen wusste, hatten sie das Telegramm beiseitegelegt. Dennoch spürte sie eine kribbelnde Vorfreude in sich: Andreas war auf dem Weg nach Ägypten!

Sarah lehnte sich an die Bretterwand und schloss die Augen. Sie spürte dem aufgeregten Schlagen ihres Herzens nach und gab dem in ihrer Brust aufsteigenden süßen Schmerz Raum. Wann Andreas wohl in Ägypten eintreffen würde? Wie sollte sie sich ihm gegenüber verhalten? Er konnte ja nicht ahnen, dass sie sein Gespräch mit Jacob belauscht hatte und über seine Vergangenheit Bescheid wusste.

Sarah zwang sich wieder in die Gegenwart zurück. Evelyn berichtete soeben, wie Schicht um Schicht die unterschiedlich großen Steine aus der Mauer gestemmt worden waren. Während Carter mit dem Stemmeisen die Steine gelockert hatte, hatte Mace sie herausgehoben und an Callender gereicht, der sie wiederum dem Vorarbeiter weitergegeben hatte. Eine Kette von Arbeitern hatte die Steine dann nach draußen transportiert. Irgendwann, so erzählte Evelyn mit glänzenden Augen, hatte der Durchbruch ausgereicht, damit die Zuschauer ein im Licht der aufgestellten Lampen golden glänzendes Etwas hatten erblicken können. Nun trat Evelyn beiseite und winkte Alison und Sarah. Die beiden traten näher an den Durchgang.

„Mein Gott!", flüsterte Alison ergriffen, und auch Sarah konnte nicht fassen, was sie da sahen: eine Wand aus Gold! Die blaue Fayence leuchtete kräftig aus den goldenen Verzierungen hervor, zwischen denen sie eingelassen war. Selbst die Hieroglyphen an den Außenkanten der goldenen Wand hoben sich deutlich ab.

„Was ist das?", fragte Alison mit rauer Stimme.

„Die Grabkammer! Ein goldener Schrein. Er wird den Sarkophag mit dem Leichnam enthalten", lautete Evelyns Antwort. „Howard und seine Helfer haben eine Matratze hinter den Rest der Mauer geschoben, damit der Inhalt vor herabfallenden Steinen geschützt ist. Anschließend haben sie die Öffnung vorsichtig weiter vergrößert, bis der Erste in die Grabkammer steigen konnte. Zwei Stunden waren bis dahin vergangen. Als Howard sich in die gut einen Meter tiefer gelegene Sargkammer hinablassen wollte, stellte er fest, dass dort Perlen einer Halskette lagen. Sie mussten natürlich zuerst aufgesammelt werden."

„Das Werk von Plünderern?", fragte Alison traurig.

„Leider ja. Sie waren durch einen in die Mauer geschlagenen Durchgang zwischen den zwei Wächterfiguren eingedrungen. Das Loch haben Sie im November nicht gesehen, weil ein Weidenkorb es verdeckte."

„Erzählen Sie bitte weiter, Lady Evelyn!" Alisons Blick hing unverkennbar bewundernd an dem in einem warmen Goldton schimmernden Schrein.

„Howard verschwand in der Öffnung. Recht zügig erschien er wieder und reichte zwei wunderschöne Alabastergefäße heraus. Ich glaube, ich habe niemals anmutigere, schönere Kunstwerke gesehen. Sprachlos sah ich zu, wie man sie an mir vorbeitrug. Irgendwie stand die Zeit still. Mr Callender und der Vorarbeiter durften Howard folgen, später betraten mein Vater und Monsieur Lacau, danach ich und Sir William Garstin die Sargkammer." Evelyns Stimme brach. So sehr musste sie ergriffen haben, was sie hinter der Wand aus Gold zu sehen bekommen hatte.

Alison und Sarah ließen der jungen Frau die Zeit, sich zu sammeln. Verhaltene Gesprächsfetzen erklangen aus dem Hintergrund. Niemand wagte es, laut zu sprechen. Sarah hörte etwas von einem zweiten Schrein im ersten und von einem vollkommen intakten Schnursiegel. Jemand erzählte leise, dass der äußere Schrein so groß war, dass es nur etwas mehr als einen halben Meter Platz um ihn herum gab. Man sprach von etwa fünf Metern Länge, über drei Metern Breite und einer Höhe von fast drei Metern.

Plötzlich drehte Evelyn sich zu Alison und Sarah um. Waren sie an der Reihe? Durften sie dieses weltbewegende Ereignis wirklich miterleben, ja die soeben entdeckte Grabkammer eines vergessenen Pharao betreten?

Wie von einem dichten Nebel eingehüllt folgte Sarah Evelyn und Alison, ließ sich von einem Arbeiter helfen, den Höhenunterschied zu überwinden ... und erstarrte vor dem vergoldeten Kasten aus Holz. Allein das Holz, das es in Ägypten nicht gab, musste damals ein Vermögen wert gewesen sein.

Sarah wollte die Gravuren berühren. Vor allem die mit dem Skarabäus in der Kartusche, doch sie wagte es nicht, aus Angst, sie könne dabei etwas von dieser erhabenen Pracht zerstören. Wie betäubt folgte sie Alison durch den schmalen Spalt bis zu der geöffneten Schreintür. Staunend blickte sie auf die verriegelten Türen des inneren Schreins mit dem Siegel, auf das leinene Bahrtuch mit den goldenen Rosetten und fühlte, wie eine Gänsehaut ihren Körper überzog. Die Flügeltür wurde geschlossen, damit sie zwischen Schrein und Wand überhaupt weitergehen konnten. Sarah, davon überzeugt, dass sie alles gesehen hatte, gelang es einige Schritte weiter nur mühsam, einen Schrei zu unterdrücken: Dort gab es noch einen Durchgang! Dieser war nicht zugemauert, sondern stand einladend offen. Ehrfürchtig hielt sie den Atem an. Auf einem niedrigen tragbaren Schlitten lag ein schwarzer Schakalgott mit golden verzierten Augen und Innenohren, liebevoll eingehüllt in ein Tuch, und schien Sarah wie ein grimmiger Wachhund anzufunkeln. Dahinter ragten die Hörner eines Stierkopfs hervor, der gemeinsam mit Anubis den ebenfalls mit Blattgold überzogenen, schreinähnlichen Kasten zu bewachen schien, der von vier anmutigen goldenen Schutzgöttinnen umarmt wurde. Zwei von ihnen blickten direkt zum Durchgang, als wollten sie jeden Eindringling sorgfältig im Auge behalten. Die beiden Kopfleisten mit den drohend aufgerichteten Kobras wirkten auf Sarah einschüchternd, weshalb sie ihren Blick durch den Raum schweifen ließ. Dort waren weitere schreinartige Kästen zu sehen, sogar Miniatursärge aus vergoldetem Holz, Statuen, Schiffsmodelle komplett mit Segeln und Tauwerk und ein Wagen. Ihre Augen waren nicht in der Lage zu erfassen, was es noch alles an Schätzen in dieser Kammer gab, und dann war da ja noch der bislang ungeöffnete dritte Raum …

Sarah war durchaus bewusst, wie winzig dieses Grab im Vergleich zu den Anlagen der anderen in diesem Tal bestatteten Könige war. Wenn in diesem kleinen, unscheinbaren Schachtgrab einem eher unbedeutenden Pharao schon eine derartige Überfülle an Grabbeigaben mit auf die letzte Reise gegeben worden waren, welche Schätze waren dann in den anderen, weitaus prachtvolleren Grüften gewesen – und für immer verloren gegangen?

Auf dem weiteren Weg um den Totenschrein herum fiel der Künstlerin in Sarah die farbenprächtige Wandbemalung auf, vor allem die immer wieder auftauchenden Mantelpaviane. Sie galten als Sinnbild für Thot, den Gott der Wissenschaft und des Mondes, an den der verstorbene Pharao sich wenden musste, wenn er um Gerechtigkeit im Totenreich bitten wollte. Allerdings kam Sarah nicht umhin zu bemerken, dass die Affen eher hastig aufgemalt wirkten.

Inzwischen hatte jemand eine Kiste bereitgestellt, damit sie die tiefer gelegene Grabkammer bequem verlassen konnten. Sarah fiel es schwer, den Herrlichkeiten den Rücken zu kehren, und sie folgte den zwei anderen Frauen nur zögernd. Zu ergriffen, demütig und berauscht war sie von dem Inhalt des Grabes. Was für exzellente, detailverliebte Künstler hatte das alte Ägypten hervorgebracht! Sie waren vor Jahrtausenden schon in der Lage gewesen, solche prachtvollen und filigranen Kunstwerke anzufertigen!

Alison gesellte sich zu den anderen Gästen, Sarah hielt sich wie üblich abseits. So blieb ihr die Zeit, um das Gesehene zu verarbeiten. Sie freute sich schon darauf, die erlesenen Schmuckstücke, die liebevoll gestalteten Statuen, die prächtigen Truhen und Staatskarossen zu zeichnen.

Das Räuspern eines Arbeiters ließ sie zusammenzucken. „Entschuldigen Sie bitte", sprach er sie in gebrochenem Englisch an. „Eine Dame wartet draußen auf Sie. Sie sagt, sie kenne Sie aus England."

„Eine Dame aus England?" Verwirrt blickte Sarah an dem Mann vorbei in den von elektrischen Lampen erleuchteten Gang. Sie dankte dem Boten und ging noch vor ihm den ansteigenden Korridor entlang. Als sie in die Sonne trat, blinzelte sie gegen das grelle Licht an und wurde sich dann erst der vielen Schaulustigen bewusst. Sie drängten sich entlang der Absperrung, der Mauern und aufgeworfenen Geröllhügel. Der ägyptische Arbeiter gesellte sich zu ihr und deutete unbestimmt über die Köpfe der lautstark diskutierenden Anwesenden hinweg. „Sie wartet vor dem Grab von Ramses dem Dritten, damit sie sich ungestört unterhalten können."

„Eine weise Entscheidung", murmelte Sarah und sah wenig erfreut auf die dicht gedrängte Menschenmenge.

***

Andreas hastete über die Galerie und die letzten Stufen auf das Schachbrettmuster der Eingangshalle hinab. Alison und Sarah waren zwei Tage zuvor eingetroffen, so hatte man ihm gesagt, und waren heute ins Tal der Könige gereist. Er hatte zumindest ein paar Tage gutgemacht, indem er von Paris nach Kairo geflogen war. Doch wie schnell waren Shane und Beals gereist? Befanden sie sich bereits in Luxor? Er hoffte allerdings, dass sie ebenfalls den Seeweg gewählt hatten und erst in zwei, drei Tagen eintreffen würden. Alison und Sarah schienen Jacobs Telegramm nicht erhalten zu haben, oder sie hatten seine Warnung nicht ernstgenommen – anders konnte er sich nicht erklären, warum sie dennoch ins Tal der Könige aufgebrochen waren.

„Dickköpfe", knurrte Andreas halblaut vor sich hin, während er die sandfarbenen Stufen der Außentreppe im Eilschritt nahm.

„He, Mister?"

Andreas, der sich nicht angesprochen fühlte, betrat die Corniche el-Nile, als ihn jemand am Arm ergriff.

„Sie waren doch mit den Ladys zusammen, die meine Schwester Samira nach England mitgenommen haben?"

Andreas schenkte dem jungen Ägypter nun seine ungeteilte Aufmerksamkeit.

„Ich war wütend, weil sie einfach fortging, Mister. Aber als ich Samiras Verlobten tobend antraf und er mir in seiner Wut bestätigte, dass er Tari ... bin ich froh, dass Samira vor ihm geflohen ist."

Mehr als ein Nicken gestand Andreas dem Jungen nicht zu. Noch immer wusste er nicht, weshalb dieser ihn angesprochen hatte. Außerdem drängte es ihn, auf die Fähre zu gelangen. Er wollte zu Sarah.

„Heute habe ich die Engländerin wiedergesehen, die ich damals geführt habe. Ich dachte, ich biete ihr erneut meine Dienste an. Sie traf wieder diesen Mann. Ich habe ihn auch letztes Jahr ab und zu in ihrer Begleitung gesehen."

Andreas nickte, um zu signalisieren, dass er ihm zuhörte, während er gedanklich bereits die ersten Verbindungen knüpfte. War Samiras Bruder Beals Fremdenführer gewesen? Hatte die Frau, die sich gern unter einer Männergalabija und einer Abaya versteckt hatte, deshalb immer so gut über die Aufenthaltsorte von Sarah und Alison Bescheid gewusst? Der Junge war leicht zu manipulieren gewesen. Es hatte ihn nicht gekümmert, dass seine Auftraggeberin dieselben Routen wählte wie Alison und Sarah.

„Sie sprachen von den britischen Ladys. Ich konnte nicht alles verstehen. Aber sie wollen einen Unfall herbeiführen, glaube ich."

„Wann?"

„Schon heute. Sie sagten, der Flug von England nach Ägypten sei teuer gewesen, sie müssten jetzt dringend handeln."

Andreas versuchte vergeblich, die in ihm aufquellende Wut und der damit einhergehenden Angst um Sarah Herr zu werden. Shane und Beals hatten einen der wenigen, hochpreisigen Flüge genommen und sich daher bereits vor Alisons und Sarahs Ankunft im Land befunden.

„Warum erzählst du mir das?"

„Mister, bringen Sie die Ladys fort. Ich habe dieser Sarah misstraut, weil sie Samira noch mehr neue, uns fremde Ideen in den Kopf gesetzt hat, als sie ohnehin schon umtrieben. Aber ich glaube jetzt, dass sie Samiras Schutz ist."

„Ich bin eigens angereist, um die Frauen vor der Gefahr zu warnen", versicherte Andreas und schlug den Weg Richtung Fähre ein. Der Junge folgte ihm.

„Es geht nicht nur um diese britische Touristin und den Mann. Falls Iskander und Dero Kaldas von der Rückkehr der Ladys erfahren …"

Andreas presste die Lippen zusammen. Drohten Sarah und Alison neben der ihm bekannten Gefahr auch noch von dem verprellten Verlobten und seinem Vater Ärger? „Wie heißt du?", fiel Andreas seinem Informanten ins Wort.

„Marik."

„Ich danke dir, Marik."

„Samira darf keinen Kontakt zu uns aufnehmen!", unterstrich der Junge nochmals. „Ich fürchte, Nalan würde ihren Aufenthaltsort verraten. Und Kaldas ist so wütend, dass er ihnen vielleicht nachreist!"

„Danke!", sagte Andreas und steckte Marik ein Bündel Geldscheine zu. Dieser griff grinsend danach und verschwand in der Menschenmenge auf der Uferstraße.

Andreas stürmte die Uferbefestigung in Richtung Anlegestelle entlang. Rücksichtslos stieß er Passanten beiseite, sprang über abgestellte Hühnerkäfige und fädelte sich zwischen Reitern und Eselskarren durch. Dennoch musste er mit ansehen, wie die Fähre ohne ihn an Bord davontuckerte. Frustriert ballte er die Hände zu Fäusten. Die Zeit glitt ihm gefährlich schnell durch die Finger.

Kapitel 25

Sarah zögerte und wägte ab, ob sie nicht besser warten sollte, bis Alison sich von den Würdenträgern und von Carters Expertenteam trennen konnte. Doch sie kannte Alison gut genug, um zu wissen, dass dies noch geraume Zeit dauern könnte. Also straffte sie die Schultern und ging auf den Pulk der neugierigen Zaungäste zu.

Ein Reporter sprang über das Absperrseil und ergriff sie am Arm. „Was haben Sie gesehen? Den Pharao? Sicher gibt es noch unzählige Kostbarkeiten im Grab. Beschreiben Sie alles!"

„Bitte sprechen Sie mit Mr Carter und Lord Carnarvon", wehrte Sarah ab und entzog dem dreisten Journalisten ihren Arm. Sie kam jedoch nicht weit. Ein zweiter Mann stellte sich ihr in den Weg.

„Es wird gemunkelt, der Sarkophag sei …"

Sarah schlängelte sich zwischen ihm und einer Gruppe übergewichtiger Franzosen hindurch.

„Sie haben die Grabkammer des Pharao betreten, Miss. Gab es irgendwo eine Inschrift, die davor warnte? Befürchten Sie nicht, dass dieses Grab mit einem Fluch belegt ist?"

Sarah war versucht, dem Fragesteller zu erzählen, dass der Fluch lediglich neugierigen und aufdringlichen Presseleuten galt, entschied sich jedoch dagegen. Wenn sie erst mit der lauernden Meute zu sprechen begann, würde sie wohl nicht mehr wegkommen. Also hob sie energisch die Hände und schob den Mann unter Aufbietung all ihrer Kräfte beiseite. Da dieser von seinen Kollegen und auch von den Touristen bedrängt wurde, glückte ihr dieses Unterfangen sogar.

Plötzlich wurde sie von hinten gepackt. Erschrocken wirbelte sie herum. Dabei zerrte ihr Angreifer ihr die weiße Bluse aus dem Bund der ebenfalls weißen Hose. Erbost boxte sie mit den Ellenbogen um sich und trat nun ungestüm die Flucht nach vorn an. Plötzlich erklang von vorn ein aufgeregter Ruf. Stimmen erhoben sich, mehrmals wurde der Name des Lords gerufen. Offenbar war Lord Carnarvon aus der Grabanlage getreten. Noch ehe Sarah reagieren konnte, drängten die Menschen an ihr vorbei, stießen und rempelten sie rücksichtslos an. Aber zumindest entkam sie so dem Pulk und konnte endlich befreit aufatmen.

Sie ging einige Schritte und blieb dann bei einem der vielen das Tal wie übergroße Maulwurfshügel füllenden Geröllberge stehen. Ihr Herz raste; sie fühlte sich benommen. Die Eindrücke aus der Grab- und der Schatzkammer des Pharao, die unterdrückte Angst in dem engen Felsengrab und diese bedrängte Situation eben … die Faszination von zuvor schlug in ein nur schwer zu benennendes Gefühl um. War es Resignation, weil sie noch immer nicht in der Lage war, sich gelassen diesen doch eigentlich harmlosen Herausforderungen des Lebens zu stellen?

Nahezu trotzig wandte sie sich in Richtung des Grabs von Ramses III. Bereits aus der Entfernung erkannte sie die auf der Umfriedungsmauer des Grabeingangs sitzende Frau. Mit äußerster Verwunderung registrierte sie die Anwesenheit ihrer Friseurin Camille. Was machte sie hier?! War sie zur gleichen Zeit wie Alison und sie nach Ägypten aufgebrochen, obwohl Camille bei Sarahs und Alisons letztem Besuch in ihrem hübschen Salon nicht einmal angedeutet hatte, dass sie plante zu verreisen? Aber nur so war es möglich, sie jetzt im Tal der Könige anzutreffen.

Das verwirrende Telegramm von Jacob kam Sarah in den Sinn. War eine Verwechslung geschehen oder war die Nachricht gar nur verstümmelt bei ihnen angekommen? Hätte nicht Shanes, sondern Camilles Kommen angekündigt werden sollen? Aber weshalb das? Die beiden reisten doch nicht etwa zusammen? Und *was* sollten Alison und sie nicht unternehmen, ehe Andreas bei ihnen eintraf …?

Sarah blieb vollkommen verwirrt stehen und beschattete ihre Augen mit den Händen. Sie beobachtete, wie Camille von der Mauer rutschte und ihr entgegenschlenderte. Ihr Gesicht wirkte ungewohnt ernst, ihre sonst flüssigen Bewegungen seltsam eckig. Irgendetwas stimmte da nicht. Sarah jagte ein eisiger Schauer durch den Körper.

Prüfend schaute sie sich um. Die Sonne brannte erbarmungslos auf das helle Gestein. Ein leichter Windhauch pfiff durch das Tal. Ansonsten herrschte nahezu gespenstische Stille. Niemand war in der Nähe. Es gab nur Camille und sie.

***

Frustriert schlug Andreas mit der Faust auf die Brüstung. Er musste so schnell wie möglich über den Nil setzen.

Er stürmte in Richtung einer am Ufer liegenden Felucke und rief dem Ra'is schon von Weitem auf Arabisch die Frage zu, ob er bereit sei, ihn überzusetzen.

Der Mann winkte ihn herbei und Minuten später stand Andreas an Deck des Seglers. Der Wind zerrte an ihm, als wolle er ihn aufhalten, während das Wasser schmatzend an der Bordwand leckte. Seine Gedanken flogen mit den Möwen voraus. Würde es ihm gelingen, rechtzeitig das Tal der Könige zu erreichen? War er zu spät, um ein Aufeinandertreffen von Sarah und Alison mit Beals und Shane zu verhindern? Bei dieser Vorstellung drohte es ihm den Magen umzudrehen.

***

„Miss Camille!" Sarah lächelte die Frau an und wollte hinzufügen, wie erstaunt und erfreut sie über ihre Anwesenheit sei. In diesem Moment stieg aus dem von einer Mauer umsäumten Eingangsbereich des Grabes ein Mann herauf. Er trug eine kleine, silbern glänzende Schusswaffe in den Händen, die er unmissverständlich auf Sarah richtete.

Sarah erstarrte. Ihr Blick wanderte von der Waffe über den teuren Sommeranzug zum Gesicht des Bewaffneten. Sie erkannte in ihm den jungen Anwalt Shane. Die plötzliche Erkenntnis, wer ihr da Böses wollte, schmerzte sie.

Zu ihrem eigenen Erstaunen blieb sie eigentümlich ruhig. Beinahe so, als weigere sich ihr Gehirn, die Tatsache anzunehmen, dass Camille und Shane hinter all den hinterlistigen Angriffen auf sie steckten. Die beiden waren doch keine bösartigen Verbrecher?!

„Was habe ich Ihnen denn getan?", fragte sie leise und richtete ihren Blick auf Camille.

Zu ihrer Verwunderung starrte Camille sie kalt und hasserfüllt an. Die stämmige Statur der Frau erinnerte sie plötzlich viel zu sehr an den Verfolger in der schwarzen Abaya. War Camille ihr überallhin wie ein Schatten gefolgt? Hatte sie die Schlange neben sie gestellt, den Steinschlag ausgelöst und Giant vergiftet?

„Warum?", brachte sie mit versagender Stimme hervor.

„Sie haben mir mein Erbe weggenommen!" Camille spuckte die Worte förmlich aus.

Sarahs Augen weiteten sich. Alison hatte ihr erst vor wenigen Wochen offenbart, dass sie sie als ihre Alleinerbin eingesetzt hatte. Verwirrt runzelte sie die Stirn. „Ihr Erbe?"

„Ich bin die Tochter von Theodore Clifford."

„Seine Tochter?"

„So steht es in den Unterlagen", schaltete der Anwalt sich ein.

„Bob kam mit dieser Nachricht zu mir, weil er befürchtete, dass dieser alte Narr Ferries alle Beweise für meine Kindschaft zu vernichten plante."

„Ich verstehe das nicht", murmelte Sarah. Sie vermied krampfhaft den Blick in die runde Öffnung der bedrohlich auf sie gerichteten Pistole. „Bis vor einigen Wochen ahnte ich nicht einmal etwas von der Existenz eines Testaments. Ich hatte auch keine Ahnung, dass Theodore eine Tochter hatte. Und ob Alison davon weiß …?", flüsterte Sarah verwirrt.

„Halten Sie endlich den Mund!", schrie Camille sie an, nahm dem Mann die Waffe aus der Hand und richtete sie nun selbst auf Sarah. „Ich bin froh, dass Bob mich rechtzeitig kontaktiert hat …" Camille brach ab, als habe sie die Lust verloren, weitere Erklärungen abzugeben. „Wir gehen jetzt da rein!", befahl die Frau und deutete mit dem Kopf tiefer in die Schlucht. „Dort hinten gibt es einen schönen Fußpfad auf einen Felsen, von dem eine unvorsichtige Frau stürzen kann."

„Miss Camille …" Heiße Flammen schossen durch Sarahs Körper, trieben ihr Schweißperlen auf die Oberlippe und ließen sie erzittern.

„Es wird alles seinen richtigen Gang gehen. Bob wird die Unterlagen aus den Akten des alten Narren zu meinen Gunsten einsetzen. Sobald Sie und die giftige Lady aus dem Weg sind, trete ich mein Erbe an."

Shane schubste Sarah derb vorwärts. Sie taumelte, fing sich jedoch wieder. Mit unsicheren Schritten ging sie vor den beiden her, immer tiefer in die Schlucht hinein.

„Lady Alison ist ein großherziger Mensch. Wenn sie erfährt, dass Sie Theodores Tochter sind, wird Sie Ihnen bestimmt Ihren Anteil am Erbe überlassen", verlegte Sarah sich aufs Verhandeln.

Als Antwort erhielt sie ein hämisches Lachen der sonst so zugänglichen Friseurin. „Aber sie weiß von mir!"

„Warum sollte sie sich ausgerechnet von der unehelichen Tochter ihres Mannes die Haare machen lassen?"

„Was für ein Triumph für die große Lady, nicht wahr? So konnte sie mich mit Füßen treten!"

„Das hat sie nie getan, Miss Camille. Lady Alison ist gewiss kein besonders überschwänglicher Mensch und manchmal etwas ruppig. Aber zu Ihnen war sie doch immer freundlich und zuvorkommend!"

„Halt den Mund!", fauchte Camille. Shane gab Sarah einen zweiten Schubs. Sie taumelte und stürzte. Steinsplitter bohrten sich in ihre Knie und in ihre Handflächen. Der Schmerz jagte wie ein elektrischer Impuls durch ihren Körper. Die Unbarmherzigkeit dieser Handlung verstärkte die Panik in ihr. Sarah wusste, dass sie verloren hatte. Sie würden sie töten, es wie ein Unfall aussehen lassen und anschließend Alison das Leben nehmen. Vermutlich blieben ihr nur noch Minuten …

Tränen schossen ihr in die Augen. Ihre Gedanken wanderten zu Andreas. Es war ihr nicht vergönnt, ihn noch einmal zu sehen; ihm zu sagen, was sie für ihn empfand. Übergangslos kamen ihr die Worte in den Sinn, die Alison ihr einmal in einer schwierigen Situation zugeraunt hatte: „Wenn Menschen dich enttäuschen und dir wehtun, dich verlassen oder Unmögliches von dir fordern und du das Gefühl hast, völlig allein dazustehen, dann hast du in Gott einen Beistand an deiner Seite. Liebend, tröstend und vergebend."

Sarah schloss die Augen. Die Angst blieb, aber sie spürte einen angenehm kühlen Windhauch, der Panik und Verzweiflung einzudämmen schien.

Shanes kalte Stimme durchschnitt die Stille. „Stehen Sie endlich auf. Wir sind gleich da."

***

Andreas wühlte sich rücksichtslos durch die Menschenmenge. Er erntete Protest und Ellenbogenstöße, doch nichts hielt ihn auf. Beinahe stürzte er über die Absperrung, rappelte sich auf und wurde von Gerigar direkt vor den Stufen an den Schultern gepackt.

„Mr Sattler!", rief er, als er ihn erkannte.

„Wo sind Miss Sarah und Lady Alison, Ahmed?"

„Die energische Lady ist in der Vorkammer, die junge Frau hat das Grab vor einiger Zeit verlassen."

„Wo ist sie hin?" Andreas schrie die Frage hinaus und war versucht, den Vorarbeiter Carters zu schütteln, als könne er ihm so schneller die gewünschte Information abringen.

Gerigar rief die Frage seinen Arbeitern zu. Einer von ihnen, ein älterer Mann mit zerfurchtem Gesicht und hängenden Augenlidern, sagte: „Eine Engländerin wollte sich mit ihr beim Grab von Ramses dem dritten treffen."

Die Worte trafen Andreas wie ein Blitzschlag. Er war zu spät! Er hatte den Wettlauf verloren und damit die Frau, bei der er Ruhe und Frieden, eine Heimat und Liebe zu finden gehofft hatte.

„Sarah!", flüsterte er, spürte den Schmerz in sich wie ein Vulkan ausbrechen und ahnte, dass er ihn letztendlich verbrennen würde.

Andreas stapfte durch die jetzt vor ihm zurückweichende Menge hindurch. Sahen sie ihm an, dass er innerlich bereits tot war?

Ein Ruck erschütterte seinen durchtrainierten Körper. Hofmann hatte ihn während seiner Ausbildung nur einmal angeschrien. Damals hatte Andreas kurz davor gestanden, einfach aufzugeben.

Andreas rannte los. Steine und Sand wirbelten unter seinen Schuhen auf. Er legte all seine Energie in diesen Lauf. Als er in das Seitental einbog, zog er die Schusswaffe, die er unter dem nachlässig aus dem Hosenbund hängenden Hemd versteckt gehalten hatte.

„Ich komme, Sarah!", keuchte er. Er wiederholte diese Worte einmal, zweimal, nahm sie als Gebet mit so viel Inbrunst wie damals in der französischen Kirche, als er um Vergebung gerungen hatte.

***

Sarah hatte nichts zu verlieren, aber alles zu gewinnen. Gehorsam rappelte sie sich auf.

„Gehen Sie weiter!", lautete die Anweisung von Camille.

Sarah drehte sich zu ihr um. Camille und auch Shane waren nur einen

Schritt von ihr entfernt. Sarah schleuderte ihnen den Sand ins Gesicht, den sie nach ihrem Sturz aufgehoben hatte.

Shane fluchte und krümmte sich zusammen, Camille riss die Hände an ihre Augen. Ein Schuss aus ihrer Waffe löste sich. Der Knall dröhnte in Sarahs Ohren. Doch sie stürmte zwischen den beiden hindurch und versetzte ihnen dabei einen Stoß.

Ihre Schuhe klackerten über das Geröll, wirbelten kleine Staubfontänen auf. Ihr Atem ging schnell, wurde bald keuchend. Ein reißender Schmerz, von ihrer Kehle ausgehend, zog immer tiefer in ihre Lunge hinab. Dessen ungeachtet floh sie weiter. Nur fort von diesen Menschen, die sie töten wollten.

Irgendwann wagte sie es, im Laufen kurz zurückzuschauen. Shane und Camille folgten ihr, wobei Camille bereits weit zurückgefallen war. Sarah drehte den Kopf wieder nach vorn – und prallte ungebremst gegen zwei Ägypter in ihren landestypischen Galabijas.

***

Das Echo eines Schusses drohte das Blut in Andreas' Adern zu gefrieren. *Zu spät!*, flüsterte ihm eine Stimme in seinem Kopf zu. Er verringerte die Geschwindigkeit. Drei nachfolgende Schüsse veranlassten ihn weiterzulaufen. Er konnte sich nicht erklären, was tiefer in der Schlucht vor sich ging. Gerade als er nach rechts in Richtung des Grabs von Amenophis II. abbiegen wollte, kam ihm aus der anderen Abzweigung eine weiß gekleidete Frauengestalt entgegen. Sie sah sich im Rennen hektisch um und stürzte plötzlich über einen Gesteinsbrocken. Hart schlug ihr Körper auf dem felsigen Boden auf. Als sie mühsam den Kopf hob, erkannte er Sarah. Ihr Gesicht war, wie ihre ganze Gestalt, mit einer feinen Staubschicht überzogen.

Fassungslos stand Andreas einen Moment wie erstarrt da. Dann ging ein Ruck durch seinen Körper. Er stürzte zu ihr und zog sie auf die Füße. Ihre Augen waren weit aufgerissen, als sie in anblickte und endlich erkannte.

„Andreas!" Es war nicht mehr als ein Flüstern.

„Wo sind sie?", fragte er knapp.

„Die Ägypter haben sie aufgehalten."

„Welche Ägypter?"

„Die Bewacher, die Sie letzten Herbst für mich fanden. Lady Alison hat sie erneut für unseren Schutz angeworben."

„Gut", kommentierte Andreas. Erst jetzt nahm er sich die Zeit, Sarah zu mustern. Er sah die aufgerissenen Handflächen und das durch die Hosenbeine sickernde Blut. Aber außer diesen vermutlich oberflächlichen Verletzungen schien sie unversehrt zu sein.

Einem Impuls folgend zog er Sarah in seine Arme. Er schloss die Augen, wollte diesen kostbaren Augenblick mit allen Sinnen auskosten. Dennoch lauschte er angespannt auf etwaige sich ihnen nähernde Schritte. Es war gefährlich, nicht zu wissen, was einige Hundert Meter von ihnen entfernt geschah.

Andreas hatte zumindest mit etwas Gegenwehr von Sarah gerechnet, doch sie schmiegte sich an ihn. Offenbar fand sie ebenfalls, dass sie in seinen Armen am richtigen Platz angelangt war.

„Ich hatte solche Angst, dass ich zu spät gekommen bin", murmelte er in ihr Haar.

„Sie waren zu spät", entgegnete sie, und unglaublicherweise hörte er aus ihrer Antwort eine Spur von Schalk heraus.

Er öffnete die Augen und blickte über sie hinweg in das verwaist daliegende, von Grabeingängen gesäumte Tal, das noch vor wenigen Augenblicken auch Sarahs Grab hätte werden können. Sein linker Mundwinkel zuckte zu einem Lächeln nach oben. Diese Frau war schwer einzuordnen – und das gefiel ihm ausnehmend gut.

Er schob sie ein Stück von sich, wartete, bis sie den Kopf hob, und beugte sich über sie, bis ihr Gesicht nur wenige Zentimeter von dem seinen entfernt war. Mit rauer Stimme sagte er: „Bevor du mir erklärst, warum du Jacobs Telegramm nicht ernst genommen hast und was dort hinten passiert ist, werde ich dich küssen."

„Die Reihenfolge gefällt mir", erwiderte Sarah. Sie stellte sich auf die Zehenspitzen, und somit war sie es, die die erste zaghafte Berührung ihrer Lippen vorantrieb.

Kapitel 26

In der Suite herrschte Stille, nur unterbrochen von dem kaum wahrnehmbaren Klirren einiger Fensterscheiben, da an diesem Tag ein kräftiger Wind den Sand von der Wüste nach Luxor trieb, den Nil aufwühlte und alles, was nicht ausreichend befestigt war, mit sich davontrug.

Alison saß auf der Chaiselongue und ließ wohl das Gehörte ebenso

Revue passieren wie Sarah, die mit angezogenen Beinen auf einem Stuhl beim Tisch kauerte und unsinnige Kreise auf ein Stück Papier malte.

Andreas stand mit dem Rücken an die Balkontür gelehnt, gut einen Meter von ihr entfernt. Sie spürte seine Nähe wie tausend kribbelnde Ameisen auf ihrer Haut und sehnte sich danach, wieder in seinen Armen zu liegen. Aber seit dem Vortag war so viel geschehen, so viel gesprochen und erklärt worden. Sie hatte einen Arztbesuch hinter sich, dazu eine Befragung durch die ägyptische Polizei und den Antikendienst. Ohne dass sie Andreas noch einmal gesehen hatte, war sie am Abend dieses aufwühlenden Tages erschöpft in ihr Bett gefallen.

Jetzt hielt er sich seit über einer Stunde in Alisons Suite auf. Ihre Ziehmutter hatte ihn bezüglich seiner Vergangenheit und seiner Nachforschungen in England ausgefragt, als sei sie eine geschulte Kriminalistin und Andreas ein gesuchter Schwerverbrecher. Gelassen hatte er die Prozedur mit einem gelegentlichen Blick in Sarahs Richtung über sich ergehen lassen.

Es war Sarah, die die Stille durchbrach. „Wie kam Mr Shane auf die Idee, Miss Camille in Mr Ferries' Geheimnis einzuweihen?"

„Er hatte dabei sicher keine lauteren Gründe", sagte Alison leise und schüttelte den Kopf.

„Shane sah einfach eine Chance, an das große Geld zu gelangen. Er weihte Camille ein und machte ihr gleichzeitig schöne Augen", erklärte Andreas.

„Er ist ja recht gut aussehend – wenn man diesen Typ von Mann mag", sagte Alison fast widerwillig.

„Ob er Camille wirklich Zuneigung entgegenbrachte?", fragte Sarah.

„Wohl kaum. Ich vermute vielmehr, dass er sie … irgendwie hätte loswerden wollen, sobald er sich ihres Erbes sicher war."

„Arme Camille", seufzte Sarah und fing sich von zwei Seiten vorwurfsvolle Blicke ein. „Aber er hat sie doch schamlos ausgenutzt!", begehrte sie auf.

„Sie hat mehrfach versucht, dich umzubringen!", brummte Andreas.

„Sie ist aber unbestreitbar eine rechtmäßige Erbin des Clifford-Vermögens."

„Rechtfertigt das in deinen Augen etwa einen Mord?" Andreas verschränkte die Arme vor der Brust und musterte sie kritisch.

„Camille und Shane hätten doch mithilfe der Unterlagen Camilles Anrecht auf ein Erbe erstreiten können", mischte Alison sich wieder ein.

Andreas schüttelte den Kopf. „Sie hatten die Unterlagen aus dem

Büro des Anwalts entwendet. Das war eine Straftat und hätte sich negativ auf eine gerichtliche Erbstreitigkeit ausgewirkt. Zudem schätze ich, dass ihnen das alles viel zu lange gedauert hätte. Von einem baldigen natürlichen Ableben Ihrerseits, Lady Clifford, konnten sie ja keineswegs ausgehen. Allerdings war wohl das Geld aufgebraucht, das Camille von ihrer Mutter geerbt hatte, weshalb sie arbeiten gehen musste. Offenbar hat die Mutter ihren Teil zu Beals' Hass auf den unbekannten Vater und seine Familie beigetragen, indem sie den Erzeuger immerfort schlecht gemacht hat. Und dann trat Shane in ihr Leben! Er versprach ihr, das Unrecht aus der Welt zu schaffen, ihr das Erbe zu besorgen – und wohl auch einen Ehering. Es war sicher nicht schwer für ihn, die mittlerweile verarmte, verbitterte Frau auf seine Seite zu ziehen."

„Jetzt sagst du selbst, dass er sie beeinflusst hat."

„Sarah!", stöhnte Andreas, stieß sich ab und kam einen Schritt auf sie zu. Mit einem Blick auf Alison machte er kehrt, lehnte sich wieder gegen das Glas und zuckte mit den Schultern.

„Du hast uns erzählt, dass du mehr Angst vor Camille hattest als vor Shane", schaltete die Countess sich wieder in die Unterhaltung ein.

„Ja, das stimmt. Ihre Verwandlung von der netten Friseurin zur skrupellosen Mörderin war so unheimlich", gab Sarah zu und blickte auf den Bleistift, mit dem sie noch immer kleine Kreise über die größeren zeichnete. „Was geschieht jetzt mit ihr?"

„Sie wird nach England überstellt und kommt dort vor Gericht, der Leichnam von Shane wird überführt."

Sarah nickte und wieder hüllten sich die drei Personen in Schweigen. Nachdenklich hörte Sarah auf zu malen. Wie wohl *ihr* Leben von nun an verlaufen würde? Sie kritzelte ein paar Worte in einen großen, noch nicht mit kleinen Kringeln gefüllten Kreis.

„Sarah?"

Sie blickte auf und erschrak, als sie Tränen in Alisons Augen sah. „Ich möchte mich bei dir entschuldigen."

„Was …?"

Alison winkte ab und klopfte einladend auf das Polster der Chaiselongue.

„Ich kümmere mich um Ihre Rückreise nach England." Andreas stieß sich vom Fenster ab. Als er an Sarah vorbeischritt, drückte sie ihm hastig das Stück Papier mit den Kreisen in die Hand. Er verbarg es geschickt und verließ den Raum.

„Nun komm schon, ich beiße nicht", sagte Alison und streckte Sarah auffordernd die Hand hin. Sarah erhob sich leicht verunsichert und setzte sich neben Alison. Wofür wollte sie sich entschuldigen?

„Ich fürchte, ich habe mit meinem Handeln das ganze Desaster heraufbeschworen."

„Sie? Aber-"

„Hör mir bitte einfach nur zu, Sarah, das kannst du doch so hervorragend!"

„Gut." Sarah drehte sich etwas zur Seite, damit sie in Alisons Gesicht sehen konnte.

Es dauerte geraume Zeit, bis die Frau ihre Schultern straffte und zu erzählen begann. „Die Ehe zwischen Theodore und mir war eine von unseren Eltern arrangierte Verbindung. Meine Familie war das, was man verarmten Landadel nennt; Theodores Familie besaß all das, was meine Mutter sich für mich wünschte: Geld, Macht, Ansehen. Mit einigem Geschick gelang es ihr schließlich, diese Ehe zu arrangieren. Meine Eltern starben bei einem Kutschunfall kurze Zeit nach der Hochzeit."

„Das tut mir sehr leid", flüsterte Sarah.

„Es ist schon so lange her", sagte Alison und seufzte, bevor sie weitersprach: „Theodore und ich waren wie Hund und Katze. In seinen Augen konnte ich nichts richtig machen. Anfangs hatte ich Angst vor ihm, später verachtete ich ihn wegen seiner Schwächen. Doch er war der Herr im Haus, was er mir deutlich zeigte. Es gab keinen Bereich meines Lebens, den er nicht überwachte. Ich durfte keinen Schritt ohne seine ausdrückliche Erlaubnis tun."

Sarah hielt den Atem an. Ein freier Geist wie Alison musste sich unter diesen Bedingungen eingesperrt gefühlt haben. Das erklärte Alisons rebellische Art, ihren Hang zu ausgefallenen Kleidern und ausgedehnten Reisen, ihren Unabhängigkeitsdrang und den Verkauf sämtlicher Ländereien ...

„Er prahlte mit seinen Eroberungen vor mir, und als ich ihm schließlich drohte, dass ich ihn verlassen würde, begann er, mich zu schlagen."

„Nein!", entfuhr es Sarah entsetzt.

„Ist schon gut, meine Kleine." Alison lächelte und strich ihr sanft über die Wange. „Ich weiß nicht, was schlimmer war: die Schmerzen oder seine ständige Kritik, die Gängelei, seine zynischen Worte. Mein einziger Trost in dieser Zeit war deine Mutter. Sie durchschaute, was ich durchmachte, und war die einzige Frau aus unserem erlesenen Bekanntenkreis, die mich auch dann noch besuchte, als ich das Haus praktisch nicht mehr verließ."

Tränen schimmerten in Sarahs Augen. Sie war so froh, dass ihre Mutter ein Lichtblick in Alisons furchtbarem Dasein gewesen war, und einmal mehr wünschte sie sich, sie hätte ihre Mutter kennengelernt.

„Du bist ihr in vielem sehr ähnlich, meine Liebe."

„Ich glaube, das ist das schönste Kompliment, das Sie mir machen können, Lady Alison."

Das Lächeln der Countess war nur kurzlebig. Sie blickte hinaus auf Palmen, die sich im Wind bogen. Ob es in ihrem Inneren ebenso stürmte?

„Eines Tages kam Theodore stark alkoholisiert in mein Zimmer. Er wollte über mich herfallen, doch ich entkam ihm und floh vor ihm durch dieses ganze grässliche, zugige, alte Schloss. Es regnete in Strömen, als ich in den Innenhof lief und eine der Außenmauern erkletterte, weil ich vorhatte, in die Tiefe zu springen."

„Mein Gott!", entfuhr es Sarah. Schockiert presste sie ihre freie Hand auf ihren Mund.

Alisons Blick war starr geradeaus gerichtet, als befinde sie sich wieder in jener regnerischen Nacht, auf der Flucht vor ihrem grausamen Ehemann und auf dieser Mauer …

„Theodore folgte mir, rutschte aus und stürzte."

Alison verfiel in Schweigen, und Sarah wagte nicht, sie in ihrer Welt schmerzlicher Erinnerungen zu stören. Dann, so hastig, als wolle sie vor dem Ereignis immer noch davonlaufen, sprudelte es über Alisons Lippen: „Er lebte noch, flehte mich an, ihm zu helfen. Ich ging einfach fort. Am nächsten Tag fand ihn der Gärtner und ich war Witwe."

Sarah schloss die Augen, fühlte einen Schmerz in ihrem Herzen, als habe sie Alisons Geschichte selbst durchlebt. Ob Alison sich bis heute Vorwürfe machte?

„Glaube mir, ich habe mich lange Jahre mit schrecklichen Schuldgefühlen herumgeplagt – bis ich Gottes Vergebung erleben durfte. Ich ergraute noch in derselben Nacht. Später ließ ich über Dayton Ferries Erkundigungen bei Theodores Arzt einholen, ob Theodore den Sturz hätte überleben können, wäre er früher gefunden worden. Der Arzt verneinte, aber ich fürchte, seit diesem Tag ahnte Ferries, dass ich mit diesem Unfall etwas zu tun hatte. Manchmal überfallen mich die Erinnerungen. Ich spreche nicht gern über diesen Mann, den ich hätte lieben sollen und den ich doch gehasst habe. Jetzt kennst du den Grund, weshalb ich dich nicht davon abhalten werde, wenn du in deiner Aussage gegen Camille nur das Allernötigste erzählst. Denn auch Camille sollte Vergebung erfahren. Vielleicht können wir damit ihr Leben retten."

„Sie wird ihren Anteil am Erbe erhalten und wir besuchen sie?"
„Wenn du das möchtest."
„Ich denke, es ist angebracht."
„Du bist deiner Mutter ungemein ähnlich, aber ich glaube, das sagte ich bereits."
„Früher haben Sie immer behauptet, Sie verstünden nicht, wie meine hinreißende, wunderschöne und mutige Mutter zu einer Tochter wie mir kommen konnte."
„So ein blödes Gerede", konterte Alison, und ein Lächeln huschte über ihr schmales Gesicht. „Verzeih mir bitte, dass ich dich so lange im Dunkeln über all das ließ. Mein Tun muss dich gelegentlich verwirrt haben."
„Es gibt nichts zu verzeihen, Lady Alison. Ich vermute, dass ich als junges Mädchen Ihre Lebensgeschichte weder ertragen noch verstanden hätte. Erst heute weiß ich sie richtig einzuschätzen und verstehe die Zusammenhänge zwischen Ihrer Vergangenheit und Ihrem heutigen Lebensstil. Und ich begreife, wie wichtig es Ihnen war, dass ich auf eigenen Füßen stehen lernte."
„Im Gegenzug hast du mich hier in Ägypten gelehrt, wieder Nähe, Liebe und Vertrauen zu wagen, selbst auf die Gefahr hin, verletzt zu werden."
„Das haben Sie von mir gelernt?" Die Verblüffung stand Sarah ins Gesicht geschrieben.
„Du hast es mir im vergangenen Jahr und bis heute vorgelebt. Deine Kämpfe waren auf gewisse Weise auch die meinen. Und ich wollte nicht zurückstehen."
„Das ist … erstaunlich!" Sarah schüttelte den Kopf. Demnach war Alisons betont forsche Art nur ein Schutzwall gewesen, hinter dem sie sich aus Angst vor weiteren Verletzungen versteckt hatte.
„Ich wünsche es dennoch zu hören!", forderte Alison eine Antwort auf ihren zuvor geäußerten Wunsch nach Vergebung ein.
Sarah lächelte über den befehlenden Unterton. „Ich verzeihe Ihnen, was auch immer ich früher an Ihnen misszuverstehen oder anzuzweifeln hatte."
„Braves Mädchen."
Sarah rutschte näher zu Alison, lehnte sich an ihre Schulter und legte ihren Kopf an die Wange der Frau.
„Würdest du mir einen großen Gefallen tun?", bat Alison und legte einen Arm um sie.

„Fast jeden."

„Welchen denn nicht?"

„Ich heirate nicht Jacob!"

„Wer ist Jacob?", fragte Alison und brachte Sarah damit zum Lachen. „Ich wünsche mir, dass du *Mum* zu mir sagst." Schnell fügte sie hinzu: „Deine leibliche Mutter soll immer deine *Mama* bleiben, aber vielleicht kannst du mich Mum nennen?"

„Mache ich das nicht schon seit vielen Jahren … Mum?", erwiderte Sarah mit einem spitzbübischen Grinsen.

Kapitel 27

Der Wind zerrte an seinem dunkelblauen Strickpullover und zauste ihm durchs Haar. Die Büsche raschelten, die Palmblätter über ihm knatterten und vor dem eigenartig zimtfarbenen Halbmond zogen hin und wieder dünne Wolkenschleier dahin. Die ägyptische Winternacht hatte die Parkanlage des Winter Palace fest im Griff.

Andreas lehnte an einem rauen Palmenstamm und wartete auf Sarah. Geschickt wie ein Geheimdienstagent hatte sie ihm ihre Nachricht zugesteckt, was ihm erneut ein Lächeln entlockte. Sie war unverkennbar Martin Hofmanns Tochter. Und er liebte sie!

Die Minuten vergingen, wurden zu einer Stunde, dann zu einer zweiten. Doch Andreas war sich sicher, dass sie kommen würde. Früher oder später. Er hatte Zeit. Nichts trieb ihn von hier fort, denn sein unstetes Leben hatte einen Ruhepol gefunden: Sarah.

Das Erste, was er von ihr vernahm, waren leise Schritte. Kurz darauf sah er ihre zarte Silhouette, vom fahlen Mondlicht angeleuchtet.

Sarah hielt sich gewohnt gerade und sah sich suchend um. Sie war schon fast an ihm vorüber, als er sich von dem Stamm löste und nach ihrem Unterarm griff. Sarah wirbelte herum und fiel förmlich gegen ihn. Ob das von ihr so gewollt oder ein Versehen war, war ihm gleichgültig. Er umschloss sie fest mit seinen Armen und zog sie mit sich in den Schatten der Palme, bis er sich erneut mit dem Rücken an ihrem Stamm anlehnen konnte.

„Entschuldige bitte, dass es so spät geworden ist", sagte sie, als habe sie sich kein bisschen erschreckt und als sei die Nähe zu ihm ihr nicht fremd, sondern höchst willkommen.

„Ich will nicht behaupten, das Warten habe mir nichts ausgemacht", gab er zur Antwort und lauschte ihrem leisen Lachen. „Aber es hat sich auf jeden Fall gelohnt."

„Ich kann nicht lange bleiben."

„Davon ging ich aus. Immerhin bist du eine wohlerzogene britische Lady", neckte er sie und wechselte dabei in seine deutsche Muttersprache.

„Ich bin keine Lady. Und das Erbe macht mir Angst."

„Mir auch", gestand Andreas ein. „Aber du wirst einen guten Weg finden, damit umzugehen."

Sarah sah zu ihm auf, konnte jedoch vermutlich nicht mehr als seine Silhouette ausmachen, während er, mit dem Mond im Rücken, ihre fein geschnittenen Gesichtszüge und die dunklen Augen unter den geschwungenen Brauen zumindest erahnen konnte.

„Vielleicht kann ich dir dabei helfen, mich besser sehen zu können?", raunte er ihr zu, beugte sich ihr entgegen und atmete einen Hauch von Vanille ein; ein Duft, der zu ihr gehörte. Sarah hob eine Hand und legte sie federleicht an seine unrasierte Wange. Die von ihrer Haut ausgehende Hitze drohte ihn zu verbrennen. Mühsam unterdrückte er das Verlangen, sie fest an sich zu pressen.

„Wenn dir das nicht zu langweilig ist, nehme ich dein Angebot gern an", sagte sie und zog ihn aus dem Schatten der Palme ins Mondlicht.

„Du bist alles andere als langweilig", sagte er heiser.

„Um mich wird es jetzt *sehr* ruhig werden."

„Entschuldige bitte, wenn ich das anzweifle. Da gibt es diese Kinder im East End Londons und eine unternehmungslustige, britische Lady, der ich dich erst noch entreißen muss."

„Und Samira!", lachte Sarah.

Andreas richtete sich auf. Seine Hände streichelten über Sarahs Rücken, doch sie hatte seinen Stimmungsumschwung bemerkt.

„Was ist mit Samira?"

„Ich habe Jacob ein Telegramm mit Mariks Warnung zukommen lassen. Er hat bereits eine Schiffspassage in die Staaten für sich und seine Verlobte gebucht. Er will sie in Sicherheit wissen. Das sind sie in den weit entfernten Staaten in jedem Fall eher als auf dem Grundstück der Lady. Zumal Kaldas den Namen der Lady kennt."

„Sie gehen fort?" In Sarahs Stimme war ihre Traurigkeit deutlich zu hören.

„Sie warten, bis ihr wieder in England seid, damit ihr euch verabschieden könnt."

„Wirst du nicht mit uns reisen?"

Der Zweifel in Sarahs Worten berührte ihn. Fürchtete sie, sie habe sich in ihm getäuscht? Er war nur zu gern gewillt, für klare Verhältnisse zu sorgen.

„Ich komme nach, sobald ich in Deutschland einige Kleinigkeiten geklärt habe. Und dann wirst du mich heiraten, Sarah Hofmann."

„Du klingst schon wie Alison", protestierte sie.

„Ich übe. Immerhin muss ich der Lady unmissverständlich deutlich machen, was ich will."

„Und was willst du?"

Andreas beugte sich wieder über sie und betrachtete hingerissen das Funkeln in ihren Augen. Es war, als hätten die Sterne des ägyptischen Himmels sich in ihnen verirrt.

„Ich will dich lieben und umsorgen, mit dir streiten, lachen und weinen. Mit dir zweifeln und glauben und mit dir zusammen sehr alt werden."

„Das sind eine ganze Menge Dinge."

„Noch lange nicht alle", sagte er, ehe er sie küsste.

Als sie sich voneinander lösten, war Sarah atemlos, und Andreas kämpfte dagegen an, sie gleich noch mal an sich zu ziehen.

„Was hältst du davon?", fragte er. Dieses Mal glitten ihre Finger über seine Lippen, als suchten sie etwas Bestimmtes. Ihre Berührung versetzte Andreas in eine berauschende Atemlosigkeit.

„Ich liebe dieses schiefe Grinsen", erklärte Sarah, als sie fündig wurde.

„Ich liebe dich, Sarah!"

Ihre Antwort ging in einem ungestümen Kuss unter. Erst nach einer gefühlten Ewigkeit löste sie sich von ihm und trat einige Schritte zurück.

„Du weißt ja, wo du mich findest."

„Ich komme. Du musst nur ein klein wenig Geduld aufbringen."

„Das wird nicht ganz einfach sein", sagte sie, lächelte ihn an und verschwand gleich einem gut getarnten Nachtfalter in der Dunkelheit.

Teil 2

Kapitel 28

Winter 2011

Duke Taylor entledigte sich seiner Lederjacke und warf sie nachlässig über die Stuhllehne, ehe er sich setzte. Mit einer Hand fuhr er sich durch das vom Schwimmtraining noch nasse schwarze Haar. Sein Blick wanderte über die Glasfront, die eine grandiose Aussicht über London gestattete, von außen jedoch nur den getrübten Januarhimmel widerspiegelte.

Das Büro des *Europol Liaison Officer* wirkte auf ihn kalt und unpersönlich. Glas, Metall und dunkles Holz prägten es, lediglich auf dem wuchtigen Schreibtisch aus demselben Materialmix prangten als einziger Farbtupfer blassrosa Rosen in einer futuristisch gebogenen Glasvase.

Die Tür in seinem Rücken öffnete sich. Interessiert verfolgte Duke, wie die zwei Überwachungskameras an der dunklen Holzdecke auf die Bewegung reagierten und sich auf Fred Wilson richteten. Der Mann blieb im Türrahmen stehen und musterte sichtlich beeindruckt die Einrichtung.

Duke erhob sich und bot Freddy die Hand, die dieser kräftig drückte. Der Mann, wie Duke Mitte 20, trug sein blondes Haar in einem ähnlichen Bürstenhaarschnitt wie er und wirkte in seinem Anzug wie immer äußerst gepflegt.

„Schön, dich mal wieder zu treffen! Ist deine Schussverletzung gut verheilt?"

„Das war ja nur ein Streifschuss", winkte Duke ab.

„Dafür hast du damals aber höllisch viel Blut verloren. Wie geht es Ken?"

„Seine Schulter macht ihm Probleme."

Freddy verzog das Gesicht und nickte. Ken, Freddy und Duke waren in Ausübung ihres Polizeiberufs vor einigen Wochen eher zufällig in eine Geiselnahme hineingeschlittert und Ken hatte eine deutlich schwerere Schussverletzung davongetragen als Duke.

Freddy und Duke ließen sich auf die gepolsterten Drehstühle fallen. Beide warfen sie einen prüfenden Blick über den ordentlichen Schreibtisch hinweg zu der Tür, die sich harmonisch in das Weiß der Wand einfügte und durch die jeden Moment ihr neuer Vorgesetzter kommen musste.

„Wie bist du hier gelandet?", fragte Freddy schließlich.

„Die Anfrage von Europol kam überraschend. Ich hatte mich nie für eine Kooperation interessiert oder gar als möglicher Verbindungsbeamter zur Verfügung gestellt. In dem Schreiben an mich hob man meine Sprachkenntnisse hervor. Als ich las, um was es genau geht, habe ich aus persönlichem Interesse zugesagt. Wie lief das bei dir?"

„Ich wollte mich ohnehin beruflich verändern. Europol oder Kriminalistik."

„Stimmt, du hast damals im Krankenhaus so etwas angedeutet."

„Und ich hatte dich gefragt, ob du nicht mitmachen willst, Duke. Was ist aus dem Gedanken geworden? Hast du einen Antrag auf Weiterbildung eingereicht?"

„Noch nicht."

„Mach das doch. Du hast so souverän, fast schon kaltschnäuzig gehandelt, als dieser Typ mit der Waffe auf das Kind zielte …"

Die Erinnerung an den Geiselnehmer, der seine Schusswaffe auf den Kopf eines Elfjährigen gerichtet hatte, machte Duke heute noch eine Gänsehaut. Er mochte richtig reagiert haben, aber sein Herz hatte für einige Schläge ausgesetzt. Keinesfalls hatte er Zeuge werden wollen, wie ein Kind aus Habgier erschossen wurde.

Bevor er etwas erwidern konnte, öffnete sich die Tür und eine schlanke, drahtige Frau trat ein. Der blonde, burschikose Kurzhaarschnitt ließ sie trotz ihres von Duke auf Ende 40 geschätzten Alters fast jugendlich wirken.

Duke erhob sich höflich und Freddy tat es ihm gleich. Die Verbindungsoffizierin zwischen Scotland Yard und Europol bewegte sich schnell, ihr Blick tastete prüfend und mit unübersehbarem Selbstbewusstsein die jungen Männer ab. Sie reichte erst Freddy die Hand, dann Duke. Ihr Händedruck war angenehm fest und ihre grünen Augen glitten von seinem kantigen Gesicht über seine muskulöse Statur bis zu seinen Sportschuhen. Ein anzügliches Lächeln breitete sich auf ihrem Gesicht aus. Sie nickte ihm anerkennend zu und deutete dann mit einer Handbewegung an, dass er und Freddy sich wieder setzen sollten.

„Jill Green", stellte sie sich vor. „Sie sind schriftlich über Ihre Aufgaben instruiert worden?"

„Das wurden wir, Ma'am. Duke reist nach Deutschland zu der jungen Dame, ich bleibe in London und widme mich ihrer Großmutter."

„Gut." Green öffnete einen Aktendeckel und zog zwei schmale Mappen hervor. Die eine reichte sie Freddy, die andere schob sie Duke hin. Er ergriff den braunen Umschlag und betrachtete das beigefügte Farbfoto. Es zeigte eine zierliche blonde Frau, vermutlich Anfang 20, die in einem bunten Sommerkleid am Ufer eines silbern glitzernden Gewässers stand. Der Wind wirbelte ihr Haar und das Kleid auf und offenbarte wohlgeformte Beine. Interessiert musterte er ihr strahlendes Lächeln und die blitzenden Augen. Ihm gefiel, was er sah.

„Ich will über jeden Ihrer Schritte, vor allem aber über jeden Schritt der beiden Zielpersonen informiert werden." Green reichte ihnen ihre Visitenkarte und strich dabei über Dukes Finger. Ob das Zufall oder Absicht war, konnte Duke nicht beurteilen, aber in jedem Fall spürte er eine gewisse Abneigung gegen die Frau in sich aufsteigen.

„Bevor Sie, Sergeant Taylor, nach Berlin reisen, und Sie, Constable Wilson, hier tätig werden, habe ich für Sie beide einen kleinen Auftrag in Paris. Vor zwei Stunden erreichte mich die Information, dass dort ein bedeutender illegaler Antiquitätendeal über die Bühne gehen soll. Es geht um Artefakte aus der Pharaonenzeit. Die französischen Europol-Verbindungsbeamten haben sich mit der Bitte um fachkundige Verstärkung an mich gewandt."

Green erhob sich und schritt hinter ihrem Schreibtisch auf und ab, während sie die Hintergründe des Falls erläuterte, den Männern ihre Aufgaben erklärte und ihnen schließlich Flugtickets reichte. Daraufhin geleitete sie die beiden zur Tür.

Schweigend gingen die zwei Polizisten zum Aufzug. Als der Lift sich nach unten in Bewegung setzte, murmelte Freddy: „Hast du auch das Gefühl, dass Green nicht unbedingt erfreut darüber war, wer ihr da zugeteilt wurde? Sind wir ihr zu jung und unerfahren?"

Duke hob kurz die Augenbrauen. Demnach hatte also nicht nur er einen zwiespältigen Eindruck von Jill Green. „Sie hatte in jedem Fall das letzte Wort bei der Auswahl ihrer Mitarbeiter und sich ganz sicher im Vorfeld gründlich über uns informiert. Ich habe vielmehr den Eindruck, sie schiebt uns wie Schachfiguren über ihr Spielfeld, ohne uns zu sagen, ob wir nun Springer, Läufer oder Bauern sind."

„Na dann", grinste Freddy und tippte auf den Flugschein, den er mit dem Daumen auf der Informationsmappe festhielt, „lasset die Spiele beginnen!"

***

Die Nacht brach früh über den Pariser Außenbezirk herein. Duke wischte mit der Hand die beschlagene Windschutzscheibe des Einsatzfahrzeugs frei. Amélie, die französische Beamtin der *Police Nationale*, verfolgte jede seiner Bewegungen, anstatt sich auf das Lagerhaus zu konzentrieren. Schließlich beugte sie sich vor und rutschte dabei auf dem Sitz näher zu ihm. Duke ignorierte die dunkelhaarige Schönheit, soweit ihm das möglich war. Das Pflaster glänzte nass im Licht der Straßenlaterne, die an einem quer über den Platz gespannten Stahlseil im Wind schwankte.

„Wie lange kooperieren Sie bereits mit Europol?", fragte Amélie mit ihrem ausgeprägten Akzent.

„Erst seit ein paar Tagen."

„Ach? Das ist ja interessant. Und wie kommen Sie dazu, Europol zugeteilt zu werden?"

„Ich orientiere mich beruflich neu", erwiderte er ebenso knapp wie zuvor.

„Dann denken Sie über eine Festanstellung in Den Haag nach? Als Europol Liaison Officer?"

„Nein."

Die junge Frau rutschte wieder ein Stück von ihm weg. Sie schwieg einen Moment, ehe sie sich ihm erneut zuwandte: „Warum nicht? Immerhin sind Sie angefragt worden. Das ist doch eine Ehre!"

„Ich wurde nur für dieses eine Projekt beauftragt. Dabei belasse ich es."

„Aber Sie könnten vielleicht in Frankreich …"

„Die Mitarbeiter für Europol werden jeweils nach den benötigten Qualifikationen ausgesucht und arbeiten zumeist im Herkunftsland." Duke schaute stur geradeaus, seine Stimme hielt er bewusst sachlich. Das erzielte die gewünschte Wirkung; Amélie zog die Nase kraus, verschränkte die Arme vor der Brust und schwieg fortan.

In der Lagerhalle flackerte ein Licht auf. Sekunden später erhellten bleiche Neonlampen eine Reihe vergitterter, oben abgerundeter Fenster des Backsteingebäudes. Gleichzeitig näherte sich ein Transporter dem Gelände, fuhr eine Kurve auf dem unebenen und von Gras durchbrochenen Pflaster und parkte direkt vor dem hölzernen Eingangstor.

In Dukes Ohr knackte der Empfänger, einige französische Satzbrocken folgten, ehe Duke Freddy heraushörte: „Siehst du sie, Kumpel?"

„Zwei Männer. Sie steigen aus. Einer macht sich am Tor zu schaffen, der andere am Van."

„Na, mal sehen, was sie Schönes geladen haben." Freddy klang angespannt.

Duke lehnte sich zurück und behielt das Geschehen im Auge. Zuerst mussten die beiden Hehler mit den Antiquitäten in die Halle zu ihrem Aufkäufer, bevor sie gemeinsam mit den französischen Kollegen einschreiten würden.

In dem Augenblick, als die Torflügel aufschwangen, erhellte ein Feuerblitz den Vorplatz. Zeitgleich dröhnte ein Schuss durch die Nacht. Die Polizistin neben Duke zuckte zusammen und er stieß einen unterdrückten Fluch aus. Irgendetwas lief da aus dem Ruder, bevor sie überhaupt in Aktion getreten waren!

„Schießen die aufeinander?", keuchte Amélie.

„Raus hier!", zischte Duke. Er öffnete die Fahrertür und verließ den Wagen, wobei er hinter diesem Deckung suchte. Ein metallisch klingender Einschlag bestätigte seine Vorsicht: Ein Querschläger hatte das Fahrzeug getroffen.

Amélie kauerte sich neben ihn. Umständlich holte sie ihre Waffe aus dem Gürtelholster und zeigte damit, dass sie diese noch nicht oft benutzt hatte. Er griff nach seiner Pistole, bedeutete der Frau, in Deckung zu bleiben, und bewegte sich geduckt nach vorn an den Kühlergrill. Dort verschaffte er sich einen Überblick. Schwarze Schatten huschten über den Hof. Die Kollegen waren im Vormarsch. Doch noch immer ertönten Schüsse, jetzt innerhalb der Halle. Eine Gestalt lag reglos vor dem Van.

„Was siehst du?", hörte er Freddys keuchend gestellte Frage. Er hatte es offenbar eilig, von seinem Beobachtungsposten wegzukommen.

„Vor dem Tor liegt jemand reglos auf dem Boden. Der oder die Händler haben auf die Zulieferer geschossen. Was in der Halle geschieht, kann ich nicht sehen. Was sagen die Kollegen?"

„Sie rücken vor. Der- ... Scheiße!"

Freddys unterdrückter Ruf ließ Duke auffahren. „Freddy?" Duke erhielt keine Antwort, hörte aber, wie sein Kollege knapp hintereinander drei Schüsse abfeuerte. Da er sich nicht zuvor als Polizist zu erkennen gegeben hatte, ging Duke davon aus, dass er sich seiner Haut erwehren musste.

„Bleiben Sie hier, Amélie", zischte er der Frau zu, die halb aufgerichtet über das Dach hinweg das Lagerhaus beobachtet hatte. Da sie mitgehört hatte, nickte sie nur und stützte die Hände mit der Waffe auf das Autodach, um sie ruhig zu halten.

Duke huschte hinter ihr vorbei. Beunruhigt musterte er die umliegenden

Hausdächer. Überall dort konnte ein Schütze lauern. Er lief geduckt in die Richtung, in der er Freddy vermutete. Sein Herz hämmerte in seiner Brust. Sein Atem ging abgehackt. War Freddy in Gefahr? Hatte er sich zu unvorsichtig vorwärtsbewegt und war einem der erstaunlich gut bewaffneten Hehler in die Schussbahn gelaufen? Wieder sah Duke die Geiselnehmer von damals und den verschreckten Vater mit seinem Sohn vor sich, dem einer der Vermummten die Pistole an den Kopf hielt. Adrenalin rauschte durch seine Adern. Er musste seinen Partner finden! Zwar hatte er noch immer Freddys Keuchen im Ohr, doch er reagierte nicht auf Dukes Fragen zur Situation.

Im Schatten der Häuserfronten rannte Duke über die nassen Pflastersteine. Ohne Probleme gelangte er zur Breitseite des Gebäudes. Über Funk hörte er, wie einer der französischen Beamten Befehle in sein mobiles Übertragungsgerät bellte. Fast im gleichen Moment kam die Entwarnung: Die französischen Kollegen hatten drei Männer festgenommen. Einer von ihnen war leicht verletzt. Von Weitem ertönte eine näher kommende Sirene, die Ambulanz war bereits unterwegs.

Wie aus dem Nichts tauchten plötzlich aus der Dunkelheit zwei Gestalten vor Duke auf. Das bläuliche Schimmern einer Schusswaffe ließ ihn zurückschrecken. Er umklammerte seine Pistole mit beiden Händen und warf sich Schutz suchend gegen die Hauswand.

„Duke?"

Schwer und laut atmete Duke aus. Er senkte die Waffe und stieß sich von der Wand ab. Freddy hielt einen älteren, am Arm blutenden Mann in Schach. Dessen Gesicht war schmerzverzerrt, dennoch funkelten seine Augen wütend.

„Wer hätte gedacht, dass Antiquitätenhändler und Sammler so unfreundlich miteinander verhandeln?", brummte Freddy in einem Anflug von Galgenhumor.

Duke nickte ihm verstehend zu. Niemand innerhalb der kleinen Polizeieinheit hatte damit gerechnet, dass sie zu ihren Schusswaffen würden greifen müssen. Offenbar ging es in dem Gewerbe härter zu als bislang angenommen. Ob das soeben Erlebte ein Beweis dafür war, dass Green tatsächlich ihren ersten großen Fang einfuhr? Ein Exponat aus dem Erbe Tutanchamuns, das es außerhalb des Kairoer Museums eigentlich gar nicht geben durfte?

Der Auftrag versprach aufregend zu werden.

Kapitel 29

Mit einem verhaltenen Zischlaut öffnete sich der Deckel der klimatisierten Kiste. Rahel Höfling klappte ihn auf, zog sich die weißen Baumwollhandschuhe über und entnahm behutsam eine mit Alabasterrauten verzierte Schatulle, deren Holz so porös wirkte, als wolle es in ihren Händen zu Sägemehl zerfallen.

Die zierliche Praktikantin glich die beigefügte Depotnummer mit der auf der Kiste und der auf dem Lieferschein ab, legte das jahrtausendealte Schmuckstück dann vorsichtig zurück und schloss den Deckel. Mit einer fließenden Bewegung streifte sie die weichen Handschuhe wieder ab, drehte sich um und tippte die Nummer samt einer Beschreibung des Gegenstands in das auf der Ablage stehende Notebook.

„Willst du für heute nicht Schluss machen?", drang die Frage von Lisa Pfeffer, der Volontärin, der Rahel unterstellt war, vom vorderen Bereich des Depots zu ihr.

Rahel strich sich das lange, blonde Haar aus dem Gesicht und verschaffte sich einen Überblick über die noch nicht digitalisierten Behältnisse mit den Artefakten. Sie wollte ungern unterbrechen, ohne die an diesem Tag eingetroffene Lieferung vollständig erfasst zu haben.

„Ich muss nur noch vier Kisten katalogisieren", sagte sie mit gedämpfter Stimme, als fürchte sie, die fragilen Schätze könnten allein durch die Schallwellen zerbersten.

„Ich habe noch eine Verabredung. Zieh dann einfach die Türen hinter dir zu und gib den Rechner im Museum ab!" Die schwere Eingangstür schnappte hinter Lisa ins Schloss. Rahel hob die Augenbrauen. Ob die Museumsassistentin sie überhaupt allein lassen durfte, gleichgültig, mit welch lobenden Worten ihr zukünftiger Professor, ein guter Bekannter ihrer Eltern, sie für diese Arbeit während des Wartesemesters vorgeschlagen hatte?

Achselzuckend wandte Rahel sich wieder den Überresten einer längst vergangenen Hochkultur zu. Sie überprüfte die Artefakte auf Transportschäden, fügte die neuen Depotnummern den entsprechenden digitalen Fotos und Beschreibungen hinzu und räumte sie anschließend mit äußerster Sorgfalt in das dafür vorgesehene Metallregal.

Zufrieden betrachtete sie ihr Tagewerk, warf die benutzten Handschuhe in die Sammelbox und hinterließ auf der Inventarliste im Computer ihren Namen. Sie fuhr das Notebook herunter und packte es in die dazugehörige Tasche, ergriff anschließend ihre Handtasche und verließ den Raum, der sich täglich mit mehr Kisten, Vasen und Möbeln füllte. Schwer rastete das Schloss hinter ihr ein. Rahel achtete darauf, dass auch die restlichen Türen ordnungsgemäß verriegelten und trat auf die Straße hinaus.

Berlin begrüßte sie mit einem feuchtkalten Wind. Sie stellte die Taschen auf den Asphalt, streifte sich ihren schwarzen Kurzmantel über, den sie im Vorübergehen vom Garderobenhaken genommen hatte, und schaute in den nächtlichen Januarhimmel hinauf. Sterne funkelten zwischen schnell ziehenden Wolken und verdeutlichten ihr, wie spät es geworden war. Prüfend warf sie einen Blick auf ihre Armbanduhr.

Sie hatte noch zehn Minuten bis zur Schließung des Neuen Museums. Entsprechend hastig lief sie in die Straße Am Kupfergraben und auf die Museumsinsel hinüber. Das Wachpersonal sammelte sich bereits im Vestibül; die letzten Besucher wurden höflich, aber bestimmt nach draußen in die kalte Winternacht geleitet.

Rahel zog ihren Ausweis hervor, schlängelte sich an den Wachleuten vorbei und reichte der Frau hinter dem Kassenschalter die Notebook-Tasche. Diese nickte geschäftig und verschwand durch eine Tür.

Rahel verließ als eine der Letzten das Neue Museum und schlenderte den Kolonnadengang entlang. Verwundert registrierte sie, wie schnell sich der Hof zwischen den Museen geleert hatte. Von den angrenzenden Straßen drang Autolärm und gelegentliches Hupen herüber. Ein Klirren, als sei jemand gegen eine auf dem Boden vergessene Glasflasche gestoßen, ließ sie den Kopf drehen. Die massiven, von Lampen angestrahlten Säulen hoben sich, je nach Lichteinfall, in unterschiedlicher Intensität vom Schwarz der Nacht ab. Rahel glaubte, eine Gestalt hinter eine der Säulen huschen zu sehen. Irritiert hielt sie inne. Abgesehen von dem ununterbrochenen Verkehrslärm und den Schritten der Passanten blieb alles ruhig. Rahel zuckte mit den Schultern. Da war sie wohl einem Irrtum aufgesessen. Zügig schritt sie aus und legte die Wegstrecke bis zu den Hackeschen Höfen innerhalb weniger Minuten zurück. Die prächtigen Hausfassaden mit den bis unter die Dächer gezogenen Schmuckbändern aus glasierten, zumeist kobaltblauen Ziegeln, Glasuren in unterschiedlichen Braun-, Rot- und Grüntönen und die Bänderdekore und Rasterornamente erstrahlten im Lichtermeer. Der Kälte zum Trotz flanierten viele Menschen durch die hinter- und nebeneinander angeordneten Höfe und bestaunten die Fassaden. Musik, Lachen, Stimmengewirr und das Quietschen einer Fahrradbremse hallten zwischen den Häusern wider. Rahel liebte die quirlige Atmosphäre, die hier mit Öffnung der Läden, Galerien, Ateliers,

Büros und der verschiedenen gastronomischen Betriebe begann und erst spät in der Nacht endete. Den Trubel genoss sie allerdings nur, weil sie ihm nur vorübergehend ausgesetzt war. Sie wohnte lediglich für wenige Wochen in dem Apartment ihrer Eltern in den Hackeschen Höfen.

Lächelnd winkte sie dem älteren Italiener zu, in dessen Café sie in den vergangenen Tagen zweimal eine leckere Eisschokolade getrunken hatte. Er lehnte am Türrahmen und rauchte in aller Seelenruhe ein Zigarillo, als ginge es ihn nichts an, dass seine Gaststätte zum Bersten voll war. Grüßend hob er die Hand und verbeugte sich leicht.

Rahel zog den Hausschlüssel aus der Gesäßtasche ihrer Jeans und steckte ihn ins Schloss. Die Tür sprang auf, das Flurlicht erstrahlte und ließ Rahel die Augen zusammenkneifen.

„Signora?" Erschrocken wirbelte sie herum. Der Cafébetreiber war ihr gefolgt.

„Ich wollte Sie nicht erschrecken, entschuldigen Sie." Verlegen strich sich Antonio Murani durch sein kräftiges, graues Haar und hielt das Zigarillo hinter sich, damit er sie nicht mit dem Rauch belästigte.

„Es ist ja nichts passiert", antwortete sie lächelnd und ignorierte ihr schnell schlagendes Herz. Sie war nicht mehr so verängstigt wie noch vor fünf Jahren, als sie in ein gefährliches Abenteuer um eine Statue und einen Geheimorden hineingezogen worden war … doch schreckhaft war sie noch immer.

Mit seinem warmen, südländischen Akzent fuhr der Mann fort: „Ich wollte nur sagen, dass gestern Abend ein Kerl bei mir war, der nach Ihnen gefragt und dann stundenlang am Fenster meines Cafés gesessen und auf die Straße gestarrt hat. Heute Morgen, als ich den Platz gefegt habe, sah ich ihn wieder. Ich fand das seltsam."

„Das ist wirklich seltsam", murmelte Rahel irritiert und lauschte der Beschreibung des Mannes, die Antonio ihr gab, ohne darin einen Bekannten zu erkennen. „Vielen Dank, Signore. Es ist gut zu wissen, dass Sie so aufmerksam sind."

„Nachbarn müssen doch aufeinander aufpassen", antwortete er, verbeugte sich nochmals und kehrte zu seinem Café zurück.

Rahel blieb unschlüssig im Flur stehen. Wer interessierte sich hier in Berlin für sie und zog bei einem Nachbarn Erkundigungen über sie ein? Ein kalter Schauer des Unbehagens rieselte ihr den Rücken hinunter. Hatte sie sich den Schatten im Kolonnadenhof doch nicht eingebildet?

Eilig zog sie die Haustür hinter sich zu und stapfte an vier Wohnungen vorüber die Wendeltreppe hinauf, bis sie die Tür zur Dachwohnung erreicht hatte. Sie schloss auf, huschte hinein und lehnte sich mit dem Rücken gegen die stabile Wohnungstür. Minutenlang verharrte sie, bis sie bemerkte, wie krampfhaft sie das Umhängeband ihrer Handtasche mit der einen und den Schlüssel mit der anderen Hand umklammerte. Kopfschüttelnd legte sie beides auf eine niedrige Kommode im Eingangsbereich des Zweizimmerapartments und trat an die in die Fensterfront integrierte Balkontür.

Gelächter, Fetzen von Musik und Stimmengemurmel war trotz der geschlossenen Fenster zu hören, die Fassadenbeleuchtung machte ein Anknipsen der Deckenlampe unnötig. Da Rahel den irritierenden Wunsch verspürte, sich zu verstecken, ließ sie per Knopfdruck alle Jalousien hinunter und wandte sich der Küchenzeile zu. Sie hatte an diesem Tag noch keine warme Mahlzeit zu sich genommen, doch ihr stand der Sinn nicht nach aufwändigem Kochen. So knabberte sie an einem Käsebrot, trank zwei Tassen marokkanischen Minztee und beschloss dann, zu Bett zu gehen.

Sie hoffte, dass sie zügig einschlafen konnte. Morgen, bei Tageslicht, würde sich für Antonios Beobachtung bestimmt eine völlig harmlose Erklärung finden!

***

Rahel zog die Haustür ins Schloss und trat durch den Torbogen in den Hof. Der Sonne gelang es zu dieser frühen Stunde noch nicht, zwischen die Hausfassaden vorzudringen. Das Hofpflaster breitete sich nass und mit Papier, Zigarettenkippen und Pappbechern übersät vor ihr aus. Antonios Café lag verlassen da, die Tür war mit einem Eisengitter verschlossen. Stühle und Bänke waren aneinandergekettet und auch die anderen Läden, Lokale und Büros wirkten verwaist. Während Rahel durch das Labyrinth der Höfe schritt, bemerkte sie, dass die Jugendstil- und Artdéco-Fassaden ihre Faszination verloren hatten.

Alle paar Meter schaute sie über ihre Schulter zurück, passierte zögernd die Hofdurchgänge und schrak zusammen, als eine Katze hinter einem Rankgitter an der Hauswand hervorsprang.

„Nun stell dich nicht so an!", schalt sie sich selbst. Ihr Herzschlag hatte sich noch nicht beruhigt, als sie vor dem Nebeneingang des Neuen Museums eintraf. Sie wollte gerade nach der Klinke greifen, als jemand die Tür von innen öffnete.

Rahel blickte an dem auffällig muskulösen Mann hinauf und sah in zwei beinahe schwarze Augen. Braunes, kurz geschnittenes Haar und ein kräftiger Bartschatten vervollkommneten ein kantiges, gut aussehendes Gesicht.

„Wow", entfuhr es ihr spontan.

„Sorry?"

Rahel lief rot an, senkte den Kopf und erwiderte auf Englisch: „Ich meine: Danke!" Peinlich berührt verdrehte sie die Augen und huschte an dem jungen Mann vorbei.

„Ich spreche auch Deutsch", erklärte der Hüne mit deutlichem Akzent, woraufhin Rahel ihn über ihre Schulter hinweg anlächelte.

Er warf einen suchenden Blick hinaus, ließ die Tür los und murmelte: „Ich dachte, der Mann in deiner Begleitung will ebenfalls herein?"

Rahel blieb wie angewurzelt stehen. Ihre Augen weiteten sich und sie schluckte schwer. Langsam drehte sie sich zu ihrem Gesprächspartner um. „Welcher Mann?"

„Da war ein Mann hinter dir. Ich nahm an, er gehörte zu dir."

„Nein." Mehr brachte sie nicht hervor. War ihr jemand gefolgt? Aber sie kannte niemanden in Berlin und befand sich erst seit wenigen Tagen in der Stadt. Zudem war sie doch einfach nur eine Praktikantin, die ihrem Ferienjob nachging, bevor ihr Ägyptologiestudium begann …

Die angenehm tiefe Stimme des jungen Mannes durchbrach den wirren Kreislauf ihrer Gedanken. „Mein Name ist Duke Taylor. Ich verbringe meine Zeit momentan damit, englischsprachige und dänische Museumsbesucher zu führen."

„Rahel Höfling." Rahel ergriff seine Hand und ging leicht in die Knie vor Schmerz, als Duke kräftig zudrückte. „Derzeit helfe ich beim Umzug und der Neukatalogisierung einiger Artefakte in das neue Depot."

„Und wie kommt eine hübsche junge Dame wie du dazu, sich hinter dicken Mauern zu verstecken?"

Sarah überlegte, ob sie dem Fremden erzählten sollte, dass sie nach dem Abitur für sechs Wochen ihre Eltern begleitet hatte. Sie waren Architekten und ihr aktuelles Bauprojekt entstand in Dubai. Den Rest des Jahres hatte sie als Praktikantin bei einer Ausgrabung in Ägypten zugebracht. Leider war sie zu Beginn des Herbstsemesters krank geworden und hatte deshalb das geplante Studium nicht antreten können. „Ich überbrücke die Wartezeit bis zu meinem Ägyptologiestudium mit diesem Job", beschränkte sich Sarah auf das Nötigste.

„Weshalb Ägyptologie?", erkundigte Duke sich interessiert und deutete einladend den Flur entlang.

„Die Liebe zu den alten Ägyptern wurde mir in die Wiege gelegt. Meine Ururgroßmutter kannte Howard Carter und Lord Carnarvon persönlich und war sowohl beim Auffinden wie auch bei der Eröffnung der Grabkammer Tutanchamuns dabei."

„Dann verstehe ich deine Faszination!", sagte Duke und öffnete ihr höflich die Tür am Flurende. Allerdings füllte er mit seiner imposanten Körpergröße den Großteil des Durchgangs aus, sodass Rahel sich an ihm vorbeizwängen musste.

„Und was hat dich hierher verschlagen?", fragte sie, während sie weitergingen.

Duke zuckte mit den massigen Schultern. „Ich nehme gerade eine Auszeit von meinem Job, bevor es zur Weiterbildung geht."

„Und wo ist dieser Job?", bohrte sie nach, nickte Lisa grüßend zu und nahm ihr die Notebook-Tasche ab, während die Volontärin Rahels Gesprächspartner bewundernd musterte.

„London." Duke warf einen Blick auf seine Armbanduhr, die er rechts trug, was auf einen Linkshänder hindeutete. Mit einem kurzen „Bye" wandte er sich ab und joggte davon.

„Ist das einer der neuen Guides für die Sonderführungen?" Lisa ließ Duke nicht aus den Augen, bis er um eine Ecke entschwand.

„Etwas in die Richtung hat er gesagt, ja", erwiderte Rahel und wandte sich zum Gehen.

„Warte! Hier, nimm die Schlüssel. Ich komme gleich nach." Lisa machte auf dem Absatz ihrer hochhackigen Schuhe kehrt und eilte, begleitet von einem überlauten Klappern der schwarzen Lackpumps, hinter Duke her.

Rahel sah ihr leicht irritiert nach, dann begab sie sich auf den Weg zum Depot. Dieser Duke Taylor sah wirklich umwerfend aus, doch die Erfahrungen ihrer Freundinnen in den vergangenen Jahren hatten ihr gezeigt, dass bei diesem Typ Mann durchaus Vorsicht geboten war. Meist wussten solche Männer ganz genau, was für eine Wirkung sie auf Frauen ausübten.

Es dauerte nicht lange, bis auch Lisa die steril eingerichteten Räume mit den an beiden Seiten aufgestellten Metallregalen betrat. Sie schleuderte ihre riesige Handtasche zu der von Sarah, pellte sich aus ihrer Jacke, warf sie hinterher und setzte sich ihre Lesebrille auf. Ohne ein Wort an ihre Praktikantin zu verlieren öffnete sie eine Holzkiste und stellte das darin enthaltene Gefäß aus den Armana-Ausgrabungen so unsanft auf die Arbeitsfläche, dass es Sarah den Magen zusammenzog. Das Gespräch mit Duke war augenscheinlich nicht nach Wunsch gelaufen. Rahel hüllte sich ebenfalls in Schweigen und verdrängte alle Gedanken an den zuvorkommenden Briten und die Person, die sich auf so verwirrende Weise für sie zu interessieren schien. Konzentriert arbeitete sie sich durch die Artefakte.

Kapitel 30

Die letzten Sonnenstrahlen zauberten orangefarbene und violette Streifen an den Himmel, ehe die Dunkelheit sie verschlang. Die Straßenlaternen glommen erst sanft, dann immer kräftiger auf und mit ihrem Erstrahlen setzte ein starker Regen ein. Rahel begann zu laufen. Ihre Stiefel patschten auf den nassen Asphalt, auf braunes Laub und achtlos weggeworfene Zigarettenkippen. Sie bog am Hackeschen Markt in die Rosenthaler Straße ein und näherte sich dem Hofeingang, als jemand sie plötzlich derb von hinten anrempelte. Sie strauchelte und prallte mit der linken Schulter gegen eine Hauswand, bevor sie auf die Knie fiel. Ein schwarzer Schatten beugte sich über sie. Das Gesicht war durch die Kapuze einer Jacke beschattet. Unwillkürlich überschwemmten sie furchtbare Erinnerungen an den Geheimorden, der in Mönchskutten agiert hatte.

Der Mann streckte die Hand nach ihr aus. Rahel keuchte erschrocken. Was hatte er vor?

Vorbeihuschende Autoscheinwerfer blendeten sie, erlaubten ihr nicht mehr als den Blick auf eine schlanke Silhouette. Instinktiv zog sie die Beine an und trat nach dem Unbekannten. Der Mann wich geschickt aus, doch ein herzueilender Passant packte ihn, nahm ihn in einen schmerzhaften Griff und zwang ihn auf die Knie. Rahel hörte sein schmerzerfülltes Stöhnen.

„Bist du in Ordnung?", fragte eine Stimme, die sie über das Rauschen des Bluts in ihren Ohren nicht zuordnen konnte.

Plötzlich vollführte ihr Helfer mit dem Oberkörper eine ruckartige Bewegung nach hinten, war aber nicht schnell genug. Eine blau schimmernde Messerklinge ratschte durch seine schwarze Lederjacke. Der Angreifer, nun in einer deutlich besseren Position, stieß ihrem Retter den Ellenbogen ins Gesicht, sprang auf die Füße und verschwand in einer Gruppe von Passanten, die soeben aus den Hackeschen Höfen trat.

Rahels Helfer ging vor ihr in die Hocke. „Hat er dir etwas getan?", fragte er grimmig.

Sie hob den Blick und erkannte Duke. „Mir geht's gut", stammelte Rahel, dabei klapperten ihre Zähne hörbar aufeinander.

„Komm, ich begleite dich nach Hause." Er erhob sich und streckte ihr seine Linke entgegen, den rechten Arm hielt er in Schonhaltung an seine Seite gepresst.

„Du bist verletzt!"

„Hast du Verbandszeug in deiner Wohnung?"

„Natürlich", erwiderte sie, und er zog sie ohne erkennbare Anstrengung hoch.

Ihren Beinen gelang es nur mühsam, sie zu tragen. Dennoch eilte sie Duke voraus durch das Hinterhoflabyrinth. Sie ließ ihn vor sich in den kleinen, quadratischen Flur treten und blickte zu den hell erleuchteten Fenstern des *Antonio's* hinüber. Von dem charmanten Eigentümer war nichts zu sehen; die Tür des Cafés war wegen des Regens geschlossen.

„Wir müssen ganz nach oben", wies sie ihren Besucher an. Vor der Wohnung angekommen zitterten ihre Hände so stark, dass Duke ihr den Schlüssel entzog, aufschloss, das Licht anknipste und nach ihrem Eintreten die Tür kräftig ins Schloss warf.

„Ich hole das Verbandsmaterial", erklärte Rahel, doch Dukes Hand auf dem Ärmel ihres patschnassen Kurzmantels hielt sie zurück.

„Zuerst ziehst du dir bitte etwas Trockenes an. Nicht, dass du wieder krank wirst!"

Rahel fügte sich, war ihr doch nicht nach einer Diskussion zumute. „In Ordnung. Gleich hier links ist ein Bad." Sie deutete auf die Tür zum Gästebad und ging in das gegenüberliegende Schlafzimmer und entledigte sich mit klammen Fingern der nassen Kleidung. Notdürftig trocknete sie ihr Haar mit einem Handtuch und zog sich einen bequemen Jogginganzug über. Kritisch betrachtete sie sich im Spiegel. Wie kam Duke auf den Gedanken, dass sie krank gewesen war? Sah man ihr das etwa immer noch so deutlich an?! Sie straffte die Schultern und trat mit dem Erste-Hilfe-Kasten in der Hand in den Wohnraum.

Duke stand barfuß und mit unbekleidetem Oberkörper an der Küchenzeile und befüllte den Wasserkocher. Er hatte versucht, ein Gästehandtuch mit einem Bademantelgürtel an seinem rechten Oberarm zu befestigen, doch dieses reichte kaum um seinen Bizeps herum.

„Du hast eine grandiose Teesammlung", sagte er, ohne sich zu ihr umzudrehen, und deutete auf die schwarzen Dosen im Regal. Fasziniert betrachtete Rahel das Spiel seiner Rückenmuskeln.

„Meine Mutter liebt Tee in allen Variationen. Die Wohnung gehört meinen Eltern. Allerdings sind sie selten hier, vermieten aber gern mal an Freunde und Kollegen."

„Trinkst du Tee?"

„Ich mag diesen marokkanischen Minztee."

„Gut!" Duke warf die Blätter in eine Glaskanne, wartete, bis der Wasserkocher ausschaltete, öffnete den Deckel, wartete wieder und goss den Tee auf.

„Während der zieht, kannst du vielleicht …?" Duke drehte sich zu ihr um und Rahel sog erschrocken die Luft ein. Sein rechtes Auge war bereits blau unterlaufen und begann zuzuschwellen. Sie hob den Koffer auf die Anrichte, riss das Gefrierfach auf und holte ein blaues Kühlpack heraus, das sie ihm zuwarf. Er fing es geschickt mit der linken Hand auf und nahm von Rahel ein frisches Geschirrtuch entgegen. Zügig wickelte er das Pad ein und presste es auf sein malträtiertes Auge. Erst dann fragte er: „So schlimm?"

„Schlimmer!", erwiderte sie und entlockte ihm ein Grinsen.

„Setz dich bitte auf die Couch, damit ich deinen Arm anschauen kann."

„Das ist nicht mehr als ein Kratzer."

Rahel schnürte mit einem missbilligenden Seitenblick den Bademantelgürtel auf und entfernte das Handtuch, musste Duke jedoch recht geben. Der Schnitt war zwar lang, aber nicht tief, und hatte bereits aufgehört zu bluten.

Sie verband die Wunde, wobei sie sich bemühte, Duke möglichst wenig zu berühren. Einen Moment fragte sie sich, ob Lisa das anders machen würde, doch der Gedanke verwirrte sie so sehr, dass sie hektisch den Müll und das blutige Gästetuch aufnahm und damit hinter der Küchentheke verschwand.

„Die Pullover meines Vaters werden dir leider nicht passen. Ich werfe besser deine nassen Sachen in den Trockner."

„Gute Idee. Ich glaube, der Tee ist fertig." Lässig, als befände er sich nicht in einer fremden Wohnung, sondern in seiner eigenen, holte er Teegläser aus der Vitrine und ging an ihr vorbei zum Wasserkocher. Sein unverletzter Arm streifte den ihren und sie beeilte sich, ihr Vorhaben in die Tat umzusetzen. Dabei schalt sie sich in Gedanken eine überdrehte Gans.

Erst als sie in ihrem gemütlichen Sessel saß und beide den dampfenden Tee in den Händen hielten, beruhigte sie sich allmählich. Allerdings nur so lange, bis Duke fragte: „Weißt du, wer der Kerl war? Oder was er von dir wollte?"

Rahel schüttelte zaghaft den Kopf. Antonios Warnung kam ihr in den Sinn, ebenso das Gefühl, beobachtet zu werden. „Ein Taschendieb?", schlug sie als Erklärung vor.

Dukes Gesicht drückte deutlichen Zweifel aus. „Hast du Feinde?"

„Feinde?" Entsetzt starrte Rahel ihren Gast an. „Weshalb soll ich Feinde haben? Ich bin neu hier. Meine Eltern besitzen die Wohnung zwar seit geraumer Zeit, aber ich bin das erste Mal in Berlin, bis auf eine Studienfahrt vor zwei Jahren."

„Seltsam", murmelte Duke, lehnte sich zurück, streckte die langen Beine unter den Metallcouchtisch mit den bunten Glaseinlegearbeiten und widmete sich seinem Getränk.

Schweigen senkte sich über die beiden, ohne dass Rahel dies als unangenehm empfand, hing sie doch ihren eigenen Überlegungen nach.

Irgendwann piepste der Trockner penetrant und machte ihr klar, dass Dukes Kleidung trocken war.

„Oh, gut. Ich mache mich auf den Weg!" Duke erhob sich, räumte sein Glas in die Spülmaschine, legte Geschirrtuch und Kühlpad auf die Ablage und verschwand im Gästebad. Das Piepsen verstummte, kurz darauf stand Duke fertig angezogen und mit den nassen Turnschuhen in der Hand in der Badtür. „Danke für den Tee, das Trocknen und den Verband."

Rachel eilte zu ihm. „Ich danke dir für deine Hilfe."

„Das war doch selbstverständlich. Ich habe übrigens bis in die Rosenthaler Straße denselben Weg zum Job. Darf ich dir Geleitschutz anbieten?"

„Du arbeitest aber bestimmt nicht genau zu den gleichen Zeiten wie ich?"

„Das macht nichts. Soweit es sich einrichten lässt, begleite ich dich ab sofort. Nur um sicherzugehen, dass dieser Kerl es nicht noch einmal versucht!"

Rahel atmete tief durch. Es war ihr unangenehm, dass Duke seinen Tagesrhythmus nach ihr richten wollte; andererseits, wenn sie an den Mann mit der Kapuze dachte ... „Das wäre sehr nett!"

„Abgemacht. Dann läute ich am Montag um acht?"

Rahel nickte, begleitete ihn zur Tür und hörte zu, wie er die Stufen der Wendeltreppe hinabsprang und die Tür energisch zuzog, so, als wolle er ganz sichergehen, dass niemand Unbefugtes sie öffnen konnte.

***

Die Kutte des Mannes wehte im Wind. Seine Kapuze verdeckte das Gesicht. Die Nacht war vollkommen dunkel. Weder ein Stern am Himmel noch ein Licht hinter einem Fenster spendete einen Hauch von Trost.

Rahel schrie auf und warf sich herum. Vor ihr stand eine zweite Person. Auch ihr Gesicht war durch eine Kapuze verhüllt. Diese gehörte nicht zu einem wehenden Ordenshabit, sondern zu einer modischen Jacke. Große Hände streckten sich nach ihr aus.

Rahel schrak hoch. Sekundenlang fühlte sie sich völlig orientierungslos. Erst allmählich dämmerte ihr, wo sie sich befand.

Ihr Schlafanzug war durchgeschwitzt, ihre Decke lag auf dem Parkettboden. Ihr Herz hämmerte, als wolle es aus dem Leib springen. Offenbar hatte sich der Schreck über den Angriff am vergangenen Abend in ihrem Albtraum mit den längst vergessen geglaubten Erinnerungen rund um diesen kriminellen Geheimorden gepaart.

Da sie übergangslos eisige Kälte erfasste, richtete sie sich auf, zog die Bettdecke über sich und starrte an die hohe, von der Fassadenbeleuchtung blau angeleuchtete Zimmerdecke. An Schlaf war nicht mehr zu denken, also warf sie einen Blick auf ihren Wecker. Unmöglich konnte sie um kurz nach drei Uhr bei Emma Ritter anrufen.

Rahel seufzte. Vor fünf Jahren hatte dieser eigenartige Geheimorden hauptsächlich ihre damalige Lehrerin bedroht. Mit ihr war sie noch immer freundschaftlich verbunden. Sie trafen sich alle paar Wochen, meist, wenn Emmas Mann, der Historiker Daniel Ritter, auf Reisen war. Aber mit wem konnte sie sonst sprechen?

Falk?!

Rahel griff nach ihrem Handy und schaltete es ein. Ob sie Falks Nummer überhaupt noch gespeichert hatte? Ihr ehemaliger Klassenkamerad chattete sie ab und zu auf Facebook an, ansonsten war ihr Kontakt nur sehr sporadisch. Sie wusste nicht einmal, ob er das geplante Theologiestudium begonnen hatte oder wo er sich im Augenblick herumtrieb.

Falks Name tauchte auf ihrem Display auf, und ehe sie es sich anders überlegen konnte, tippte ihr Zeigefinger auf das Wählzeichen. Rahel zuckte zusammen, als Falk sich fast unmittelbar mit einem lauten „Hey!" meldete. Er klang erstaunlich wach, im Hintergrund hörte sie Stimmen, Gelächter und flotte Musik.

„Falk?"

„In gigantischer, übel gut gelaunter Lebensgröße!"

Rahel kicherte. Allein diesen albernen Spruch zu hören tat ihr unendlich gut.

„Wer ruft mich an diesem warmen, insektengeplagten Abend an?"
„Rahel."
„Rahel?"
Sie runzelte die Stirn. Hatte er sie aufgrund des Hintergrundlärms nicht verstanden oder wusste er schon nicht mehr, wer sie war?
„Rahel aus Deutschland."
„Ich ahne nasskaltes Wetter", lautete seine Antwort, die Musik und auch das Gelächter verflüchtigten sich. Sie vermutete, dass Falk sich von der Feier, auf der er war, entfernte. „Wie geht es dir, meine Kleine?"
„Nicht gut."
„Prima!"
„Wie bitte?"
„Es freut mich, dass ich derjenige bin, den du anrufst, wenn es dir nicht gut geht."
Rahel hörte keinen Spott in seiner Stimme, was ihr gefiel. Offenbar meinte der verrückte Kerl es ernst. „Entschuldige bitte. Es ist ziemlich spät."
„Spät ist es nur bei dir, wir haben erst kurz nach zehn."
Rahel kniff ein Auge zusammen und überlegte. Minus fünf Stunden. Falk sagte, es sei noch sehr warm. Also befand er sich irgendwo in Höhe ... Kolumbiens? „Wo bist du?"
„Port-au-Prince."
„Haiti?"
„Lass mich überlegen ... Ja, könnte sein. Möchtest du mir erzählen, was los ist?"
„Hast du einen Augenblick Zeit?"
„Für dich immer!"
„Ich habe schlecht geträumt."
„Okay ...?" Falk zog das Wort fragend in die Länge.
„Von den Kuttenträgern von damals, du weißt schon."
„Verfolgen sie dich immer noch?"
„Gott sei Dank nur in dem Traum vorhin."
„Gab es einen Auslöser? Ich glaube nicht, dass du mich nur wegen eines Albtraums anrufst."
„Antonio, der Gastwirt gegenüber meiner Wohnung hier in Berlin, hat mir erzählt, ein Mann habe sich nach mir erkundigt. Ich hatte auch das Gefühl, dass ich beobachtet und verfolgt werde. Und prompt griff mich heute Abend auf dem Nachhauseweg jemand an."
„Ein Kuttenträger hat dich überfallen?"

„Meine Güte, nein! Der Typ hatte nur seine Jackenkapuze über den Kopf gezogen. Das hat mich einfach an diese Männer von damals erinnert."

„Na, das kann ich verstehen. Hat der Kerl dir was getan?"

„Nein, Duke ging dazwischen."

„Duke?"

„Ja, ein Arbeitskollege aus England. Duke Taylor."

„Der Kerl ist Brite und heißt auch noch Duke?"

„Äh, ja!"

Schallendes Gelächter drang an ihr Ohr. Rahel verdrehte die Augen, legte sich entspannt zurück und wartete.

„Duke?!", fragte Falk nochmals nach. „So eine Art Herzog?"

„Für seinen Namen kann er doch nichts."

Falk lachte erneut und japste schließlich: „So heißt doch kein Mensch?! Meine Tante Anne hat einen Hund, der Duke heißt! Ich glaube, ihr Pferd ist ein Prinz. Oder war es ein Pirat?"

„Falk!"

„Entschuldige, meine Kleine. Ich bin froh, dass Duke …" Wieder lachte Falk schallend los und zauberte damit ein breites Lächeln auf Rahels Gesicht. Sie mochte diesen unbekümmerten, frechen Kerl einfach.

„Es ist schön, mit dir zu reden."

„Ich habe dich sträflich vernachlässigt."

„Wir sind erwachsen geworden, haben unser eigenes Leben. Du aber offensichtlich nicht das, das du geplant hattest."

„Ich leiste hier Erdbebenhilfe. Nebenher gehe ich mit meinen Eltern auf Wracksuche."

„Wolltest du nicht sofort nach der Schule Theologie studieren, um irgendeine kanadische oder australische Großstadt mit deinen Predigten aufzurütteln?"

„Ich war mir unsicher … hast du inzwischen mit deinem Ägyptologiestudium angefangen?"

„Nein. Ich war das ganze vergangene Jahr unterwegs. Zu Beginn des Wintersemesters wurde ich dann ziemlich krank. Jetzt jobbe ich bis zum nächsten Wintersemester im Neuen Museum. Im Frühjahr kann ich leider nicht starten, da Ägyptologie mein Hauptstudium sein soll und-"

„Warte kurz!"

Eine Frauenstimme war zu hören, wenig später widmete Falk sich wieder Rahel. „Entschuldige. Die dachten, ich will die Zeche prellen."

„Erweckst du etwa diesen Eindruck?"
„Schon immer, das weißt du doch! "
Rahel schmunzelte.
„Hey, soll ich zu dir kommen?"
„Spinnst du? Du bist auf Haiti."
„Ah, richtig!"
„Vermutlich irre ich mich bei alledem. Die Vorkommnisse lassen sich bestimmt ganz harmlos erklären. Aber ich bin froh, dass ich dich erreicht habe. Jetzt kann ich sicher wieder schlafen."
„Es freut mich, dass du an mich gedacht hast, obwohl du nicht wissen konntest, wie spät es bei mir ist."
„Du hast mich schon in der Schule immer beschützt, und als wir diese komischen Mönche auf den Fersen hatten ..."
„Hast du Kontakt zu Daniel und dem Turbofisch?"
„Emma treffe ich regelmäßig, Daniel ist oft unterwegs."
„Ruf sie doch morgen an."
„Ja, vielleicht."
Eine kurze Pause entstand. Schließlich sagte Falk: „Okay ... Schlaf gut, Süße!"
„Danke, Falk."
„Kein Problem. Und hey, grüß mir den Duke!"
Falks Lachen klang noch in Rahels Ohren, als sie wenig später einschlief.

Kapitel 31

Pünktlich um 8:00 Uhr am Montagmorgen klingelte Duke an der Tür und runzelte die Stirn, als er Rahels ausgelassenes Lächeln sah. Wahrscheinlich hatte er mit einer besorgten oder gar ängstlich dreinblickenden Frau gerechnet, doch Rahel bekam Falks gutmütigen Spott und seinen Einwand mit dem Hund seiner Tante einfach nicht aus dem Kopf, zumal sie am Samstagmorgen eine Mail mit einem Fotoanhang von ihm erhalten hatte.

Auf dem Bild war der hellblonde, schlaksige Falk neben einem muskulösen, kräftigen Hund zu sehen, der, zumindest was seine Masse anbelangte, durchaus Ähnlichkeit mit seinem Namensvetter aufwies. Allerdings hielt das Tier ein klitschnasses Etwas im Maul und ein langer Sabberstreifen triefte aus diesem zu Boden.

„Guten Morgen. Hattest du schon einen Kaffee?" Duke hielt zwei Coffee-to-go-Becher hoch.

„Ich frühstücke jeden Morgen", erwiderte Rahel, nahm ihm aber einen Becher aus der Hand. „Ohne Zucker?"

„Ich dachte, da du den Tee ohne Zucker trinkst …"

„Prima! Vielen Dank."

„Es freut mich, dass du so gut gelaunt bist. Ich hatte ein bisschen die Befürchtung, du könntest nach dem Schrecken am Freitag das ganze Wochenende gegrübelt haben."

„Es ging so", sagte Rahel und lächelte erneut vor sich hin. „Ich habe einen alten Freund angerufen, der mich aufgeheitert hat."

„Das ist prima."

Gemeinsam verließen sie die Höfe und näherten sich bald der Museumsinsel. „Rahel!" Auf den Ruf hin wirbelte sie erschrocken um ihre eigene Achse. Vor ihr stand Falk!

„Hallo, Kleine!"

Ohne ihrem Begleiter einen Blick zu gönnen nahm Falk sie in die Arme, hob sie dabei hoch und drehte sich mit ihr einmal im Kreis. Als Rahel wieder festen Boden unter den Füßen spürte, drückte sie sich von ihm fort und schüttelte fassungslos den Kopf.

„Was tust du hier? Du bist doch nicht extra von Haiti hierher geflogen?!"

„Ich will dafür sorgen, dass dir ja niemand was antut!", lautete Falks Antwort. Sein Blick wanderte zu Duke, der die Szene mit grimmigem Blick verfolgt hatte. Unwillkürlich straffte Falk die Schultern und schob die Brust nach vorn. „Wobei ich nicht ahnen konnte, dass Duke – ich vermute, das ist Duke; ich meine den Mann, nicht den Hund – so ausschaut, als würde kein Gras mehr wachsen, wo er hinhaut!"

„Falk!", rügte Rahel ein wenig atemlos.

„Hast *du* ihm das Veilchen verpasst, Rahel? Gratulation!"

„Duke Taylor", stellte Duke sich vor und streckte Falk seine Rechte entgegen. Der betrachte die dargebotene Hand misstrauisch, schlug aber ein.

„Falk Jäger."

Rahel sah, wie Falks Gesicht eine Spur dunkler wurde, doch ansonsten ließ er sich nicht anmerken, wie schmerzhaft Dukes überzogen kräftiger Händedruck für ihn sein musste.

Der Brite hingegen grinste. „Was spricht dein Freund für eine unverständliche Sprache?", erkundigte er sich ungeniert bei Rahel. Offenbar war er darauf aus, es Falk mit gleicher Münze heimzuzahlen.

„Schwäbisch!", erwiderte Falk an ihrer Stelle und rieb sich verstohlen die Hand. Er deutete erst auf Rahel, dann auf sich und fügte hinzu: „Uns verbinden Spätzle-Connections."

Duke warf Rahel einen fragenden Blick zu, doch die verdrehte nur die Augen. Duke würde schnell genug herausfinden, dass einem Großteil von dem, was Falk so erzählte, nicht viel Bedeutung beizumessen war.

Ihr ehemaliger Schulkamerad war allerdings an diesem Morgen nicht zu bremsen. Nachdem er ausgiebig Dukes Oberarme gemustert hatte, über denen sich die Ärmel einer eng geschnittenen Jacke spannten, stupste er den Bizeps mit dem Zeigefinger an und fragte: „Was passiert, wenn ich in deinen Musculus biceps brachii mit einer Nadel pieke?"

„Dann kracht meine Faust in dein Gesicht."

„Okay, ich verzichte auf den Versuch. Hör mal, Rahel. Ich habe seit ungefähr vierundzwanzig Stunden nicht geschlafen. Ist deine Wohnung weit von hier? Könnte ich mich dort hinlegen? Später suche ich mir was anderes."

Rahel kramte ihren Hausschlüssel aus der Handtasche.

„Rahel, ich muss los. Auf mich wartet eine Gruppe dänischer Schüler", sagte Duke.

„Du sprichst Dänisch?" Falk hob interessiert die Augenbrauen.

„Meine Mutter ist Dänin", erklärte Duke und streckte Falk zum Abschied die Hand hin. Er ergriff sie nur zögernd. Allerdings war Duke diesmal wohl nicht darauf aus, ihm sämtliche Finger zu brechen.

„Wann soll ich dich abholen?", wandte er sich an Rahel.

„Um sechs. Geht das?"

„Das ist kein Problem." Duke grinse Falk an, drehte sich um und schlenderte davon.

„Meine Güte, ein dänisch-britischer Meister Proper!", raunte Falk. „Er erinnert mich an einen Schauspieler. Ich komme bestimmt noch dahinter, an welchen ..."

„Geh erst mal schlafen, Falk. Emma hat völlig recht: Nach müd' kommt blöd."

„Wohin ist meine brave, zurückhaltende Rahel verschwunden?" Falk lachte. „Mit diesem Koloss von Rhodos im Rücken kannst du natürlich ungeschoren große Töne spucken."

„Ciao, Falk." Rahel erklärte ihm den Weg zum Apartment ihrer Eltern und fügte hinzu: „Danke für dein Kommen. Eigentlich müsste ich wohl sagen, dass du das nicht hättest tun sollen. Aber ich bin froh, dass du da bist."

„Du weißt doch, ich bin immer für ein Abenteuer gut!"

„Mit deinen Eltern auf Wracksuche zu gehen ist sicher aufregender, als bei mir herumzuhängen."

„Womöglich. Aber da darf ich nicht den Beschützer spielen. Vielmehr brauche ich eher jemanden, der mich vor den wilden und gefährlichen Ideen meiner Mutter beschützt!" Falk beugte sich vor, drückte ihr einen flüchtigen Kuss auf die Wange und schlurfte davon. Der schwarze Trolley, den er hinter sich herzog, war unverkennbar der gleiche wie vor vier Jahren, als ihre Schulklasse mit Emma nach Herrnhut gereist war. Das linke Rädchen quietschte und eierte mit noch mehr Hingabe als damals.

***

Duke ging um die Ecke des Gebäudes und beugte sich so weit vor, dass er Rahel und diesen Falk im Blick hatte. Die beiden lachten und schließlich küsste der respektlose Bursche Rahel auf die Wange, ehe er davontrottete.

Ohne Hektik stieß Duke sich ab und betrat das Museum. Das Auftauchen dieses Kerls missfiel ihm gründlich. Weshalb, das konnte er nicht einmal mit Bestimmtheit sagen.

Duke grüßte eine an ihm vorbeieilende Kollegin und hastete ins Vestibül, wo vermutlich die dänische Schulklasse auf ihn wartete.

Duke rief sich die Eckpunkte seiner Führung in Erinnerung, war der ganze geschichtliche Kram doch nicht wirklich seine Welt. Allerdings wunderte es ihn nicht, dass Europol ausgerechnet ihn für diese neu gegründete Spezialeinheit angefragt hatte, wenngleich er davon nicht begeistert gewesen war. Wobei die Aussicht, sich Rahel Höflings anzunehmen, ihn durchaus gereizt hatte. Duke kam nicht umhin festzustellen, dass Rahel ihn faszinierte. Nicht nur ihr zartes, hübsches Äußeres, obwohl sie sich bei dem Angriff auf offener Straße mutig zur Wehr gesetzt hatte. Es war vor allem die Art, wie sie ihm begegnete: zurückhaltend, normal.

Der Überfall und Rahels Erklärung, dass sie sich verfolgt fühle, bereitete ihm jedoch Sorgen. Zwar hatte der rüde Angriff auf sie und sein Eingreifen den praktischen Nebeneffekt gehabt, dass er sich viel unauffälliger in ihr Leben hatte schleichen können, als er das ursprünglich geplant hatte. Doch er verstand ebenso wenig wie sie, was es mit diesem Beobachter und der Attacke auf sich hatte. Aber seine Aufgabe lautete lediglich herauszufinden, ob sie und ihre Familie mit den Originalen aus dem Grab Tutanchamuns zu tun hatten, die momentan in großer Zahl auf dem Schwarzmarkt auftauchten. Ägypten übte zunehmend Druck auf die britische Regierung aus, sprach von Täuschung, Grabräuberei und Betrug und forderte, obwohl die Ausgrabung fast 100 Jahre zurücklag, eine lückenlose Aufklärung und vor allem die Rückgabe der Artefakte, die dem ägyptischen Volk gehörten.

Die Geschichte um Rahels Familie, begonnen mit der Spionagetätigkeit von Martin Hofmann im Ersten Weltkrieg über die Begeisterung seiner Tochter Sarah und deren Ziehmutter Lady Alison Clifford für Tutanchamun, war Duke hinlänglich bekannt. Die Spezialeinheit umfasste Personen aus dem britischen Außenministerium, Berater aus dem Ägyptischen Museum in London und Agenten vom MI5, dem Inlandsgeheimdienst, dazu einen Mitarbeiter des US-amerikanischen Außenministeriums sowie des Smithsonian Institute, da in den USA ebenfalls Wertgegenstände aus dem Grab Tutanchamuns aufgetaucht waren. Außerdem gehörten einige eigens hierfür geschulte deutsche, französische und britische Polizisten dazu, zu denen er zählte.

Duke wandte sich den lärmenden Jugendlichen und ihren beiden Lehrern zu, die ihm ungeduldig entgegensahen. Er hatte diesen Job in Kooperation mit dem deutschen BKA aufgrund seiner Sprachbegabungen, seines Alters und seines Aussehens übertragen bekommen.

***

Falk stellte den Trolley ab und schüttelte über Rahels Nachlässigkeit den Kopf. So kannte er die gewissenhafte und zuverlässige Freundin gar nicht. Ob die Tatsache, dass sie verfolgt wurde, und dies zum zweiten Mal in ihrem jungen Leben, sie völlig aus dem Konzept brachte? Oder lag es an diesem Frauenschwarm mit adeligem Hundenamen?

Grinsend stieß Falk die angelehnte Wohnungstür auf – und erstarrte. Das heillose Durcheinander in dem Apartment hielt er weniger für einen neuen Innenausstattungstrend als vielmehr für die Spuren eines Einbruchs.

Schubladen waren herausgerissen und durchwühlt, Besteck und zertrümmertes Geschirr wahllos auf das dunkle Parkett geworfen, Tischdecken und Geschirrtücher mischten sich mit Lebensmitteln, zerbrochenen Bodenvasen und zerfledderten Büchern zu einem unübersichtlichen Chaos.

„Ich war das nicht, Rahel", flüsterte er mit Galgenhumor und griff in die Gesäßtasche seiner Jeans nach seinem Smartphone. In diesem Moment trat jemand aus einem nebenan gelegenen Zimmer in den Wohnraum. Falk sah, wie die Hand des Mannes zu seinem Hosenbund glitt. Zog er eine Schusswaffe? Instinktiv wich Falk hinter die Tür aus.

„Mist!", zischte er und flog förmlich die Stufen der Wendeltreppe hinab. Über ihm polterte es, ein Schmerzensschrei folgte. Der Eindringling war über den Trolley gestolpert. Falk wusste dies zu nutzen. Er nahm die letzten Stufen in einem Sprung, riss die Haustür auf und knallte sie hinter sich zu. Ein älterer, weißhaariger Mann, der vor einem Café gegenüber mit einem Reisigbesen hantierte, hob den Kopf.

„Sind Sie Antonio?"

„Sí."

„Schnell, rein und die Tür zu!", rief Falk, ergriff den Mann am Handgelenk und zerrte ihn durch die offen stehende Tür in das Innere des Gastraums. „Gitter runter!"

„Warum?"

„In Rahels Wohnung ist ein Einbrecher. Jetzt verfolgt er mich."

Kaum, dass er Rahels Namen genannt hatte, schlug Antonio die Tür zu und ließ per Knopfdruck das Gitter hinab. Die Einbruchssicherung ratterte gefährlich langsam abwärts. Falks Blick suchte ungeduldig den gegenüberliegenden Eingang.

Ein Mann, der sich mittlerweile die Kapuze einer schwarzen Jacke über den Kopf gezogen hatte, verließ das Gebäude. Er stutzte, als er das runterratternde Gitter bemerkte. Falk erkannte in diesem Augenblick seinen Fehler, denn nun wusste der Eindringling, wo er sich aufhielt. Doch dieser zeigte kein Interesse an ihm, sondern verschwand im benachbarten Innenhof.

„Rahel ist hoffentlich bei der Arbeit?", wandte sich Antonio an Falk.

„Ja, sie hat mir ihren Hausschlüssel gegeben. Ich bin ein alter Schulfreund von ihr, Falk."

„Ich wusste doch, dass da was nicht stimmt. Ich habe sie gewarnt!", ereiferte sich der Gastwirt und deutete auf das Smartphone in Falks Händen. „Ruf sie an, junger Freund. Sie darf nicht ohne diese Bulldogge von Mann, die sie heute Morgen abgeholt hat, unterwegs sein. Und dann informiere die Polizei!"

Auf Falks besorgtes Gesicht schlich sich ein Grinsen. Duke, die Bulldogge.

„Grins nicht, Falke! Ruf sie an!"

„Mein Name ist Falk."

„Ruf sie an, Vogelmann!" Antonio drohte ihm mit seiner kleinen, von Altersflecken übersäten Faust.

Falk wählte, brach die Verbindung ab, wählte erneut, wartete, brach wieder ab und wählte noch einmal.

„Was ist?" Antonio hatte sich keinen Schritt von der Stelle bewegt und sah ihn fragend an. Seine grauen, buschigen Augenbrauen trafen sich über der Nasenwurzel, so sehr runzelte er die Stirn.

„Nicht erreichbar. Vermutlich ist das Depot so gebaut, dass es innerhalb keinen Handyempfang gibt."

„Dann ruf ihren Freund an. Der, der sie heute Morgen abgeholt hat."

„Wir haben weder Freundlichkeiten noch Telefonnummern ausgetauscht", murmelte Falk.

„Du kennst Rahels Beschützer nicht?" Antonio wich zwei Schritte zurück und hob den auf den terrakottafarbenen Steinplatten liegenden Besen auf. „Bist du überhaupt ein Freund von der Signorina?"

„Natürlich. Aber wir haben uns lange nicht gesehen. Sie muss mir nicht alle ihre Bekanntschaften vorstellen. Wobei der Gedanke gar nicht so dumm ist."

Antonio kratzte sich mit der freien Hand am Hinterkopf und nickte. „Ich rufe die Polizei und lasse sie hinein. Gib mir ihren Hausschlüssel. Du gehst die Signorina suchen."

Falk zögerte. Konnte er Antonio trauen? Der Alte machte einen durchaus ehrlichen und um Rahel besorgten Eindruck, außerdem hatte sie ihm am Telefon erzählt, dass Antonio sie gewarnt hatte.

„Wir sind so schnell wie möglich da, damit Rahel feststellen kann, ob etwas fehlt."

„Lauf, Falke!"

„Wäre ich ein Falke, würde ich fliegen", brummte Falk und ließ sich von dem breit grinsenden Antonio aus der Hintertür geleiten.

Trotz seines flotten Laufstils benötigte er geschlagene zehn Minuten, um aus dem Labyrinth an wirklich eindrucksvollen und sehr unterschiedlich gestalteten Höfen, Häusern, Brunnen, Läden und Gastronomiebetrieben auf die richtige Straße zu finden. Danach legte er den Weg zur Museumsinsel in weniger als fünf Minuten zurück. Obwohl die Eingangstür aufgrund irgendwelcher Handwerkerarbeiten offen stand, stellte sich ihm ein Hindernis in Form einer extrem attraktiven Frau in den Weg, die standhaft darauf beharrte, dass das Museum auch für ihn erst um 10:00 Uhr die Pforten öffnete.

„Bei Ihnen jobbt eine Rahel Höfling. In ihre Wohnung wurde eingebrochen, ich muss sie verständigen."

„Ich kenne keine Frau Höfling."

„Sie ist Volontärin."

„Ich kenne alle Volontärinnen und da gibt es keine mit diesem Namen."

Falk schlug sich mit der flachen Hand an die Stirn. „Entschuldigung. Sie hat ja ihr Studium noch nicht einmal begonnen. Sie ist Praktikantin. Oder einfach jemand, der einen Ferienjob macht. Sie katalogisiert ägyptische Fundstücke."

„Niemand würde auf die Idee kommen, einer Jobberin diese wertvollen Artefakte anzuvertrauen."

„Sie hat bereits einschlägige Erfahrungen, war als Praktikantin bei Ausgrabungen in Ägypten und ist vermutlich von einem Archäologen, Ägyptologen oder Historiker für den Job empfohlen worden."

„Deshalb kenne ich sie trotzdem nicht. Wir öffnen in etwa einer Stunde." Die Frau schaute an ihm vorbei und lächelte einen vorübergehenden Mann an. Als der nicht reagierte, zog sie einen Flunsch.

Falk kniff ein Auge zu und wagte einen neuen Vorstoß, von dem er sich Erfolg versprach. „Aber Sie kennen Duke Taylor?"

„Natürlich."

Falk glaubte, ein Funkeln in ihren bisher desinteressierten Augen zu sehen. Er wusste, dass er gewonnen hatte. „Sie könnten ihn anrufen oder anfunken und ihm sagen, dass er im Kassenbereich gebraucht wird."

„Es ist besser, ich hole ihn persönlich", lautete die plötzlich überraschend dienstbeflissene Antwort. Die Frau zupfte an ihrem kurz geschnittenen, kastanienbraunen Haar und winkte einem jungen Mann, damit er den Eingangsbereich absicherte. Mit schnellen Schritten lief sie auf die modern gestaltete, im Gegensatz zu den hoch auftragenden Sandsteinwänden blendend helle Treppenhalle zu.

Falk lehnte sich mit vor der Brust verschränkten Armen an die Wand und harrte eine Viertelstunde ungeduldig aus, bis die Frau zurückkehrte. Ohne Duke.

„Seine Führung ist in zehn Minuten zu Ende. Sie sollen hier solange warten", erläuterte sie kurz angebunden, verscheuchte ihren Kollegen und ließ sich schwer auf den Stuhl fallen, wobei sie Falk demonstrativ den Rücken zudrehte.

„Ist wohl nicht gut gelaufen mit Duke; dem Mann, nicht dem Hund", murmelte Falk und sah auf, als dieser genau in diesem Moment die

Stufen herunterkam, gefolgt von einer Horde lärmender Schüler. Er warf Falk durch das nicht blau unterlaufene, zugeschwollene Auge einen grimmigen Blick zu. Falk wartete, bis der Brite seine Gruppe verabschiedet hatte und sich vor ihm aufbaute.

„Wolltest du nicht schlafen?"

„Da war schon ein anderer Mann in Rahels Schlafzimmer."

Auf Dukes Stirn entstand eine steile Falte, die Falk als Missbilligung deutete.

„Er war dabei, die ganze Wohnung auf den Kopf zu stellen."

„Ein Einbrecher?"

Interessiert beobachtete Falk, wie Dukes Gesicht sich verhärtete. Es hatte den Anschein, als überschlugen sich in seinem Kopf die Überlegungen.

„Du siehst nicht so aus, als hättest du dich ihm in den Weg gestellt", lautete Dukes nächster Kommentar.

„Selbst auf die Gefahr hin, als Angsthase zu gelten, habe ich die Flucht einem vermutlich ungleichen Kampf vorgezogen, als der Kerl sich mit der Hand hinten an den Hosenbund fasste."

„Du denkst, er war bewaffnet?"

Falk zuckte mit der linken Schulter. „Ich habe nicht so lange gewartet, dass ich es herausgefunden hätte."

„Willst du Rahel holen?"

„Sie wird den Schaden begutachten müssen, sollte aber nicht allein unterwegs sein. Nicht nach dem, was letzten Freitag und heute passiert ist."

„Ich passe schon auf sie auf."

„Ja, abends. Aber was ist mit ihrer Mittagspause?"

Duke nickte ihm zu und wandte sich an die gut aussehende Frau, die ihn förmlich mit den Augen verschlang. „Meine nächste Führung ist erst um zwei. Ich bin rechtzeitig zurück."

Die Attraktive nickte zustimmend. Anscheinend kannte sie Dukes Dienstplan auswendig. Der schritt an Falk vorbei auf den Ausgang zu, vor dem sich nun die ersten Museumsbesucher sammelten.

„Ist die Polizei informiert?", erkundigte sich Duke.

„Antonio hat das übernommen."

„Der Alte aus dem Café gegenüber?"

„Kennst du ihn?"

Duke blieb ihm eine Antwort schuldig, bog in eine Seitenstraße ein und trat durch ein offen stehendes Tor auf einen kleinen Vorplatz und von dort zum Eingang des modernen Anbaus. Er klingelte, nannte seinen Namen und sein Anliegen und drückte die Tür auf, als der Summer ertönte.

„Ich habe Rahel angerufen; sie ist auf dem Weg", sagte eine schlanke ältere Dame und setzte die an einer Kette um ihren Hals hängende Brille auf die Nase. Sie musterte Duke mit strengem Blick, Falk hingegen schenkte sie ein Lächeln, was diesen abermals zu einem Grinsen verleitete. Offenbar gab es auch Frauen, denen *er* besser gefiel als Duke!

„Duke? Falk? Was ist los?" Rahel eilte auf sie zu. Ihr Blick wanderte von Falk zu Duke und wieder zu Falk zurück. Die Unsicherheit, die sie in diesem Moment ausstrahlte, bohrte Falk einen Stachel ins Herz. Er kannte Rahel seit vielen Jahren und hatte sich schon in der fünften Klasse auf die Seite des schüchternen Mädchens gestellt. Sie war für ihn die kleine Schwester, die er niemals gehabt hatte und die er beschützen wollte. Die Rolle des großen Bruders, zu dem er gern aufsah, war für kurze Zeit von Daniel Ritter übernommen worden. Nachdenklich schaute Falk zu Duke, unterließ es aber, den Gedanken weiterzuspinnen.

Falk trat vor und ergriff Rahels Hände, in denen sie weiße Baumwollhandschuhe knetete. „Jemand ist in deine Wohnung eingedrungen. Die Polizei ist mittlerweile sicher vor Ort. Du musst mitkommen und nachsehen, ob etwas fehlt."

„Was?" Er sah, wie sie sich versteifte.

„Komm, Duke und ich begleiten dich."

„Ich … ich muss Lisa Bescheid sagen und meinen Mantel holen."

„Wir warten hier", sagte Duke.

„Das ist ja schrecklich! Das arme Kind!", schaltete sich die ältere Dame ein.

„Hat sich bei Ihnen in den letzten Tagen jemand nach Rahel erkundigt?", wandte Duke sich an sie.

„Es war niemand da", beteuerte sie und sah Falk an, als sei es ihr lieber, sich mit ihm als mit Duke zu unterhalten, was vielleicht an dessen Akzent lag. „Aber am Freitag hatte ich einen seltsamen Kerl am Telefon. Er wollte wissen, wann Rahel Feierabend hat. Ich habe ihm jede Auskunft verweigert."

„Das haben Sie gut gemacht." Falk lächelte die Dame an. Sie lächelte zurück und schob die Brille höher auf die Nase.

„Ich bin froh, dass Frau Höfling einen so charmanten Begleiter und …" Ihr Blick wanderte zu Duke, der jedoch die Glastür im Auge behielt, durch die Rahel eben verschwunden war. Die Frau beendete ihren Satz nicht, und Falk fragte sich, ob sie etwas Angst vor dem muskelbepackten und mit dem Dreitagebart und dem blauen Auge etwas wild aussehenden Mann hatte.

Rahel kehrte heftig atmend zurück und ließ sich von Duke in ihren Mantel helfen. Falk entging nicht, dass er für einen Moment seine Hände auf Rahels Schultern legte und sie den Kopf wandte, um ihn dankbar anzulächeln. So also vermittelte man nonverbal die Botschaft: „Bei mir bist du sicher!" Falk nahm sich vor, sich das zu merken.

„Gehen wir?" Rahels Stimme zitterte. Wahrscheinlich fürchtete sie sich vor dem, was sie in der Wohnung vorfinden würde.

„Es sieht wild aus, Rahel. Der Mann hat keine Rücksicht auf Zerbrechliches genommen!", warnte er sie vor.

„Lasst es mich einfach schnell hinter mich bringen, ja?"

Falk nickte, ergriff wie selbstverständlich ihre Hand und zwang somit Duke, hinter ihnen zu gehen.

***

Die letzten Scherben fielen mit lautem Klirren in die Mülltüte. Falk legte das Kehrblech beiseite, schnürte den Sack zu und stellte ihn zu den anderen vor die Tür. Er warf einen besorgten Blick auf Rahel. Seit die Polizei gegangen war, hatte sie sich nicht von der Couch gerührt. Sie gab vor, die Servietten, Tischsets und Tischdecken zusammenzulegen, doch eigentlich hielt sie noch immer die erste Tischdecke wie eine herrenlose Katze auf ihrem Schoß fest und starrte ins Leere.

Falk ging ein weiteres Mal zur Fensterfront und sah auf den Platz hinab. Nachdem Duke gemeinsam mit den Polizisten das Apartment verlassen hatte, hatte Falk sie unten im Hof diskutieren sehen. Später hatte Duke sich per Handschlag von den Beamten verabschiedet und sich an einen der trotz der kalten Jahreszeit im Freien aufgestellten runden Tische vor Antonios Café gesetzt. Seitdem telefonierte er. Antonio hatte ihm eine Cola gebracht, die aber unberührt vor ihm stand.

Falk kniff ein Auge zu und musterte Rahels neuen Bekannten. Vorhin hatte er aufgebracht gewirkt, inzwischen schien er wieder ruhiger zu sein. Allerdings fragte sich Falk, was Duke, der so besorgt um Rahel gewesen war, über eine halbe Stunde lang zu telefonieren hatte, statt sich um das aufgelöste Mädchen zu kümmern. Falk zuckte mit den Schultern. Dann übernahm er eben den Job; immerhin hatte er ja auch einen Großteil des Durcheinanders allein beiseitegeschafft.

Falk ließ sich neben Rahel auf die Couch fallen. Er nahm ihr die Tischdecke mit dem zarten Blümchenmuster aus der Hand und legte sie auf den unordentlichen Haufen auf dem Glastisch, ehe er ihre beiden Hände in die seinen nahm.

„Rahel?", sprach er sie leise an. Sie schrak zusammen, als habe sie einen elektrischen Schlag erhalten.

„Was?", fragte sie und blinzelte ihn mit ihren dunklen Augen so verwirrt an, als könne sie sich nur schwer aus ihrem Gedankenkonstrukt lösen.

Nun, da er saß, fühlte er eine bleierne Müdigkeit in seinen Kopf und seine Glieder ziehen. Er war schon viel zu viele Stunden ohne Schlaf. „Wie geht es dir?"

„Mies!"

„So schlimm?"

„Der war in meinem Schlafzimmer, in meinem Bad. Er hat in meiner Wäsche gewühlt, meine Hygieneartikel durcheinandergeworfen. Ich fühle mich irgendwie ... ausgezogen."

„Willst du aus Berlin weg?"

Rahel nickte, schüttelte gleich darauf aber den Kopf. „Mein Job ..."

„Du hast genug Praktika absolviert. Du brauchst diesen Job nicht zwingend. Wo sind deine Eltern?"

„Noch sind sie in Dubai, ab nächste Woche dann in China."

Falk zog eine Grimasse.

„Hör mal, ich bin erwachsen. Ich kann einfach nach Hause gehen." Rahels Stimme klang kläglich.

„Allein?"

„Was ist mit dir?"

„Ich kann nicht dauerhaft deinen Schutzengel spielen. Mal abgesehen davon, dass ich gegen Typen mit Knarren nicht unbedingt der Richtige für den Job bin."

„Warum dieser Einbruch? Was ist das schon wieder? Ich habe nichts zu verbergen und dieses Apartment ist mehr ein Büro als eine Wohnung. Hier gibt es nichts, was sich zu stehlen lohnt. Das einzig Wertvolle, die beiden Vasen, hat der Einbrecher zertrümmert."

„Womit seine Intelligenz bewiesen wäre", versuchte Falk Rahel aufzumuntern.

„Oder eher, dass er auf etwas Bestimmtes aus war", sagte Duke von der Tür her, ehe er sich bückte, vier der Müllsäcke aufnahm und wieder auf der Wendeltreppe verschwand.

„Was meint er?" Rahel begann erneut zu zittern. Falk zögerte einen Moment und legte dann tröstend den Arm um sie, behielt aber einen gewissen Abstand bei. Immerhin wollte er keine falschen Signale aussenden.

Duke war schnell zurück, schloss die Tür und lief einmal durch alle Zimmer, wobei er ab und zu etwas aufhob und an seinen Platz zurückräumte.

„Der Mistkerl war hauptsächlich am Wohnbereich und an dem auf Antik gemachten Schminktisch in deinem Schlafzimmer interessiert", erläuterte er nach seiner Inspektion und blieb hinter der Couch stehen. Falk fragte sich, ob er auf seinen locker um Rahels Schultern liegenden Arm starrte. Er konnte der Versuchung nicht widerstehen, sie ein bisschen näher an sich zu ziehen, was die nach wie vor verstörte Rahel willenlos geschehen ließ.

Mit Unschuldsmiene hob er den Kopf und blickte in zwei schwarze, blitzende Augen. Obwohl Rahel und Duke sich noch nicht lange kannten, hatte Duke wohl den Schatz erkannt, den im Moment Falk im Arm hielt.

Falk beschloss, sich nicht zu früh für Rahel zu freuen. Es war sein Job als „großer Bruder", dass er die Angelegenheit, vor allem aber diesen Mann genauer unter die Lupe nahm. Und so lange durfte der Brite ruhig annehmen, dass er es womöglich mit einem Kontrahenten zu tun hatte. Außerdem ahnte Falk, dass ihm das Spielchen Spaß machen könnte.

„Wie kommst du darauf?", hakte er nach.

„Die Polizisten sagten so etwas", lautete die ausweichende Erklärung. „Im Wohnraum und im Schminktisch hat er am intensivsten gewühlt, jede Kleinigkeit geöffnet oder auseinandergerissen, während er in der Küche und im Bad eher oberflächlich gesucht hat."

„Und was hoffte er dort zu finden?"

„Schmuck?", schlug Duke vor.

Rahel lachte trocken auf. „Wertvoller Schmuck bei einer einundzwanzigjährigen Studentin. Das ist ja ein Widerspruch in sich."

„Nicht, wenn man zwischen dir und dem Architektenehepaar Höfling eine Verbindung herstellt und weiß, wie viele Projekte deine Eltern aus ihrem Erbe unterstützen", sagte Falk.

„Falk!", Rahel rückte von ihm ab und warf ihm einen bösen Blick zu, der ihn erfreute. Es steckte also noch Leben in Rahel! Erst dann wurde ihm bewusst, dass sie womöglich nicht wollte, dass Duke erfuhr, aus welchem Elternhaus sie stammte.

„'tschuldigung, ich Idiot!", formte er tonlos mit den Lippen, was Sarah ein Lächeln und ein Kopfschütteln entlockte.

Duke, der dazu übergegangen war, laut klappernd Töpfe und Pfannen aufzuräumen, schien ihre kleine Unterhaltung nicht verfolgt zu haben. Falk erhob sich und trat auf die andere Seite der Küchentheke. „Ich habe Rahel angeboten, sie woanders unterzubringen. Außerhalb von Berlin."

„Du?" Duke richtete sich auf, stützte die Arme auf die Ablage, was Falk um die Nähte seines T-Shirt fürchten ließ, und betrachtete ihn mit hochgezogenen Augenbrauen. „Du siehst aus, als würdest du gleich ins Koma fallen."

„Zugegeben, Autofahren ist nicht drin. Ich dachte eher an eine Zugfahrt."

Duke verschwand hinter der Anrichte und räumte die letzte Pfanne zurück in den Schrank. „Sie sollte nicht allein sein."

„Ich denke, ich weiß da jemanden …"

„Ruf dort an!"

Auf dem Weg ins Treppenhaus nahm Falk ebenfalls vier Müllsäcke auf, verzog das Gesicht, stellte zwei von ihnen wieder ab und taumelte mit den beiden anderen die Wendeltreppe hinab. Nachdem er sie in einen Container gewuchtet hatte, setzte er sich an den gleichen Tisch, an dem er eben Duke beobachtet hatte, und suchte im Telefonspeicher die Nummer von Daniel und Emma.

„Ritter!", meldete sich eine vertraute, männliche Stimme.

„Falk hier!"

„Was hast du angestellt?"

„Also, hör mal!"

„Emma? Stell dir vor, dieser zerzauste, respektlose und großartige Falk erinnert sich noch an uns!"

Emmas Antwort hörte Falk nicht, allerdings nahm er an, dass dies von Vorteil für ihn war. Emma war eine ganz besondere Lehrerin, aber sie war nun einmal … eine Lehrerin!

„Also, schieß los."

Falk schmunzelte. Die spezielle Art des Ehepaars würde Rahel guttun. „Rahel hat mich angerufen, weil sie in Schwierigkeiten steckt."

„Erzähl keinen Quatsch! Unsere Rahel steckt nie in Schwierigkeiten."

„Heute ist ihre Wohnung durchwühlt worden und Duke – der adelige Mann, nicht der adelige Hund – meint, es sei etwas Persönliches und stimmt mir zu, dass es besser wäre, sie aus Berlin wegzuschaffen."

„Warte mal einen Moment."

Falk hörte, wie Daniel Emma erklärte, dass er zum Telefonieren ins Nebenzimmer gehe. Diesmal verstand er ihre Antwort: „Wenn er dich in irgendwelche gefährlichen Abenteuer hineinzieht, werde ich ihm eigenhändig seine nicht vorhandene Frisur kahl scheren."

„Vielleicht erinnerst du dich, dass damals *ich ihn*, Rahel und dich in die Sache hineingezogen habe, nicht er uns?"

„Schnickschnack!"

„Ich liebe dich auch!"

Falk speicherte auch dies unter „Merkenswert, was Frauen anbelangt", denn er hörte von Emma nichts mehr, was aber vielleicht auch daran lag, dass Daniel inzwischen das Zimmer gewechselt hatte.

„Jetzt erzähl mal von Anfang an."

Falk berichtete das Wenige, was er und Rahel wussten, und erntete langes Schweigen.

„Emma würde es rasend machen, wenn jemand in unsere Wohnung eindringt."

„Ich fürchte, Rahel geht es bei dem Gedanken ebenfalls nicht gut."

„Bring sie her. Emma freut sich bestimmt über ihren Besuch und wir könnten gemeinsam versuchen dahinterzukommen, wer es auf die arme Kleine abgesehen hat."

„Ich habe nichts anderes von dir erwartet. Aber was wird Emma dazu sagen?"

„Sie liebt Rahel und freut sich vermutlich, dich mal wiederzusehen."

„Dein *vermutlich* lässt mich …"

„Sie wird sich freuen!", beteuerte Daniel leise lachend.

„Wo wohnt ihr eigentlich?"

Daniel lachte erneut. „Das zu fragen fällt dir ja früh ein."

„So weit weg? Bayern? Schwarzwald? Bodensee?"

„Potsdam."

„Scherzkeks. Wir sind schon unterwegs."

Falk legte auf. Mit einem Blick auf die in der Sonne spiegelnde Fensterfront des Apartments zog er die über der Rückenlehne liegende weinrote Fleecedecke über sich und lehnte sich zurück.

„Gönnen wir dem *Duke* ein bisschen Zeit mit Rahel", flüsterte er und fügte hinzu: „Außerdem muss ich mich beim Aufräumen ja nicht aufdrängen!"

***

Der Wagon ratterte über die Schienen, vor den Fenstern wechselten sich Häuser mit Feldern, Wälder mit Seen ab. Aus dem Augenwinkel sah Rahel, wie Duke zum wiederholten Mal den tief schlafenden Falk von sich schob. Dieser fand offenbar Dukes Oberarm ausgesprochen bequem. Duke hatte sich bereiterklärt, sie und Falk zu begleiten, da er außer einigen Flecken in Berlin noch nicht viel von Deutschland gesehen hatte. Sie vermutete jedoch, dass Duke dem Schwaben nicht zutraute, sie ohne irgendwelche Komplikationen zu den Ritters zu bringen. Für einen Moment hatte sie erwogen, die Begleitung beider Männer abzulehnen, doch sie kam nicht umhin, ihre Anwesenheit als erleichternd zu empfinden. Die Geschehnisse der letzten Tage hatten sie erschreckt, und so war sie froh, nicht allein zu sein. Rahel wusste, dass ihre Familie seit Generationen darauf vertraute, dass Gott sie niemals allein ließ, doch mit zunehmendem Alter wurde es für sie immer schwerer, noch auf sein Eingreifen zu vertrauen. Ihr Blick wanderte nachdenklich auf die vorbeifliegende Landschaft vor dem Fenster.

Wie hatte sie nur in so eine Situation geraten können? Jetzt war sie wieder auf der Flucht. Wie damals, als Daniel, Emma und Falk diese wunderschöne Holzstatue gesucht hatten.

Rahel versuchte, den schrecklichen Gedanken von sich zu weisen, dass sich dieser Einbruch in der Wohnung ihrer Eltern zu einem ebenso undurchschaubaren, lebensbedrohlichen Desaster entwickeln könnte, wie sie es vor Jahren schon einmal erlebt hatte. Nie mehr wollte sie von einer derartigen Angst getrieben durch die halbe Welt fliehen müssen.

„Ich *habe* Angst!", flüsterte sie gegen die Scheibe. Kaum ausgesprochen kamen ihr die Lieblingsverse ihrer Urgroßmutter in den Sinn, die sie ihr als Kind beim Zubettgehen immer zugesprochen hatte: *Nicht einmal ein Spatz, der doch kaum etwas wert ist, kann tot zu Boden fallen, ohne dass euer Vater es weiß. Selbst die Haare auf eurem Kopf sind alle gezählt. Deshalb hab keine Angst; du bist Gott kostbarer als ein ganzer Schwarm Spatzen.* Es erstaunte sie nicht, dass sie sich sofort leichter fühlte, fast so, als habe man ihr eine Last von den Schultern genommen. Das hatten diese Worte so an sich. Damals wie heute.

Eine Bewegung gegenüber ließ sie den Kopf drehen. Duke schob Falk wieder einmal von sich. Dieser grunzte, schlief aber in die Ecke gelehnt weiter, ohne überhaupt aufgewacht zu sein. Duke erhob sich und setzte sich neben sie. „Diese ganze Angelegenheit tut mir leid."

Rahel lächelte und schüttelte leicht den Kopf. „Du kannst ja wohl nichts dafür."

Sein Schulterzucken fiel seltsam unsicher aus. „Ich hoffe einfach, dass dieser Einbrecher lediglich auf eine Wertsache deiner Eltern aus war und dass das Ganze nichts mit dir zu tun hat."

„Das wäre gut", erwiderte Rahel, doch sie wollte auch ihre Eltern nicht in Gefahr wissen. „Ich telefoniere später noch mit meinen Eltern", sagte sie halblaut vor sich hin.

„Das solltest du dringend tun."

Duke streckte die Beine aus und verschränkte die Arme vor der Brust, wobei er ihre Schulter berührte. Rahel biss die Zähne fest zusammen. Das flaue Gefühl, das sich in ihrem Inneren ausbreitete, konnte sie gar nicht gebrauchen. Sie war verwirrt genug, auch ohne dass sie sich zu diesem Mann hingezogen fühlte, zumal das vermutlich vielen Frauen passierte. Unwillkürlich rückte sie näher an die Scheibe, um vor weiteren Berührungen sicher zu sein. Im Gang entstand Unruhe. Pendler erhoben sich von ihren Plätzen und strebten dem Ausgang zu, der Zug verlangsamte seine Geschwindigkeit und hielt an.

Ein Reisender taumelte zwei Schritte rückwärts und stieß gegen Duke. Der sprang wie elektrisiert auf und packte den Mann an Arm und Schulter. Einen Augenblick glaubte Rahel, er würde ihn wie ihren Angreifer auf der Straße in die Knie zwingen, doch er stabilisierte den Fremden nur und ließ ihn dann wieder los. Als Dankeschön warf der Passagier ihm einen wütenden Blick zu und folgte den anderen nach draußen.

Duke setzte sich wieder neben Rahel und nahm eine sehr entspannt wirkende Haltung ein. „Wer ist das Ehepaar, zu dem wir unterwegs sind?", fragte er im Plauderton.

„Emma war meine und Falks Lehrerin. Sie ist eine selbstbewusste Frau und steckt voller Energie und Lebensfreude. Ihr Mann Daniel ist Historiker. Er unterrichtet in Deutschland, gelegentlich auch in England. Nebenbei ist er immer auf der Suche nach neuen historischen Details. Emma nennt ihn einen Schatzsucher. Aber das darf man nicht falsch verstehen. Er ist nicht zwingend auf den Schatz aus, sondern auf die historischen Geschehnisse um diesen, auf die Lebensweise der Menschen, die damit zu tun hatten. Meist forscht er an den christlichen Zusammenhängen in der Geschichte herum."

„Das klingt interessant."

Rahel lachte leise und fühlte sich herrlich befreit dabei. Es tat gut, sich mit Duke zu unterhalten und das auszublenden, wovor sie davonlief. „Bei Emma und Daniel ist immer etwas los. Langeweile kennen die beiden nicht. Nur die Kombination von Daniel und Falk ist gefährlich."

„Gefährlich?"

Rahel blickte schmunzelnd zu Falk hinüber. Er lehnte mit zurückgelegtem Kopf in der Ecke, hatte den Mund leicht geöffnet, atmete hörbar und ließ sich durch nichts in seinem Schlaf stören. Sie war ihm unendlich dankbar, dass er auf ihren telefonischen Hilferuf reagiert hatte. Es war schön, ihn um sich zu haben. Bei all seiner Flapsigkeit war er ein zuverlässiger, hilfsbereiter und wahrer Freund. Wer ihn nicht gut kannte, hielt ihn für oberflächlich, doch davon war Falk weit entfernt. Hinter seinem sonnigen Gemüt steckte ein intelligenter, tief gläubiger und charakterlich gefestigter junger Mann.

„Die beiden haben sich vor einigen Jahren gesucht und gefunden."

„Der Abenteurer und der Schatzsucher?"

„Falk hat dieses Gen in die Wiege gelegt bekommen. Seine Eltern … aber von ihnen kann er dir selber erzählen."

„Falk unterhält sich nicht besonders gern mit mir."

„Er kennt dich ja kaum."

„Er vermittelt nicht gerade den Anschein, schüchtern zu sein." Über Dukes Gesicht huschte ein Schmunzeln.

Rahel neigte den Kopf und musterte ihn. Vermutlich mochte er Falk, der von jedem schnell ins Herz geschlossen wurde. Allerdings war Duke gut darin, seine Gefühle zu verstecken! Ob Falk in Duke seinen Meister gefunden hatte? Diese Vorstellung reizte Rahel erneut zu einem fröhlichen Lachen, was wiederum ein Lächeln bei Duke hervorlockte.

„Es ist schön, dich lachen zu hören."

Rahel zögerte, sprach dann aber doch aus, was ihr auf dem Herzen lag: „Das ist einfach, wenn man wie ich zwei Menschen um sich hat, die einen beschützen."

„Falk und du – wie steht ihr zueinander? Oder ist die Frage zu persönlich?"

„Nein, überhaupt nicht. Falk und ich haben uns schon in der fünften Klasse kennengelernt. Meine Eltern waren gerade in den Schwarzwald gezogen, waren aber, und daran hat sich bis heute nichts geändert, fortwährend unterwegs. Ich kam in ein Internat der Zinzendorfschulen. Ich fühlte mich allein, alles war mir fremd. Dort gab es ein paar Jungs und Mädchen, die mich als Opfer für ihre Späße ausgemacht hatten. Wäre Falk nicht gewesen …" Rahel atmete tief durch, wobei sie die Schultern hochzog.

„Er hat dich beschützt?"

„Er hatte schon immer ein ziemlich loses Mundwerk und war zudem sehr beliebt. Nachdem er sich auf meine Seite gestellt hatte, hat es niemand mehr gewagt, auch nur ein kritisches Wort über mich zu sagen. Er ist seit damals mein *großer Bruder*."

„Gut", sagte Duke und musterte Falk, der eigentümlich schmatzende Geräusche von sich gab. Rahel überlegte, was genau Duke wohl gut fand und schrak auf, als dieser ihr mit dem Ellenbogen leicht in die Seite stieß.

„Denkst du, er hat nicht nur seit Stunden nicht geschlafen, sondern seit seinem letzten Flug auch nichts gegessen?"

„Schon möglich."

„Sollte ich ihm etwas Nahrhaftes besorgen, bevor er ganz vom Fleisch fällt?"

„Er war schon immer so schlank, keine Angst. Außerdem sind wir ja bald bei Emma, und die beherrscht die italienische Küche wie eine richtige italienische Mamma."

„Das hört sich gut an."

„Es schmeckt auch gut!"

Duke lachte, und Rahel betrachtete ihn fasziniert. Mit seiner gebräunten Haut, den dunklen Haaren, den fast schwarzen Augen und dem Bartschatten wirkte er nahezu bedrohlich düster. Wenn er jedoch lachte, blitzte jugendlicher Übermut auf seinem Gesicht auf, was ihn ihr sehr sympathisch machte. Sie fühlte sich zunehmend zu Duke hingezogen. Energisch rief sie sich selbst zur Vernunft. Was erlaubte ihr Herz sich da? Sie war doch nicht der Typ Frau, der sich Hals über Kopf in einen Kerl verliebte, bloß weil der ausnehmend attraktiv aussah. Allerdings konnte Rahel nicht leugnen, dass Duke zudem überaus höflich und freundlich war und ihr völlig selbstlos beistand. Dabei war seine Hilfe bei dem Angriff auf sie auf offener Straße weit mehr gewesen, als sie von einem praktisch Fremden hatte erwarten können. Viel zu häufig schauten die Menschen einfach nur weg.

„Was ist?", fragte Duke und verdeutlichte Rahel damit, dass sie ihn die ganze Zeit über angestarrt hatte.

Um ihre Scham zu überdecken, wagte sie die Flucht nach vorn: „Entschuldige bitte. Ich glaube, ich habe dich noch nicht oft lachen sehen."

„Das liegt vielleicht daran, dass ich in Sorge um dich war und dieser Falk mir vorgaukeln wollte, dass ..." Er verschluckte den Rest, zeigte ein jungenhaft freches Grinsen und beobachtete, wie Passagiere aus- und zustiegen. Als die Unruhe im Abteil sich allmählich legte, meldete sich Dukes Smartphone. Er kramte es hervor und begann konzentriert darauf herumzutippen. Rahel wartete einige Minuten, wandte sich dann aber enttäuscht wieder der Betrachtung der Landschaft zu. Sie hätte das Gespräch gern fortgesetzt, zumal sie über Duke noch immer so gut wie nichts wusste.

Kapitel 32

Das scharrende Geräusch kleiner Rollen auf dem Asphalt endete, als Rahel vor einem schmalen, gusseisernen Torbogen stoppte. Das Grundstück war durch eine hohe Tujahecke begrenzt, die jeden Einblick verhinderte. Duke nickte anerkennend. Hier war Rahel vor neugierigen Blicken geschützt. Die junge Frau klingelte, nannte ihren Namen und drückte nach Erklingen eines Summers das Gartentor auf. Duke betrat nach ihr den gekiesten Weg und sah sich prüfend den etwas verwildert wirkenden Vorgarten an. Falk warf das Tor klappernd ins Schloss, und das Knirschen der Trolleyrädchen verriet, wie schnell er Rahel an die massive Holztür folgte.

Dukes Augen glitten über das weiße, zweistöckige Haus mit den schwarzen Fachwerkbalken und dem steilen Giebeldach, als die Unruhe beim ebenerdigen Eingang ihm signalisierte, dass jemand die Tür geöffnet hatte. Er hatte sich auf der Fahrt im Internet über Prof. Dr. Daniel Ritter schlaugemacht und stutzte jetzt, als er eine Frau aus der Tür stürmen und Rahel um den Hals fallen sah, die gerade mal Anfang dreißig zu sein schien. Er hatte nicht auf die Lebensdaten des Historikers geachtet, vermutete aber nun, er habe eine wesentlich jüngere Frau geheiratet.

Im Gegensatz zu dem etwas biederen Äußeren des Hauses wirkte Emma in ihrer schicken Shorts, die ihre langen, schlanken Beine wirkungsvoll zur Geltung brachten, und dem engen Top sehr modern. Ihr schwarzes Haar war zu einem Pferdeschwanz gebunden, was ihre jugendliche Ausstrahlung unterstrich.

Die Lehrerin entließ ihre ehemalige Schülerin aus ihrer herzlichen Umarmung, und Falk breitete die Arme aus, bekam von der Frau jedoch nur die Rechte entgegen gestreckt. Der Filou hatte offenbar nichts anderes erwartet, schlug ein und drängte sich dann an Emma und Rahel vorbei ins Haus.

Duke sah den Zeitpunkt für gekommen, sich vorzustellen. Die Lehrerin musterte ihn kurz, aber intensiv. In Duke stieg die Ahnung auf, dass der Frau nur wenig entging.

„Emma Ritter. Danke, dass Sie Rahel geholfen haben. Sie sind gebürtiger Brite?", erkundigte sich Emma mit für eine Frau auffällig tiefer, sehr angenehmer Stimme.

Duke zögerte einen Moment mit der Antwort, was ein leichtes Stirnrunzeln bei Emma hervorrief. „Mein Vater ist Brite, meine Mutter stammt aus Dänemark. Dort bin ich auch geboren."

„Ich hätte vielmehr auf eine südländische Abstammung getippt."

„Meine Großmutter ist Brasilianerin."

Seine schnelle Reaktion auf ihre Worte schien sie zu erfreuen. Ein einnehmendes Lächeln traf ihn und offenbarte winzige Lachfalten um ihre Augen. „Bitte!" Einladend deutete sie auf die Tür, die mittlerweile Rahel verschluckt hatte. „Legen Sie bitte gleich hier links Ihre Jacke ab und gehen Sie geradeaus durch den Flur und das Wohnzimmer. Mein Mann ist im Wintergarten. Ich muss mal nach der Lasagne schauen."

Folgsam hängte Duke seine Lederjacke an einen freien Haken und verließ den lang gezogenen, schmalen Flur. Er betrat ein großzügig angelegtes Wohnzimmer, an dessen gesamter, der Tür gegenüberliegender Seite ein Wintergarten angebaut war. Bequem aussehende Sessel, zwei Wände mit überfüllten Bücherregalen und einige von demselben Künstler stammende Bilder, ein Klavier und ein uralter, riesiger Globus prägten den Wohnraum, während der Wintergarten mit einfachen Gartenmöbeln und vor allem mit einer Vielzahl an Pflanzen aufwartete.

In seine Betrachtungen versunken fuhr Duke zusammen, als Emma durch die separate Küchentür stürmte. Den Rest des Weges bis zum Wintergarteneingang schlitterte sie auf ihren Strümpfen über die terracottafarbenen Fliesen.

„Ich dachte, zumindest das hätten Sie sich inzwischen abgewöhnt", drang Falks Stimme zu ihm.

„Und ich dachte, du hättest inzwischen einen anständigen Frisör gefunden", konterte Emma.

„Weshalb sollte ich? Sie tragen doch ebenfalls noch diesen Lehrerinnenpferdeschwanz."

„Ich bin nach wie vor Lehrerin, wenn auch momentan im Sabbatjahr, du aber kein Schüler mehr."

Duke trat in die Tür. Ihm gefiel diese Emma. Ein groß gewachsener Mann drehte sich zu ihm um und wieder ärgerte sich Duke, dass er nicht auf die Lebensdaten des Professors geachtet hatte. Der Mann war erst etwa Ende 30, wirkte sportlich durchtrainiert und trug ein spitzbübisches Grinsen im Gesicht. Bereits jetzt wusste er, dass Rahel mit ihrer Einschätzung richtiglag: Falk und dieser Professor *mussten* einfach gewisse Gemeinsamkeiten haben.

„Hallo, Duke – ich darf Sie doch so nennen?"

„Natürlich, Daniel", gab Duke zurück, erntete ein Grinsen des Mannes und ein Augenverdrehen vonseiten der Ehefrau.

„Danke, dass du auf unsere Kleine aufgepasst hast."

„Das war doch selbstverständlich."

„Apropos selbstverständlich", mischte Falk sich ein und wandte sich Emma zu. Die ignorierte ihn, als ahnte sie, was er von ihr wollte, und rief nach Rahel.

„Ich komme, Emma. Deine Lasagne duftet herrlich!"

„Ich wusste es, Frau Ritter. Warum darf Rahel …", begehrte Falk auf. Emma drehte ihm den Rücken zu und sagte an Daniel gewandt: „Weißt du, weshalb dieser Kerl mich immer noch siezt?" Sie zwinkerte fröhlich, hakte sich bei Rahel unter und die zwei ließen die Männer allein.

„Die macht mich fertig!", stöhnte Falk.

„Das müsstest du doch noch aus deiner Schulzeit gewohnt sein", spottete Daniel.

„He, ich war ihr Musterschüler. Immer schnelle Antworten und lieber zugeben, wenn ich was nicht wusste, statt herumzudrucksen. Außerdem hatte ich hervorragende Noten!"

„Mag sein. Aber ich vermute, sie fand es damals nicht so prickelnd, als du vor ihr gekniet hast und sie darum angebettelt hast, sie duzen zu dürfen."

Duke presste die Lippen zusammen, damit er bei dieser Vorstellung nicht laut herauslachte. Falk winkte heftig mit beiden Händen ab. „So, wie du das erzählst, klingt es, als sei ich mächtig in sie verschossen gewesen!"

„War das nicht so?"

„Schließe nicht von dir auf mich, Bruder Ritter!"

„Zugegeben, ich bin ihr restlos verfallen. Aber tröste dich: Ihre spöttische Frage soeben war dein Ritterschlag."

Falk griff sich in einer theatralischen Geste an die Brust. „Diesen Moment werde ich immer in meinem Herzen tragen." Nüchtern fuhr er fort: „Eigentlich habe ich damit gerechnet, dass hier mindestens drei kleine Burgfräulein oder Knappen auf Strümpfen durch das Haus schlittern."

„Ganz schwieriges Thema", erwiderte Daniel und warf einen prüfenden Blick zur Küchentür, aus der ein aromatischer Duft nach Tomaten und Käse zu ihnen zog. „Sie hat zwei Fehlgeburten hinter sich."

„Das tut mir leid!", beteuerte Falk leise.

In diesem Augenblick sah Duke einen durchaus ernsthaften, mitfühlenden Wesenszug Falks durchblitzen. Wenngleich er ein paar Details der Unterhaltung nicht hatte nachvollziehen können, war ihm doch eines klar geworden: Mit der energiegeladenen Emma, dem verwegenen Daniel und bei Falk mit seiner ansteckenden Fröhlichkeit war Rahel in besten Händen.

Nun konnte er versuchen herauszufinden, ob der Einbruch in die Berliner Wohnung und der Angriff auf Rahel denselben Hintergrund hatten wie *sein* Auftauchen in ihrem Leben.

***

Falk saß im Abteil neben Duke und hörte mit an, wie der sich am Telefon in seiner Muttersprache bei einer Kollegin entschuldigte, weil diese kurzfristig seine Museumsführung hatte abhalten müssen. Offenbar versuchte sie, ihm als Entschädigung ein Date abzuringen, doch obwohl er freundlich blieb, verweigerte er ihr dies deutlich und versprach ihr nur, eine ihrer Führungen zu übernehmen.

„Eine wichtige Delegation aus Kuba? Wo soll das Problem sein?"

Falk konnte die Worte der Frau nicht verstehen, erahnte aber an der zunehmenden Lautstärke ihre Frustration. Bevor Duke seine Kollegin wegdrückte, warf er ihr einige spanische Sätze an den Kopf – in aller Höflichkeit, die er zu diesem Zeitpunkt noch aufzubringen in der Lage war.

„Das war kein Dänisch!", stellte Daniel sachlich fest. Er hatte, ebenso wie Falk, beschlossen, der Sache in Berlin auf den Grund zu gehen, wenngleich dies unübersehbar Dukes Missfallen erregt hatte. Auch Emma hatte bei ihrem Abschied nicht unbedingt wie ein liebendes, sanftmütiges Eheweib gewirkt.

„Mein Urgroßvater hatte kubanische Wurzeln", sagte Duke leichthin, tippte seinen neuen Termin in den Kalender und räumte das Gerät weg.

„Ich denke, wir sollten mal ein Brainstorming anberaumen", schlug Daniel vor.

„Du vermutest, es könnte mehr hinter der Angelegenheit stecken als nur ein Einbruch, wobei der Täter am Freitagabend versucht haben könnte, ihr die Wohnungsschlüssel zu stehlen?", fragte Falk und rieb sich unternehmungslustig die Hände. Nun, da Rahel aus der Schusslinie war, war er Action gegenüber nicht abgeneigt.

„Der Einbrecher wäre ein Idiot, wenn er tagelang die Gegend beobachten, die Nachbarn befragen und das dann alles aufs Spiel setzen würde, indem er dem Opfer die Schlüssel klaut. Daraufhin wäre dieses doch alarmiert und ließe zudem die Schlösser austauschen." Daniel schüttelte über Falks Mutmaßung den Kopf.

„Du hast recht", gestand der. „Außerdem ist es Irrsinn, in eine Wohnung einzubrechen, sobald sie bewohnt ist, wenn sie ansonsten meist leer steht."

„Das war der Grund, weshalb ich nach Berlin wollte. Wir müssen uns diese Geschichte genauer ansehen, denn ich glaube, dass Rahel nicht zufällig die Leidtragende war", pflichtete Daniel bei.

„Brainstorming!", murmelte Falk, kniff ein Auge zu und musterte den glänzenden Glatzkopf des Mannes in der angrenzenden Sitzreihe, als hoffe er, darauf würde wie auf einem Bildschirm die Lösung erscheinen.

„Rahel sagte, sie wohnt erst seit etwas mehr als einer Woche in Berlin. Versuchen wir mal zusammenzutragen, was außer ihrem Wohnungswechsel Neues in ihr Leben getreten ist."

„Ihre Praktikumsstelle und damit eine verantwortungsvolle Aufgabe", schlug Daniel vor.

„Sie wurde einer Volontärin unterstellt", fügte Falk hinzu.

Duke steuerte ihren Namen bei: „Lisa Pfeffer."

„Die ägyptischen Artefakte sind auf dem Schwarzmarkt eine Menge Geld wert", sinnierte Daniel.

Falk richtete sich auf und begann, an den Fingern seine Fragen abzuzählen. „Hat diese Lisa etwas mitgehen lassen und nimmt womöglich an, Rahel weiß davon? Nun will sie ihr einen Schreck einjagen, damit sie den Mund hält? Plant Lisa einen Diebstahl, will deshalb allein arbeiten und hat nun ihr Ziel erreicht, indem sie Rahel vergrault hat?"

Falk und Daniel musterten sich gegenseitig, bis der Jüngere eine Handbewegung machte, als wolle er damit seine abwegigen Mutmaßungen beiseiteschieben, und einen neuen bedenkenswerten Punkt einbrachte: „Antonio ist auffällig unauffällig in ihr Leben getreten."

„Was sollte ein Cafébetreiber kurz vor dem Rentenalter von Rahel wollen?" Daniel runzelte die Stirn.

„Vielleicht ist er ein Stalker?" Falk zögerte und schüttelte dann den Kopf. „Nein. Das ist Blödsinn. Der Mann war ziemlich außer sich vor Sorge um Rahel."

„Er will das Apartment kaufen, das immerhin in einer exklusiven Lage in Berlin liegt, und hofft, es als gutmütiger Bekannter von Rahel – und nach ihrem schrecklichen Erlebnis wegen des Einbruchs –, günstig von Rahels Eltern zu erwerben?" Daniel sah Falk fragend an. Der gähnte herzhaft. Die Fahrt von Berlin nach Potsdam war entschieden zu kurz gewesen.

„Dann müsste er diese Aktion aber ausgesprochen kurzfristig geplant und einen Einbrecher aufgetan haben. Antonio konnte ja nicht im Voraus wissen, dass Rahel einzieht", nuschelte Falk.

„Wenn nichts von alledem zutrifft, hieße das, Rahel hat das Problem nach Berlin mitgebracht, und damit wären unsere Überlegungen hinfällig."

„Wir nehmen uns später anderer Theorien an. Jetzt machen wir erst mal hier weiter", schlug Falk vor.

Daniel stimmte ihm zu, stützte die Ellenbogen auf seine Oberschenkel und das kantige Kinn in seine kräftigen Hände. Das Rattern der Räder drang wieder in ihr Bewusstsein, ebenso die verhalten geführten Gespräche der Mitreisenden und die quäkende Stimme aus dem Lautsprecher, die den nächsten Halt ankündigte.

„Mir fällt nur noch eine Veränderung ein", sagte Falk schließlich in das Schweigen hinein.

„Und die wäre?" Daniel verharrte in der gebeugten Haltung, hob aber den Blick.

„Duke, der Ma …", Falk hüstelte, um die Sache mit dem Hund zu verschlucken, und fügte schnell hinzu: „…der Mann mit britischen, dänischen, brasilianischen und kubanischen Wurzeln."

„Vergiss die amerikanischen nicht", konterte Duke.

„Waren das dann alle deine *Abkömmlichkeiten*?", hakte Falk mit leicht genervtem Unterton nach. „Warum sagt *ihr* eigentlich nichts?"

„Was könnte ich euren Überlegungen noch hinzufügen? Ihr denkt konzentriert und logisch. Die Vermutungen, die zu weit hergeholt erscheinen, zerlegt ihr zielgerichtet, und dass ich irgendwann ins Spiel komme, war mir ohnehin klar."

„Nichts für ungut, Duke!", ging Daniel dazwischen.

„Schon okay", winkte Duke ab. „Es ist nun mal Tatsache, dass ich Rahel erst seit ein paar Tagen kenne. Leider …"

„Gibt es sonst noch etwas oder jemanden aus dem neuen Berliner Umfeld, den wir in unsere Überlegungen einbeziehen müssen?", trieb Daniel die Sache voran.

Wieder kehrte Schweigen ein. Daniel brach es nach einigen Minuten: „Widmen wir uns dem weiteren Umfeld. Was fällt uns dazu ein?"

„Auf jeden Fall Rahels Eltern. Sie stehen durchaus in der Öffentlichkeit." Falk wandte sich an Duke, der ihn offen ansah. „Rahel ist es bestimmt unangenehm, dass du jetzt erfährst, wer ihre Eltern sind. Es ist nur …" Falk unterbrach sich und warf Daniel einen hilflosen Blick zu.

„Herrlich, dich mal sprachlos zu erleben", kommentierte der, bevor er an Duke gewandt fortfuhr: „Hinter der Familie Höfling steht mächtig viel Geld. Es handelt sich um eine Erbschaft, verbunden mit einer Anzahl von Aufgaben, die die Mitglieder dieser Familie gelegentlich an die Öffentlichkeit zwingt. Rahel bevorzugt einen zurückgezogenen, eher einfachen Lebensstil, soweit ihr das überhaupt möglich ist. Sie ist nicht glücklich, wenn sie auf das Erbe ihrer Vorfahren reduziert wird."

„Ich verstehe." Duke senkte den Blick auf den Messerschnitt in seiner Jacke, den er Rahels Angreifer zu verdanken hatte.

Falk runzelte die Stirn. Ob Duke überlegte, dass eine Frau mit einem solchen Vermögen in der Hinterhand ihm hätte anbieten müssen, die Jacke zu ersetzen? Bestimmt hätte die höfliche, zart besaitete Rahel das auch getan, wenn ihr der Schnitt nur noch einmal aufgefallen wäre. Vermutlich versuchte sie aber, diesen Angriff aus ihrer Erinnerung zu verbannen.

„Rahel auf ein Familienvermögen zu reduzieren wäre, als beurteile man die Schönheit eines Schmetterlings nach seinem Kokon. Das, was Rahel ausmacht, ist das, was sie *ist*, nicht das, was sie vielleicht eines Tages besitzen wird."

Falk lag nach diesem blumigen Vergleich eine spöttische Antwort auf den Lippen, aber er schluckte sie hinunter. Duke mochte auf den ersten Blick ein Frauenschwarm sein, doch er hatte Verstand und Herz.

Der Zug fuhr in den Bahnhof ein. Falk erhob sich und streckte Duke seine Rechte entgegen. Es war ein Witz, dass er anbot, dem muskulösen Briten auf die Beine zu helfen, allerdings sollte seine Geste etwas anderes ausdrücken. Duke schlug ein und hievte sich aus dem Sitz. „Sehen wir zu, was wir für Rahel tun können, halbe Portion."

Kapitel 33

Die Türen des Rettungswagens knallten zu, der Sanitäter sprang auf den Beifahrersitz und schon raste der Kastenwagen mit Blaulicht und Signalhorn aus dem Hinterhof.

Dukes Rücken- und Armmuskulatur war verspannt. Er bewegte die

Schultern in kleinen Kreisen, um sie zu lockern. Von einer unguten Ahnung heimgesucht sah er zu, wie Falk mit einer Angestellten des italienischen Cafés sprach und anschließend zu ihm und Daniel zurückkehrte.

„Der alte Antonio wurde von zwei Typen zusammengeschlagen. Hier auf der Straße, während drinnen der normale Betrieb lief. Ein Gast hat versucht, ihm zu Hilfe zu eilen und ist ebenfalls verletzt worden, bevor die Schläger von ihrem Opfer abließen und flohen. Er ist bei der Polizei, um eine Zeugenaussage zu machen."

„Denkt ihr, was ich denke?", brummte Daniel.

„Schutzgelderpressung? Mafia?", fragte Falk, aber es war ihm anzuhören, dass er seinen Vorschlag nicht ernst meinte. Duke hatte den lustigen Kerl noch nie so grimmig dreinblicken sehen.

„Verdammt! Das war meine Schuld!", stieß Falk aus und trat mit dem Fuß gegen die Hausfassade. „Es war idiotisch, mich in dem Café zu verstecken und dieses blöde Gitter runterzulassen. Deutlicher konnte ich nicht zeigen, wer Rahel zugetan ist!"

„Das wussten die Typen doch ohnehin, immerhin hatte sich einer von ihnen schon bei dem Gastwirt nach Rahel erkundigt", schwächte Daniel ab, schloss die Eingangstür auf und zog Falk an der Jeansjacke hinter sich her in den Korridor.

„Außerdem hast du eine Schusswaffe bei dem Einbrecher vermutet. Wer würde sich da nicht in Sicherheit bringen wollen?", hörte Duke Daniel hinzufügen. Er folgte den beiden durch den Torbogen, lehnte sich an die Mauer und blickte mit zusammengekniffenen Augen in den Hof, der sich allmählich leerte. Ein kalter Wind pfiff durch die Hinterhöfe, trieb eine Plastiktüte, braune Blätter und einen verloren gegangenen weißen Luftballon vor sich her.

Falls der Angriff auf den alten Charmeur von gegenüber mit Rahel zu tun hatte, geriet die Sache bedenklich außer Kontrolle. Duke kramte sein Mobiltelefon hervor und wählte über die Kurzwahltaste Greens Nummer. „Jill Green", meldete sich der Officer ihrer Spezialeinheit aus Den Haag. „Was gibt es?"

Duke brachte die Frau auf den neuesten Stand und fragte dann: „Gibt es einen Hinweis darauf, dass …"

„Ich habe mich nach Ihrem letzten Anruf umgehört. Ihre Kollegen melden nichts Ungewöhnliches; jeder der potenziellen Verdächtigen ist da, wo er hingehört. Außer Miss Höfling, was aber in ihr Profil passt."

„Ihre Eltern?"

„Wir wussten, dass ihnen schlecht beizukommen ist. Sie reisen ständig durch die Weltgeschichte und China ist ein heißes Pflaster. Um sie zu überwachen, fehlen uns entschieden die Ressourcen, weshalb wir uns ja auf Miss Höfling und die Großmutter konzentrieren wollten."

„Miss Höfling können Sie von der Liste streichen, Ma'am."

„Ach, so schnell?" Green lachte spöttisch.

„Sie ist absolut nicht der Typ für-"

„Mag sein, aber wir versuchen, über sie an mehr Details über die Familie heranzukommen. Oder ist das graue Mäuschen so gar nicht *Ihr* Typ?"

Duke ballte die freie Hand zur Faust. Die Anspielungen der Endvierzigerin hatten ihm bereits bei ihrem vorangegangenen Zusammentreffen missfallen.

„Ah, ich verstehe, es ist vielmehr das Gegenteil. Sie sind an ihr interessiert, landen aber keinen Stich bei ihr. Und das, obwohl wir Sie eigens wegen Ihrer Anziehungskraft auf das weibliche Geschlecht ausgesucht haben. Schmerzt das Ihr Ego?"

„Konzentrieren wir uns einfach auf die Sache, okay, Ma'am?" Duke wusste, dass die Frau auf diese Bemerkung gekränkt reagieren würde.

Prompt kehrte sie ihren Vorgesetztenstatus heraus. „Sie bleiben an ihr dran!"

„Dann schalten Sie wenigstens den Kontaktmann zum MI5 ein. Er soll mal seine Fühler ausstrecken …"

„Rahel ist keine britische Staatsbürgerin."

„Ihrer Großmutter schon. Und wie Sie vorhin so treffend erwähnten: Es geht um die ganze Familie."

„Na gut, wir wollen ja Erfolge sehen. Und das, was da in Deutschland passiert, klingt vielversprechend. Offenbar haben wir in ein Wespennest gestochen. Wir sind hoffentlich bald in der Lage, dieses auszuräuchern, damit die Ägypter endlich Ruhe geben und wir uns wieder auf andere Aufgaben konzentrieren können."

„Ich kann also mit Unterstützung rechnen?"

„Alles, was Sie wollen, Sunnyboy. Hauptsache, Sie liefern Ergebnisse."

„Es wäre sinnvoll, zumindest einen Teil meiner Tarnung aufzugeben."

„Keine Chance. Wir hatten im Vorfeld klare Richtlinien festgelegt."

„Auch auf die Gefahr hin, dass noch mehr Menschen zu Schaden kommen?"

„Solange Sie nicht wissen, wem Sie trauen können, bleibt es bei der Abmachung."

„Ich weiß, wem ich trauen kann."

„Miss Höfling etwa? Lass Sie sich nicht von ihrem harmlosen Äußeren täuschen! Sie ist intelligent und strebsam, verfügt bereits ohne Studium über einen fundierten Wissensschatz, dazu über einflussreiche Kontakte. Zudem hat sie finanzielle Möglichkeiten, die ihr weit mehr Spielraum erlauben, als uns lieb sein kann."

Duke schwieg. Es war nicht nötig, Green zu erklären, dass er Rahel für völlig unwissend hielt, was den Grund ihrer Ermittlungen anbelangte. Sie würde ihm ohnehin keinen Glauben schenken. Er freute sich schon jetzt auf den Tag, an dem die Sondereinheit aufgelöst wurde und Green endlich wieder aus seinem Leben verschwand. Bis dahin musste er an sie berichten. Doch in welcher Dosis er das tat, blieb immer noch ihm vorbehalten …

Als könne sie seine Gedanken lesen, sagte Green: „Unterstehen Sie sich, auf eigene Faust zu arbeiten. Ich kenne Ihren Ruf. Glauben Sie mir, Sie waren nicht meine erste Wahl, aber Ihre Vorzüge haben die Leute vom Auswärtigen Amt überzeugt."

„Danke für Ihr Vertrauen in mich", brummte Duke. Er spielte mit dem Gedanken, die ganze Sache hinzuwerfen und in sein altes Leben zurückzukehren. Wenn da nicht Rahel gewesen wäre …

„Seien Sie nicht zimperlich. Immerhin tut sich bei Ihnen etwas. Die anderen im Team melden ständig nur, dass alles ruhig ist, was so viel heißt wie: ‚Wir kommen nicht an die Verdächtigen ran.'"

Duke wollte sich die Kollegenschelte nicht länger anhören, bedankte sich knapp, obwohl es im Grunde nichts gab, für das es sich zu bedanken gab, und drückte seine Vorgesetzte weg. Er ließ nochmals den Blick durch den Hof schweifen, ehe er in den Flur trat, die Tür hinter sich zuzog und die Wendeltreppe hinaufhastete.

Das Türschloss an Rahels Apartment war ausgetauscht worden. Daniel hatte bei dem Mieter unterhalb ihrer Wohnung den Schlüssel geholt und stand nun mit Falk vor der Fensterfront. Grübelnd sahen die beiden in den sonnigen, aber kalten Tag hinaus.

„Ich will bei Emma keine Pferde scheu machen, bevor wir nicht wissen, ob diese Sache mit Antonio und Rahels Schwierigkeiten im Zusammenhang miteinander stehen", überlegte Daniel gerade laut.

Duke ahnte den Zwiespalt, in dem der Mann steckte. Einerseits war es wichtig, Emma und Rahel zur Wachsamkeit anzuhalten, andererseits hatte Emma trotz ihrer Sorge um Rahel erbost darauf reagiert, dass ihr Mann sich freiwillig in etwas hineinziehen ließ, dass sie als „schweren Fall eines Abenteurersyndroms" bezeichnet hatte.

„Nur, wie kommen wir an diese Information heran?", fügte Daniel hinzu.

Duke wandte sich der Küchenzeile zu und füllte den Wasserkocher. Für ihn war es ein Leichtes, an die gewünschten Informationen zu gelangen, aber Greens Anweisungen waren deutlich: Er hatte seine Tarnung aufrechtzuerhalten. Mit grimmigem Blick zog er die Besteckschublade auf. Galt es für ihn, zwischen seinem Auftrag und seiner Sorge um Rahel abzuwägen?

„Ich könnte mich im Krankenhaus als Antonios Neffe ausgeben ...", schlug Falk vor. Duke verdrehte die Augen.

„Oder du gibst dich bei der Polizei als Rahels Vater aus, der aus China anruft und wissen will, ob die Schlägerei etwas mit dem Einbruch in deine Dachwohnung zu tun hat", lautete Falks nächster Vorschlag.

„Und wie sollte ich als Rahels Vater in China davon erfahren haben?"

„Na, durch Dr. Ritter, denn der sieht gerade in deinem Apartment nach dem Rechten."

Duke gab getrocknete Teeblätter in eine Kanne und schüttelte innerlich den Kopf. „Vergiss nicht, deine Telefonnummer zu unterdrücken."

„Als ob das wirklich hilft, falls die darauf aus sind festzustellen, woher der Anruf kommt."

Duke drehte sich um. Daniel hielt sich tatsächlich das Telefon ans Ohr und legte mit einem Blick in seine Richtung den Zeigefinger an die Lippen. Minuten später bedankte er sich bei der freundlichen Beamtin und warf das Mobiltelefon auf die Couch.

Duke hörte hinter seinem Rücken das Wasser sprudeln und gleich darauf das Klacken, als der Kocher sich ausschaltete. Im Moment interessierte ihn jedoch vielmehr die Frage, ob es in England ebenso einfach war, sich Informationen von einer Behörde zu erschleichen. Offenbar musste man lediglich dreist genug sein! Oder verzweifelt genug? Immerhin hatte er mit dem Gedanken gespielt, seine Tarnung auffliegen zu lassen, nur um Rahel besser beschützen zu können – vor was oder wem auch immer!

„Details hat sie mir keine anvertraut. Der Zeuge war ziemlich unbrauchbar, was eine Personenbeschreibung der Angreifer betraf. Allerdings sagte sie, dass Antonio in seinem Dämmerzustand beteuert habe, er hätte nicht verraten, wohin die Signorina gegangen sei."

„Er wusste es nicht." Falk rieb sich den Nacken und verschwand im Gästebad, wo er lange Zeit blieb. Vielleicht wollte er allein sein und sein Gefühlsleben sortieren, denn er fühlte sich nicht ganz unschuldig an dem, was dem alten Italiener zugestoßen war.

Während Duke den Tee aufgoss, quälte er sich erneut mit der Frage, ob er seinen Verdacht, jemand könne illegale ägyptische Artefakte bei Rahel vermuten, einbringen musste. Jedoch war er bei seinen Nachforschungen nicht auf Daniel und Falk angewiesen. Vermutlich würden sie ihm vielmehr in die Quere kommen. Das Einzige, was ihm an der Geschichte missfiel, war die Tatsache, dass Falk und Daniel sich ebenfalls Sorgen um Rahel machten und es nicht fair war, sie in der Luft hängen zu lassen.

„Ich muss Emma anrufen", sagte Daniel, nahm im Vorbeigehen sein Smartphone von der Couch und verschwand im Schlafzimmer. Sorgfältig schloss er die Tür hinter sich.

Duke stellte drei Gläser auf den bunten Glastisch, den Tee dazu, und ließ sich schwer in einen Sessel fallen. Unbehaglich fuhr er sich mit beiden Händen durch die kurzen Haare. Die Zwickmühle, in der er sich befand, begann sich zu drehen und drohte ihn zu zermalmen. Wie sollte er je wieder aus dem Radius der Mühlsteine herauskommen, ohne Rahel und ihre Freunde unsanft vor den Kopf zu stoßen?

Er war so tief in Gedanken versunken, dass er hochschnellte, als Falk lautstark die Badtür zudonnerte, zu seinem in einer Ecke stehenden Trolley lief und ein ultramodernes Notebook hervorkramte.

„Ich bringe mal was über Lisa Pfeffer in Erfahrung."

Duke wartete, bis Falk das Gerät hochgefahren hatte, erhob sich und stellte sich hinter die Couch, damit er ihm über die Schulter blicken konnte. Falks Finger jagten über die Tastatur, wechselten von einem Eingabefeld ins nächste. Duke musste einerseits bewundernd, andererseits beunruhigt feststellen, dass Falk die digitale Welt wie ein Profi beherrschte.

„Mal sehen", begann Falk und ratterte dann Informationen herunter, wobei er noch immer zwischen verschiedenen Fenstern hin und her sprang.

„Lisas Noten am Gymnasium waren nur mittelmäßig, ihre Leistungen im Studium eher unterirdisch. Allerdings muss sie kurz vor den Abschlussprüfungen in einen wahren Lernrausch verfallen sein. Ihre Abschlüsse sind super." Falk nickte voll Hochachtung dem Bildschirm zu. „Sie lebt, zumindest laut Facebook, nicht in einer Beziehung, trinkt gern mal einen zu viel und weiß offensichtlich nicht, wie negativ diese Informationen sich auf zukünftige Arbeitgeber auswirken können, zumal sie ihre unvorteilhaften Saufgelagebilder nicht einmal durch entsprechende Privatsphäreeinstellungen unter Verschluss hält." Falk wandte den Kopf und grinste Duke an.

„Offenbar war es ihr vor ein paar Tagen ein Bedürfnis, der Welt mitzuteilen, dass sie von einem absolut umwerfend aussehenden Briten eine rüde Abfuhr bekommen hat. Sie wünscht diesem, dass die Corgis der Queen über ihn herfallen."

„Ich war nicht rüde, nur deutlich. Schließlich will ich nicht alles dreimal erklären müssen", knurrte Duke.

„Die Kommentare ihrer Saufschwestern ersparen wir uns lieber."

„Du bist ein wahrer Freund!" Duke sah Falk weiterhin über die Schulter und freute sich, dass dieser wieder hellwach war und offenbar an dem elektronischen Gerät zur Bestform auflief. Wenn Falk weitersuchte, würde er Duke aus seiner Misere retten. Zumindest aus einer von vielen!

„Frau Pfeffer hat zwei scharfe Tattoos."

„Fakten, Falk, keine Albernheiten."

„Warte! Frau Pfeffer hat sich mehrere Wochen lang in Ägypten aufgehalten. Zur gleichen Zeit wie Rahel! Das könnte doch was sein …" Er klickte weiter, überflog eine Abhandlung über eine Ausgrabung und schüttelte dann den Kopf. „Fehlanzeige. Pfefferlein war viel weiter südlich als Rahel. Während Rahel in Kairo an- und abgereist ist, ist sie über Hurghada geflogen. He, sie hat in den letzten drei Wochen zwei gesalzene Strafzettel kassiert. Die Frau Pfeffer fährt offenbar mit Pfeffer."

„Du hast dich jetzt aber nicht bei der Polizei oder einer anderen Behörde eingehackt?", fragte Duke entsetzt.

„Ich kann mich beherrschen!", rügte Falk, sein Tonfall verriet jedoch etwas anderes.

„Du hast Einsicht in ihre Onlinekontodaten?"

„Hör mal, ist der Tee nur zum Anschauen da oder kannst du mir ein Glas davon geben? Riecht irgendwie lecker."

Duke verstand den verstecken Hinweis und verließ seinen Beobachtungsposten. Vielleicht war es wirklich besser, wenn er nicht mitbekam, auf welche sensiblen Daten der Kerl zugriff.

Minuten später schob Falk das Gerät von sich und lehnte sich mit im Nacken verschränkten Händen zurück. „Ich finde nichts, was darauf schließen ließe, dass Lisa in illegale Machenschaften verstrickt ist."

„Was könnte einen Menschen mit krimineller Energie an Rahel oder ihrer Familie interessieren?", versuchte Duke, das Thema aus der anderen Richtung anzupacken.

„Geld?"

„Eine Lösegeldnummer sieht aber anders aus."

„Du machst mir Angst!" Falk fuhr hoch, stieß dabei gegen den Couchtisch und verhinderte nur durch reaktionsschnelles Zupacken, dass sein Notebook herunterfiel.

„Rahels Familie ist seit Generationen archäologisch interessiert. Ihre Großmutter und ihre Eltern finanzieren viele Projekte in Peru, Mexiko und in Ägypten. Von Ausgrabungen über Ausstellungen bis zu Stipendien für Studenten", wusste Falk. „Deshalb sind sie auch immer wieder in den Medien oder bei den Spendengalas der Reichen und Schönen präsent, wenngleich Rahel diesen Rummel meidet."

Duke nickte Falk zu. „Vielleicht ist das ein Ansatzpunkt? Gab es etwas in den vergangenen Monaten, was das Interesse irgendwelcher Neider, Diebe oder sonstiger Halunken auf die Familie oder speziell auf Rahel hätte lenken können?"

„Rahels Eltern hielten sich einige Monate in Dubai auf, jetzt sind sie auf dem Weg nach China ... die Großmutter lebt bei London, soweit ich weiß." Angespitzt wie ein frischer Bleistift griff Falk erneut nach seinem Notebook und geraume Zeit ertönte nur das Klappern der Tastatur.

Duke warf einen besorgten Blick auf die geschlossene Schlafzimmertür. Die Geschehnisse hatten wohl nicht eben angenehme Auswirkungen auf die Beziehung der Ritters.

Da ihm klar war, worüber Falk bei seiner Recherche zweifellos bald stolpern würde, lehnte Duke sich zurück. Als er an Rahels Lieblingstee nippte, wanderten seine Gedanken unwillkürlich zu ihr. Er spürte einen eigentümlichen Schmerz in seiner Brust, den er als Sorge interpretierte, allerdings auch als eine Art Leere, da Rahel nicht hier war. Er hörte sie gern lachen, er mochte es, wie sie mit beiden Händen ihr langes, blondes Haar auf den Rücken warf, während sie mit funkelnden Augen erzählte. Und die tiefen Freundschaften, die sie zu Falk, Emma und Daniel pflegte, sprachen ebenfalls für sie. Duke nahm einen zweiten Schluck. Er war unzweifelhaft dabei, sich in Rahel zu verlieben. Das war absolut unprofessionell, doch er konnte sich gegen dieses starke Gefühl nicht zur Wehr setzen. Jahrelang hatte er jedes weibliche Wesen auf Distanz gehalten. Unter der Trennung von Pauline hatte er genug gelitten, um sich niemals wieder auf eine Beziehung mit einer Frau einlassen zu wollen, die von Anfang an die Initiative ergriffen hatte.

Rahel tat das nicht. Vielmehr hielt sie ihn auf Abstand. Und genau das war es, was ihm an ihr so gefiel. Sie war anders. Besonders. Ein Schmetterling mit sanften Farben zwischen Artgenossinnen mit um Aufmerksamkeit buhlendem Flügelschlag. Wussten diese Frauen nicht, wie unattraktiv es war, wenn sie sich zu einfach einfangen ließen? „Das ist ja interessant …"

Duke rührte sich nicht, ahnte er doch, was Falk gefunden hatte. Womöglich hatte der Artikel, den Falk im Moment las, nicht nur den letzten Ausschlag dafür gegeben, dass man Duke nach Deutschland geschickt hatte. Er konnte ebenso das Interesse irgendwelcher zwielichtiger Gestalten geweckt haben.

Falk sprang auf und klopfte an die Schlafzimmertür. „Ich weiß, Danny, du hast Emma früher schon stundenlang am Telefon festgehalten, aber ich habe da was entdeckt!"

Daniel gesellte sich zu ihnen und Falk legte sofort los: „Ich bin über einen Bericht in einer historischen Fachzeitschrift gestolpert. Keine Angst, ich hab mir nicht wehgetan! In ihm wird berichtet, dass Mary Nowak, Rahels Großmutter, vor einigen Wochen ein neues Projekt ins Leben gerufen hat. Das ist alles noch nicht so interessant. Spannend wird es da, wo das Magazin auf Mrs Nowaks Familiengeschichte eingeht. Der Verfasser schreibt über Rahels Ururgroßmutter, Sarah Sattler, die als Krankenschwester ihre adelige Ziehmutter Lady Alison Clifford nach Ägypten begleitet hat und bei den Ausgrabung von Tutanchamuns Grabanlage und später auch bei der Grabkammereröffnung dabei war."

„Das wissen wir doch alles", warf Daniel ein.

„Ich weiß nicht wirklich viel darüber, aber das lässt sich ja ändern", sagte Falk und wandte sich wieder dem Bildschirm zu. „Der Journalist berichtet, dass nach dem Tod der adeligen Lady die Hälfte des Vermögens an Sarah Sattler ging. Daher stammt also das Erbe. So, und dann folgt eine Aufzählung von Lebensdaten, Ausgrabungen und Projekten, die die Familie im Laufe der Generationen ins Leben gerufen oder gefördert hat. Mit zwei Sätzen wird Rahel erwähnt. Hier steht, sie trete in die Fußstapfen ihrer Ahnin und halte sich derzeit in Ägypten auf, zudem plane sie ein Ägyptologiestudium."

„Na ja, da wird sie wohl nicht die Einzige sein." Daniel lehnte sich zurück und drehte sein Mobiltelefon im Kreis herum.

„Der Artikel endet mit der Vermutung, Howard Carter und Lord Carnarvon hätten damals womöglich unerlaubt Artefakte aus dem Grab entwendet und an Freunde verschenkt. Es wird infrage gestellt, ob Carter wirklich mit der Eröffnung des Grabes gewartet hat, bis der Lord und die Inspektoren des Antikendienstes eingetroffen waren, um die Öffnung zu überwachen. Vielmehr vermutet der Schreiber, dass es Carter war, der die Siegel zerbrochen, die Mörtelwände beschädigt und sich vorab bedient hat."

„Das ist starker Tobak!", murmelte der Historiker und rieb sich über die Stirn.

„Darunter ist ein Foto von Mrs Nowak abgebildet. Die Bronzebrosche an ihrer Bluse hat die Form eines Skarabäus und gehörte laut Bildunterschrift zum Erbe. Sie wird in einem zweiten Bild vergrößert dargestellt, und diesem ist die Frage beigefügt, ob vielleicht auch das abgebildete Schmuckstück einst in Tutanchamuns Grab gelegen habe."

Daniel runzelte die Stirn. „Der Schreiberling wirft Rahels Familie also quasi Grabräuberei vor? Diebstahl, Betrug?"

Duke fand es an der Zeit, sich einzubringen. „In den vergangenen Jahren sind immer wieder Artefakte aufgetaucht. Anhand der darauf eingearbeiteten Kartuschen konnte belegt werden, dass sie aus Tutanchamuns Grab stammen, was natürlich einige Fragen aufwirft."

„Kartuschen?" Falk sah ihn fragend an.

„Stell dir die Form einer Spielkarte mit ihren abgerundeten Ecken vor. Darin eingraviert sind die Zeichen für den Thronnamen des Pharao. Es ist wie ein Stempel, der auf allen Gegenständen und Grabbeigaben der Pharaonen angefügt wurde. Die Tempel, Statuen und Prachtbauten in Ägypten, einfach alles, was du dir denken kannst, sind mit diesen Namenstäfelchen signiert. Die Kartusche Tutanchamuns beinhaltet neben einem Kreis den Skarabäus, drei horizontale Striche und einen Halbkreis. Der Skarabäus verkörperte das Sinnbild für Leben, da die Ägypter annahmen, er entstehe aus sich selbst."

„Und es sind Artefakte aus dem Pharaonengrab im Umlauf, obwohl damals nach dem Tod des Lords und Carters Streitereien mit der Altertümerverwaltung jedes Teil aus dem Grab in Ägypten bleiben sollte?", hakte Daniel nach.

Duke bejahte und wartete darauf, dass einer der beiden die entsprechende Schlussfolgerung zog.

Falk war der Schnellere. Mit einer Mischung aus Staunen und Faszination fragte er: „Könnte jemand diesen Artikel gelesen haben und jetzt annehmen, Rahels Familie befinde sich im Besitz unbezahlbarer Kostbarkeiten aus dem Tutanchamun-Grabschatz?"

Kapitel 34

Rahel drehte sich in dem Gästebett auf die andere Seite und betrachtete die durch das Fenster auf die Wand fallenden Schatten. Ein kräftiger Wind bewegte die Zweige der Bäume und sein Brausen erfüllte die Luft.

Sie hatte in den letzten Jahren häufig in diesem Zimmer geschlafen, doch in dieser Nacht war irgendetwas anders. Ihr war, als drücke eine Hand schwer auf ihre Brust und erschwere ihr das Atmen. War es die unterschwellige Angst, die sie empfand? Der Kummer darüber, dass Emma und Daniel eine hitzige Diskussion am Telefon geführt hatten – und das ihretwegen? Oder das vage Gefühl einer drohenden Gefahr, ähnlich wie vor vier Jahren, als sie um ihr Leben und das ihrer Freunde hatte fürchten müssen?

Das Telefonat mit ihren Eltern war nicht gerade angenehm verlaufen. Sie wussten um die Vorkommnisse in ihrer Vergangenheit und wie damals hielten sie sich auch jetzt weit entfernt auf. Es war Rahel mit viel Zureden gelungen, ihre Mutter davon zu überzeugen, dass sie nicht alles in China stehen und liegen ließen und sofort nach Deutschland reisten.

Ein dumpfer Knall gegen die Hauswand schreckte Rahel auf. Was war das gewesen? Ein Ast, vom Sturm losgerissen und an die Fassade geschleudert? Oder doch etwas anderes? War jemand dort draußen, der ihr Böses wollte?

Rahel zwang sich, ihrer überaktiven Fantasie nicht zu viel Raum zuzugestehen. Sie versuchte, ruhig zu atmen. Außer Falk, Daniel, Emma und Duke wusste keine Menschenseele, wo sie sich aufhielt.

Duke ... Rahels Herzschlag beschleunigte sich erneut. Duke hatte seine dunklen Augen während der Zugfahrt kaum von ihr genommen. Sein Blick hatte zum einen Besorgnis ausgedrückt, aber auch etwas, das sie nicht richtig fassen konnte. Selbst bei seinem Abschied hatte er den Eindruck erweckt, als lasse er sie nur ungern zurück. Er wollte sie beschützen. Rahel hätte zwar auf die Bedrohung verzichten können, aber der Gedanke an sich gefiel ihr.

Plötzlich bellte der Hund auf dem Nachbargrundstück wütend los. Rahel setzte sich ruckartig auf. Ihre Furcht war zurück. Der Wachhund war darauf abgerichtet, auf Eindringlinge loszugehen! Was ging dort draußen vor sich?

In diesem Moment schrillte im Flur eine Alarmglocke los. Das Klingeln schwoll an und ab, als wolle es Rahel zur Flucht antreiben.

Hitzewellen jagten durch ihren Körper. Sie wechselten sich mit Kälteschauern ab, als schütte jemand einen Eimer Eiswasser über sie. Ihr Pyjama klebte schweißnass an ihr.
Die Zimmertür flog auf. Rahel stieß einen Schrei aus.

***

Die Männer in Rahels Apartment schwiegen. Falk hatte herausgefunden, dass der Artikel in mehreren Fachjournalen und auf diversen Internetplattformen in sieben verschiedenen Sprachen und in noch mehr Ländern erschienen war.

Daniel vertrat die Ansicht, dass Rahel eher zufällig in die Sache hineingeraten war, da sie ausgerechnet jetzt in Berlin weilte, allerdings war von Einbrüchen in andere Immobilien der Höflings nichts bekannt. Falk vermutete mehr dahinter, konnte dieses Mehr jedoch nicht definieren. Duke hüllte sich wieder in Schweigen. Bei dem Gedanken, dass er die anderen über seine Identität und seinen Auftrag im Dunkeln lassen musste, fühlte er sich zunehmend unbehaglich; andererseits wusste er: Die Angriffe auf Rahel hatten nicht unmittelbar mit seiner Anwesenheit zu tun. Aber vermutlich war der Hintergrund derselbe, nämlich der Verdacht, Rahels Familie könne Gegenstände aus Tutanchamuns Grab besitzen.

Duke war froh, dass Green ihn in Zusammenarbeit mit dem BKA nach Deutschland geschickt hatte. Er hatte wesentlich bessere Möglichkeiten, Rahel zu beschützen, als das Ehepaar Ritter und Falk. Allerdings – und das beunruhigte ihn zunehmend mehr – war er momentan nicht einmal in ihrer Nähe. War Rahel bei Emma wirklich sicher?

Unterdessen war die Nacht hereingebrochen. Die einzigen Lichtquellen waren die Fassadenbeleuchtungen und der Bildschirm des Notebooks, auf das Falk noch immer einhämmerte, als wolle er die Zeit austricksen.

Duke erhob sich, warf einen Blick auf den dösenden Daniel und trat an die Fensterfront. Der hübsch gestaltete Innenhof wirkte friedlich, ganz anders, als es in seinem Kopf aussah. Daniel hatte nochmals betont, dass sie vielleicht nur irgendwelche Pferde scheu machten und alles lediglich eine Verkettung unglücklicher Umstände war. Worte, mit denen er versucht hatte, seine Frau zu besänftigen, doch Duke konnte ihm nicht beipflichten. Aber weshalb ging er von Schlimmerem aus? Weil er in seinem Job mittlerweile zu viel gesehen hatte und wusste, was Menschen einander anzutun bereit waren?

„Laut diesem Artikel ist es wohl Tatsache, dass im Laufe der letzten hundert Jahre immer wieder mal ein Schmuckstück, eine Statue oder ein anderes Relikt in den USA, in England, Frankreich, Italien und auch in Ägypten aufgetaucht ist, das zweifellos aus dem Grab Tutanchamuns stammt. Das lässt so manchen an der offiziellen Version des Berichts von Carter und Lord Carnavon über die Vorgänge im Tal der Könige zweifeln", erklärte Falk halblaut.

„Den ägyptischen Behörden gefällt das natürlich nicht", sagte Duke, ohne den Blick vom Innenhof abzuwenden. „Ursprünglich war vorgesehen, den Inhalt des Grabes zwischen Lord Carnarvon und dem Land Ägypten aufzuteilen. Doch die ägyptische Regierung erhob im Februar 1924 massive Einwände gegen Carters Vorgehensweise, hauptsächlich, weil sie die Frauen der Archäologen und Mitarbeiter Carters nicht vor Ort haben wollten. Carter stand zu dieser Zeit unter enormem Druck und war wohl ohnehin kein Mann mit sensiblem Feingefühl. Er akzeptierte die Entscheidung nicht. Daraufhin entzog Ägypten Lady Almina Herbert, der Ehefrau und Erbin des Lords, die Grabungskonzession. Die neue Lizenz galt nur noch für ein Jahr und enthielt einige wesentliche Änderungen. Unter anderem degradierte man Carter zu einem Aufseher ohne Funktion. Er bekam fünf ägyptische Aufpasser an die Seite gestellt. Die Regierung behielt sich vor, Besuchsgenehmigungen für das Grab zu vergeben, die ursprünglich vereinbarte Teilung des Grabschatzes war hinfällig. Alle Grabgegenstände blieben damit Eigentum des ägyptischen Volks. Die Familie des Lords erhielt einen finanziellen Ausgleich für die Grabungsunkosten, Carter gestand man ein Viertel der Summe zu."

„Wenn Ägypten damals darauf bestand, dass der Inhalt des Grabes dem Land gehörte, ist es verwunderlich, dass man Teile davon in der ganzen Welt finden kann", resümierte Falk.

„Es kursiert die Vermutung, Carnarvon habe seinen Freunden Andenken mitgegeben. Carter und er gerieten auch in Streit, da Carnarvon Unmengen von Schaulustigen durch das Grab schleuste. Der Ausgrabungsleiter befürchtete, dass diese dabei einen nicht wiedergutzumachenden Schaden anrichten. Zudem hasste er den Rummel. Er wollte in Ruhe arbeiten. Allerdings fand sich auch in Carters Erbe eine bescheidene Anzahl von Stücken aus dem Grab des Pharao. Ob Carter sie mitgenommen hat oder ob sie aus der Sammlung Carnarvons stammten, ist unklar."

„Was ist mit ihnen passiert?", fragte Daniel interessiert und richtete sich auf.

„Die Erbin, eine Nichte von Carter, und die Nachlassverwalter beschlossen, sie dem *Cairo Museum* in Ägypten zurückzugeben. Doch der Zweite Weltkrieg kam ihnen dazwischen. Erst im Oktober 1946 gingen die Gegenstände per Flugzeug nach Ägypten zurück."

Duke verließ seinen Beobachtungsposten am Fenster und griff nach seiner Lederjacke. Damit war alles gesagt, was Daniel und Falk wissen mussten. „Ich habe morgen früh eine Führung im Museum."

„Es ist ziemlich spät …" Falk wirkte unkonzentriert, sein Blick ging ins Leere.

Ob er weitere Szenarien durchspielte und sich dabei Sorgen um Rahel machte? Duke war froh, dass Rahel auf ihre Freunde zählen konnte. Wer wusste schon, was er in den kommenden Tagen oder Wochen herausfinden würde; ob er nicht bald gezwungen war, die Familie Höfling ans Messer zu liefern. Spätestens dann wäre es wohl mit den Sympathien vorbei, die ihm Rahel und ihre Freunde entgegenbrachten … doch er wollte einfach nicht glauben, dass Rahels Familie illegal Wertgegenstände zurückhielt, auf die Ägypten einen Anspruch hatte. Green und die anderen, die diesen Verdacht hegten, mussten sich getäuscht haben!

Duke griff nach der Türklinke.

„Warte mal!" Falk hatte den Kopf gehoben. Sein Gesicht, von der Außenbeleuchtung blau beschienen, wirkte bestürzt, als er den Briten taxierte.

„Rahels Urgroßmutter Sarah Sattler und diese Lady Alison Clifford waren mit Lord Carnarvon gut bekannt und wohnten sowohl der Entdeckung der Grabanlage als auch der Eröffnung bei …" Falk ließ sich zurück ins Polster fallen und rieb sich müde die Augen. „Womöglich müssen wir davon ausgehen, dass es in einer der Wohnungen oder Büros der Familie Gegenstände aus dem Grab gibt!"

Duke nickte lediglich, schloss leise die Tür hinter sich und lehnte sich mit dem Rücken an das massive Holz. Falk hatte ihm einen empfindlichen Schwinger in die Magengrube versetzt. Wenn sogar ihn ein derartiger Verdacht umtrieb …

***

„Zieh dich an, Rahel!", befahl Emma, bückte sich und hob den Trolley, den Rahel erst wenige Stunden zuvor ausgepackt hatte, auf den Tisch.

„Was ist passiert?" Rahels Stimme war nicht mehr als ein heiseres Flüstern. Sie zitterte in der kühlen Nachtluft.

„Jemand ist über das Nachbargrundstück auf unseres gelangt und hat versucht, die Garage aufzubrechen."

„Ist das eure Alarmanlage?"

„Ja, Daniel hat gelegentlich wertvolle alte Papiere zu Hause herumliegen, ganz abgesehen von den Prüfungsfragen für die Abschluss-Semester."

Emma packte gewohnt zielstrebig und organisiert die Kleidung ihres Gastes ein, brachte es aber trotz der Aufregung und des Lärms durch die Alarmanlage fertig, einen kleinen, sarkastischen Witz einzustreuen. Die Lage konnte demnach nicht zu gefährlich sein.

Im Flur klingelte das Telefon. Emma warf Rahel Unterwäsche und eine Jeans zu.

„Das ist die Polizei. Ein Einsatzwagen ist in einigen Augenblicken da, dennoch rufen die aus der Zentrale immer noch an."

„Der Einbrecher ist doch bestimmt längst fort."

„Gut so. Wir wollen ihn ja nicht in der Nähe haben!", kommentierte Emma, ehe sie die Alarmanlage ausschaltete und dann ans Telefon eilte.

Rahel war dankbar für Emmas zupackende Art. Sie wusch sich flüchtig, schlüpfte in ihre Kleidung und trug den Trolley hinunter in den Flur. Dort traf sie auf Emma, die Kleidungsstücke in einen großen Wanderrucksack stopfte und dann in der Küche ein paar Stecker zog. Danach trat sie zu ihr an die Garderobe und sie schlüpften in ihre Mäntel. Auf das Läuten an der Gartenpforte hin drückte Emma den Summer und ließ einen Polizisten herein, während ein anderer auf das Nachbargrundstück zuging. Zwei weitere verteilten sich im Garten.

„Alles in Ordnung, Frau Ritter?"

„Nichts ist in Ordnung, wenn mein Mann Indiana Jones spielt."

„Daniel ist nicht da?"

„Berlin."

Der Beamte zeigte auf den Trolley und den Rucksack und fragte: „Sie wollen zu ihm?"

„Möglichst ungesehen und nicht mit unserem Auto."

„Ich fahre Sie und die junge Dame zum Bahnhof und gebe in der Zentrale Bescheid, dass das Haus ab jetzt leer steht."

„Danke!"

Der Mann mittleren Alters lächelte Rahel an und nahm sowohl den Trolley als auch den Rucksack. Emma verschloss sorgfältig die Tür. Kurz darauf saßen sie und Rahel im Fond des Polizeiwagens.

„Woran arbeitet Daniel gerade?", erkundigte sich der Polizist.

„Daran, mich wütend zu machen."

Der Uniformierte lachte und lenkte den Wagen durch die nächtlichen Straßen von Potsdam zum Bahnhof. Er reichte ihnen das Gepäck aus dem Kofferraum und versprach, ein wachsames Auge auf das Haus zu haben.

Emma dankte ihm freundlich und marschierte Rahel voraus, allerdings nicht ins Bahnhofsgebäude, sondern zum Taxistand. Wenig später verließen sie Potsdam in Richtung Hauptstadt.

Rahel versuchte, ihre ineinander verkrampften Hände zu lockern, was ihr kaum gelang. Alles war so rasend schnell gegangen. Stand dieser Beinahe-Einbruch schon wieder mit ihr in Zusammenhang? Sie hatte angenommen, dass niemand wusste, wo sie sich aufhielt.

„Rahel, geht es dir gut?" Emma lehnte sich mit der Schulter leicht an die ihre, während das Taxi auf die A115 fuhr.

„Ich bin ziemlich geschockt und verstehe nicht, was da gerade passiert."

„Daniel, Falk und dieser Duke finden bestimmt heraus, was dahintersteckt."

„Du und Daniel, ihr habt euch deswegen gestritten."

„Nein, wir haben lediglich temperamentvoll diskutiert. Wie könnte ich dagegen sein, dass er für dich eintritt?"

„Bist du sicher?"

„Bestimmt, Rahel. Das, was da im Augenblick geschieht, muss aufhören!"

Rahel bettete ihren Kopf an Emmas Schulter. „Der Polizist kannte Daniel."

„Wer kennt Daniel nicht", seufzte Emma, fügte aber hinzu: „Wobei die Tatsache, dass Daniel mit so gut wie jedem bekannt ist, auch ihre Vorteile hat, wie wir soeben erleben durften."

Rahel nickte. Ihre Anspannung ließ nach, je weiter sie sich von Potsdam entfernten.

„Was weißt du eigentlich über Duke, außer dass seine Vorfahren ihre eigenen Landsleute nicht leiden konnten und sich die Ehepartner deshalb ständig in einem anderen Land suchen mussten?"

Rahel kicherte leise. „Er hat mir erzählt, dass er derzeit eine Auszeit von seinem Job nimmt, ehe er zu einer Weiterbildung muss …" Rahel verstummte und gestand: „Ich weiß nicht wirklich viel über ihn."

„Das ist ein Problem."

„Ich könnte Falk bitten …"

„Rahel!"

„Na gut. Ich werde Falk nicht bitten, im Internet über Duke zu recherchieren. Ich unterhalte mich mit Duke, lerne ihn besser kennen und gebe mir Mühe, mich nicht in ihn zu verlieben."

„Das klingt, als würde es nicht einfach werden."

„Du sprichst ja wohl aus Erfahrung." Rahel lächelte in die Dunkelheit hinein. Emmas und Daniels Kennenlernen war mehr als turbulent verlaufen.

„Gefühle sind wichtig und toll, Rahel. Aber wenn sie die Vernunft und die eigenen Überzeugungen niederschreien, wird ihnen entschieden zu viel Gehör geschenkt."

Die nie verlöschenden Lichter Berlins begrüßten sie. Emma kramte ihr uraltes Handy aus einer Seitentasche ihres Rucksacks und weckte Daniel mit der Bitte, sie außerhalb des Hoflabyrinths in der Rosenthaler Straße abzuholen.

***

Rahel sah zu, wie Emma den Rucksack fallen ließ und förmlich auf Daniel zuflog. Er fing sie auf, zog sie fest an sich und sprach leise auf sie ein. Emma, die bisher scheinbar ungerührt funktioniert hatte, offenbarte nun, wie sehr der Einbruchsversuch auch sie getroffen hatte.

Erst nach geraumer Zeit löste sich Emma von Daniel und nahm ihren Rucksack wieder auf, während ihr Mann nach Rahels Trolley griff.

„Bist du in Ordnung?", fragte er Rahel leise.

„Es ist ja nichts passiert", flüsterte sie zurück. „Und Emma hat reagiert wie ein Personenschützer des Secret Service."

„Sie ist großartig, nicht?"

„Du kannst dich glücklich schätzen."

Daniel lächelte und begleitete seine Frau und Rahel durch die Höfe zu dem Gebäude, in dessen Dachgeschoss das Apartment der Höflings lag. Er schloss auf und wollte Rahel den neuen Schlüssel reichen, doch sie zögerte. Eigentlich hatte sie nicht vor, jemals allein hierher zurückzukehren.

„Du kannst das hinter dir lassen", raunte Daniel ihr zu, steckte den Schlüssel aber in die Tasche seiner Jeans und wuchtete den Koffer die Wendeltreppe hoch.

Rahel zog eilig die Haustür hinter sich ins Schloss und schalt sich für ihr paranoides Verhalten. In der Dachwohnung brannte kein Licht, offenbar genügte den Männern die Fassadenbeleuchtung von außen. Falk lag auf der Couch, hatte eine der Decken über sich ausgebreitet und schlief fest. Sein Notebook stand aufgeklappt, aber mit schwarzem Bildschirm auf dem Beistelltisch. Ob er etwas herausgefunden hatte?

„Wo ist Duke?", fragte sie nach einem kurzen Blick durch die offene Tür des Gästebades.

„Er wird ja hoffentlich irgendwo ein Zimmer haben und nicht unter einer Brücke schlafen?", foppte Emma sie und streifte ihre Schuhe von den Füßen.

„Duke hat sich irgendwann davongemacht. Er muss morgen arbeiten."

Rahel nickte und wandte sich an die gähnende Emma. „Ihr beide könnt das Schlafzimmer haben. Das Bett ist frisch bezogen."

„Und du?"

„Ich schiebe die Sessel zusammen, das reicht mir."

„Wir könnten auch Falk von der Couch kippen. Bestimmt merkt er das nicht einmal", schlug Emma vor.

„Lasst ihn. Er hat seit seinem Flug kaum geschlafen. Wenn er sein Schlafdefizit nicht endlich aufholt, wird er wie ein … ein …"

„Erdhörnchen auf Ecstasy?", half Daniel aus.

„Wir sollten alle versuchen, ein paar Stunden Schlaf abzubekommen." Emma drückte Rahel kurz an sich, nahm ihren Rucksack und betrat das Schlafzimmer.

„Wir sind bei dir, Rahel", versicherte Daniel nachdrücklich und entlockte ihr damit ein dankbares Lächeln.

Ja, Falk, Daniel und Emma waren bei ihr. Dennoch plagte sie ein schrecklich ungutes Gefühl in der Magengrube, das sich nicht abschütteln ließ.

Wenn sie ehrlich war, wünschte sie sich, Duke wäre bei ihr. Die Frage, ob es einfach nur an seiner Statur lag, dass sie sich in seiner Gegenwart so geborgen fühlte, blieb unbeantwortet. Sie schob die zwei Sessel mit den Sitzflächen aneinander, kletterte, ohne sich vorher umzukleiden, über die abgerundeten Lehnen und rollte sich wie eine Katze zusammen. Hoffentlich würde sie für ein paar Stunden ihren rastlosen Gedanken entkommen können.

***

Ein kurzes Läuten an der Tür ließ Rahel hochfahren. Zaghafte Sonnenstrahlen malten helle Muster auf das dunkle Parkett, von der Couch drangen leise Schnarchtöne zu ihr. Verwirrt strich sie sich mit beiden Händen die langen Haare aus dem Gesicht. Es klingelte ein zweites Mal, jetzt ungeduldiger, drängender.

Rahel stieg über die Sessellehne und tappte zur Gegensprechanlage. „Ja?", fragte sie schlaftrunken.

„Rahel?" Duke zögerte einen Moment. „Was machst du denn hier?"

„Komm rein", erwiderte sie und drückte auf den elektrischen Öffner. Sie hatte kaum die Tür erreicht, da stürmte Duke bereits die letzte Drehung der Wendeltreppe herauf. Er hielt eine Papiertüte in der Hand, aus der sich der Duft von frischen Brötchen verbreitete, und atmete trotz des rasanten Tempos, in dem er die Treppe genommen hatte, ruhig und gleichmäßig. Allerdings zeigten seine zusammengezogenen Augenbrauen einen gewissen Unwillen, was die Blaufärbung um sein rechtes Auge zusätzlich hervorhob,.

„Weshalb bist du in Berlin?", stieß er hervor, packte sie am Oberarm und schob sie in die Wohnung. Der Tür gab er mit dem Fuß einen Schubs, sodass sie laut zuschlug.

Sekunden später rannte der nur mit einer Jogginghose bekleidete Daniel in den Raum. Seine Locken standen ihm wild um den Kopf, doch beim Anblick von Duke entspannte er sich sichtlich, nickte grüßend und verschwand wieder im Schlafzimmer.

„Also?" Duke wandte sich unbeeindruckt an Rahel.

„Heute Nacht hat jemand versucht, in das Haus der Ritters einzudringen."

Der Griff um ihren Oberarm wurde noch fester. Rahel spürte, wie sie unter Dukes intensivem Blick errötete.

„Prima, Frühstück!" Falks Stimme ließ die beiden auseinanderfahren. Er entriss Duke die Papiertüte und stellte sie auf den Tresen der Küche, verschwand aber erstmal im Bad.

„Hat Falk dir erzählt, worauf er gestoßen ist?", wollte Duke wissen.

„Nein, er hat geschlafen, als Emma und ich heute Nacht ankamen."

Duke beließ es dabei. Er setzte Teewasser auf, befüllte den Kaffeeautomaten mit frischem Wasser und verteilte Käse und Wurst auf einem Teller. An diesem Tag verwirrte es sie, dass er in einer wildfremden Wohnung hantierte, als sei er zu Hause. Das kannte sie sonst nur von Falk. Ob die beiden sich mehr ähnelten, als sie bisher angenommen hatte?

Duke stellte Teller und Tassen auf die Anrichte, legte Besteck dazu und widmete sich schließlich dem Eierkocher, während Rahel der Gedanke umtrieb, was Falk Beunruhigendes entdeckt haben mochte.

„Rahel?" Sie zuckte zusammen. Duke stützte sich mit verschränkten Unterarmen auf dem Tresen auf und beugte sich ihr entgegen. Mit einer knappen Kopfbewegung forderte er sie auf, näher zu kommen. Rahel, die nach wie vor wie ein aus dem Nest gestürztes Küken inmitten des Raums gestanden hatte, setzte sich Duke gegenüber auf einen Barhocker. Er schob die Arme weiter über die Holzplatte und kam ihrem Gesicht mit dem seinen sehr nah. „Die meisten Schwierigkeiten lassen sich auf die eine oder andere Art klären."

„Und deine Art ist die *andere*?", fragte Falk. Mit um die Hüfte geschlungenem Handtuch und klatschnassem, tropfendem Wuschelkopf kam er aus dem Bad. Neben Duke stoppte er, tippte ihm auf die unter dem langärmligen Shirt verborgene Schulter und feixte: „Nahtaufplatzalarm."

„Schließt du grundsätzlich vom Äußeren eines Menschen auf dessen Charakter?"

„Wenn die Äußerlichkeiten so auffällig zur Schau gestellt werden ..."

„Soll ich mich unter einer Mönchskutte verstecken?" Duke sah aus dem Augenwinkel, wie Rahel zusammenzuckte. Noch immer wusste er nicht, was vor ein paar Jahren geschehen war, aber das Wort „Kutte" stand damit offenbar in direktem Zusammenhang.

„Jungs!" Emma schlitterte auf Socken über den Parkettboden und ließ sich neben Rahel nieder. Duke richtete sich auf, seine Chance war vertan.

„Danke, dass du an Frühstück gedacht hast, Duke", lobte Emma, ehe sie sich mit ihrem strengen Lehrerinnenblick an ihren ehemaligen Schüler wandte. „Sieh zu, dass du dieses rutschende Etwas gegen ein anständiges Bekleidungsstück austauschst. Und anschließend kannst du uns beweisen, was in dir steckt. Zumindest an Informationen!"

„Immer auf die Schmalgebauten und Sehnigen", nuschelte Falk und fügte laut hinzu: „Kannst du eigentlich auch mal vergessen, dass du Lehrerin bist?"

„Ich könnte vergessen, dass ich dir das Du angeboten habe!"

„Nur das nicht!", keuchte Falk. „Darauf habe ich viele Jahre hingelebt, gebangt, gehofft, gebetet ..." Er zog das Handtuch höher und verschwand mit seinem quietschenden Trolley endlich im Bad.

„Sympathisches Kerlchen", meinte Duke. Rahel versteckte ihr amüsiertes Schmunzeln, indem sie den Kopf senkte. Das Wechselbad der Emotionen, in dem sie steckte, war anstrengend. Aber sie fand es herrlich, dass sie im Kreise ihrer Freunde sogar hin und wieder vergaß, warum sie sich überhaupt zusammengefunden hatten.

„Ist deine Führung schon vorbei?", fragte Emma und verteilte drei der Gedecke auf ihrer, die zwei anderen auf Dukes Seite.

„Die Führung war von acht bis halb zehn angesetzt."

Emma warf einen verblüfften Blick auf die Küchenuhr. Sie war es nicht gewohnt, morgens so lange im Bett zu bleiben.

Falk kam ordentlich angezogen zurück und nahm eilig auf dem Hocker neben Rahel Platz. Da Daniel ihr inzwischen gegenübersaß, blieb Duke nur der am weitesten von ihr entfernte Stuhl.

„Barista, ein Kaffee, schwarz, bitte." Falk grinste Duke an.

„Noch jemand?", erkundigte sich Daniel, der zumindest so tat, als habe er die Frotzelei der beiden nicht mitbekommen. Er sammelte die Tassen ein und postierte sich am Kaffeeautomaten.

Falk verteilte die Brötchen und Duke reichte ihm die Wurstplatte, zog sie aber schnell wieder zurück. „Entschuldige, du bist vielleicht Vegetarier?"

„Vegetarier ist ein altes ägyptisches Synonym für ‚schlechter Jäger'!", brummte Falk und brachte Duke damit zum Lachen.

„Kennst du auch die Hieroglyphe hierfür?"

„Klar, ein Pfeil, der ab der Hälfte zerbrochen nach unten hängt und daneben ein breit grinsendes Kuhgesicht."

„Rahel, reichst du mir bitte mal die Milch? Wobei ich fürchte, dass sie aufgrund der Gewitterlage bereits sauer geworden ist." Emma wartete, bis Rahel die Milchtüte an sie weitergab. „War dies der Grundtenor eurer Unterhaltung, seit ihr gestern aus Potsdam losgefahren seid?"

„Welcher Unterhaltung?", fragte Daniel, stellte Emmas Tasse neben den Teller und zwinkerte ihr zu.

„Hör nicht auf ihn, Emma. Daniel hat die meiste Zeit verschlafen", lachte Falk.

„Ihr habt also nichts herausgefunden?" Fragend sah Emma von Daniel zu Duke und beugte sich dann nach vorn, um Falk an Rahel vorbei zu taxieren. Dem blieb der Bissen förmlich im Hals stecken.

„Können wir nicht erst in Ruhe frühstücken?", wollte er mit vollem Mund wissen.

„Die Chance habt ihr vertan", sagte Emma gnadenlos und deutete unmissverständlich erst auf Falk, anschließend auf Duke. Die zwei grinsten sich quer über den Tresen hinweg an und zuckten nahezu synchron mit den Schultern.

„Ein Versuch war es wert, Kumpel", meinte Duke schließlich und übergab somit Falk das Wort.

Rahel verdrehte die Augen. Falk und Duke hatten demnach die ganze Zeit über nur versucht, das Thema nicht sofort auf ihre Nachforschungen vom vergangenen Abend zu lenken? Aber weshalb? Waren ihre Ergebnisse so unangenehm? Ein Frösteln erfasste sie. Sie rutschte vom Barhocker, eilte zu ihrem Trolley und kramte eine braune Strickjacke heraus, in die sie sich hüllte. Einen Moment lang wünschte sie sich, dass sie ihr außer Wärme auch Schutz bieten würde.

Emma erzählte unterdessen die absolute Kurzversion ihrer Erlebnisse und stellte dann erneut die Frage in den Raum, was die Männer herausgefunden hatten. Falk warf einen sehnsüchtigen Blick auf die zweite Hälfte seines Brötchens und begann zu berichten.

Rahel hörte mit klopfendem Herzen zu. Als die Sprache auf die Brosche kam, lächelte sie. Das Bronzeschmuckstück war ein filigranes Kunstwerk, das von Generation zu Generation weitervererbt worden war. Als Falk seine und Dukes Überlegungen aussprach, verging ihr allerdings das Lächeln, schließlich sprang sie erbost auf die Füße.

„Was soll das heißen?", fauchte sie ihren Sitznachbarn an. Der blickte zu Duke und vermittelte den Anschein, als wolle er jetzt lieber den Platz mit ihm tauschen. „Du verdächtigst meine Familie, Gegenstände aus dem Grab Tutanchamuns zu besitzen, die wir irgendwo versteckt halten oder gar gewinnbringend an Sammler verhökern?"

„Ich habe nur gesagt, was *andere* denken könnten." Falk versuchte Rahels Hände zu ergreifen, aber sie wich geschickt einen großen Schritt zurück. Allmählich beruhigte sich sich wieder. „Entschuldige bitte, Falk."

„Schon gut, Kleine. Das ist ein Angriff auf deine Familie. Du hast jedes Recht, aufgebracht zu sein. Allerdings steckt hinter dem Artikel vielleicht dein Problem. Ziemlich sicher gibt es eine Menge Leute, die alles für bare Münze halten, was irgendwo gedruckt steht."

„Die Unterstellungen sind Blödsinn. Die Brosche zum Beispiel bekam Sarah damals in Ägypten von einem Bekannten zum Geburtstag geschenkt. Und das war vor der Entdeckung des Tutanchamun-Grabes! Es ist eine feine, ägyptische Arbeit, aber nicht älter als etwa neunzig Jahre!"

„So viel zum Wahrheitsgehalt des Artikels und zur Fähigkeit des Journalisten, Recherche zu betreiben", spottete Falk.

„Lässt sich irgendwie beweisen, dass sich im Besitz eurer Familie keine illegalen Artefakte befinden?", hakte Duke nach.

„Beweisen?" Rahel hievte sich auf ihren Hocker zurück, zog mit den Händen die Jacke vor ihrem Körper zusammen und blickte nachdenklich in ihren kalt werdenden Tee. „Meine Urgroßmutter hat mir früher ab und zu aus den Reiseaufzeichnungen ihrer Mutter vorgelesen. Sarah Sattler hat ihr Leben lang Tagebuch geführt und alles wunderschön illustriert. Falls sie oder ihre Gönnerin von Carnarvon oder Carter irgendwelche Erinnerungsstücke aus dem Grabschatz erhalten hätten, was ich übrigens nicht glaube, wäre das darin erwähnt und die Artefakte sicher auch gezeichnet."

„Existieren die Tagebücher noch?", fragte Emma.

Rahel zuckte mit den Schultern. „Ich könnte meine Großmutter anrufen." Sie hatte den Satz kaum ausgesprochen, als Falk ihr bereits sein Handy zuschob.

Unsicher nahm sie es in die Hände. Ohne aufzublicken fragte sie in die Runde: „Ihr glaubt mir doch, nicht wahr?"

„Natürlich. Deinen Eltern läge nichts ferner, als illegal Wertgegenstände bei sich zu verstecken!", sagte Daniel.

„Du musst nicht uns etwas beweisen, sondern den anderen." Falk tippte ihr auf die Hand, mit der sie noch immer sein Telefon umklammert hielt.

Duke allerdings sah sie nicht einmal an, rührte vielmehr hingebungsvoll im Rest seines Kaffees. Die ausbleibende Bestätigung von seiner Seite schmerzte Rahel. Glaubte er ihr nicht? Aber vielleicht war er einfach nüchtern genug, um sich einzugestehen, dass er sie dazu viel zu kurz kannte?

Rahel tippte die Nummer ihrer Großmutter in das Gerät. Sie wollte der Welt und vor allem Duke beweisen, dass es im Erbe Sarah Sattlers nichts gab, das auch nur im Entferntesten im Zusammenhang mit dem berühmtesten aller Pharaonen stand!

Kapitel 35

Rahels Großmutter meldete sich und überschüttete ihre Enkelin mit unzähligen Fragen bezüglich ihres Wohlergehens und dem ihrer Eltern, ohne überhaupt eine Antwort abzuwarten.

Rahel, die das kannte, hielt das Handy einige Zentimeter von ihrem Ohr weg und ließ sie gewähren, wobei sie in drei amüsierte und ein fragendes Gesicht blickte.

Mary Nowak holte Atem und Rahel nutzte die Pause. „Ich habe eine wichtige Frage an dich, Granmary."

„Eine Frage, nur eine? Wäre das nicht ein guter Grund, endlich mal wieder deine greise Oma zu treffen?"

„Du bist nicht greise, Granmary."

„Noch mehr Vorkommnisse wie vorletzte Nacht und ich werde sehr schnell sehr greise sein."

„Vorkommnisse?", wiederholte Rahel und beobachtete, wie Duke den Kopf senkte, Emma und Daniel sich ansahen und Falk aufsprang, als habe man ihm Reißnägel unter das Gesäß geschummelt. Er gesellte sich neben Rahel und stellte die Lautsprechfunktion an.

„Stell dir vor, Rahel, bei mir hat man eingebrochen."

„Was? Geht es dir gut?" Rahels Herz schlug Kapriolen.

„Ob es mir gut geht?" Mary klang vorwurfsvoll, was Falk ein Schmunzeln entlockte. Ihm gefiel, was er hörte. „Selbstverständlich geht es mir gut! Aber frag mal den Kerl, der es gewagt hat, in mein Haus einzudringen! Oder meine armen Echinocactus grusonii!"

„Was ... hast du gemacht?" Rahel wagte fast nicht nachzufragen, ahnte sie doch bereits, was Mary mit ihren geliebten Schwiegermutterstühlen getan hatte.

„Was würdest du tun, wenn mitten in der Nacht plötzlich so ein schwarz gekleideter Kerl vor dir steht? Ich habe ihm meine Kakteen um die Ohren gepfeffert."

Falk prustete los und auch im Telefon erklang heiteres Lachen. „Du hättest ihn sehen und hören sollen!"

Duke schnipste mit den Fingern und erlangte somit Rahels Aufmerksamkeit. „Frag sie, ob der Mann Brite war oder einen fremdländischen Dialekt sprach."

Rahel wiederholte die Frage.

„Na ja, gesprochen hat er nicht wirklich. Gejammert und grauenhaft geflucht. Diese jungen Leute von heute haben Worte in ihrem Repertoire ... Wir wären früher schon rot angelaufen, wenn wir sie nur gedacht hätten!" Mary schwieg einen kurzen Moment und fügte dann hinzu: „Na gut, ich vermutlich nicht!"

„Er war also Engländer?"

„Bestimmt. Allerdings nicht aus London, er hatte einen leichten Akzent."

„Hast du den Einbruch bei der Polizei gemeldet?"

„Du klingst schon wie deine Mutter, Rahel. Wann hat es eigentlich aufgehört, dass ich euch erziehen musste und wir die Rollen getauscht haben?"

„Granmary?"

„Ja, ich habe am nächsten Morgen die Polizei angerufen. Doch was sollten die finden? Diese Einbrecher sind ja nicht von gestern. Er trug Handschuhe und eine Mütze und war nicht lange genug im Haus, um überhaupt etwas anstellen zu können!"

„Wie ist er ins Haus gelangt?"

„Über die Terrassentür."

„Du musst sie sofort reparieren lassen."

„Warum? Sie ist nicht kaputt."

„Aber wie kam er dann hinein?"

„Ich hatte sie zum Lüften geöffnet."

„Mitten in der Nacht?"

„Rahel, ich schlafe nicht mehr sonderlich gut. Ich war auf, als der Kerl mir einen Besuch abgestattet hat. Wenn er das nächste Mal Blumen und Pralinen mitbringt, lade ich ihn auf einen Whiskey ein, anstatt ihn mit meinen armen Kleinen zu bewerfen!"

„Bitte sei ab jetzt vorsichtiger, ja?", mahnte Rahel.

„Nun stell endlich deine Frage, Kind!", sagte ihre Großmutter ausweichend.

Diesmal lachte auch Daniel, während Emma beipflichtend nickte. Wie üblich dauerte es der Lehrerin zu lange, bis die Gesprächspartner auf den Punkt kamen.

„Sag mal, gibt es Sarah Sattlers Tagebücher noch?"

„Sicher doch. Sie sind ein Familienschatz, den man nicht wegwirft. Meine Mutter hat mir früher immer daraus vorgelesen, später dann dir. Komisch, dass du danach fragst."

„Warum ist das komisch?" Rahel runzelte die Stirn.

„Weil Sarahs Lebensgeschichte unweigerlich mit ihren Ägyptenbesuchen in Zusammenhang steht."

„Ja, und?"

„Das Einzige, was die Polizei bei der Durchsuchung meiner Wohnung gefunden hatte, war ein Notizzettel, den der Eindringling wohl verloren hatte. Auf ihn war die Tutanchamun-Kartusche gekritzelt."

Rahel schnappte nach Luft. Lieferte diese Notiz bei Mary den Beweis, dass die Einbrüche in Berlin und Newbury mit dem Vermächtnis des Tutanchamun in Zusammenhang standen?

„Du meinst, der Einbrecher hatte den Zettel als Hinweis bei sich, wonach er Ausschau halten sollte? Nach Gegenständen mit der Kartusche des Pharao?" Rahel sah sich gezwungen, sich an die Wand zu lehnen.

„Wir fliegen hin", raunte Falk ihr zu.

„Was?" Rahel ließ irritiert das Telefon sinken.

„Wir müssen die Tagebücher unbedingt lesen!"

„Rahel, Liebes? Ist da jemand bei dir?", drang Marys Stimme in den Raum.

Falk zog Rahel das Smartphone aus der Hand und trat an die Fensterfront. „Hallo, Mrs Nowak, hier ist Falk Jäger. Ich bin ein Freund von …"

„Falk!" Mary klang erfreut, nahezu euphorisch. „Der Falk, von dem Rahel so viel erzählt hat? Der lustige Kerl, der sie in der Schule beschützt und seine Lehrer in den Wahnsinn getrieben hat? Vor allem die Lehrerin, mit der Rahel jetzt gut befreundet ist?"

Von Emma kam ein zustimmendes Brummen.

„Ja, der bin ich. Dürfen wir Sie besuchen kommen, Mrs Nowak? Wir müssen dringend Einblick in Sarahs Tagebücher erhalten."

„Warum das? Gleichgültig! Ich freue mich, wenn Sie Rahel begleiten. Ich wollte Sie schon lange mal kennenlernen!"

Rahel wandte sich dem Tresen zu, an dem Duke, Daniel und Emma sich wieder ihrem Frühstück zugewandt hatten. „Na prima! Falk und Granmary! Das kann ja heiter werden!"

Daniel lachte schallend und auch auf Dukes Gesicht schlich sich ein belustigtes Schmunzeln. Nur Emma hob die Hand. „Gut, dieser Einbruch bei Rahels Großmutter, vor allem der Notizzettel mit der Kartusche, spricht für die Theorie, dass jemand versucht, die vermeintlichen Schätze an sich zu bringen. Dennoch finde ich, wir sollten eure anderen Überlegungen nicht gänzlich aus dem Blick verlieren. Was ist mit dieser Lisa Pfeffer? Immerhin begann der Schlamassel genau zu dem Zeitpunkt, als Rahel nach Berlin gezogen ist und ihren Job im Museumsdepot begonnen hat. Könnte sie…?" Zweifelnd wiegte sie den Kopf.

„Was schlägst du vor?", hakte Daniel nach und trat neben den Kaffeeautomaten, um Nachschub zu beschaffen.

„Falk und du, ihr übernehmt kurzzeitig Dukes und Rahels Jobs. Rahel von hier wegzuschaffen halte ich für eine gute Idee, auch wenn bei Mrs Nowak ebenfalls eingebrochen wurde. Die Frau ist offenbar unerschrocken und Duke kann auf die beiden aufpassen. Die Tagebücher einzusehen könnte tatsächlich wichtig sein."

„Das kann ich nicht von euch erwarten", mischte Rahel sich ein, wurde von Emma mit einer knappen Handbewegung zum Schweigen gebracht, während Falk am Telefon dazu überging, Mary beim Vornamen zu nennen.

„Für mich geht das in Ordnung. Zudem kenne ich mich in London und Umgebung aus, was ja auch von Vorteil sein könnte", erklärte Duke zwischen zwei Bissen.

„Du gehst besser mit nach England, Emma. Mir ist nach dem missglückten Einbruch bei uns wohler, wenn du nicht allein bist", sagte Daniel.

Emmas kleines Lächeln deutete an, dass sie damit gerechnet hatte und den Gedanken ziemlich angenehm fand. Unterdessen hatte Falk aufgelegt und gesellte sich wieder zu ihnen an den Tisch. Mit seinen Worten bewies er, dass er trotz des Telefonats mitbekommen hatte, was im Hintergrund besprochen worden war. „Ich übernehme gern Dukes Führungen durch das Museum. Das stelle ich mir absolut witzig vor. Erinnert ihr euch daran, wie Emma Daniel bei ihrer ersten Begegnung hat auflaufen lassen, weil ..."

„Du übernimmst Rahels Job", unterbrach Daniel ihn.

„Ach, komm! Du kannst einen so dynamischen, nahezu allwissenden und gerade von Lehrern, Reiseleitern, Schülerinnen und älteren Herrschaften umschwärmten Typen doch nicht in ein dunkles, muffiges, verstaubtes Archiv sperren!"

„Du darfst Lisa von all deinen Qualitäten überzeugen." Daniel gefiel ganz offensichtlich die Idee, Falk in das Depot zu verbannen. „Die Mitarbeiter der Museen durchlaufen eine eingehende Überprüfung", argumentierte er. „Professor Doktor Daniel Ritter wird da wohl weniger Probleme haben als ... wie war noch gleich dein Name? Was hast du in den letzten Monaten noch mal getan?"

„Vermutlich stolpern die vielmehr darüber, dass Daniel Ritter den Job eines Guides antreten will, als über mich, der ich von Daniel Ritter, Duke Taylor und Rahel Höfling für den Job empfohlen werde."

„Ich kläre das, keine Sorge." Daniel grinste siegessicher und Falk verschränkte schmollend die Arme vor der Brust.

Rahel beugte sich zu ihm hinüber und flüsterte: „Einundzwanzigtausenddreihundert."

„Bitte?"

„Einundzwanzigtausenddreihundert ist die Depotnummer der Nofretete. Nicht immer steht die Originalbüste im Schaukasten."

„Du meinst ... Wow! Ich kann das Original sehen, vielleicht mal ganz vorsichtig anstupsen? Ich verspreche auch, sie nicht zu küssen!"

„Anstupsen? Verwechsle deine Arbeit im Depot nur nicht mit Facebook", mahnte Emma.

„Was weißt du schon über Facebook, Emma?", fragte Falk. „Dein Computer stammt vermutlich noch aus dem Mittelalter!"

„Richtig. Es ist noch der gleiche, den du bereits 2007 einen lahmen Esel genannt hast. Allerdings hatte ich gehofft, zumindest du seist inzwischen erwachsen geworden."

„Was willst du? Ich übernehme bereitwillig Rahels Job. Gerade weil ich erwachsen genug bin, weiß ich, dass Daniel recht hat und ich bei der jungen Studentin deutlich bessere Chancen habe …"

„Wenn du dich da mal nicht täuschst. Es gibt Studentinnen …", konterte Daniel und fing sich einen grimmigen Blick von seiner Frau ein. Abwehrend hob er die Hände. „Natürlich gehe ich auf ihre Angebote nicht ein, obwohl einige von ihnen …" Daniel schnitt eine Grimasse und versuchte erneut, sich herauszureden: „Sie sind natürlich ungemein jung und unerfahren, dabei …"

„Daniel." Emma tätschelte ihm die Hand, wobei dies vielmehr den Eindruck einer Drohung erweckte als einer liebevoll gemeinten Geste. „Fang lieber noch mal von vorn an."

„Falk, du hast recht. Diese Lisa wird sich einem jungen, attraktiven, witzigen und intelligenten Mann viel schneller öffnen als mir langweiligem, altem und in ganz feste Hände vergebenem Professor!"

„Geht doch!", lobte Emma und zog ihre Hand zurück.

„Nur damit ich hier jetzt nichts versäumt habe", schaltete Duke sich ein und blickte fragend in die Runde. „Rahel, Emma und ich fliegen nach England zu Rahels Großmutter und Daniel will sich als Guide ausgeben?" Hier verschwanden die Falten auf seinem Gesicht und wichen einem vergeblich versteckten Lächeln.

„Und ich kümmere mich um Lisa Pfeffer, werde praktisch zu ihrem Partner, dem Salz – womöglich versalze ich ihr sogar die Suppe. Ich versuche herauszufinden, ob sie mit den Einbrüchen und dem Überfall in Zusammenhang steht", vervollständigte Falk.

Emma erhob sich und begann geschäftig, die Spuren des Frühstücks zu beseitigen, obwohl Falk und Daniel noch nicht einmal ihre Tassen geleert hatten.

Daniel, der das kannte, trank eilig den letzten Schluck und wandte sich daraufhin an Duke und Falk. „Wir machen uns auf den Weg zur Museumsverwaltung. Emma, buchst du die Flüge? Rahel, können wir dich und Emma ein paar Stunden allein lassen?"

„Klar", erwiderte Rahel, die sich da allerdings gar nicht so sicher war. Die Anwesenheit der drei Männer empfand sie als extrem beruhigend.

Aber tagsüber geschah gewiss nichts, vor dem sie sich zu fürchten brauchte, sprach sie sich selber Mut zu.

Kapitel 36

Rahels Kopf neigte sich und berührte Dukes Oberarm. Sie richtete sich jedoch sofort wieder auf und entschuldigte sich bei ihm. Duke, tief in Gedanken versunken, reagierte nur mit einem knappen Lächeln, woraufhin sie ihn anstarrte.

„Alles in Ordnung?", fragte er.

„Mein Tag-Nacht-Rhythmus ist durcheinander", sagte sie leise.

„Wenn wir bei deiner Großmutter sind, kannst du zuerst einmal in Ruhe schlafen. Notfalls setze ich mich die Nacht über vor deine Zimmertür."

Ihr Schmunzeln beschleunigte seinen Herzschlag. Durfte er annehmen, dass Rahel doch mehr für ihn empfand, als sie nach außen hin zeigte? Er musterte intensiv ihre dunklen Augen, woraufhin sie jedoch den Kopf wegdrehte und zum Fenster hinausschaute. Es dauerte allerdings nur Sekunden, bis ihr Kopf sich erneut in seine Richtung neigte. Duke rutschte im Sitz etwas tiefer, obwohl der Platz für seine langen Beine ohnehin schon knapp bemessen war, um ihr seine Schulter als Kopfkissen anzubieten.

Als Emma von der Toilette zurückkam, fiel ihr erster Blick auf Rahel. Diese kuschelte sich mittlerweile an Duke, was ihm gefiel, Emma aber offenbar nicht, wie ihr Stirnrunzeln verriet.

Kommentarlos setzte sie sich auf den dritten Platz neben ihn und betrieb Konversation, dabei bemerkte er schnell, wie geschickt sie Informationen über ihn einholte. An Emma war eine Verhörspezialistin verloren gegangen! Er benötigte seine gesamte Konzentration für das Gespräch mit Rahels früherer Lehrerin. Sie erfuhr viel über seine Eltern, darüber, wo er aufgewachsen war, welche Schulen er besucht hatte und was er mochte und nicht mochte. Es war nicht einfach, ihre Fragen bezüglich seines Berufs zu umschiffen. Er blieb bei seiner vagen Aussage, dass er für die Stadt London arbeitete. Schließlich wollte sie noch wissen, ob er an Gott glaubte. Duke lächelte in sich hinein. Die sichtlich viel gelesene Bibel und das Andachtsbuch auf dem Wohnzimmertisch der Ritters, das kleine Holzkreuz über der Eingangstür und weitere Kleinigkeiten hatten ihm längst verraten, dass das Ehepaar dem christlichen Glauben zugetan war. Doch sie trugen ihren Glauben nicht auf einem Silbertablett vor sich her. Duke wusste, der Weg zu Rahels Herzen ging auch über Daniel, Emma und Falk. Aber deshalb wollte er sich noch lange nicht verbiegen.

„Wenn man aus einer Familie kommt, die durch die verschiedenen Herkunftsländer mit unterschiedlichen Lebensstilen geprägt ist, in die natürlich die entsprechenden Glaubensrichtungen einfließen, ist es schwierig, sich irgendwo einzuordnen."

Emma lachte und Duke lehnte sich etwas entspannter zurück. Er mochte diese Frau von Minute zu Minute mehr. Offenbar besaß sie neben ihrem scharfen Verstand auch die Gabe, heikle Gespräche zu entschärfen.

„Jetzt redest du ebenso um den heißen Brei herum, wie du es vorhin getan hast, als ich dich nach deinem Beruf gefragt habe."

Duke schluckte. Diese Emma durfte man keinesfalls unterschätzen! Und dabei war sie noch entwaffnend ehrlich.

„Ich will eigentlich nur wissen, welchen Stellenwert geistliche Dinge in deinem Leben haben."

„Sagen wir, einen recht großen, wobei ich mir manchmal unsicher bin, was wirklich zu mir gehört und was ich von meinen Eltern und Großeltern übernommen habe."

„Na also. Geht doch." Wieder lachte Emma und stieß ihm leicht mit dem Ellenbogen gegen den Arm. Er verstand dies als Zuneigungsbekundung und lächelte zurück. „Dann sind Rahel und du auf derselben Suche nach dem, was zu euch gehört und was reine Tradition oder Pflichtgefühl ist."

Duke hob die Augenbrauen. Diese Wendung ihrer Unterhaltung überraschte ihn nun wiederum. Hatte Emma ihm soeben einen Wink gegeben, verbunden mit der Aufforderung, inhaltlich tiefe Gespräche mit Rahel zu führen?

In ihm regte sich die Spur eines schlechten Gewissens. Er hatte bisher weder Rahel noch ihre Freunde angelogen, dennoch war ihr Zusammentreffen kein Zufall gewesen. Wie Emma wohl über ihn denken würde, wenn sie davon erfuhr …

Die Stewardess gab die bevorstehende Landung in Heathrow bekannt. Rahel schreckte auf. „Was ist?", fragte sie sichtlich verwirrt und zwinkerte mehrmals, als suche sie mühsam den Weg aus einem eher unangenehmen Traum.

Duke beugte sich zu ihr hinüber und flüsterte: „Alles in Ordnung, Schmetterling. Schließ den Gurt, wir landen gleich."

„Ja, gut", sagte sie und ließ ihn dabei nicht aus den Augen. Vielleicht überlegte sie, ob sie ihm verbieten sollte, sie „Schmetterling" zu nennen, war sie sich doch womöglich nicht ganz im Klaren darüber, ob sie dies als Spitzname oder als Kosewort einordnen sollte. Für ihn war Rahel ein zarter, wunderschöner Schmetterling, den er lieben und beschützen wollte.

***

„Du bist also ein Freund von Rahel?" Lisas burschikos kurz geschnittenes Haar war auffällig rot und ihr Gesicht wies eine ähnliche Farbe auf, als sie eine Transportkiste auf den Tisch wuchtete. Falk, der behutsam eine beschriftete Tonscherbe in das entsprechende Regal legte und die Depotnummer daran anbrachte, wandte den Kopf.

„Freund?" Er dehnte das Wort in die Länge und zuckte mit den Schultern. „Wir waren Schulkameraden und hatten uns eine Weile aus den Augen verloren. Da sie jetzt kurzfristig den Job aufgegeben hat, habe ich sie gefragt, ob sie sich nicht dafür einsetzen könnte, dass ich ihn bekomme."

„Du interessierst dich für Ägyptologie?"

„Nur allgemein. Aber ich kenne den Umgang mit antiken Fundstücken. Außerdem bin ich ein Fan von alten Geschichten wie die um den Fluch des Tutanchamun!"

Lisa lachte spöttisch. „Es gibt keinen Fluch!"

„Ach ja? Und wie erklärst du dir all die rätselhaften Vorkommnisse nach dem Grabfund?"

„Ursprünglich stammt die Idee um den Fluch des Pharaos von zwei Schriftstellern. Die eine war Jane C. Loudon, die wohl damals eine der Mumienpartys im Londoner Piccadilly Circus besucht hatte. Dort wurden in den 1820er-Jahren in einer bizarren Theateraufführung Mumien ausgewickelt."

„Loudon schrieb *The Mummy* und Bücher über Gartenbau, nicht?"

„Na, du bist ja gar nicht so unwissend, wie du tust", spottete Lisa.

„Danke, du hast soeben meinen Tag gerettet", gab Falk zurück. „Und mit dem zweiten Autor meinst du Arthur Conan Doyle?"

„Richtig. Hinzu kamen die von der Presse hochgeputschten Dummheiten rund um die Grabstätte des Tutanchamun. Lord Carnarvon hatte verfügt, dass die *London Times* Exklusivrechte für die Berichterstattung bekam, was die anderen Pressevertreter zu Hyänen machte. Da sie an keine wirklichen Geschichten herankamen, bauschten sie Kleinigkeiten und Gerüchte zur Sensation auf."

„Na, damals herrschte ja auch die reinste Ägyptomanie, da wurde so etwas sicher gern gelesen. Trotzdem, was ist mit der Tontafel, auf der gestanden haben soll: *Der Tod soll den mit seinen Schwingen erschlagen, der die Ruhe des Pharao stört?*"

Erneut lachte Lisa auf. „Die ist weder von Carter aufgelistet noch von Harry Burton abgelichtet worden. Und beide haben überaus sorgfältig gearbeitet. Es gab nie eine Tafel mit einem niedergeschriebenen Fluch."

Falk grinste, denn jetzt hatte er Lisa da, wo er sie haben wollte. „Dass die Tontafel weder fotografiert noch katalogisiert wurde, heißt doch nichts. Immerhin sind in den letzten Jahren immer wieder Fundstücke aus dem Grab aufgetaucht. Auch sie hatten ja offensichtlich nie ihren Weg in die Listen gefunden!"

Lisa runzelte die Stirn. Ihr Blick war starr auf die ungeöffnete Kiste vor ihr gerichtet.

„Was ist los?", hakte er nach.

„Bauchschmerzen", murmelte Lisa und wandte ihm den Rücken zu, sagte dann aber aufgebracht: „Meine Güte! Es gibt Stimmen, die behaupten, dass man die Tafel entfernt und sie aus den Aufzeichnungen gelöscht hatte, aus Rücksicht auf den ‚Aberglauben' der ägyptischen Arbeiter. Auch fanden die Reporter angeblich weitere Inschriften, die es schlichtweg nicht gab. An einer Statue, in einem Stein, den Carter dann vergraben haben soll. Ein Reporter nahm die völlig harmlose Aufschrift auf dem Keramiksockel einer Kerze vom Anubis-Schrein und fügte den Worten noch einige selbst erdachte Zeilen hinzu. All dies führte dazu, dass nach der Graböffnung alle Welt vom ‚Fluch des Tutanchamun' sprach."

„Dafür, dass der Fluch nicht zu deinem Studium gehörte, weißt du darüber aber eine ganze Menge."

„Tja!" Lisa klang genervt, als sie nach den Verschlüssen der klimatisierten Box griff. „Das ist nicht verwunderlich, da ich ständig von irgendwelchen Spinnern auf den Fluch angesprochen werde, wenn sie von meinem Ägyptologiestudium hören!"

Falk konnte es nicht lassen: „Aber der Kanarienvogel von Carter ist doch an dem Tag, an dem Carter zu den Wächterfiguren vordrang, von einer Kobra verschlungen worden. Von einer Kobra! Die Uräusschlange galt im alten Ägypten als der Beschützer des Pharao, deshalb die Interpretation, der Tod des Kanarienvogels sei ein schlechtes Omen, eine

Warnung gewesen. Lord Carnarvon starb sechs Wochen nach der Grabkammeröffnung, gleichzeitig fiel in ganz Kairo der Strom aus und in Highclere Castle verendete sein Lieblingshund Susie."

„Soweit ich weiß, hatte Carter den Kanarienvogel weggegeben, und der alte Lord war seit Jahren chronisch krank. Ein Moskitostich, den er mit seinem Rasiermesser aufgekratzt hatte, entzündete sich und er erlag einer Blutvergiftung und der im Krankenhaus in Kairo hinzugekommenen Lungenentzündung. Und nein, die Mumie Tutanchamuns wies *nicht* an derselben Stelle im Gesicht eine Narbe auf! Von dem Hund weiß ich, dass er erst Stunden später verendete, und in Kairo fiel damals dauernd der Strom aus."

Lisas Augen blitzten Falk wütend an, sie schien Angst zu haben. Ihre Reaktion auf die nicht gelisteten Fundstücke aus dem Tutanchamun-Grab war heftig gewesen. Nun fragte er sich, ob er sie weiter herausfordern sollte, in der Hoffnung, dass sie völlig die Kontrolle verlor und vielleicht etwas preisgab, das nicht für seine Ohren bestimmt war? Oder war es besser, er ließ sie in Ruhe, um es sich nicht gleich in der ersten halben Stunde mit ihr zu verscherzen? „Was ist mit Derry, der die Mumie 1925 im anatomischen Institut der Kairoer Universität untersuchte, oder mit Lucas, dem Chemiker vor Ort? Es heißt, beide seien bald darauf gestorben."

„Das war eine dieser Zeitungsenten. Sie starben erst viele Jahre später, Derry 1969 im Alter von 87 Jahren, Lucas im Alter von 79 Jahren irgendwann Ende der 1940-er, Anfang der 1950-er. Und bevor du fragst: Viele der angeblichen frühen Opfer des Fluchs waren vorher schon gesundheitlich angeschlagen, darunter auch Carter. Die meisten der bei der Graberöffnung anwesenden Menschen sind erst im recht hohen Alter gestorben, zum Beispiel Carnarvons Tochter Evelyn."

„Also kein Fluch?"

„Kein Fluch!" Lisa sagte es mit so viel Nachdruck, als müsse sie sich selbst davon überzeugen.

„Dann bin ich ja erleichtert. Ich dachte schon, Rahel …" Falk brach ab, als er aus dem Augenwinkel beobachtete, wie Lisa zusammenzuckte.

„Rahel?", fragte sie nach.

„Hat sie nichts erzählt? Sie ist mitten in Berlin von einem Kerl angegriffen worden. Später war jemand in ihrer Wohnung und hat sie durchwühlt, und so ging es in den letzten Tagen weiter. Das alles begann, seit sie hier die ägyptischen Artefakte einräumt."

Lisa lehnte sich mit dem Rücken an eine Verstrebung des Metallregals.

„Rahel machte auf mich aber nicht den Eindruck, als ob sie an so einen Blödsinn glaubt."

„Stimmt", gab Falk zu und drehte sich zu dem Notebook um.

„Wo ist Rahel denn jetzt?"

„Sie hat sich einige Tage freigenommen und erholt sich von den Schrecken."

„Du weißt nicht, wo sie ist?"

„Doch."

„Und warum sagst du es mir dann nicht? Ich möchte mich gern bei ihr erkundigen, wie es ihr geht."

„Es geht ihr gut."

„Du bist ein komischer Kauz." Lisa stieß sich ab und ging zur Tür.

„Wohin gehst du?"

„Ich muss mal raus."

Falk kicherte. „Der Fluch des Pharao?"

„Scherzkeks!", schalt Lisa und ließ die Tür ins Schloss schnappen.

Falk zog das Smartphone aus der Hosentasche, stellte aber fest, dass er keinen Empfang hatte. Einen Moment zögerte er, bevor er ebenfalls die Depot-Räume verließ. Erst an der Pforte war das Signal halbwegs akzeptabel. Er schickte eine SMS mit dem Inhalt, dass er Lisa nicht über den Weg traue, an Daniel. Während er tippte, beobachtete er die Volontärin. Sie stand trotz der Kälte ohne Jacke draußen auf der Treppe und telefonierte. Offenbar hatte auch sie es eilig, jemanden zu kontaktieren. Ob er und Rahel das Gesprächsthema waren?

„Ich komme schon noch dahinter, was du von Rahel willst. Und dann wird der Fluch des Falk über dich hereinbrechen!", murmelte er vor sich hin.

***

Duke sah aufmerksam zu, wie Rahel ihre Großmutter umarmte, anschließend Emma herzlich begrüßte und dann ihm einen prüfenden Blick unter zusammengezogenen grauen Augenbrauen zuwarf. Sein Veilchen schien sie geflissentlich zu übersehen, zumindest untersagte sie sich jeden Kommentar oder albernen Scherz darüber, was er dankbar registrierte.

„Sie sind Falk?", fragte sie zweifelnd.

„Ich muss Sie enttäuschen. Den netten jungen Mann haben wir in Berlin zurückgelassen. Mein Name ist Duke Taylor."

„Haben deine Eltern einen Bodyguard für dich engagiert?" Mary schüttelte missbilligend den Kopf, während sie sich ihrer Enkelin zuwandte.

„Nein, Granmary. Duke ist ein Bekannter aus Berlin, oder eigentlich aus London ... Er ist mit Emma und mir zu dir gereist, damit er ..." Rahel zögerte erneut, schürzte die Lippen und lachte dann leise auf. Ihr war wohl gerade aufgefallen, dass Duke sie begleitete, weil er sich bereiterklärt hatte, auf sie aufzupassen.

„Was denn nun? Ach, ist auch egal. Rahels Freunde sind mir immer willkommen. Schnell herein mit Ihnen. Emma – ich darf dich doch Emma nennen? –, Rahel hat mir so viel von dir erzählt. Ich bin völlig aus dem Häuschen, dass ich dich endlich persönlich kennenlerne."

Mary zog Emma hinter sich her in ein Wohnzimmer, das vor Kakteen überquoll. Duke stutzte und betrachtete die Regale, Kommoden, Tische und Fenstersimse, auf denen sich die stacheligen Gesellen drängten. Vom dunklen Holzboden erhoben sich gewaltige Vertreter ihrer Gattung und drohten mit ihren Stacheln. Einige der Kakteen blühten und der Raum verströmte einen schwer definierbaren Duft. Bei dem Gedanken, es rieche irgendwie nach Freiheit und Abenteuer, grinste Duke.

Rahel wollte Mary und Emma folgen, doch er ergriff sie am Handgelenk. Fragend drehte sie sich um und schrak zurück, da er sehr plötzlich so nahe vor ihr stand. Er hinderte sie am Zurückweichen, indem er sie weiterhin festhielt. „Kann ich euch für drei, vier Stunden allein lassen?"

Rahel zog unschlüssig die Schultern hoch, was einen kleinen Sturm in seinem Herzen auslöste. Es gefiel ihm, dass sie anscheinend seine Anwesenheit bevorzugte. „Du willst bei dir zu Hause vorbeischauen?"

„Das wäre nicht schlecht. Außerdem könnte ich ein paar Trainingsschwimmrunden vertragen und mal nachfragen, wie es um meine geplante Weiterbildung steht."

„Natürlich, geh nur. Immerhin bist du nicht ..." Rahel zögerte.

„... der von deinen Eltern engagierte Bodyguard?"

Rahel lächelte verlegen zu ihm auf. „Ich habe kein gutes Gefühl dabei, dass du alle deine Pläne änderst, und das nur, weil irgendein Kerl mich überfallen hat."

„Ich passe gern auf dich auf", sagte er leise und legte für einen kurzen Moment seine rechte Hand an ihre Wange. Mehr wagte er nicht, zumal sich ihre Augen bei seiner Berührung erschrocken weiteten. „Ich bin vor Einbruch der Dunkelheit zurück. Gib mir bitte dein Mobiltelefon, damit ich meine Nummer einspeichern kann. Wenn dir etwas merkwürdig vorkommt, rufst du sofort an, ja?"

„In Ordnung."

Duke ließ sie los, tippte die Nummer in ihr Adressbuch und verknüpfte diese mit einem Icon auf dem Display. „Ruf mich auf jeden Fall an, Schmetterling. Einerlei, ob sich das, was dich beunruhigt, hinterher als harmlos entpuppt."

Rahel nickte und nahm ihm ihr Handy aus der Hand, wobei sich ihre Finger berührten. Ein wohliger Schauer rieselte durch Dukes Körper. Er ließ sie nur ungern allein, doch er wollte ein paar Erkundigungen einziehen. Wer auch immer hinter den Einbrüchen stecken mochte, wusste nichts von Rahels neuem Aufenthaltsort. In diesen ersten Stunden in England war sie sicher. Diese Zeit musste er unbedingt nutzen.

Er war kaum ein paar Schritte am Grundstück entlanggeeilt, als neben ihm ein schwarzer Ford stoppte. Ohne einen Blick auf den Fahrer zu werfen, öffnete er die Beifahrertür und stieg ein.

„Was tut sie hier?", fragte Fred Wilson und gab Gas.

„Hat Green dich nicht informiert?"

„Über den Angriff auf Miss Höfling und den Einbruch?"

„Dann weißt du ja, was *sie* hier tut."

„Sich verstecken? Aber dass es auch bei ihrer Großmutter einen Einbruch gegeben hat, ist ihr bekannt?"

„Ja, sie weiß es. Dennoch fühlt sie sich hier sicherer."

„Wie denkst du darüber?"

Duke lehnte sich zurück und überlegte, wie viel er seinem Kollegen von Scotland Yard erzählen sollte. Er entschied sich für die Sparversion. Es genügte, wenn Green von der Existenz der Tagebücher erfuhr. Letztlich lag es an ihr, ob sie die Informationen an Fred weitergab, den sie als Beobachter für Mary abgestellt hatte.

„Die anderen sind fast neidisch auf uns." Freddy durchbrach Dukes grüblerisches Schweigen. „Bei ihnen passiert absolut nichts. Ihre Observierungen sind todlangweilig."

Duke war nicht scharf darauf, dass bei ihm und Freddy noch mehr geschah. Er plante, Rahel und ihre Familie von dem Verdacht zu entlasten, dass sich widerrechtlich Artefakte aus dem Pharaonengrab in ihrem Besitz befanden. Vor allem aber wollte er Rahel nicht länger in Gefahr wissen. Obwohl sein Job nichts mit den Angriffen zu tun hatte, gab es doch eine deutliche Gemeinsamkeit: Bei beidem stand Rahel im Mittelpunkt des Geschehens, und das behagte ihm gar nicht.

„Wo soll ich dich absetzen? Bei Green?"

„Ist sie denn in London? Nein, du kannst mich an der ersten Underground-Station rauslassen und auf deinen Posten bei Mrs Nowak zurückkehren."

„In Ordnung."

„Freddy, tu mir den Gefallen und halte ein besonders wachsames Auge auf die drei Frauen."

„Denkst du, sie wollen die Tut-Schätze verschwinden lassen?"

„Nein, ich vermute, dass jemand Drittes Greens Verdacht teilt und an die vermeintlichen Schätze heranwill. Zwei Einbrüche, ein versuchter und ein gelungener tätlicher Angriff beunruhigen mich genug, um die Frauen in Gefahr zu wähnen, falls sie zum falschen Zeitpunkt am falschen Ort sind."

„Vermeintlichen Schätze?"

„Bis jetzt habe ich nichts gefunden, was darauf hindeutet, dass diese Familie ein dunkles Geheimnis hütet. Und du?"

„Nichts, aber unsere eigentliche Arbeit hat ja erst vor zwei Wochen begonnen. So schnell kannst du keine Erfolge erwarten. Die Tätigkeit der Spezialeinheit ist immerhin auf ein Jahr festgelegt, mit Platz nach oben."

„Freddy?"

„Klar, ich hocke ohnehin da draußen herum und überlege, wie ich an die alte Lady herankomme. Ich habe es mit einem welken Kaktus versucht und bat sie um Pflegetipps. Die Frau hat mich nicht über die Schwelle gelassen und mir geraten, das Ding in die Tonne zu stopfen und mir Strohblumen anzuschaffen. Sie hat mich nicht mal angesehen, sondern mir die Tür vor der Nase zugeknallt. Im Moment spiele ich mit dem Gedanken, dass ein Kollege einen Überfall inszeniert, so wie das bei dir und Miss Höfling ..."

„Untersteh dich, mir den Angriff auf Rahel in die Schuhe schieben zu wollen!"

„Aber die Idee ist nicht schlecht."

„Lass es lieber bleiben!", knurrte Duke, auch im Hinblick auf Marys stachelige Bewaffnung.

„Na gut. Ich werde also neben dem beobachtenden zudem ein wachsames Auge auf die Damen werfen. Vielleicht bist du ja meine Rettung. Falls Miss Höfling bei ihrer Großmutter bleibt, könnte Green mich abziehen. Sie hat nämlich einen neuen Verdächtigen aufgetan, in dessen Umfeld ein Tut-Relikt aufgetaucht ist. Und der lebt an der Côte d'Azur. Ich würde gern die französischen Kollegen unterstützen."

Duke ließ sich von Freddy absetzen, fuhr mit der Underground bis Greenwich und holte bei seinem Wohnungsnachbarn die Post ab. Er sichtete sie, öffnete zwei Umschläge und warf den Rest in den Korb mit dem Brennholz. Schließlich packte er sein Schwimmzeug ein und joggte durch den Greenwich-Park bis zu einer Schwimmhalle, in der er hoffte, keinen seiner Kollegen anzutreffen. Außer einer älteren Dame mit Blümchenbadekappe, die tapfer ihre Bahnen schwamm, war niemand im Becken. Also sprang er kopfüber in das Azurblau. Bereits nach wenigen Bahnen bemerkte er, dass sich seine Rückenmuskulatur entspannte. Dies machte ihm bewusst, wie stark die Sorge um Rahel, aber auch seine eigenen Halbwahrheiten ihm zusetzten. Grimmig legte er an Geschwindigkeit zu und pflügte durchs Wasser. Es war nicht von Vorteil, dass er sich ausgerechnet in die Frau verliebte, die er zu überprüfen hatte.

Duke drehte am Beckenrand und wechselte vom Kraulstil in den Butterfly. Während seine Muskeln arbeiteten, gingen seine Gedanken eigene Wege. Sollte er Green bitten, ihn abzuziehen? Die Côte d'Azur hörte sich nicht schlecht an. Er könnte ja zu Rahel zurückkehren, sobald die Sache ausgestanden war.

Wieder wendete er und nahm eine weitere Bahn in Angriff. Dabei verwarf er seine Überlegung. Er wollte Rahel nicht alleinlassen – nicht nach allem, was geschehen war. Seine Angst, ihr könnte etwas zustoßen, war einfach zu groß. Die illegal gehandelten Artefakte gingen zu Millionenbeträgen über den Tisch, was galt da schon ein Menschenleben?

Kurz bevor er das Bahnende erreichte, entdeckte er in seiner Spur zwei schlanke Füße mit leuchtend orangefarbenem Nagellack, die ins Becken hingen. Er stockte, wich leicht nach rechts aus und nutzte den restlichen Schwung, um bis an den Beckenrand zu gleiten. Dort zog er sich die Schwimmbrille von den Augen und wischte sich mit der freien Hand das Wasser aus dem Gesicht.

„Ein toller Anblick, Sunnyboy!" Green saß auf dem Rand, achtete dabei aber darauf, dass ihre hochgekrempelten Hosenbeine nicht in Kontakt mit dem Nass kamen.

Duke legte die Schwimmbrille auf die Fliesen, verschränkte die Unterarme auf dem rauen Beckenrand und stützte das Kinn auf diese. „Wie haben Sie mich gefunden?"

„Freddy hat mir gesagt, dass Sie gelandet sind. Außerdem hat Ihr Handy GPS."

Duke zwinkerte, als ihm Wassertropfen aus dem Haar in die Augen rannen. Er schüttelte den Kopf und ignorierte den entrüsteten Aufschrei seiner Chefin.

„Und?", fragte er und wich zurück, als Green mit dem Zeigefinger die Wasserperlen auf seinem Oberarm wegzuwischen versuchte.

„Wie sind die Pläne der Verdächtigen?", forschte sie nach.

„Unentschlossen. Rahel wollte zum einen nicht in dem Apartment bleiben ..."

„Das kann ich verstehen. Ich stelle es mir unangenehm vor, wenn jemand Fremdes meine Sachen durchwühlt."

Duke warf Green einen zweifelnden Blick zu. Diese Sensibilität hatte er von ihr nicht erwartet.

„Schauen Sie mich nicht so an. Ich bin auch eine Frau."

„Schon gut", lenkte er ein und setzte seinen zuvor unterbrochenen Satz fort: „Zudem hat sie sich, wie ich Ihnen gesimst habe, an die Tagebücher von Sarah Sattler erinnert."

„Diese befinden sich in Alison Cliffords ehemaligem Haus?"

„Ihre Großmutter war sich dessen sicher."

„Was treiben Sie dann hier? Womöglich lesen sie bereits darin."

„Ja, und?"

„Also wirklich! Falls es belastende Aufzeichnungen gibt, könnten die Damen diese in Ihrer Abwesenheit vernichten! Glauben Sie immer noch, die wissen nichts über die Wertgegenstände, die ihre Vorfahrin aus Ägypten mitgebracht hat?"

„Rahel weiß definitiv nichts darüber. Auf meinen Verdacht, es gehe dem Einbrecher um Tutanchamun-Artefakte, hat sie verstört und wütend reagiert."

„Ich habe Ihnen schon einmal geraten, die Frau nicht zu unterschätzen. Vielleicht spielen nicht nur Sie mit ihr, sondern sie auch mit Ihnen?" Green zwinkerte ihm zu. Duke jagte ein heißer Schmerz durch die Brust, während das ihn umgebende Wasser plötzlich zu Eis zu kristallisieren schien. Würde Rahel es eines Tages genauso sehen? Dass er mit ihr gespielt hatte?

„Dafür, dass ich Sie ursprünglich gar nicht in der Truppe haben wollte, sind Sie enorm effektiv."

„Ich überlege, ob ich mich ausklinken soll."

„Unmöglich!" Green zog die Beine an und umschloss sie mit ihren Armen. „Führen Sie den Job zu Ende, danach können Sie tun und lassen, was Sie wollen. Ihre Chancen stehen doch optimal, bereits in den nächsten Tagen ein Ergebnis vorlegen zu können."

Duke nickte, setzte die Schwimmbrille auf, stieß sich mit den Füßen am Beckenrand ab und kraulte davon. Er wünschte, er könnte auch vor dem Ärger und dem Schmerz davonschwimmen, der ihn im selben Augenblick übermannte. Was würde mit Rahel, ihren Eltern und Mary geschehen, falls er in ihrem Besitz Eigentum der ägyptischen Regierung fand? Genügte es, diese Grabfundstücke zurückzugeben? Wäre die Folge eine Anzeige wegen Hehlerei? Wen traf dann die Strafverfolgung? Alle vier? Oder würde Rahel mit einem blauen Auge davonkommen? Wie würde sich eine Beziehung zwischen Rahel und ihm auf seine Karriere auswirken?

Nach der Wende hob Duke den Kopf und warf einen Blick ans andere Beckenende. Green war verschwunden. Dafür liefen zwei Kinder mit ihrer Mutter von den Duschen zu den Ablagefächern. Es war Zeit für ihn, ebenfalls zu gehen. Er schwamm die letzte Bahn in gemütlichem Tempo und stemmte sich kraftvoll aus dem Becken.

„Bist du mein Schwimmlehrer?", sprach ein etwa Fünfjähriger ihn an und blickte mit weit zurückgelegtem Kopf ängstlich zu ihm auf.

Duke ging in die Hocke. „Nein, aber der kommt bestimmt gleich und zeigt dir, wie viel Spaß du im Wasser haben kannst."

Zweifelnd zog der Junge seine Nase in Falten. „Werde ich so groß und stark wie du, wenn ich viel schwimme?"

„Das hilft auf jeden Fall dabei!"

„Na gut, dann mach ich's!"

„Du kannst das!", ermunterte Duke, wuschelte dem Kind durch das vom Duschen nasse Haar und erhob sich.

Die Mutter formte mit ihren Lippen ein ‚Danke' und ging mit der jüngeren Schwester des Schwimmschülers an der Hand zu einer Sitzgelegenheit.

Duke duschte und traf mit Einbruch der Dämmerung bei Marys Haus ein. Rahels Großmutter öffnete ihm und winkte ihn herein. „Emma und Rahel lesen in den Tagebüchern. Sie sind kaum ansprechbar. Jetzt hoffe ich, dass zumindest Sie einen gehörigen Appetit mitgebracht haben."

„Den habe ich."

„Das war die richtige Antwort. Sonst hätte ich Sie draußen stehen lassen!" Mary warf die Tür ins Schloss und eilte geschäftig in ihre Küche. Duke betrat das Zimmer mit den Kakteen und fand die Frauen im angrenzenden Wintergarten. Emma saß längs auf einer Couch, trug eine Lesebrille und hatte eine Decke über ihre Beine ausgebreitet, während Rahel quer in einem Sessel lag, die Beine über die Armlehne baumeln ließ und ebenfalls nicht aufsah, als er sich mit der linken Schulter an den Türrahmen lehnte.

„Eure Lektüre muss spannend sein."

Emma blickte ihn über den Rand der Brille hinweg an und nickte, ehe sie sich wieder in den Text vertiefte. Rahel senkte das in fleckiges Leder gebundene Buch und lächelte ihn an.

„Sarahs Ehemann Andreas verdiente sein Geld als Autor und Journalist. Er schrieb für verschiedene Zeitungen und Reisejournale und verfasste sogar einige Bücher. Im Ersten Weltkrieg war er übrigens ein Spion, wie auch Sarahs Vater. Das Paar hat ein sehr aufregendes Leben geführt und ist viel gereist."

Duke, der diese Informationen vorab ebenfalls erhalten hatte, holte sich einen Stuhl und setzte sich zwischen Couch und Sessel.

„Jetzt weiß ich, woher Rahel ihr Zeichentalent hat. Die Illustrationen sind wunderschön!", schwärmte Emma und reichte Duke das Tagebuch.

Die Skizze auf der aufgeschlagenen Seite zeigte eine junge Frau mit deutlich orientalischem Einschlag. Sie war eine wahre Schönheit, hielt eine Reisetasche in den Händen und hatte den Kopf leicht abgewandt, als warte sie auf die Ankunft des im Hintergrund angedeuteten Dampfers. Duke bewunderte die perfekt eingefangene Bewegung der Bluse und die aufliegenden Haare in der Meeresbrise, genauso wie die winzigen, liebevoll gezeichneten Details, die sich an einer im Wind treibenden Möwe oder den Zollsiegeln auf der Kiste zu den Füßen der jungen Frau wiederfanden. Die Bildbeschriftung ließ ihn für einen Augenblick den Atem anhalten. *Samira Elwood mit ihrem Gepäck im Hafen von Alexandria.* Minutenlang betrachtete er wie gebannt die Ägypterin. Unzweifelhaft bargen diese Tagebücher einen Schatz.

Kapitel 37

Eine undurchdringliche Nacht hatte sich über England gelegt. In Alison Cliffords ehemaligem Zuhause war es ebenso dunkel, nur im Wintergarten brannten drei Leselampen, einige Kerzen flackerten zwischen Pflanzenkübeln auf den Fenstersimsen und im angrenzenden Zimmer zuckten die Flammen eines ersterbenden Feuers im offenen Kamin. Rahel klappte endlich das Journal zu und rieb sich die Augen. Die kleinen Buchstaben und die teilweise alten englischen Ausdrücke hinderten sie an einem flotten Lesen.

Emma hob den Kopf und tat es Rahel gleich. „Das nenne ich mal eine interessante Liebesgeschichte. Ich dachte immer, Daniel und ich hätten einen komplizierten Start gehabt."

„Andreas hatte mit dem unbestätigten Verdacht gelebt, er sei für den Tod von Sarahs Vater verantwortlich. Das hat mich schon als Kind fasziniert. Ich denke, Sarah war eine Frau mit einer großen Vergebungsbereitschaft."

„Sie verzieh sogar dem Pärchen, das es auf ihr Leben abgesehen hatte!", stimmte Emma ihr zu. „Lady Alison und sie traten in dem Prozess gegen Camille Beals nicht als Nebenkläger auf, sondern kümmerten sich während der Haft um sie. Nach Lady Alisons Tod bekam die Frau einen Teil des Erbes, obwohl sie darauf vielleicht nicht einmal mehr einen Rechtsanspruch hätte erheben können."

„Irgendetwas über Grabschätze?", fragte Duke ungewollt abrupt, da er überlegte, ob Rahel bereit war, auch ihm seine Heimlichkeiten zu vergeben.

„Eine Menge!", lachte Emma. „Sarah hat das Auffinden des Grabes, ihren ersten Blick in die Vorkammer und später die Grabkammer und die angrenzende Schatzkammer ausführlich beschrieben und bebildert. Ich könnte mir vorstellen, dass sich die Leitung des Ägyptischen Museums in Kairo nach diesem Bericht und den Originalzeichnungen die Finger lecken würde."

Duke hatte beim Überfliegen der Zeilen festgestellt, dass das Tagebuch einen spannenden Reisebericht über die Hochzeitsreise des Paares enthielt. Er klappte das Journal zu und streckte auffordernd die Hand nach Emmas Buch aus.

„Ich habe es doch geprüft."

„Vielleicht entdecke ich einen Hinweis, der dir entgangen ist."

„Möglich. Es liest sich fast wie ein Roman. Ich habe zwischendurch einige Male vergessen, worauf ich eigentlich achten muss. Zudem bist du Muttersprachler." Emma überließ ihm das Buch, erhob sich und ging mit ihrem Handy ins Wohnzimmer, um mit Daniel zu telefonieren.

Duke blätterte sorgsam Seite um Seite um und betrachtete fasziniert die Zeichnungen. Hin und wieder waren die junge Frau vom Hafenbild sowie andere ägyptische Frauen und Kinder auf ihnen zu sehen. Ein Mädchen, die Bildunterschrift verriet ihm, dass sie Tari geheißen hatte, war auffällig häufig abgebildet, doch ab der Mitte des Tagebuchs tauchte das Kind nicht mehr auf.

„Hat Sarah ausschließlich Bleistiftskizzen angefertigt?", fragte er in die Runde.

„Nein, wie Rahel malte sie in verschiedenen Techniken", wusste Emma, die am Türrahmen lehnte. Ihr Telefonat war kurz ausgefallen. „Sind dir die Bilder in unserem Wohnzimmer aufgefallen? Sie stammen von Rahel."

Duke erinnerte sich gut an die aussagekräftigen, farblich reduzierten Landschaftsbilder und wollte Rahel gerade seine Bewunderung aussprechen, als ihm ein anderer Gedanke kam. „Dann könnte es noch mehr Zeichnungen als nur die Tagebuchskizzen geben? Bilder, die Sarah anfertigte, als sie wieder zu Hause war?"

„Möglich." Rahel versteckte ein Gähnen hinter ihrer Hand. „Allerdings zeichnete sie, abgesehen von den faszinierenden Einblicken in die Grabräume, fast ausschließlich Landschaften und Personen. Ich vermute, wir können anhand der Bilder kaum darauf schließen, ob sich in ihrem Besitz Gegenstände aus dem Grab befunden haben."

„Außer, sie sind im Hintergrund zu sehen. Sie war ja sehr detailverliebt", widersprach Duke.

„Es sind keine zu sehen!", sagte Rahel fest und sah ihn vorwurfsvoll an.

„Genau das ist es ja, was wir beweisen wollen."

„Beweisen?" Der Ausdruck irritierte Rahel sichtlich. „Diese Einbrecher *müssen* uns gar nichts glauben. Wie sollen wir ihnen überhaupt die Information zukommen lassen, dass es hier keine Schätze zu finden gibt? Sollen wir ein entsprechendes Plakat an die Tür kleben?"

„Es gibt sicher einen Weg, das publik zu machen", murmelte Duke und drehte sich der Terrassentür zu. Grimmig betrachtete er sein vom flackernden Lichtschein beleuchtetes Spiegelbild in der Scheibe. Es würde unverhältnismäßig einfacher sein, Green von der Unschuld der Familie zu überzeugen, als irgendwelche ihm unbekannten Gestalten, die vor Einbrüchen und Überfällen nicht zurückschreckten.

Emma stieß sich vom Türrahmen zwischen Wintergarten und Wohnzimmer ab.

„In Berlin ist so weit alles in Ordnung. Daniel fehlen zur Ausführung von Dukes Job entschieden einige Fremdsprachen, doch er wäre nicht Daniel, hätte er nicht dennoch einen vorübergehenden Aushilfsjob im Museum ergattert. Ehrenamtlich natürlich und das auch nur, weil er jemanden in die ganze Geschichte eingeweiht hat. Falk hat Lisa auf den Zahn gefühlt. Sie hat auf seine Andeutungen auffällig erschrocken reagiert, musste gleich telefonieren. Falk ist der Überzeugung: Die Volontärin hat kein reines Gewissen. Er bleibt auf jeden Fall dran."

Rahel zog ihre Strickjacke enger um ihren Oberkörper, als fröstle sie bei dem Gedanken, dass sie tagelang allein mit der Person in einem abgeschiedenen Depot gearbeitet hatte, die womöglich für den Überfall und die Einbrüche mitverantwortlich war.

Emma trat zu Rahels Sessel und küsste sie auf die Stirn. „Schlaf gut, Kleine. Die Jungs kriegen das bestimmt schnell auf die Reihe."

Emma winkte Duke zu, der seitlich an der Terrassentür lehnte und grüßend die Hand hob. Gleich darauf waren ihre müden Schritte auf der nach oben führenden Treppe zu hören.

Stille breitete sich im Wintergarten aus. Das Feuer im Wohnzimmer war heruntergebrannt, einzig einige rote Glutnester zwischen bedrohlich spitzen Stacheln wiesen auf die Wärmequelle hin.

Duke beobachtete im verzerrten Spiegelbild der Scheibe, wie Rahel sich erhob und das Tagebuch so vorsichtig auf dem schweren Eichenholztisch ablegte, als sei es ihr wertvollster Besitz. Sie näherte sich ihm. Ihre Augen funkelten im Kerzenlicht, als sie den Kopf hob, um ihm ins Gesicht schauen zu können.

„Dich bedrückt etwas", sagte sie leise.

Duke gab seinem Wunsch nach einer Berührung nach und ergriff sie an den Oberarmen. Sie zuckte leicht zurück, blieb aber vor ihm stehen. Allerdings deutete eine winzige Falte zwischen ihren Augen darauf hin, wie unsicher sie sich dabei fühlte.

„Diese ganze verworrene Angelegenheit bereitet mir Sorge", erklärte er, ebenso leise wie Rahel. „Mir wäre viel wohler, wenn wir wüssten, was diese Leute wollen und vor allem, wer sie sind."

„Falk und Daniel würden das sicher langweilig finden." Rahel schmunzelte schelmisch, was Duke mit Erleichterung registrierte. Sie war stark genug, das alles durchzustehen. Doch würde sie dann noch die Kraft aufbringen, seine Rolle in der Geschichte zu akzeptieren?

„Wie sieht es mit deiner geplanten Weiterbildung aus?"

Diesmal war es an Duke zu lächeln. Rahel sah trotz ihrer prekären Lage über den eigenen Tellerrand hinaus. Aus einem Impuls heraus strich er ihr liebevoll mit der Rückseite der Finger über die Wange. Einen Moment glaubte er, sie weiche vor ihm zurück, jedoch fiel die Bewegung nur minimal aus, beinahe so, als habe sie einen Augenblick der Überlegung gebraucht, ob sie die Berührung zulassen wollte oder nicht. Er wusste inzwischen, dass sie keine Frau war, die sich gedankenlos, rein von Gefühlen und Stimmungen getrieben in eine Beziehung warf, und das gefiel ihm außerordentlich gut. Gleichzeitig war es auch das, was ihm erneut Gewissensbisse einbrachte. Also war er es, der einen Schritt nach hinten auswich. Doch ganz zurückziehen wollte und konnte er sich nicht. „Ich kann die Fortbildung jederzeit beginnen, sobald ich das möchte."

„Und wann wird das sein?"

„Nicht, bevor ich dich nicht in Sicherheit weiß."

„Duke …"

„Nein, Rahel. Ich kann alles …"

Rahel legte ihre Finger an seine Lippen und brachte ihn damit zum Schweigen. Ihm war, als jage ein Stromschlag durch ihn hindurch. Es war das erste Mal, dass eine bewusste Berührung von ihr ausging. Obwohl sie ihre Hand sofort wieder zurückzog, glaubte er sie noch immer zu spüren.

Das Schweigen dauerte an. Über ihnen erklang das Knarren der Bodendielen, als Emma zu Bett ging, daraufhin kehrte Ruhe ein. Gelegentlich knackte es im Gebälk, im Nebenzimmer gab es ein sanftes Rascheln, als falle eine der größeren Kakteenblüten zu Boden.

„Rahel …" Dukes Stimme klang rau, als habe er tagelang geschwiegen. Obwohl er leise sprach, schnitt dieses eine Wort durch die Stille wie ein Messer durch Butter.

„Vertraust du mir?"

Rahel wich einen Schritt zurück, sodass er sie loslassen musste. „Warum fragst du mich das?"

Duke stöhnte innerlich auf. Hatte er wirklich mit einer einfachen Antwort gerechnet? Das hätte so gar nicht zu Rahel gepasst.

„Diese Vorfälle und ich – wir sind ziemlich gleichzeitig in dein Leben getreten."

„Vielleicht weil Gott wusste, wie sehr ich deine Hilfe brauchen würde."

„Denkst du so darüber?"

„Müsste ich denn etwas anderes annehmen?"

Ihre Gegenfragen wurden unbequemer. Duke bedauerte, damit angefangen zu haben. Was sollte er nun erwidern? Dass er nie etwas tun würde, das ihr Schaden zufügte? Und was geschah, falls sich im Besitz ihrer Familie Fundstücke aus Tutanchamuns Grab fanden? Allmählich gewann er den Eindruck, dass es doch einen Fluch gab. Aber dieser ging weder von dem Pharao aus noch von irgendwelchen Verwünschungen seiner Bestattungspriester, sondern entstammte aus den habgierigen und verhärteten Herzen mancher Zeitgenossen.

„Nein, vermutlich nicht", erwiderte er lahm.

„Vermutlich?"

„Ich maße mir nicht an, die Pläne Gottes im Voraus zu kennen. Oft genug verstehe ich nicht einmal im Nachhinein, was er bezweckt hat."

Rahel versteckte ein erneutes Gähnen hinter ihren Händen.

„Versuch zu schlafen, Schmetterling. Ich passe hier unten auf dich auf."

„Du brauchst nicht hierzubleiben", widersprach sie sofort. „Zur Not verfüge ich ja über eine ganze Menge stacheliger Wurfgeschosse."

„Falk und Daniel köpfen und vierteilen mich, wenn ich dich alleinlasse. Und was Emma mit mir macht, will ich mir gar nicht erst vorstellen."

Rahel lachte leise in sich hinein. „Ich besorge dir Bettzeug für die Couch." Dass sie ihn nicht noch einmal fortschickte, registrierte er mit Erleichterung. Er hinderte sie daran, sich wegzudrehen, um ihr Vorhaben in die Tat umzusetzen. Fragend sah sie zu ihm auf. Sein Wunsch, sie zu küssen, nahm überhand. Er verstärkte den Druck seiner Hände um ihre Oberarme und beugte sich ihrem Gesicht entgegen.

„Ich vertraue dir", flüsterte Rahel schnell und wand sich aus seinem Griff. Er sah ihr zu, wie sie durch die Tür ins Nebenzimmer huschte.

„Alles der Reihe nach", murmelte er vor sich hin. „Du verzettelst dich gerade ohnehin heillos."

***

Duke, Rahel und Emma verbrachten die folgenden, meist regnerischen Wintertage mit der Lektüre von Sarahs Tagebüchern. Ihr Ehemann war zu Beginn des Zweiten Weltkriegs von den Engländern inhaftiert worden, später arbeitete er unter strenger Beobachtung beim *Double Cross System* des MI5, die deutsche Agenten entlarvten und durch diese wiederum Falschmeldungen an den gegnerischen Geheimdienst weitergaben. Schließlich schleuste man Andreas nach Deutschland in den Widerstand gegen Hitler und sein Regime ein. Sarahs Angst um ihren Mann war aus jeder Zeile ihres Tagebuchs herauszulesen. Sie hatte mittlerweile zwei Kinder und war mit dem dritten schwanger. Sie verlor es ungefähr zu der Zeit, als der Kontakt der Briten zu Andreas abbrach und sie aus den Staaten die Nachricht erreichte, dass Samira Miller bei der Geburt ihres zweiten Sohnes gestorben war.

Andreas kehrte kurz vor Kriegsende zurück. Er war enttarnt worden und gezwungen gewesen unterzutauchen. Seine Flucht war eine Odyssee aus Angst, Verzweiflung und übermenschlichen Strapazen gewesen, über die er kaum sprach. Erst ein späteres Tagebuch, nach der Geburt des vierten Kindes und nach einer langen Reise von Andreas, enthielt mehr Details über das, was er hatte durchmachen müssen. Offenbar hatte Andreas eines Tages die Hemmschwelle überwunden und sich geöffnet.

Ab da gestaltete sich der Grundtenor der Tagebücher wieder fröhlicher. Die Leser erlebten das Aufwachsen der Kinder mit, schließlich weitere Exkursionen des Paares, bis Lady Alison verstarb. Sarah und Andreas nahmen die gemeinsamen Reisen erst wieder auf, als ihre vier Kinder aus dem Haus waren.

Ab diesem Zeitpunkt häuften sich auch die Eintragungen über Camille. Die Frau war zwar nie eine enge Beziehung zu Sarah eingegangen, unterhielt aber eine lose Freundschaft mit ihr, auch nachdem sie aus dem Gefängnis entlassen worden war und ihr Erbe erhalten hatte. Das letzte Tagebuch begann im Jahr 1973 und beinhaltete nur noch wenige beschriebene Seiten.

Rahel atmete tief ein und blätterte um, obwohl sie ahnte, dass die Zeilen auf der Vorseite die letzten Worte waren, die Sarah Sattler niedergeschrieben hatte. Ihre Neugier wurde belohnt: Es gab einen weiteren Eintrag, diesmal in einer eckigen, männlichen Handschrift.

Geliebte Sarah,

Du bist heimgegangen. Jetzt darfst Du den Himmel sehen, auf den Du Dich so gefreut hast. Danke, Sarah, für all die Jahre an meiner Seite, die für Dich nicht immer leicht waren. Du bist der Beweis dafür, dass das Vertrauen auf Gott einem ängstlichen Menschen Flügel wachsen lässt. Deine Vergebungsbereitschaft war bewundernswert. Du fragst Dich sicher, weshalb ich nunmehr von Vergebung schreibe, da ich doch soeben noch von Angst schrieb. Ich denke, Angst und Vergebung stehen in einem größeren Zusammenhang, als wir gemeinhin annehmen. Du hast es an Dir selbst bemerkt, nicht wahr? An Dir, an Alison, an Camille und an mir! Du konntest Deinem Vater vergeben, der Dich in die Fremde schickte, Du hast Alison vergeben, die Dir so lange die Wahrheit vorenthalten hatte. Du warst sogar in der Lage, mir zu verzeihen, dazu diesem kriminellen Anwalt und Camille! Aber Deine schwerste Übung war die, Dir selbst zu verzeihen! Dir zu vergeben, dass du lange Zeit Schutz hinter Alison, hinter Deiner Furcht, hinter den Mauern Deiner Schüchternheit gesucht hattest.

Die kleine Tari zeigte Dir und auch mir, was Leben bedeutet; nämlich dass wir die Angst als Teil von uns akzeptieren und dennoch das Wagnis der Liebe eingehen müssen, um diese Liebe mit offenen Händen zu verschenken. Erst als Du Dir Deine Zurückhaltung, Deine Flucht vor den Gefahren des Lebens verziehen hattest – ein Prozess, den Du nicht einmal bewusst wahrgenommen hast –, gelang es Dir, Dich selbst zu lieben.

Heimlich wischte sich Rahel mit den Ärmeln ihres Sweatshirts die Tränen von der Wange, die gar nicht aufhören wollten zu fließen. Sie war froh, dass Emma und Duke zu sehr mit ihren Texten und Mary mit ihren Kakteen beschäftigt waren, um sie zu beachten.

Ja, die Liebe vermag viel! Sogar tief sitzende Ängste zu verwandeln und Gaben, die in einem Menschen angelegt sind, an die Oberfläche zu führen und diesen Menschen zu befähigen, sie zu gebrauchen und andere damit zu beschenken. Manchmal braucht es schlimme Begebenheiten, damit wir aufgerüttelt werden. In all dem lässt Gott uns jedoch nicht allein. Er führt uns hindurch, wenn wir seine Hand ergreifen und seine Führung, seine Nähe, seine Vergebung und seine Liebe zulassen.

Du hast einen schweren Weg beschritten, auf diesem gelernt, Dir zu vergeben, Deine Gaben gesucht und gefunden, sie genutzt und zum Wohl anderer eingesetzt, selbst gegen Widrigkeiten und Zweifel. Du hast das Leben vieler Menschen bereichert, weil Du den Mut aufbrachtest, Deinen Weg zu gehen. Jetzt genieße es aus vollen Zügen, dass Du an Gottes Seite sein, ihn sehen darfst!

Ich freue mich auf ein Wiedersehen mit Dir in der Ewigkeit!

Dein Dich liebender Andreas, der in Deiner Liebe und Deiner Vergebungsbereitschaft einen Vorgeschmack auf den Himmel erleben durfte.

Es dauerte geraume Zeit, bis Rahel sich beruhigt hatte und der süße Schmerz in ihrem Inneren allmählich wich. Sie hatte dank dieser Tagebücher Sarah und Andreas durch deren gemeinsames Leben begleitet, mit ihnen Höhen und Tiefen, Leid und Freude erlebt … und mochte sich nicht von ihnen trennen. Der Gedanke, dass Sarah und Andreas durch diese schriftlichen Aufzeichnungen, durch den an ihre Kinder und Kindeskinder weitergegebenen Glauben, aber auch durch sie selbst, ihre

Ururenkelin, ein bisschen weiterlebten, tröstete sie. Sarah hatte von Zeiten berichtet, in der ihr Glaube nebensächlich gewesen war, mehr Tradition und Routine als lebendig. Doch genauso, wie sie ihr Leben angepackt und sich Herausforderungen gestellt hatte, so hatte sie darum gekämpft, aus dieser Lethargie herauszufinden – und gewonnen! Zu Hilfe gekommen waren ihr schmerzliche Begebenheiten, abgrundtiefe Täler, durch die sie hatte wandern müssen. Aber sie hatte gestärkt und gefestigt die Anhöhen erreicht und damit ihr Ziel, so wie Andreas es in einem letzten Brief an seine Frau beschrieben hatte.

„Fertig?"

Rahel hob erschrocken den Kopf. Duke hatte seine Arme auf der Couchlehne ausgebreitet und musterte sie.

„Diese Tagebücher erzählen nichts von Gegenständen aus dem Grab Tutanchamuns. Wenn es ein wertvolles Erbe von Sarah Sattler gibt, dann ist es wohl ihre Geschichte", erwiderte Rahel.

Emma schloss ebenfalls ihr Buch und sprang auf die Füße. „Leute, seit Tagen sitze ich nur faul herum."

„Was haltet ihr von einem Ausflug nach London?", schlug Duke vor.

„Ich bin dabei!", klang Marys Stimme aus einem der anderen Räume zu ihnen.

„Ich weiß nicht …" Emma warf einen fragenden Blick auf Rahel. Doch auch sie erhob sich und straffte die Schultern.

„Wir waren lange genug eingesperrt. Es ist nichts geschehen, außerdem begleitet uns Duke", argumentierte Mary.

„Richtig, Duke, der Mann … und Bodyguard." Emma lachte und spurtete in elegantem Slalom zwischen den Kakteen hindurch in den Flur und tauschte dort die dicken Socken gegen ihre Stiefel.

„Diese Frau beschleunigt von null auf hundert in weniger als einer Sekunde", murmelte Duke und folgte Emma in den Flur. Wenig später verließen die drei Frauen und der junge Mann das Haus, um mit dem Zug nach London zu fahren.

Zurück blieb ein gelangweilt aussehender Freddy in seinem Ford.

***

Falk ließ sich in den Sessel fallen und legte die Füße auf den bunten Glastisch. Er verschränkte die Hände in seinem Nacken und schloss für einen Moment die Augen.

„Es hat was, den ganzen Tag zu arbeiten, nicht?", frotzelte Daniel.

„Das sagt der Richtige! Du turnst in Vorlesungssälen vor einem Haufen Mädchen herum, die dich anhimmeln, und referierst dabei über das Mittelalter oder überwachst mit einer Mappe in der Hand und dem Kuli hinter dem Ohr die Ausgrabungsarbeiten irgendwelcher armer, geschundener Freiwilliger."

„Das mit den Mädchen kann ziemlich anstrengend sein", konterte Daniel gut gelaunt.

Falk grunzte nur. „Was macht Antonio?"

„Ihm geht es gut. Er darf in den nächsten Tagen das Krankenhaus verlassen. Die beiden Täter kann er nicht beschreiben, es ging alles viel zu schnell. Aber der alte Charmeur ist froh, dass Rahel nichts zugestoßen ist."

„Solche Helden braucht die Welt!" Falk verdrehte gespielt hingerissen die Augen.

„Glaube mir, die Welt wäre besser, hätten wir mehr Männer wie Antonio. Jemand, der hinsieht und sich einsetzt und sogar Prügel einsteckt, um einer unbekannten Frau zu helfen."

„Die Frauen wollten doch die Emanzipation. Sie sind selbst schuld, dass ihnen kein Kerl mehr die Tür aufhält, ihnen in den Mantel hilft oder ihre Restaurantrechnung begleicht. Ach halt. Ich kenne da noch einen Dinosaurier, der das tut: dich!"

„Soweit man mich lässt", lachte Daniel.

„Es fiel mir sofort auf, dass Emma ihr Gepäck noch immer selber trägt."

„Sie reist mit fast unheimlich wenig Gepäck und nie ohne ihren Rucksack." Daniel brummte noch etwas, erhob sich und ging in den Küchenbereich. Falk grinste vor sich hin. Es war seinem Freund anzumerken, wie sehr Emma ihm fehlte.

„Was gibt es Neues von Lisa?", rief Daniel herüber, während er den Kühlschrank öffnete und hineinsah, als hoffe er, darin seine Frau zu finden.

„Nicht viel. Seit unserem ersten Gespräch ist sie total verschlossen und misstrauisch mir gegenüber."

„Und dabei bist du so ein charmanter Kerl", flachste Daniel, nahm zwei Joghurts und einen Löffel und setzte sich wieder auf die Couch.

„Muss ich meinen mit den Fingern essen?", fragte Falk.

„Die sind beide für mich."

„Ich nehme das mit dem Dino und den guten Manieren sofort zurück!"

„Bist du eine Frau?"

„Hilfe, nein! Die sind mir viel zu wirr im Kopf."

„Das war jetzt ziemlich uncharmant. Wie willst du mit dieser Einstellung jemals eine Frau abbekommen?"

„Ich suche mir eine, die nur minimal schwer zu verstehen ist."

„Rahel ist so eine Vertreterin."

„Rahel? Nein, sie ist mehr eine kleine Schwester. Außerdem ist sie vergeben."

„An Duke?"

Falk erhob sich und holte sich gleich drei Naturjoghurts aus dem Kühlschrank, dazu Schokostreusel und einen großen Suppenlöffel. „Den Mann, nicht den Hund", lachte Falk.

„Ich habe nicht den Eindruck, dass ihr euch sehr grün seid."

„Das täuscht. Ich finde, er ist ein prima Kerl. Bis auf seine Muckis. Die sind mir zu protzig."

„Warum lässt du ihn dann so auflaufen und spielst ihm vor, Interesse an Rahel zu haben?"

„Dieses großartige Mädchen muss er sich erst verdienen!"

„Dir ist aber klar, dass er dich längst durchschaut hat?"

„Klar ist mir klar, dass er mich durchschaut hat, aber ihm ist auch klar, dass mir klar ist, dass er mich durchschaut hat. Aber wir treiben das Spielchen trotzdem noch ein bisschen weiter."

„Weshalb?"

„Weil es Spaß macht?"

Daniel kratzte in seinem ersten Becher herum. „Verstehen muss ich das nicht, oder?"

„Nein, das ist etwas zwischen …"

„Männern?" Daniel taxierte den Jüngeren drohend.

„Zwei Kerlen, die beide Rahel beschützen wollen, wenn auch aus unterschiedlichen Motiven."

„Bin ich froh, dass ich aus dem Alter raus bin", kommentierte Daniel und riss den zweiten Joghurtbecher auf.

In diesem Moment läutete die Hausglocke. Falk stellte seinen Joghurtbecher ab, sprang auf und trat an die Gegensprechanlage.

„Jap?"

„Paket für Falk Jäger", quakte es aus dem Lautsprecher.

„Ich bin gleich unten." Falk drückte auf den Summer, steckte den Löffel in die Gesäßtasche seiner ausgebeulten und ausgefransten Jeans und riss die Wohnungstür auf.

Erst als er im Eingangsbereich ankam und den Postboten im Türrahmen als schwarze Silhouette ausmachen konnte, fiel ihm auf, dass der Bewegungsmelder für das Licht nicht funktionierte.

„Irgendwo links von Ihnen muss ein Lichtschalter …" Weiter kam er nicht. Die Gestalt packte ihn und warf ihn derb gegen die Wand. Eine zweite Person drängte durch die Tür und versetzte ihm mit einem Baseballschläger einen schmerzhaften Schwinger in die Magengrube. Falk, völlig überrumpelt von dem Angriff, stöhnte laut auf. Panik überkam ihn. Gegen zwei Kerle, einer davon mit einem Hartholz bewaffnet, hatte er keine Chance …

***

Rahel betrat lachend den Flur und drehte sich schnell zu Duke um. Es regnete in Strömen, weshalb sie von der Bahnstation bis zu Marys Haus gerannt waren. Sie tastete nach dem Lichtschalter und blinzelte, als das grelle Licht aufflammte. Duke schloss die Tür hinter sich und kam dann auf sie zu. Seine Augen blitzten übermütig. Rahel wehrte sich nicht, als er nahe vor sie trat. Sie hatte einen wunderbaren Nachmittag erlebt, sich endlich einmal wieder frei bewegen können und viel gelacht. Vor zwei Stunden hatte Mary Emma zu einer britischen Bekannten eingeladen, die in London als Lehrerin arbeitete, sodass Duke und Rahel allein in einem Restaurant gegessen hatten. Rahel hatte das ungezwungene Beisammensein mit ihm in vollen Zügen genossen.

Duke beugte sich über sie. „Du bist hinreißend, Rahel", raunte er. Sein Lächeln verschwand, und sie erzitterte leicht unter seinem Blick, mit dem er den ihren gefangen hielt. „Mehr als das", fügte er leise hinzu. Seine linke Hand wanderte an ihrem Hals entlang und unter das nasse Haar in ihrem Nacken. Ein heißer Schauer lief durch Rahels Körper, die Kälte war vergessen. Was zählte, waren diese dunklen, fast schwarzen, fest auf ihr Gesicht gerichteten Augen.

In diesem Moment polterte es im Stockwerk über ihnen. Ein Krachen folgte, als sei etwas Schweres umgefallen. Duke drehte sich der Treppe zu, gleichzeitig zog er sie hinter seinen breiten Rücken. Mit dem rechten Arm sorgte er dafür, dass sie immer hinter ihm blieb, während er zwei Schritte nach links ging und das Licht ausschaltete.

Rahels Atem ging stoßweise. War jemand ins Haus eingedrungen? Wieder bewegte sich Duke, leise wie eine Raubkatze. Dabei war er weiterhin darauf bedacht, dass Rahel hinter seinem Rücken folgte. Er öffnete ruckartig die Tür zum Wohnzimmer und warf einen langen, prüfenden

Blick über die Einrichtung und die unzähligen Kakteen, ehe er Rahel in den Raum schob.

„Du bleibst hier", wies er sie knapp an.

„Was hast du vor?"

„Egal, was du hörst, du verlässt dieses Zimmer nicht!"

„Duke?" Rahel wollte nach seinem Arm greifen. Er war schneller, huschte hinaus und schloss leise die Tür. Wieder drang von oben ein Geräusch herunter. Rahel zuckte zusammen, als habe sie jemand geschlagen. Unschlüssig drehte sie sich um und taxierte die nur als grauer Umriss zu erkennende Tür. Angst schnürte ihr die Kehle zu. Was würde mit Duke geschehen, sollte der Eindringling bewaffnet sein?

***

Duke warf einen prüfenden Blick auf die Klinke, aber sie senkte sich nicht. Rahel blieb, wo sie war. Mit der linken Hand griff er unter seine Lederjacke und zog die Pistole aus dem Schulterholster. So leise wie möglich huschte er die alte Treppe hinauf, konnte jedoch ein gelegentliches Knarren nicht verhindern. Schweißperlen entstanden auf seiner Stirn und mischten sich mit dem Regenwasser, das ihm aus dem nassen Haar in das Gesicht lief.

Im ersten Stock angekommen nahm er die Waffe in beide Hände. Er trat einen Schritt in den Flur und zog sich gleich darauf wieder zurück. Die Dunkelheit machte es schwierig, mehr als Umrisse auszumachen. Dennoch war er sich sicher, niemanden gesehen zu haben. Er betrat den Korridor und näherte sich der ersten Zimmertür. Diese stand halb offen. Er zögerte einen Augenblick, schätzte seine Möglichkeiten ab und beschloss, die Tür nicht mit dem Fuß aufzustoßen. Der Lärm könnte ihn verraten. Also huschte er an dem Zimmer vorbei und schob sich zwischen Tür und Zarge durch den Spalt hinein. Inzwischen hatten sich seine Augen an die Finsternis gewöhnt. Er suchte die Umgebung ab. Filigrane Möbel, ein breites Bett mit Himmel, Emmas Rucksack auf einem Schreibtischstuhl.

Duke verließ das Gästezimmer und wechselte auf die andere Flurseite. Die dortige Tür war geschlossen. Nach einem prüfenden Rundumblick löste er die rechte Hand von der Waffe und drückte die Klinke. Es gab ein metallisches Klacken, die Tür schwang aber geräuschlos auf.

Die Möbel hier waren wuchtiger, Kleidungsstücke lagen auf einem Sessel, ein leichter Duft von Rahels Parfum wehte ihm entgegen. Auch in diesem Raum hielt sich niemand auf. Duke ließ die Tür offen und tastete sich weiter voran.

In diesem Moment gellte Rahels Hilfeschrei durch das Haus.

***

Den zweiten Schlag wehrte Falk mit dem Arm ab. Dieser brannte daraufhin wie Feuer. Etwas stach ihm schmerzhaft in den Rücken. Der Löffel! Falk drehte sich seitlich und umgriff die runde Fläche. Als sein Gegner erneut mit dem Baseballschläger ausholte, stieß er ihm den Griff des Löffels zwischen die Rippen. Vor Schmerz heulte die Person auf. Die Schlagwaffe polterte über den Steinboden.

„Scheißkerl", keuchte derjenige, der ihn festhielt.

„Gleichfalls!", würgte Falk heraus. Er versuchte, auch diesen Angreifer mit dem Löffel zu traktieren. Der Mann ließ Falk los, rammte ihn aber gleich darauf mit seinem ganzen Körpergewicht. Weiße Punkte tanzten vor Falks Augen. Sein Atem entwich pfeifend. Blindlings stieß er mit dem Löffelstiel nach vorn.

Ein dunkler Schatten flog von oben auf ihn zu. Verblüfft riss Falk die Augen auf. Sein Gegner brüllte wütend und ließ ihn los, um die schwarze Gestalt abzuwehren. Er taumelte und trat auf den wegrutschenden Baseballschläger. Der Kerl stürzte mit seinem gesamten Gewicht auf seinen Kumpan, der sich vor Schmerz zusammengekrümmt an die Flurwand gelehnt hatte. Der zweite Aufschrei dieser Person klang noch deutlicher nach einer weiblichen Stimme als der erste.

„Raus hier!", rief der Fremde.

Falk lehnte sich leicht benebelt an die Wand, gegen die er gedrückt worden war, und beobachtete den hastigen Rückzug seiner beiden Angreifer, dann berührte ihn jemand vorsichtig am Oberarm.

„Der schwarze Rächer", murmelte Falk, immer noch nicht ganz klar im Kopf.

„Du darfst mich gern weiterhin Daniel nennen", konterte der Schatten und knipste das Treppenhauslicht an.

„Ich wollte schon immer mal einen Superhelden kennenlernen", keuchte Falk unter Schmerzen.

„Du bist selbst einer: der Mann mit dem Suppenlöffel."

„Blöde Idee, dann nennt die Presse mich doch den Suppenkasper."

„Ich bin froh, dass es dir gut geht", meinte Daniel und hob den Baseballschläger auf.

„Beute gemacht?", fragte Falk zwischen zusammengebissenen Zähnen hindurch. Die Schmerzsignale seines Körpers nahmen sekündlich an Intensität zu.

„Beweismittel gesichert. Hoffentlich mit vielen Fingerabdrücken."

„Ja, Lisas."

„Bist du dir sicher?"

„Ziemlich, dem Quietschen nach." Falk ließ sich auf die zweite Stufe gleiten. „Mist, tut das weh!"

„Kannst du nach oben gehen? Ich rufe erst mal einen Arzt."

„Geht schon", murmelte Falk noch immer kurzatmig und erhob sich vorsichtig.

„Warum habe ich bloß nicht früher reagiert?", brummte Daniel.

„Warum bist du überhaupt heruntergekommen?"

„Ein Paket für dich an diese Adresse? Wie bescheuert sind wir eigentlich?"

„Vollständig bescheuert", gestand Falk und schüttelte über seine eigene Naivität den Kopf. Innerhalb der wenigen Tage, die er sich in Berlin befand, hätte sie nicht einmal ein Paket von Rahel oder Emma erreichen können – den einzigen Personen, die wussten, dass er und Daniel sich im Apartment der Höflings aufhielten.

Daniel hakte Falk unter und half ihm, Stufe um Stufe zu erklimmen. Endlich taumelten sie in die Wohnung, und Falk ließ sich erleichtert aufseufzend auf die Couch gleiten, während Daniel eine Nummer in seinem Smartphone suchte. Falk registrierte es mit einem halbherzigen Grinsen. Offenbar kannte Daniel einen Arzt in Berlin.

Prüfend zog er sein Sweatshirt hoch und betrachtete die roten Verfärbungen auf seinem Bauch und der Brust, ehe er sich seinem Arm zuwandte, den er nur unter Schmerzen bewegen konnte. Diese nahmen in gleichem Maße an Heftigkeit zu, wie sein Herzschlag sich beruhigte.

„Gut, dass Rahel und Emma nicht da sind", presste er hervor.

Daniel nickte, meldete sich dann mit seinem Namen und telefonierte einige Minuten lang. „Sie holen dich ab und bringen dich in die Ambulanz", erklärte Daniel, als er aufgelegt hatte, und griff bereits nach dem Hausschlüssel. „Sie wollen Brüche und innere Verletzungen ausschließen."

„Mir fehlt nichts!", erwiderte Falk schmerzgepeinigt und erntete einen besorgten Blick.

***

Rahel jagten Hitzeschauer durch den Körper. Ihre Finger kribbelten, schienen nicht mehr richtig durchblutet zu sein. Ein Fremder hielt sie unbarmherzig gepackt und näherte sich mit ihr der offen stehenden Terrassentür. Die Ausdünstungen von einem schrecklich aufdringlichen Aftershave hüllten sie ein. Entschlossen stemmte Rahel sich gegen ihn. Ihre Hände suchten nach einem Halt, warfen Kakteen zu Boden. Die Keramikübertöpfe zersprangen beim Aufprall.

Der Kerl packte sie fester und schnürte ihr die Luft ab. Rahel hörte den Regen an die Scheibe der Tür prasseln und spürte den kühlen Luftzug. Sie wollte nicht in die dunkle Nacht hinaus! Wütend stieß sie den Ellenbogen nach hinten. Ein Schmerzenslaut folgte. Sie trat ihm vor das Schienbein. Ein Schlag in ihr Gesicht war seine Antwort darauf. Rahel stöhnte auf. Dem Eindringling gelang es, sie durch die Tür zu ziehen. Erneut erwachte ihre Widerstandskraft. Kämpferisch versuchte sie, sich aus seiner Umklammerung zu drehen. In ihrer Not biss sie ihm durch das Hemd in den Arm.

„Verdammte Hexe!", zischte ihr Angreifer auf Englisch, löste den Griff um ihren Körper und drehte ihr die Arme auf den Rücken. Sie schrie auf vor Schmerz. Ohne dass sie es verhindern konnte, fiel sie auf die Knie. Ihre Schienbeine trafen auf die schmale Schwelle der Terrassentür und Tränen schossen ihr in die Augen.

In diesem Augenblick ertönte ein lauter Ausruf. *Duke! Duke ist gekommen!*, hämmerte es durch ihren Kopf. Sie stürzte vornüber, als der Mann sie ruckartig losließ. Hastige Schritte entfernten sich. Ein dumpfer Schlag erklang, als sei etwas Schweres zu Boden gefallen. Duke packte sie beinahe ebenso grob wie zuvor der Fremde und zerrte sie zurück in den Wintergarten. „Bist du verletzt?"

„Nein."

„Schließ hinter mir die Tür. Lass niemanden rein." Nach diesen Worten sprang er über sie hinweg und verschwand in der Dunkelheit.

Rahel kauerte sich wie ein Häuflein Elend zusammen und lauschte in die Nacht hinaus. Doch es herrschte vollständige Stille. Nicht ein Laut drang zu ihr. Wo war der Eindringling? Befand Duke sich in Gefahr? Angst bemächtigte sich ihrer. Dann knarzte das Holz der Decke und ließ sie auffahren. In Erinnerung daran, dass sie das erste Geräusch im Haus gehört hatte, erzitterte sie. Eiseskälte ergriff von ihrem Körper Besitz.

War ein zweiter Einbrecher oben? Getrieben von ihrer Furcht, mit einer Person, die ihr Böses wollte, allein im Haus zu sein, krabbelte sie auf allen Vieren zur Terrassentür. Diese gab ein bedrohlich klingendes

Knarren von sich, als sie in ihre Richtung aufschwang. War dort draußen auch jemand? Gab es mehrere Personen, die ihr gefährlich werden konnten? Rahel rutschte rückwärts in einen Spalt zwischen dem Vorhang und einer mit Kakteen vollgestellten Kommode.

Kapitel 38

Duke blieb stehen und lauschte. Vergeblich. Rahels Angreifer verharrte irgendwo, geborgen im Schutz der Dunkelheit, um seine Position nicht zu verraten. Duke kramte sein Smartphone hervor, steckte es in seine Jacke, damit das Display-Licht ihn nicht verriet, und wählte Freddys Nummer. Er zog sich die Jacke halb über den Kopf, bevor er das Gerät ans Ohr drückte.

„Was ist?", keuchte Freddy.

„Wo steckst du?", flüsterte Duke.

„Beim Haus. Ich hatte dort Bewegungen gesehen. Als ich auf dem Grundstück war, hörte ich einen Schrei."

„Komm nach vorn. Ich bin hinter einem Kerl her, der Rahel entführen wollte."

„Ich bin gleich vorn am Tor und sichere die Straße."

„Gut." Duke schaltete das Gerät aus, steckte es zurück in die Jackentasche und umfasste seine Waffe wieder mit beiden Händen. Mit grimmigem Gesicht tastete er sich ein paar Schritte voran, nur um erneut lauschend stehen zu bleiben. In einiger Entfernung hörte er das Rascheln von Gras. War das Freddy? Oder hatte sich der Angreifer während seines Telefonats weiter entfernt, als er angenommen hatte? Er konnte nur hoffen, dass sein Kollege auf dem Posten war.

Zügig näherte er sich dem Weg zum Tor. Plötzlich bohrte ihm jemand eine Schusswaffe in die Seite. Duke presste in ohnmächtigem Zorn die Zähne zusammen. Er war in seiner Sorge und Wut zu unvorsichtig vorgegangen! Genau so entstanden die Situationen, die Männer wie ihn das Leben kosteten.

***

Es war angenehm unkompliziert, Hauptkommissar Marcus Mahldorn die Zusammenhänge zwischen dem Überfall auf Falk und den auf Antonio zu erklären, da dieser auch den Angriff auf den italienischen Restaurantbesitzer aufgenommen hatte. Mahldorn machte sich fleißig Notizen, während Daniel berichtete.

Der Beamte mit der Vollglatze, die er anscheinend durch extrem buschige Augenbrauen und einen wilden Dreitagebart wettzumachen versuchte, hob den Blick, als Daniel auf den mittlerweile durch den Zettelfund in Marys Wohnung verstärkten Verdacht zu sprechen kam, die Täter seien auf der Jagd nach ägyptischen Grabschätzen.

„Jetzt weiß ich, woher ich Ihren Namen kenne. Ich habe bis vor drei Jahren in Frankfurt gearbeitet. Einer meiner Kollegen war Ali Stoltenberg. Sie sind der Schatzsucher, der der Polizei gern mal die wichtigsten Details vorenthält?"

Daniel zog eine Grimasse. Sein ehemaliger Tauchkamerad hatte also geplaudert. „Ich bin Historiker, kein Schatzsucher. Meine Interessen fokussieren sich auf die Geschichte der Menschen längst vergangener Epochen."

„Ja, und ich bin Autor, deshalb befrage ich auch immer die Zeugen einer Gewalttat!", konterte Mahldorn und hob als Beweis seinen Kugelschreiber an.

„Sehen Sie, so schnell stehen Menschen in der Gefahr, dass ihre Bemühungen fehlinterpretiert werden."

Sein Gegenüber unterdrückte ein Schmunzeln. „Was enthalten Sie mir vor?"

„Nichts. Es gab drei Angriffe hier in Berlin. Auf Rahel, auf Antonio und nun auf Falk. Dazu den Einbruch in der Wohnung von Rahels Eltern und der bei Rahels Großmutter bei London. Dass es sich bei den Tätern um Leute handelt, die annehmen, die Familie sei im Besitz wertvoller Gegenstände aus dem Grab Tutanchamuns, ist eine nicht mehr von der Hand zu weisende Spekulation."

„Es gibt hohe Schwarzmarktpreise für diese antiken Wertgegenstände?"

„Horrend hohe."

„Und es ist illegal, sie zu besitzen?"

„Das Land Ägypten hat das alleinige Besitzrecht an allen Grabbeigaben des Pharao. Jahrelang ging man davon aus, dass der vollständige Schatz ausgehändigt worden war."

„Von welcher Größenordnung reden wir?"

„Vorweg: Ich glaube nicht, dass die Familie auch nur ein Sandkorn aus dem Grab besitzt. Aber die Tutanchamun-Stücke sind unbezahlbar, da sie aus dem einzigen halbwegs unberührten Grab stammen, das je gefunden wurde. Allein der ideelle Wert ist extrem hoch. Die Bedeutung für die Forschung und für die Historiker und den materiellen Wert mal gar nicht eingerechnet."

„Tausende? Hunderttausende?"

„Millionen!"

Mahldorns Stift ruhte lange auf dem Papier, als müsse er darüber nachsinnen, wie man diese Zahl schrieb. „Wo ist die Familie Höfling?", fragte er schließlich mit besorgtem Unterton.

„Rahel haben wir zu ihrer Großmutter nach England geschickt. Sie wird von meiner Frau und einem jungen Mann begleitet, der auf sie aufpasst. Ihre Eltern sind in China."

„Ich hoffe, auf dem Baseballschläger finden sich brauchbare Fingerabdrücke."

Daniel nickte und verschwieg, wessen Fingerabdrücke sie finden, aber vermutlich niemandem zuordnen würden können. Einen winzigen Vorsprung brauchte er, bevor die Polizei bei Lisa mit der Tür ins Haus fiel.

„Millionen?", hakte Mahldorn nochmals nach, und Daniel bejahte lediglich, war seine Aufmerksamkeit doch auf den sich nähernden Arzt gerichtet.

„Ich hoffe, Sie wissen, ab wann das Spiel zu gefährlich für Sie, Ihre Frau und die jungen Leute wird!?"

Daniel wurde einer Antwort enthoben, da der Arzt sie erreicht hatte. Allerdings war ihm nicht entgangen, dass Mahldorn – vorgewarnt durch Ali – zumindest ahnte, dass er mal wieder einen Trumpf im Ärmel stecken hatte, den er ihm vorenthielt. Daniel kannte diese in ihm aufkeimende prickelnde Aufregung nur zu gut, immerhin lieferte er sich gelegentlich Wettläufe mit seinen Kollegen um die neuesten Entdeckungen und Forschungsergebnisse. Auch bei der Suche nach der Nikodemus-Statue hatte er seinem Partner Details vorenthalten, was jedoch auf Gegenseitigkeit beruht hatte. Aber wie damals galt es auch heute abzuwägen, wie weit er gehen konnte, ohne die Menschen, die in die Geschichte involviert waren, zu gefährden. Bei dem Gedanken an Emma und Rahel fühlte er ein ungutes Rumoren in seiner Herzgegend. Die Prügel, die Falk eingesteckt hatte, waren schlimm genug. Er konnte nicht zulassen, dass den beiden Frauen ebenfalls etwas zustieß.

„Danny?" Der Arzt, Manfred Schuster, ein ehemaliger Schulkamerad von Daniel, reichte ihm die Hand und nickte dem nicht uniformierten Beamten grüßend zu. Offenbar waren sie miteinander bekannt. „Der Kerl, den du da gebracht hast, ist eine Plage."

„Dann geht es ihm gut?"

„Er bringt alle Schwesternschülerinnen und Studentinnen durcheinander, hat sich mit unserem Besen vom Röntgen angelegt – ich habe die Frau noch nie so mundtot erlebt – und im Augenblick erklärt er einem Medizinstudenten den Aufbau der Knochenhaut."

„Na, zumindest sprechen wir über den richtigen Jungen!"

Schuster lachte und warf einen Blick auf die Unterlagen in seiner Hand. „Er hat mehrere massive Prellungen, für die er ein Schmerzmittel bekommt, sein linker Arm ist nicht gebrochen, doch wir haben ihn mit einer Schiene ruhig gestellt. Mehr haben wir nicht gefunden."

„Gott sei Dank."

„Sein Selbstbewusstsein hat jedenfalls auch nicht gelitten."

„Falks? Da müsste schon deutlich Schlimmeres passieren."

„Wüsste ich es nicht besser, würde ich behaupten, dass du sein Vater bist."

„Kann ich ihn gleich mitnehmen?"

„Sicher, sobald die Schiene sitzt."

„Vorher rede ich noch mit ihm. Und zwar *bevor* Sie sich mit ihm abgesprochen haben." Mahldorn ging an dem Arzt vorbei und stapfte zielstrebig den Flur entlang.

„Hört sich an, als traute er weder dir noch Falk."

„Kann man es ihm verübeln?"

Schuster lachte, klopfte Daniel auf die Schulter und eilte ebenfalls davon.

Daniel setzte sich auf einen der unbequemen Stühle im Wartebereich, streckte seine langen Beine weit von sich und schloss die Augen. Einen Moment lang spielte er mit dem Gedanken, Emma anzurufen, unterließ es dann aber. Es genügte, wenn er seine Frau später aufregte. Er ließ die vergangenen zwei Stunden Revue passieren, mit dem Ergebnis, dass er nicht mehr wusste als vorher, ausgenommen der Tatsache, dass Lisa ihre Finger im Spiel hatte und damit äußerst schmerzhaft einen Baseballschläger schwingen konnte.

Er öffnete die Augen, als sich ihm feste Schritte näherten. Mahldorn wich im Vorbeihasten Daniels Füßen aus, drehte sich dann allerdings doch noch mal nach ihm um.

„Der schwarze Rächer? Der Kämpfer mit dem silbernen Löffel? Ich war kurz davor, einen Drogentest anzuordnen!"

„Der Junge hat den Schalk mit der Muttermilch aufgenommen. Aber tief in ihm drin steckt eine gute Seele."

„Sobald er die ans Tageslicht gekramt hat oder Sie und der junge Mann die Hilfe der Polizei benötigen, melden Sie sich. Aber bitte nicht bei mir, sondern bei einem meiner Kollegen!"

„Danke!" Daniel gelang es, ernst zu bleiben, was ihm jedoch gehörig schwerfiel. Kopfschüttelnd ging der Beamte davon. Kaum war er durch die Stationstür verschwunden, tauchte am gegenüberliegenden Ende des Flurs Falk auf. Seine Mundwinkel zogen sich von einem Ohr zum anderen, obwohl er leicht gebeugt ging und seinen Arm in einer Schlinge trug.

„Was auch immer die mir hier gegeben haben …"

„… war eindeutig überdosiert", lachte Daniel.

Gemeinsam verließen sie das Gebäude, setzten sich in ein Taxi und ließen sich zu den Hackeschen Höfen fahren.

Während Daniel sein Handy hervorkramte, räumte Falk mit bedächtigen Bewegungen die Joghurtbecher in den Müll und die Löffel in die Spülmaschine und war bereits wieder in der Lage, frech zu grinsen. „Es ist beruhigend, dass es in diesem Haushalt so viele Löffel gibt."

„Suppenkasper! Nein, nicht du, Emma!" Daniel wandte sich ab, um Falks feixendes Gesicht nicht ansehen zu müssen. „Ist bei euch alles in Ordnung?"

„Was ist los?" Emma hielt sich selten mit Nebensächlichkeiten auf und durchschaute ihn viel zu gut. Daniel berichtete in knappen Worten, was geschehen war.

„Du kennst mich, Daniel. Ich halte nicht viel von deinen abenteuerlichen Theorien und konnte mit deinem und Falks Verdacht, jemand könne bei der Familie Höfling Schätze aus dem Pharaonengrab vermuten, nichts anfangen."

„Also?"

„Beim ersten Überfall auf Rahel, auf der Straße in Berlin, hegte ich die Vermutung, dass man sie entführen wollte, um von ihren Eltern Lösegeld zu erpressen."

„Warum hast du nichts gesagt?"

„Weil der nachfolgende Einbruch bei Rahel und später der bei Mary nicht mehr dazu passte. Wenn man einen Menschen entführen will, durchwühlt man doch nicht seine Wohnung."

„Du stimmst also jetzt unserer Theorie zu?"

„Daniel, wir haben die Tagebücher von Sarah gelesen. Sie sind wunderbar, ergreifend, hoffnungsvoll und vieles mehr, aber sie bergen nicht den geringsten Hinweis darauf, dass sie außer dem Erbe ihrer Ziehmutter etwas von Wert besessen haben könnte. Das Blöde ist nur: Wie teilen wir das diesen Typen mit? Wie überzeugt man jemanden, dessen Identität man nicht kennt, dass dieser Artikel in der Zeitschrift nicht der Wahrheit entspricht?"

Daniel spürte Emmas Sorge in jedem ihrer Worte. Dennoch – oder gerade deshalb – verschwieg er, dass Rahels ehemalige Kollegin aus dem Museumsdepot in den Überfall auf Falk verwickelt war. Dieses Wissen galt es zu nutzen, wenn sie Rahel und ihre Großmutter aus dem Spiel nehmen wollten. Allerdings wusste er nicht, wie er das anstellen sollte. Noch nicht.

Emma unterbrach seine Überlegungen. „Ich rufe mal Rahel an."

„Ist sie nicht bei dir?" Alarmiert stieß Daniel sich vom Türrahmen ab. In seinem Rücken hörte er eine hastige Bewegung. Seine Frage hatte den aufmerksam zuhörenden Falk aufgeschreckt, wenngleich dieser nur die halbe Unterhaltung mitverfolgen konnte.

„Sie und Duke waren zusammen essen und sind jetzt bestimmt wieder in Marys Haus. Rahels Großmutter und ich besuchen eine gute Bekannte von Mary. Sie ist Lehrerin und wir tauschen uns über die Unterschiede unserer Schulsysteme aus."

„Ruf Rahel an und vergewissere dich, ob es ihr gut geht. Ich hoffe, Duke ist wirklich bei ihr."

„Duke beschützt sie wie eine Henne ihr Küken und geht dabei so unaufdringlich vor, dass seine Bemutterung sie kaum beeinträchtigt."

„Der Vergleich mit der Henne wird dem großen Kerl zwar nicht so ganz gerecht, aber ich verstehe, was du meinst."

„Übrigens weist das Geschehen um Rahel eigentümliche Parallelen zu dem auf, was Sarah Sattler in Ägypten erlebt hat. Auch sie wurde verfolgt und angegriffen. Allerdings, und das macht mir Angst, hatten die Täter es damals auf Sarahs Leben abgesehen, weil sie an ihr Erbe heranwollten."

Für einige Zeit herrschte ein fast greifbares Schweigen zwischen ihnen.

„Emma …" Daniel atmete tief ein.

„Ja, Daniel. Wir sind sehr vorsichtig. Joans Ehemann fährt Mary und mich in den nächsten Minuten zu Marys Haus. Bitte stell du auch nichts Unvernünftiges an. Ich brauche dich!"

Daniel legte auf und wandte sich seinem jungen Freund zu, der inzwischen auf der Couch lag. „Es wird Zeit, dass wir in die Offensive gehen."

„Prima!" Falk klang begeistert, und wieder einmal fragte Daniel sich, ob der Kerl eigentlich nie unterzukriegen war. Auf das hoch dosierte Schmerzmittel konnte er diesen abenteuerlichen Überschwang nicht schieben, den hatte er vielmehr von seinen Eltern geerbt.

„Entwerfen wir einen Schlachtplan!", sagte Falk. „Bis jetzt haben wir immer nur reagiert. Es wird Zeit, dass wir beginnen, die Spielfiguren nach unseren Plänen zu bewegen."

Kapitel 39

„Du bist das!" Freddy senkte die Waffe und Duke atmete laut aus. „Ich links, du rechts", sagte Duke, ehe er an der Grundstücksmauer entlang davonjoggte. Aber er wusste bereits, dass es vergeblich war. Der Mann war fort.

Irgendwann kam diese Feststellung auch in seinem besorgten Herzen an. Er stoppte und trabte deutlich langsamer zurück. Dabei schob er die Waffe in das Schulterholster und zog sein Mobiltelefon aus der Jackentasche. Schnell hatte er Green am Apparat und berichtete ihr, was passiert war. Er erreichte Freddys Auto, kurz darauf gesellte sich sein Kollege zu ihm und schüttelte den Kopf. Er war ebenfalls niemandem begegnet.

„Ich muss Rahel sagen, wer ich bin", drängte Duke am Telefon.

„Das lassen Sie schön bleiben. Die Absprachen sind klar. Und ohne Zustimmung von oben kann ich Ihnen das nicht erlauben."

Duke drehte sich halb um, damit er Marys Haus im Blick behielt. Darin hielt sich Rahel auf. Nach dem, was ihr zugestoßen war, befand sie sich vermutlich in einem völlig aufgelösten Zustand. Er wollte so schnell wie möglich zu ihr.

„Ma'am, hier wird es in einigen Minuten von Polizisten nur so wimmeln. Viele von ihnen kennen mich. Denken Sie, Rahel bemerkt das nicht?"

„Ich unterschätze die junge Frau keineswegs, im Gegensatz zu Ihnen."

„Ma'am ..."

„Hören Sie mir zu, Sunnyboy. Wenn Rahel Höfling weiß, wer Sie sind, ist die Chance vorbei herauszufinden, ob und wo diese Familie die illegal in ihrem Besitz befindlichen Grabbeigaben aufbewahrt."

„Es gibt hier keine Tutanchamun-Schätze!", donnerte Duke wütend in das Telefon.

„Glauben Sie wirklich, sie bindet dieses Familiengeheimnis einem Mann auf die Nase, den sie gerade mal zwei Wochen kennt? Ihr Äußeres und womöglich auch ihr Charme sind umwerfend, aber doch nicht so sehr!"

„Ich habe die Tagebücher gelesen. Es gibt darin nicht den kleinsten Hinweis, der Ihren Verdacht erhärtet. Im Gegenteil!"

„Bringen Sie die Bücher zu mir. Vielleicht lese ich anderes heraus als Sie. Oder mir fällt etwas auf, dass Ihnen entgangen ist."

„Ich kann unmöglich die Tagebücher verschwinden lassen."

„Picken Sie die für uns relevanten heraus und lassen Sie sie mir zukommen. Sie erhalten sie innerhalb von wenigen Stunden zurück. Und Taylor: das ist ein Befehl!"

„Wie handhabe ich das Problem mit der Polizei?"

„Ich informiere die zuständigen Kollegen und weihe sie grob ein, sodass Sie inkognito bleiben können."

„Mir gefällt das alles überhaupt nicht, Ma'am. Können Sie es verantworten, wenn Rahel etwas zustößt?"

„Das Ganze hat ja nichts mit uns zu tun."

„Aber ich bin vor Ort. Ich wäre in der Lage einzugreifen…"

„Ich hindere Sie nicht daran, den Beschützer zu spielen. Im Gegenteil, je mehr sie Ihnen vertraut, umso schneller wird sie-"

„Ma'am, bei allem Respekt: da – ist – nichts!", sagte er überdeutlich akzentuiert.

„Oh doch. Da ist eine ganze Menge! Da ist ein Ermittler, den ich ursprünglich nicht im Team haben wollte, an dem ich wegen seiner Empfehlungen und seiner Sprachbegabung jedoch nicht vorbeigekommen bin und der jetzt dumm genug ist, sich in die Verdächtige zu verlieben."

„Also gut, ich-"

„Nein, Sie werfen nicht hin. Und zwar aus drei Gründen: Zum einen, weil Sie einen Vertrag unterzeichnet haben, zum anderen, weil Sie sich damit Ihre Karriere versauen, und drittens, weil ich Sie dann von Rahel Höfling fernhalten muss. Und genau das ist es doch, was Sie *nicht* wollen, oder?"

Duke hörte, wie Green tief durchatmete.

„Hören Sie, Sunnyboy. Auch ich möchte nicht, dass diesem Mädchen etwas zustößt. Ich bin ja kein Monster. Versuchen Sie einfach, zwei Fliegen mit einer Klappe zu schlagen: Beschützen Sie das Mädchen vor diesen Typen, die vermutlich das Gleiche suchen wie wir. Das bringen Sie am besten zuwege, indem Sie so nah an ihr dran sind wie im Augenblick. Falls sich herausstellt, dass Alison Clifford und Sarah Sattler nie unerlaubte Präsente entgegengenommen haben, wird die Familie aus der Verdächtigenliste gestrichen. Lässt sich aber das Gegenteil beweisen, verspreche ich Ihnen, dass ich mich für Rahel einsetze. Das Mädchen trifft keine Schuld an dem, was ihre Eltern oder Großeltern getan haben. Können Sie damit leben?"

Duke brummte etwas Unverständliches, was Green ein belustigtes Lachen entlockte. „Ich schicke die Spurensicherung vorbei. Sehen Sie nach Miss Höfling. Und vergessen Sie die Tagebücher nicht."

Duke, der nichts lieber wollte, als endlich zu Rahel zurückzukehren, beendete kommentarlos das Gespräch.

Freddy sah ihn mitleidig an. „Standpauke von Green?"

„Eine Liebeserklärung hört sich anders an", konterte er knapp. „Danke für deine Hilfe, Freddy. Gleich rückt die Polizei an. Am besten, du verschwindest für heute."

„Ich bin nur noch hier, weil ich vorhin im Auto eingenickt bin. Dieses sinnlose Herumsitzen macht mich fertig."

„Sprich mit Green. Womöglich kann sie dich abziehen. Wir müssen ja nicht zu zweit um Mary und Rahel herumtanzen."

„Ich habe das Argument schon angebracht, fürchte aber, Green misstraut dir ein bisschen."

„Na prima! Andererseits ..." Duke warf einen Blick zu dem völlig im Dunkeln liegenden Haus. Immer vehementer drängte es ihn dazu, endlich nach Rahel zu sehen. „Einen Kollegen an der Seite zu haben könnte bei diesen Vorfällen von Nutzen sein."

„Die Côte d'Azur wäre mir lieber."

Da Duke keine Lust auf weiteres Geplänkel verspürte, das ihn von Rahel fernhielt, klopfte er Freddy kräftig auf die Schulter, trat durch das Tor, schloss es lautstark hinter sich und rannte über die aufgeweichte Wiese. Wasserfontänen spritzen unter seinen Schuhen hervor. Mit einem Satz übersprang er die Stufen zur Terrasse und eilte zu der angelehnten Tür.

„Rahel, ich bin es", rief er und betrachtete dabei missmutig die Einbruchsspuren. Er betrat den Raum. Trotz der Dunkelheit sah er die umgeworfenen Tische und Regale, Zeugnis dessen, wie heftig Rahel sich zur Wehr gesetzt hatte. Er roch die verstreute Erde mehr, als dass er sie sah. Darauf war er ausgerutscht und gestürzt. Unwillkürlich griff er sich an seine rechte Gesichtshälfte. Winzige Stacheln steckten dort und sandten seit geraumer Zeit einen unangenehmen Schmerz aus.

„Rahel? Ich bin's, Duke!", rief er erneut, diesmal lauter. Vollkommene Stille war die Antwort. Seine Gedanken überschlugen sich. Hatte der

Einbrecher die Dreistigkeit besessen zurückzukehren, während er und Freddy ihn draußen auf der Straße gesucht hatten?

„Rahel?!", brüllte Duke, sprang über ein umgestürztes Regal und einige Kakteen und rannte in den Flur. Er knipste sämtliche Lichter an, stürmte in die verschiedenen Zimmer. Seine Verzweiflung wuchs mit jedem Schritt, sein Herz pochte wild gegen seine Rippen.

Duke polterte die Stufen wieder hinab und verließ das Haus durch die Terrassentür. Vergeblich hoffte er auf ein Aufklaren am Himmel, um etwaige Spuren im nassen Gras zu erkennen; die tief hängenden Wolken verwehrten ihm diesen Wunsch.

„Rahel!", brüllte er erneut, diesmal so laut, dass es im nahen Gesträuch raschelte. Irgendein Tier huschte erschrocken davon. Hastig tastete er nach seinem Smartphone. Die Suche nach Rahel musste sofort eingeleitet werden. Das Blut hämmerte durch seinen Kopf, als wolle es ihm einbläuen, dass er zu viel Zeit mit seinem Anruf bei Green vertrödelt hatte. Schreckensvisionen spielten sich vor seinem inneren Auge ab. Er hatte zu viel Schlimmes gesehen, als dass er sie aufhalten könnte. Man hatte ihn in die Irre geführt, ihn zu täuschen vermocht. Rahel war verschleppt worden. Sie war die Leidtragende, weil er nicht aufgepasst hatte ...

***

Duke tippte auf seinem Smartphone, als unweit von ihm ein Handy eine Gospelmelodie herunterspielte. Mit einem Satz sprang er von der Terrasse ins nasse Gras. Hatten die Entführer Rahels Mobiltelefon weggeworfen, damit sie nicht geortet werden konnten? Grimmig schritt er auf einen Strauch zu und drückte die Zweige auseinander. Ein weit aufgerissenes Augenpaar sah ihn an.

„Rahel!" Hitzewellen schossen durch seinen Körper. Rahel hatte sich hier draußen versteckt. Sie war nicht entführt worden!

Seine Vorwürfe, weshalb sie sich auf sein Rufen nicht gemeldet hatte, schluckte er hinunter. Rahel zitterte am ganzen Leib und ihre Zähne klapperten unkontrolliert aufeinander. Der Klingelton hörte auf.

„Du musst ins Warme", sagte er mit vor unterdrückten Emotionen bebender Stimme und streckte ihr seine Hand entgegen. Aber Rahel reagierte nicht. Sie kauerte wie ein Häuflein Elend zwischen den Zweigen und der Hauswand, starrte ihn an und bewegte außer einem nervösen Lidschlag nicht einen Muskel.

Duke presste die Lippen zusammen. Die Panik, die Rahel empfunden hatte, stand ihr noch immer deutlich ins Gesicht geschrieben. Mühsam zwängte er sich zu ihr ins Gebüsch, ergriff ihre Arme und legte sie um seinen Hals. Sie ließ es willenlos geschehen. Er zog sie auf die Füße und hob sie hoch. Mühelos richtete er sich auf und eilte mit ihr zum Haus. Rahel schmiegte sich wie eine Katze an ihn. Er fühlte ihr Zittern, die Nässe und Eiseskälte, die von ihr ausging. Wütend biss er die Zähne zusammen. Er musste diese Angelegenheit endlich zu einem Ende bringen, bevor Rahel noch Schlimmeres widerfuhr! Wortlos nahm er die Treppe und öffnete mit dem Ellenbogen die Tür zu einem sehr modernen, in Dunkelblau gehaltenen Bad. Auch den Lichtschalter betätigte er mit dem Ellenbogen, die Tür trat er mit dem Fuß zu.

„Ich lass dich jetzt runter", flüsterte er Rahel zu. Er fühlte ihr Nicken an seinem Hals, glaubte aber gleichzeitig zu spüren, dass sie sich vehementer an ihn presste. Doch vielleicht war das nur Wunschdenken. Er widerstand der Versuchung, seinerseits die Umarmung zu vertiefen … Auf keinen Fall wollte er ihre Erschütterung ausnutzen, daher stellte er sie behutsam auf ihre Füße.

Ihre Knie gaben unter ihr nach, und so setzte er sie auf den Badewannenrand. Mit einer Hand drehte er den Wasserhahn auf, während er sie mit der anderen stützte. „Ich lass dir ein Bad ein. Du musst dich aufwärmen."

Erneut nickte sie. Er atmete vor Erleichterung hörbar aus. Zumindest zeigte sie nun wieder eine Reaktion. Klares, heißes Wasser sprudelte in die Wanne und innerhalb kürzester Zeit füllte sich das unbeheizte Badezimmer mit heißem Wasserdampf.

Duke kniete sich vor Rahel hin, öffnete die großen Knöpfe an ihrem durchnässten Kurzmantel und half ihr aus diesem heraus. Sie beobachtete jede seiner Bewegungen erschreckend teilnahmslos. Er nahm ihr Gesicht zwischen seine Hände und erschrak erneut darüber, wie kalt sie sich anfühlte.

„Es tut mir leid, dass es diesen Kerlen gelungen ist, mich zu täuschen, sodass ich dich allein ließ. Du hast dich tapfer geschlagen. Ich bin sehr stolz auf dich!" Duke hielt inne, als ein flüchtiges Lächeln über ihr Gesicht huschte. Die Erleichterung darüber fühlte sich an wie ein wärmender Sonnenstrahl, der sein Herz traf. „Aber jetzt bin ich da. Ich passe auf dich auf, Schmetterling." Behutsam strich er ihr das strähnige, nasse Haar zurück. „Ich warte draußen, okay?"

Rahel nickte, beugte sich vor und schnürte ihre verschmutzten Stiefel auf. „Du bist ebenfalls klatschnass." Besorgnis schwang in ihrer leisen Stimme mit.

„Ich dusche später."

„Ich glaube, ich fange an, mich in dich zu verlieben."

Duke, der bereits auf dem Weg zur Tür war, wirbelte herum. „Was …?"

Rahels Lächeln zeigte eine eigenartige Mischung aus Verletzlichkeit und Offenheit, während sein Herz unkontrollierte Sprünge zu vollführen schien. Rahel zog sich die Stiefel von den Füßen und warf sie zu dem Mantel. Als sie nach dem Saum ihres Pullovers griff, um ihn sich über den Kopf zu ziehen, trat er lieber die Flucht an.

Duke schloss die Tür etwas unsanft hinter sich und ließ sich mit dem Rücken gegen das Holz fallen. Er atmete einmal stoßweise aus. Sein aufgewühltes Gemüt ließ sich nur schwer beruhigen.

„Wow!", sagte er leise und grinste in den leeren Flur hinein. Am Ende musste er den Einbrechern noch dankbar sein, denn jetzt wusste er zumindest, dass er Rahel mehr bedeutete, als sie bis jetzt gezeigt hatte. Trotz des Fröstelns, das ihn nun ebenfalls überfiel, setzte er sich an die Tür gelehnt auf den Boden. Mit zurückgelegtem Kopf zwang er sich, seine Gedanken auf den Vorfall zu lenken.

Er hatte sich wie ein Anfänger täuschen lassen. Seine erste Aufgabe hätte darin bestehen sollen zu überprüfen, ob der Eindringling unten eine Tür aufgehebelt oder oben eingestiegen war. Anschließend hätte er Rahel in Sicherheit bringen müssen, vor allem auf die Gefahr hin, dass der Einbrecher nicht allein agierte. Um wie viele Leute es sich gehandelt hatte, wusste er nicht, das musste später die Spurensicherung feststellen, für die der aufgeweichte Gartenboden sicher hilfreich war. Würde es einen nächsten Versuch geben? Zu welchen Mitteln würden diese Leute noch greifen?

Eine tiefe Falte entstand zwischen seinen Augenbrauen, während er die Möglichkeiten durchging, die er hatte, ohne den Ermittlungen der Spezialeinheit zu schaden.

Ein Geräusch im Erdgeschoss trieb ihn ruckartig auf die Füße. Er eilte zur Treppe und zog dabei die Waffe unter der klammen Jacke hervor.

„Rahel? Duke?" Emmas Stimme klang besorgt, als ahne sie, dass irgendetwas nicht in Ordnung war. „Wo seid ihr? Warum sind alle Lichter an?"

Duke ließ schleunigst die Waffe verschwinden. Im gleichen Moment drang ein entrüsteter Ausruf aus dem Kakteenzimmer. Mary hatte das Chaos darin entdeckt. „Was war denn hier los?", rief sie.

„Jemand hat im Haus auf uns gewartet und wollte Rahel entführen."

Emma war erstaunlich flink die Stufen hinauf. „Wo ist sie?", rief sie mühsam beherrscht.

„In der Badewanne."

„Geht es ihr gut?"

„Sie ist ziemlich durcheinander und durchgefroren, aber unverletzt."

„Und du? Du bist ja klatschnass und hast blaue Lippen vor Kälte."

„Ich warte auf die Polizei."

„Die kann ich reinlassen. Am besten gehst du schnell heiß duschen und ziehst dir etwas Trockenes an!"

Emmas Ton klang befehlend, doch er spürte die Sorge um ihn dahinter. Also nickte er und verschwand nach unten. Wenn er krank wurde, war er wohl schwerlich in der Lage, auf Rahel, Emma und Mary aufzupassen.

Bevor er sich frische Kleidung holte, betrat er das Zimmer mit den Kakteen. Mary stand inmitten des Durcheinanders, sammelte zersprungene Tontöpfe ein und bettete ihre stacheligen Lieblinge auf einen Tisch, den sie zuvor wieder auf die Beine gestellt hatte.

„Es tut mir leid, Mrs Nowak."

„Rahel hat sich gegen den Mann gewehrt."

„Sehr erfolgreich."

„Tapferes Mädchen. Was sind da ein paar armselige Pflanzen? Hauptsache, es geht ihr gut."

„Ich gehe schnell unter die Dusche und helfe Ihnen danach beim Aufräumen. Vorerst sollten Sie aber alles liegen lassen, bis die Polizei hier war."

Jetzt erst drehte Mary sich zu ihm um. In ihrem Gesicht glänzte es nass. Duke fragte sich, ob die Nässe vom Regen stammte oder ob Mary weinte. „Das arme Mädchen! Sie wollte nie so im Mittelpunkt stehen, wie ich oder ihre Eltern es gelegentlich tun. Ich kenne viele Töchter aus reichem Hause, glauben Sie mir, Mr Taylor. Und es gibt genug, die von einem Tag in den nächsten tanzen, anstatt sich mit ihrem Leben und dem ihrer Mitmenschen zu beschäftigen. Rahel ist da ganz anders. Sie baut sich ein eigenes Leben auf, sieht die Nöte und Sorgen in ihrem Umfeld und versucht, etwas zu bewirken. Sie hat es wirklich nicht verdient, dass ein neidischer Schmierfink in einer angeblichen Fachzeitschrift derartigen Müll über unsere Familie verbreitet und sie darunter zu leiden hat. Weiß dieser Idiot überhaupt, was er angerichtet hat?" Mary schluchzte auf.

Duke wies alle Bedenken von sich, eilte zu der verloren zwischen ihren

Kakteen stehenden Frau und schloss sie trotz seiner nassen Kleidung fest in die Arme.

Sie lehnte sich wie selbstverständlich an ihn und erzählte: „Rahels Mutter hatte ein paar Jahre, in denen sie ein wirklich wildes Partygirl war. Sie verpulverte das großzügige Taschengeld, das wir ihr zugestanden, für grauenhaft schrille Klamotten und Schmuck, reiste mit ihren Jetset-Freundinnen nach New York, Madrid, Paris und sonst wohin und war die Oberflächlichkeit pur. Eines Tages trat Rahels Vater in Bethanys Leben. Klaus arbeitete in jeder freien Minute auf dem Bau, um sich seinen großen Traum zu erfüllen, nämlich Architektur zu studieren. Ich weiß heute, dass Bethany sich nur für ihn interessierte, weil er unheimlich gut aussah und sich durch seine Herkunft von den anderen Männern abhob, die sie bis dahin kennengelernt hatte. Ihre Freundinnen – und wohl auch Bethany – machten sich gern hinter seinem Rücken über Klaus lustig. Aber dann erkrankte meine Tochter schwer. Sie lag lange Zeit im Krankenhaus, erhielt Chemotherapie, verlor ihre Haare, magerte ab … und der einzige Freund, der an ihrer Seite blieb, war Klaus. Nach ihrer Genesung studierte sie ebenfalls Architektur. Sie hat sich ihr gesamtes Studium selbst finanziert. Rahel kennt diese Geschichte und hat sie sich sehr früh zu Herzen genommen. Sie ist ein Mädchen mit dem Herz auf dem richtigen Fleck." Mary schob sich etwas von ihm fort und schaute zu ihm auf.

„Ich weiß", erwiderte er.

„Gut. Ich will nämlich nicht, dass sie verletzt wird. Ansonsten werden Sie erleben, dass ich ebenfalls Stacheln besitze und durchaus in der Lage bin, diese auszufahren."

„Daran zweifle ich keine Sekunde."

„Obwohl ich hier wie ein heulendes Elend bei Ihnen Trost suche?"

„Gelegentlich braucht auch die stärkste Frau eine Schulter zum Ausweinen."

„Wer hat Ihnen diese Weisheit beigebracht?"

„Meine Mutter."

Mary tätschelte seine Wange, und Duke verzog das Gesicht, da sie die in seiner Haut steckenden Kakteenstacheln traf.

Es läutete an der Tür. Duke beobachtete fasziniert, wie Mary ihr Kostüm zurechtzog, die Schultern straffte und aufrecht in den Flur trat. Er selbst machte, dass er unter die Dusche kam.

***

Rahel hatte die aufwühlende Befragung hinter sich gebracht und saß nun mit Mary und Emma in der Küche. Mit beiden Händen umklammerte sie eine Tasse dampfenden Tees und warf immer wieder einen Blick durch die offene Tür in den Flur. Dukes Gespräch mit den Polizisten dauerte wesentlich länger als ihres. Vielleicht deshalb, weil seine Aussagen präziser ausfielen? Bei der Erinnerung an die Gestalt, die sie gepackt und versucht hatte, sie aus dem Haus zu zerren, hatte sie erneut zu zittern begonnen und vermutlich nicht viel Sinnvolles beigetragen. Aber der weibliche Constable und der Detective Chief Inspector waren geduldig und überaus mitfühlend geblieben.

Rahel schloss die Augen. Wo hätte der Entführer sie hingebracht, wenn sein Vorhaben von Erfolg gekrönt gewesen wäre? Was hatte er mit ihr vorgehabt?

Sie wusste, wie unsinnig die Fragen im Grunde waren, dennoch ließen sie sie nicht zur Ruhe kommen. Nichts war mehr, wie es noch vor einigen Tagen gewesen war. Ihre Welt war aus den Fugen geraten. Erinnerungsfetzen an die Tagebucheinträge von Sarah kamen ihr in den Sinn. Sarah, die vor fast hundert Jahren ebenfalls damit gekämpft hatte, dass sie leicht zu ängstigen war und jede Kleinigkeit sie bis ins Mark erschütterte, war Ähnlichem ausgesetzt gewesen wie sie jetzt. Wie hatte sie diese Zerreißprobe ausgehalten? Hatte sie die Kraft dazu aufgebracht, weil sie Andreas Sattler an ihrer Seite gewusst hatte? Sicher nicht, immerhin hatte er sich ja zunächst von ihr ferngehalten, da er nicht der war, für den er sich ausgegeben hatte. Sarah hatte damals den Gefahren getrotzt, sich nicht von ihren Ängsten bestimmen lassen, sondern sich ihnen gestellt und dabei ihre Lebensaufgabe entdeckt. Sie hatte es geschafft, weil sie darauf vertraute, dass Gott jeden ihrer Schritte begleitete.

Rahel richtete ihre Augen auf ihre Tasse, aus der sich der Dampf in Spiralen der Deckenlampe entgegenwand. Gott war heute noch derselbe wie damals. Also konnte sie das, was Sarah gelungen war, ebenfalls schaffen! Und im Gegensatz zu ihrer Vorfahrin hatte sie tatkräftige Freunde und einen Mann an ihrer Seite, der kein düsteres Geheimnis mit sich herumtrug.

Nachdenklich blickte Rahel erneut zur Tür. Sie wusste noch immer nicht viel über Duke. Er war in England aufgewachsen, trieb gern Sport, hatte bis vor Kurzem in einer städtischen Einrichtung gearbeitet und plante derzeit eine berufliche Neuorientierung. Um was genau es sich dabei handelte, entzog sich ihrer Kenntnis. Ob er im British Museum beschäftigt gewesen war? Das würde sein Interesse an der ägyptischen Geschichte erklären. Seine Eltern lebten irgendwo an der Küste, und er hatte eine jüngere Schwester, die noch zur Schule ging. Zudem stammten seine Vorfahren aus vielen verschiedenen Ländern.

Was aber deutlich schwerer wog als das magere Wissen über seinen Hintergrund war das, was sie über seinen Charakter wusste: seine charmante Höflichkeit und seine Fürsorge für sie. Er wirkte meist sehr ernst, doch dieser erste Eindruck täuschte über seinen Humor und seine Feinfühligkeit hinweg.

Schritte näherten sich der Küchentür. Dukes breite Gestalt füllte für einen Moment den Durchlass aus, ehe er sich einen Stuhl heranzog und sich zu den schweigsamen Frauen gesellte.

„Die polizeilichen Untersuchungen dauern noch mehrere Stunden an, auf jeden Fall bis in den morgigen Tag hinein. Greg Nichols, der leitende Chief Inspector, ist ungemein besorgt über die Vorkommnisse, zumal ich ihm von dem Einbruch in Deutschland und dem ersten Angriff auf Rahel erzählt habe. Er schlägt vor, euch drei in einem Hotel unterzubringen."

„Niemals!", konterte Mary und verschränkte die Arme vor der Brust.

„Unbedingt!", sagte Emma fast gleichzeitig und berichtete in knappen Worten von Daniels beunruhigendem Anruf.

Daraufhin sprang Duke auf und informierte den Chief Inspector über die neueste Entwicklung. Kurz darauf begleitete Nichols Duke in die Küche und setzte sich neben Mary. Diese blitzte ihn unfreundlich an. Ihr gefiel es nicht, dass dieser Mann, Mitte 50 mit beginnender Glatze und einem Schnurrbart wie ein Seehund, sie aus ihrem Haus vertreiben wollte.

„Mr Taylor hat mich ins Bild gesetzt. Jetzt möchte ich bitte mit Dr. Ritter telefonieren."

Emma wählte und schob dem Polizisten ihr Mobiltelefon über die Tischplatte zu. Das Gespräch dauerte nicht mehr als eine Minute. Nichols war kein Mann vieler Worte. Dennoch nahm er die Situation beängstigend ernst. Eine neue Welle der Furcht schwappte wie eiskaltes Wasser über Rahel hinweg und ließ sie erzittern. Gleichzeitig wuchs in ihr die Gewissheit, dass Nichols seine ganze Energie und seine jahrzehntelange Erfahrung einsetzen würde, um ihnen zu helfen.

„Ich schließe mich mit dem zuständigen Beamten in Berlin kurz", erläuterte Nichols in Emmas Richtung. „Gibt es ein weiteres Haus, das der Familie gehört?"

Emma deutete auf Rahel. Diese versuchte, ihrer Stimme einen halbwegs festen Klang zu verleihen. „Meine Eltern haben Büros in mehreren Ländern. Unser Privathaus steht im Schwarzwald."

„Adresse?"

Rahel diktierte dem Inspector die Adresse und dieser versprach, den Zustand des Hauses überprüfen zu lassen. Anschließend verteilte er seine Karte an Mary, Rahel und Emma und bedeutete Duke, ihm noch einmal hinauszufolgen. Zurück blieben eine erschöpfte Rahel, eine nachdenkliche Emma und eine aufgebrachte Mary.

„Diese Jungs glauben doch nicht ernsthaft, ich lasse mich von ein paar Idioten aus meinem Haus vertreiben? Wenn die Polizisten verschwunden sind, habe ich eine Menge aufzuräumen. Je mehr Zeit verstreicht, umso weniger meiner Schönheiten kann ich retten." Energisch erhob sie sich und machte sich auf die Suche nach jemandem, dem sie ihren Standpunkt klarmachen konnte.

„Ich lasse Mary nicht gern hier", flüsterte Emma.

„Ich kenne Granmary, sie lässt sich nicht umstimmen. Sie hat in ihrem Leben schon vielen schweren Stürmen getrotzt", seufzte Rahel.

„Vielleicht sollte ich bei ihr bleiben?" Emma verwarf ihre eigene Überlegung sofort wieder, wie ihre wegwerfende Handbewegung verriet. „Nein. Ich kann dich unmöglich allein lassen."

Emma und Rahel verfielen erneut in Schweigen. Rahel hielt noch immer den Becher in ihren Händen, ohne überhaupt einen Schluck getrunken zu haben. Sie brauchte einfach irgendetwas, um sich festzuhalten, während die Ereignisse sie wie eine Flut fortzuspülen drohten. Emma war ihrem Naturell entsprechend aufgesprungen und schlitterte in zügigem Tempo zwischen der Tür und dem Herd hin und her.

Der Chief Inspector kam zurück und wirkte aufgebracht. „Sie beide packen jetzt. Je eine Beamtin begleitet Sie. Mr Taylor bringt Sie anonym in einem Hotel unter. Sobald wir hier fertig sind, kommt Police Constable Fred Wilson, der von übergeordneter Stelle zu Mrs Nowaks Schutz abgestellt wurde."

„Sie hat also ihren Willen durchgesetzt?" Emmas Tonfall klang bewundernd.

Der struppige Schnurrbart des Inspectors zitterte, und Rahel fragte sich, ob er ein Schmunzeln verbarg. „Ihnen muss ich eigentlich empfehlen, in Ihre Heimat zurückzukehren. Aber nach allem, was ich gehört habe, und bei meinem Verdacht, dass auch das Haus im Schwarzwald nicht unberührt ist ..." Er vollendete den Satz nicht, als habe er bereits zu viel gesagt, sondern wandte sich einer adretten Kollegin zu. „Sie können jetzt in Ihre Zimmer." Damit stapfte er davon.

Emma zog Rahel auf die Füße.

„Ich wünschte, ich könnte mich irgendwo weit weg verstecken, bis das alles vorüber ist", flüsterte Rahel.

„Das kann ich verstehen, Kleine."

„Andererseits – wenn man immer nur davonläuft, löst man seine Probleme nicht. Man verschiebt sie nur auf später und dann brechen sie womöglich mit noch größerer Intensität über einen herein."

„Wer weiß? Vielleicht ist das ja bei dir gerade der Fall. Dieser Verdacht, Carnarvon oder Carter könnten Alison und Sarah Grabbeigaben als Erinnerungsstücke mitgegeben haben, liegt ja sicher nicht erst seit Veröffentlichung des leidigen Artikels in der Luft."

„Dann sollten wir wohl zusehen, dass wir die Mutmaßungen ein für alle Mal aus der Welt schaffen", erwiderte Rahel.

Emma lächelte aufmunternd. Rahel konnte sich ihrer Unterstützung sicher sein, ebenso der von Falk und Daniel. In Duke hatte sie einen Freund und Beschützer gefunden und dieser Chief Inspector Nichols schien ein kompetenter, einsatzfreudiger Beamter zu sein. Sie konnte es also anpacken!

„Na dann!", sagte sie halblaut, richtete sich auf und verließ die Küche, die ihr bisher wie eine schützende Höhle erschienen war.

Rahel hatte schnell gepackt und hievte ihren Trolley die Stufen hinab. Einige Beamte waren im Kakteenzimmer beschäftigt und wurden dabei von Mary mit Argusaugen überwacht.

Emma wartete an der Tür, während Duke eine Pappkiste herbeitrug. „Deine Großmutter hat mir erlaubt, Sarahs Tagebücher mitzunehmen."

„Aber wir haben sie doch vollständig gelesen!"

„Es schadet nichts, sie ein weiteres Mal zu prüfen. Vielleicht fällt mir eine Kleinigkeit auf, die mir beim ersten Durchgang entgangen ist. Etwas, das einem vielleicht erst ins Auge springt, wenn man die Tagebücher späterer Jahre kennt."

Rahel nickte. Sie kannte das, wenn sie einen Roman zum wiederholten Mal las. Manchmal versteckten Autoren kleine Details, Anspielungen oder einfach nur eine liebevolle Feinheit in ihren Geschichten, die sich erst beim zweiten Lesen erschloss, da einem die folgende Handlung dann schon vertraut war.

Emma verließ mit ihrem Rucksack und Rahels Trolley das Haus, gefolgt von Duke. Rahel wandte sich an Mary. Ihre Großmutter blieb im

Türrahmen zum Wohnzimmer stehen und ließ ihre Kakteen nicht aus den Augen. „Ich lasse dich nicht gern allein hier, Granmary."

„Allein?" Mary lachte und deutete mit einer knappen Kopfbewegung auf die Polizisten. „Meine Lieblinge und ich werden laut jubeln, wenn diese Meute endlich fort ist."

„Bitte, Granmary. Spiel nicht zu sehr die verschrobene Kakteenliebhaberin."

„Das macht aber Spaß!", konterte die Frau, zwinkerte ihr zu und schloss sie in die Arme. „Keine Angst, Rahel. Mir passiert nichts. Die Polizei kann es sich gar nicht leisten, nicht gut auf mich aufzupassen", kicherte sie, war aber schnell wieder ernst. „Pass du nur gut auf dich auf."

Rahel nickte, drückte ihrer Großmutter einen Kuss auf die faltige Wange und löste sich von ihr. Durch den Nieselregen lief sie über den im Dunkeln liegenden Weg zur Straße, wo Duke ihr die Tür des Taxis aufhielt.

„Keine Sorge, Fred Wilson ist ein fähiger Polizist. Er passt auf deine Großmutter auf."

„Woher weißt du …?" Irritiert blickte Rahel zu ihm auf.

Er lächelte etwas verloren und erwiderte: „Das hat Chief Inspector Nichols mir versichert. Und glaub mir, die hiesige Polizei kann es sich nicht leisten, eine in der Öffentlichkeit stehende Frau wie Mary Nowak nicht unter den bestmöglichen Schutz zu stellen."

„Habt ihr euch abgesprochen, Granmary und du?"

Ein seltenes Lächeln huschte über Dukes markantes Gesicht und ließ es herrlich verschmitzt aussehen. „Deine Großmutter ist eine tolle Frau!"

„Mit einem gewaltigen Dickschädel, den sie fast immer durchzusetzen weiß."

„Sie kennt die Gefahr. Es ist ihre Entscheidung, ob sie bleibt oder nicht."

„Siehst du sie denn in unmittelbarer Gefahr?" Rahels Stimme klang zittrig. Eine neue Welle der Angst baute sich bedrohlich vor ihr auf.

Duke ließ den Türgriff los und stellte sich dicht vor sie. „Nein. Sie nicht, aber dich schon. Also steig jetzt bitte ein, damit ich dich hier wegbringen kann."

Rahel sah ihn erschrocken an und beobachtete, wie das wütende Blitzen in seinen Augen verschwand. Ein sanfter Zug legte sich auf sein Gesicht. „Bitte, Schmetterling."

Rahel folgte seinem Wunsch und glitt neben Emma auf den Rücksitz.

Diese ergriff ihre Hand und drückte sie fest. Duke setzte sich zu dem Fahrer nach vorn und gab ihm eine Adresse. Zügig fuhren sie aus der Kleinstadt hinaus und über die Landstraße. Der zunehmende Verkehr und die bunten Reklametafeln verdeutlichten schnell, dass das von Chief Inspector Nichols ausgewählte Hotel in London lag.

Duke schleuste sie durch einen Hintereingang in das Lancaster Hotel. Sie nahmen die Treppen in den dritten Stock hinauf, wo er sie vor einer Zimmertür warten ließ, bis er mit der Schlüsselkarte zurückkehrte.

Emma beugte sich zu Rahel und flüsterte: „Ich hatte gerade ein Déjàvu. Als diese Kuttenträger hinter mir her waren, hat Daniel mich ebenfalls über einen Hintereingang in ein Hotel gebracht."

„Ich erinnere mich. Ebenso an die furchtbare Angst, die ich hatte. Falk und ich konnten dann ja in die USA fliehen, aber du …"

Emma legte den Arm um sie. „Wir stehen auch das durch, Kleine."

„So, die Damen. Chief Inspector Nichols hat zwei Zimmer auf seinen Namen gebucht."

Duke öffnete die Tür und ließ die beiden Frauen ein. Das Licht flammte automatisch auf und beleuchtete ein in kräftigem Blau und warmen Brauntönen eingerichtetes Hotelzimmer mit einem Doppelbett, einem Nachttischchen auf der einen, einem Schreibtisch mit Stuhl auf der anderen Seite. Neben der Tür zum Bad befand sich ein Schrank mit Spiegelschiebetüren. Das große Fenster war durch einen doppelten Vorhang in Blau und Goldbraun eingerahmt. Duke deutete auf eine zweite Tür zwischen dem Kleiderschrank und dem kleinen Flur. „Ich bin nebenan. Es wäre gut, wenn wir die Tür offen, zumindest aber angelehnt lassen könnten."

„Deine Vorsicht beruhigt mich nicht gerade", sagte Emma.

„Das kann ich verstehen", erwiderte er nur und brachte sein Gepäck und die Bücherkiste in sein Zimmer. Schnell war er zurück. Rahel, die sich auf das Bett gesetzt hatte, sah ihn müde an.

„Es gibt zwei Treppenhäuser", erklärte Duke. „Über das eine sind wir heraufgekommen; es endet, wie ihr wisst, beim Hinterausgang. Das andere Treppenhaus liegt links von unseren Zimmern. Die Tür dazu findet ihr in der nächsten Nische. Die Treppe führt hinab in die Lobby und weiter in die Tiefgarage. Der Aufzug befindet sich dem Treppenhauseingang gegenüber."

„Du erklärst uns die Fluchtwege?" Emma verzog das Gesicht.

„Nur zur Vorsicht. Ihr seid hier sicher."

Rahel warf ihm einen zweifelnden Blick zu.

„Es war ein anstrengender Tag. Versucht zu schlafen. Gute Nacht." Duke schien es plötzlich überaus eilig zu haben. Er verschwand durch die Verbindungstür, ließ diese jedoch einen Spalt offen.

„Er hat recht", stimmte Emma zu, versteckte ein Gähnen hinter ihren Händen und ging mit ihrem Rucksack ins Bad.

Rahel ließ sich aufs Bett zurück fallen und verschränkte ihre Hände in ihrem Nacken. Ihr langes Haar wallte um ihren Kopf und sie atmete den Duft von Marys Pfirsichshampoo ein. Erinnerungen überfluteten sie, drohten ihr den Atem zu rauben. Wieder sah sie diese dunkel gekleidete Gestalt vor sich, die sie aus dem Haus zu schleppen versuchte. Der Gedanke an das aufdringliche Aftershave des Kerls verursachte ihr einen Anflug von Übelkeit und ihr wurde wieder kalt, obwohl das Zimmer gut geheizt war.

Was waren das für Menschen, die ihr das antaten? Rahel wollte nicht hassen. Hass war ein starkes, ein zerstörerisches Gefühl. Und meist zerstörte es vor allem den Menschen, in dem es aufblühte, wuchs und gedieh. Doch Rahel wehrte sich gegen die innere Kälte, die von ihr Besitz ergreifen wollte. Sie würde nicht zulassen, dass sie ihre Hilfsbereitschaft und Fürsorge anderen gegenüber erfrieren ließ!

Emma schreckte sie aus ihrem Gedankendschungel auf, indem sie Rahel im Schulmeistertonfall ins Bad schickte. Die junge Frau ließ sich viel Zeit mit dem Umkleiden und betrachtete intensiv ihr Spiegelbild. Bläulich schimmernde Ringe hatten sich unter ihren Augen gebildet. Sie sah blass aus, fast so sehr wie kurz nach ihrer Genesung; als hätte sich die innere Kälte bereits in ihr ausgebreitet.

„Nicht mit mir!", sagte sie zu ihrem Abbild. Sie hatte beschlossen, sich Sarah zum Vorbild nehmen, die Ähnliches durchgemacht und ihren Peinigern verziehen hatte. Sarah war sogar so weit gegangen, dafür zu sorgen, dass die Friseurin ihren rechtmäßigen Erbteil zugesprochen bekam. Zudem hatte sie über Jahre hinweg versucht, ihr eine Freundin zu sein. Rahel verspürte unermessliche Bewunderung für diese eigentlich so zurückhaltende, sensible Frau. Ihr war es gelungen, über ihre inneren Mauern zu springen.

„Das kann ich auch!", murmelte Rahel, stellte die Zahnbürste energisch in das Glas und verließ das Bad.

Emma schlief bereits, wie sie mit einem Blick feststellte. Unwillkürlich wandte sie sich der Verbindungstür zu. Durch den Spalt drang ein Lichtschein in ihr Zimmer, in dem nur noch Rahels Nachttischlampe für einen warmen Schimmer sorgte. Ob Duke gerade Sarahs Tagebücher ein zweites Mal las? Vielleicht sollte sie das ebenfalls tun, um noch mehr von Sarahs Vergebungsbereitschaft zu lernen.

Zögernd trat sie an die Tür und streckte die Hand nach der Klinke aus, entdeckte aber im gleichen Moment vier Finger einer männlichen Hand, die oberhalb der Klinke das Holz umfassten.

„Rahel?", flüsterte Duke.

„Ja?", fragte sie leise und warf einen prüfenden Blick auf Emma. Sie atmete regelmäßig und tief.

„Ich brauche deine Hilfe."

Rahel öffnete die Tür einen Spalt, schlüpfte hindurch … und zuckte zusammen. Duke trug lediglich seine Jeans. Rahel zwang ihre Augen von seinem muskulösen Oberkörper zu seinem Gesicht. Für einige Sekunden glitt Dukes Blick über ihre in einen dunkelblauen Pyjama gehüllte Gestalt.

„Was ist denn?" Ihre Frage klang etwas laut, denn sein Blick wühlte sie gewaltig auf.

Duke streckte ihr eine Pinzette entgegen. „Ich hatte eine unangenehme Begegnung mit einem Kaktus."

„Autsch!", rief Rahel und zauberte ein Lächeln auf sein Gesicht. „Hast du versucht, die Stacheln mit einem Pflaster herauszuziehen?"

„Ja, aber das hat nicht funktioniert."

„Granmarys Kakteen sind widerborstig. Sie hat eigentlich überhaupt keinen grünen Daumen. Niemand kann sich erklären, weshalb diese stacheligen Gesellen bei ihr so gedeihen."

Duke setzte sich auf die Bettkante, neigte den Kopf zur Seite und deutete auf seine linke Wange. Rahel überwand ihre Scheu und ließ sich neben ihm nieder. Behutsam fuhr sie mit dem Zeigefinger über seinen Hals und die Wange hinauf. Zwischen den Bartstoppeln ertastete sie deutlich die feinen, kaum sichtbaren Spitzen.

Rahel zog den ersten Stachel mit der Pinzette heraus und strich ihn auf dem Papierhandtuch ab, das Duke in der Hand hielt. Sehr schnell stellte sie fest, dass ihre Hand zu stark zitterte, als dass sie die Stacheln sicher packen konnte. Sie musste ihren Arm irgendwo aufstützen. Also rutschte sie dichter an Duke heran. Überdeutlich fühlte sie sein Bein an ihrem Knie und die Wärme seiner Haut, als sie den Unterarm auf seiner muskulösen Schulter aufstützte.

Rahel zwang sich, gleichmäßig zu atmen, was ihr mächtig schwerfiel. Viel zu intensiv spürte sie Dukes Nähe, seine Haut an ihrer. Ihr Herz vollführte Kapriolen vor Aufregung.

Schweigend ließ Duke die Prozedur über sich ergehen, während Rahel fast schon verbissen darum kämpfte, sich ausschließlich auf die Stacheln zu konzentrieren.

Es hatte durchaus Verehrer in ihrer Vergangenheit gegeben, mit einigen von ihnen war sie ausgegangen. Ein paar dieser Männer hatte sie sehr sympathisch gefunden, doch keiner von ihnen hatte diese starken, nur schwer zur Raison zu bringenden Gefühle in ihr ausgelöst wie Duke. Sie kannte das Phänomen, dass Menschen sich in ihren Lebensretter verliebten. War es bei ihr ebenso? Diese Art der Verliebtheit verflüchtigte sich bestimmt schnell wieder! Der Gedanke tat ihr weh, also schob sie ihn von sich, zumal Duke den Kopf drehte, damit er sie ansehen konnte.

„Sind es noch viele?"

Fasziniert blickte Rahel in seine aufregend nahen Augen. Sie hatte nie zuvor eine so dunkle Augenfarbe gesehen, im Moment wirkten sie fast schwarz. Sein Blick nahm sie gefangen; es war ihr unmöglich, ihre Augen abzuwenden. Was geschah hier? Rahel wusste keine Antwort. Sie suchte auch keine. Der Augenblick war einfach zu wundervoll.

Irgendetwas veränderte sich in Dukes Augen. Es war, als loderte hinter ihnen ein Feuer auf, und sein Gesicht näherte sich dem ihren. Ging das von ihm aus oder von ihr? Duke neigte leicht den Kopf. Ihre Lippen berührten sich, sanft wie der Flügelschlag eines Schmetterlings. Duke wich ein wenig zurück, um sie anzusehen, ehe er sie von Neuem küsste. Diesmal länger. Rahel zitterte. In ihr brannte eine Flamme, die gierig nach Nahrung suchte, mehr wollte.

Duke vergrub seine Finger in ihrem Haar. Er lächelte, bevor er sie abermals küsste, drängender diesmal, leidenschaftlicher. Rahels Hände glitten über seine Schulter. Sie fühlte seine festen Brustmuskeln. Duke richtete sich auf und rutschte ein Stück von ihr fort. Sein Brustkorb hob und senkte sich schnell, fast so, als habe er einen anstrengenden Lauf hinter sich.

„Eigentlich wollte ich warten, bis wir die ganze Sache hinter uns haben", sagte er leise und mit auffällig tiefer Stimme. Rahel war nur zu einem Nicken fähig. Mühsam kämpfte sie sich in die Gegenwart zurück. Sie nahm das fremde, kühl eingerichtete Hotelzimmer wahr, wusste wieder, weshalb sie sich überhaupt hier befand. Ihr Kopf sagte ihr, dass er recht hatte. Aber ihr Herz schrie etwas völlig anderes.

„Du hast recht", murmelte sie und suchte ebenso nach ihrer Selbstbeherrschung wie nach der Pinzette, die ihr entglitten war. Sie fand Letztere auf der Bettdecke. Mit einer fahrigen Bewegung strich sie sich ihre Haare hinter das Ohr, damit sie ihr nicht vor den Augen hingen. Duke umfasste ihr Kinn mit seiner Hand und zwang sie so, ihn anzusehen.

„Ich will mich darauf konzentrieren, dass du heil aus der Sache herauskommst. Danach gibt es nur noch dich und mich. Wir werden lange Spaziergänge im Hyde Park unternehmen und du erzählst mir von dir, von deinen Träumen und Wünschen und ich dir von meinen. Was hältst du davon?"

„Hört sich gut an", erwiderte sie zaghaft und schaute erneut in diese faszinierend dunklen Augen, in denen eine ganze Welt zu liegen schien.

„Und ich werde dich wieder küssen. Und wieder, und wieder ..." Sein schelmisches Grinsen ließ die angespannte Stimmung platzen wie einen Ballon. Sie lachte leise auf.

„Da das also geklärt ist, könntest du dich vielleicht der letzten Stacheln annehmen, die ich deutlich spüre?"

„Ich kann sie auch stecken lassen, damit sie dich immer an unsere Abmachung erinnern", schlug Rahel keck vor.

„Als ob ich eine Erinnerung bräuchte!", tadelte er und hielt ihr die linke Gesichtshälfte hin.

Rahel zögerte. Wovon sprach er? Von ihrem Kuss? Von ihrer Abmachung? Von der Gefahr, die wie ein Gespenst aus der Vergangenheit aufgetaucht war und sie drohend umtanzte?

Kapitel 40

Duke begleitete Rahel zur Tür. Er stützte sich schwer auf den Türrahmen, als er zusah, wie sie um das Bett herumging und sich auf die Kante setzte. Sie sah ihn an und ein scheues Lächeln umspielte ihre Lippen.

„Schlaf gut", sagte er tonlos, stieß sich kraftvoll ab und schloss die Tür bis auf wenige Zentimeter. Er verharrte kurz mit den Augen auf der silbern schimmernden Klinke. Beinahe wäre er zu weit gegangen. Aber er war ihrem Blick, ihrer Zartheit und auch ihrer inneren Stärke, die sie bewiesen hatte, hilflos erlegen. *Wie ein Schmetterling, der es wagt, sich trotz des Sturms in die Lüfte zu erheben*, kam es ihm in den Sinn.

Er musste sich zurückhalten, schließlich brauchte er einen klaren Kopf und genügend Abstand. Wie sonst sollte er sie beschützen und seiner eigentlichen Aufgabe nachkommen? Und er musste prüfen, wie ernst es ihr mit ihm war. Nicht noch einmal wollte er sein Herz verschenken, damit es ihm wenig später aus dem Leib gerissen wurde. Er durfte nicht den dritten Schritt vor dem ersten und dem zweiten tun. Außerdem – und hier drückte ihn gewaltig sein Gewissen – wusste Rahel noch immer nicht, wer oder besser, was er war. Das waren denkbar schlechte Voraussetzungen für den Beginn einer Beziehung. Dass er ihr seinen Beruf nicht genannt hatte, war für sie sicher nicht das große Problem, aber dass er von Europol auf sie angesetzt worden war, um sie zu bespitzeln und Greens Verdacht zu erhärten …

Duke stieß einen Zischlaut aus. Er bückte sich und zog seinen Schultergurt mit der Schusswaffe unter dem Bett hervor, öffnete die Schublade des Nachttischs, warf erst den Gurt, dann die Waffe hinein und ließ die Lade offen.

„Eins nach dem anderen, Junge", sagte er zu seinem Spiegelbild in der Schranktür. Nachdem er Freddy und Green via SMS den Namen des Hotels und die Zimmernummer mitgeteilt hatte, schlüpfte er in eine bequeme Jogginghose und legte sich aufs Bett. Mit hinter dem Kopf verschränkten Armen starrte er die weiße, schmucklose Decke an, bis ihm die Augen zufielen.

***

Falk nickte Daniel zu und betrat das Depot. Er war bester Laune, da ihm das nun Folgende Spaß machen würde – und da er wegen der Schmerzen noch immer mit einem Schmerzmittel leicht aufgeputscht war. Fröhlich schritt er die mit Metallregalen vollgestellte Zimmerflucht entlang.

Er hörte Lisa auf dem Notebook tippen, trat leise in den Raum und begrüßte sie mit einem überlauten: „Hey!"

Die Volontärin wirbelte aufkreischend herum. Sie streckte ihre Hände aus, als müsse sie einen Angreifer abwehren. „Bist du verrückt, mich so zu erschrecken?", fuhr sie ihn an.

„So, wie du reagierst, könnte man annehmen, du hast ein furchtbar schlechtes Gewissen!"

Lisa Reaktion war genau die, die Falk sich ausgemalt hatte: Sie riss ihre Augen auf und wich seinem Blick aus. Aber die junge Frau fasste sich erstaunlich schnell. Wütend funkelte sie ihn an. „Was denkst du, was passiert wäre, wenn ich gerade eines der wertvollen Artefakte in den Händen gehalten hätte?"

„Du hättest es fallen lassen!"

„Richtig. Und dann?"

„Ach, das lässt sich bestimmt vertuschen. Wer weiß schon ganz genau, wie viele ägyptische Tonscherben hier liegen? Immerhin katalogisierst *du* sie ja neu."

Zu Falks Verwunderung reagierte Lisa verwirrt.

„Sag mal, spinnst du? Diese Stücke sind einmalig. Jedes einzelne, das kaputtgeht, ist ein nicht zu ersetzender Verlust für die Menschheit, für die Forschung, für die ägyptische Geschichte!"

Falk runzelte die Stirn. Lisa hörte sich so an, als sei ihr dies tatsächlich wichtig. Ob Daniel und er mit ihrer Vermutung falschlagen? Stahl die Volontärin keine der ihr anvertrauten Gegenstände, um sie an Antiquitätenliebhaber zu verkaufen? Weshalb dann der Angriff auf ihn und Rahel? War ihre Annahme verkehrt, dass Lisa niemanden als Mitarbeiter bei sich haben wollte, damit sie unbeobachtet ägyptische Kostbarkeiten beiseiteschaffen konnte? War es nicht so, dass sie sich mit den geschichtsträchtigen, aber materiell eher wertlosen Fundstücken im Depot nicht mehr zufriedengab, sondern nach dem Gold des Tutanchamun gierte, von dem sie einige Stücke im Besitz von Rahels Familie vermutete?

Lisa hatte sich wieder gefangen und deutete auf Falks Arm in der Schlinge. „So kannst du hier nicht arbeiten!"

Falk frohlockte innerlich. Selbstverständlich erkundigte Lisa sich nicht danach, was mit seinem Arm passiert war. Immerhin hatte sie eigenhändig den Schläger geschwungen.

Sie holte das Versäumte allerdings schnell nach: „Was ist eigentlich passiert?"

„Ich würde sagen, jemandem passt es nicht, dass Rahel und ich in diesem Depot jobben. Zuerst wurde sie vergrault, jetzt bin ich für diese Arbeit nicht mehr tauglich."

„So ein Blödsinn", entfuhr es Lisa und sie starrte ihn böse an.

„Warum regst du dich denn auf? Ich spreche ja nicht von dir! Du würdest niemals einen Mann auf die kleine Rahel ansetzen, damit der sie überfällt. Und bestimmt prügelst du niemanden mit einem Baseballschläger zum Krüppel!"

„Zum Krüppel? Ist es denn so schlimm?"

Falk unterdrückte ein Grinsen. Lisa klang herrlich erschrocken. Allerdings gab ihm das auch zu denken. Weshalb sollte ihr das etwas ausmachen, wenn sie zu einer Gruppe Leute gehörte, die sogar bereit war, Rahel zu entführen?

Gehandicapt durch den schmerzenden Arm schob er sich heimlich neben das Notebook und zog, ohne dass Lisa dies bemerkte, schon einmal den Stecker aus der Steckdose.

„Weißt du, erst der Einbruch und jetzt der Überfall auf mich war eine ziemlich linke Masche."

Lisa wirkte verwirrend perplex. Dennoch fuhr er fort: „Ihre Kumpanen sind zudem in das Haus von Rahels Großmutter eingebrochen und wie wir erst vorhin erfuhren, auch in Rahels Elternhaus im Schwarzwald. Gestern ist Rahel nur um Haaresbreite einer Entführung entgangen …"

Lisa sah ihn an, als stamme er aus einer anderen Galaxie. Er glaubte haltloses Entsetzen in ihrem Blick zu erkennen, wollte sich aber von einer Frau, die mit Hartholzschlägern auf Männer einprügelte, nicht so leicht täuschen lassen.

„Weshalb sollte – ich meine, weshalb sollten die das tun?"

„Sag du es mir!"

„Ich?" Lisa quietschte fast ebenso schrill wie nach seiner überraschenden Begrüßung. Sie hatte sich nicht sonderlich gut im Griff. Falks Zweifel daran, dass er es hier mit einer kaltblütigen Diebin zu tun hatte, wuchsen.

„Ich … ich weiß darüber nichts!", stammelte sie.

„Vielleicht war das nur eine rhetorische Antwort auf deine Frage."

„Was?"

„Das Gute an der Sache ist, dass die Frau, die mit dem Baseballschläger auf mich eingeschlagen hat, den Schläger am Tatort zurückgelassen hat. Er ist übersät mit Fingerabdrücken."

„Ach ja?"

„Die Polizei hat sie aber leider nicht im System."

„Na ja, das kommt vor, nicht? Vor allem, wenn die Person vorher noch nie eine Straftat begangen hat."

„Richtig." Falk grinste breit und klappte den tragbaren Computer mit einer lässigen Bewegung zu. „Allerdings bin ich jetzt in der Lage, der Polizei brauchbare Fingerabdrücke der *Person* zu liefern."

Genüsslich beobachtete er, wie sich auf Lisas Stirn winzige Schweißperlen bildeten. Jetzt hieß es, auf der Hut zu sein. Zwar hatte die Frau keinen Baseballschläger in greifbarer Nähe, aber wer wusste schon, zu welchen Mitteln sie greifen würde, um ihr Geheimnis zu schützen? Und er hatte nun mal nur einen funktionstüchtigen Arm zur Verteidigung. Falk klemmte sich das Notebook unter den verletzten Arm und trat rückwärts die Flucht an.

Mit offenem Mund und sichtlich verstört sah Lisa ihm dabei zu.
„Warte!", rief sie plötzlich und kam ihm nach.
„Bleib stehen! Du machst das Ganze nur noch schlimmer."
„Meine Güte! Ich will dir nichts tun!"
„Das habe ich gemerkt!" Falk deutete auf seinen Arm.
„Ich kann das erklären!"
„Gern. Nachher bei der Polizei."
„Mit diesen Einbrüchen hab ich nichts zu tun! Das musst du mir glauben! Und warum sollte ich Rahel entführen wollen?"
„Das musst du wohl eher mir erklären!" Falk öffnete mit dem Ellenbogen die erste Tür.
„Und mir!", donnerte Daniels wütende Stimme in den Raum. Nicht nur Lisa zuckte erschrocken zusammen.
„Ja ... ja, in Ordnung!" Lisa angelte einen lehnenlosen Drehstuhl unter einem der Regale hervor und ließ sich vorsichtig darauf nieder. Ob die Löffelattacke ihr noch immer Schmerzen bereitete? Falk grinste grimmig.
Die Volontärin stützte die Ellenbogen auf ihre Oberschenkel und vergrub ihr Gesicht in ihren Händen. Ihre Schultern bebten. Falk zog eine kritische Grimasse. Zog sie gerade eine gekonnte Mitleidsshow ab?
Daniel nahm Falk das Notebook ab und legte es in ein Regal. Er schloss die Metalltür, lehnte sich mit dem Rücken dagegen und verschränkte die Arme vor der Brust. Falk sah belustigt zu ihm auf. Das Kabel vom Empfänger zu Daniels Ohrstecker, mit dem er ihr Gespräch mit angehört hatte, war deutlich zu sehen. In seiner schwarzen Jeans, dem weißen Hemd und einem nachtblauen Jackett wirkte er wie ein FBI-Agent aus einer TV-Serie.
„Darf ich vorstellen, Lisa Pfeffer, Volontärin, Baseballass, Einbrecherin, Entführerin ..." Falk ließ sich von Lisas protestierendem Ausruf nicht stören und stellte ihr Daniel mit den Worten vor: „R.U.E.-Agent Daniel Ritter."
Falk fing sich von Daniel einen vorwurfsvollen Blick ein, den er ebenfalls ignorierte. Er zog das winzige Aufnahmegerät aus der Brusttasche seines Poloshirts und legte es auf das Regalbrett neben das Notebook. Anschließend lehnte er sich an die freie Wand direkt hinter der Tür.
„Dann erklär mal", forderte er sie auf, während Daniel noch immer den schweigsamen, grimmigen Agenten spielte, was Falk auf irritierende Art an Duke erinnerte.
„Aber ehrlich und deutlich, in zweifacher Ausführung und mit Licht-

bild!", fügte Falk hinzu und quittierte Lisas bösen Blick mit einem unübersehbar gekünstelten Lächeln. Er war wütend auf diese Frau. Sie hatte Rahel gequält und ihm nicht zu verachtende Schmerzen zugefügt. Mühsam unterdrückte er den Wunsch, sie zu packen und zu schütteln, damit sie endlich auspackte. Wie so oft half ihm die ihm eigene Respektlosigkeit, seine Gefühle zu unterdrücken.

„Ich war eine ziemlich miese Studentin", begann Lisa. In Anbetracht der Tatsache, dass sie die Aufnahme Mahldorn überreichen wollten, behielt Falk seine Bemerkung für sich, dass er das an ihren Leistungsnachweisen gesehen hatte. Er brauchte dem Hauptkommissar ja nicht auf die Nase zu binden, wie weit er bei seiner Internetrecherche gegangen war.

„Es ist nicht so, dass mir die Ägyptologie keine Freude machen würde. Ich bin begeistert von dieser uralten Kultur, von den Grabfunden und den Möglichkeiten, danach zu forschen, wie die Menschen damals gelebt haben. Aber ich … na ja, hatte auch noch andere …. Interessen und das Studieren kam einfach zu kurz. Ich drohte durch die Prüfungen zu rasseln. Einem Kommilitonen von mir ging es nicht besser."

„Mein zweites Löffelopfer?" Falk winkte Lisa, dass sie schnell fortfahren solle.

„Wir haben uns in einigen Fächern die Prüfungsaufgaben besorgt. Peter hat da einen Freund, der sich in Computer hacken kann."

„Gibt's doch nicht!", kommentierte Falk und fing sich einen warnenden Seitenblick von Daniel ein.

„Bei einem Prof haben wir die Unterlagen aus dem Büro gestohlen. Die lassen das Zeug herumliegen, als wollten sie uns einladen, dass wir uns bedienen. Gelegentlich könnte man an deren IQ zweifeln."

„Ich vergaß zu erwähnen: Dieser Agent hier ist ein Historiker. Professor Doktor Daniel Ritter."

„Wir haben ziemlich gut abgeschnitten!", sagte Lisa gleichzeitig und zog dann den Kopf zwischen die Schultern, als der Sinn von Falks Worten bei ihr ankam.

Falk hob lediglich die Augenbrauen. Er kannte Lisas Abschlussergebnisse und erinnerte sich gut daran, wie bewundernd er sich über die plötzlich guten Noten der zuvor unterdurchschnittlichen Studentin geäußert hatte.

„Jetzt sind Sie uns also doch auf die Schliche gekommen." Lisa schaute Daniel betroffen an.

Dieser runzelte die Stirn. „Warum die Angriffe auf Rahel und Falk? Die Einbrüche und …"

„Moment!" Lisa hob beide Hände und sprang auf die Füße. „Ja, Peter hat Rahel an der Straße aufgelauert. Er sollte sie erschrecken und ihr zuraunen, dass sie Berlin sofort verlassen müsse. Doch vorher ging dieser Duke dazwischen."

„Das hat er gut gemacht! Der Mann, nicht der Hund!"

Lisa bedachte Falk mit einem wütenden Blick. „Peter und ich haben dich gestern angegriffen. Auch dich wollten wir aus Berlin vertreiben!"

„Warum?", hakte Falk nach.

Die junge Frau vollführte eine ungeduldige Handbewegung. „Aber das weißt du doch!? Du und Rahel, ihr seid doch auf mich angesetzt worden, um den Schwindel aufzudecken! Peters Freund, der Hacker, ist aufgeflogen. Er hatte ein einträgliches Geschäft mit den Verkäufen der geklauten Prüfungsunterlagen laufen und meinte, es wird nicht lange dauern, bis man uns überprüft."

„Vermutlich werden Ihre Klausuren überprüft, nicht Sie als Person!", stellte Daniel richtig.

„Was?"

„Wie kommen Sie auf die abstruse Idee, dass eine Prüfungskommission Sie von jemandem bespitzeln lässt? Wo kämen wir da denn hin?"

„Mir kam es ja auch komisch vor. Aber Peter und ich bekamen fast gleichzeitig einen Praktikanten an die Seite gestellt, obwohl wir zuvor allein gearbeitet hatten. Das kam uns verdächtig vor. Kurz davor war dieses Computergenie aufgeflogen. Peter sah darin einen Zusammenhang. Er hatte, so wie ich auch, einen tollen Vertrag für eine Ausgrabung in Ägypten unterschrieben. Dieser Vertrag wurde plötzlich auf Eis gelegt – wahrscheinlich, bis die ganze Sache geklärt ist."

„Vielleicht eher, weil es in Ägypten im Moment politische Unruhen gibt!", konterte Daniel hart.

Falk hatte ihn selten so unfreundlich erlebt. Offenbar missfielen ihm die Schummeleien der ehemaligen Studenten extrem, was ihm nicht zu verdenken war. Immerhin bekamen meist die Studienabgänger die besten Chancen und großartigsten Angebote, die mit einem entsprechend herausragenden Durchschnitt abschlossen. Dabei hatte es wesentlich fähigere und fleißigere Studenten gegeben, denen diese Möglichkeiten hätten offeriert werden sollen.

„Und wer von Ihnen beiden kam auf die kranke Idee, eine ahnungslose junge Frau zu überfallen und mit einem Baseballschläger auf Falk einzuprügeln?"

„Das waren ja nur Scheinangriffe, die ..."

„Scheinangriffe?" Daniel schien förmlich zu explodieren. Lisas Augen weiteten sich entsetzt, als Daniel sich von der Tür abstieß. Falk ergriff ihn am Arm und hielt ihn auf. Die Situation lief allmählich aus dem Ruder. „Lass gut sein, Daniel. Sie und ihr Freund werden bestimmt gerecht bestraft. Wir müssen uns um die andere Sache kümmern!"

„Ist dir klar, dass durch diese beiden kleinen Betrüger die weitaus gefährlicheren Typen gewaltige Vorteile gehabt haben? Wir konnten das eine nicht vom anderen unterscheiden!" Daniel hieb wütend mit der Faust gegen die Tür. Seine Besorgnis um Rahel und Emma brodelte wie ein Vulkan in ihm.

Falk wandte sich an die verängstigte Lisa. „Hast du je in einer archäologischen Fachzeitschrift einen Artikel über Rahels Familie gelesen?"

„Einen Artikel über Rahels Familie? Nein. Sind ihre Eltern denn bedeutende Archäologen?"

Daniel atmete tief durch und forderte Lisa dann mit einer knappen Handbewegung auf, ihm zu folgen. „Auf geht's. Sie begleiten uns zu Hauptkommissar Mahldorn."

„Muss das wirklich sein?" Lisa begannen Tränen aus den Augen zu kullern. Falk, der wusste, dass eine weinende Frau Daniel fast zu allem überreden konnte, packte Lisas Handgelenk und zerrte sie energisch mit sich.

Daniel nahm das Notebook, schloss hinter ihnen die Tür und während ihre Schritte hohl durch die Gänge hallten, fragte er Falk: „Was bitte ist ein R.U.E.-Agent?"

„Rahel-Unterstützungs-Einheit!"

Daniel verdrehte die Augen und wies ihn an: „Du telefonierst mit Duke. Die vier in London müssen über die Neuigkeiten informiert werden. Anschließend fährst du mit dem Taxi zu unserem Hotel. Und bitte, nimm wirklich ein Taxi. Pack deine Sachen und buch für dich den nächsten Flug nach London. Ich denke, wir müssen alle Aufmerksamkeit auf Rahel konzentrieren."

„Und was machst du?"

„Ich liefere diese Schummlerin samt unserer Aufnahme bei deinem Freund Mahldorn ab, behalte hier noch ein paar Tage das Geschehen im Auge und komme dann nach."

„Wir könnten auch tauschen."

„Führe mich nicht in Versuchung, Junge! Doch ich will dem Kommissar eine zweite Begegnung mit dir nicht antun. Und Emma kommt gut auch noch einige Tage ohne mich aus."

„Sie ohne dich, ja. Aber du ohne Emma?"

Daniel eilte an ihm und Lisa vorbei und öffnete die Eingangstür. „Ruf das Taxi!", knurrte er Falk an.

***

Angenehmes Sonnenlicht wärmte Rahels Gesicht und sie seufzte behaglich. Im selben Augenblick kehrten die Erinnerungen an den Vortag zurück. Sie versteifte sich und riss die Augen auf.

„Alles in Ordnung?" Emmas Stimme klang beruhigend. Offenbar wollte sie weniger eine Frage stellen, als ihr mit diesen Worten aufzeigen, dass im Moment tatsächlich alles in bester Ordnung war.

Rahel machte sich nichts vor. Gestern hatte jemand versucht, sie zu entführen. Nie hätte sie gedacht, dass ihr so etwas zustoßen könnte. Vielleicht gelang es der Polizei, die Schatzjäger dingfest zu machen. Dennoch blieb die beunruhigende Frage, ob sie ihr ganzes Leben lang in der Furcht verbringen musste, dass eines Tages jemand anderes auf die Idee kommen könnte, bei ihr Wertgegenstände des Pharaos zu vermuten. Würden die Einbrüche, Überfälle und Entführungsversuche dann von vorn beginnen? Gab es überhaupt eine Aussicht auf Ruhe in ihrem Leben? Was, wenn eines Tages ihre Kinder in der Gefahr standen, bedroht, entführt und dabei womöglich sogar ...

Rahel setzte sich ruckartig auf. Damit rutschte sie aus dem schmalen Streifen durch die Vorhänge dringender Sonnenstrahlen. Eine unangenehme Kälte zog durch ihren Körper wie ein ungeliebter, alter Bekannter.

„Mir wäre es mittlerweile fast am liebsten, wir würden tatsächlich irgendetwas von Tutanchamun finden! Dann könnte ich es öffentlich und mit einer Entschuldigung an die ägyptische Regierung zurückgeben und das alles wäre endlich vorbei."

„Keine gute Idee", meinte Emma und warf einen Blick auf die nur angelehnte Tür zu Dukes Zimmer. „Duke hat vorhin etwas Beunruhigendes im Internet gelesen. Erst letzte Woche ist bei einem Lateinamerikaner eine Bronzekette mit einer ägyptischen Kartuschengravur gefunden worden. Sie stammt eindeutig aus den Grabbeigaben Tutanchamuns. Es gab ein paar internationale Verwicklungen, und der Mann ist der Hehlerei sowie des Besitzes illegaler Wertgegenstände angeklagt, obwohl er beteuert, nichts von der Herkunft der Kette gewusst zu haben."

„Aber ich ..."

„Du wirst niemals beweisen können, dass du, Mary oder deine Eltern nichts von einem möglichen Schatz gewusst haben!"

„Du hast recht. Außerdem ist es auch Quatsch. Es gibt bei uns nichts, das auch nur einmal in der Nähe des Pharao gewesen ist." Rahel fühlte sich wie eine Spielfigur, um die sich verschiedene Personen stritten. Man verschob sie mal hierhin, mal dorthin, ohne ihr einen eigenen Einfluss zu lassen. Was also blieb ihr? Die Hoffnung darauf, dass über all dem eine höhere Macht stand, die das Geschehen überblickte und weder sie noch die anderen Figuren jemals aus den Augen verlor … ein tröstlicher Gedanke!

„Was möchtest du frühstücken? Duke ist eine Runde joggen und hat mir seinen Frühstückswunsch für den Zimmerservice mitgeteilt." Emma versuchte, Normalität in ihr Leben zu bringen und an die alltäglichen Dinge des Daseins zu erinnern.

„Egal", sagte Rahel unkonzentriert, erhob sich und tappte ins Bad. Bevor sie die Tür hinter sich schloss, hörte sie Emma vernehmlich seufzen.

Nachdenklich blickte Rahel auf ihr zerzaustes, blasses Spiegelbild. Irgendeinen Weg musste es doch geben, aus diesem Labyrinth rauszukommen! Sie war zu allem bereit, mochte der Einsatz noch so hoch sein. „Lieber ein Ende mit Schrecken …", murmelte sie und griff nach ihrer Zahnbürste.

Kapitel 41

Duke stoppte den Mietwagen vor Marys Anwesen und stieg für seine stattliche Statur erstaunlich behände aus. Rahel sah ihm zu, wie er die Straße und die umliegenden Grundstücke mit den Augen absuchte, ehe er Emma die Tür öffnete. In einem Anflug von Sarkasmus fragte sie sich, was er wohl tun würde, falls sich jemand auf sie stürzen wollte. Er war durchtrainiert, betrieb zumindest eine Kampfsportart und mochte sie wohl gern genug, um sie zu beschützen. Aber was konnte er gegen einen oder mehrere Männer ausrichten, zumal wenn diese womöglich bewaffnet waren?

„Rahel? Kommst du?" Duke beugte sich in den Wagen hinein. Sein Blick war fragend und besorgt zugleich auf sie gerichtet, während sie gefangen in ihren ängstlichen Überlegungen reglos sitzen geblieben war.

„Natürlich", erwiderte sie und rutschte über die Sitzbank. Duke wich zurück und ließ sie aussteigen. Wie bereits beim Frühstück verhielt er sich ihr gegenüber freundlich und höflich, doch mit einer deutlichen Zurückhaltung. Rahel war das nur recht. Im Moment überstieg es ihre Möglichkeiten, sich auch noch mit ihren Gefühlen für Duke auseinanderzusetzen. Während der Autofahrt hatte Duke ihnen von Falks Anruf erzählt. Eigentlich hätte Rahel Erleichterung darüber empfinden müssen, dass der Angriff in Berlin lediglich von zwei aufgeschreckten Volontären geplant und durchgeführt worden war, die sich von ihr bedroht gefühlt hatten. Rahel konnte ein leises Auflachen nicht unterdrücken, was ihr einen fragenden Blick von Duke einbrachte, als er neben ihr her auf Marys Haus zuschritt.

Jemand hatte sich von ihr bedroht gefühlt! Offenbar hatte Lisa eine beträchtliche kriminelle Energie, aber Menschenkenntnis gehörte definitiv nicht zu ihren Stärken. Wer fürchtete sich schon vor Rahel Höfling? Und dann erst die absurde Idee, Rahel könne als Spitzel auf sie angesetzt sein! So etwas gab es doch nur in irgendwelchen Filmen!

Rahel drehte sich auf der Treppe um und blickte den Gartenweg entlang. Das kurz geschnittene Gras wies eine winterliche braune Farbe auf, die Laubbäume streckten ihre Zweige in den heute blauen Himmel hinauf. Auf einer von der Sonne angestrahlten Fläche pickten Amseln in der Erde herum. Alles wirkte so normal und friedlich. Ihr Blick glitt über die Hecke und die Mauer zu den Nachbarhäusern. Dort gingen die Menschen ihren alltäglichen Beschäftigungen nach, die sie vielleicht als langweilig empfanden. Wie gern Rahel mit ihnen getauscht hätte!

Ein Mann mit einer breiten Statur, allerdings deutlich kleiner als Duke und mit dem blonden Haar und der hellen Haut fast ein perfekter Gegensatz zu diesem, öffnete und ließ sie ein. Er stellte sich ihnen als Police Constable Freddy Wilson vor.

Mary begrüßte Emma und Duke freundlich und schloss Rahel dann fest in die Arme. „Du siehst grauenhaft aus, Mädchen", raunte sie ihr zu.

„Ich habe nicht sonderlich gut geschlafen."

„Das tut mir leid. Ich habe geschlafen wie ein Bär, obwohl dieser Mr Wilson ein unruhiger Geselle ist. Ich habe ihn die halbe Nacht durch das Haus tappen hören. Er war sogar oben auf dem Speicher."

„Wie konntest du ihn die halbe Nacht hören und doch wie ein Bär schlafen?"

„Schließt das eine das andere aus?" Mary zwinkerte ihr zu und entließ sie aus ihren Armen. Laut sagte sie: „Meine Kakteen waren beunruhigt. Das sind sie nur, wenn jemand nervös durch das Haus schleicht."

Rahel verdrehte die Augen und folgte Emma ins Wohnzimmer. Mary spielte gelegentlich die verschrobene Kakteenliebhaberin. Es bereitete ihr Spaß, ihren Mitmenschen vorzuspielen, mit dem Kopf nicht immer ganz bei der Sache zu sein. Hinter diesem Getue versteckte sich allerdings ein scharf arbeitender Verstand.

„Das Haus hat einen Dachboden?" Duke drehte sich interessiert zu Mary um.

„Ja, über die gesamte Wohnfläche hinweg. Ich glaube, ich bin noch nie tiefer als die ersten zehn Meter in diesen hineingegangen. Es sieht so aus, als habe jeder Bewohner dieses Hauses seine überzähligen Möbel da oben abgestellt und einfach vergessen."

„Ob womöglich Gemälde von Sarah Sattler dabei sind?", überlegte Duke laut.

„Ich habe nichts dergleichen gesehen. Allerdings ist der Raum wirklich völlig vollgestellt", erwiderte Wilson und verleitete Rahel zu einem Stirnrunzeln.

Der Mann reagierte ja beinahe so, als wisse er, weshalb Duke sich für Sarahs Zeichnungen interessierte. Duke warf dem Constable einen finsteren Blick zu. Der tat, als bemerke er nichts, wandte sich ab und verließ das Haus.

„Dieser Wilson nimmt seine Aufgabe überaus ernst. Ich könnte wetten, er kennt inzwischen jeden Stachel meiner Lieblinge mit Namen!", spottete Mary gutmütig.

„Das ist beruhigend", meinte Emma.

Rahel fand es eher beunruhigend. Entsprechend heftig schrak sie zusammen, als plötzlich die Eingangstür gegen die rückwärtige Wand donnerte.

Duke schob sie derb mit einer Hand neben eine Kommode und drückte sie zu Boden. Erschrocken sah sie zu ihm auf. Sein Gesicht war grimmiger, als sie es jemals zuvor gesehen hatte, seine dunklen Augen blitzten gefährlich.

„Bleib da!", raunte er ihr zu, ehe er in den Flur eilte.

Von dort rief Wilson: „Taylor! Ich habe einen Kerl erwischt. Er wollte sich Zutritt zu dem Gelände verschaffen!"

„Duke, sag diesem Wachhund ..." Der Rest ging in einem Keuchen unter. Rahel erhob sich. Die Stimme war unverkennbar die von Falk.

„Er behauptet, er kennt euch." Wilsons Worte gingen in ein unterdrücktes Fluchen über. Scheinbar wehrte sich Falk vehement.

„Ich kenne den Kerl nicht", erwiderte Duke beiläufig. „Nehmen Sie ihn ruhig ordentlich in die Mangel und schaffen Sie ihn weg!"

Rahel und Emma stürmten beide aus der Tür. Während Emma Wilson erklärte, dass Falk zu ihnen gehörte, schlug Rahel Duke mit der Faust gegen den rechten Oberarm.

„Was soll denn das? Er ist verletzt!"

Dukes Antwort war ein breites Grinsen. Wilson ließ Falk los, zog seine Jacke glatt und schnauzte ihn an: „Wenn Sie die Anwesenden kennen, sollten Sie doch wohl wissen, was hier los ist! Benutzen Sie in Zukunft besser Ihr Hirn und Ihr Mobiltelefon und melden Sie Ihr Kommen an!"

„Was verstehen Sie an den Worten: ‚Ich bin Falk Jäger, ein Freund von Rahel' nicht? Sprechen Sie sich mit dem Hochwohlgeborenen hier ab. Der sagt Ihnen, dass ich mein Kommen sehr wohl angekündigt habe."

„Wir sind eben erst eingetroffen", erklärte Duke.

Falk baute sich vor ihm auf. „Wie war das gleich? Benutze in Zukunft dein Hirn und dein Mobiltelefon und melde damit *mein* Kommen an? Was hätte der Gorilla aus mir gemacht, wenn Rahel und Emma nicht eingeschritten wären? Hundefutter?"

Rahel blickte erschrocken von einem zum anderen, bemerkte Emmas Belustigung bei dem Wort „Hundefutter" und begann, leise vor sich hin zu kichern. Die Sache mit dem Hund würde Duke vermutlich noch lange anhaften.

„Gut, dass du da bist." Duke reichte Falk die Hand und dieser ging unter seinem Händedruck in die Knie. „Wie geht es deinem Arm?"

„Ganz gut so weit. Ich vermisse nur diese genialen Schmerzmittel, die sie in der Klinik verteilen."

Falk und Duke grinsten sich an. Schließlich begrüßte der Neuankömmling Emma und zog Rahel fest an sich. „Keine Angst, Kleine. Jetzt bin ich da. Wenn Duke mal Schlaf braucht, pass ich auf dich auf, und falls meine Augen zufallen, habe ich ein paar niemals schlafende Hühneraugen."

„Das ist gut zu wissen", lachte Rahel und wollte sich von Falk lösen, was dieser jedoch nicht zuließ. „So schnell darf ich dich nicht loslassen, Kleine", flüsterte er ihr zu. „Dukes Gesichtsfarbe ist noch zu normal. Ein bisschen länger muss er für die Aktion gerade schon noch leiden."

„Du bist unmöglich!"

„Das ist es doch, was alle so an mir lieben!"

„Und eingebildet!"

„Irgendeine Bildung muss ich ja haben!"

„Das ist ein ziemlich alter Witz."

„Ich werde auch nicht jünger!"

„Lässt du mich jetzt bitte los?"

„Ist er schon ärgerlich?"

„Er wetzt die Messer."

„Dann bewaffne ich mich besser mit einigen von Marys Schwiegermutterstühlen!" Falk hauchte Rahel einen Kuss auf die Stirn und ging zu ihrer Großmutter ins Wohnzimmer. „Mary! Schön, dass ich dich endlich kennenlerne! Stellst du mich deinen stacheligen Freunden vor? Ich möchte vor allem die sehen, mit denen du den Einbrecher beworfen hast!"

„Dieser unmögliche Kerl!" Emma schüttelte den Kopf, konnte ihr Schmunzeln jedoch nicht verbergen.

In diesem Moment rief Falk: „Hey, Duke, mein Trolley steht noch draußen. Ich vermute mal, dieser Wilson ist inzwischen mit seinen Sprengstoffspürhunden fertig!"

„Gibt es eigentlich irgendetwas, was der Kerl ernst nimmt?", fragte Duke.

Emma und Rahel sahen sich fragend an und zuckten synchron mit den Schultern. Schließlich antwortete Emma: „Seinen Glauben. Und ich gehe davon aus, dass Gott viel Spaß daran hat, wenn Falk mit ihm redet!"

„Dann spiele ich also den Kofferkuli." Duke wandte sich ab und verließ das Gebäude. Emma gesellte sich zu dem ungleichen Gespann im Wohnzimmer und Rahel trat ans Fenster. Duke war draußen in ein Gespräch mit Wilson vertieft. Fast schien es, als stritten sie miteinander.

War dieser Wilson böse auf Duke, weil der sich als Außenstehender zu stark in das Geschehen einmischte? Aber Wilsons Vorgesetzter, Inspector Nichols, hatte Duke doch durchaus zugetraut, auf sie und Emma achtzugeben. Vielleicht hätten auch sie ihr Kommen am heutigen Tag mit ihm absprechen müssen? Jedenfalls verdeutlichte Wilsons Gebaren, dass dieser seine Aufgabe, ihre Großmutter zu beschützen, wirklich extrem ernst nahm!

***

Falk klappte sein Notebook auf, gleichzeitig schrieb er mit dem Daumen der anderen Hand eine SMS. Aus dem Augenwinkel sah er, wie Emma darüber den Kopf schüttelte.

„Sag nichts. Du bist doch diejenige, die ständig zwei Dinge auf einmal erledigt."

„Ich bin nur fasziniert davon, in welcher Geschwindigkeit du in dieses Gerät tippst."

„Man tippt nicht, man wischt."

Emma zog die Augenbrauen zusammen, und Falk fragte sich, ob sie dachte, er würde sie einmal mehr auf den Arm nehmen.

„Wischen, ähnlich wie beim Umblättern einer Buchseite", versuchte er geduldig zu erklären. Emma war, was technische Neuheiten anbelangte, ein Bewohner des hintersten Sterns des Milchstraßensystems.

„Darf ich mal?", bat sie interessiert.

„Aber nur, wenn du nicht vorher, wie beim Umblättern einer Buchseite, mit der Zunge deinen Finger befeuchtest!" Zögernd schob er sein Handy über den Wohnzimmertisch, vorbei an einigen Kakteen, für die Mary, so fand Falk, eigentlich einen Waffenschein benötigte.

„Das Zunge-Finger-Prinzip werde ich in jedem Fall anwenden. Ich kann gar nicht anders!", konterte Emma.

Falk versuchte, sein Telefon zurückzuziehen, doch Emma war wie so oft flinker als er und hatte es bereits in ihren Besitz gebracht.

„Ich habe meins anfangs auch immer mit dem Zunge-Finger-Prinzip bedient", wandte sich Duke tröstend an den entsetzt dreinblickenden Falk. „Inzwischen lasse ich den Finger weg."

Fassungslos starrte Falk Duke an und brach dann in schallendes Gelächter aus, zumal der Brite völlig ernst blieb. Er überließ Emma sein Smartphone und begab sich auf die Suche nach dem Zeitungsartikel, den Duke an diesem Morgen im Netz entdeckt hatte. Der Bericht über die Verhaftung des Südamerikaners war einfach zu finden. Bei ihm war zwischen anderen antiken Gegenständen ein Schmuckstück von Tutanchamun gefunden worden. Falk vertiefte sich in den auf Spanisch abgefassten Artikel, was ihn mit seinen nicht eben üppigen Lateinkenntnissen vor eine nicht geringe Herausforderung stellte. Schließlich betrachtete er die Seite, die sich auf seine Suchanfrage geöffnet hatte, und runzelte die Stirn. Irgendetwas daran kam ihm eigentümlich vor. Nachdenklich stützte er die Ellenbogen auf den niedrigen Tisch.

Im Sessel ihm gegenüber saß Duke. Er hielt die Augen geschlossen, allerdings weckten seine angespannten Gesichtszüge in Falk den Verdacht, dass er nicht schlief. Wem er bloß ähnlich sah? Es ärgerte Falk, dass er auch dieses Rätsel nicht lösen konnte. Wieder versuchte er, sich auf die geöffnete Internetseite zu konzentrieren. Was nur kam ihm an dieser so ungewöhnlich vor, dass er sie nicht einfach wegschalten wollte? Etwas hatte seine Aufmerksamkeit erregt. Eine Kleinigkeit, etwas fehlte ...

Er hörte sein Handy klingeln und verfolgte nicht eben erfreut, wie Emma den Anruf entgegennahm. Wenig später stand sie vor ihm und streckte ihm das marineblaue Gerät hin. Fragend sah er auf, doch Emma taxierte Duke. In ihrem Blick lag ein Misstrauen, das Falk tief beunruhigte.

Er griff nach dem Telefon und meldete sich mit den Worten: „Der, der nicht die Zunge zu Hilfe nimmt."

„Wofür ich wirklich dankbar bin. Auch wenn ich nicht weiß, um was es geht."

„Hallo, Danny. Alles klar in Berlin?"

„Bei mir schon. Peter und Lisa hingegen haben ihren Abschluss und noch einiges mehr verloren."

„Müssen die mir jetzt leidtun?"

„Nein!"

„Gut. Was gibt es? Emma sieht aus, als wollte sie jemanden erwürgen. Ich hoffe, ich habe einen Bonus, weil sie mit meinem Smartphone spielen durfte."

Emma drehte sich auf dem Weg in die Küche um und drohte ihm mit dem Zeigefinger.

„Bist du allein?", fragte Daniel und klang dabei beunruhigend besorgt.

„Nein. Mir gegenüber sitzt eine Delegation der Vereinten Nationen. Ein Vertreter aus England, einer aus Dänemark und einer aus Brasilien. Ich glaube wir können den Brocken noch einmal aufteilen und hätten dann Kuba …"

Duke öffnete ein Auge, sah ihn kurz an und schloss es wieder. Währenddessen lachte Daniel auf, allerdings gewann Falk den Eindruck, als sei die Erheiterung ein wenig erzwungen. „Überprüfe später mal Duke." Bevor Falk etwas erwidern konnte, fügte Daniel hinzu: „Ja, ich habe dir gesagt, dass du das nicht tun sollst. Aber ich bin heute eher zufällig über ihn gestolpert. Ich hatte ja Kontakt zu Nichols von Scotland Yard …"

„Muss ich mir Sorgen machen?"

„Nicht, was eure Sicherheit anbelangt. Ganz im Gegenteil. Aber was Rahel betrifft …"

Falk flog bereits mit einer Hand über das Tastenfeld seines Notebooks, wobei er gelegentlich einen prüfenden Blick auf den Mann im Sessel gegenüber warf. Schließlich fand er, wovon Daniel zweifelsohne sprach: Ein groß aufgemachter Artikel in *The Guardian* mit einem Bild von Duke in Polizeiuniform zwischen zwei Kollegen. Falk grunzte in das Telefon und Daniel reagierte mit einem ähnlichen Laut.

„Das ist … interessant", sagte Falk und versuchte, möglichst fröhlich zu klingen. Er musterte den Beamten rechts von Duke und erkannte in ihm Fred Wilson. Alle drei Polizisten hatten eine Auszeichnung erhalten, da sie bei einem Raubüberfall mit Geiselnahme trotz angespannter Situation die Nerven behalten und unter Einsatz ihres Lebens zwei Geiseln befreit hatten. Der dritte Polizist und Duke hatten dabei eine Schussverletzung davongetragen. In Falks Gehirn begann es zur arbeiten: Duke gehörte zur Met, der Metropolitan Police. Nichts konnte passender sein, warf jedoch die Frage auf, weshalb Duke das nie erzählt hatte, vor allem nicht, als Rahel zunehmend ins Visier irgendwelcher Kriminellen gerückt war. Nach und nach erschlossen sich Falk ein paar Details, meist nur sequenzielle Eindrücke von Duke, die er nebenbei gewonnen und denen er keine Aufmerksamkeit gezollt hatte. Die Vertrautheit, mit der er mit der deutschen und britischen Polizei kommunizierte. Die Bereitschaft von Nichols, ihn als Schutz für Rahel gelten zu lassen, während Mary einen Polizisten zur Seite gestellt bekommen hatte. Die eigentümliche Verständigung zwischen Wilson und Duke …

Falk schloss die Seite und sorgte dafür, dass sie nicht in der Liste der zuletzt aufgerufenen Seiten erschien. Er stand auf und verließ den Raum durch die mittlerweile reparierte Terrassentür. Langsam entfernte er sich vom Haus und blieb auf einer Rasenfläche stehen, weit genug weg von Zierbüschen und Bäumen, die Schutz für heimliche Lauscher boten.

„Was denkst du?", fragte Daniel.

„Schwer zu sagen. Hat Duke mit seinem Beruf hinter dem Berg gehalten, weil er befürchtet hat, wir würden ihn ständig mit Bitten um Hilfe bedrängen?"

„Er hilft aber doch", widersprach Daniel.

„Ja, im privaten Rahmen. Aber er hat nicht seine Beziehungen spielen lassen, um an irgendwelche Hintergrundinformationen zu gelangen."

„Das wissen wir nicht so genau. Und was noch?"

„Er ist bei diesem schwierigen Einsatz, von dem die Zeitung berichtet, verletzt worden. Uns gegenüber sprach er von einer zusätzlichen Ausbildung oder Umschulung. Möglicherweise hat er den Polizeiberuf an den Nagel gehängt und jobbt jetzt im Museum als Guide."

„Ein Trauma?" Daniel klang ebenso zweifelnd wie Falk.

„Ich weiß nicht, Danny. Selbst wenn er mit seinem Beruf hinter dem Berg hält, vielleicht weil er fürchtet, unsere Kleine wolle mit einem Mann, der in seinem Berufsleben eine Waffe trägt und sich mit schießwütigen Geiselnehmern und Entführern anlegt, nichts zu tun haben, so muss ihm doch eines klar sein: Irgendwann wird er es ihr sagen müssen. Und es ist unfair, dass er das nicht längst getan hat!"

„Deshalb meine Sorge um Rahel."

„Emma hat Duke angesehen, als wolle sie ihm demnächst einen von Marys Kakteen in den Hals stopfen."

„Emma und ich haben uns darauf geeinigt, vorerst Stillschweigen zu bewahren."

„Was? Entschuldige, dank Emmas Erziehungsversuchen schiebe ich ein ‚Bitte' hinterher."

„Das ist eine Sache zwischen Duke und Rahel. Geben wir ihm noch ein paar Tage."

Falk spürte, wie sich alles in ihm sträubte. Je mehr Rahel sich in diesen Mann verliebte, umso größer würde der Schmerz sein, wenn sie herausfand, dass er ihr gegenüber nicht ehrlich gewesen war.

„Duke hat sie nie belogen, lediglich Informationen zurückgehalten. Und er hat dafür vermutlich einen plausiblen Grund", erläuterte Daniel seine und Emmas Entscheidung.

„Das muss dann aber ein extrem plausibler Grund sein!", knurrte Falk. „Denkst du auch noch so großzügig darüber, wenn ich dir sage, dass der Mann auf dem Foto neben Duke genau der Freddy Wilson ist, der jetzt hier für Marys Schutz abgestellt ist?"

„Hm."

„Und die beiden tun so, als kennen sie sich nicht!"

„Das ist …" Daniel ließ den Satz offen. „Befürchtest du, dass Duke in dem Moment entschieden hat, seinen Beruf für sich zu behalten, als der Verdacht aufkam, Rahels Familie könnte illegale Grabschätze besitzen? Entweder um nicht involviert zu werden oder um der Sache ungestört auf den Grund zu gehen? Immerhin sind Rahels Großmutter und ihre Mutter Britinnen."

„Die Variante mit dem traumatisierten Bullen, der seinen Job aufgegeben hat, gefällt mir besser. Zumindest, wenn ich an Rahel denke." Es fiel Falk schwer, Ruhe zu bewahren. Unverständnis und Wut wechselten sich mit Sorge und einer gehörigen Portion Mitgefühl für Rahel ab.

„Wir sollten ihn nicht vorverurteilen", schlug Daniel besonnen vor.

„Ich bespreche mich mit Emma. Vielleicht müssen wir beide Duke, den Mann …" Falk brach ab. Eigentlich war ihm nicht zum Scherzen zumute. „Wir setzen uns eine Deadline. Bis dahin muss er bei Rahel Farbe bekannt haben, ansonsten führe ich mit ihm eine deutliche Unterhaltung. Nein, besser noch, das übernimmt Emma! Sie kann mit ihrem

Lehrerinnengen sogar den stärksten Kerl zum Vorgartenzwerg schrumpfen lassen."

Daniel räusperte sich verhalten. „Ich komme in zwei Tagen nach London. Bis dahin lasst ihm Zeit."

„Befürchtest du …"

„Nein, Falk. Ich halte Duke für ungefährlich. Weshalb er dieses Detail seines Lebens verschweigt, entzieht sich zwar unserem Wissen, aber ich denke, wir sind uns einig, dass er nichts Böses im Sinn hat."

„Ein Teddybär ist er nicht gerade."

„Hoffen wir für die Kleine, dass es eine einfache Erklärung für das alles gibt."

„Hoffe das lieber mal für Duke!", drohte Falk.

„Richtig. Offenbar haben wir vergessen, ihm zu sagen, dass man sich niemals mit Emma anlegen darf."

„Ich bin ein bisschen hin und her gerissen. Einerseits wünsche ich mir für Rahel, dass er aus eigenem Antrieb Farbe bekennt, andererseits ist die Aussicht mitzuerleben, wie Emma dieses Muskelpaket auf Streichholzschachtelgröße zusammenfaltet, nicht zu verachten …"

„Übertreib's nicht. Rahel hat einen starken, gut ausgebildeten Beschützer dringend nötig."

„Sie hat doch mich!" Falk schaltete das Gerät aus, allerdings zu spät. Er hatte Daniels Lachen noch gehört.

Frierend lief er zurück zum Haus und betrat die Küche, wo ihm der Geruch von gebratenem Fleisch entgegenwallte. Emma und Mary saßen am Küchentisch und schälten Kartoffeln.

„Wo sind Rahel und Duke?"

„Auf dem Speicher. Sie sind auf der Suche nach Gemälden von Sarah."

„Prima. Dann gehe ich den Hund mal etwas treten."

„Du willst ihn zum Reden zwingen?" Emmas Frage verriet, dass sie Rahels Großmutter eingeweiht hatte.

„Das haben Daniel und ich beschlossen. Er bekommt zwei Tage. Mit ein wenig Unterstützung meinerseits."

„Übertreib es nicht!"

„Weshalb sagst du das?"

„Ich kenne dich!"

„Ja, und jetzt wird Duke mich kennenlernen!" Falk rieb sich demonstrativ die Hände und richtete sich zu seiner ganzen schlaksigen Größe auf. Er drehte sich schwungvoll um – und knallte mit der Stirn gegen den Türbalken.

„Versuchst du dich vorher abzuhärten?", spottete Emma.

Falk drückte stöhnend eine Hand auf seine Stirn. „Ich könnte ein bisschen Mitleid vertragen."

„Soll ich dir etwas Kaltes aus dem Kühlschrank geben?", fragte Mary, doch Falk fand, dass auch sie nicht besonders mitfühlend klang.

„Ich wollte keinen gefrorenen Kaktus, sondern Mitleid!"

„Hochmut kommt eben vor dem Knall!", zitierte Mary – nicht ganz richtig – in Deutsch.

Falk ließ sich auf einen Küchenstuhl gleiten. Seine Stirn schmerzte kaum; so heftig war der Zusammenstoß mit dem Türbalken nicht ausgefallen und das hatten die Frauen richtig erkannt. Dennoch wurde er das Gefühl nicht los, dass sie versuchten, ihn auf etwas aufmerksam zu machen.

„Es fühlt sich nicht schön an, wenn man so behandelt wird, nicht?", fragte Emma nach.

„Nein. Und das, obwohl ich ja weiß, wie gnadenlos du sein kannst. Allerdings kannte ich das bisher nur, wenn deine Schüler nicht ihr Bestes geben oder mit etwas anderem als deinem Unterricht beschäftigt sind. Auf der persönlichen Ebene bist du eigentlich ein Engel."

Emma winkte ab und widmete sich wieder der Kartoffel. „Denk daran, wenn du Duke gegenübertrittst. Mary und ich sehen in ihm eigentlich einen liebenswerten und ehrlich um Rahel bemühten Mann. Offenbar hat er einen guten Grund, einige Details seines Lebens nicht vor uns auszubreiten. Nicht jeder ist ein offenes Buch wie du."

Falk lehnte sich zurück und strich nachdenklich mit der Hand über die Schiene an seinem Arm. „Mag sein. Aber ..."

„Uns gefällt es ebenfalls nicht. Aber wir schenken ihm einfach einen Vertrauensvorschuss und vielleicht auch das, was Sarah Sattler uns durch ihre Tagebücher vermittelt hat."

„Vergebungsbereitschaft?" Falk erhob sich langsam. „Die wird vermutlich vor allem Rahel dringend brauchen. Wobei – je nachdem, was sich hinter Dukes Geheimnistuerei verbirgt, ich ebenso. Denn ich weiß jetzt schon, dass ich mächtig sauer auf ihn sein werde, wenn er Rahel wehtut."

„Du bist ein guter Freund", kommentierte Mary, lächelte ihn an und nickte dann auffordernd in Richtung Tür.

„Behutsam schieben, nicht treten, Falk", ermahnte Emma ein zweites Mal, ohne von der Kartoffel aufzusehen.

Falk bückte sich diesmal, um seinen Kopf und den Türbalken zu schonen, und fand schnell den Zugang zu einer extrem steilen Holztreppe.

Eine staubige, uralt aussehende Glühbirne erhellte die dunklen Stufen nur schemenhaft, was Falk veranlasste, sie sehr vorsichtig zu betreten.

Prüfend blickte er die schwach glimmende Lampe an. „Du siehst fast so aus wie die in dem kalifornischen Feuerwehrmagazin, die bereits seit 1901 brennt. Wer weiß, ob nicht du der Rekordträger bist anstelle deiner amerikanischen Cousine. Jedenfalls bist du der Beweis dafür, dass die Lampenhersteller später absichtlich minderwertigen Draht benutzt haben, damit sie deine Nachkommen häufiger verkaufen können!"

„Erwartest du eine Antwort?" Dukes Stimme troff vor Sarkasmus.

Falk hob den Kopf und erspähte eine schwarze Silhouette direkt über sich. „Von der Birne? Nein. Aber von dir!"

„Du sprichst in Rätseln."

„Ich bin ein offenes Buch. Im Gegensatz zu anderen anwesenden Personen."

„Hier, nimm mir das mal ab, Lampenflüsterer. Rahel und ich haben einige Gemälde gefunden." Duke reichte ihm zwei in einfache Holzrahmen gefasste Bilder. Falk trug sie ungelenk nach unten und lehnte sie an die Zimmerwand neben dem Einlass. Als er zurück war, übergab Duke ihm zwei weitere Gemälde, schließlich wiederholte sich die Prozedur ein drittes Mal. Erst dann durfte Falk die Treppe vollends erklimmen und trat auf einen niedrigen, von senkrecht und waagerecht verlaufenden Holzbalken durchzogenen Speicher, in dem es zu seiner Verwunderung nicht annähernd so kalt war wie im Freien.

Stühle, Tische, Kommoden, zerlegte Regale und Betten standen in wildem Durcheinander herum. Duke reichte ihm ein weiteres in ein weißes Baumwolltuch gehülltes Gemälde. Falk stellte es ab und hob das Tuch an. Millionen von winzigen Staubkörnchen wirbelten im Licht der eigentümlich laut sirrenden Lampe auf und reizten Falk zum Niesen.

Unter der schützenden Hülle kam ein Ölgemälde zum Vorschein, das einen Strand mit gewaltiger Brandung zeigte, die sich, von der Abendsonne angestrahlt, golden an einem Felsen brach. „Wahnsinn. Diese Sarah hatte einen Blick für Details und wagte sich mutig an kräftige Farben heran!"

„Sie hat die Welt so gesehen, wie sie ist: die fantasievolle Kreation eines liebevollen Schöpfers, der sich an Kleinigkeiten erfreut." Rahels Stimme kam wie von weit her, vermutlich, weil sie sich hinter einem der unzähligen Möbelstücke befand.

Falk verzog das Gesicht und wandte sich an Duke, der ihm über einen krummbeinigen Tisch hinweg ein kleineres Gemälde reichte.

„Kleinigkeiten können auch grausam sein. Vor allem, wenn man nichts von ihnen weiß."

„Hast du heute deinen philosophischen Tag?", spottete Rahel.

Duke hingegen sah ihn an, als wolle er sich im nächsten Moment auf ihn stürzen. Seine Stirn wies tiefe Furchen auf, und es war ihm anzusehen, dass es hinter dieser angestrengt arbeitete. „Willst du mir irgendetwas sagen?"

„Nein. Du vielleicht mir? Oder Rahel?"

Dukes Augen verengten sich zu Schlitzen. Falk richtete sich auf und traf dabei mit dem Hinterkopf auf einen Dachbalken. Er unterdrückte jede Regung und starrte zurück.

„Jungs, das hier könnte interessant sein!" Diesmal klang Rahels Stimme aufgeregt.

„Wir kommen", erwiderte Duke, wandte seine schwarzen Augen jedoch nicht von Falk. Plötzlich blitzte ein Schmunzeln in seinem bereits wieder von Bartstoppeln überzogenen Gesicht auf. „Nimmst du das Bild oder ist es dir zu schwer?"

Falk löstet den Blick von Dukes durchdringenden Augen und betrachtete das etwa 20 mal 30 Zentimeter große, ebenfalls in ein Tuch eingeschlagene Gemälde, das Duke ihm noch immer entgegenstreckte. Es war unverkennbar das kleinste, das Rahel bis jetzt gefunden hatte.

„Manchmal sind die leichten Dinge die schweren!", setzte Falk noch drauf und erntete ein genervtes Räuspern. Offenbar hatte er Duke genau dort getroffen, wo es wehtat. Der Brite hatte ein schlechtes Gewissen, was Falk beruhigend fand. Vermutlich ahnte er inzwischen, dass Falk sein Geheimnis kannte.

Falk ergriff das Bild und drehte sich um, wobei er vorsichtig dem niedrigen Dachbalken auswich, mit dem sein Hinterkopf bereits Bekanntschaft gemacht hatte.

Aufgeregte Stimmen jenseits von Tischen, Schränken und Betten verdeutlichten ihm, dass er gerade dabei war, etwas Großartiges zu versäumen. Also stellte er das Gemälde neben das mit der Brandung und suchte sich einen Weg zwischen den Möbeln hindurch.

Die Aufregung ließ sein Herz schneller schlagen, als ahne es, dass sich gleich ein Geheimnis lüften würde.

***

Rahel strich mit der Hand federleicht über eine primitiv zusammengenagelte Holzkiste. Sie passte so gar nicht zu den sorgsam verarbeiteten Möbelstücken rundum.

„Das Ding da meinst du?", fragte Falk, als er bei ihr und Duke ankam, und seine Stimme klang enttäuscht.

„Schau her: Die Kiste ist verschlossen und mit zwei ungebrochenen Zollsiegeln beklebt."

„Vermutlich hat eine deiner reiselustigen Vorfahrinnen in einem fernen Land eine Menge unnötiger Souvenirs gekauft, es zu Hause bereut und die Kiste ungeöffnet inmitten des Zeugs anderer Vorfahren entsorgt."

„Du sprichst in der weiblichen Form. Gehst du davon aus, dass nur Frauen *unnötige* Souvenirs erstehen?" Rahel wandte sich trotz ihrer hockenden Haltung zu Falk um und musterte ihn mit vorwurfsvoll hochgezogenen Augenbrauen. Sie sah den Schalk in seinen Augen und lächelte zu ihm auf. Ihr war das eigentümliche Gespräch zwischen den beiden Männern zuvor nicht entgangen und sie hatte eine unterschwellige Schärfe darin gespürt, die ihr gründlich missfiel. Aber offenbar war Falk an diesem Tag einfach auf Konfrontation aus. Selbst ihr gegenüber.

„Männer sind für so etwas viel zu geradlinig. Nicht wahr, Duke?", erwiderte Falk.

Erneut spürte Rahel diese Spitze gegen den Briten in Falks Worten. Betroffen wandte sie sich der Kiste zu. Falk und Duke zogen sich gegenseitig auf, seit sie sich das erste Mal begegnet waren. Zuletzt jedoch hatte sie den Eindruck gehabt, dass Falk Duke akzeptierte. Weshalb tasteten sie sich nun wieder vorsichtig, fast feindselig ab? Die Vorstellung, dass Falk und Duke sich womöglich niemals verstehen würden, schmerzte sie. Dafür mochte sie beide viel zu sehr, wenn auch auf unterschiedliche Weise.

„Darf ich eure werte Aufmerksamkeit auf die Siegel zurücklenken?", fragte sie mit leicht genervtem Unterton in der Stimme, den sie nicht einmal zu unterdrücken versuchte. Sollten die zwei doch merken, wie sehr ihre Sticheleien sie ärgerten. „Sie sind ungebrochen und stammen – wie man deutlich sieht, wenn man hinschaut und sich nicht mit Nebensächlichkeiten aufhält – aus Ägypten!"

„Nebensächlichkeiten sind manchmal enorm wichtig. Vor allem dann, wenn man sie verschweigt." Falk konnte es offenbar nicht lassen.

„Jungs!" Erbost richtete Rahel sich auf und taxierte erst Falk, dann Duke. Dieser blickte sie mit seltsam traurigen Augen an. „Ist euch eigentlich klar, was in der Kiste sein könnte?" Ein Zittern durchlief ihren

Körper, nun da sie aussprach, was ihr Herz zu fürchten begonnen hatte. „Das hier ist eine aus Ägypten stammende Kiste mit einem Inhalt, den niemand kennt. Das Datum der Versiegelung kann ich nur erraten, aber es könnte Februar 1923 sein, der Monat der Grabkammeröffnung."

Als fege ein eiskalter Winterwind über den Dachboden, stellten sich sämtliche Härchen an ihren Armen und in ihrem Nacken auf. War ihre Familie also doch unberechtigt im Besitz von Schmuck oder anderen historischen Wertgegenständen aus Ägypten? Was sollten sie dann nur tun? Den Fund geheim halten? Versuchen, ihn unentdeckt loszuwerden? Ihn öffentlich an das Kairoer Museum zurückgeben? Ihre Eltern würden in diesem Fall sicher viele ihrer einflussreichen Kunden und die großzügigen Geldspenden für die von ihnen ins Leben gerufenen Unterstützungsfonds und -stiftungen verlieren.

Hilflosigkeit zog in ihr ein und breitete sich dort wie schnell um sich greifendes Efeu aus. Es schien ihr Herz zu umschlingen und drohte es zu erdrücken. Rahel zwang sich, ruhig zu bleiben. Alle diese Überlegungen und Befürchtungen waren zu voreilig. Noch wusste sie nicht, was sich unter dem flachen Deckel befand, auf dem ihre Hände ruhten.

Das mehrmalige Klicken einer Handykamera rief sie in die Gegenwart zurück. Falk hatte sich neben sie gekniet und versuchte sich an Nahaufnahmen der Siegel. Als ihm dies halbwegs gelungen war, vergrößerte er den Ausschnitt mit dem Datum und bestätigte ihren Verdacht. „Februar 1923."

„Ich habe Angst", gestand Rahel offen ein.

„Wovor denn? Dass dir ein fast hundertjähriger Skarabäus entgegenkrabbelt?", lachte Falk unbekümmert. „Vermutlich ist da nichts als Sandalen und anderer Kram drin, den die Ägypter damals britischen Touristinnen angedreht haben. Sowohl Sarah als auch Alison hätten um den Wert eines Tutanchamun-Gegenstands gewusst und niemals zugelassen, dass er hier oben in einer Kiste vergammelt."

Rahel sah Falk dankbar an. Seine nüchternen Worte beruhigten sie, zumal er recht hatte. „Also gut", sagte sie und strich mit dem Fingernagel ihres Daumens durch die Ritze zwischen Deckel und Truhenrand. Die beiden Papiersiegel waren brüchig und rissen allein bei dieser leichten Berührung entzwei. Rahel klappte den flachen Deckel hoch. Das Scharnier quietschte, Rost bröckelte von ihm ab und fiel lautlos zu Boden. Sie lehnte den Deckel gegen das Bein eines viktorianischen Stuhls und blickte auf einen blauen Baumwollstoff, der mit filigranen weißen, gelben und hellgrünen Stickereien verziert war.

„Ein Jilbab?", vermutete Duke.

Rahel ergriff vorsichtig den Stoff und hob ihn hoch, soweit ihr das im Knien gelang. Der Baumwollstoff raschelte, einzelne Fäden der Stickerei hatten sich gelöst und hingen wie Fransen herunter. Dennoch wurde deutlich, dass sie das Kleidungsstück einer schlanken, nicht sehr groß gewachsenen Frau in den Händen hielten. Das einstmals tiefe Königsblau sah an vielen Stellen nur noch blassgrau aus, an den Falten wirkte der Stoff, als würde er jeden Moment reißen.

Rahel zog den Jilbab ganz heraus und reichte ihn Duke. Wieder beugte sie sich über die Kiste. Ein heller, derb verarbeiteter Baumwollstoff, einem Sack ähnlicher als einem Kleidungsstück, verdeckte die Sicht auf die sich unter ihm befindlichen unförmigen Gegenstände. In der Annahme, es handele sich um Geschirr oder sonstige Gebrauchsgegenstände der Frau, der auch das Kleid gehört hatte, schob sie den Stoff beiseite. Sie stockte mitten in der Bewegung. Ihr war, als zerspringe ihr Herz. Faszination und Schrecken zugleich bemächtigten sich ihrer. Vor ihr lagen ein Goldbecher, geschmückt mit Hieroglyphen, eine Alabasterschale, eine Kette in Form eines Skarabäus, bestehend aus Gold, rotem Glas, Lapislazuli und Fayence. Darunter schauten mehrere kleine Gefäße aus Bronze und Bruchstücke aus Alabaster hervor. Vielleicht waren sie einmal Teil eines hölzernen Gegenstands gewesen, der mit den Jahren zerfallen war. Zuletzt erblickte Rahel eine vergoldete Figur, ganz ähnlich wie diejenigen, die sie schon viele Male auf Abbildungen oder im Kairoer Museum gesehen hatte: Ein junger Mann mit den zwei Kronen Ober- und Unterägyptens auf dem Haupt, einen Langbogen in den Händen, zu seinen Füßen ein sich windendes Krokodil. Rahel beugte sich vor. Ihre Augen glitten über die altägyptischen Schriftzeichen auf den Schmuckstücken, bis sie die in einem Rahmen befindlichen Zeichen fand. Eine Sonne, ein Skarabäus, drei senkrechte Striche, ein Halbkreis. Unverkennbar die Kartusche von Tutanchamun.

In der primitiven Holzkiste auf dem Dachboden ihrer Großmutter lagen zweifelsohne Schätze aus dem Grab des Kindkönigs. Rahel hatte das Gefühl, der Boden würde sich unter ihr öffnen und sie falle in ein unendlich tiefes Loch.

***

„Niemand wird uns glauben, dass wir davon nichts wussten", murmelte Rahel.

„Ich habe die intakten Zollsiegel fotografiert", widersprach Falk.

„Und das sagt ausgerechnet der Experte für Informationen aus dem Internet und getürkter Dokumente", sagte Duke.

„Ich türke nichts. Nicht einmal meinen Lebenslauf, obwohl der sich nicht immer glorreich anhört."

„Hört endlich auf damit!", fauchte Rahel Falk und Duke an. „Wir hätten das hier gar nicht öffnen dürfen. Zumindest nicht ohne Zeugen."

„Sind Duke und ich keine Zeugen?"

„Ich meinte damit die Presse und jemanden vom Londoner Museum, vielleicht auch einen Anwalt oder so. Wie konnten wir nur so unüberlegt vorgehen?"

„Wir haben Kleidungsstücke und Souvenirs erwartet, schon vergessen?", fragte Falk. Er legte seine Hand auf Rahels Schulter, doch sie schüttelte sie ab. Ihr war offenbar nicht nach Berührungen und Trost zumute. Sie sah aus, als wolle sie am liebsten davonlaufen, so weit ihre Beine sie trugen.

„Duke zählt bestimmt als Zeuge. Sag es ihr endlich, Mann!", drängte Falk.

„Wir können es nun mal nicht rückgängig machen", sagte Duke ruhig. „Jetzt lasst uns überlegt handeln. Zuerst einmal bringen wir die Kiste nach unten."

„Ich hoffe, wir beschädigen nichts", seufzte Rahel, deckte die Wertgegenstände behutsam wieder ab und klappte den Deckel zu. Der Gedanke, wie sehr diese auf dem Dachboden gelitten haben mussten, bereitete ihr wohl ebenso große Bauchschmerzen wie Duke. Nur gut, dass London ein halbwegs gemäßigtes Klima ohne gewaltige Temperaturunterschiede hatte.

Duke hob die Kiste an und folgte Rahel durch das Gewirr aus Möbeln. Falk schloss sich ihnen an. Er war in seinen Andeutungen mehr als direkt gewesen und war sicher, dass Duke ihn verstanden hatte. Jetzt lag es an ihm, Farbe zu bekennen. Im Vorbeigehen ergriff Falk die beiden Gemälde. Es war schwirig, mit ihnen in der Hand und dem anderen Arm in der Schlinge die steile Treppe hinabzusteigen. Für Duke mit der Kiste musste es ungleich schwerer sein, zumal sie nun um den unschätzbar wertvollen Inhalt wussten. Alle drei kamen heil unten an und schleppten ihre Fundstücke ins Wohnzimmer.

Rahel holte Emma und Mary, Falk die restlichen Bilder. Er lehnte sie an ein Kakteenregal, ehe auch er in einem Sessel Platz nahm. Die Kiste stand ungeöffnet mitten auf dem Couchtisch.

„Was ist das?" Emma konnte wieder einmal nicht still sitzen. Sie sprang auf und umrundete den Tisch. „Ich kenne diese Kiste", murmelte sie.

„Was ist da drin?", fragte Rahels Großmutter mit ungewohnt zittriger, leiser Stimme, wohl ahnend, dass ihr die Antwort nicht gefallen würde.

Rahel erhob sich, dimmte das Licht um ein paar Nuancen und klappte den Deckel der Kiste auf. Die Gegenstände erstrahlten golden, blau, grün, rot, weiß und braun und zeigten den Anwesenden ihre erhabene, einzigartige Schönheit.

„Oh, mein Gott!", entfuhr es Emma. Ihre linke Hand schwebte über der Kette, doch Rahel hielt sie auf. „Bitte nicht die Kette anfassen. Ich fürchte, sie ist das Zerbrechlichste von allem. Vermutlich lösen sich die Teile voneinander, wenn wir sie auch nur berühren."

Emma wich nach hinten, als habe der Skarabäus sie gebissen. „Jetzt weiß ich's!", rief sie aus.

Vier Augenpaare blickten sie fragend an.

„Duke, du hast nicht zufällig das Tagebuch von Sarahs erster Ägyptenreise hier?"

„Doch!" Duke erhob sich, ging in den Flur und kehrte kurz darauf mit dem in einer Plastiktüte eingeschlagenen Tagebuch zurück. Er packte es aus und reicht es Emma. Endlich ließ auch sie sich nieder, blätterte in dem Journal und hielt es, nachdem sie fündig geworden war, triumphierend so hoch, dass alle einen Blick auf eine Zeichnung werfen konnten. Es zeigte die wunderschöne Ägypterin am Hafen von Alexandria.

„Seht ihr die Reisekiste neben ihr? Das ist dieselbe!"

Stille breitete sich in dem Raum aus. Alle starrten auf die Bleistiftzeichnung von Sarah, die auf geheimnisvolle Weise lebendig geworden zu sein schien.

„Und wisst ihr", unterbrach Emma das Schweigen, „was das Besondere daran ist? Die Bildunterschrift! Diese verrät uns nämlich, dass die Kiste weder Alison noch Sarah gehört hat! Nicht die Britinnen, sondern Samira hat Tutanchamuns Grabbeigaben nach England geschmuggelt!"

Erneut senkte sich Schweigen über die Gruppe, dauerte an, wurde nahezu greifbar. Rahels Blick war von den roten Glasaugen des Skarabäus wie gefangen. Als Duke plötzlich sprach, erschrak sie so sehr, dass sie zusammenfuhr.

„Ich fürchte, ich muss euch etwas erzählen."

„Na endlich!", hörte Rahel Emma flüstern und Falk grinste schief, als wisse er Bescheid. Irritiert blickte Rahel in die Runde. War ihr in den letzten Minuten etwas Entscheidendes entgangen?

Duke erhob sich ungewohnt schwerfällig, als laste das, was er zu sagen hatte, schwer auf seinen Schultern. Er schlängelte sich zwischen den Kakteen hindurch zur Terrassentür und schaute geraume Zeit hinaus, ehe er sich ruckartig umwandte und zu sprechen begann: „Wie ihr wisst, sind meine Vorfahren ein buntes Völkchen aus allen möglichen Ländern. Briten, Dänen, Brasilianer, Kubaner und US-Amerikaner. Die Frau dieses Amerikaners … sie war Halbägypterin und ihr Name lautete Samira Elwood."

Rahel starrte Duke fassungslos an. Das Mädchen, über das ihre Vorfahrin in ihren Tagebüchern geschrieben und das sie oft gezeichnet hatte, war Dukes Ahnin? Ein Gedanke schlich sich ein, breitete sich aus und drohte ihr den Atem zu rauben: Hatte Duke von vornherein gewusst, wer sie war, wer ihre Familie war? Entrüstet sprang sie auf.

„Du hast die ganze Zeit über gewusst, dass meine … und deine …?"

„Moment!" Duke kam auf sie zu. Sie streckte beide Hände aus, um ihn auf Distanz zu halten. War ihr Zusammentreffen kein Zufall gewesen? War er darüber informiert gewesen, dass sich diese Kiste in Marys Haus befand, hatte er gar ihren Inhalt gekannt? Rahels innerer Aufruhr ließ sie die Hände zu Fäusten ballen.

„Ich habe die Zusammenhänge zwischen meinen ägyptischen und deinen britischen Vorfahren erst hergestellt, als ich genau dieses Bild mit seiner Bildunterschrift sah. Nicht vorher. Erst da fügte sich das wenige, was ich über Samira wusste, mit dem zusammen, was ich über Lady Alison Clifford, die Ausgrabungen und über Sarah Sattler erfahren hatte."

„Aber du hast es gewusst, Emma? Und Falk?"

Zu ihrer Verwunderung schüttelten die beiden verneinend die Köpfe und wirkten ebenso überrumpelt wie sie.

Rahel wandte sich wieder Duke zu, der einige Schritte von ihr entfernt stand und sie bittend ansah. „Ich … ich verstehe das alles nicht", murmelte sie. „Aber ich möchte mich bei dir entschuldigen, dass ich einen Moment lang angenommen habe, dass du meine Bekanntschaft in einer bestimmten Absicht gesucht hast."

Duke zog in einer hilflos wirkenden Geste die Schultern hoch.

Falk räusperte sich. „Verstehe ich das richtig, Duke? Du bist der Nachfahre von Samira? Und diese Kiste gehörte ihr?"

Duke nickte, ohne den Blick von Rahel zu nehmen.

„Damit, Kumpel, hast du jetzt den Schwarzen Peter!"

Kapitel 42

Duke rieb sich mit den Händen so kräftig über das Gesicht, dass die Bartstoppeln nur so knisterten. Er hockte auf seinem Hotelbett, die Ellenbogen auf die Oberschenkel gestützt, und lauschte auf die Unterhaltung im Nebenzimmer, verstand aber kein Wort. Viel zu tief war er in seinem Gedankenkonstrukt gefangen, beschäftigten ihn Lösungsstrategien, die immer in Sackgassen endeten. Zweimal hatte er nach seinem Smartphone gegriffen, um Green zu kontaktieren, doch beide Male hatte er das Gerät wütend und hilflos zurück auf die Bettdecke geschleudert. Green hatte ihn ursprünglich nicht in ihrer Sondereinheit haben wollen. Nur die Tatsachen, dass Frauen auf ihn flogen und er mehrere Sprachen sprach, hatten den Ausschlag dazu gegeben. Ob seine Vorgesetzte die Zusammenhänge zwischen seiner Vorfahrin und der Familie Sattler kannte? Allerdings spielte das jetzt keine Rolle mehr. Er saß in einer reichlich komplizierten Zwickmühle.

Nicht Rahels, sondern *seine* Familie besaß also illegale Kostbarkeiten aus dem Pharaonengrab, wenngleich die Kiste in Marys Haus gestanden hatte. Im Grunde war Rahels Familie damit aus dem Schneider, doch das wussten weder die Personen, die es auf den Schatz abgesehen hatten, noch konnte er es Green mitteilen, ohne selbst unter Verdacht zu geraten. Dabei war es letztlich niemandes Schuld. Samira hatte die Wertgegenstände aus Ägypten nach England geschmuggelt und offenbar nie jemandem davon erzählt. Dennoch steckten ihre Köpfe unweigerlich in der Schlinge.

Was sollte er nun tun? Die Objekte verschwinden zu lassen kam nicht mehr infrage. Nicht, nachdem Mary und Rahel, Emma und Falk sie gesehen hatten. Sie alle trugen ein zu ausgeprägtes Verantwortungsgefühl für die ägyptischen Altertümer in sich, und sie waren schlichtweg zu geradlinig, um mit einem solchen Geheimnis leben zu können.

Also blieb doch nur die Möglichkeit, Green zu informieren. Zumindest konnte Duke Rahel aus diesem Teil der Geschichte rausboxen – gesetzt dem Fall, Green glaubte ihm überhaupt! Aber anhand des Tagebuches, Falks Aufnahmen von den unbeschädigten Siegeln und seines eigenen Ahnenregisters musste sie das wohl …

Duke kratzte sich am Kinn. Green war nicht unbedingt gut auf ihn zu sprechen. Sie würde in seinen Worten sicher eine Verschleierungsaktion vermuten, um Rahel zu schützen. Mit ihr war schwer zu verhandeln, immerhin versprach sie sich durch diese *Special Operation* einen steilen Sprung auf der Karriereleiter nach oben. Green wollte Ergebnisse sehen,

Gegenstände auffinden und die Besitzer hinter Schloss und Riegel wissen. Ihr Gerechtigkeitsempfinden war enorm ausgeprägt, wahrscheinlich hatte sie sich zeitlebens nicht mal einen Strafzettel wegen Falschparkens geleistet.

Duke fuhr sich mit beiden Händen durch das schwarze Haar. Gleichgültig, wohin seine Gedanken ihn trieben, irgendjemand zog jeweils den Kürzeren. Im Grunde blieb ihm nur, die Wahrheit zu sagen und darauf zu vertrauen, dass die Gerechtigkeit siegte. Zumindest hatte Green dann keine Veranlassung mehr, Rahel observieren zu lassen. Und er konnte dafür sorgen, dass die Presse ausgiebig über den Fund der Antiquitäten berichtete. Dadurch dürfte Rahel aus dem Fokus rücken. Ihm blieb die Rolle des unglücklichen Erben, dem man nicht glauben würde, dass er von den Artefakten nichts gewusst hatte. Wenn er Pech hatte, verwandelte sich sein jüngst erworbener Heldenstatus in den eines verbrecherischen Bullen.

Schwerfällig erhob er sich und trat ans Fenster. Die Nacht hatte von London Besitz ergriffen. Er blickte auf ein Meer aus weißen Lichtern, blinkenden Reklameschildern und roten Rückleuchten des sich durch die Häuserschluchten quälenden Straßenverkehrs. Er seufzte laut. Die wichtigste Frage war wohl: Würde Rahel ihm seine Heimlichtuerei vergeben? Ihre sofortige Bitte um Entschuldigung am frühen Vormittag hatte ihm förmlich die Eingeweide verknotet. Im Grunde hatte sie sich für einen Verdacht entschuldigt, der durchaus zutraf. Er *hatte* bewusst ihre Nähe gesucht, wenngleich das Motiv ein anderes und doch verwirrend ähnliches war.

„Ich muss den Kopf freibekommen!", sagte Duke zu seinem Spiegelbild.

„Das kann ich mir vorstellen", lautete die Antwort, von der Tür kommend. Falk lehnte im Türrahmen und sein sonst so heiteres Gesicht drückte Sorge aus. „Du steckst in gewaltigen Schwierigkeiten."

„In mehrfacher Hinsicht", stimmte Duke zu. Falk nickte und hob auffordernd die Augenbrauen. Er wusste offensichtlich mehr, als er verlauten ließ, und dieses Wissen hatte er vermutlich Emma und wohl auch Daniel mitgeteilt, aber Rahel verschwiegen. Duke rechnete ihm das hoch an. Dennoch waren Falks wenig versteckte Aufforderungen, mit Rahel über den wahren Duke Taylor zu sprechen, unmissverständlich in die Drohung verpackt, dass Falk es ansonsten tun würde. Und das würde für die aufkeimende Beziehung zwischen Duke und Rahel noch verheerender sein, als wenn er selbst das Gespräch mit ihr suchte.

„Ich gehe eine Runde schwimmen. Kommst du mit?"
„Unter einer Bedingung."
Duke, der bereits dabei war, seine Schwimmsachen aus dem Schrank zu kramen, sah Falk fragend an.
„Keine Witze über meine Hühnerbrust."
„Versprochen, lediglich über Hähnchenschenkel."

***

Rahel beendete das Gespräch mit ihrem Vater, den sie nur mühsam davon hatte abhalten können, sein Projekt aufzugeben, um mit seiner Frau zu ihr und Mary nach London zu fliegen. Ihre Eltern klangen verständlicherweise äußerst besorgt, hatten aber letztlich eingesehen, dass sie nicht viel tun konnten, sondern sich womöglich noch mit in Gefahr brachten. Ihr Vater hatte zwischendurch mit Inspector Nichols gesprochen, der ihm wohl Ähnliches versichert hatte wie Rahel. Sie war gut untergebracht, Mary wurde beschützt, und noch mehr Personen, auf die diese Verbrecher sich fokussieren könnten, würden die Arbeit der Polizei zusätzlich erschweren und noch mehr Beamte als Personenschützer binden. Bethany und Klaus Höfling waren zu bekannt, als dass ihre Ankunft in London geheim gehalten werden könnte.

„Sie sind sehr in Sorge, nicht?", fragte Emma. Sie saß auf ihrem Bett und blätterte desinteressiert in einem Modejournal. Bis auf wenige Ausnahmen blieb Emma ihrem Stil treu: Jeans und T-Shirts oder Sweatshirts.

„Sie hatten damals das Geschehen um die Nikodemus-Statue völlig unterschätzt, woran ich auch eine Mitschuld trug. Sie steckten in einer Ehekrise und ich wollte sie nicht aus ihrem gemeinsamen Urlaub zurückholen. Als sie erfuhren, was wir alles durchgestanden hatten, haben sie sich Vorwürfe gemacht."

Rahel zog die Schultern hoch, lächelte dann aber, als sie fortfuhr: „Heute sagen sie, ihre nachträgliche Angst um mich habe sie ein Stück weit wieder zusammengeschweißt. Sie habe ihnen gezeigt, was wirklich wichtig ist im Leben und dass es Situationen gibt, durch die man sich einfach durchbeißen muss, um gestärkt aus ihnen hervorzugehen – auch in einer Ehe."

Emma nickte. „Ich finde es immer wieder erstaunlich, wie viel wir in schweren Notsituationen lernen, aus denen wir keinen Ausweg gesehen hatten. Leider sehen wir meist erst rückblickend, wie viel Gutes daraus erwächst, wenn wir es nur zulassen und darauf bauen, dass unser Vertrauen nicht enttäuscht wird."

„So wie deine Begegnung mit Daniel und eure Ehe?"

Emma nickte und blickte versonnen in die Ferne.

„Glaubst du, wir kommen alle heil aus dieser Sache heraus?", fragte Rahel vorsichtig.

Emma faltete die Hände vor ihrem Bauch. „Du weißt so gut wie ich, dass nach menschlichem Ermessen nicht immer jede Situation für alle gut ausgeht. Wir Menschen legen einen anderen Maßstab an als Gott, wenn es um die Definition geht, was gut für uns ist. Da gilt es darauf zu vertrauen, dass er keine Fehler macht."

„Was soll ich wohl lernen?", überlegte Rahel laut. „Dass Gott für mich mehr sein will als eine Randfigur? Oder soll ich mir ein Beispiel an Sarahs Vergebungsbereitschaft nehmen?"

Emma lehnte den Hinterkopf an die Wand und schloss die Augen, als beschäftigte sie etwas, das sie nicht auszusprechen wagte.

„Was ist los?", hakte Rahel nach und spürte ein ungutes Ziehen in ihrem Inneren. Langsam stiegen winzige Perlen der Furcht in ihr auf wie Wasser, das kurz vor dem Siedepunkt stand.

Geradeheraus wie immer erwiderte Emma: „Duke ist ein sympathischer junger Mann und bringt dir viel Zuneigung entgegen. Aber er hält sich bei einigen Details seines Leben bedeckt."

„Ich weiß, Emma. Bei manchen Fragen weicht er aus oder lenkt ab. Ich hadere schon mit mir, da ich anscheinend alle meine Vorsicht über Bord geworfen habe. Ich wollte mich nie hopplahopp verlieben, sondern an eine so wichtige Entscheidung mit wenigstens ein bisschen Vernunft herangehen."

„Dann lass es lieber langsamer angehen."

„Ich versuche es ja."

Emma schenkte ihr ein verständnisvolles Lächeln. „Es ist nicht einfach, wenn man plötzlich so viel für einen Mann empfindet, den man eigentlich auf Abstand halten möchte."

„Das war bei dir und Daniel nicht anders, ja?"

„Kein bisschen!", lachte Emma. „Ich bin bodenständig, mag es organisiert und bin kein Freund von Aufregungen. Daniel dagegen ist ein Abenteurer. Als wir uns kennenlernten, war er auf Schatzsuche und gerade dabei, zwei meiner Schüler in sein gefährliches Spiel mit hineinzuziehen. Mir passte das überhaupt nicht. Leider musste ich dann feststellen, dass ich aus der Sache nicht mehr rauskonnte."

„Und du hast dich in den abenteuerlustigen Mann mit einem unsteten Lebenswandel verliebt."

„Das auch!", seufzte Emma theatralisch und brachte Rahel damit zum Lachen.

„Wir sind heute nach wie vor in vielen Dingen grundverschieden. Ich fürchte, er genießt diese neue Aufregung in vollen Zügen, obwohl er unverkennbar Angst um dich hat. Aber diese Unterschiede sind nicht das, was unsere Beziehung prägen. Er liebt mich, er würde nie wissentlich etwas tun, was mich verletzen könnte, und wir haben inzwischen in vielem einen eleganten Mittelweg gefunden. Manchmal gibt er nach, gelegentlich ich, meist jedoch einigen wir uns, weil wir uns schätzen und lieben. Ich kenne Duke nicht gut, Kleine. Die Frage ist doch, ob er dasselbe für dich empfindet wie Daniel für mich. Dann ist es letztlich egal, wo er die vergangenen Jahre verbracht hat und womit er seinen Lebensunterhalt verdient – wenn es nicht gerade etwas Illegales ist."

„Ich werde das Gefühl nicht los, dass du mir etwas Bestimmtes mitteilen willst."

„Vieles!", lachte Emma, setzte sich bequemer in die Kissen und zwinkerte ihr zu. „Lass dir Zeit, übe dich in Vergebung und-"

Ein Knacken an der Tür ließ Emma innehalten. Sie legte den Zeigefinger an den Mund und verdrehte die Augen. Rahel verzog das Gesicht. Hoffentlich hatten Falk und Duke ihr Gespräch nicht belauscht. Erneut schien es, als lehne sich eine Person gegen die Tür. Rahel erhob sich von ihrem Stuhl, trat an die Flurtür und presste das Ohr daran. Sie vernahm ein unfreundliches Zischen, dann eine Stimme, die raunte: „Bist du sicher?"

„Die beiden Männer sind unten. Sie sind allein!"

Rahels Atem stockte, dafür begann ihr Herz zu rasen. Dort draußen waren mindestens zwei Männer, die über sie sprachen. Personen, die wussten, wo Duke und Falk sich befanden. Jemand, den es interessierte, dass sie und Emma sich allein im Hotelzimmer aufhielten. Sie hörte ein metallisches Geräusch. Versuchten sie die Tür zu öffnen?

Rahel liefen heiße Schweißtropfen über den Rücken, ihre Finger kribbelten schmerzhaft. Plötzlich stand Emma neben ihr. Sie erfasste die Gefahr sofort. Energisch packte sie Rahel an der Hand und zerrte sie in das nebenan liegende Zimmer. Leise zog sie die Verbindungstür zu und verschloss sie.

„Was tun wir jetzt?", hauchte Rahel. Ihre Stimme versagte vor Aufregung und Schreck ihren Dienst.

„Ruf Duke oder Falk an!", zischte Emma und drückte Rahel ihr Mobiltelefon in die Hand. Mit zitternden Fingern suchte Rahel nach Dukes Nummer. Gleichgültig, was er vor ihr zurückhielt und wie sehr sie fortan wieder darauf achten wollte, nichts zu überstürzten – im Augenblick wünschte sie sich nichts sehnlicher als ihn an ihrer Seite! Als aus ihrem Telefon das Rufzeichen erklang, hörte sie, wie nebenan jemand in das Hotelzimmer stürmte.

***

Seit ein paar Minuten befanden sich eine Handvoll Kinder in dem erstaunlich großen Pool des Hotels, weshalb Duke sich aufs Brustschwimmen beschränkte, aber weiterhin unermüdlich seine Runden drehte. Aus dem Augenwinkel beobachtete er Falk. Der schüttelte sich wie ein Hund das Wasser aus den Haaren und diese standen ihm daraufhin so wild wie immer vom Kopf ab. Er zog sich gewandt aus dem Becken und setzte sich an den Rand. Duke ließ sich die letzten Meter treiben und legte schließlich die Arme auf den Beckenrand.

„Na, ist dein Kopf nun frei oder hast du jetzt Wasser in den Ohren?", spottete Falk.

Duke schob die Schwimmbrille in die nassen Haare und wischte sich mit einer Hand das Wasser aus dem Gesicht.

„Ich komme schon noch dahinter, wem du ähnlich siehst", hörte er Falk murmeln.

Duke grinste nur und stemmte sich kraftvoll aus dem Becken. Er setzte sich neben den Deutschen und ließ entspannt die Beine baumeln.

„Bringt man euch Typen eigentlich bei, wie ihr euch bewegen müsst und welche Posen besonders gut geeignet sind, um die Blicke des weiblichen Geschlechts auf sich zu ziehen?", wollte Falk wissen und deutete mit dem Kopf kein bisschen unauffällig zu den Müttern der planschenden Kinder, die unablässig in ihre Richtung blickten.

„Die halten mich für den Bademeister und sind sauer darüber, dass ich mich im Wasser tummle, anstatt auf ihre Sprösslinge achtzugeben."

„Sprichst du aus Erfahrung?"

„Ja."

„Wenigstens hast du Rahel nie einen falschen Beruf genannt."

Duke schaute auf das Wasser und schwieg. Falk war ganz offensichtlich nicht länger gewillt, das Thema unter den Tisch zu kehren. Allerdings musste Duke zuerst mit Green sprechen – zumindest, was das Offenlegen seiner Identität betraf. Bei der Sache mit seinen Vorfahren und den ägyptischen Artefakten steckte er nach wie vor in einer Sackgasse.

„Es ist wohl besser, wir gehen zu den Frauen zurück", brummte er, sprang auf die Füße und ging zu ihren Taschen hinüber. Plötzlich hatte er es eilig, zu Rahel zurückzukehren.

„Um was wetten wir?", riss Falk ihn aus seinen Grübeleien.

„Was meinst du?"

„Ich bin trotz Handicap schneller geduscht und angezogen als du, wetten?"

„Unmöglich!"

„Na dann, los!" Falk eilte zu den Duschen, warf die Tasche auf eine Holzbank und verschwand in einer Kabine. Duke folgte ihm, hatte es aber nicht sonderlich eilig.

Inzwischen klingelte Falks Handy unbeachtet vor sich hin.

***

Die Entführer waren zurück! Rahels Herz pumpte, als wollte es aus ihrer Brust springen, ihre Knie fühlten sich an, als wollten sie ihr demnächst den Dienst versagen. Was sollten sie nur tun?

Emma forderte energisch ihre Aufmerksamkeit ein. „Sobald sie sich an der Verbindungstür zu schaffen machen, laufen wir raus in den Flur und nach links zur Tür ins Treppenhaus." Sie schickte Rahel mit einer Handbewegung in die entsprechende Richtung.

„Denkst du, die wissen, dass wir dieses Nebenzimmer ...?" Rahel formulierte ihre Frage nicht zu Ende, da Emma ihr einen grimmigen Blick zuwarf. Die Eindringlinge wussten allen Heimlichkeiten zum Trotz, in welchem Hotel sie sich aufhielten. Sogar die richtige Zimmernummer war ihnen bekannt. Natürlich kannten sie auch dieses Detail!

Rahel trat an die Tür und griff nach der Klinke. Die fühlte sich an, als sei sie aus Eis. Emma durchwühlte inzwischen Dukes Tasche und seine Seite des Kleiderschranks, zog die Nachttischschublade auf, dann kniete sie sich auf den Boden und sah unter das Bett. Rahel schaute ihr verständnislos zu. Als sie sah, wie die Klinke zum Nachbarzimmer sich langsam senkte, keuchte sie entsetzt auf.

Sofort war Emma auf den Beinen. „Leise!", zischte sie und dann: „Raus!"

Rahel drückte die Klinke. Die Tür sprang auf. Die schwache Nachtbeleuchtung im Flur wirkte eigentümlich tröstlich. Rahel huschte hinaus. Hektisch sah sie sich um, doch niemand war zu sehen. Gefolgt von Emma lief sie erst leise und vorsichtig, schließlich immer schneller den Korridor entlang. Wie Duke gesagt hatte, gelangten sie bald an eine Nische. Rechts von ihnen leuchteten die orangefarbenen Dreiecke der Fahrstuhlknöpfe. Wie abgesprochen hielt Rahel sich nach links. Sie funktionierte wie eine Maschine. Eine Maschine, die panische Angst um ihr Leben empfand … ihre wirren Gedanken reizten sie beinahe zu einem Auflachen. In ihrem Rücken erklangen Stimmen.

„Lauf!", schrie Emma. Sie waren entdeckt!

Rahel packte die Türklinke zum Treppenhaus. Diese ließ sich spielend nach unten drücken. Doch als sie an der Tür zog, geschah nichts. War sie abgeschlossen?

Hinter ihr wurden feste, schnelle Schritte laut. Ihre Verfolger hatten sie fast erreicht. Gab es noch eine Chance zu entkommen?

Jemand riss die Tür zum Treppenhaus auf. Rahel, die sich noch immer an die Klinke klammerte, wurde mitgerissen und prallte gegen einen unbekleideten, muskulösen Oberkörper. Ein starker Arm fing sie auf.

„Kümmer dich um sie!", hörte sie Duke einen Befehl bellen. Er ließ Rahel los, hielt plötzlich eine schwarze Schusswaffe in seinen Händen und sprang mit einem Satz in den Flur. Erschrockene Rufe, laute Befehle, wüstes Fluchen folgten.

Rahel sah, wie ihre Angreifer kehrtmachten. Duke hob die Waffe in Schussposition, doch der Tumult hatte einen Hotelgast geweckt. Der ältere Mann taumelte schlaftrunken aus seinem Zimmer in den Flur.

Rahel vernahm Dukes unterdrückten Fluch und sah, wie er die Waffe senkte und losrannte. Nur mit Jeans bekleidet jagte er barfüßig den Flüchtenden nach.

„Komm jetzt endlich!", herrschte Falk Rahel an. Ohne es bewusst wahrgenommen zu haben, registrierte Rahel, dass er sie schon zum wiederholten Mal angesprochen hatte. Zudem hatte er versucht, ihre Finger von der Türklinke zu lösen, die sie immer noch umklammert hielt.

Während sie die Stufen förmlich hinabflogen, klärte sich Rahels Verstand schlagartig: Die Schusswaffe war es, was Emma bei Dukes Sachen gesucht hatte! Sie hatte demnach gewusst, dass er eine besaß. Duke arbeitete keineswegs im ägyptischen Museum oder in der Stadtverwaltung. Das, was er da oben getan hatte, hatte zu abgeklärt, zu gut trainiert ausgesehen.

In ihre haltlose Angst mischte sich Wut. Bereits seit geraumer Zeit fühlte sie sich wie eine Figur auf einem Spielfeld, das sie nicht überblickte. Sie war davon ausgegangen, dass es Falk, Emma und Daniel nicht anders erging. Aber offenbar besaßen die drei eine größere Übersicht als sie. Abrupt blieb sie stehen. Emma prallte gegen sie, und hätte Falk nicht reaktionsschnell zugepackt, wären sie wohl beide die restlichen Stufen hinabgestürzt.

„Was soll das alles? Wer ist Duke?", herrschte Rahel Emma und Falk an.

„Das erklärt er dir nachher persönlich", wich Falk aus und warf Emma einen grimmigen Blick zu.

„Warum habe ich das Gefühl, hier das einzige dumme, unwissende Huhn zu sein?"

„Weil wir dich schützen wollten. Und jetzt lauf weiter. Wir müssen zu einem von Duke bereitgestellten Leihwagen."

„Ist das ein Fluchtplan von Duke? Schon seit unserer Ankunft ausgeheckt?"

„Nein, Rahel. Erst als wir deine Anrufe sahen und wie zwei Irre die Treppen hinaufgejagt sind, hat er mir Anweisungen gegeben."

Rahel spürte ihr Herz bis in ihren Kopf hinein hämmern. Die erschreckenden Eindrücke flogen wie Schwalben durcheinander; es war ihr nahezu unmöglich, einen klaren Gedanken zu fassen.

„Komm jetzt bitte", forderte Emma sie ruhig, wenn auch mit schnell gehendem Atem auf und ergriff sanft ihre Hand. Diese Berührung brachte Rahel wieder zu sich. Gemeinsam rannten sie die letzten Stufen hinab und stürmten in die Tiefgarage, wo sich Falk, ebenfalls ohne Schuhe und nur mit seiner schwarzen Hose bekleidet, hinter das Steuer eines BMW warf. Emma drängte Rahel auf den Rücksitz und wies sie an, sich in den Fußraum zu kauern. Die Türen schlugen zu, der Motor jaulte auf. Kurz darauf schoss das Fahrzeug durch die abendlichen Londoner Straßen und verlor sich dort zwischen den anderen Verkehrsteilnehmern.

Rahel rollte sich wie ein verängstigtes Kaninchen zusammen; ihre Gedanken drehten sich um Duke. Gleichgültig, was er ihr später offenbaren würde, eins durfte sie nicht vergessen: Er riskierte momentan sein Leben für sie. Sie schluckte schwer, als ihr eine leise Stimme zuzuflüstern schien, dass Duke nachher womöglich nicht mehr in der Lage sein könnte, die ganze verworrene Situation zu erklären.

***

Wütend gab Duke es auf, einen der Männer zu ergreifen. Sie waren schnell und flüchtig wie Schatten und kannten sich auf unerklärliche Weise in dem Hotel mindestens so gut aus wie er, und das, obwohl sie noch nicht lange wissen konnten, dass Rahel sich hier versteckt hielt.

Er kehrte in das Hotelzimmer zurück. Dort traf er auf den aufgeregten Nichols in Begleitung einer Polizistin und zweier männlicher Kollegen.

„Wo ist Miss Höfling?", fuhr der Inspector ihn an. „Sie hat mich angerufen."

„Falk ist mit den Frauen unterwegs zu Mary Nowaks Haus. Die zwei Eindringlinge haben das Hotel vermutlich verlassen."

„Sie konnten keinen von beiden aufhalten?"

„Zu viele Hotelgäste und Personal in den Fluren", erläuterte Duke knapp.

„Sagen Sie nicht, Sie hätten von Ihrer Schusswaffe Gebrauch gemacht, obwohl Sie in Ihrer Funktion innerhalb der *Special Organisation* nicht offiziell als Personenschützer eingeteilt sind!"

„Einen Schuss in die Extremitäten hätte man mir wohl verziehen." Dukes Stimme klang kalt. Als Polizist konnte man mit einer Schusswaffe eigentlich immer nur falsch reagieren.

Nichols nickte ihm zu. „Wie konnten diese Kerle Sie finden?"

Duke schwieg. Diese Frage beschäftigte ihn, seit sich sein Pulsschlag wieder normalisiert hatte. Es existierte lediglich ein kleiner Kreis Eingeweihter. Irgendwo musste es ein Leck geben. Entweder in Greens und somit auch in seinem Team oder bei Nichols und seinen Mitarbeitern.

Nichols reagierte auf sein beredtes Schweigen mit einem unfreundlichen Seitenblick und wies die Kollegin an, die persönliche Habe der Frauen einzupacken, während einer der Männer die Einbruchsspuren sichern sollte. „Hat Miss Höfling Sie mit Ihrer Waffe gesehen?"

„Dieses Mal ließ es sich nicht vermeiden."

„Dann klären Sie mit Jill Green und Europol Ihr weiteres Vorgehen. Die Dame erwartet Sie in ihrem Londoner Büro."

„Sie haben sie informiert?"

„Alles, was mit Nowak und Höfling zu tun hat, melde ich an Green weiter. So lautet meine Direktive von oben."

Dieses Mal war es an Duke, verstehend zu nicken. Green nahm die ihr übertragene Verantwortung verbissen ernst, einschließlich ihrer Karriereabsichten. Da passte ihr ein Police Sergeant, dessen Vorfahren Schmuggler waren, vermutlich bestens ins Konzept, dachte er grimmig.

„Bringen Sie es hinter sich, Taylor. Ich kenne Green von mehreren

Fortbildungen. Sie bellt gern, beißt jedoch selten. Ihre Sachen und die der Frauen bringen wir zu Mrs Nowaks Haus, sobald wir hier fertig sind. Aber ziehen Sie sich was über!" Nichols' Grinsen ließ sein zuvor düsteres Gesicht förmlich aufleuchten. Offenbar hatte der Mann sich trotz seiner langjährigen Tätigkeit im Polizeidienst einen feinen Humor bewahrt.

„Mein Zeug ist am Pool."

Duke steckte die Waffe in seinem Rücken in den Hosenbund, und es gelang ihm, ungesehen in den jetzt verwaisten Poolbereich zu schlüpfen. Spiegelglatt lag die hellblaue Wasseroberfläche vor ihm, weitaus aufgewühlter sah es in seinem Inneren aus. Die folgenden Stunden würden zeigen, was von seiner Zukunft noch übrig war. Er machte sich nichts vor: Die Frage nach Rahels Reaktion trieb ihn deutlich mehr um als die nach seiner beruflichen Zukunft …

***

„Sie sind ziemlich still." Green faltete ihre schlanken, gepflegten Hände auf der Tischfläche und musterte ihn ausgiebig.

„Ich habe alles gesagt, was es zu sagen gibt."

„So?"

Ihr deutliches Misstrauen gefiel ihm nicht, doch Duke ließ sich nichts anmerken. Er lehnte sich im Stuhl zurück und verschränkte die Arme vor der Brust. Da es in dem Büro außergewöhnlich warm war, hatte er die Ärmel seines Pullovers hochgeschoben und betrachtete nun scheinbar interessiert die schwarzen Härchen auf seinen Unterarmen. Es war an Green zu agieren.

„Also gut", begann sie und rollte ihren Schreibtischstuhl ein paar Zentimeter nach hinten. „Natürlich ging Miss Höflings Schutz, beziehungsweise der Versuch, die Übeltäter zu fassen, vor. Dennoch müssen wir uns jetzt der unangenehmen Tatsache stellen, dass Sie der jungen Dame erzählen müssen, welchen Beruf Sie ausüben."

„Das wollte ich schon lange tun. Vielleicht erinnern Sie sich, Ma'am", gab er bissig zurück.

„Kein Wort über Europol!"

„Irgendwann müssen Sie mir glauben, dass weder die Höflings noch Mary Nowak mit geschmuggelten Wertgegenständen aus Ägypten handeln."

„Gut, dann glaube ich Ihnen das für den Augenblick und setze Sie auf einen Kunstsammler in Wales an." Green klang lauernd.

„Ich steige aus, sobald ich hier fertig bin. Das wissen Sie, Ma'am."

„Bleiben Sie dort, Taylor! Passen Sie auf das Mädchen auf und bringen Sie Ihren Job ordentlich zu Ende."

Duke hob den Blick. Er wurde aus der Frau einfach nicht schlau. War sie nun besorgt um Rahels Sicherheit, vielleicht mit dem Hintergedanken, ihre Spezialeinheit könne mit schuld daran sein, dass sich die Aufmerksamkeit irgendwelcher Verrückter auf sie gerichtet hatte, oder misstraute sie seinem Urteilsvermögen? Glaubte sie gar, er wolle die Familie decken, weil er Rahel mochte? Duke stellte diese Fragen laut, was Green veranlasste, aufzustehen und an die gewaltige Fensterfront zu treten.

„Selbstverständlich bin ich in Sorge um Miss Höflings Wohlergehen. Es wäre schlimm, wenn Mary Nowaks Enkelin etwas zustieße. Andererseits sehe ich eine immense Chance, gerade in ihrem Umfeld auf Kunstschmuggler und Unterhändler illegaler ägyptischer Artefakte zu stoßen. Und zwar deshalb, weil dieser Menschenschlag offenbar – ebenso wie ich – starkes Interesse an Miss Höfling zeigt."

Duke gefiel der Gedanke nicht, dass Rahel für Green nunmehr als Lockvogel herhalten sollte. „Meine letzte Frage ist noch nicht beantwortet", hakte er nach.

„Es ist ein gut begründeter Verdacht, dass Lady Clifford und Sarah Sattler im Jahr 1923 unerlaubt Wertgegenstände aus Ägypten nach England brachten. Die Tagebücher, die Sie mir übrigens noch immer nicht übergeben haben, widerlegen Ihrer Ansicht nach meine These. Ich verlasse mich dahingehend allerdings lieber auf meine eigenen Recherchen, nicht auf die eines verliebten Sunnyboys."

Duke griff in seinen Rucksack und stapelte Sarahs Tagebücher auf die Tischplatte. „Wie machen wir das mit Freddy?", fragte er mit zusammengebissenen Zähnen.

„Ich habe vorhin mit Police Constable Wilson telefoniert. Sie erzählen Ihren neuen Freunden wahrheitsgemäß von Ihrer Anstellung bei Scotland Yard, bleiben jedoch auf Distanz zu Wilson. Er gehört einer anderen Abteilung an, Sie kennen ihn nicht. Basta. Nur so können wir verhindern, dass Mrs Nowak und Miss Höfling ihm misstrauen, und dann wäre Miss Nowaks Schutz nicht mehr gewährleistet. Zudem könnte Wilson seinen Job für Europol nicht zu Ende bringen – für den Fall, dass Liebe doch blind macht!" Green schmunzelte und Duke grollte lautlos in sich hinein. Green hatte sich in diese Sache verbissen wie ein Hai. Dies machte allerdings ihre Stärke aus und hatte ihr den Weg nach oben geebnet.

„Erhalte ich die Befugnis-"

Green fiel ihm ins Wort: „Ihr Antrag ist unter Vorbehalt genehmigt. Sie wechseln nach Beendigung Ihres Europol-Einsatzes die Abteilung und durchlaufen die gewünschten Fortbildungen. Zudem erhalten Sie hiermit offiziell die Erlaubnis, zum Schutz von Rahel Höflings Leben von Ihrer Schusswaffe Gebrauch zu machen. Aber Ihr Auftrag ist nach wie vor das Auffinden der ägyptischen Wertgegenstände und die Aufdeckung der dahintersteckenden Hehlerstrukturen. Hierbei kooperieren wir jetzt aus taktischen Gründen mit Nichols' Abteilung. Das ist von oben abgesegnet. Also versauen Sie es nicht, sonst nehmen die womöglich die vorläufige Genehmigung zurück!" Green fügte sanfter hinzu: „Was ich persönlich für einen großen Verlust halten würde. Sie haben durchaus Ihre Qualitäten."

„Seit wann?", spottete Duke freudlos.

„Schon immer, Sunnyboy. Aber ich musste sie erst an die Oberfläche locken."

Duke hob lediglich die Augenbrauen. Sein Erfolg, falls sich dieser einstellen sollte, würde also auf Greens Konto verbucht werden. Sie verstand es wirklich, sich auf der Karriereleiter nach oben zu schieben. Ein Schmunzeln schlich sich auf sein Gesicht. Ob sie auch mit ihm untergehen würde, sollte ihm keine praktikable Lösung für das Problem mit den Tutanchamun-Schätzen einfallen?

„Ich weiß nicht, ob mir dieses Grinsen gefällt", sagte Green wieder gewohnt ruppig.

„Mir gefällt auch vieles von dem nicht, was Sie von mir verlangen, Ma'am."

„Touché."

„Ich brauche die Tagebücher in ein, zwei Tagen zurück."

„Ich lasse sie Ihnen zukommen. Wo planen Sie und Nichols, Rahel Höfling unterzubringen?"

„Keine Ahnung. Und ich weiß nicht, ob ich das überhaupt jemandem mitteile."

Green runzelte die Stirn. „Sie vermuten eine undichte Stelle?"

„Wie konnten die uns sonst so schnell finden?"

„Unvorsichtigkeit? Na, bleiben Sie ruhig, Sunnyboy. Damit meinte ich nicht Sie. Bei drei beteiligten Personen, die keine Ahnung von Polizeiarbeit haben, rutschen schnell mal Informationen raus. Ein unbedachter Telefonanruf, eine Mail, eine Auskunft an einen Hotelbediensteten … Sie wissen, wie viel da in der Gefahr steht, schiefzulaufen."

Duke musste Green recht geben, was allerdings nichts an seiner Entscheidung änderte, diesmal den Personenkreis kleiner zu halten, der von dem neuen Versteck erfuhr, in dem er Rahel unterzubringen gedachte. Doch wie lange würde sie sich noch verstecken müssen? Wann und vor allem wie sollte jemals eine Lösung herbeigeführt werden? Dass mehrere Kräfte mit unterschiedlichen Methoden, aber demselben Ziel an Rahel zerrten und ihm die Hände gebunden waren, setzte ihm zu. Alles, was er tat oder entschied, konnte richtig und zugleich auch falsch sein.

„Vielleicht wäre es von Vorteil, wenn Sie nur Miss Höfling mitnehmen und die anderen bei Wilson im Haus der Großmutter lassen. Eine einzelne Frau zu verstecken ist einfacher. Außerdem käme das ja Ihren privaten … Ambitionen bei Miss Höfling entgegen, auch wenn ich die nicht gern sehe." Green grinste anzüglich und deutete mit einer lässigen Handbewegung an, dass er entlassen sei.

***

Das sanfte Licht einer Stehlampe und das flackernde Feuer im offenen Kamin erhellten schemenhaft Marys vollgestelltes Wohnzimmer. Das Brennholz knisterte, gelegentlich zersprang knallend ein Tannenzapfen. Der Geruch von Pflanzenerde, Holzfeuer und Früchtetee strahlte Behaglichkeit aus, brachte aber Rahels Gedanken nicht zur Ruhe. Die junge Frau saß auf einem Kissen an der Wand neben einem gewaltigen Schwiegermutterstuhl und kam gegen das grässliche Gefühl nicht an, dass sich die langen, bedrohlich wirkenden Stacheln langsam in ihr Fleisch bohrten und ihr Herz bedrohten.

Vermutlich verdankte sie es nur Emmas Umsicht und Coolness, dass sie unbeschadet geblieben war. Dabei war auch Emma in Gefahr geraten, was Rahel ebenso zusetzte wie die Tatsache, dass sie seit zwei Stunden nichts mehr von Duke gehört hatte. Wo war er? Noch immer in dem Hotel, das er für einen sicheren Ort gehalten hatte? War er womöglich verletzt? Oder Schlimmeres?

Deutlich, als stünde er in diesem Augenblick vor ihr, sah sie seinen vor Nässe glänzenden Oberkörper, die Muskeln zum Zerreißen angespannt. Wassertropfen liefen ihm aus dem dunklen Haar über sein konzentriertes, düster anmutendes Gesicht. Die Schusswaffe hielt er beängstigend routiniert in seinen Händen. Sie rekapitulierte in Gedanken seinen knappen Befehl an Falk, registrierte erst jetzt, dass er ihr keinen Blick gegönnt hatte. Seine Aufmerksamkeit war ausschließlich auf die beiden Männer gerichtet gewesen. Ganz der Profi …?

„Wer bist du?", flüsterte sie gegen das Knacken des Feuers und einen heftig gegen die Fensterscheibe prasselnden Regenguss an.

Wilson warf einen prüfenden Blick auf sie, dann aus dem Fenster, ehe er sich abwandte und hinter einem Raumteiler verschwand. Er trug seine Schusswaffe gut sichtbar in einem Holster um die Hüften. Die Ereignisse im Hotel hatten den ohnehin aufmerksamen Mann zu erhöhter Vorsicht animiert. Rahel fand das eher beunruhigend als erleichternd.

Ihre Gedanken kehrten zu Duke zurück. War überhaupt etwas echt an dem, was Duke ihr über sich erzählt hatte?

Rahel verschränkte die Arme auf ihren angezogenen Knien und bettete ihr Gesicht darauf. Tränen der Furcht, der Hilflosigkeit und des Zorns brannten in ihren Augen. Sie fühlte sich ausgenutzt und verraten. Auf ihr Drängen hin hatten sowohl Emma als auch Falk ungewöhnlich übereinstimmend gesagt, sie solle sich das alles von Duke selbst erklären lassen. Rahel stieß ein ungehaltenes Schnauben aus. Sie hatte einen Fehler begangen, indem sie sich emotional auf einen Mann eingelassen hatte, von dem sie außer dem Namen kaum etwas wusste. Wie hatte sie, die doch sonst so vorsichtig und zurückhaltend war, nur so leichtsinnig sein können?

Rahel schloss die Augen. Das alles war so schrecklich verwirrend. Sie wusste nicht mehr, wohin mit ihren Gedanken und Empfindungen. Ihre Welt drehte sich wie in einer Wäscheschleuder in immer schnelleren, wilderen Kreisen, und alles, was sie bislang gekannt und geglaubt hatte, wurde durcheinandergeworfen. Was würde von ihr übrigbleiben? Ein kleines, ausgewrungenes, verschrumpeltes Häuflein Elend?

Aber nur, wenn du das zulässt! Rahel riss die Augen auf. Etwas hatte ihr Herz angerührt. Sie hatte das Gefühl, als habe Sarah zu ihr gesprochen. Oder war es gar Gott gewesen?

Rahel atmete tief durch. Die Stimme in ihrem Kopf hatte recht. Lag es nicht an ihr, ob sie die Ereignisse, die sie in die Tiefe reißen wollten, einfach nur über sich ergehen ließ und darin ertrank oder ob sie ihr Leben trotz ihrer Angst aktiv gestaltete? Rahels Willen zum Widerstand erwachte. Ob es nun Kampfgeist, der bloße Überlebenswille oder einfach die Hoffnung darauf war, dass sie das alles zu überstehen vermochte, ergründete sie nicht. Sie wusste nur: Sie würde nicht widerstandslos aufgeben und untergehen. Sie würde strampeln und treten, schwimmen und an die Oberfläche gelangen, um Luft zu schöpfen – sie wollte leben!

Die Türglocke hallte wohltönend und schwer durchs Haus. Rahel hob den Kopf. Sie hörte, wie Falk Emma anwies, sich lieber wieder zu setzen. Er selbst trat in den Flur, und jemand – vermutlich Wilson – öffnete die Tür. Dukes Stimme drang zu Rahel und überflutete sie zuerst mit Erleichterung, als nehme sie ein angenehm warmes Bad. Doch dann schwemmten all die ungeklärten Fragen an die Oberfläche und brachten sie halb wütend, halb verzweifelt zum Erzittern.

„Der Retter der Witwen und Waisen ist zurückgekehrt!", frotzelte Falk.

Duke war offenbar nicht in der Stimmung, auf ihn einzugehen. Zielstrebige Schritte näherten sich dem Wohnzimmer und verharrten in der Tür.

„Wo ist Rahel?"

Seine Stimme klang tief und rau vor Emotionen. Rahel hörte Sorge und Schmerz heraus, aber vielleicht ließ sie sich da von ihren Wünschen täuschen.

Jemand musste ihm einen Wink gegeben haben, denn seine Schritte kamen auf sie zu, und schließlich fiel sein Schatten auf Rahel. Sie hob langsam den Kopf. Mehr als seine Silhouette konnte sie im Gegenlicht nicht ausmachen. Er hatte beide Hände in den Taschen seiner Jeans vergraben, die Schultern leicht hochgezogen, als wolle er sich vor etwas schützen. Er wirkte verletzlich, ein Anblick, der Rahel einen Stich ins Herz versetzte.

Duke ging vor ihr in die Hocke, ließ die Hände dabei in den Taschen und lehnte sich seitlich gegen das Regal. „Wie geht es dir?", fragte er leise und sanft.

„Ich denke, ganz gut", erwiderte sie ausweichend.

„Es tut mir leid, dass ich dich schon wieder alleingelassen habe."

„Du konntest ja nicht wissen, dass diese Typen ... Außerdem ist es ja nicht dein Job, auf mich aufzupassen."

„Jetzt schon."

Rahel gab einen fragenden Brummton von sich.

„Ich würde gern allein mit dir sprechen. Vielleicht in der Küche?"

Rahel war versucht abzulehnen. Sie spürte, wie Wut und Frustration mit der ihr eigenen Vernunft und den Gefühlen in ihr kämpften, die sie für Duke empfand. War es nicht besser, ihm eine Chance zu geben?

„In Ordnung."

Für einen Moment hatte Rahel das Gefühl, Duke wolle ihr beim Aufstehen behilflich sein, doch er drehte sich einfach um und ging davon. Sie bedauerte es und war zugleich froh darüber. Kopfschüttelnd über die Widersprüchlichkeit ihrer Wünsche rappelte sie sich selbst auf und folgte ihm.

Rahel betrat die winzige, gemütliche Küche ihrer Großmutter. Der Duft von Apfelkuchen lag in der vom Backofen aufgeheizten Luft, die Fenster hinter den weißen, in die Rahmen gespannten Schäfchengardinen waren beschlagen, während von außen der Regen dagegenklopfte.

Rahel schloss die Tür und blieb zwischen Küchenbank und Spülbecken stehen. Auf den beiden Fenstersimsen brannten Bienenwachskerzen und offenbar hielt Duke die schwache Beleuchtung für ausreichend. Rahel untersagte es sich, das Deckenlicht anzuschalten, wenngleich sie sich im Moment kaum etwas mehr wünschte, als sein Gesicht deutlich sehen zu können. Die Sekunden verrannen. Das Schweigen lastete schwer auf ihnen. Endlich wurde Rahel klar, dass Duke darauf wartete, dass sie sich setzte. Also rutschte sie auf die unter ihrem Gewicht leise knarrende Bank und verknotete nervös die Hände in ihrem Schoß. Duke zog sich einen Stuhl heran und ließ sich ihr gegenüber nieder.

„Danke für dein Eingreifen vorhin", flüsterte Rahel, als die fast schmerzliche Stille noch länger andauerte.

„Ich würde niemals zulassen, dass dir etwas zustößt", erwiderte er ernst.

„Nur hat dich das dein gut gehütetes Geheimnis gekostet, was auch immer es sein mag."

Duke beugte sich nach vorn und stützte die Unterarme auf seine Oberschenkel. Dabei faltete er die Hände und sah diese an, als hätte er sie nie zuvor gesehen. So verharrte er geraume Zeit. Rahel betrachtete den gebeugten Rücken und die Stirnfalte, die seinen inneren Kampf widerspiegelte. Als Duke sich schließlich aufrichtete und die Arme auf den Tisch stützte, setzte auch sie sich gerader hin. Sie wappnete sich für das, was nun kommen und ihr vermutlich nicht gefallen würde.

„Ich habe dich niemals angelogen, Schmetterling."

Rahel war versucht, ihm zu verbieten, sie so zu nennen. Nach allem, was geschehen war, behagte ihr dieser Kosename nicht mehr. Da sie jedoch nicht sofort auf Konfrontationskurs gehen wollte, behielt sie die Rüge für sich.

„Aber du hast Falk, Emma, Daniel und mich bewusst getäuscht?"

„Ich habe euch über einige Dinge im Unklaren gelassen", korrigierte er sachlich und ruhig.

Doch Rahel sah, wie es um seine Mundwinkel zuckte, bemerkte, wie sich die Falte zwischen seinen Augenbrauen vertiefte. Das Gespräch fiel ihm nicht leicht. Offenbar schien er es nicht gewohnt zu sein, sich in derlei Heimlichkeiten zu verstricken.

Duke griff über den Tisch nach ihrer Hand, doch sie entzog sie ihm energisch. Sie hatte einmal zugelassen, dass ihre Gefühle ihre Vernunft lahmlegten. Ein zweites Mal wollte sie das nicht. Zuerst musste sie wissen, was es mit Duke Taylor auf sich hatte.

„Ich erzähle dir jetzt, was du wissen musst und was ich rechtfertigen kann. Denn leider – und ich bedaure das wirklich sehr und hoffe, du glaubst mir das – habe ich von meiner Vorgesetzten klare Anweisungen erhalten, was ich dir heute sagen darf und was nicht."

Rahel hob die Hand. Ihr Blut schien langsam, klebrig wie Gummi durch ihre Adern zu kriechen, als sie den Sinn seiner Worte erfasste. „Das heißt, du speist mich mit dem Allernötigsten ab, damit dein Gewissen beruhigt ist?"

„Würde ich das wollen, Rahel, dann hättest du meine letzten Sätze niemals zu Gehör bekommen, sondern nur die Informationen, die ich dir geben darf." Dukes Gesichtszüge, selbst seine Stimme transportierten sein Unbehagen über diese Einschränkung.

Rahel betrachtete ihn intensiv, soweit es der flackernde Kerzenschein zuließ, und nickte schließlich. „Allein die Andeutung über deine Vorgesetzte war wohl schon außerhalb dessen, was du mir eigentlich verraten darfst?"

Duke bejahte und schenkte ihr ein entschuldigendes Lächeln. Rahel blieb ernst, wenngleich ihr Herz deutlich schneller schlug. Wenn er lächelte, war es, als ginge in seinem sonst so ernsten, markanten Gesicht nach einer endlos erscheinenden und kalten Nacht die Sonne auf.

„Ich arbeite seit einigen Jahren beim *Metropolitan Police Service*, auch Scotland Yard genannt. Wobei das im Grunde nur der Name des Gebäudes ist, in dem sich unser Hauptquartier befindet."

Rahel nickte nur. Sie wusste um die Metonymie.

„Im Augenblick läuft mein Bewerbungsverfahren, um zur Kriminalpolizei zu wechseln. Ich plane, zusätzliche Ausbildungsschritte wahrzunehmen, mich zu spezialisieren. Eine Option wäre der Personenschutz. Ein Vorfall vor ein paar Monaten kam mir bei diesem Wunsch zu Hilfe. Falk kann dir später den Artikel zeigen, über den er vermutlich gestolpert ist, als er mich im Internet überprüft hat."

„Daher wusste er also Bescheid über dich?"

Duke brummte zustimmend. „Es war sehr fair von ihm, dass er gewartet hat, bis ich dir selbst alles erklären kann."

„Aber weshalb diese Verschwiegenheit?", begehrte Sarah verständnislos auf.

„Da kommen wir nun an die Grenze, die ich nicht überschreiten darf."

Rahel atmete tief durch. Es fiel ihr unendlich schwer, nur mit Andeutungen und Halbwahrheiten klarkommen zu müssen. „Aber ... wir haben uns nicht zufällig kennengelernt?"

„Nein."

„Der Überfall in Berlin ..."

„Damit hatte ich nichts zu tun! Du und ich ... wir sind uns nähergekommen, als eigentlich geplant war." Duke betrachtete erneut seine Hände und fügte dann leise hinzu: „Viel näher."

„Dahinter steckt diese Tutanchamun-Geschichte, nicht wahr? Du wusstest schon länger als wir, dass es da Verrückte gibt, die mich entführen wollen, um an Schätze zu gelangen, die meine Familie gar nicht besitzt!?"

Bedauernd zog Duke die Schultern hoch. Rahel sah ihm sein Unbehagen an, ahnte seine Frustration, die Karten nicht offen auf den Tisch legen zu dürfen. Schließlich wurde ihr bewusst, dass Duke einfach nur loyal war. Er hielt sich an bindende Vorschriften und Vereinbarungen, obwohl ihn das in eine für sie beide unangenehme Situation manövrierte. Vermutlich sollte sie ihn dafür bewundern ...

„Ich habe ab sofort den offiziellen Auftrag, dich zu beschützen."

„Ohne die entsprechende Fortbildung?" Sarah lächelte in einem Anflug von Humor und wurde mit einem Schmunzeln belohnt.

„Offenbar traut man mir mehr zu als ich mir selbst."

„Du hast vorhin sehr ... routiniert reagiert."

„Ich hatte schreckliche Angst um dich und Emma! Vermutlich habe ich eher kopflos gehandelt."

„So viel Bescheidenheit steht dir nicht."

„Gut, dann höre ich auf damit. Ich habe einen guten Freund, von dem ich viel gelernt habe. Er war früher beim Personenschutz tätig."

„Was ist mit Fred Wilson?" Fragend deutete Rahel mit dem Daumen zur Tür.

„Schmetterling ..."

Rahel senkte mit geschlossenen Augen den Kopf. Es gefiel ihr doch, wenn er sie so nannte. Dieses Wort und wie er es betonte brachte etwas Angenehmes in ihrem Inneren zum Schwingen. Wie eine Saite, die einen sanften, warmen Ton aussendet.

„Einigen wir uns darauf, dass ich auf allzu brisante Fragen mit Schweigen reagieren darf?"

„Wenn es dich davor bewahrt, mich anlügen zu müssen, dann ja."

„Ich hoffe, das alles ist in ein paar Tagen ausgestanden."

Rahel nickte. Diese Hoffnung teilte sie mit ihm, gleichgültig, wie viel sie voneinander trennte. „Ist das, was du mir gesagt hast, auch für meine Großmutter, Emma, Falk und Daniel bestimmt?"

„Sie sollten es wissen, ja."

Rahel erhob sich und griff nach der Türklinke. Duke war blitzschnell bei ihr und legte seine Hand über ihre. Die von ihm ausgehende Wärme jagte ein betörendes Prickeln Rahels Arm hinauf und verteilte sich in ihrem Körper. Der Wunsch danach, von Duke in den Armen gehalten zu werden, Trost und Halt bei ihm zu finden, steigerte sich zu einem inneren Schmerz.

„Ich muss Absprachen wegen eines neuen Verstecks für dich treffen. Und vermutlich ist es von Vorteil, wenn wir beide ebenfalls ein paar Vereinbarungen treffen."

„Ja?" Fragend sah sie zu ihm auf, sah das Funkeln in seinen Augen und verstand ohne Worte, wovon er sprach. Sie mussten auf Abstand bedacht sein.

„Meine Vorgesetzte sieht es nicht gern, wenn ich mich zu sehr auf dich konzentriere, und es ist auch nicht sinnvoll im Hinblick auf meine Wachsamkeit." Seine Worte kamen langsam, wirkten deshalb aber nicht weniger nüchtern. „Können wir uns darauf einigen, dass ich, bis die Sache ausgestanden ist, lediglich dein Personenschützer bin?"

Rahel bemühte sich gleichfalls um einen sachlichen Tonfall, wenngleich sie das Gefühl nicht loswurde, dass die Eiseskälte, die sie dabei empfand, in ihren Worten mitschwang: „Das ist sicher besser so."

Duke zog seine Hand zurück und ließ Rahel gehen. Die Kälte in ihrem Herzen nahm sie mit.

Kapitel 43

Duke fing Nichols vor dem Haus ab. Er ließ die ihn begleitenden Polizisten durch und winkte ihn zu sich neben die Treppe.

„Alles klar?", erkundigte der Inspector sich gewohnt knapp und versenkte seine Hände in den Taschen seines schwarzen Mantels. Der Regen hatte mittlerweile aufgehört, doch die sich lockernde Wolkendecke brachte nicht nur gelegentlich einen Blick auf den Sternenhimmel mit sich, sondern auch eine unangenehme Kälte.

„Ich habe schon erfreulichere Tage erlebt", erwiderte Duke und stützte sich mit der rechten Hand auf das Treppengeländer.

„Sie sind also ebenso wenig ein Freund von Heimlichkeiten wie ich, Sergeant Taylor? Ich hörte, Sie bemühen sich um eine Versetzung. Wenn es Ihnen recht ist, setze ich mich dafür ein, dass Sie meiner Abteilung zugewiesen werden. Wir haben es zwar ebenfalls ständig mit Heimlichtuereien und Verschleierung zu tun, aber unsere Aufgabe ist es, diese aufzudecken."

Duke bedankte sich für das Angebot und war erstaunt, wie viele Worte in Folge der sonst so stille Mann über die Lippen gebracht hatte. Unter Nichols zu arbeiten wäre bestimmt eine gute Sache – vorausgesetzt, Duke kam unbeschadet aus dieser Tutanchamun-Geschichte heraus! „Zu Rahels Schutz habe ich-"

Nichols unterbrach ihn, indem er die Hand hob. „Behalten Sie es für sich, Taylor. Das Versteck ist aufgeflogen. Je weniger Leute wissen, wohin Sie Rahel Höfling bringen, umso sicherer ist es für sie. Sie und Miss Höfling haben meine Nummer. Das genügt!"

Duke nickte. Mit diesem Schachzug nahm Nichols seine Mitarbeiter aus der Schusslinie etwaiger Verdächtigungen über ein Leck in seiner Abteilung.

„Wir sind mit mehreren Fahrzeugen hier. Wenn wir alle gleichzeitig abfahren, wird es für einen möglichen Verfolger schwierig, den Überblick zu behalten."

„Gut", stimmte Duke zu und folgte Nichols ins Haus.

Er sah Emma und Rahel in den ersten Stock gehen, vermutlich wollten sie wieder einmal packen. Mary thronte wie eine Königin in ihrem Wohnzimmersessel, umgeben von den Kakteen wie von ihrem Fußvolk, und unterhielt sich mit der Polizistin. Ein weiteres Mal weigerte sie sich standhaft, das Haus zu verlassen. Niemand drängte sie, zumal es seit Rahels Auszug keine Aktivitäten mehr rund um dieses Haus gegeben hatte. Die Schatzjäger konzentrierten sich ausschließlich auf Rahel.

Falk lümmelte in einem der Sessel, wobei er die langen Beine über das Seitenpolster baumeln ließ. Er blätterte in einem Fotoalbum und strahlte eine beneidenswerte Gelassenheit aus. „Toll!", rief er in dem Moment, als Duke den Raum betrat.

Mary wandte sich von der Beamtin ab und schenkte Falk ihre Aufmerksamkeit.

„Sie und Lady Di!" Er drehte das Album so, dass Mary, aber auch Duke einen Blick auf die Fotografie werfen konnten. Sie zeigte Mary in fließender Ballrobe, in ein Gespräch mit der inzwischen verstorbenen Prinzessin vertieft.

„Das war auf einem Wohltätigkeitsball zugunsten von Kindern, die durch Landminen verletzt wurden. Diana war eine großherzige, feinfühlige Frau."

Duke trat näher und nahm dem verdutzten Falk das Album aus der Hand. Ihn interessierte weder die durchaus anerkennenswerte Figur, die Mary in dem stilvollen Kleid machte, noch die königliche Prominenz auf dem Bild, sondern eine Frau im Hintergrund in schwarzem Rock und Jackett, die im Profil abgelichtet war. Er kniff die Augen zusammen, als sehe er neuerdings schlecht, doch das änderte nichts daran, wen er in der Person erkannte: Jill Green!

„Du siehst aus, als hättest du dich in eine von Marys Kakteen gesetzt", kommentierte Falk.

„Danke, mir reicht es, einmal mit den Dingern Bekanntschaft geschlossen zu haben", gab Duke abgelenkt zurück. Bei der Erinnerung an Rahels Bemühungen, ihm die Stacheln zu entfernen, und an den Kuss, der dem gefolgt war, gerieten seine Gedanken gefährlich ins Schleudern. Er verdrängte sie schnell und setzte sich neben Mary. Sie blickte interessiert auf das Bild, als er mit dem Zeigefinger auf Green zeigte.

„Bei Veranstaltungen dieser Art, vor allem mit Beteiligung aus dem Königshaus, sind meist mehr Sicherheitsbeamte als Gäste anwesend. Jill gehörte zu ihnen", erklärte Mary.

„Sie kennen die Frau?"

„Das ist Jill Green, so lautete zumindest ihr Mädchenname. Sie ist mit meiner Bethany zur Schule gegangen. Sie war eine der wenigen bodenständigen Freundinnen, die meine Tochter hatte, allerdings war Bethany sich dessen nicht bewusst. Sie zog ja eine Zeit lang die Tussis den Menschen mit Tiefgang vor."

Dukes Gehirn arbeitete fieberhaft. Green kannte demnach Rahels Familie – und das bereits seit vielen Jahren! Ihm entging Falks Entgegnung, die Mary zu einem Heiterkeitsausbruch verleitete.

„Mrs Nowak, hat Jill Green heute noch mit Ihnen oder ihrer Tochter Kontakt?"

Mary drehte sich zu ihm um und klappte das Album energisch zu. „Jill brach den Kontakt ab, als sich herauskristallisierte, dass ein gewisser junger Mann sich nicht für sie, sondern für meine Tochter interessierte.

Ich verfolgte aus der Ferne ihre steile Karriere. Bei diesem Ball sah ich sie das erste Mal seit Jahren wieder. Obwohl ich sie begrüßte, hielt sie sich zurück und kam gewissenhaft wie ein Profi ihrer Aufgabe nach, ohne sich von mir ablenken zu lassen."

„Danke", murmelte Duke und erhob sich.

Mary ergriff seine Hand. „Sie kennen Jill von ihrer Tätigkeit als Polizist?"

Duke lächelte betreten. Mary wusste also bereits Bescheid. Vermutlich hatte Rahel die vergangenen Minuten genutzt, um ihre Großmutter, Falk und Emma einzuweihen.

„Ja", gab er einfach zu und flüchtete durch die Terrassentür nach draußen. Er musste dringend telefonieren.

Trotz der späten Stunde meldete Green sich zügig und mit munterem Tonfall. „Sie kennen Rahels Mutter aus der Schule?", fuhr Duke sie mühsam beherrscht an und schob eher widerwillig ein „Ma'am" hinterher.

„Und Sie haben entgegen meiner ausdrücklichen Anweisung aus dem Nähkästchen geplaudert?", fauchte Green zurück.

„Nein. Aber es gibt eine Aufnahme von Ihnen in Mrs Nowaks Fotoalbum."

Etwas zersprang klirrend. Duke runzelte die Stirn. „Was ist los?"

„Ich habe mein Weinglas umgestoßen", erwiderte Green mit gepresster Stimme, als sei sie im Augenblick dabei, die Scherben aufzuheben. „Sie scheinen ja sehr vertraut mit der Dame zu sein."

„Ich habe das Foto zufällig gesehen und Sie darauf erkannt. Natürlich habe ich Mrs Nowak gefragt, ob sie die Frau im Hintergrund kennt."

„Und? Was hat sie Ihnen erzählt?", fragte Green ruhig. „Dass Bethany mich wegen ihren tollen neuen Freundinnen mit ihren reichen Daddys und den Luxusjachten und Karibikurlauben hat fallen lassen wie eine heiße Kartoffel? Oder dass ich den Mann meines Lebens gefunden hatte, der dann aber Marys Tochter geheiratet hat?"

Duke wechselte das Smartphone in die linke Hand. Green antwortete sehr offen, was sein misstrauisches Gemüt beruhigte. „Warum haben Sie nichts davon erwähnt?"

Ein Seufzen war zu hören, anschließend erneut das Klirren von Glas, dem das dumpfe Schließen eines Mülleimers folgte. „Wie hätte es denn ausgesehen, wenn meine Ermittler erfahren, dass ich eine der von mir Beschuldigten persönlich kenne? Da ist es gleichgültig, wie lange der Kontakt bereits abgebrochen ist. Mir tat es leid, als die Familie unter Verdacht geriet, da ich Mary Nowak ungemein schätze. Dennoch durfte ich die Verdachtspunkte nicht unter den Tisch kehren. Ich verbeiße mich in jeden einzelnen Verdächtigen mit gleicher Intensität. So viel Sachlichkeit und Distanz müssen Sie mir schon zutrauen, Sunnyboy. Da bin ich weitaus professioneller, als Sie es je sein werden!"

„Mag sein", gab Duke zurück. Er hoffte, sich niemals eine derartige Kaltschnäuzigkeit anzueignen.

„Gibt es noch irgendwelche Fragen oder Bedenken von Ihrer Seite? Ansonsten widme ich mich jetzt meinem wohlverdienten Schlaf."

„Gibt es sonst noch eine Überraschung, von der ich wissen sollte?"

„Würden Sie mit demselben Misstrauen gegen Höfling und Nowak vorgehen, wie Sie es mir entgegenbringen, hätten Sie den Fall längst zu einem Abschluss gebracht."

„In meinen Augen ist der Fall abgeschlossen. Es finden sich im Eigentum der Familie keine illegalen Antiquitäten. *Sie* sind diejenige, die nicht lockerlässt."

„Weil ich, wie Sie genau wissen, Taylor, über diese Leute an die großen Fische heranzukommen hoffe!"

„Dann drücken Sie sich besser entsprechend aus und nicht so, als ständen Rahel und ihre Familie weiterhin unter Generalverdacht!", knurrte Duke.

„Haarspalterei, Sergeant." Green hörte sich jetzt wütend an und gebrauchte sehr bewusst seinen Rang bei Scotland Yard, der weit unter ihrem lag.

Duke atmete laut aus und versuchte, sich zu mäßigen. Es war nicht von Vorteil, wenn er es sich mit Green verscherzte. „Also gibt es keine anderen überraschenden Nebensächlichkeiten mehr, die Sie oder mich in Teufels Küche bringen könnten?", forschte er nach.

„Hören Sie zu, Taylor. Wenn ich geahnt hätte, dass es ein Foto oder sonst einen Hinweis darauf gibt, dass ich vor vielen Jahren einmal mit Bethany Nowak befreundet war, hätte ich das Ihnen und auch Wilson mitgeteilt. Immerhin gilt es, Ihre Tarnung zu schützen. Doch Sie sind ja ein kluges Kerlchen und haben vermutlich entsprechend souverän auf die Entdeckung reagiert, nicht wahr?"

Duke antwortete nicht. Seinen eiligen Abgang konnte man nicht gerade als „souverän" bezeichnen. Er musste das später vielleicht wieder geradebiegen.

„Übrigens gebe ich Ihnen recht, was den Inhalt der Tagebücher anbelangt. Dennoch machen wir weiter. Mit etwas Glück könnten wir die Kerle dingfest machen und über sie womöglich tief in den Kreis derer eindringen, die mit illegalen Wertgegenständen handeln. Und passen Sie gut auf Miss Höfling auf. Ich möchte nicht, dass Mary Nowaks Enkelin etwas zustößt."

„Ist das jetzt die offizielle Definition meines Auftrags?"

„Die abgewandelte Definition innerhalb meiner *Special Organisation*! So schnell entkommen Sie mir nicht." Green lachte kurz auf. „Bringen Sie das Mädchen sicher unter, behalten Sie sie und ihr Umfeld aufmerksam im Auge und sehen Sie zu, dass Sie zwischendurch Schlaf abbekommen. Sie haben heute Abend reichlich übernächtigt ausgesehen."

„Aye, Ma'am. Und danke für Ihre Aufrichtigkeit."

„Es ist kontraproduktiv, wenn Sie mir misstrauen. Da rücke ich lieber mit schmerzhaften Details heraus, über die Sie aber gefälligst zu schweigen haben!"

Duke drückte Green weg. Während er das Mobiltelefon in die Jeanstasche schob, blickte er in die dunkle Nacht hinaus. Einzelne Sterne zeigten sich am Himmel, sein Atem kondensierte vor seinem Gesicht. Selbstverständlich wollte Green derart Persönliches nicht in die Welt hinausposaunen. Sie war eine Frau, die Stärke und Härte ausstrahlte und von einem Erfolg zum nächsten strebte. Schwäche und Niederlagen gab es in ihrem Lebenslauf nicht – und so sollte es bleiben.

Zumindest verstand er jetzt die eigenartige Diskrepanz zwischen ihrem Bestreben, Rahels Familie den Besitz illegaler ägyptischer Wertgegenstände nachzuweisen, und ihrer Sorge um ihre Unversehrtheit.

***

Die Geschäftigkeit um sie herum überforderte Rahel. Sie kauerte auf der Küchenbank und beobachtete, wie alle möglichen Menschen im Haus ein- und ausgingen. Es ging zu wie in einem Bienenstock. Vielleicht erhofften sich Duke und Nichols, damit etwaige Beobachter zu verwirren. Bei ihr jedenfalls gelang dies ausgezeichnet.

Schließlich hockte Duke sich vor sie hin und legte für einen Augenblick seine Hand auf die ihre. „Du steigst jetzt bitte zu Inspector Nichols nach hinten in den Wagen. Sieh zu, dass du rechts sitzt. Hinter euch werden vier weitere Fahrzeuge fahren. Rund einen Kilometer entfernt gibt es eine unbeleuchtete Kreuzung. Dort stoppe ich neben Nichols' Fahrzeug. Du wirst langsam und ohne Hektik, aber geduckt aussteigen, damit du über die Autos hinweg nicht gesehen wirst, und zu mir, Emma und Falk in den Leihwagen wechseln."

„Ich bin dieses ständige Versteckspiel so leid", entgegnete Rahel müde.
Dukes Lächeln fiel schmerzlich knapp und bekümmert aus. „Nichols arbeitet mit Hochdruck daran, die Sache zu einem guten Ende zu bringen. Sobald das alles vorbei ist, darfst du wieder fliegen, Schmetterling."
„Und du?"
Duke zuckte mit den breiten Schultern. „Wir werden sehen."
„Ich sollte diese Kiste nehmen und damit zur Polizei marschieren, dann …"
„Rahel, lass uns später überlegen, was wir damit tun. Im Moment weiß niemand von der Kiste. Sie ist sicher im Flughafenschließfach untergebracht. Jetzt ist erstmal wichtiger, dass dir nichts geschieht."
Rahel nickte ergeben. Sie hatte die Geschehnisse nicht mehr in der Hand. Sie musste sich darauf verlassen, dass andere, wie Duke, Nichols und Wilson, die richtigen Lösungen fanden. Für sie galt es, etwas zu tun, das ihr zunehmend schwerer fiel: vertrauen.
„Okay", sagte sie zuversichtlicher, als sie sich fühlte.
„Dann los." Duke erhob sich.
Rahel stand ebenfalls auf und verließ die Küche. Kalte Luft strömte durch die geöffnete Haustür in den Flur. Auf der obersten Stufe sah sie die in eine Strickdecke gehüllte Mary. Rahel ging zu ihr und umarmte sie.
„Sei vorsichtig", raunte die ältere Frau ihr zu.
„Du auch."
„Ich habe doch diesen Polizisten, der über mich wacht."
Energisch löste Rahel sich aus Marys Umarmung und stapfte die Stufen hinab. Gleichzeitig eilte Wilson die Treppe hinauf. Sie schenkte ihm ein zurückhaltendes Lächeln, für das er sich mit einem leichten Nicken revanchierte. Die Ahnung eines aufdringlichen Aftershaves stieg Rahel in die Nase. Mechanisch setzte sie einen Schritt vor den anderen, aber in ihrem Kopf versuchte die Erinnerung an einen nahezu identischen Duft ihre Aufmerksamkeit zu erregen. Sie wusste, dass sie diese eigentümliche Mischung bereits ein- oder zweimal gerochen hatte …
Das Bild einer dunklen Gestalt, die sie angriff, kam ihr in den Sinn. Ihre Schritte wurden zögernder, schließlich drehte sie sich um. Wilson stand neben Mary auf der obersten Stufe und machte den Eindruck, als wolle er die Frau und das Haus mit seinem Leben beschützen. Irritiert runzelte Rahel die Stirn. Warum brachte sie plötzlich ihren Angreifer mit Wilson in Zusammenhang? Nur wegen eines Duftwassers? Immerhin gab es die zu Tausenden in den Geschäften zu kaufen. Sie und Emma

benutzten dasselbe Deo und dieselbe Zahnpasta, wie sie kürzlich belustigt festgestellt hatten.

Rahel sah zu, wie Wilson ihre Großmutter sanft an der Schulter berührte und ins Haus geleitete. Er schirmte sie mit seinem breiten Rücken ab und schloss energisch die Tür.

„Komm", raunte Duke ihr im Vorübergehen zu, blieb aber nicht stehen. Rahel drehte sich um und beobachtete, wie er hinter das Steuer des Leihwagens stieg.

Rahel beeilte sich auf den restlichen Metern, ließ das Tor zuschnappen und setzte sich, wie Duke sie angewiesen hatte, in den Fond hinter den Fahrersitz der schwarzen Limousine. Nichols nahm vor ihr Platz und startete den Wagen. Er fuhr als Erster los, Duke fädelte sich hinter ihnen ein, die restlichen Autos folgten.

Zunächst hüllte der Chief Inspector sich in Schweigen. Erst als sich an einer dunklen Kreuzung der Leihwagen neben ihnen in der Abbiegespur einordnete, mahnte er: „Hören Sie bitte auf Taylors Anweisungen. Er ist ein guter Mann!"

Rahel blieb ihm eine Antwort schuldig. Sie öffnete die Tür, huschte geduckt hinaus und stieg in das Mietfahrzeug zu Emma, die ihr die Tür von innen geöffnet hatte. Kaum dass sie saß, gab Duke Gas und bog nach rechts ab, Nichols nach links. Dem Inspector folgten zwei Fahrzeuge, ihnen eines.

In dem schwarzen Ford roch es nach Neuwagen und Synthetikpolstern. Niemand sagte etwas, was Rahel als angenehm empfand. So konnte sie ungestört ihren Gedanken nachhängen. Vermutlich hatte Nichols mit seinen Worten ausschließlich ihren Schutz gemeint, als er sie bat, auf Duke zu hören und ihn dabei als einen *guten Mann* betitelt hatte. War er ein *guter Mann* – für sie?

Nach wenigen Minuten tauchten sie in das von Neonlichtern und Straßenlaternen beleuchtete London ein. Straßenreinigungsfahrzeuge kamen ihnen entgegen. Frühmorgendliche Einkäufer und der Schichtwechsel in so manch einem Betrieb belebten zu dieser dunklen Stunde die Innenstadt. Rahel beobachtete, dass Duke unablässig in den Rückspiegel und die beiden Seitenspiegel sah, schließlich zufrieden nickte und die Geschwindigkeit drosselte. Fast gemütlich schlängelte sich der Wagen durch die Londoner Straßen, bis sie in eine Tiefgarage einfuhren und in einem hell erleuchteten Hoteleingang stoppten.

Der Motor erstarb und dies erweckte Falk zum Leben. „Ich habe geschlafen wie ein Baby." Er räkelte sich und gähnte.

„Und Geräusche von dir gegeben wie ein Grizzlybär", konterte Duke.

„Ich hab nichts gehört!", meinte Falk, drehte sich im Sitz um und blickte Emma fragend an.

Sie schüttelte müde den Kopf. „Ich finde eher deine Frisur beängstigend", sagte sie und fügte erklärend hinzu: „Du siehst aus, als seist du elektrisch geladen."

„Du erinnerst mich an eine Comicfigur. Ich weiß nur noch nicht, an welche." Duke öffnete die Fahrertür. Die Innenbeleuchtung flammte grell auf. Rahel blinzelte und so entging ihr Falks breites Grinsen.

Emma kletterte gewohnt behände aus dem Wagen, öffnete den Kofferraum und ergriff ihren Rucksack, während Rahel die schützende Blechhülle nur zögernd verließ. Ihre Beine fühlten sich erschreckend kraftlos an. Hektisch sah sie sich um. Die Mischung aus abgestandener, trockener Luft, die mit Abgasen und verkohltem Gummi, aber auch mit dem Geruch aus Urin und Erbrochenem geschwängert war, war Übelkeit erregend. Sie stützte sich Halt suchend auf den Griff ihres Trolleys, den Duke neben ihr abgestellt hatte.

„Lauschiges Plätzchen", kommentierte Falk die düstere Umgebung.

Duke wandte sich in entschuldigendem Tonfall an Rahel und Emma. „Das Hotel ist eine billige Absteige."

„Gut. Hier wird niemand Rahel vermuten." Emma rückte ihren Rucksack zurecht und ging zielstrebig auf die Metalltür zu. Rahel folgte ihr wie ein Schatten. Es gab keinen Aufzug, und im Treppenhaus konzentrierten sich die unangenehmen Gerüche so stark, dass Rahel so lange wie möglich die Luft anhielt. Erleichtert zwängte sie sich nach ihrer ehemaligen Lehrerin durch eine weitere farblose Metalltür in eine winzige Hotellobby. Mit ihrer abgeschabten Furniertheke und zwei schwarzen Polstersesseln, denen man ihren desolaten Zustand selbst im Licht der unzureichenden Notbeleuchtung ansah, war diese bereits völlig überfüllt.

Duke drückte sich an den beiden Frauen vorbei und raunte Emma etwas zu. Die ergriff Rahel am Ellenbogen und zog sie in einen dunklen, von der Lobby abgehenden Flur. Rahel ließ es willenlos mit sich geschehen. Ein Teppich verschluckte die Geräusche ihrer Schritte und des Trolleys. Falk stellte sich breitbeinig und mit in die Hüften gestemmten Händen, um etwas breiter zu wirken, in den türlosen Übergang zwischen Halle und Flur.

Ein metallisches Klingeln ertönte, wenig später öffnete sich hinter dem Tresen eine Tür. Schlurfende Schritte verrieten, dass Duke jemanden aus dem Tiefschlaf gerissen hatte.

„Hey, Melly", drang Dukes Bass durch die Dunkelheit. Offenbar kannte er die weibliche Person.

„Was machst du denn hier?"

„Zwei Zimmer, Melly."

„Das letzte Mal, als ich dein hübsches Gesicht gesehen habe, hatte ich anschließend gewaltigen Ärger!"

„Kann ich etwas dafür, wenn sich der Drogendealer, den du über mehrere Wochen hier beherbergt hattest, einer Verhaftung gewaltsam entziehen will?"

„Als ob es keine Möglichkeit gegeben hätte, den Kerl außerhalb meines Hotels zu verhaften!", schalt Melly.

„Das war nicht auf meinem Mist gewachsen."

„Aber ich durfte den Mist hinterher wegschaffen und reparieren lassen", konterte die Frau ungnädig. Es folgte ein scharfes, knallendes Geräusch. Rahel zuckte zusammen. Melly hatte zwei Schlüssel mit klobigen Metallanhängern auf den Tresen geknallt.

„Weiß dein Chef, dass du mit einem Kollegen und ein paar Ladys bei mir absteigst?" Ihre Frage klang lauernd.

Kühl erwiderte Duke: „Nein. Und er braucht es auch nicht zu erfahren."

„Dein süßes Geheimnis ist bei mir gut aufgehoben." Sie lachte, und Rahel vernahm, wie Emma aufgebracht die Luft ausstieß.

„Ich bin kein Kollege von dieser Bulldogge", stellte Falk klar.

Etwas knarrte, und als Rahel sich neugierig vorbeugte, sah sie, wie Falk die Unterarme auf die Theke legte. Melly war eine Frau, deren Alter nur schwer einzuschätzen war, da sie trotz der frühmorgendlichen Stunde noch das übertriebene Make-up vom Vortag im Gesicht kleben hatte. Ihr Haar war vollständig ergraut und lockte sich wild um ein rundes Gesicht. Der Rest ihrer Statur versteckte sich hinter dem Furnierholz, da die Frau nicht größer als 1,50 Meter sein konnte.

Duke trat zu den Frauen und reichte Rahel einen der beiden Schlüssel. „Falk soll euch in euer Zimmer begleiten. Wartet, bis ich komme. Ich besorge frisches und wirklich sauberes Bettzeug und ein paar Putzutensilien." Damit kehrte er zu Falk und Melly zurück, die mittlerweile in ein Gespräch vertieft waren.

„Bleib bei den Frauen, Falk, okay? Ich gehe mit Melly frische Bettwäsche und Handtücher holen."

„Na hör mal!", begehrte die Wirtin auf.

„Ich weiß, du willst behaupten, dass du alles frisch gewechselt hast."

„Ungehobelter Kerl."

„Falk?"

„Sag mal, bemerkst du nicht, dass ich mich gerade mit der Dame unterhalte? Sie hat soeben zu erzählen begonnen, wie sie früher …"

„Sie erzählt viel, die Hälfte davon kannst du getrost ins Reich der Fabeln einordnen."

„Der junge Mann hier ist zwar nur eine halbe Portion, besitzt aber bei weitem mehr Takt, als du in deinem ganzen Leben zusammenkratzen kannst, Duke Taylor!", fuhr Melly Duke an.

„Merkst du nicht, dass die halbe Portion ihren Spaß mit dir treibt?"

„Ich mag Menschen, die viel lachen. Gern auch über mich. Ich nehme mich nämlich nicht so furchtbar wichtig. Der Kerl hat Charme, im Gegensatz zu dir."

„Die Frauen sind müde", versuchte Duke es jetzt in sanfterem Tonfall. „Zeig mir bitte, wo du die Wäsche lagerst und wo sich deine Putzkammer befindet."

„Du beleidigst mich mit jedem einzelnen deiner Worte."

„Das wirst du überleben. Ob wir eine Nacht in deinem …"

„Warum kommst du dann überhaupt hierher?", giftete Melly.

„Weil ich dich so gern habe."

„Blödmann." Diesmal landete ein ganzer Schlüsselbund krachend auf der zerschrammten Oberfläche des Tresens, was verriet, durch wie viel Übung Melly diese Handbewegung perfektioniert hatte. „Gleich hinter mir durch die linke Tür", zischte sie Duke an. Sie wartete nicht, bis er den Schlüsselbund an sich genommen hatte, sondern wandte sich wieder Falk zu.

„Damals habe ich nämlich als Reinigungskraft bei der Polizei gearbeitet", setzte sie ihre eben unterbrochene Erzählung fort. Als Duke in dem Raum hinter ihr verschwunden war, kicherte sie und sagte: „Ich mag den Kerl. Er hat damals dafür gesorgt, dass mir der Schaden in dem Zimmer ersetzt wurde. Es ist jetzt mein bestes Zimmer und ich habe euch den Schlüssel dafür rausgerückt. Das zweite Zimmer ist auch okay, keine Angst. Ach ja, verrate dem Großen nicht, was ich über ihn gesagt habe!"

„Kein Wort! Ich lasse ihn schön putzen und sein Bett neu beziehen, während ich eine Mütze Schlaf nachhole."

„Du gefällst mir!", lachte Melly.

Rahel verfolgte die Szene, bis Duke zurückkam. Er trug einen Stapel Weißwäsche und drückte diesen Emma in den Arm, ehe er kehrtmachte.

Gleich darauf packte er Falk am Kragen seiner Jeansjacke und zog ihn von Melly weg. Zurück im Flur flüsterte Duke: „Die Frau ist großartig, aber verratet es nicht."

„Kein Wort", wiederholte Falk seine Worte von zuvor, und sogar im dunklen Flur sah Rahel seine Augen schalkhaft aufblitzen.

„Mit der Reinlichkeit hat sie es nicht so, also wartet bitte, bis ich die Putzutensilien geholt habe."

„Klar doch!", stimmte Falk im Brustton der Überzeugung zu. Über Rahels Gesicht huschte das erste Mal seit Stunden ein belustigtes Lächeln. Falk war einfach liebenswert. Er brachte es selbst nach all dem, was sie in den vergangenen Stunden erlebt hatten, noch mühelos fertig, sie aufzuheitern.

Duke verschwand, gefolgt von der zeternden Melly, in einem der Privaträume der Hoteleigentümerin. Emma knipste das Licht im Flur an. Lang und schmal lag er vor ihnen. Der Teppich war in der Mitte abgenutzt und farblos, während er links und rechts noch flauschig wirkte, allerdings die wenig attraktive Farbe einer Aubergine aufwies. Die Tapete strotzte vor Flecken, war stellenweise zerschrammt, die Türrahmen sahen nicht besser aus. Um die Schlüssellöcher herum fehlte an jeder Tür die Farbe, ein Zeichen dafür, wie oft die Gäste Schwierigkeiten damit gehabt hatten, diese zu treffen.

Rahel spürte wachsendes Unbehagen angesichts der schmuddeligen Unterkunft. Sie legte keinen sonderlichen Wert auf Luxus, doch im Augenblick überwog das drängende Gefühl, sich sofort die Hände waschen zu müssen. Umso erstaunter reagierte sie, als sie hinter Emma den winzigen Raum betrat. Er war mit einer freundlichen, gelben Tapete ausgekleidet, die Möbel schimmerten im Licht der Flurlampe hell und waren unverkennbar neu. Das Bett sah ordentlich bezogen aus und war mit einer sauberen Tagesdecke sorgfältig abgedeckt, die Kissen hübsch drapiert. Ihr zweiter Blick galt dem Fußboden und dem kleinformatigen Fenster, durch das inzwischen das Morgenlicht hereindrang. Auch hier gab es nichts auszusetzen. Dieses Hotelzimmer war ohne Bedenken nutzbar. Erleichtert seufzte Rahel auf und setzte sich auf das Bett. Bleierne Müdigkeit überfiel sie und sie wünschte sich nichts mehr, als auf der Stelle schlafen zu dürfen.

„Verschwinde, Falk. Die Kleine braucht dringend Schlaf. Und wehe, du schickst Duke mit dem Putzzeug zu uns, nur damit du deinen Spaß hast!", drohte Emma.

Falk zog sich mit enttäuschtem Gesicht in den Flur zurück, doch

Rahel war sich sicher, dass er dennoch irgendeinen seiner eigenwilligen Späße mit Duke treiben würde.

Kapitel 44

Beim zweiten Geräusch war Duke aus dem Bett, nach dem dritten in der Jeans. Für die Schuhe benötigte er etwas länger. Sein Körper reagierte auf die dumpfen Laute mit Anspannung, sein Gehirn versuchte, sie einzuordnen.

Er griff nach der Waffe auf seinem Nachttisch, sprang zur Tür und öffnete sie leise. Das Dauerflurlicht war aus. Ein Schmerzensschrei und wüste Beschimpfungen drangen gedämpft den Flur entlang.

Duke trat mit dem Fuß gegen das zweite Bett und Falk schoss wie elektrisiert hoch.

„Wir bekommen Besuch! Du und die Frauen, ihr verschwindet am besten aus dem Fenster. Wir treffen uns im ersten Café links vom Hoteleingang!"

„Geht klar!"

Duke nickte Falk zu. In diesem Augenblick war dessen Coolness ein großer Gewinn. Er wartete nicht, bis Falk aufgestanden war, sondern verließ das Zimmer. Die Pistole mit beiden Händen fest im Griff tastete er sich, immer mit der Schulter im Kontakt mit der Wand, den Korridor entlang. Die Stimmen waren verstummt.

Ob es nur betrunkene Gäste gewesen waren, die Melly resolut in ihre Zimmer geschickt hatte? Ein Keuchen und ein schabendes Geräusch lenkten seine Aufmerksamkeit vom Ende des Flurs weg auf den Boden. Dort lag eine nur als Schattenriss zu erkennende Gestalt.

Duke wechselte auf die andere Flurseite, näherte sich mit vorgehaltener Waffe der Person. Erst als er sie erreicht hatte, erkannte er in ihr Melly.

„Was ist los?", knurrte er und kauerte sich neben ihr nieder.

„Sag du es mir!", kam es von ihr. Erleichtert über ihren Sarkasmus atmete er auf. „Zwei Männer fragten nach einer Frau in deiner Begleitung. Ich habe sie nach oben geschickt, um dir Zeit zu verschaffen." Mellys Stimme klang flach und gepresst.

„Was ist mit dir?"

„Gegen den Tresen gefallen!" Ihre Stimme wurde immer leiser, schmerzgepeinigter. „Gebrochene Rippen", fügte sie eine Vermutung hinzu.

„Welches Zimmer ist frei?"

„Gleich hier."

Duke half der stöhnenden Melly in den Raum und auf das Bett.

„Bleib still liegen. Ich rufe den Notarzt."

„Kümmer dich um die Kerle!" Ihre Atemlosigkeit nahm beängstigend zu. Duke hoffte, dass die gebrochenen Rippen nicht Mellys Lunge durchbohrt hatten.

Er kehrte an die Tür zurück und angelte sein Mobiltelefon aus der Tasche. Mit fliegenden Fingern tippte er die Nummer des Notrufs ein und nannte die Adresse samt der Zimmernummer. Schritte erklangen im Flur über ihm. Sein Pulsschlag erhöhte sich. Aus dem hinteren Bereich des Gebäudes drang kein Laut. Waren Emma, Rahel und Falk bereits auf und davon? Er hoffte es, wusste er doch nicht, wie die Sache hier enden würde. Das Bild von dem Kind in der Gewalt der Geiselnehmer tauchte vor seinem inneren Auge auf. Auch damals hatte er diesen Zorn in sich verspürt, ein unschuldiges Opfer in der Gewalt Krimineller zu wissen. Wieder paarte sich die Furcht, einen Fehler zu machen, mit dem unbändigen Willen, Hilfe zu leisten.

Zwei Gestalten verließen im Eilschritt das Treppenhaus. Ihre Silhouetten hoben sich scharf vor der matten Lampe im Foyer ab.

„Stehen bleiben!", bellte Duke. „Polizei!"

Jemand fluchte, Unruhe entstand. Ein heller Blitz leuchtete auf, begleitet von einem lauten Knall, der in dem engen Flur mehrfach widerhallte. Zufrieden darüber, dass die Eindringlinge den ersten Schuss abgefeuert hatten, grinste Duke grimmig. Er drückte ebenfalls ab.

„Ja, zerschießt mir doch alles …", hörte er Melly hinter sich keuchen. Von vorn drang ein Schmerzensschrei zu ihm, die Männer flohen aus seinem Blickwinkel.

„Beweg dich nicht, Melly."

Duke huschte in den Korridor und presste sich an die Wand. Die befürchteten Schüsse auf ihn blieben aus. Schnell tastete er sich voran. Als er den Übergang zum Foyer erreichte, trat er ruckartig vor, warf einen Blick um die Ecke und zog sich wieder zurück. Kein Kugelhagel jagte ihm um die Ohren. Also wagte er den Sprung über die freie Fläche an die Theke und rollte sich hinter diese.

Alles blieb ruhig. Schwitzend und mit rasendem Herzschlag verharrte er und lauschte. Bis auf ein Rumoren über ihm, wo anscheinend ein Gast wach geworden war, blieb es still. Erneut erhob er sich jählings, seine Waffe beschrieb einen Halbkreis von links nach rechts, doch es gab keinen Gegner, der ihn bedrohte. Das Foyer und der Platz vor dem Ausgang waren verwaist.

Duke lief zur Tür, riss sie auf und sicherte nach allen Seiten. Ein Passant auf der gegenüberliegenden Straßenseite starrte ihn entsetzt an und begann zu rennen. In gut hundert Metern Entfernung startete der Motor eines Autos. Dieses schoss in die Straße hinein, kam auf ihn zu.

Duke wich hinter den Türrahmen zurück und legte an. Der Wagen kam in sein Blickfeld. Feuerblitze spuckten aus dem Beifahrerfenster. Instinktiv warf sich Duke zu Boden und schützte seinen Kopf mit beiden Armen. Der Motor heulte auf. Das Motorengeräusch entfernte sich. Duke sprang auf und feuerte mehrere Schüsse auf den blauen Honda ab. Das rechte Rücklicht zersprang, Sekunden später die Heckscheibe, dann bog das Auto in eine Seitenstraße ein.

Fenster wurden aufgerissen, jemand brüllte wütend seinen Protest über den Lärm hinaus. Duke schüttelte grimmig den Kopf. Weshalb ließen diese Idioten die Fenster nicht geschlossen und blieben von diesen fern? Wie leicht konnte sich eine Kugel in eine Wohnung verirren!

Das Näherkommen einer Sirene ließ ihn aufatmen. Hilfe für Melly war unterwegs. Er ließ die Tür offen stehen und eilte zu der Wirtin zurück. Sie lag inzwischen besinnungslos auf dem Bett, bleich, flach atmend und mit bläulicher Hautfarbe. Duke wagte es nicht, sie zu bewegen, aus Furcht, mögliche innere Verletzungen zu verschlimmern. Sanft strich er ihr über das noch immer geschminkte, jetzt schweißnasse Gesicht.

„Halt durch, Melly. Lass diese Kerle nicht gewinnen!", flüsterte er und ballte seine linke Hand um den Griff der Pistole. „Du bist eine Heldin, weißt du das? Mit deinem Mut und durch deine Finte, die Männer nach oben zu schicken, hast du eine junge Frau gerettet. Ich wäre nicht schnell genug gewesen."

Melly reagierte nicht. Im Flur erklang das Poltern schwerer Schritte, dann drängten sich eine Frau und zwei Männer in den Raum, stockten aber beim Anblick der Waffe in seiner Hand.

„Police Sergeant Duke Taylor", stellte Duke sich eilig vor und steckte die Pistole hinter seinem Rücken in den Hosenbund. „Ich musste befürchten, dass die Angreifer zurückkommen."

„Was ist mit der Frau?" Geschäftig kniete sich ein Sanitäter neben ihn.

„Von außen herbeigeführter Sturz gegen den Tresen."

„Seit wann ist sie nicht mehr ansprechbar?"

„Etwa fünf Minuten." Duke wusste es nicht genauer, war er doch mit der Jagd auf Rahels Verfolger beschäftigt gewesen.

„Sieht nicht gut aus", hörte er die Frau murmeln, die ihm mit einer resoluten Handbewegung bedeutete, ihr Platz zu machen.

Duke trat beiseite und beobachtete, wie die zwei Sanitäter Kanülen, Schläuche, Spritzen, Ampullen und allerhand mehr aus den knisternden Verpackungen rissen und diese achtlos von sich warfen.

Der dritte Mann war verschwunden, kehrte nun mit einem mobilen Beatmungsgerät auf einer fahrbaren Trage zurück und sagte ruhig und routiniert: „Das Krankenhaus ist informiert. Bringen wir sie hin!"

Duke half mit, Melly auf die Trage zu heben und begleitete sie bis hinaus zum Krankenwagen. Noch mehr Neugierige hatten sich an die Fenster und auf den Gehweg locken lassen. Sie blockierten die Straße, was einige ungeduldige Autofahrer zu einem an- und abschwellenden Hupkonzert verleitete.

Als sie die Frau in den Krankenwagen schoben, ließ Duke sich mit dem Rücken gegen die kalte Hauswand fallen. Die Sanitäterin nickte ihm zu, ehe sie hinter das Steuer kletterte und laut hupend die Schaulustigen von der Straße vertrieb, bevor sie kräftig Gas gab. Der Wagen bog um dieselbe Ecke, in die auch die Flüchtenden verschwunden waren. Das Motorengeräusch erstarb, die blinkenden Lichter an den Hausfassaden verschwanden. Allmählich verlief sich die Menschenmenge. Zurück blieben Duke, der mit gesenktem Kopf für Melly betete, und eine ältere Frau, die sich durch ein leises Räuspern bemerkbar machte.

Langsam hob Duke den Kopf. In der hageren Gestalt erkannte er die Frau, die Melly in der Küche und beim Putzen half. Ob sie sich ebenfalls an ihn erinnerte? Sie fragte mit bebender Stimme: „Was ist mit Melly?"

In knappen Worten berichtete Duke, was vorgefallen war, und bat die Frau, sich um das kleine Hotel zu kümmern, was diese zu tun versprach.

Als er das nächste Mal aufsah, war er allein.

Auf seinem Weg die Straße entlang quälte ihn die Überlegung, wie die Männer sie wieder innerhalb von nur einer Stunde hatten finden können. Wie sollte er Rahel beschützen, wenn diese Typen jeden seiner Schritte vorausahnten? Nicht einmal Nichols hatte über ihren Aufenthaltsort Bescheid gewusst, ebenso wenig Green. Nur Wilson …

Duke ballte die Hände zu Fäusten. War Wilson der Maulwurf? Er war nach dem Angriff auf Rahel in Marys Haus von irgendwo aus dem Garten gekommen, statt auf seinem Posten zu sein. Hatte er versucht, Rahel zu kidnappen? Wilson und er hatten gemeinsam ihre Ausbildung durchlaufen, hatten Seite an Seite bei der Geiselnahme dem Tod ins Auge geblickt … Der Gedanke, Wilson könne das Leck sein, brachte sein Innerstes zum Glühen.

Und Wilson war jetzt bei Mary … Wem konnte er noch vertrauen, wenn vielleicht sogar ein Kollege die Finger im Spiel hatte? Wen durfte er über seinen Verdacht informieren und schleunigst zu Marys Haus schicken?

Duke begann zu rennen, gleichzeitig zerrte er sein Smartphone hervor.

***

Abgesehen von zwei älteren Männern orientalischer Herkunft waren Emma, Falk und Rahel die einzigen Gäste in dem Café. Die Metallstühle mit dem roten Kunstlederbezug erinnerten Rahel an US-Filme aus den 1960er-Jahren, die Messingleuchten und das dunkle Holz der wuchtigen Theke passten dagegen eher zu einer Piratenspelunke.

Das Geschäft mit dem Coffee to go lief ausnehmend gut und Rahel sah Emma angesichts der vielen über den Ladentisch gehenden Wegwerfbecher missbilligend die Stirn runzeln.

Trotz der winterlichen Temperaturen krabbelte eine Fliege über den zwar sauberen, aber von unzähligen Gebrauchsspuren gezeichneten Tisch. Falk lehnte mit der Schulter an der Wand und döste vor sich hin, während Emma hellwach und aufrecht auf dem unbequemen Metallstuhl saß und den Eingang im Auge behielt. Rahel fühlte sich einfach nur wie erschlagen. Obwohl der Raum gut geheizt war, fror sie erbärmlich. Sie spürte eine gefährliche Gleichgültigkeit in sich aufziehen. Es hatte doch keinen Sinn, immerzu wegzulaufen. Musste sie das so lange tun, wie die Menschen diesem reißerischen Artikel Glauben schenkten? Ein Widerruf war da zwecklos, da hatte ihre Großmutter recht. Die waren meist knapp gehalten und in einem Magazin so gut versteckt, dass sie eigentlich niemand sah. Außerdem hatten sie inzwischen die Übersicht verloren, von wie vielen Klatschblättern oder Internetportalen diese Falschmeldung aufgegriffen und ausgeschlachtet worden war.

Rahel seufzte. Als Nächstes mussten ihre Großmutter, ihre Eltern und sie wohl damit rechnen, dass die Polizei sich mit diesem Fall und somit mit ihnen zu beschäftigen begann. Die Polizei … Duke … Rahel sog die Luft ein. Sie stieß Falk mit dem Ellenbogen an. Der fuhr hoch und murmelte etwas, das sich anhörte wie: „Ich möchte auch ein Stück Pizza."

Rahel schob ihre Irritation darüber beiseite. Während Emma Geld auf den Tisch zählte, beugte Rahel sich zu Falk hinüber und flüsterte: „Wenn in mehreren Ländern grenzüberschreitend Straftaten begangen werden, welche Polizei ist dann dafür zuständig?"

„Jeweils die in dem entsprechenden Land. Allerdings gibt es gemeinsame Ermittlungsgruppen, die meist aus Experten von Polizei, Zoll, Militärpolizei, Geheimdiensten und allerlei mehr Menschen mit dem erforderlichen Fachwissen bestehen. Betrifft es Europa, nennt sich das Europol. Die Verbindungsbeamten besitzen allesamt Büros im Europol-Gebäude in Den Haag. Geht es über die europäischen Grenzen hinaus, binden sie auch mal Interpol mit ein. Weshalb fragst du?" Falk gähnte hinter vorgehaltener Hand.

„Duke!", lautete Rahels knappe Antwort.

„Du denkst, Duke gehört zu Europol oder Interpol? Verlang von mir bitte nicht, dass ich mich in die Computer von Europol einhacke!", flüsterte Falk, doch in seinen Augen zeigte sich ein verräterisches Glitzern. „Die haben da Analytiker sitzen, die den ganzen Tag, jahrein, jahraus, das Web checken. Das sind Spezialisten."

„Ich will nur deine Einschätzung hören."

„Natürlich wäre das möglich. Es würde seine Geheimniskrämerei erklären."

„Weißt du, was das bedeutet?"

„Dass er auf dich und deine Familie angesetzt ist, weil Europol hinter den Tutanchamun-Artefakten her ist?"

„Sie haben ihn nach Berlin in das Neue Museum geschleust, damit er Kontakt zu mir aufnimmt."

Falk brummte halblaut vor sich hin: „Europol ist seit dem 1. Januar 2010 eine Agentur der Europäischen Union. Damit wäre Duke ein Agent."

Rahel verschränkte die Arme vor der Brust. „Seine Aufgabe war es dann wohl, inkognito meine Bekanntschaft zu schließen. Er sollte herausfinden, ob ich etwas über die Grabbeigaben weiß, ob meine Familie sie auf dem Schwarzmarkt verkauft!"

Rahels Augenbrauen zogen sich bedrohlich zusammen, als sie fortfuhr: „Dass er bei Scotland Yard arbeitet, hat er nur preisgegeben, weil er nicht mehr anders konnte, da wir ihn mit der Schusswaffe gesehen hatten, nicht wahr?"

Falk räusperte sich. Rahel musterte ihn mit schief gelegtem Kopf. Ob er ebenso wie sie Unverständnis und Zorn in sich aufperlen spürte?

„Armer Kerl", sagte Falk schließlich und brachte Rahel damit aus dem Konzept.

„Armer Kerl?", fauchte sie.

„Mit Sicherheit haben seine Vorgesetzten ihm den Mund verboten. Er fragt sich vermutlich seit Langem, ob du ihm das jemals verzeihen wirst."

Rahel lehnte sich mit dem Rücken an die Stuhllehne und blickte auf ihre nervös spielenden Finger. „Er sagte etwas davon, dass er bereits mehr erzählt habe, als er dürfe, ja", murmelte sie und zog hilflos die Schultern hoch. „Allerdings dachte ich, es ginge darum, keine Ermittlungsergebnisse über die Leute herauszugeben, die es auf meine Familie abgesehen haben. Auf den Gedanken, dass er von den Behörden losgeschickt wurde, um meine Familie der Hehlerei zu überführen, bin ich gar nicht gekommen."

Falk lachte leise in sich hinein.

„Warum …? Rahel unterbrach sich selbst und ihre Augen weiteten sich. „Samira!", flüsterte sie. „Ich fand es lustig, als du ihm sagtest, er hätte nun den Schwarzen Peter. Aber dass ausgerechnet seine Vorfahrin die Schätze ins Land geschmuggelt hat, ist für ihn wirklich eine Katastrophe!"

„Er hätte unseren Fund längst gegen dich und deine Familie verwenden können, um seinen eigenen Hintern zu retten, ist dir das eigentlich klar?"

Rahel nickte und biss sich dabei auf die Unterlippe.

„Und obwohl er jetzt ziemlich in der Patsche sitzt, setzt er sich dennoch für deine Sicherheit ein. Er könnte den Job vermutlich wegen Befangenheit hinschmeißen. Doch das tut er nicht."

Rahel nickte wieder. Die Vorwürfe, die sie Duke am liebsten an den Kopf geworfen hätte, fielen wie ein Kartenhaus in sich zusammen. Gleichgültig, unter welchen sorgfältig geplanten Voraussetzungen Duke in ihr Leben gestolpert war, im Augenblick riskierte er seine Karriere und wohl auch sein Leben für sie. Ein weiterer Gedanke kam ihr und sie griff erschrocken nach Falks Hand. „Denkst du, er hat die Kiste nicht in einem Schließfach deponiert, sondern die Wertgegenstände verschwinden lassen?"

„Ob er sie vernichtet hat, meinst du?" Falk kratzte sich am Hinterkopf, sodass seine Haare noch wilder abstanden, als sie das ohnehin schon taten. „Nein. Das würde er nie tun. Allein schon aus Angst vor den Reaktionen der Familie Höfling. Er sucht vermutlich verzweifelt eine Möglichkeit, die Dinger unbemerkt nach Ägypten zurückzuschleusen."

Rahel stützte die Ellenbogen auf die Tischplatte und vergrub das Gesicht in ihren Händen. All diese Heimlichkeiten und ihre seit Tagen andauernde Furcht forderten ihren Tribut. Ein Zittern ging durch ihren Körper. Sie fror noch stärker als zuvor und fühlte sich ausgelaugt und unsagbar müde.

„Gut, dann haben wir jetzt auch unser Geheimnis." Falk strahlte wie ein kleines Kind.

Dieses Grinsen verging ihm jedoch schlagartig, als Duke in den Raum stürmte. Eine mollige Frau schrie protestierend auf; einem älteren Herrn rutschte vor Schreck der Plastikbecher aus den Händen, das schwarze Gebräu spritzte durch das Café und durchnässte die Hosenbeine derjenigen in der Wartschlange.

„Was für ein Auftritt", spottete Falk, zog aber gleichzeitig Rahel hoch. Sie ließ es geschehen, denn der gehetzte Ausdruck auf Dukes Gesicht signalisierte nichts Gutes.

Kapitel 45

Rahel und Emma zwängten sich durch die Menschenmassen im Undergroundbahnhof, immer gefolgt von Falk und Duke. Alle Geräusche, selbst das Rattern von Trolleyrädchen, das Rascheln der Regenmäntel und das vereinzelte Aufsetzen einer Schirmspitze auf den Boden drangen unverhältnismäßig laut an Rahels Ohr. Schließlich stiegen sie in eine der Bahnen. Sie fuhr mit einem Rucken an und beschleunigte so schnell, dass Rahel gegen Duke taumelte. Wäre da nicht der harte Stahl der Schusswaffe gewesen, der sich derb in ihre Seite bohrte, hätte sie sich vermutlich Schutz suchend an ihn gelehnt. So wand sie sich aus seinem Arm, mit dem er sie fürsorglich gestützt hatte, und suchte Halt an einer der von der Decke baumelnden schwarzen Laschen.

Sie sah verbissene Gesichter, müde Gestalten, die mit geschlossenen Augen auf ihren ergatterten Sitzplätzen dösten, Köpfe, die sich hinter Zeitungen verschanzten und junge Menschen mit winzigen Kopfhörern in den Ohren. Gelegentlich nickten sie im Takt der Musik. Wer waren all diese Personen? Woher kamen sie, wohin gingen sie? Führten sie ein gutes Leben? Ein trauriges? Waren es ehrliche Menschen oder befanden sie sich mit dem Gesetz im Konflikt? War einer von ihnen hinter ihr her? Die Frau mittleren Alters mit dem zu starken Make-up? Der junge Mann mit der Tätowierung auf dem Handrücken, der stur aus dem Fenster starrte, obwohl es dort nichts als vorbeihuschende Signale und graue Wände gab? Auf Rahel wirkte diese völlig gewöhnliche Szenerie eigentümlich surreal. Sie wünschte sich, sich in Luft auflösen zu können. Niemand würde sie mehr sehen, niemand könnte ihr etwas antun …

Melly war so freundlich zu Emma und Rahel gewesen und hatte ihnen das beste Zimmer in ihrem kleinen Hotel gegeben. Nun lag sie ihretwegen schwer verletzt im Krankenhaus. Rahel verspürte das Verlangen, laut zu schreien. Sie hatte das Telefongespräch von Duke mit Inspector Nichols gehört und wusste auch, dass Mary in Gefahr schwebte.

„Duke?"

Der Angesprochene beugte sich zu ihr hinab.

„Der Mann, der mich aus dem Wintergarten verschleppen wollte … er roch nach demselben penetranten Aftershave wie Fred Wilson." Nun, da sie es in Worte gefasst hatte, explodierten ihre Selbstvorwürfe förmlich. Warum hatte sie nichts gesagt? Sie hatte ihre Großmutter mit einem Gangster allein gelassen! Was tat er in diesem Augenblick mit Mary?

Rahel sah Duke flehend an, hoffte, er würde ihr sofort und mit gut durchdachten Argumenten widersprechen. Aber er nickte nur.

Die Untergrundbahn wurde langsamer und hielt in einem Bahnhof. Zischend öffneten sich die Türen. Kaum ein Passagier verließ den Waggon, dennoch stieg eine größere Menge an Fahrgästen zu. Ihre Körper streiften Rahel. Bei jeder Berührung zuckte sie zusammen. Duke schirmte sie ab, so gut es ihm möglich war.

Als die Bahn wieder beschleunigte, verstärkte sich Dukes Griff um ihre Hüfte, bis sie einen festen Stand fand. Dieses Mal ließ er sie nicht mehr los.

Rahel sah erneut zu ihm auf, darum bemüht, die heißen Tränen zurückzuhalten, die in ihr aufstiegen. „Wenn ich nur etwas gesagt hätte!", stieß sie verzweifelt hervor.

„Es war nicht dein Fehler, Schmetterling", raunte er ihr zu. „Ich hätte …"

Sie unterbrach ihn. „Du konntest es nicht ahnen … er ist dein Kollege. Wer denkt denn an …"

Duke legte ihr den Zeigefinger auf die Lippen. Sie war in ihrer Aufregung zu laut geworden.

„Erst Antonio und Falk, jetzt Melly und vielleicht Granmary …" Rahel versagte die Stimme endgültig. Von unterdrückten Tränen geschüttelt presste sie ihre Stirn an Dukes Brust. Zögernd verstärkte Duke den Druck seiner Arme in ihren Rücken. Vermutlich kämpfte er mit sich. Immerhin gab es da ihre Abmachung, Abstand zueinander einzuhalten.

Rahel war das im Augenblick gleichgültig. Die Angst um ihre Großmutter und der Gedanke daran, dass ihretwegen schon so viele Menschen hatten leiden müssen, schaltete jede Vernunft aus. Sie löste ihre Hände von der Schlaufe und erwiderte Dukes Umarmung.

„Nichols ist inzwischen ebenfalls bei deiner Großmutter. Ich habe zudem meine Vorgesetzte informiert. Sie wird Himmel und Hölle in Bewegung setzen, glaub mir."

„Weshalb sollte sie ...?", platzte Rahel heraus.

„Sie verehrt deine Großmutter."

„Sie kennt Granmary?" Aufgeschreckt hob Rahel den Kopf.

„Pssst." Duke entließ sie nicht aus seinen Armen, obwohl sie versuchte, sich von ihm wegzudrücken. „Bitte, Rahel, vertrau mir einfach."

„So, wie wir diesem Wilson vertraut haben?" Rahel verstärkte ihre Bemühungen, von Duke wegzukommen. In ihrem Kopf und Herzen herrschte ein heilloses Durcheinander.

Ihr Beschützer ließ die Arme sinken und trat trotz des überfüllten Abteils einen Schritt zurück. Sie bemerkte sein resigniertes Kopfschütteln, bevor er sich abwandte.

Rahel atmete schwer ein und aus. Sie fürchtete um Granmary, doch Duke musste damit zurechtkommen, dass sein Partner, den er zu kennen geglaubt hatte, ein doppeltes Spiel trieb. Sie sah, wie sich seine linke Hand zur Faust ballte, ehe sich Emma zwischen Duke und Rahel schob und die junge Frau umarmte.

Wieder stoppte die Untergrundbahn, und diesmal spuckte sie einen Großteil der Menschenmassen aus, als sei sie froh, ihre Last loszuwerden. Falk ergriff Emma am Ellenbogen und zog somit beide Frauen zu einer jetzt freien Sitzbank, auf die sie sich erleichtert fallen ließen. Die zwei Männer bauten sich wie ein Bollwerk vor ihnen im Durchgang auf.

„In mir herrscht ein einziges Durcheinander", flüsterte Rahel Emma zu.

„Wer sollte dir das verübeln? Schließlich besteht auch um dich herum Chaos. Aber momentan können wir nicht mehr tun, als dafür zu beten, dass es Mary gut geht!"

Rahel nickte und lehnte ihren müden, unsäglich schweren Kopf an Emmas Schulter. Wie in einer Art Trance folgte Rahel den anderen, als sie in einen Regionalzug umstiegen. Sie wusste später nicht mehr, wie sie den Weg vom Bahnhof zu Marys Haus bewältigt hatte.

Vor dem weit offen stehenden Tor standen mehrere Zivilfahrzeuge, die sichtlich hastig geparkt worden waren. Eine Polizistin kam auf sie zu, und Duke wies sich als Kollege aus. Die Polizistin brachte Rahel, Emma und Falk auf seine Bitte hin in einem der Wagen unter, und Rahel sah zu, wie Duke im Laufschritt zum Haus eilte. Einerseits wollte sie ihm gern folgen, denn es drängte sie zu erfahren, was mit ihrer Großmutter war, andererseits hätte sie sich am liebsten unscheinbar klein zusammengerollt, damit sie ja niemand sehen konnte.

„Schau, da ist Mary!" Emma riss Rahel aus ihren trüben Gedanken.

Rahel fuhr auf. Sie sah im Schein einiger zaghafter Sonnenstrahlen zu, wie Mary sich auf der Treppe bei Duke einhängte und auf ihn einsprach. Er lächelte etwas gequält und führte sie in Richtung Straße.

Rahel kletterte aus dem Wagen und lief durch das Tor in die Auffahrt. „Granmary!", stieß sie hervor, ließ sich in die Arme ihrer Großmutter fallen und klammerte sich weinend an der älteren Frau fest. Mary stieß beruhigende Laute aus, als hielte sie wieder das Kleinkind von früher in den Armen.

„Wie sieht es aus?", fragte Emma an Duke gewandt.

„Mary hat Wilson seit gut einer halben Stunde nicht mehr gesehen. Sie stand friedlich in ihrem Wohnzimmer und hat die Kakteen mit Wasser besprüht."

„Er hat vielleicht kalte Füße bekommen", vermutete Falk.

„Wohl kaum. Woher sollte er wissen, dass wir ihn verdächtigen?", konterte Duke.

„Spätestens, als hier die Kavallerie einritt …" Falk deutete auf die schwer bewaffneten, schwarz gekleideten Männer, die gerade das Grundstück verließen und in die bereitstehenden Fahrzeuge einstiegen.

In diesem Moment stieß Emma einen unterdrückten Laut aus. Rahel fuhr erschrocken herum. Auf dem Gehsteig diskutierte ein Mann mit den Polizisten. Als er sich umdrehte, erkannte sie Daniel.

Emma lief los und wurde immer schneller. Daniels besorgte Miene erhellte sich und er fing seine Frau mit ausgebreiteten Armen auf. Während Emma auf ihn einsprach, zogen sich die Beamten zurück. Daniel bedeckte Emmas Stirn, Wangen und ihren Mund mit vielen kleinen Küssen; dabei war ihm anzusehen, welche Angst er um seine Frau ausgestanden hatte.

Duke, Mary und Falk wandten sich dem Neuankömmling zu, Rahel hingegen trieb es zu Nichols, der wie ein einsamer Wolf durch den Garten strich.

Als sie ihn erreichte, hob er den Kopf und grüßte sie mit einem knappen Nicken. „Wie geht es Ihnen, Miss?"

„Besser als vorhin, als ich noch befürchten musste, dass meiner Großmutter etwas zugestoßen ist."

„Die Situation muss furchtbar für Sie sein", murmelte der Inspector.

„Wenn es nur einen Weg hinaus gäbe …"

Nichols sah sie nachdenklich an, schwieg aber. Dennoch keimte in Rahel der Verdacht, dass er womöglich um eine Möglichkeit wusste. Doch offenbar war er nicht bereit, mit ihr darüber zu sprechen. Mitten in ihrer Überlegung, ob und wie sie den Mann dazu bringen konnte, ihr mehr zu verraten, rief jemand nach ihm, und er ließ sie stehen.

Ein Rascheln ließ Rahel den Blick von dem Rücken des Inspectors abwenden. Sie drehte sich um. Keine vier Meter von ihr entfernt bewegten sich die Buchsbäume. Jemand kämpfte sich durch die Abgrenzung zwischen den beiden Nachbargrundstücken … und kam genau auf Rahel zu!

Rahel sah sich erschrocken um. Die meisten Polizisten wie auch ihre Freunde befanden sich in der Auffahrt oder im Haus. Ohne die wackelnden und raschelnden Büsche aus den Augen zu lassen wich sie zurück. Plötzlich brach eine Gestalt durch die Büsche.

Der Eindringling streckte eine Hand nach ihr aus. Rahel schnappte nach Luft: Die Hand war blutüberströmt. Der Mann taumelte auf sie zu und stürzte dann wie eine gefällte Eiche zu Boden. Rahel sah Blut. Wo sie auch hinblickte, überall war die glänzende, rote Flüssigkeit. In dem schmerzverzerrten Gesicht erkannte sie Freddy Wilson. Wieder streckte der Mann seine Rechte in ihre Richtung. Rahel stieß einen erstickten Schrei aus und begann zu rennen. Sie hörte, dass ihr Name gerufen wurde, aber sie reagierte nicht darauf. Sie wollte nicht anhalten. Eine Stimme in ihrem Kopf peitschte sie an, vor dem Albtraum zu fliehen.

Plötzlich stellte sich ihr jemand in den Weg. Rahel wich nach links aus, doch der Mann streckte den Arm aus, und die Wucht des Zusammenpralls raubte ihr für einen Moment den Atem.

„Rahel, was ist passiert?", fragte eine vertraute Stimme. Eine Hand strich ihr die Haarsträhnen aus dem Gesicht. Es war Duke, der sie aus nächster Nähe grimmig musterte. Hinter ihm erblickte sie Daniels und Emmas besorgte Gesichter und schließlich die von Falk und Mary. Ein Gefühl der Sicherheit blieb dennoch aus.

„Was ist passiert?", wiederholte Duke seine Frage mit mehr Nachdruck.

Rahel schüttelte wild den Kopf und wollte sich losreißen. Alles in ihr wehrte sich dagegen, darüber nachzudenken, was sie soeben gesehen hatte.

„Lass sie los." Mary tippte Duke auf die Schulter.

Dieser reagierte sogleich und entließ Rahel in Marys Arme. Rahel seufzte erleichtert auf. Sie roch den vertrauten Duft von Pfirsich und Kakteenerde. Mary hatte sie schon als kleines Kind in den Armen gehalten, wenn sie Trost brauchte. Hier fühlte sie sich geborgen. Bei Mary wusste sie, dass sie die war, die sie immer gewesen war.

„Du sagst uns jetzt sofort, was dich so erschreckt hat", sagte Mary mit nüchtern klingender Stimme.

Rahel nickte an ihrer Schulter und hob den Kopf. „Fred Wilson. Drüben bei der Hecke." Sie deutete in die Richtung, aus der sie geflohen war.

Duke zog die Waffe aus dem Hosenbund und schlug Daniel mit der freien rechten Hand auffordernd auf den Rücken. „Schaff sie ins Haus!", wies er ihn an, ehe er lospurtete.

Daniel schob Emma, Rahel, Mary und Falk auf das schützende Gebäude zu. Rahel registrierte die unter den Polizisten ausbrechende routinierte Betriebsamkeit. Befehle wurden gerufen, Personen eilten durch das Haus. Mary rückte auf der einen, Emma auf der anderen Seite neben Rahel auf die Küchenbank. Falk verschwand in den Flur, Daniel stellte sich wie ein Wachposten in den Türrahmen.

Endlich ließen die Hitzewellen nach, die wie Lavaströme durch Rahels Körper zu laufen schienen, und erneut setzte sich dieses grässliche Gefühl einer inneren Kälte durch.

Es dauerte nicht lange, bis Schritte durch das Haus polterten. Falk gesellte sich zu ihnen an den Tisch und Daniel machte Duke Platz. Der stellte sich vor das Fenster und verharrte dort mit vor der Brust verschränkten Armen.

„Freddy Wilson ist tot", sagte er leise, Rahel hob den Blick, doch Duke wich diesem aus. Er betrachtete seine vor der Brust überkreuzten Arme und ballte dabei die Hände zu Fäusten.

„Er hat noch versucht, mir etwas zu sagen, aber ich konnte ihn nicht verstehen." Dukes Worte kamen gepresst über seine Lippen. „Ich denke, ich habe ihm unrecht getan, als ich ihn der Mittäterschaft verdächtigte."

„Wurde er getötet, weil er mein Leben beschützt hat?" Marys Stimme klang hohl, als spreche sie in eine Blechdose hinein.

Schnell griff Rahel nach der Hand ihrer Großmutter. Sie fühlte sich plötzlich nicht mehr warm und tröstend an, sondern eiskalt und zittrig. Rahel wusste nur zu gut, was jetzt in ihr vor sich ging.

„Das war seine Aufgabe, Mrs Nowak. Ich denke, er hat sie mit all seiner Kraft und Hingabe ausgefüllt. Dennoch glaube ich nicht, dass er deshalb sterben musste. Normalerweise hätte er bei drohender Gefahr zuerst über ein Notsignal Verstärkung anfordern müssen, doch es ist kein Notruf bei Chief Inspector Nichols oder seiner Abteilung eingegangen. Wilson hat sich aus dem Haus locken lassen. Offenbar war er auf irgendetwas gestoßen, was uns hätte helfen können, die Täter zu entlarven."

„Wenn er aber Mary nicht hätte allein lassen dürfen, muss ihn jemand aus dem Haus gelockt haben, dem er vertraut hat, von dem er keine Gefahr erwartete!" Falk sprang auf die Füße. Der Stuhl kippte und schlug mit der Lehne gegen den Herd.

„Das ist unser Problem. Ich dachte, mit Wilson hätte ich den Maulwurf gefunden." Duke zog die Schultern hoch. „Nun sind alle Optionen wieder offen."

Und alles ist viel schlimmer als vorher, resümierte Rahel in Gedanken und drückte die zitternden Finger ihrer Großmutter noch fester. Nun hatte es einen Toten gegeben. Freddy … vielleicht hatte er herausgefunden, wer hinter alledem steckte. Er war ermordet worden. Diejenigen, die hinter ihrer Familie und ihr her waren, hatten bewiesen, zu was sie fähig waren.

„Was geschieht jetzt?", fragte Emma ungewohnt zaghaft.

In diesem Augenblick klingelte Dukes Handy. Er hob entschuldigend die Hand, kramte das Gerät hervor und sagte nach einem Blick auf das Display: „Da muss ich drangehen. Entschuldigt bitte." Die Versammelten reagierten mit Schweigen, als Duke an ihnen vorbei aus der Küche drängte. Im Flur hörten sie, wie er den Anrufer bat, einen Moment zu warten, dann fiel die Eingangstür ins Schloss.

Die Stille in der Küche hielt an, nur unterbrochen von dem überlauten Ticken der Küchenuhr an der Wand.

***

„Was verdammt noch mal ist bei euch los?" Greens zornige Frage, begleitet von einem kräftigen Rauschen, da die Verbindung schlecht war, ließ Duke mit der freien Hand durch das kurz geschnittene Haar streichen. Wenn er das wüsste …

„Wo sind Sie? Wieder in Den Haag?", fragte er nach.

„Nein, hier in London. Ich wollte den Flieger heute Nachmittag nehmen. Doch die neuesten Meldungen sind nicht dafür gemacht, mich meine Pläne in die Tat umsetzen zu lassen. Was war in diesem Billighotel los? Was ist mit Wilson? Die Analytiker von Europol melden mir, dass beides mit Höfling/Nowak zu tun haben muss."

„Wir wurden nach nur einer Stunde in der Absteige gefunden. Zwei Männer sind eingedrungen und haben die Wirtin schwer verletzt."

„Deshalb Ihre Fahndung nach dem blauen Honda mit der zerschossenen Heckscheibe?"

„Haben Sie etwas von dem Wagen gehört?"

„Nichts. Und was ist auf dem Grundstück von Mrs Nowak los? Die Nachbarn twittern und schreiben auf Facebook von einem Sturmkommando!"

„Ich hatte ausschließlich Wilson verraten, wo ich Rahel und ihre Freunde unterbringen wollte. Nachdem man uns so schnell aufgescheucht hatte, hielt ich Mary bei Wilson nicht mehr für sicher und-"

„Wilson? Ich kann mir nicht vorstellen …" Green unterbrach sich und Duke hörte, dass sie ihr Telefon weglegte. Da das Klappern einer Computertastatur ausblieb, ging er davon aus, dass sie ihre Hände für etwas anderes brauchte. Duke wartete, bis sie sich mit einem Brummlaut zurückmeldete.

„Sie brauchen sich das nicht vorzustellen. Meiner und Nichols' Ansicht nach hat Wilson sich von jemandem aus dem Haus locken lassen, dem er vertraute. Offenbar bedeutete Wilson für diese Person eine Gefahr, denn er hat ihn mit einem Messer traktiert. Wilson muss etwas gewusst haben …"

„Was ist mit Wilson?" Green klang bestürzt, eine weitere Seite ihres nach außen hin so dominanten, kaltblütigen Wesens, die er noch nicht kannte.

„Er ist tot. Rahel hat ihn gefunden."

„Tot? Taylor, ich fürchte, ich habe die Schwierigkeiten, in denen die Höflings und Mrs Nowak stecken, gründlich unterschätzt."

Duke schwieg.

„Über welches Wissen verfügte Wilson, das Ihnen, Nichols und mir fehlt?", überlegte die Frau laut. Der Empfang wurde wieder schlechter, vermutlich war sie in dem Gebäude, in dem sie sich aufhielt, unaufhörlich unterwegs. „Wusste er von Anfang an Bescheid und wollte aussteigen, nun, da er von Ihnen erfahren musste, dass es dort nichts zu holen gibt?", sinnierte sie.

„Ach, jetzt nehmen Sie also …"

„Sunnyboy, lassen Sie mich gefälligst nachdenken", fauchte Green.

Duke zog die Schultern hoch und drehte sich zum Haus um. Zaghafte

Sonnenstrahlen tauchten die Fassade in einen warmen Farbton. Hinter den Fenstern sah er die Schatten einiger Polizisten aus Nichols' Team.

„Er teilt also seinen Ausstiegsentschluss seinen Mitstreitern mit und die reagieren darauf mit Gewalt. Zum einen aus Wut, weil ihnen mit seinem Ausstieg die Quelle innerhalb der Reihen der Polizei versiegt, und zum anderen aus der Angst heraus, er könne sie verpfeifen." Greens Stimme haftete ein Hauch von Zweifel an.

„Für Ihre Theorie spricht, dass Rahel an dem Mann, der sie entführen wollte, ein Aftershave gerochen hat, das sie später auch an Wilson wiedererkannte. Vielleicht war Wilson vor wenigen Tagen noch bereit, Rahel zu entführen, und hat jetzt einen Rückzieher gemacht."

„Und was spricht dagegen?", hakte Dukes Vorgesetzte nach.

„Der plötzliche Sinneswandel. Es geht um viel Geld. Wenn Wilson auf das schnelle Geld aus war, weshalb sollte sich dieser Wunsch innerhalb von Tagen verflüchtigen?"

„Möglicherweise hat er sich in die Miss verliebt. Das soll ja bei Undercover-Ermittlern gelegentlich vorkommen", spottete Green.

Duke kniff die Augen zu und fragte sich, warum er Erleichterung darüber verspürte, wieder die alte Green zu hören. Weil er mit der knallharten Ermittlerin besser umgehen konnte?

„Falls Wilson doch nicht in die Angelegenheit involviert war, könnte er in den vergangenen Stunden über wichtige Informationen gestolpert sein, die nicht für ihn bestimmt waren", überlegte Duke.

„Worauf wollen Sie hinaus?"

„Ich habe Nichols gefragt, was es in seiner Abteilung dieses Jahr für Weihnachtsgeschenke gegeben hat."

„Kommen Sie zur Sache, Sunnyboy."

„Die gesamte Abteilung, und somit auch das Team um Nichols, hat Taschenmesser geschenkt bekommen. Irgendwelchen billigen, schnell auseinanderfallenden Mist."

„Aftershave!" Green zog das Wort nachdenklich in die Länge. „Vielleicht bekamen die männlichen Polizisten irgendeiner Abteilung alle dasselbe Aftershave?"

„Nicht sehr einfallsreich, aber leicht zu besorgen."

„Ich prüfe das nach. Und falls Ihre Vermutung stimmt und Wilsons gesamte Abteilung nach dem gleichen Zeug stinkt, fühle ich seinen Kollegen auf den Zahn. Ich lasse zudem seine Anrufliste checken. Jeder, mit dem er in den vergangenen Stunden telefoniert hat, steht ganz oben auf meiner Verdächtigenliste." Green klang wie ein scharfgemachter Pitbull, kurz bevor dieser sich in seine Beute verbeißt. „Ich frage mich nur, Sunnyboy, weshalb er seinen Verdacht weder Ihnen noch mir oder Nichols gemeldet hat."

„Vielleicht weil es nicht mehr als eine Vermutung war. Er könnte etwas aufgeschnappt und sich zusammenreimt haben, war sich aber nicht völlig sicher. Wer von uns verdächtigt schon laut einen Kollegen, dem man womöglich am nächsten Tagen sein Leben anvertrauen muss? Er wollte Gewissheit …"

„… die tödlich für ihn endete." Die Frau fluchte verhalten. „Wissen Sie, ob er Familie hat?"

„Sein Vater, Ma'am", antwortete Duke. „Sein Vorgesetzter gibt Ihnen bestimmt die Kontaktdaten."

„Verdammt, das war nur eine harmlose Ermittlung wegen Hehlerei und jetzt wird es zu einem Himmelfahrtskommando." Diesmal fluchte Green deutlicher.

Eine Weile herrschte Schweigen. Duke hörte Greens Atem und gewann den Eindruck, dass sie Treppen stieg. „Ma'am?"

„Moment!"

Duke drehte sich wieder in Richtung Straße. Bis auf drei Fahrzeuge war der Fuhrpark verschwunden. Jugendliche mit Fahrrädern fuhren mehrmals an Marys Grundstück vorbei und warfen ihm neugierige Blicke zu. Einige von ihnen tippten auf ihren Mobiltelefonen herum. Ob sie ahnten, dass sie als Marys Nachbarn im Moment unter der Beobachtung von Europol standen? Aber selbst Falk konnte ihre Facebook-Nachrichten lesen …

Ihm kam ein anderer Gedanke. Was, wenn Wilson den Aufenthaltsort von Rahel nicht verraten, sondern lediglich mitbekommen hatte, dass dieser kein Geheimnis mehr war? Kaum jemand bekam so leicht Zugriff auf GPS-Daten und die von einem Mobiltelefon angewählten Funkmasten wie die Polizei. Wilson könnte von der Ortung gehört haben, als seine Kollegen sich darüber unterhalten hatten. Vielleicht hatte er mit einem von ihnen telefoniert und dieser Beamte hatte für einen Moment den Hörer auf den Schreibtisch gelegt oder ihn nicht richtig in eine Warteschleife weggedrückt … Duke betrachtete sein Telefon wie einen Feind.

„So, ich bin wieder da."

„Was tun Sie eigentlich? Den Turm der St. Paul's Cathedral besteigen?"

„Geht Sie das was an, Sunnyboy? Kümmern Sie sich um Ihren eigenen Kram."

„Das habe ich vor, sobald Sie mir grünes Licht geben, um-"

„Mich interessiert nur das, was Sie im Rahmen Ihres Auftrags herausfinden oder wenn es daran geht, die Hehlerbande zu schnappen. Alles, was dazwischenliegt oder darüber hinausgeht, fällt nicht in meinen Zuständigkeitsbereich. Deshalb haben wir Nichols hinzugezogen, der ja offenbar einen Narren an Ihnen gefressen hat."

Duke blies die Wangen auf. Green klinkte sich so plötzlich aus, als habe jemand bei ihr einen Schalter umgelegt. Es hatte Verletzte und einen Toten gegeben, die Aktion drohte zu einem Desaster zu werden. Der karrierebewussten Frau war das gehörig zuwider.

„Überprüfen Sie Wilsons Abteilung?", hakte er nach, ob sie zumindest noch ihr Angebot von zuvor wahrmachen würde. Wenn sie es nicht tat, musste Nichols einspringen.

„Ich habe hier gerade Meldungen aus den Staaten und aus Frankreich reinbekommen. Dort tut sich was. Sprechen Sie mit Nichols das weitere Vorgehen ab. Er hat alle Möglichkeiten, um Wilsons Team zu durchleuchten und für Rahels Schutz zu sorgen. Sie bleiben als mein Verbindungsmann vor Ort, gehen Ihrem Europol-Auftrag nach und melden sich mindestens einmal in 24 Stunden."

„Und wenn sich bei den Hehlern etwas tut …"

„Natürlich, Sunnyboy." Green legte auf.

„… melde ich mich bei Ihnen und Sie fahren den Erfolg ein. Selbstverständlich ohne jedes Risiko für Sie und Ihren beruflichen Aufstieg. Vielen Dank für den hübschen Auftrag, für Ihr Vertrauen und die tatkräftige Unterstützung, Ma'am." Wütend trat Duke gegen einen Baumstamm und schob das Smartphone in die Gesäßtasche seiner Jeans.

***

Verwirrt beobachtete Rahel, wie Duke alle ihre Mobiltelefone einforderte, in Zeitungspapier wickelte und in kleine Schachteln verstaute. Daraufhin wies er sie an, die Kartons mit einer Adresse zu beschriften, wo sie ihre Telefone später wieder abholen könnten.

Emma schrieb die Adresse ihrer ehemaligen Schule in der Nähe von Potsdam auf das Paket, Daniel die der Berliner Universität, in der er dozierte. Falk grinste wissend und schickte sein Smartphone zu einer Adresse auf Haiti. Rahel hingegen hielt unschlüssig den Kuli in den Händen. Sie wusste, dass man sie über die Mobiltelefone orten konnte und dass Duke diejenigen, die das versuchten, ordentlich in die Irre führen wollte.

Aber wohin sollte sie ihr Handy schicken? Die Vorstellung, das Päckchen könne in zwei, drei Tagen im Berliner Apartment oder in ihrem Zuhause im Schwarzwald im Briefkasten landen und damit erneut irgendwelche zwielichtigen Gestalten dorthin locken, missfiel ihr.

„China ist doch auch ein interessantes Ziel", flüsterte Falk ihr zu.

„So lange wird der Akku nicht halten. Außerdem bezweifle ich ein bisschen, dass das Handy tatsächlich bei meinen Eltern ankommen wird."

„Dann musst du es eben abschreiben."

„So eine Verschwendung", protestierte Rahel leise.

„Du redest schon wie Emma."

„Ich höre das, junger Mann!", konterte die Angesprochene prompt.

„Dass du alles hörst, ist mir gut aus meiner Schulzeit in Erinnerung. Ohnehin glaube ich, du hast dein Gehör darauf getrimmt, Flüsterstimmen besser wahrzunehmen als in normaler Lautstärke geführte Gespräche."

„Ganz ehrlich, Falk: Die Hälfte von dem, was du sagst, verstehe ich sowieso nicht, und bei der anderen Hälfte bin ich anderer Meinung."

„Zumindest in dem Punkt sind wir uns einig." Falk grinste, wandte sich wieder an Rahel und nahm ihr den Stift aus der Hand. „Ich weiß eine tolle Adresse!" Allein seine Tonlage verriet den Schalk, den er im Nacken sitzen hatte.

Mit der Anschrift *Eisenhowerlaan 73, NL-2517 KK Den Haag* wusste Rahel nichts anzufangen. Erst als er die Hand hob und sie die oberste Adresszeile sehen konnte, wurde ihr klar, dass er ihr Handy an die Europol-Zentrale zu schicken gedachte.

„Spinnst du?", zischte Rahel und wollte nach dem Paket greifen. Doch Falk gab diesem einen Stoß und es rutschte über den Küchentisch direkt vor Duke. Dieser warf einen Blick darauf und taxierte dann Falk, der demonstrativ auf seinem Kaugummi herumkaute und Duke mit hochgezogenen Augenbrauen ansah.

Ohne ein Wort zu sagen nahm Duke das Päckchen und legte es zu den restlichen in eine Plastikklappkiste. Als er sich wegdrehte, erahnte Rahel ein Lächeln auf seinem Gesicht.

***

Die folgenden Stunden zogen in irritierend geschäftiger Art an Rahel vorbei, obwohl sie nie agierte, sondern nur reagierte. Sie verschmolz als kleines Rädchen innerhalb eines von anderen Teilen dominierten Getriebes. Das unangenehme Gefühl, wie eine Spielfigur über unbekanntes Terrain geschoben zu werden, dabei aber niemals das Ziel zu erreichen, überfiel sie erneut.

Mary, noch immer geschockt wegen Wilsons Tod, erklärte sich erstaunlich handzahm mit dem Vorschlag einverstanden, dass Nichols sie, Daniel, Emma und Falk in einer Pension unterbrachte. Nicht zuletzt bestand die Gefahr, dass die Presse Wind von der ganzen Angelegenheit bekam. Die als besonders gefährdet geltende Rahel plante man separat zu verstecken. Bei ihrem Abschied versprach Nichols Duke, sich um Wilsons Anrufliste und die Sache mit dem Aftershave zu kümmern.

Duke führte Rahel, die ihren Trolley gegen Emmas Rucksack getauscht hatte, zu einem geliehenen BMW vor Marys Haus. Er ließ sie hinten einsteigen und fuhr mit ihr zurück zum Autoverleih. Wenige Minuten später saßen sie in einem Bus, stiegen nach zwei Haltestellen in die Underground um, nur um ein paar Stopps darauf erneut in einen Bus zu steigen. Wieder wechselten sie in die Underground, anschließend in ein Taxi, daraufhin durchquerten sie im Eilschritt eine der riesigen Shoppinggalerien Londons und verschwanden von dort in der nächsten Underground-Bahn.

Zweimal stiegen sie in die jeweils entgegenkommenden Bahnen ein. Unterwegs gab Duke die verpackten Mobiltelefone bei verschiedenen Poststellen auf, einmal erstand er ein Wegwerfhandy und rief damit Daniel an. Der hatte sich mittlerweile wohl auch eines dieser Billigtelefone angeschafft, speicherte die Nummer und übergab nun sein normales Smartphone ebenfalls der Post. Indessen hatte Rahel völlig die Orientierung und jedes Zeitgefühl verloren. Der Schlafmangel nagte an ihr und ließ sie zusätzlich zu dem feuchtkalten Wetter vor Kälte zittern, ihr Magen krampfte sich häufig schmerzhaft zusammen. Ob aus Furcht oder vor Hunger konnte sie nicht unterscheiden.

Duke wirkte grimmig, sprach nur das Nötigste mit ihr und stellte sich während der U-Bahn-Fahrten einige Meter von ihr entfernt in den Mittelgang, als kenne er sie nicht. Durch ein Nicken oder eine knappe Handbewegung signalisierte er ihr, wann es an der Zeit war, die U-Bahn und damit die Richtung zu wechseln.

Irgendwann fand sich Rahel in einem außerhalb des Zentrums gelegenen Wohngebiet nahe eines hübschen Parks wieder. Müde und mit hängendem Kopf stolperte sie hinter Duke her. Er bog in eine schmalere Seitenstraße ein und betrat ein Wohnhaus. Rahel verharrte unschlüssig vor einem winzigen Rasenstreifen.

Wohnte Duke hier? Rahel drehte sich um und musterte die Nachbarhäuser. Mehrgeschossige Gebäude wechselten sich mit schmucken, kleinen Bungalows ab, dazwischen standen Einfamilienhäuser unterschiedlicher Größe. Frierend trat Rahel von einem Bein auf das andere und beobachtete nervös ihr näheres Umfeld. Duke musste sich sehr sicher sein, etwaige Verfolger abgehängt zu haben, wenn er sie allein auf der Straße warten ließ!

Eine Frau mit einem Kinderwagen trat aus dem gegenüberliegenden Haus. Ohne Rahel eines Blickes zu würdigen bog sie in die Querstraße ein. Vermutlich lauerte in dieser Wohngegend keine Gefahr, versuchte Rahel sich zu beruhigen. Und bestimmt stieß Duke gleich wieder zu ihr.

Obwohl sie mehrere Meter von der Haustür entfernt verharrte, hörte sie plötzlich den elektrischen Türöffner summen. Bis sie reagiert hatte und die Stufen hinaufgeeilt war, war das Geräusch verstummt und die Tür ließ sich nicht öffnen. Warum hatte Duke nicht wenigstens kurz angedeutet, was sie jetzt tun sollte?

Ein kleiner Funken Trotz mischte sich in ihre Hilflosigkeit. Sie suchte die Klingeln nach seinem Namen ab und war ein bisschen verblüfft, diesen tatsächlich zu finden. Aber was hatte sie erwartet? Dass er gar nicht Duke Taylor hieß?

Rahel klingelte, fast gleichzeitig knackte es in der Gegensprechanlage und Duke sagte: „Hier oben ist alles in Ordnung. Du kannst hochkommen. Zweites Stockwerk." Wieder ertönte der Summer und diesmal drückte Rahel die verglaste Haustür auf. Ein freundliches, hell gestrichenes Treppenhaus begrüßte sie. Eilig stieg sie die Stufen hinauf und fand die Tür zu Dukes Wohnung angelehnt vor.

Aufmerksam musterte sie den schmalen Flur mit Garderobe und die ordentlich in einem Regal aufgereihten Schuhe. Sie warf einen Blick in die von dort abgehende Küche, entdeckte in dem ansprechenden Raum moderne Küchengeräte, einen mit Fotos beklebten Kühlschrank und eine winzige, gemütliche Sitzecke, auf deren Tisch drei weinrote Platzdeckchen lagen. Rahel nahm diese Normalität verwundert wahr und schüttelte über sich selbst den Kopf. Was hatte sie erwartet? Ein Waffenarsenal? Eine Hightech-Computer-Welt?

Rahel folgte dem bunten Flickenteppich in ein Wohnzimmer, das ebenso aufgeräumt war wie die Küche und fast spartanisch eingerichtet wirkte. Duke stand leicht gebeugt vor einem Schreibtisch an der gegenüberliegenden Wand und packte sein Notebook und einige schwarze Gerätschaften in eine Tasche.

„Ich denke, wir haben etwa eine Stunde, bevor jemand uns hier vermuten könnte", sagte Duke, ohne sich umzudrehen. „Du kannst dich gern ein bisschen ausruhen. Ich schiebe eine Tiefkühlpizza in den Ofen. Mehr kann ich dir leider nicht anbieten, eigentlich bin ich ja in Berlin." Er wandte kurz den Kopf und schenkte ihr ein knappes Lächeln.

„Wo ist denn das Bad?" Rahels Frage klang schüchtern. Dukes seit ihrem Aufbruch bei Mary an den Tag gelegte Distanziertheit verwirrte sie. War das der angehende Kriminologe, der beschlossen hatte, konzentriert seinen Job zu machen? „Gleich links." Duke deutete auf eine Tür, die hinter einem uralt aussehenden Büfett mit leicht nach außen gewölbten Türchen und Schubladen abging.

Rahel betrat einen zweiten Flur, von dem nochmals zwei Zimmer abzweigten. Eine der Türen war angelehnt und Rahel erhaschte einen Blick auf ein breites, ordentlich mit einer Patchworkdecke abgedecktes Bett. Sie wandte sich der gegenüberliegenden Tür zu und trat in ein modernes Bad.

Das Erste, worauf ihr Blick fiel, war ein Whirlpool. Für einen Moment spielte sie mit der Überlegung, Duke zu fragen, ob sie ihn benutzen durfte. Die Vorstellung, ihre klammen und vor Anspannung schmerzenden Glieder in einem Sprudelbad zu lockern, war einfach herrlich. Doch sie untersagte sich diesen Wunsch. Dukes Vermutung, dass sie womöglich bald hier gesucht werden könnten, ließ den Traum wie eine Seifenblase zerplatzen. Nicht dass sie am Ende noch in der Wanne saß, während …

Rahel benutzte die Toilette und ließ dann minutenlang warmes Wasser über ihre kalten Finger rieseln. Schließlich trocknete sie diese ab, hängte das Handtuch genauso sorgsam über die Halterung, wie sie es vorgefunden hatte, und trat zurück in das Wohnzimmer. Sie hörte Duke in der Küche hantieren und setzte sich auf die Couch. Den Versuch zu schlafen wagte sie erst gar nicht. Obwohl sie sich vollkommen erschöpft fühlte, war sie viel zu angespannt. Ihr Gedankenkarussell kam nicht zum Stillstand und die aufregende Anwesenheit von Duke tat dazu ein Übriges. Duke packte und betrat wenig später mit einer Reisetasche in der Hand das Wohnzimmer. Vor Rahel ging er in die Hocke.

„Ich war nicht sehr umgänglich in den vergangenen Stunden. Entschuldige bitte."

Rahel zog leicht die Schultern hoch.

„Ich musste mir eine Taktik zurechtlegen."

„Es wäre schön, wenn ich ein paar Details erfahren dürfte. Spätestens dann, wenn ich über Los gehe oder das Ziel erreiche …"

Ein Schmunzeln legte sich auf Dukes unrasiertes Gesicht. Er erhob sich und setzte sich zu ihr auf die Couch. Die vormals blau unterlaufene Haut um sein Auge wies lediglich noch eine schwach gelbliche Verfärbung auf.

„Ist es in Ordnung, wenn wir nicht über Europol sprechen?"

„Deine Vorgesetzte hat es dir verboten, also halte dich daran. Übrigens war das nur ein Verdacht von Falk und mir. Zumindest so lange, bis wir deine Reaktion auf die Paketadresse gesehen haben."

„Du bist mir nicht böse deswegen?"

„Böse? Du hattest vermutlich den Auftrag herauszufinden, ob die Familie Höfling illegale Wertgegenstände aus dem Pharaonengrab besitzt. Und ich nehme an, den hast du richtig gut ausgeführt." Rahel bemerkte in dem Moment, als sie es aussprach, wie unterkühlt sie sich anhörte.

Duke seufzte laut. „Schon lange vor dem Kistenfund – der ja mich viel mehr betrifft als dich – glaubte ich nicht mehr, dass eure Familie für die Ermittlungsgruppe von Interesse ist."

„Leider sind da ein paar Leute völlig anderer Meinung."

„Ja, leider. Und genau dieser Umstand hat mich nun zu einem Verbindungsmann zwischen Europol und Nichols' Team gemacht. Aber glaub mir bitte, dass diese Typen weder etwas mit mir noch mit der Spezialeinheit zu tun haben, die gegründet wurde, um den Forderungen Ägyptens nachzukommen, den illegalen Handel mit Artefakten zu unterbinden. Du bist übrigens nicht die Einzige, die durch diese Hehlerei in Gefahr geraten ist."

„Bei den Geldsummen, die da im Spiel sein dürften, ist das nicht verwunderlich. Die Habgier mancher Menschen ist erschreckend."

„Das alles tut mir sehr leid, Schmetterling. Allerdings bedauere ich nicht, dass ich dadurch dich kennengelernt habe."

Rahel nickte. Zu mehr war sie nicht in der Lage. Ihre Gefühle für Duke stritten einmal mehr mit ihrer Vernunft und mit dem neu erworbenen Wissen, dass ihr Zusammentreffen geplant gewesen war, um ihr und ihrer Familie ein Verbrechen zur Last zu legen. Sie zuckte zusammen, als das Telefon auf dem Beistelltisch neben der Couch klingelte.

Duke sprang auf. „Sobald die Pizza fertig ist, verschwinden wir von hier. Gönn dir ein paar Minuten Ruhe, Rahel, dann nehmen wir den Hinterausgang."

„Und wohin gehen wir?"

„An die Küste."

Rahel schaute ihn mit leicht geneigtem Kopf prüfend an.

„Ja, zu meiner Familie."

„Hältst du das für eine gute Idee?"

„Meine Eltern speisen deinen Namen zumindest nicht in einen Buchungscomputer ein."

Rahel zuckte erneut mit den Schultern. Sie wollte nicht noch mehr Personen in Gefahr bringen.

„Vertrau mir bitte."

„Schon wieder?" Rahel lächelte traurig.

„Und ich hoffe, du kannst mir vergeben."

„Versprichst du mir, mich nicht mehr anzulügen?"

„Ich habe dich nie angelogen, Rahel!", erwiderte Duke ernst und schob die Hände in die Hosentaschen.

„Ich denke, ich kann dir das verzeihen. Aber ich muss wissen, was deine Motivation ist, mit mir zusammen zu sein."

„Momentan ist es die, dich zu beschützen und herauszufinden, wer hinter dir her ist." Duke zog das Wegwerfhandy aus seiner Jeanstasche und reichte es Rahel. „Ruf deine Eltern an. Sie sollten wissen, dass es dir gut geht. Und über dieses Handy können sie Kontakt mit dir halten."

„Danke", flüsterte Rahel.

Schweigend schauten sie sich in die Augen. Schließlich wandte Rahel den Blick ab und tippte die Nummer ihres Vaters in das Handy. Sie sprach mit ihm, bis Duke mit zwei halben Pizzen auf Papptellern vor ihr stand und auffordernd auf ihren Rucksack deutete. Es war höchste Zeit, ihre Flucht fortzusetzen.

Kapitel 46

Die Wellen klatschten gegen die dunklen Metallstützbalken des Piers, Gischt trieb, vom starken Wind aufgewirbelt, in Richtung Strand und hüllte die grünen Hügel Norfolks und das Städtchen Cromer in weißen Dunst. Obwohl der Wind beißend kalt war, genoss Rahel die salzige Luft und die Kraft, die an ihrem Körper zerrte. Als einzige Person auf dem Pier fühlte sie sich sicher. Im Augenblick musste sie sich nur der um den Gefrierpunkt liegenden Temperaturen und dem Toben des Sturms erwehren. Die Böen schienen ihre Gedanken an Überfälle, Blut und Verfolgungsjagden davonzutragen, sie waren nicht mehr ganz so bedrückend und Angst einflößend wie noch am Vortag.

Rahel drehte sich um, als zwei dick vermummte Spaziergänger über die Planken auf sie zuschritten. Steve und Ann Taylor, Dukes Eltern, gesellten sich zu ihr an die mit einer feinen Eisschicht überzogene, weiße Brüstung und blickten ebenfalls über die aufgewühlte, stahlgraue See.

„Ist es Ihnen nicht zu kalt, Miss Höfling?", drang Anns Frage an ihre Ohren. „Kommen Sie, Sie werden sich noch erkälten."

Ann hängte sich bei ihr unter und zwang Rahel mit sanfter Gewalt, sich vom Anblick der wilden See zu lösen und mit ihnen zurück in Richtung Stadt zu schlendern. Sie verließen die Pieranlage über die Treppen, und Rahel bewunderte die Glaskolbenlampen, die aufgrund des düsteren Wetters bereits nachmittags ihr weiches Licht aussandten. Gemeinsam tauchten sie in den Schutz der Straßen mit ihren bunt gestrichenen, pittoresken Häusern ein und nahmen den Hügel in Angriff, auf dessen Anhöhe das weiß gestrichene kleine Haus der Taylors thronte und eine berauschende Aussicht über die unterhalb liegenden Häuser, den Strand und die Nordsee bot.

Im Flur zog Rahel ihre feuchten Stiefel aus und schlüpfte in die flauschigen Gästepantoffeln. Während Ann in die Küche verschwand, um einen Tee zuzubereiten, folgte Rahel Steve in den behaglichen Wohnraum. Im offenen Kamin prasselte ein Feuer und verströmte wohlige Wärme. Windböen warfen den wieder einsetzenden Regen prasselnd gegen die Fensterfront und verwehrten den Blick auf die Wellen der Nordsee. Duke saß in einem blauen Sessel und hielt ein Buch in den Händen, doch sein Kinn war auf seine Brust gesunken. Er schlief.

Steve grinste Rahel an und deutete mit einer Kopfbewegung auf seinen Sohn. „Er konnte schon immer in jeder Position schlafen. Ein nicht zu verachtender Vorteil beim Schichtdienst eines Police Sergeants."

„Detective Sergeant. Mein Wechsel ist genehmigt, ich gehöre seit heute offiziell in Detective Chief Inspector Nichols' Team", murmelte Duke und hob den Kopf. Mit einem Lächeln auf den Lippen musterte er die rotwangige Rahel mit dem zerzausten blonden Haar und den Wasserspritzern auf der Jeans. „Du siehst gut aus. Erholt."

„Das liegt an meiner Gegenwart", witzelte Steve.

„Und am Fehlen meiner Gesellschaft?"

Steve zwinkerte Rahel zu und sagte so laut, dass sein Sohn es hören konnte: „Den Burschen muss man manchmal ein bisschen bremsen."

„Und mein Dad übernimmt das immer gern", konterte Duke, klappte das Buch zu und stemmte sich schwungvoll aus dem Sessel. „Ich sehe mal nach, ob ich bei Mom Streicheleinheiten abbekomme."

„Vermutlich verdonnert sie dich dazu, die Spülmaschine auszuräumen", prophezeite Steve lachend und klopfte seinem Sohn auf das breite Kreuz, als dieser an ihm vorbeiging.

Rahel hob das auf der Sitzfläche liegende Buch auf und ließ sich in den Sessel fallen. Neugierig las sie den Titel und stellte verwundert fest, dass Duke sich offenbar für Helikopter interessierte. Sie schlüpfte aus den Pantoffeln, zog die Beine an und lauschte auf das Prasseln des Feuers und die gegen die Fensterfront klopfenden Regentropfen.

Steve legte zwei neue Holzscheite nach und setzte sich schließlich ihr gegenüber auf die Couch. Aus der Küche drang Anns Lachen und das Klappern von Geschirr.

„Wusste ich es doch: Spülmaschine ausräumen!", lachte Dukes Vater und zauberte damit ein Lächeln auf Rahels Gesicht. „Er hat schon lange keine Frau mehr nach Hause mitgebracht. Seit Pauline …"

Interessiert beugte Rahel sich vor. „Pauline?"

„Sie waren ein hübsches Paar, auch wenn Ann und ich die junge Dame etwas oberflächlich fanden. Doch plötzlich war sie auf und davon. Duke hat nie darüber gesprochen. Er ist ja ohnehin nicht der Gesprächigste." Wieder zwinkerte Steve ihr zu. „Er hat lange unter der Trennung gelitten. Ich glaube, dass er bis heute sein Herz fest unter Verschluss gehalten hat."

Steve sah Rahel mit hochgezogenen Augenbrauen an und brachte sie damit in Verlegenheit. Was wollte er von ihr hören? Duke hatte sie als eine Freundin vorgestellt, die er gemäß seines Auftrags zu beschützen hatte – mehr nicht.

Der eigentümliche Singsang des Wegwerfhandys rettete sie aus ihrer Misere. Das Telefon rutschte schnarrend über die Tischfläche und sowohl Steve als auch Rahel schauten ihm reglos dabei zu.

Duke erschien in der Tür, ein Geschirrtuch lässig über die Schulter gelegt. Er fing es geschickt auf, während er sich vornüberbeugte und das Handy ergriff.

„Hi!", meldete er sich knapp und hörte dem Anrufer zu. „Was hast du denn für eine Meinung von mir?", fragte er dann erbost.

„Falk!", stellte Rahel nüchtern fest und erklärte dem fragend dreinblickenden Steve, wer Falk war, wobei sich das als nicht ganz einfach entpuppte.

„Im Gegensatz dazu weiß ich jetzt, wem *du* ähnlich siehst", entgegnete Duke und wartete wieder, bis Falk ausgesprochen hatte.

„Chris Pine? Ha! Träum weiter! Nein, ich dachte an diesen deutschen Kobold Pumuckl!"

Rahel versteckte ihr Gesicht hinter dem Helikopterbuch, konnte ein Kichern jedoch nicht unterdrücken.

„Ich weiß, dass der rothaarig ist. Aber der Rest passt perfekt." Duke wandte sich von Rahel und seinem Vater ab, offenbar darum bemüht, ernst zu bleiben. Erneut entstand eine Pause, ehe Duke mühsam beherrscht antwortete: „Natürlich lacht sie."

Er reichte das Telefon Rahel. Als ihre Finger sich berührten, senkte sie schnell den Blick, aus Angst, er könne ihre Verlegenheit sehen. Allein diese winzige, nebensächliche Berührung jagte ein Prickeln durch ihren ganzen Körper.

„Du hast nicht gelacht! Sag mir, dass du über diesen blöden Witz nicht gelacht hast!", donnerte ihr Falks aufgebrachte Stimme ins Ohr.

„Selbstverständlich nicht, Pumu-, äh, Falk", konterte sie und vernahm Dukes Auflachen, der auf dem Weg zurück in die Küche war. Auch Steve grinste breit, während er so tat, als schüre er das Feuer.

„Offenbar stimmt es, was Duke behauptet hat, und du bist okay."

„Mir geht es gut", beteuerte Rahel und seufzte leise. Seit Tagen hatte sie sich nicht mehr so geborgen gefühlt wie in diesem kleinen Haus. Sie genoss den scharfen Wind und die frische salzige Luft ebenso wie die Gesellschaft von Duke, der viel entspannter war als noch am Tag zuvor. Zudem hatten Ann und Steve sie herzlich und ohne Fragen zu stellen aufgenommen.

„Wie geht es dir und den anderen?"

„Mir ist grauenhaft langweilig. Ich habe in meiner Verzweiflung sogar schon angefangen, mir Vorträge über Kakteen anzuhören."

„Granmary weiß eigentlich gar nicht viel über ihre stacheligen Freunde. Die gedeihen da nur zufällig so gut."

„Ich weiß. Ich höre die Vorträge im Internet an und versuche, mein neu erworbenes Wissen an deine Großmutter weiterzugeben. Aber sie ist ziemlich beratungsresistent." Eine Stimme im Hintergrund verriet Rahel, dass ihre Großmutter Falks Worte gehört hatte und ihn zurechtwies.

„Hörst du, Rahel? So klangen Liebeserklärungen vor fünfzig Jahren. Autsch!"

„Was hat sie getan?"

„Ihr Strickzeug nach mir geworfen. Offenbar steht sie auf spitze Waffen."

Die veränderte Stimmlage und laute Geräusche ließen Rahel vermuten, dass Falk sich auf der Flucht befand.

„Wie geht es Emma?", hakte Rahel nach.

„Ich glaube, sie genießt es, Daniel mal einige Tage für sich zu haben. Der brütet allerdings häufig über seinem Notebook."

„Ein neues Projekt?"

„Er feilt an einer Idee, mit der er dir und Duke aus der Patsche helfen will."

„Eine Idee?"

„Ich verstehe ja nicht viel von dem Kauderwelsch, das er so von sich gibt. Emma aber umso mehr. Und die schaut von Minute zu Minute finsterer drein. Irgendwie erinnert sie mich an Miss Marple. Und dabei weiß ich noch immer nicht, an wen Duke mich …"

„Hallo, Kleine!", erklang plötzlich Emmas Stimme.

„Hallo, Emma! Hast du Falk mit Granmarys Stricknadeln den Rest gegeben?"

„Der hat aus Schulzeiten noch genug Respekt vor mir, um mir freiwillig das Telefon zu überlassen, wenn ich mit ausgestreckter Hand auf ihn zugehe."

„Für Falk ist Respekt doch ein Fremdwort."

„Ich habe ihn eben gut erzogen."

„Du hast meine vollste Bewunderung."

„Wie geht es dir?"

„Gut! Die Küste ist herrlich. Ich fühle mich hier sehr wohl."

„Das ist schön. Grüß Duke von mir."

„Mach ich. Geht es euch gut? Abgesehen davon, dass Granmary mit Strickzeug um sich wirft?"

„Ja, Mary strickt. Weil sie dafür grüne Wolle benutzt, lästert Falk, sie würde wohl Kuschelkakteen herstellen."

Rahel lachte, ließ Emma aber weiter erzählen. „Die Männer machen mich beinahe verrückt. Sie spinnen eine absurde Idee nach der anderen. Du kannst froh sein, dass bis jetzt alle Vorschläge an irgendeiner Kleinigkeit gescheitert sind. Außerdem sucht Daniel nach den Hintergründen, wie Samira überhaupt an diese Grabbeigaben gelangen konnte. Vorhin hat er mit einem Kollegen in Ägypten telefoniert, der jetzt Nachforschungen betreibt. Jetzt möchte er gern in Marys Haus, um dort die Notizbücher von Andreas Sattler zu holen. Der Mann war ja Journalist und offenbar hat man auch seine handschriftlichen Unterlagen aufgehoben."

„Ich sehe schon, es kommt keine Langeweile auf", sagte Rahel.

„Manchmal wünsche ich mir, das Sabbatjahr wäre bereits zu Ende und ich könnte wieder meine braven, ruhigen und berechenbaren Schüler quälen." Emmas Worte und ihr theatralisches Seufzen ließen Rahel auflachen. „Hat Duke mittlerweile etwas von Inspector Nichols gehört?"

„Sie haben gestern Abend kurz telefoniert. In Constable Wilsons Abteilung ist dieses schreckliche Aftershave tatsächlich als Weihnachtsgeschenk an alle verteilt worden. Ich finde ja, derjenige, der das ausgesucht hat, gehört suspendiert."

„Und?", drängte Emma.

„Nichols überprüft jetzt möglichst unauffällig die ganze Abteilung. Er wartet auch noch auf die Verbindungsnachweise von Wilsons Telefon."

Rahel schluckte schwer und wich Steves prüfendem Blick aus, indem sie sich einem der bis zum Boden reichenden Fenster zuwandte. Der ohnehin graue, triste Tag war dabei, sich zu verabschieden, und es wurde schnell dunkel. Sie sah im Spiegelbild der Scheibe die orangefarbenen Flammen des Kaminfeuers, Steve in seinem Sessel und Duke, der aus der hell erleuchteten Küche trat und sich mit vor der Brust verschränkten Armen an die Wand lehnte.

Rahel drehte den Kopf und sah in sein besorgtes Gesicht. Die Leichtigkeit der vergangenen Stunden schien der dröhnend gegen die Hauswand drückende Sturmwind davongeweht zu haben.

„Nichols meint, es würde nicht mehr lange dauern, bis er Erfolge aufweisen kann und der ganze Spuk ein Ende findet", fuhr Rahel fort.

„Das hört sich doch gut an."

„Ja." Rahel klang zuversichtlicher, als sie sich fühlte.

„Gott beschütze dich, Kleine!"

Rahel nickte, bis ihr klar wurde, dass Emma dies ja nicht sehen konnte. „Danke. Grüße die anderen von mir."

„Na klar. Ich gehe davon aus, dass wir uns in ein paar Tagen sehen und gemeinsam nach Hause fliegen. Unbehelligt, fröhlich und einfach nur um einige Erfahrungen reicher."

„Hoffentlich!"

Rahel verabschiedete sich und lehnte die Stirn an die kalte Fensterfassung. Sie sah den Regentropfen zu, wie sie in kleinen Rinnsalen zu Boden liefen. *Wie Tränen*, kam es ihr in den Sinn. Ihr Magen knotete sich zusammen. Das Leben lief nicht immer nach den eigenen Wünschen und Hoffnungen. Unwägbarkeiten und Schmerz gehörten ebenso dazu wie Höhenflüge und Freude. Aber hatte Sarahs Tagebuch ihr nicht gezeigt, dass Gott auch ängstliche, schwache und nicht besonders qualifizierte Menschen für seine großen Werke gebrauchte? Die Bibel war voll von Versagern, die er ausgewählt hatte, um mit ihnen seine Geschichte zu schreiben und seine Ziele zu verwirklichen. Das brachte ihnen oft Anfeindungen und manch frühzeitigen Tod ein. Doch ihr Leben bekam dadurch einen Sinn, der über ihr Dasein hinausging.

Rahel biss sich auf die Unterlippe. Was hatte *sie* bisher in ihrem Leben bewegt? Kannte sie ihre Begabungen, die Aufgaben, mit denen sie ihr Dasein sinnvoll füllen sollte?

Duke trat neben sie und entzog ihr sanft das Mobiltelefon. Sein Blick war fragend auf sie gerichtet. Da er sich nicht die Zeit genommen hatte, sich zu rasieren, wirkte sein Gesicht noch dunkler als sonst. „Ich muss mich bei meiner Vorgesetzten melden. Sie wartet vermutlich seit Stunden auf einen Anruf." Duke drückte ihr kurz die Hand und verließ dann den Raum.

***

„Warum halten Sie sich nicht an Absprachen, Taylor!?", fauchte Green Duke an, kaum dass er seinen Namen genannt hatte. „Liebeleien mit der Zielperson, unabgesprochene Reisen, die Aufdeckung Ihres polizeilichen Hintergrundes, viel zu seltene Rückmeldungen … und ich will gar nicht wissen, was Sie mir alles an Informationen über die Familie vorenthalten!"

Duke ballte die Rechte zur Faust und fragte sich, welche Laus Green nun wieder über die Leber gelaufen war.

„Wie soll ich so eine Ermittlungsgruppe leiten? Was, denken Sie, wäre hier los, wenn alle meine Leute dermaßen eigenmächtig handeln würden, wie Sie es sich erlauben?

„Ma'am-"

„Sie hätten vor mehr als neun Stunden anrufen sollen! Ich musste schon befürchten, dass Rahel Höfling entführt wurde und Sie tot in einem Straßengraben liegen!"

„Rahel geht es gut."

Durch das Telefon kam ein Zischlaut, der für Duke schlecht einzuordnen war. Bedeutete er Erleichterung oder Ärger, da er so gelassen auf ihre Standpauke reagierte? „Sie haben sie also sicher untergebracht?" Greens Stimme klang wieder ruhiger.

„Ganz nach Anweisung." Duke konnte sich die kleine Spitze nicht verkneifen.

„Wenn Sie nicht ein so verdammt guter …" Green brach ab. „Wer weiß über ihren Aufenthaltsort Bescheid?"

„Nur ich", erwiderte Duke.

„Sie haben sich ein anderes Telefon besorgt. Gut so."

„Gibt es etwas Neues?"

„Eine Verhaftung in den Staaten. Bei dem Kerl sind neben einer Menge Kunstgüter verschiedene altägyptische Artefakte gefunden worden, allerdings nichts von Tutanchamun."

„Also nichts, was mich direkt betrifft?"

„Nein. Passen Sie auf sich und das Mädchen auf, Taylor!" Green klang ehrlich besorgt, was Duke milder stimmte.

„So gut ich es kann."

„Miss Höfling kann sich glücklich schätzen, Sie an ihrer Seite zu haben."

„Danke, Ma'am."

„Sie rufen mich pünktlich in 24 Stunden wieder an, keine Sekunde später!"

„In Ordnung."

Green legte auf und Duke kehrte zurück in die warme Wohnung. Aus der Küche drang ihm der Duft von frisch zubereiteten Krabben entgegen, seine Mutter summte vergnügt vor sich hin. Rahel blätterte in seinem Helikopterbuch, und Duke genoss einen Augenblick das friedliche Bild, das sich ihm bot. Es wirkte, als würde Rahel genau hierher gehören. Er wünschte sich, es könne immer so bleiben, doch die Realität sah anders aus.

***

„Und?" Der Mann spuckte seinen Kaugummi zielsicher in den überfüllten Papierkorb.

Sein Gesprächspartner hob kurz die Hand, machte sich Notizen und klickte dann mit der Maus so lange, bis der Bildschirmschoner mit dem *New Scotland Yard*-Emblem erschien. Eine Kollegin griff nach ihrem Regenmantel und dem Schirm, rief ein „Gute Nacht" in den Raum, ohne eine Antwort zu erhalten. In der angrenzenden Küche gab es Gelächter bei den Männern der nächsten Schicht.

„Green ist soeben von einem Wegwerfhandy angerufen worden."

„Und woher kam diesmal das Signal?", fragte der andere entnervt.

„Aus Tasmanien?"

„Nein. Dieses Telefon ist nicht via Post verschickt."

„Tatsächlich?" Die Stimme troff vor Sarkasmus. Die sich ständig verändernden GPS-Daten der Telefone der Gruppe um Rahel Höfling hatten ihn einen ganzen Tag gekostet.

„Der Anruf kam aus der Grafschaft Norfolk."

„Geht es genauer?"

„Ein Funkmast nahe Cromer."

Der Polizist rieb sich den Nacken, während er überlegte. „Ruf mal Taylors Personalakte auf."

Der Mann am Computer gehorchte und wenig später hatte er das kantige Konterfei von Duke Taylor auf dem Bildschirm.

„Hat er angegeben, welche Angehörigen in einem Notfall informiert werden sollen?"

„Ja. Ann und Steve Taylor in Cromer."

„Sieh einer an! Der Junge hat sich zu Hause verkrochen. Gibt es eine Adresse?"

„Nein, nur eine Telefonnummer."

„Ich mache mich auf den Weg. Du suchst die Adresse heraus und rufst mich an."

„Soll ich nicht mitkommen? Der Kerl ist ein Bär und offenbar weitaus besser ausgebildet, als wir angenommen haben."

„Ich brauche dich hier am Rechner! Gegen eine Kugel im Kopf kommt auch Taylor nicht an!"

Kapitel 47

Der Wind wehte längst nicht mehr so stark wie am Vortag. Mehrmals brach die graue Wolkendecke auf und gestattete den matten Sonnenstrahlen, ein Glitzern auf die nun deutlich ruhigere, grün schimmernde Nordsee zu werfen oder einen Strandabschnitt in freundliches Licht zu tauchen. Möwen zogen kreischend ihre Bahnen, Strandläufer suchten im Schlick nach Nahrung.

Rahel hatte sich einen Zopf geflochten, trug eine blaue Strickmütze und die dazu passenden Handschuhe von Ann und spazierte, begeistert über die Schönheit des Landstriches, am Wasser entlang. Sie näherte sich einem Ausläufer des Kliffs, der weit in den Strand hineinragte und eine natürliche Trennung zwischen zwei Buchten bildete. Duke hatte die Hände tief in den Taschen seiner Daunenjacke vergraben und folgte ihr in einigen Metern Entfernung. Der Strand war menschenleer. Nur auf dem Pier hatten sich einige Angler aufgehalten, doch von diesem waren sie bereits eine gute Stunde Fußmarsch entfernt, auch den wuchtigen, weißen Leuchtturm auf den Klippen hatten sie längst hinter sich gelassen.

Rahel drehte sich zu ihm um. Einige feine Haarsträhnen, die sich aus dem Zopf gelöst hatten, wehten ihr ins Gesicht und sie versuchte vergeblich, sie mit den behandschuhten Fingern zurückzustreichen. Ihre Wangen waren gerötet und ihr Lächeln verscheuchte jede Kälte, die Duke gerade noch empfunden hatte.

Rückwärtsgehend fragte sie ihn: „Wie kannst du nur in London leben, wo es hier so schön ist?"

„Mein Dad ist ein Landpolizist. Ich wollte das nicht."

„Landpolizist. Wie sich das anhört! Er ist immerhin Chief Inspector."

Duke zuckte mit den Schultern. London faszinierte ihn mit seiner Lebendigkeit, aber niemand zwang ihn, dort für immer zu bleiben. Womöglich würde er aufs Land ziehen, wenn er einmal Kinder hatte … Er rang sich dazu durch, seine Gedanken auszusprechen. Nur das mit den Kindern behielt er für sich.

Offenbar befriedigt drehte Rahel sich um, stolperte über ein angeschwemmtes Treibholz und drohte zu stürzen. Duke eilte auf sie zu, doch sie hielt ihn mit nach vorn gestreckten Händen auf Distanz. Einmal mehr ärgerte er sich über seinen eigenen Vorschlag, dass sie so lange Abstand wahren sollten, bis er sie nicht mehr beschützen musste. Es fiel ihm zunehmend schwerer, sie nicht in seine Arme zu ziehen und zu küssen.

Rahel trat zu den über den Sand ausrollenden, weiß schäumenden Wellen und hob die Arme. Ihr fehlten nur noch die Flügel, um wie ein Schmetterling davonzuwirbeln, stellte Duke fest. Aber er würde sie festhalten. Für immer. Vorausgesetzt, sie kamen beide heil aus der unseligen Geschichte heraus.

Er nahm das Treibholz auf und schleuderte es in die Wellen.

„Bist du wütend?" Rahel hatte ihn beobachtet.

„Nein."

„Jetzt versteckst du dich wieder hinter dieser unnahbaren Maske, Detective Sergeant Duke Taylor." Mit schief gelegtem Kopf lachte sie ihn herausfordernd an. Er mochte es, wenn sie so unbekümmert und fröhlich war, und wünschte sich umso mehr, dass die dunklen Wolken, die sich über ihr zusammengebraut hatten, sehr bald verschwanden.

„Tue ich das?", fragte er provokativ, warf all seine Bedenken über Bord und wollte sie in die Arme schließen. Sie gab ihm jedoch einen spielerischen Schubs, woraufhin er einen Ausfallschritt nach hinten machte. Etwas zischte an ihm vorbei und wirbelte nassen Sand auf.

Reaktionsschnell hechtete Duke nach vorn, riss Rahel mit sich und rollte mit ihr über den harten Sand.

„Duke!?", keuchte Rahel erschrocken.

„Ein Schuss!" Er hob den Kopf. Ein Schütze war nirgends zu sehen; er musste sich in dem nahen Hügel versteckt halten. Rahel und er boten auf dem flachen Sandstrand ein perfektes Ziel.

***

Falk gähnte ungeniert, nahm dabei aber nicht den Blick vom Bildschirm seines Notebooks. Emma ging an ihm vorüber und schubste mit der Hand seine Füße vom Couchtisch, sodass er beinahe vom Stuhl fiel.

„Ich hatte dich schon zweimal gebeten ..."

„In jeder Rückenschule bekommst du beigebracht, dass du öfters deine Sitzposition verändern sollst, um einseitige Belastung zu vermeiden", konterte Falk grinsend.

„Das ist doch ..."

„Und was weißt du aus der Couchtischschule?" Falk hob beide Augenbrauen und ignorierte das Stirnrunzeln Emmas. „Siehst du? Nichts!", triumphierte er. „Und das nur, weil du es immer vorgezogen hast, intelligente, gut aussehende, humorvolle und charmante Typen wie mich nicht ernst zu nehmen. Dein Fehler!"

„So ein nerviger Mist", unterbrach ihn Daniels aufgebrachte Stimme. „Man kann nichts nachschlagen, ohne dass die einen mit Werbung zutexten."

„Würdest du nach mir schlagen, würde ich dich auch zutexten, schwarzer Rächer!"

„Ich würde mich lieber von dir mit Löffeln traktieren lassen, Suppenkasper, als diese dämliche Autowerbung ansehen und anhören zu müssen."

„Das ist es!", stieß Falk plötzlich hervor.

Mary, die strickend auf der Couch saß, zuckte zusammen, Emma wirbelte aufgeschreckt zu ihm herum. „Wen willst du mit Löffeln traktieren?", fragte sie misstrauisch.

„Denjenigen, der den Artikel über den reuigen, aber dennoch angeklagten südamerikanischen Besitzer eines Tutanchamun-Wertstückes verfasst und im Internet platziert hat."

„Das war ein online gestellter Zeitungsbericht."

„Das sollten wir glauben."

„Nur wir?", fragte Daniel und bewies damit, wie präzise er Falks Gedankengänge durchschaute.

„Erinnert ihr euch daran, dass ich an der Internetseite etwas komisch fand?"

„Du warst irritiert, wusstest aber nicht, woran es lag." Emma gesellte sich neben Falks Sessel und sah zu, wie seine Finger über die Tastatur flitzten. Die Seite mit dem betreffenden Artikel öffnete sich.

„Ha! Nicht eine Werbung am Rand!", kommentierte Emma und legte Falk anerkennend die Hand auf die Schulter.

„Auch die in der Kopfzeile vorhandenen Schaltflächen lassen sich nicht öffnen", stellte Daniel fest, als er die Seite ebenfalls aufgerufen hatte. „Das ist keine südamerikanische Tageszeitung, sondern …"

„… ein Fake. Eigens erstellt, um Rahel und ihre Familie daran zu hindern, die ägyptischen Artefakte mit einer Entschuldigung zurückzugeben", vervollständigte Falk.

„Aber warum denn?", fragte Mary. Ihre Strickarbeit mit der grünen Wolle ruhte in ihrem Schoß. „Wollte der Ersteller des Artikels uns damit täuschen und verhindern, dass wir die Artefakte nach Ägypten zurückgeben, weil sie dadurch unerreichbar für ihn werden?" Der Blick der sonst so freundlichen Dame war durchdringend. Zum ersten Mal erlebte Falk die Mary Nowak, mit der man es sich besser nicht verderben sollte!

„Wie bist du damals eigentlich auf diese Seite gestoßen?", hakte Emma nach und sah Falk erschrocken an, als ahne sie die Antwort bereits.

„Durch Duke."

Seine Antwort hing sekundenlang in der Luft, ehe Mary aufseufzte. „Ihr wollt jetzt aber nicht andeuten, Duke könnte in der Sache mit drinhängen? Er ist Polizist!"

„Polizeibeamte stehen schon länger auf unserer Liste der Verdächtigen", entkräftete Falk das Argument.

„Er hat den Auftrag, auf Rahel aufzupassen!"

„Dabei hat er uns bisher elegant verschwiegen, von wem dieser Auftrag stammt."

„Er ist jetzt allein mit ihr – irgendwo!", keuchte Mary und warf das Strickzeug von sich. Die Nadeln klapperten über den Linoleumboden.

„Jetzt macht mal halblang", ging Daniel dazwischen und auch Emma schüttelte aufgebracht den Kopf. „Dieser Kerl ist doch ganz offensichtlich bis über beide Ohren verschossen in Rahel. Und das Wichtigste: Die Gegenstände aus dem Grab sind doch längst gefunden!"

„Er könnte sie vor seinen Kumpanen verstecken, bis sich die Aufregung gelegt hat. Dann verscherbelt er die Stücke und macht der ahnungslosen Rahel einen Heiratsantrag …", sagte Falk.

„Du bist ein wahrer Romantiker!", spottete Emma und verschränkte die Arme vor der Brust.

Daniel griff nach seinem Wegwerfhandy.

„Willst du Duke anrufen?" Falk trat einen Schritt auf seinen älteren Freund zu.

„Ich möchte ihn fragen, woher er den Link zu der falschen Zeitungsmeldung hatte."

„Seit wann bist du so ungeduldig, Herr Historiker? Lass uns das Ganze zuerst aus verschiedenen Blickwinkeln durchspielen."

„Ich bin so ungeduldig, weil es hier um unsere Kleine geht", brummte Daniel, legte das Handy aber wieder auf den Tisch.

„Ihr verrennt euch da in etwas. Duke ist ein prima Kerl", wagte Emma erneut einzuschreiten, allerdings klang ihre Stimme eine Spur unsicherer als zuvor.

„Er hat dich eingewickelt", lachte Falk spöttisch. „Der geheimnisvolle dunkle Fremde … darauf fahrt ihr Frauen doch ab!"

„Seit wann bist du ein Frauenversteher?"

„Ich hatte jahrelang eine völlig undurchsichtige Lehrerin, die ich ausgiebig studieren konnte!"

„Undurchsichtig? Ich? Wenn jemand klare Ansagen gemacht und diese dann auch strikt durchgezogen hat, war das ja wohl ich!"

„Wenn! Ja, wenn!", frotzelte Falk.

„Du darfst mich ab heute wieder Frau Ritter nennen!", konterte Emma kopfschüttelnd und setzte sich neben Mary, der sie beruhigend den Arm um die Schulter legte.

Daniel hob wie ein Dirigent die Hände. „Hey, wir machen uns alle Sorgen. Es bringt nichts, wenn wir uns gegenseitig zerfleischen. Los, lasst uns die ganze Misere noch einmal von vorn bis hinten rekapitulieren."

„Sag ich doch", meinte Falk.

Frau Ritter!", stellte Emma unabhängig vom Gesprächsverlauf nochmals klar. Falk ignorierte sie, öffnete ein neues Dokument, hob seinen nur noch geringfügig schmerzenden Arm und legte die Finger auf die Tasten, bereit mitzutippen, was Daniel, Emma und Mary beizutragen hatten. Die Angst um seine „kleine Schwester" setzte ihm zu, außerdem ärgerte es ihn maßlos, dass es jemandem gelungen war, ihn dermaßen an der Nase herumzuführen. Im Grunde glaubte er nicht, dass Duke seine

Finger im Spiel hatte, war sich aber nicht sicher, ob er das einfach um Rahels willen nicht glauben wollte. Die Fäden des um Rahel und ihre Familie gesponnenen Spinnennetzes waren zu verworren und endeten scheinbar immer wieder im Nichts. Falk wusste nur eins: Je länger die Gefahr bestand, umso bedrohlicher wurde sie.

Die vier rekapitulierten noch mal alle Eckpunkte dessen, was in den vergangenen Wochen geschehen war, beginnend bei dem nicht ganz zufälligen Treffen zwischen Duke und Rahel in Berlin. Falks Finger tanzten über die Tastatur und füllten eine Dokumentseite nach der anderen, bis Daniel abschließend sagte: „Die Tatsache, dass unsere Telefone geortet wurden und Wilson denjenigen, der ihn aus Marys Haus lockte, gut gekannt haben muss, lässt für mich nach wie vor nur den Schluss zu, dass mindestens ein Polizist in die Sache verwickelt ist."

„Moment!" Falk tippte die letzten Zeichen und richtete sich dann auf. Er blickte in drei erwartungsvolle Gesichter und ahnte, dass das, was er zu sagen hatte, ihnen nicht gefallen würde. „Die Handyortung allein sagt noch nichts aus. Ich könnte vermutlich auch an diese Informationen gelangen."

„Das habe ich befürchtet!" Emma sah ihn so böse an, als könne er etwas dafür, dass er ein Kind seiner Zeit war, das sich eben nicht allein damit begnügt hatte, fertige Computerprogramme zu bedienen.

„Aber das Aftershave? Das spricht doch dafür, dass jemand aus Wilsons Abteilung darin verwickelt war", brachte Emma einen Punkt für die Theorie ihres Mannes ein.

Diesmal zog Falk die Schultern hoch und ließ sie ruckartig wieder fallen. „Aber nur, wenn Rahel damals wirklich nicht Wilson gerochen hat, der dann später irgendwann von seinen Plänen abließ."

„Das heißt, wir sind so schlau wie vorher!", resümierte Daniel, beugte sich vor und griff nach dem Handy.

„Du misstraust Duke also?", fragte Emma und klang zutiefst erschüttert. Falk konnte es ihr nicht verübeln.

„Warte!" Emma drückte Daniels Hand, in der er das Mobiltelefon hielt, nach unten. „Sollten wir Duke denn überhaupt wissen lassen, dass wir … falls er je …" Emma brachte es nicht über das Herz auszusprechen, dass Duke sie alle getäuscht haben könnte.

„Sie waren schon eloquenter, Frau Ritter", brummte Falk.

„Und Sie schon einfallsreicher, Herr Jäger."

„Gut, dann also so!" Falk kniete sich vor sein Notebook und tippte wie wild auf dieses ein.

„Was hast du vor?", fragte Emma alarmiert.

„Ich versuche, mich bei Scotland Yard einzuhacken und finde heraus, ob und wer unsere Handys orten lassen hat. Wenn das nicht klappt, will ich den Funkmast suchen, über den Dukes Telefonate mit dem Wegwerfhandy gesendet werden. Dann wissen wir, wo er und Rahel sich aufhalten."

„Hört sich ziemlich illegal an", meldete Mary sich zu Wort.

„Ist mir scheißegal!", brummte Falk wütend und bearbeitete wie ein Berserker die Tastatur. Der Computer beschwerte sich mit mehrmaligem Piepsen.

„Falk, lass das!" Emma wollte ihm den Rechner wegziehen, doch er schnappte ihn sich, lief in sein Zimmer, donnerte die Tür hinter sich zu und schloss ab. Er war wild entschlossen, Rahel zu helfen, gleichgültig, wie die Folgen für ihn aussehen mochten. Grimmig bemühte er sich weiter, die Firewall von New Scotland Yard zu knacken, während Emma an die Tür hämmerte. Aber ihr Protest klang halbherzig. Emmas Angst um Rahel bremste sie im gleichen Maße, wie sie Falk anspornte.

Eine halbe Stunde später warf Falk das Notebook frustriert auf sein Bett. Die Sicherheitsvorkehrungen der Behörde waren für ihn nicht zu umgehen. Allerdings kannte er einen Informatiker, der das konnte. Josua Tauss hatte ihnen damals, als Emma und die Statue des Nikodemus in Gefahr gewesen waren, mit seinen IT-Kenntnissen geholfen.

Falk betrat das Nebenzimmer. „Daniel, hast du Josuas Telefonnummer da?"

„Oh nein!" Emma sprang wie elektrisiert auf die Füße.

„Ich komme da nicht rein. Josua dagegen ..."

„Es gibt einen guten Grund, weshalb selbst Cracks wie du da nicht reinkommen!", fuhr Emma ihn an.

Mary legte ihre grüne Wolle und die Nadeln beiseite, erhob sich etwas schwerfällig und gesellte sich zu den beiden Streithähnen. „Falk, ich habe gute Beziehung bis sehr weit nach oben. Vermutlich könnte ich dich bei Problemen rausboxen."

„Siehst du, Emma!!"

Mary hob die Hand. „Aber es war nie die Art meiner Familie, Geld und Einfluss zu ihrem Vorteil auszunutzen, geschweige denn zu versuchen, das Gesetz zu beugen."

„Aber sie ist deine Enkelin!" Falk schüttelte fassungslos den Kopf.

„Ja!", erwiderte sie nur, nahm Emma bei der Hand und zog sie mit sich zur Couch.

Falk wandte sich ab und schaute mit geballten Fäusten Daniel an. Der wich seinem Blick aus, indem er so tat, als habe er etwas Interessantes auf der menschenleeren Straße vor der Pension gesehen. Enttäuscht drehte der junge Mann sich um, betrat erneut sein Zimmer und ließ die Tür diesmal leise ins Schloss schnappen. Schwer lehnte er sich an diese und starrte zur Decke. Vergeblich versuchte er, seine wilden Gedanken in ein Gebet zu pressen und gab es schließlich auf. Gott würde schon wissen, was Sache war, dachte er und öffnete die Augen. Sein Blick fiel auf einen weißen Notizzettel, der auf der Tastatur seines Notebooks lag. Neben diesem entdeckte er Daniels Wegwerfhandy. Irritiert trat er an sein Bett und nahm den Zettel in die Hand. Darauf war mit krakeliger Schrift eine Telefonnummer geschrieben.

Falk stieß einen verwunderten Zischlaut aus, setzte sich und betrachtete konsterniert die Tür. Hatte Mary mit ihrer verwirrenden Ansprache lediglich Emma abgelenkt und Daniel damit die Möglichkeit gegeben, ungesehen Josuas Telefonnummer in Falks Zimmer zu schmuggeln?

„Kakteenflüsterin", sagte er leise und griff nach dem Telefon. Ihm war klar, dass Mary sich an den Grundsatz halten würde, den sie geäußert hatte, aber das war ihm gleichgültig. Sollten sie ihn doch einsperren. Hauptsache, Rahel geschah nichts!

Er wählte die Nummer und hatte nach dem zweiten Klingeln ein Kind in der Leitung. „Céline Mathilda Tauss, guten Tag!"

„Hey, Céline." Falk kniff ein Auge zu. Mit kleinen Kindern konnte er nicht besonders gut umgehen.

„Mit wem spreche ich bitte? Sie haben Ihren Namen nicht gesagt."

Falk verdrehte die Augen. Mit altklugen Kindern konnte er erst recht nicht umgehen. „Ich heiße Falk Jäger. Ist Josua da?"

„Mein Papa ist da."

„Kannst du ihn mir bitte geben?"

„Ich könnte ihm das Telefon bringen."

„Oder so", brummte Falk, fügte dann aber freundlich hinzu: „Das wäre sehr nett."

„Er arbeitet aber."

„Ja?"

„Da darf ich ihn nicht stören."

„Es ist wirklich wichtig."

„Das sagen alle!"

„Ist Tabitha da?"

„Meine Mama ist auch da."

Im Hintergrund wurden Stimmen laut. Er hörte, wie das Kind etwas von einem Vogeljäger erzählte, dann meldete sich Josuas Frau.

„Hallo, Tabitha, hier ist Falk."

„Falk?"

„Falk Jäger. Ich bin mit Danny, Emma und Rahel in London ..."

„Ach, *der* Falk."

Das klang nicht unbedingt erfreut. Aber womöglich war Tabitha nur überfordert, weil Céline noch immer redete und ein anderes Kind zu weinen begonnen hatte. „Kann ich bitte Josua sprechen?"

„Um was geht es denn? Er arbeitet."

„Ich bräuchte seine Hilfe."

„Du musst mir schon etwas mehr erzählen", verlangte die resolute Intensivkrankenschwester.

Falk atmete tief durch. „Ich habe ein Computerproblem."

„Und das wäre?"

Es raschelte, dann meldete sich Josua. Offenbar hatte der Lärm ihn angelockt. „Du hast ja lange nichts von dir hören lassen, Emma-Schreck."

Falk hoffte, dass Josua den Lautsprecher ausgeschaltet hatte, der vermutlich von seiner Tochter aktiviert worden war. „Rahel befindet sich in Gefahr."

„Die Kleine?"

Falk berichtete in kürzester Zeit so informativ wie möglich über ihr Problem und hängte seine Bitte gleich an: „Könntest du mir bei etwas helfen?"

„Wo willst du dich diesmal reinhacken?"

Falk holte tief Luft und versuchte, seine Stimme beiläufig klingen zu lassen. „Scotland Yard."

„Sag mal ...!"

„Josua, es ist wichtig."

Plötzlich hatte er wieder Tabitha in der Leitung. „Josua ist verheiratet und trägt die Verantwortung für zwei kleine Kinder!"

Tabitha hatte aufgelegt und Falk konnte es ihr nicht mal verübeln. Dennoch wollte er Josua eine Stunde geben, um ihn zurückzurufen. Wenn er es nicht tat, stand Falk auf ziemlich verlorenem Posten. Und das behagte ihm in Hinblick auf Rahel überhaupt nicht.

***

Ein zweiter Schuss peitschte unweit von ihnen erneut den Sand auf. Dukes Puls hämmerte gegen seine Schläfen. Adrenalin schoss durch seinen Körper. Er hoffte, dass der Schütze wegen der Entfernung mit einem zweischüssigen Jagdgewehr unterwegs war. Damit musste er erst einmal nachladen.

Mit einem Satz sprang er auf die Füße. Er packte Rahel am Unterarm. Ruckartig zerrte er sie hoch und zwang sie, über die parallel zum Meer verlaufende hölzerne Absperrung zu klettern.

„Lauf!", feuerte er sie an. Er fixierte die nahe, steil ansteigende Klippe. Doch es gab da oben so viele Versteckmöglichkeiten …

Kraftvoll arbeiteten seine Beine. Rahel zog er hinter sich her. Sand wirbelte unter ihren Schuhen auf. Rahel, die mit seinem Tempo nicht mithalten konnte, taumelte. Derb riss er sie hoch. Ihr Schmerzensschrei klang erstickt. Er wandte den Blick nach rechts. Das zerklüftete Kliff lag scheinbar verwaist da. Dennoch vermutete er irgendwo zwischen Sandmulden, Sträuchern und Felsabschnitten den Schützen.

Noch dreißig Meter bis zur ersten schützenden Erderhebung, zwanzig, zehn … Aus dem Augenwinkel sah Duke einen Schatten. Hitzeschauer jagten durch seinen Körper. Er schleuderte Rahel mit einer Armbewegung nach vorn. Sie schlug hart auf dem Sand auf. Auch Duke stürzte. Der Schuss ging fehl. Duke war sofort wieder auf den Beinen. Sein Griff um Rahels Unterarm war schraubstockartig. Er schleifte sie über den Sand hinter sich her.

Fünf Meter, drei, zwei … Wann folgte der zweite Schuss?

Duke erklomm mit einem Sprung den vordersten Ausläufer des graswachsenen Kliffs. Er zerrte Rahel dahinter und schirmte sie mit seinem Oberkörper ab.

„Zieh die Beine an", befahl er ihr keuchend. Er fühlte ihre Atmung am heftigen Heben und Senken ihres Oberkörpers. Mit der Linken zog er seine Waffe aus dem Gürtelholster, gleichzeitig hob er den Kopf. Niemand war zu sehen.

„Weiter nach links", wies er Rahel an. Er rollte sich von ihr herunter. Ihre weit aufgerissenen Augen in dem sandigen Gesicht brannten Feuermale in sein Herz.

„Mach schon!", fuhr er sie an und drehte sich von der Rückenlage wieder auf den Bauch. Rahel gehorchte. Sie robbte über den halb sandigen, halb felsigen Grund und kauerte sich in eine kleine Mulde. Ihre zarte Gestalt verschmolz beinahe mit dem sanften Anstieg.

Gut so. Duke schob sich höher. Erneut versuchte er zu erkennen, wo ihr Angreifer sich aufhielt. Keinen Meter von ihm entfernt bohrte sich eine Kugel in die Erde und riss Grashalme aus.

Duke rutschte neben Rahel. „Wir sind in einer ganz schlechten Position. Wir müssen höher hinauf, sonst kann er uns umgehen und von oben auf uns feuern."

Rahel nickte. Sie hatte Anns Mütze verloren, ihr Zopf war dabei, sich aufzulösen, und das helle Haar hing ihr wirr ins Gesicht.

„Halt dich so flach wie möglich, lass den Kopf unten."

„Duke …"

„Ja?"

„Er wird nicht auf mich schießen!"

Duke runzelte die Stirn und musste ihr recht geben. Rahel war das Faustpfand, zum Austausch gegen die Artefakte gedacht. *Er* war derjenige, der zwischen ihr und den Schatzjägern stand.

„Ich könnte …"

„Vergiss es!", fuhr Duke die junge Frau bewundernd und entsetzt zugleich an.

„Duke!" Rahels kleine Hand krallte sich in seine Daunenjacke. „Ich will, dass das endlich aufhört!"

„Du wirst dich nicht als Zielscheibe zur Verfügung stellen!", stieß Duke verbissen hervor. Allein der Gedanke daran drohte ihm den Magen umzudrehen.

„Ich bin doch gar nicht das Ziel, sondern du. Wenn ich mich ab und zu sehen lasse, folgt er mir, und du hast vielleicht die Möglichkeit, ihn dir zu schnappen!"

„Und wenn er nicht allein ist?"

Rahel sackte in sich zusammen und erbleichte. „… dann werden sie dich töten." Sie atmete mehrmals tief ein und aus und schob sich dann auf die Knie. „Den Hügel hinauf?"

„Unser Vorteil ist, dass der Kerl einen lausigen Schützen abgibt. Also komm."

Duke kroch zwischen den sanft ansteigenden und abfallenden Einschnitten des Kliffs dessen Kamm entgegen. Er hielt seine Waffe weiterhin in der Hand, während er Rahel mit der anderen Zeichen gab, wann sie ihm folgen und wann abwarten sollte. Allmählich näherten sie sich dem höchsten Punkt. Zweimal glaubte Duke, eine Bewegung auszumachen. Beunruhigt stellte er fest, dass der Kerl ebenfalls ständig seine Position änderte und ihnen dabei unaufhörlich näher kam. Zudem verfügte er über eine gefährliche Geduld.

Schließlich erreichten Rahel und Duke eine Mulde, in der es nahezu windstill war. Diese lag oberhalb des Strandabschnitts, auf dem sie eben noch entlanggeschlendert waren, und brachte Duke in die hervorragende Position, zumindest die unmittelbare Umgebung einsehen zu können.

„Bleib unten", sagte er zu Rahel, die an den tiefsten Punkt der Mulde rutschte, ihn aber nicht aus den Augen ließ. Ob sie ahnte, dass er mit seiner Pistole auf die Entfernung gegen das Jagdgewehr keine Chance hatte?

Duke legte sich flach auf den Bauch, schob sich auf die mit hartem Wintergras bewachsene Kuppe hinauf und suchte minutenlang das Umland ab. Weit entfernt bewegten sich Spaziergänger am Strand entlang, ansonsten war keine Menschenseele zu sehen.

„Wo bist du?", murmelte er vor sich hin und kniff die Augen zusammen. Die Sekunden verrannen, während er die Hügel und den Strand beobachtete. Hatte ihr Angreifer sich aus dem Staub gemacht? Duke konnte sich das nur schwer vorstellen. Solange die Spaziergänger nicht näher kamen, war die Möglichkeit, ihn mit einer Kugel zu erwischen und Rahels habhaft zu werden noch immer aussichtsreich.

Irgendwann gestattete Duke sich einen Blick zu Rahel. Sie kauerte auf der nassen Erde, hatte die Arme um ihre Knie geschlungen und hielt den Kopf gesenkt. Ob sie betete? Duke richtete sich wieder auf und erhaschte oberhalb eines steil abfallenden Felsvorsprungs ein Aufblitzen, keine fünfzig Meter von ihnen entfernt. Die Reflexion der Sonne auf einem Fernglas? Ein Zielfernrohr?

„Scheißkerl!", zischte er. Doch zumindest kannte er jetzt seine Position. Zwar wollte er Rahel nicht allein lassen, aber ihre Situation bot keinen anderen Ausweg. „Rahel!"

Sie hob langsam den Kopf. Tränen bedeckten ihre schmutzigen und von blutigen Striemen durchzogenen Wangen.

„Ich lasse dich für einige Minuten allein. Gleichgültig was passiert, du bleibst hier sitzen."

Ihre Augen weiteten sich, dennoch nickte sie tapfer. Duke prägte sich die Farbe ihrer Augen und den Schwung ihres Mundes ein. Er hoffte, dass er bald wieder in diesen Augen versinken und diesen Mund küssen durfte, doch er schob den in ihm auflodernden süßen Schmerz beiseite.

„Schmetterling", flüsterte er und wünschte sich, sie könne tatsächlich fliegen und so entkommen. Entschlossen rollte er sich außerhalb des Blickwinkels seines Gegners aus der Kuhle. Sofort war er auf den Füßen und lief geduckt rund hundert Meter vorwärts. Von dort aus wagte er es, sich zurück auf die dem Meer zugewandte Seite des Kliffabschnitts zu schlagen.

Duke huschte, die Waffe schussbereit und jede noch so geringe Deckung ausnutzend, in Richtung der Stelle, an der er die Reflexion gesehen hatte. Die nasse Erde offenbarte Fußspuren, denen er folgte. Endlich erreichte er das Buschwerk auf dem Felsvorsprung, vor dem er den Schützen vermutete. Niedergedrücktes Gras verriet, auf welchem Weg er sich in sein Versteck gerobbt hatte. Duke holte tief Luft. Er erhob sich und sprang nach vorn.

Der Platz war verwaist.

Instinktiv warf Duke sich in Deckung. Nur mühsam gelang es ihm, einen Fluch zu unterdrücken. Der Kerl war vielleicht ein schlechter Schütze, ansonsten aber nicht zu unterschätzen. Er war gut. Zu gut!

Ein Schwarm Möwen zog über Duke hinweg. Ihr heiseres Kreischen erfüllte die Luft, bis wieder nur das entfernte Brausen der Brandung und der Wind zu hören waren. Dukes Gehirn arbeitete auf Hochtouren. Seine Augen suchten die Erde nach Spuren ab.

Dann zerrissen zwei Schüsse die Stille.

Er sprang aus der Deckung. Die Geräusche kamen aus der Richtung, in der er Rahel zurückgelassen hatte.

„Nein!", stieß er hervor. Er rannte in einer wilden Jagd den Hügel hinauf. Gelegentlich nahm er seine Hände zu Hilfe. Dennoch blieb das panische Gefühl, viel zu langsam voranzukommen.

Kapitel 48

Rahel kauerte auf dem Wiesenboden und schaute zu den schnell ziehenden Wolken hinauf. Vorhin hatte sie Duke tatsächlich angeboten, sich als Lockvogel zur Verfügung zu stellen, und sie würde das Angebot wiederholen, wenn sie damit nur Duke beschützen könnte. Woher dieser plötzliche Anflug von Mut stammte? Rahel war sich nicht sicher, doch als sie am Fuße des steil aufragenden Hangs gekauert hatte, hatte sie plötzlich Sarahs Tagebucheinträge vor Augen gehabt. Diese Frau hatte – ihrem zurückhaltenden Wesen zum Trotz – immer dann unerschrocken gehandelt, wenn es nötig gewesen war. Ein kleines ägyptisches Mädchen hatte Sarah gelehrt, dass sie ihre Ängste bezwingen und mutige Schritte ins Leben wagen musste, um den Sinn ihres Daseins zu begreifen. Sarah hatte es gewagt und ihr waren Flügel gewachsen. Jetzt war es wohl an Rahel, es Sarah gleichzutun. Rahel wollte nicht länger wie ein Hase durch das halbe Land gejagt werden. Sie war ängstlicher Natur, ja. Doch das hieß nicht, dass sie sich willenlos allem fügen musste, was über sie hereinbrach. Es war an der Zeit, Entscheidungen zu treffen! Wie Sarah würde sie ihren vorsichtigen Wesenszug wohl nie ablegen können, und das war auch nicht nötig, aber sie musste sich entscheiden, ob sie aktiv ihr Leben gestalten wollte, allen Widrigkeiten zum Trotz. Und dazu gehörte auch, diesem Schützen zu entkommen …

Zwei Schüsse ganz in ihrer Nähe ließen Rahel zusammenzucken. Nur mühsam konnte sie einen Schrei unterdrücken. Hatte der Unbekannte auf Duke geschossen? Mit vor Anspannung neu geschärften Sinnen roch sie die feuchte Erde, schmeckte das Salz auf ihren Lippen und hörte plötzlich, dass sich ihr Schritte näherten. Rahel hielt den Atem an. Kam Duke zurück? Oder war das gar ihr Angreifer?

Sie hob den Kopf und erblickte eine bärtige Gestalt. Rahels Herz schien einen Moment auszusetzen. Sie benötigte einige Sekunden, ehe sie unter der schwarzen Wollmütze das Gesicht von Nichols erkannte. Stoßartig atmete sie aus.

„Taylor ist gleich bei Ihnen. Ich folge dem Kerl!" Mit diesen Worten verschwand der Chief Inspector aus ihrem Blick. Rahel richtete sich auf. Ihr Angreifer war demnach auf der Flucht? Obwohl ihre Hände und Füße beinahe schmerzhaft kribbelten, schob sie sich bis an den Rand der Mulde. Sie spähte durch die langen Grashalme hindurch und sah Nichols hinter dem nächsten Felshügel verschwinden.

Ein Geräusch hinter ihr ließ Rahel herumfahren. Eine schwarze Gestalt sprang in die Senke, in der fahlen Wintersonne blitzte eine Schusswaffe auf.

„Runter!", fuhr Duke sie an und warf sich förmlich auf sie. Ihre linke Gesichtshälfte wurde in die Grasnarbe gedrückt, sein Gewicht drohte sie zu ersticken.

„Nichols war hier. Er verfolgt den Mann!", presste sie hervor.

Duke richtete sich auf. Für den Bruchteil eines Augenblicks starrte er sie verwirrt an, dann stand er auf. „Nichols?", fragte er deutlich irritiert. Die Waffe mit beiden Händen erhoben sicherte er vorsichtig nach allen Richtungen ab, ehe er aus der Mulde stieg, um ein größeres Blickfeld zu haben.

Schnell rutschte er zurück in die Deckung.

„Woher sollte Nichols wissen, wo wir sind?", zischte er zwischen zusammengebissenen Zähnen hervor.

Rahels Herz fühlte sich an, als hätte es sich in einen Eiswürfel verwandelt. „Du hast ihm nicht gesagt …?"

„Niemandem!", entgegnete Duke hart. Auf seiner Stirn zeigten sich tiefe Falten, sein Gesicht wirkte bedrohlich wie nie zuvor.

„Wenn Nichols hier ist, ist er nicht auf der Suche nach dem Schützen, sondern er *ist* der Schütze. Vermutlich wartet er jetzt darauf, dass wir unser Versteck verlassen, damit er …" Die Worte blieben ihr im Hals stecken. Was für ein abgekartetes Spiel trieb der Kriminalbeamte mit ihnen?!

Fassungslos schüttelte Rahel den Kopf. Sie hatte Nichols ihr und Marys Leben anvertraut …

„Mary!", rief sie aus und schlug sich dann die behandschuhten Hände vor den Mund. „Wir müssen unbedingt die anderen warnen!"

Duke nickte grimmig. „Ich musste das Handy zum Aufladen im Haus lassen."

Rahel verstand sofort. „Ich laufe zurück. Du folgst mir."

„Vielleicht gibt es einen anderen Weg", murmelte Duke. Hoffnungsvoll blickte Rahel ihn an. Jede Möglichkeit, dem Mann zu entkommen, war ihr willkommen!

„Wir gehen in die entgegengesetzte Richtung. Bitte bleib niemals stehen", erläuterte ihr Duke, während er endlich die Waffe wegsteckte. „Wenn ein Schuss fällt, rennst du einfach weiter. Hast du mich verstanden?"

Entsetzt sah Rahel Duke an und er nahm ihr Gesicht zwischen seine kalten Hände. „Entweder bekomme ich Nichols zu fassen oder er mich. In beiden Fällen werde ich verhindern, dass er dir nachkommt."

„Duke …"

Er schüttelte den Kopf, ergriff ihr Handgelenk und zog sie hinter sich her aus der Mulde. Immer auf der Suche nach Deckung sprangen sie wie gejagtes Wild über Erderhebungen, rutschten in Senken und steile Abhänge hinunter, um sie dann auf der anderen Seite auf allen vieren wieder zu erklimmen. Das raue Gras peitschte Rahel ins Gesicht, als sie sich einige Meter ausschließlich kriechend vorwärtsbewegten. Ihr Atem ging stoßweise, ihre Lungen brannten von der Anstrengung und der kalten Luft. Sie rannten hintereinander über einen schmalen, ausgetretenen Pfad, als Rahel über einen Felsvorsprung stolperte, der unverhofft aus einer sandigen Fläche ragte. Mit einem erschrockenen Aufschrei stürzte sie einen fast senkrecht abfallenden Hang hinunter.

Sie kam mit den Knien auf einer sandigen Stelle auf, drehte sich instinktiv und rutschte auf dem Po noch mehrere Meter weiter, bis eine Sanddüne sie stoppte.

Ihre Knie schmerzten, dennoch galt ihr erster Blick Duke, der ihr mit waghalsigen Sprüngen folgte. Keuchend warf er sich neben sie. „Bist du in Ordnung?"

„Ich glaube schon", erwiderte sie und streckte vorsichtig ihre Beine.

„Das, was wir hier tun, ist selbstmörderisch", knurrte er, umfasste ihren Hinterkopf und drückte ihre Stirn zärtlich, aber fest an seine Brust.

„Du läufst am Strand weiter, ich verstecke mich und …"

„Auf gar keinen Fall!" Rahel schob ihn von sich weg und schüttelte wild den Kopf. Duke strich ihr die Haarsträhnen aus dem Gesicht, doch sie schlug mit einer energischen Bewegung seine Hand fort. Jetzt galt es, so schnell wie möglich geschütztes Terrain zu erreichen. Und zwar mit Duke!

„Ich glaube, wir haben in den vergangenen Minuten oft genug eine Zielscheibe abgegeben. Entweder hat Nichols es aufgegeben oder wir liegen mit unserer Annahme falsch und er verfolgt tatsächlich den Schützen. Vielleicht haben wir ihn aber einfach nur abgehängt."

„Oder er spart Munition", erwiderte Duke.

„Komm weiter!", drängte Rahel und sprang auf.

„Du bist zäh wie eine Ratte!", sagte Duke anerkennend und ergriff ihre Hand. Gemeinsam stürmten sie unterhalb des von der Sonne hell leuchtenden Kliffs entlang, bis ein schmaler, sandiger Pfad ihnen einen Weg zwischen zwei Erhebungen hindurch eröffnete. Keuchend kämpften sie sich bergauf und schauten sich dabei immer wieder um.

Duke bedeutete Rahel, auf dem Pfad zu bleiben, und erkletterte eine steinige Anhöhe, auf der struppige Sträucher wucherten. In dem Moment, als er sich zu seiner vollen Größe aufrichtete, damit er sich orientieren konnte, hätte Rahel ihn am liebsten mit Steinen beworfen, damit er in Deckung ging. Dort oben, angestrahlt von der Sonne, reglos und gegen den blauen Himmel kaum zu übersehen, gab er die perfekte Zielscheibe ab.

Ihr Stoßgebet bestand aus unzusammenhängenden Worten. Endlich kam er wieder zu ihr, und sie wusste nicht, ob sie ihn umarmen oder ohrfeigen sollte. Also vergrub sie die Hände in den Taschen ihres Mantels.

„Ich denke, wir haben ihn abgeschüttelt", sagte Duke ruhig.

Rahel schnappte nach Luft. Hatte er sich absichtlich dermaßen zur Schau gestellt?

„Gleich hinter dem nächsten Kliff liegt ein Parkplatz und ein Stück dahinter eine kleine Wohnsiedlung. Dort lebt ein Freund von mir. Der kann uns entweder mit einem Krabbenkutter oder mit dem Auto zurück nach Cromer bringen."

„Erinnerst du dich, was mit Antonio, mit Melly, Falk und deinem Kollegen geschehen ist? Ich lasse nicht zu, dass deiner Familie etwas zustößt!"

„Wir brauchen unsere Sachen und …"

„Ich habe meine Kreditkarte hier …"

„Rahel! Sobald wir sie benutzen, hinterlassen wir einen elektronischen Hinweis auf unseren Aufenthaltsort."

„Die wissen doch ohnehin, wo wir sind. Lass uns zu einem Automaten gehen, den Höchstbetrag abheben, den ich an einem Tag ausbezahlt bekomme, und dann verschwinden!"

Duke marschierte los, und Rahel hatte Mühe, mit ihm Schritt zu halten. Inzwischen schmerzten ihre Knie mit den feinen Schürfwunden im Gesicht um die Wette, die sie sich zugezogen hatte, als Duke sie über den Sand gezogen hatte. Ihre teilweise nasse Kleidung klebte an ihr und schien zunehmend zu Eis zu erstarren.

Duke blieb so ruckartig stehen, dass Rahel in ihn hineinlief. „Falls Nichols uns schon wieder über das Handy gefunden hat, muss ich meine Eltern anrufen. Sie müssen es loswerden!" Ohne ihr einen Blick zu gönnen, lief er weiter.

Endlich erreichten sie eine Wohnsiedlung außerhalb der eigentlichen Ortschaft. Rahel vermutete in den meisten Häusern Ferienwohnungen. Noch immer zügig gingen sie zwischen Gebäuden hindurch und betraten ohne zu klopfen ein eher unscheinbares Haus.

„Clive? Bist du da?" Duke öffnete eine der vom Flur abgehenden Türen. Die Hitze eines Kaminfeuers schlug Rahel entgegen, ließ die winzigen Schnittverletzungen in ihrem Gesicht unangenehm brennen.

„Duke? Genug vom Lärm und Gestank der Großstadt?" Eine Stimme, so brüchig, dass Rahel an einen morschen Baumstamm denken musste, begrüßte sie. Der Eigentümer des Hauses drehte einen großen Drehsessel zu ihnen um. Weißes Haar in einer Frisur, die Rahel unweigerlich an Falk erinnerte, rahmte das von unzähligen Falten durchzogene, weißbärtige Gesicht eines Mannes ein, der die achtzig überschritten haben dürfte.

„Ich muss dein Telefon benutzen."

Der Alte nickte und seine kleinen, hellen Augen wanderten mit wachem Blick zu Rahel. „Und wer sind Sie?"

„Rahel", sagte sie leise.

„Sie sehen mitgenommen aus, Miss Rahel. Setzen Sie sich und wärmen Sie sich auf. Ich bereite Ihnen einen starken Tee zu."

„Bitte bleiben Sie sitzen!", wehrte Rahel ab, doch der Mann sprang erstaunlich behände auf die Füße, schlüpfte in zerschlissene Pantoffeln und bewegte sich mit bewundernswerter Leichtigkeit, die fast an Eleganz grenzte, an ihr vorbei in die nebenan liegende Küche.

Duke hielt einen Hörer in der Hand, der noch mit einem Kabel an ein Telefon angeschlossen war und vermutlich aus den 1970er-Jahren stammte, und zwinkerte ihr zu. „Clive war früher Personenschützer im Königshaus. Mit seiner Kondition und seiner Kraft stellt er heute noch so manch einen jungen Mann in den Schatten."

„Übertreib nicht, Junge!", rief Clive herüber und Rahel befürchtete, seine Stimmbänder würden reißen.

Duke wandte sich ab. Offenbar hatte er jemanden am anderen Ende der Leitung. „Hey, Mom, ist Dad bei der Arbeit?"

Mit wenigen Worten erzählte er, was geschehen war und fügte hinzu: „Ruf bitte Dad an. Er soll so schnell wie möglich das Handy loswerden."

„Er muss Sie verstecken?", fragte Clive, und seine Knopfaugen blitzten abenteuerlustig auf. Rahel kam um den Gedanken nicht herum, dass Falk dem alten Mann in vielen Jahren womöglich einmal sehr ähnlich sein würde.

„Clive, könntest du …?"

„Mit dem Krabbenkutter oder mit dem Auto?"

„Auto. Wir müssen an einem Bankautomaten haltmachen."

„Gut." Clive schaltete den Herd wieder aus, kickte die Pantoffeln schwungvoll von seinen Füßen und stieg in ein Paar schwarze, verdreckte Gummistiefel, die auf einer Zeitung im Flur zwischen der Küche und dem Hauseingang standen.

„Los geht's", verkündete er und verließ noch vor ihnen das Haus.

Das Auto stellte sich als ein alter tarnfarbener Jeep Wrangler heraus, durch dessen undichtes Verdeck es ekelhaft zog. Clive fuhr ebenso rasant, wie er sich bewegte. Nach einem kurzen Stopp bei einer Bank, in der Duke fassungslos zusah, wie Rahel ein gewaltiges Bündel großer Geldscheine aus dem Automaten holte und in ihre Jeanstasche steckte, bog Clive auf eine vermutlich nicht offizielle Küstenstraße ein. Der Seewind drückte mit Macht gegen das Fahrzeug, sodass es dem Fahrbahnrand gelegentlich bedenklich nahe kam. Clive pfiff vergnügt vor sich hin und wollte anscheinend keinerlei Details erfahren. Vielleicht war ihm aber auch von vornherein klar, dass Duke nichts verraten würde.

„Der Eurostar", sagte der Alte plötzlich in das Schweigen hinein. „Das war eine meiner Überlegungen. Dann wäre Rahel von der Insel runter. Ich müsste allerdings zurück. In irgendeinem Versteck weit weg und isoliert bin ich nutzlos."

Clive wandte sich halb um und warf Rahel einen fragenden Blick zu. Sie wagte ein zaghaftes Lächeln. Im Auto, auf einer kaum befahrenen Straße und abseits von anderen Menschen, fühlte sie sich halbwegs sicher. Umso deutlicher stand ihr vor Augen, was sie in der letzten Stunde erlebt hatte. Man hatte auf sie und Duke geschossen! Offenbar hatten ihre Verfolger jetzt jede Zurückhaltung aufgegeben. Duke tippte Clive auf die Schulter. „Ich brauche ein neues Handy, um Rahels Großmutter und unsere Freunde zu warnen."

„Hast du einen Fehler gemacht?"

Rahel sah, wie Duke die Wangen aufblies.

„Oder die Miss?"

„Ich?" Rahel beugte sich nach vorn. Der im Wagen vorherrschende Fischgeruch war dort noch strenger.

„Haben Sie Kontakt zu jemandem aufgenommen?"

„Nein. Ich habe mit niemandem gesprochen, niemanden angerufen, keinen Mailkontakt unterhalten."

„Das Mädchen ist schlau!" Clive grinste Duke breit an. „Oder gut unterwiesen worden."

Oder zu verängstigt, dachte Rahel, behielt dies aber für sich.

„Ich lasse dich im nächsten Dorf raus, und du besorgst dir, was du brauchst." Clive begann wieder vor sich hin zu pfeifen, während Rahel die Geldscheine aus der Hosentasche zog und die Hälfte davon Duke nach vorn reichte. „Falls wir mal getrennt werden", erläuterte sie und sah zu, wie er ihr das Geld eher widerwillig aus der Hand nahm.

„Sag ich doch, ein schlaues Mädchen!", kommentierte Clive zwischen zwei Melodien.

***

Daniel grübelte weiter über der Auflistung, die Falk ihm auf seinen Rechner geschickt hatte. Nebenbei machte er sich Notizen, umrahmte mit dem Stift Namen und Orte, zog Verbindungslinien und strichelte sie dann wieder durch. Der Historiker beschäftigte sich mit den Geheimnissen der Gegenwart.

Von Mary hörte Falk nur das Klappern der Stricknadeln und manchmal ein leises Seufzen. Emma ging nervös im Haus herum; beiläufig räumte sie hier und dort etwas fort, meist Gegenstände oder Kleidungsstücke, die Falk großzügig in den Räumen verteilt hatte.

Noch einmal wechselte Falk in ein anderes Fenster, nur um erneut frustriert aufzustöhnen. Er kam einfach nicht dahinter, wer diesen gefälschten Artikel über den südamerikanischen Antiquitätensammler ins Netz gestellt hatte. Missmutig brummte er: „Klar haben die bei Scotland Yard ihre IT-Spezialisten, aber das …"

Mary ließ ihre Handarbeit sinken, beugte sich vor, um zu sehen, wo Emma gerade war, und fragte: „Euer Freund aus Deutschland hat nicht zurückgerufen?"

Bevor Falk den Kopf schütteln und seine Vermutung äußern konnte, dass Josua offenbar ziemlich unter dem Pantoffel seiner Frau stand, erklang Emmas Stimme: „Ihr habt Josua einbezogen? Selbstverständlich ruft er nicht zurück. Höchstwahrscheinlich hat Tabitha inzwischen sämtliche Kommunikationsmedien zerstört! Josua ist bei dieser Kuttengeschichte verletzt worden, einen seiner Finger kann er nicht mehr richtig beugen. Und jetzt ist er verheiratet und hat zwei Kinder."

„Sämtliche Kommunikationswege …? Ich Idiot." Falk tippte wieder auf seinen Rechner ein, was Emma zu beruhigen schien. Mary strickte weiter, was sie offenbar beruhigte und in Falk die Vermutung aufkommen ließ, dies könne an der kakteengrünen Farbe der Wolle liegen. Daniel murmelte halblaut vor sich hin und vervollständigte seine Notizen, die von Falks Warte aus wie ein abstraktes Gemälde aussahen.

Falks schlechte Laune verflog in dem Moment, als eine ankommende Rückantwort auf seine zuvor verschickte, ihre Auflistung der vergangenen Tage enthaltende Mail eintraf. Josua schrieb: *„Sag mal, Bruder Falk, das hat jetzt aber lange gedauert! Ich kümmere mich um den Link mit dem Zeitungsartikel. Scotland Yard versuche ich zu knacken, höre aber auf, bevor Interpol, das SEK, der BND oder sonst eine Abkürzung an meiner Tür läutet. Ich melde mich!"*

Falks zufriedenes Grinsen handelte ihm einen misstrauischen Blick von Emma ein. Die Frau hatte mittlerweile alles aufgeräumt, was sie selbst, Mary, Daniel und Falk herumliegen lassen hatten, und vermutlich noch ein bisschen mehr.

„Da ist …", begann Daniel, wurde allerdings vom Läuten des Telefons unterbrochen.

„Endlich!", stieß Emma hervor und schnappte ihrem Ehemann das Wegwerfhandy vor der Nase weg. „Duke! Gott sei Dank!"

Emma kam lange nicht zu Wort und ihr Gesichtsausdruck ließ auf keine guten Nachrichten hoffen. Irgendwann zog sie Daniel, der sich halb auf dem Stuhl zu ihr umgewandt hatte und sie besorgt betrachtete, den Bleistift aus der Hand und schrieb etwas auf sein wirres Diagramm.

„Grüße die Kleine, hörst du! Ich wünschte … Ja?" Erneut hörte sie zu, nickte des Öfteren und drückte dann auf die rote Taste, um das Gespräch zu beenden.

„Ich will nicht noch einmal hören, dass ihr Duke verdächtigt!", sagte sie mit fester Stimme. Diesen unmissverständlich warnenden Tonfall kannte Falk aus Schulzeiten zur Genüge. „Auf Rahel und Duke wurde geschossen. Mehrmals."

„Nein!" Mary erhob sich halb und fiel schwer auf die Couch zurück. Emma eilte an ihre Seite. „Den beiden geht es gut. Sie konnten entkommen. Wir können sie über das andere Handy nicht mehr erreichen, weil Dukes Vater den Auftrag hat, es wegzuschaffen."

„Sie sind über das Prepaidhandy geortet worden? Unmöglich!" Falk schüttelte den Kopf.

„Wie denn sonst? Duke hat ja nicht einmal uns gesagt, wohin er Rahel bringt. Niemand konnte von ihrem Aufenthaltsort wissen!", fuhr Emma ihn an.

Daniel ließ sich neben Emma auf die Couch fallen und nahm ihre Hand in die seinen. „Reg dich bitte nicht noch mehr auf. Rahel und Duke sind davongekommen. Das ist das Wichtigste."

„Ich sollte mich gar nicht aufregen", murmelte Emma und schloss für einige Sekunden die Augen. „Ich sollte zu Hause sitzen und …" Sie vollführte eine wegwerfende Handbewegung und fügte deutlich beherrschter hinzu: „Sie fahren nicht auf direktem Weg zu uns. Duke überlegt wohl, ob er Rahel und uns in den Eurostar setzt, um uns nach Frankreich hinüberzuschaffen."

„Das wäre anonymer als ein Flug", warf Falk knapp ein.

„Jetzt wird es unangenehm", fuhr Emma nach einem Nicken in seine Richtung fort. „Chief Inspector Nichols ist dort aufgetaucht. Er sagte zu Rahel, dass er den Schützen verfolgen will. Duke nimmt aber vielmehr an …"

„… dass Nichols hinter der Sache steckt", vervollständigte Daniel, sprang auf und nahm seine Aufzeichnungen in die Hand. Mit dem Zeigefinger tippte er auf einen Namen, der mehrmals umkringelt war und zu dem viele seiner gezeichneten Linien führten. „Es könnte passen."

„Chief Inspector Nichols?" Mary schüttelte ungläubig den Kopf.

„Wilson hätte auf seine Bitte hin bestimmt das Haus verlassen, selbst wenn er ihn mittlerweile im Verdacht hatte. Der Chief Inspector wirkt ja wie ein freundlicher Großvater."

„Er kannte die Nummern unserer Handys, er wusste um die ersten Aufenthaltsorte und er hatte die Möglichkeiten, nach Dukes Anruf bei ihm das Einweghandy über den Funkmast orten zu lassen." Falks Faust knallte auf die Tischplatte.

„Aber wie kommt es, dass ausgerechnet ihm die Aufgabe zugewiesen wurde, den Fall Mary Nowak zu übernehmen? Ist das nicht ein etwas zu großer Zufall?", fragte Emma.

„Vielleicht ist die Londoner Polizei nicht unbedingt wild darauf, sich mit Prominenten abzugeben, sodass er sich für die Aufgabe freiwillig melden konnte. Alle anderen haben vermutlich versucht, sich davor zu drücken", sagte Mary trocken.

„Aber du bist doch kein aufgedrehtes Film- oder Popsternchen, keine Politikerin, keine nervtötende …"

„Dennoch stehe ich gelegentlich in der Öffentlichkeit. Wenn mir etwas zustoßen sollte, würde das breit ausgeschlachtet in der Boulevardpresse landen und der zuständige Detective würde dann reichlich schlecht dastehen."

„Hat Duke gesagt, wann sie in London eintreffen?" Daniel klappte sein Notebook zu und Falk folgte seinem Beispiel. Er empfand eine elektrisierende Aufbruchsstimmung. Endlich kam Bewegung in die Sache und befreite ihn aus seiner Tatenlosigkeit und Langeweile.

„Erst in vier, fünf Stunden. Er will etwaige Verfolger ordentlich in die Irre führen. Wir sollen die Pension zügig verlassen und uns irgendwo aufhalten, wo sehr viele Menschen sind. Er hat eines der riesigen Einkaufszentren vorgeschlagen."

„Ich weiß einen viel besseren Ort", verkündete Daniel und ein schelmisches Lächeln wischte die Sorgenfalten auf seiner Stirn weg. Falk sah es mit Begeisterung. Emma seufzte ergeben auf.

***

Das Scotland Yard-Emblem bewegte sich über den Monitor, Telefone klingelten, im Hintergrund herrschte ein ständig an- und abschwellendes Stimmengewirr. Falk lehnte an der Wand direkt neben einer Weißwandtafel, auf der schmierige, schwarze Striche verrieten, wo zuvor Buchstaben gestanden hatten. Für Emma ganz untypisch saß diese nahezu reglos auf einem Besucherstuhl; vermutlich versuchte sie, sich unsichtbar zu machen. Daniel lehnte mit vor der Brust verschränkten Armen an einer gläsernen Trennwand und wirkte in seiner schwarzen Jeans und dem dunklen Hemd erneut wie ein FBI-Agent – oder wie der Schwarze Rächer. Falk fand Daniels Variante der Idee, sich einen belebten, sicheren Ort zu suchen, bis Duke und Rahel eintrafen, absolut genial. Emma weniger. Mary unterhielt sich völlig unbeeindruckt jenseits der Glaswand mit einer uniformierten Polizistin. Über Kakteen?

Es dauerte knapp zwei Stunden, bis Nichols den Raum betrat. Eine Polizistin hielt ihn auf und machte ihn auf seine Besucher aufmerksam. Ohne Zögern kam der Inspector näher, begrüßte Mary höflich, die ihn kühl abfertigte, und trat in seine Arbeitsnische.

„Was ist los?", fragte er, zog seine Schusswaffe aus dem Holster und legte sie in die oberste Schublade seines Schreibtischs, ehe er sich auf den Drehstuhl setzte.

„Auf Rahel und Duke ist geschossen worden." Falk nahm den Weißblechmarker und schrieb die beiden Namen an die Wand.

Nichols fuhr sich mit einer Hand durch das borstige Haar. Er wirkte müde, jedoch nicht schuldbewusst. „Hat Taylor Sie angerufen? Er war hoffentlich so schlau, sich ein neues Handy zu besorgen?"

„Ja. Eigenartig nur, dass dieses andere Einweghandy geortet wurde, nicht?", fragte Falk lauernd und zeichnete zwei Handys auf das Whiteboard.

„Die sehen aus wie Eierschachteln", rügte Daniel auf Deutsch.

„Mein Kunstlehrer war auch nie zufrieden mit mir. Er meinte, Strichmännchen seien unter seinem Niveau."

„Gibt es überhaupt Lehrer, die mit dir zufrieden waren?"

„Deine Frau. Aber die ist wankelmütig. Ich muss sie jetzt wieder siezen."

„Was wollen Sie?", brachte Nichols sich in Erinnerung. Auf seiner Stirn prangten tiefe Querfalten.

„Duke hat Sie angerufen. Dadurch war es einfach für Sie, seinen Aufenthaltsort herauszufinden."

„Das wäre wohl möglich gewesen", gab Nichols zu. Er schüttelte den Kopf und zog die zweite Schublade auf. Falk, der sich eigens so postiert hatte, dass er schräg hinter dem Inspector stand, nickte Daniel beruhigend zu. In dem Fach befand sich nur Papierkram.

„Ich vermute vielmehr, man hat damit gerechnet, dass Duke mit einem nicht verfolgbaren Handy Kontakt aufnimmt. Zu Ihnen, zu mir, zu wem auch immer", erläuterte Nichols ruhig, während er einen durchsichtigen Druckverschlussbeutel hervorkramte und ihn auf den Tisch warf. Darin befand sich ein Notizzettel. Neugierig trat Falk näher und las: *Taylor/Cromer/Grafschaft Norfolk.*

„Wo haben Sie das her?", wollte Daniel wissen.

„Aus einem Papierkorb der Abteilung, in der …"

„Die Aftershave-Abteilung!", unterbrach Falk ihn.

„In wessen Papierkorb? Fingerabdrücke? Hat der Mistkerl Ihr Telefon angezapft? Weshalb waren Sie bei Rahel und Duke?", schoss Daniel seine Fragen auf Nichols ab.

„Wir haben den Inhalt der Papierkörbe gesichtet, nachdem die Putzfrau sie geleert hatte. Fündig wurden wir heute Morgen. Vermutlich hat sich jemand die Daten von meinem Telefonanschluss heruntergezogen. Die Suche läuft. Wir nutzen dafür einen Kontakt zu Europol. Die sind auf solche Dinge spezialisiert. Fingerabdrücke sind noch keine genommen worden, weil unsere erste Priorität dem Schutz der Zielpersonen galt."

„Was ist passiert?", fragte Daniel, nun deutlich freundlicher gestimmt.

„Ich war zum Zeitpunkt des Zettelfundes bei einem Meeting außerhalb von London und bin sofort Richtung Cromer aufgebrochen. Ein von Europol hastig zusammengestelltes Team wollte nachkommen. Leider hatten sie eine Autopanne, sodass mein Plan, Miss Höfling zu beschatten und dabei womöglich auf ihren Verfolger zu stoßen, nicht aufging. Bei meiner Ankunft verließen Taylor und Miss Höfling gerade die Strandpromenade. Es war reiner Zufall, dass ich sie sah! In der Hoffnung, diejenigen zu erwischen, die sich an ihre Fersen geheftet hatten, folgte ich ihnen, forderte aber über das Mobiltelefon Verstärkung der örtlichen Polizei an. Plötzlich begann jemand auf sie zu schießen. Ich bemühte mich, so schnell wie möglich zu den beiden zu gelangen. Die Kliffs an der Küste sind dafür nicht geschaffen. Außerdem blieben Taylor und Höfling ständig in Bewegung. Der Schütze war gezwungen, ihnen zu folgen, ich ebenfalls. Die Verstärkung hatte Probleme, uns zu finden, zumal ich mich dort nicht auskenne, also nur schlecht beschreiben konnte, wo genau wir uns befanden. Ich schreckte den Mann letztlich auf und zwang ihn dadurch, von seinen Opfern abzulassen. Mein Versuch, ihn zu verfolgen, scheiterte. Leider bin ich nicht mehr der Jüngste … Als die Verstärkung mich endlich fand, war er untergetaucht. Zudem hatte ich Taylor und Miss Höfling aus den Augen verloren."

Nichols' Frustration über den missglückten Einsatz sprach aus jeder Faser seines jetzt angespannten Körpers.

„Ich kann Taylor über das Handy nicht mehr erreichen. Er hat es vermutlich im Meer versenkt. Bei seiner Familie habe ich angerufen. Sie sind informiert und gewarnt."

„Wenn Sie es nicht waren, der Duke und Rahel über die Handymasten geortet hat, wie konnten Sie dann die Adresse seiner Eltern herausfinden?" Emma klang leise und ruhig, was in Falk ein unangenehmes Kribbeln in der Magengegend hervorlockte. Schon in der Schule hatte es Anlass zu größter Sorge gegeben, wenn Emma so sprach.

„Als Cromer feststand, bat ich einen meiner Constables, in der Personalakte nachzuschlagen, ob es eine Verbindung zu dieser Ortschaft gab. Taylor hat seine dort lebenden Eltern als Notfallkontakt angegeben, sollte ihm etwas zustoßen."

Das Telefon klingelte. Nichols rollte mit dem Stuhl nach vorn und hob den Hörer ab. Er brummte mehrmals, bedankte sich und legte wieder auf.

„Das war unser Techniker. Weder er noch Europol haben etwas gefunden. Von keinem Anschluss meiner Abteilung sind verdächtige Nachforschungen betrieben worden, keines unserer Telefone wurde angezapft."

„Suchen Sie weiter?", fragte Emma.

„Selbstverständlich."

„Wir hatten Sie im Verdacht …"

„Das ist verständlich. Duke hat vermutlich nicht viele Personen kontaktiert. Vor allem nicht viele, die in der Lage sind, Anrufe zurückzuverfolgen."

„Das ist es!", stieß Daniel hervor. Er sprang auf, zog ein zerknittertes Blatt Papier aus der Hosentasche, legte es auf die Schreibunterlage des Inspectors und glättete es notdürftig. Falk erkannte die Notizen, Striche und Kringel sofort wieder.

Emma erhob sich, auch Mary trat näher. Gebannt blickten sie alle auf das wirre Durcheinander der abstrakten Bleistiftzeichnung. Auffällig waren dabei die vielen zu Nichols' Namen führenden Verbindungen. Doch Daniels Finger zeigte auf einen unscheinbar in die oberste Ecke gepressten Namen. Er stand da verwaist, wie unbeachtet oder vergessen.

„Was steht da?", erkundigte sich Mary, während Emma nach ihrer Lesebrille kramte.

Daniel las vor: „Dukes unbekannte Vorgesetzte."

„Jill Green?" Nichols taxierte Daniel ungläubig.

„Jill Green ist Dukes Vorgesetzte?", fragte Mary erschrocken.

„Kennst du sie?", lautete Emmas nicht minder überraschte Rückfrage.

„Seit sie ein junges Mädchen war!" Hastig berichtete Mary den Freunden, was sie erst vor wenigen Tagen Duke anvertraut hatte.

„Sie kennen diese Frau ebenfalls?", hakte Daniel bei Nichols nach.

„Wir kooperieren seit dem ersten Einbruch bei Mrs Nowak mit ihr. Sie hat mich grob in die Ermittlung der kleinen Europol-Einheit eingeweiht, der sie vorsteht, und mich gebeten, ihre Agenten, Taylor und Wilson, im Spiel zu lassen, ohne dass Sie erfahren, wer oder was sie sind."

„Moment!" Falk hob die Hand. Er hatte blitzschnell die einzelnen Puzzleteilchen zusammengefügt. „Zum Mitschreiben: Jill Green, eine wahrscheinlich recht hohe Agentin im Dienst von Europol, hat Duke und diesen Wilson zu einem Sonderauftrag herangezogen. Und dieser heißt: mögliche Tutanchamun-Schätze bei Höflings und Nowaks auffinden?"

Nichols nickte lediglich.

„Gleichzeitig ist Jill Green eine alte Bekannte dieser Familien. Kein Wunder, dass ich nicht rausfinden konnte, woher diese gefakte Zeitungsmeldung stammte, wenn ein Internetexperte von Europol sie eingestellt hat", rief Falk aus.

„Deshalb konnten wir Rahel nicht ausreichend verstecken. Duke war dauernd mit seiner Vorgesetzten in Kontakt."

Daniel wiegte den Kopf hin und her. „Was will diese Frau nur? Springt sie mit all ihren Verdächtigen so um wie mit Rahel?"

„Ich muss Josua warnen. Nicht dass der sich die Finger verbrennt!", murmelte Falk, forderte von Daniel das Handy ein und wandte sich ab.

Josua meldete sich erstaunlich schnell, vermutlich hatte er Céline Mathilda das Telefon abgenommen.

„Lass die Finger von der Zeitungsgeschichte."

„Europol", brummte Josua.

„Autsch."

„Nein, ich habe mich rechtzeitig ausgeklinkt."

„Gut. Tut mir leid, dass ich dich zu dieser Straftat angestiftet habe."

„Manchmal muss ein Mann tun, was ein Mann tun muss."

Im Hintergrund vernahm Falk Tabithas aufgebrachte Stimme: „Und eine Frau muss tun, was ein Mann hätte tun sollen!"

„Danke, Josua. Hier kocht gerade die Milch über."

„Geht es Rahel gut?", erkundigte Josua sich eilig.

„Das hoffen wir. Aber wir müssen schnell ein zweites Telefonat führen."

„Melde dich später mal. Ich würde gern mehr wissen."

Falk drückte Josua weg und wählte die neue Nummer von Duke.
„Ja?", meldete der sich.
„Hier ist Falk."
„Was gibt es?"
„Grüße an Jill Green."
„Woher …?"
„Sie ist vermutlich die Drahtzieherin der ganzen Sache!"
„Nichols?"
„Er hat gute Argumente."
„Wo seid ihr?"
„New Scotland Yard."
„Das meinte ich nicht, als ich von einem sicheren Ort sprach."
„Wir fühlen uns wie in Abrahams Schoß."
„Was ist mit Green?"
„Sie ist die Einzige, die du noch von deinem Prepaidhandy aus angerufen hast, nicht?"
„Klar."
„Da hast du es."
Falk grinste, als er Duke einige unfreundlich klingende Worte murmeln hörte. „Ich muss nachdenken."
„Ach, kannst du das? Ich dachte, dabei sind die Muckis im Weg."
„Gib mir mal Nichols, Bohnenstange."
„Nur, wenn du schön Bitte sagst."
„Idiot."
„Das zählt auch."
Falk reichte dem Inspector das Handy. Dieser meldete sich, stand dann auf und verließ das kleine Kabuff in Richtung Treppenhaus.
„Warum nur habe ich das Gefühl, noch immer nicht einbezogen zu werden?", fragte Falk lauernd.
„Vermutlich, weil es so ist", kommentierte Daniel und sah dabei nicht weniger aufgebracht und enttäuscht aus als sein junger Freund.

Kapitel 49

Duke nahm die letzten Stufen im Laufschritt und näherte sich eilig der Tür. Er hatte sich seiner Jacke entledigt. Auf dem eng anliegenden, schwarzen Langarmshirt hob sich das Schulterholster aus braunem Leder deutlich ab.

Er wartete, bis das Licht im Treppenhaus ausging, ehe er auf den Klingelknopf drückte. Intensiv beobachtete er den schmalen Lichtstreifen zwischen Tür und Rahmen und nickte leicht, als dieser sich für einen Moment verdunkelte.

„Ich bin es, Duke Taylor!", sagte er gegen die geschlossene Tür. Unverzüglich wurde sie geöffnet. Er trat ein und spürte, wie Greens Finger über seinen Rücken strichen. Empört runzelte er die Stirn, ging aber schweigend in den Raum mit den Panoramafenstern. Er sah aus dem Augenwinkel, wie eine der beiden mit Bewegungssensoren ausgestatteten Überwachungskameras seinen Weg verfolgte.

„Was gibt es? Wo ist Miss Höfling? Sie sollen doch auf sie aufpassen!", fragte Green im Befehlston, schritt zu ihrem Schreibtisch und verstaute eilig eine Flasche Whiskey in einem Sideboard. Duke, der ihr im Spiegelbild der Scheibe zusah, drehte sich langsam zu ihr um.

„Das sollte ich, ja", erwiderte Duke vage und beobachtete, wie seine Gesprächspartnerin auf die zweideutige Antwort mit einem nervösen Zwinkern reagierte.

„Warum sind Sie in London?", hakte Green nach.

„War ich denn jemals weg?"

„Aus unserem Telefongespräch schloss ich darauf." Green hob die Augenbrauen und warf ihm einen unfreundlichen Blick zu. Ganz offensichtlich missfielen ihr seine knappen, ausweichenden Entgegnungen.

„Richtig. Mein Anruf mit einem Prepaidhandy, das eigentlich nicht geortet werden kann."

„Wenn Sie lange genug damit telefonieren, kann der sendende Telefonmast bestimmt werden", rügte sie.

„Und das haben Sie getan?"

Die Frau straffte die Schultern und starrte ihn wütend an. Eine Antwort durfte er offenbar nicht erwarten. Duke lehnte sich mit dem Rücken gegen die Scheibe und verschränkte die Arme vor der Brust.

„Soll mich Ihr Gehabe einschüchtern, Sunnyboy? Ihr unaufgefordertes Auftauchen, die respektlosen Gegenbemerkungen, die offen zur Schau gestellte Bewaffnung?"

„Ich mache es mir nur bequem."

„Bequem?"

„Ich habe nicht vor zu gehen, bevor ich nicht weiß, weshalb Sie es auf Rahels Familie abgesehen haben."

„Es wäre wohl angemessen, einer Vorgesetzten gegenüber etwas mehr Respekt an den Tag zu legen", fauchte Green.

„Warum?", hakte Duke ohne Zögern nach, innerlich flehte er jedoch, dass Nichols, Daniel und Falk sich nicht geirrt hatten. Falls doch, zerstörte er gerade seine Karriere.

„Es ist meine Aufgabe, die Tutanchamun-Artefakte zu finden, die Hehler zu bestrafen und die Wertgegenstände an den Staat Ägypten zurückzugeben. Dazu gehört auch, die Unschuldigen zu schützen, die von Kriminellen bedroht werden! Offenbar war es ein Fehler, Sie in die Gruppe mit aufzunehmen! Ihre Methoden sind mehr als unprofessionell!"

„Sie haben eine eigenartige Vorgehensweise, um den Opfern Schutz zu gewähren."

„Was wollen Sie, Sunnyboy? Nichols und ich waren uns einig, dass Sie durchaus in der Lage sind, auf das Mädchen aufzupassen!", fauchte Green. „Oder haben wir uns getäuscht?"

„Wollten Sie, dass ich auf Rahel aufpasse oder dass ich sie irgendwohin bringe, wo ich erschossen und sie entführt und für Ihre Zwecke missbraucht werden kann?"

„Taylor!" Greens Gesicht lief vor Wut über diesen Vorwurf rot an. Zumindest glaubte er das, bis die Frau plötzlich kraftlos auf ihren Schreibtischstuhl sank und die Hände vor das Gesicht schlug.

Perplex stieß Duke sich von der Scheibe ab. Er kannte seine Vorgesetzte ausschließlich hart, fordernd und nahezu kaltschnäuzig, es sei denn, sie ließ ihm gegenüber ihre anzüglichen Bemerkungen fallen. Einige wenige Male hatte sie durchblicken lassen, dass auch sie ein Herz besaß, aber dieses Häuflein Elend, das er jetzt auf einmal vor sich sitzen hatte, verwirrte ihn.

„Es geht Miss Höfling doch gut?" Greens Frage zwischen ihren Fingern hindurch war beinahe unverständlich.

„Ja. Sie ist bei einem Freund von mir."

Sie ließ die Hände sinken und nickte, allem Anschein nach erleichtert.

„Ich wollte nie, dass es so weit kommt", murmelte sie. Ihre Schultern sackten noch weiter nach vorn. Sie wirkte plötzlich um Jahre gealtert.

Duke zog sich einen Stuhl heran und setzte sich ihr gegenüber. Seine Beine streckte er unter den wuchtigen Schreibtisch. Dieses Gespräch verlief deutlich anders als geplant. Die Verdächtigungen und Beweise, die er sich zurechtgelegt hatte, waren nicht nötig, vermutlich sogar fehl am Platz.

Green nahm einen versilberten Brieföffner von der Schreibtischplatte und drehte diesen nervös in ihren kräftigen Händen hin und her. Zweimal fuhr sie sich durch ihren burschikosen Kurzhaarschnitt und presste eine Zeit lang ihre flache Hand gegen ihre Stirn. Duke wartete darauf, dass die Frau sich fing. Er rechnete jeden Augenblick damit, sich wieder seiner gewohnt dominanten Vorgesetzten gegenüberzusehen, doch die hängenden Schultern blieben.

Mit leiser Stimme sagte sie schließlich: „Ägypten fordert seit Jahrzehnten eine Aufklärung des mysteriösen Auftauchens von Grabschätzen ihres berühmtesten Pharao. Allerdings haben Interpol und Europol wahrlich andere Probleme, als Schatzjäger zu suchen. Man bezweifelte, dass es überhaupt einen international agierenden Schmuggler- und Hehlerring gibt. Als dann durch einige Artikel im Internet und in Zeitschriften der Verdacht aufkam, Lady Alison Clifford und das Ehepaar Sattler könnten in den Zwanzigerjahren des vorigen Jahrhunderts Grabbeigaben Tutanchamuns nach England geschmuggelt haben und da zeitgleich in Übersee ein Kunstsammler ermordet wurde, schlug ich vor, dass ich mich dieser Sache doch einmal annehmen könnte."

Die Frau traktierte mit dem Brieföffner die bis dahin makellose Tischplatte und hinterließ dabei winzige Dellen auf dieser.

Duke ließ sie schweigend gewähren.

Green seufzte, erhob sich, öffnete eine Sideboardtür und schaltete dort die Sicherheitskameras aus, die jetzt beide auf den Schreibtisch gerichtet waren. Dukes Augenbrauen zogen sich zusammen. Seine Vorgesetzte erholte sich allmählich. Dies hieß für ihn, dass er vermutlich nur die geschönte Wahrheit zu Gehör bekam.

Die Frau setzte sich wieder und griff erneut nach dem Brieföffner. „Also stellte ich eine Spezialeinheit auf", fuhr sie übergangslos fort. Ihre Stimme klang nun kontrollierter. „Sie ist allerdings bei Weitem nicht so groß, wie ich es den von mir engagierten Mitgliedern weismachte. Eine umfangreich angelegte Überwachungsaktion hätte Europol gar nicht genehmigt, diese winzige Zelle allerdings wurde durchgewunken."

„Wen gab es, außer Wilson und mir?"

„Ein Mann in den USA, einer in Frankreich."

„Kontakt zu unseren Geheimdiensten, zum ägyptischen Museum, zum FBI, zu Interpol, zu den verschiedenen auswärtigen Ämtern?"

„Nur zum Auswärtigen Amt in Deutschland, Frankreich und den USA. Man hätte die anderen Organisationen erst nach einem konkreten Verdacht um Mithilfe gebeten", gab sie zu, ihn und Wilson belogen zu haben.

„Die Unterstützung, die Nichols angefordert hatte, als er nach Cromer fuhr, hatte nie eine Wagenpanne, sondern es gab sie gar nicht?"

„Nein."

„Und weiter?"

„Den Rest der offiziellen Ermittlung kennen Sie."

„Wie steht das im Zusammenhang mit den Angriffen auf Rahel und ihre Großmutter?"

„Dazu komme ich jetzt. Nicht so ungeduldig."

Das Fehlen des Zusatzes „Sunnyboy" verdeutlichte Duke, dass Green ihre scheinbar wiedererlangte Selbstsicherheit nur spielte. Das nervöse Gebaren ihrer Hände deutete darauf hin, wie verunsichert sie nach wie vor war.

„Ich habe diese Spezialeinheit ins Leben gerufen, da ich endlich eine Möglichkeit sah, Bethany und Klaus Höfling das arrogante Grinsen aus den Gesichtern zu wischen!"

Die ganze Operation war also letztlich ein persönlicher Rachefeldzug gegen Rahels Eltern gewesen? Weil Bethany ihre Freundin vor vielen Jahren fallen lassen und dann noch den Mann vor der Nase weggeschnappt hatte? Ungläubig starrte Duke die Frau am gegenüberliegenden Schreibtischende an.

„Ich habe nie einen anderen Mann geliebt!", fauchte sie und warf den Brieföffner an Duke vorbei. Klirrend prallte er an einen mit Gips verkleideten Stützpfeiler und fiel polternd zu Boden.

Duke, der nicht einmal gezuckt hatte, drehte den Kopf. Ein dunkler Fleck mit unzähligen Spritzern verriet, dass an diesem Pfeiler nicht das erste Mal etwas zerschellt war. Er erinnerte sich an das Klirren bei einem ihrer Telefongespräche und Jills Erklärung, sie habe ihr Weinglas umgestoßen. „Verdammt noch mal, Taylor, ich wollte nur einige böse Schlagzeilen über sie in der Presse sehen, ihre Erklärungsnöte miterleben …"

„Sie haben nie daran geglaubt, dass diese Familie Gegenstände aus dem Grab besitzt?"

Sie zuckte die Achseln. „Wenn Sie und Wilson etwas gefunden hätten, wäre mein Triumph perfekt gewesen. Denn dann hätten die beiden sich auch noch vor Gericht verantworten müssen!"

„Und die Großmutter und Rahel!?"

„Die hätte ich schon irgendwie unbeschadet rausbekommen. Ich mag Mary Nowak. Sie war immer freundlich zu mir. Und Miss Höfling scheint ein nettes Mädchen zu sein."

„Aber?", bohrte Duke nach.

Er sah, wie Green sich krümmte, als leide sie unter Schmerzen. „Es lief alles zu unspektakulär! Bethany und Klaus waren nicht mal im Land. Ich wollte sie aber hierhaben, den Pressegeiern ausgesetzt! Ich wollte mehr Aufmerksamkeit auf die Sache ziehen. Deshalb habe ich zwei Kerle dafür bezahlt, sich des Problems anzunehmen, etwas Aufruhr auszulösen. Ich wollte das Interesse der Presse auf Bethany und Klaus lenken und sie nach Hause locken!"

„Und?" Duke hatte Mühe, ruhig zu bleiben. Seine Stimme glich einem Donnergrollen.

„Diese verdammten Kerle hielten sich nicht an die Absprachen. Sie sind wesentlich skrupelloser vorgegangen als geplant. Doch als ich sie zurückpfeifen wollte, bemerkte ich, dass ihre Kontaktdaten nicht stimmten. Sie bekommen schon lange kein Geld mehr von mir, was beweist, dass sie Blut geleckt haben. Mein Auftrag ist ihnen mittlerweile gleichgültig. Sie wollen die Grabschätze!"

Duke sprang auf die Füße. „Heißt das, Sie können diese Typen nicht mehr kontrollieren?"

„Ich habe keine Ahnung, wer sie sind."

„Wie haben Sie Kontakt aufgenommen?"

„Taylor, ich bin vom Fach. Ich habe versucht, die dunklen Kanäle zu nutzen, über die ich sie gefunden habe, um sie ein zweites Mal aufzuspüren, damit ich sie kaltstellen kann. Aber es gelingt mir nicht."

Duke ahnte den Grund dafür: Bei den beiden verdingten Männern handelte es sich um Polizisten, um Kollegen von ihm. „Geben Sie mir Ihr Telefon."

Green runzelte die Stirn, legte dann aber ihr Smartphone in Dukes ausgestreckte Hand. Er folgte der zuvor von Falk beschriebenen Vorgehensweise und nickte dann grimmig. „Es ist geklont. Sobald ich angerufen habe, konnten die Männer unsere Gespräche mithören und meinen Standort herausfinden."

„Kollegen also?" Green schaltete schnell.

„Oder jemand mit großem Computerwissen."

„Europol?"

Duke zuckte mit den Schultern. Er würde der Frau keine zusätzlichen Informationen zukommen lassen. Sie war aus dem Spiel.

„Ihnen ist doch klar, dass ich Sie jetzt verhaften lasse."

„Ich werde alles leugnen, Taylor."

„Das ist mir bewusst."

„Es gab von Europol eine offizielle Ermittlung, die Spezialeinheit ist genehmigt. Mir kann niemand an den Karren fahren."

Duke deutete auf die beiden Kameras, die noch immer auf sie gerichtet waren. Green lachte spöttisch auf. „Sie haben doch zugesehen, als ich sie deaktiviert habe."

„Die Sicherheitskameras laufen über Ihr Computersystem. Ich habe da einen Freund, der sich im Vorfeld in dieses eingehackt und die Kontrolle über die Kameras samt Mikrofonen übernommen hat. Die einzige Herausforderung war, dass die Kameras deaktiviert aussehen mussten, weshalb sie sich nicht mehr bewegen durften. Aber wir saßen ja brav am Schreibtisch."

„Das ist illegal und wird vor Gericht …"

„Es ist nicht illegal, wenn die Aufnahme von einem Detective Chief Inspector des Yard offiziell beantragt ist."

„Sie bluffen doch nur!", fauchte Green.

Duke winkte in eine der Kameras, die daraufhin durch mehrmaliges Hoch- und Niederfahren zurückwinkte. Seine Gesprächspartnerin stützte die Ellenbogen auf die Tischplatte und vergrub erneut ihr Gesicht in ihren Händen.

„Rache hat noch nie etwas Gutes hervorgebracht", sagte Duke leise. „Nicht einmal für denjenigen, der sie plante und ausführte."

Die Frau hob den Kopf und zog eine Schublade auf. Sofort hatte Duke seine Waffe gezogen und richtete sie unmissverständlich auf sie.

„Ruhig Blut. Ich weiß, wann ich verloren habe. Ich gebe Ihnen alles, was ich zu den beiden von mir beauftragten Männern habe. Tun Sie mir einen großen Gefallen und finden Sie sie schnell. Ich möchte wirklich nicht, dass Miss Höfling etwas zustößt!"

Duke beobachtete angespannt, wie sie eine gelbe Mappe hervorkramte. Es war für ihn unmöglich einzuschätzen, ob sie ihre Worte ernst meinte oder nur möglichst unbeschadet aus der Sache herauszukommen versuchte. Ein dritter Gedanke ließ ihn die Stirn runzeln: Green war es nicht gelungen, die von ihr verdingten Kriminellen aufzuhalten. Nun hielt er den Schwarzen Peter in den Händen. Schon wieder. Grimmig entriss er ihr die Unterlagen.

Er marschierte, die Waffe noch immer in der Linken, in Richtung Tür, öffnete diese und ließ Nichols und seine Kollegen ein. Duke wusste nicht, ob Greens Status bei Europol ihr eine gewisse Immunität verschaffte. Aber darum sollten sich andere kümmern.

Mit schweren Schritten ging er die Stufen hinab. Seine Hoffnung, dass um Mary und Rahel endlich Ruhe einkehren würde, hatte sich zerschlagen. Diese Männer hatten es nach wie vor auf die beiden abgesehen. Und er hatte keine Ahnung, wer sie waren und wie er sie finden konnte …

Kapitel 50

„Sie ist zusammengebrochen wie ein Holzklötzleturm", freute sich Falk im breitesten Schwäbisch, was ihm ein Stirnrunzeln von Duke einbrachte.

Rahel beobachtete, wie er das Hotelzimmer verließ und in den angrenzenden, im Dunkeln liegenden Raum ging. Mit vor der Brust verschränkten Armen stellte er sich ans Fenster und starrte in die Nacht hinaus. Der orangefarbene Schein der Straßenlaternen und die Lichter aus den umliegenden Gebäuden beschienen sanft sein Gesicht, das dringend eine Rasur gebrauchen konnte.

Rahel erhob sich und gesellte sich neben ihn, doch Duke war so tief in Gedanken versunken, dass er ihre Anwesenheit nicht bemerkte. Sein Blick war grimmig auf etwas dort draußen gerichtet, seine Kiefer mahlten leicht. Sie legte ihre Hand auf seinen Arm, was ihn zusammenzucken ließ. Aber zumindest schaute er sie nun an. Seine Augen schienen förmlich zu brennen, weshalb Rahel vorsichtshalber einen Schritt zurücktrat.

„Ich soll dich von Clive grüßen. Er besucht noch alte Kumpels und fährt morgen an die Küste zurück."

Duke nickte.

„Er sagte, er warte auf einen ausführlichen Bericht, und falls wir nochmals seine Hilfe bräuchten, stehe er bereit."

Dukes Blick glitt über sie hinweg in den Nebenraum, in dem Falk begeistert das mit Greens Kameras aufgezeichnete Gespräch rekapitulierte. „Es tut mir leid, Schmetterling. Ich dachte, mit Greens Entlarvung sei die unsägliche Geschichte für dich ausgestanden."

„Wie könnte sie das?", gab sie leise zurück. „Die Grabschätze sind ja immer noch da, und ich nehme nicht an, dass du sie irgendwo in einem Schließfach für immer verschwinden lassen möchtest."

„Das ist nichts, was mit dir zu tun hat."

„So leicht kommst du mir nicht davon!"

„Wie bitte?" Duke trat dicht vor sie.

Rahel nahm all ihren Mut zusammen und fuhr fort: „Denkst du wirklich, mich kümmert das nicht? Wir finden gemeinsam eine Lösung dafür."

„Ich weiß, dass dir diese ägyptischen Artefakte viel bedeuten …"

Rahel verdrehte die Augen. „Wer spricht denn von den Artefakten?", flüsterte sie.

Duke ergriff ihre Hand und begann, jede einzelne Fingerspitze zu küssen, um sich dann ihrem Handteller zu widmen, dabei sah er ihr unverwandt in die Augen.

Ein Prickeln jagte durch Rahels Körper und trieb sie dazu, sich an ihn zu lehnen. Er umfing sie mit einem Arm und zog sie an sich. Sie spürte unangenehm den kalten Stahl der Waffe und wich zurück. Duke nahm die Pistole aus dem Schulterholster, warf sie auf das Sims und schloss Rahel erneut in seine Arme.

„Ich sollte das nicht tun", murmelte er, ehe er sie küsste.

Rahel schlang die Arme um seinen Nacken. Sie erwiderte seinen Kuss, der anfangs zart, fast vorsichtig war, aber zunehmend leidenschaftlicher wurde. Hineingezogen in einen farbenfrohen, perlenden Strudel vergaß sie alles um sich herum, ließ die Gefahr der letzten Wochen weit hinter sich und genoss dieses berauschende Gefühl.

„Eine interessante Art, sich Gedanken über die nächsten Schritte zu machen", drang Falks spöttische Stimme zu Rahel durch.

Duke hob den Kopf und taxierte den Eindringling. „Verschwinde, Stinkstiefel", sagte er auf Deutsch.

„Dein deutscher Wortschatz ist überwältigend."

„Dein Timing dagegen grauenhaft."

„Ich finde es perfekt!" Falks Grinsen war selbst im Dämmerlicht des nur von den Straßenlaternen beleuchteten Zimmers nicht zu übersehen.

Duke ergriff seine Jacke und schleuderte sie in Falks Richtung. Der fing sie geschickt auf. „Lasst hören, was habt ihr euch einfallen lassen? Ach, nichts? Und dabei dachte ich, es sei euer dringendstes Anliegen, endlich aus diesem tödlichen Spiel herauszukommen."

„Wir bringen Mary und Rahel weg. Am liebsten wäre mir, wir könnten sie in ein Land verfrachten, in dem sie absolut nicht vermutet werden", erläuterte Duke und bewies damit, dass Falk unrecht hatte.

„Da hast du bestimmt schon etwas ausgetüftelt."

„Das Problem ist, dass deine Eltern mit ihrem Schiff wohl zu lange brauchen würden, bis sie uns in einem englischen Hafen an Bord nehmen könnten, oder?"

Obwohl der Schalk aus Dukes Stimme sprach, entgegnete Falk ernst: „Stimmt. Und Fliegen ist schwierig, da die Passagierliste unser Ziel verraten würde."

Rahel löste sich nur ungern aus Dukes Umarmung, in der sie sich wunderbar geborgen gefühlt hatte. Aber sie empfand die Unterhaltung als zu beunruhigend, um sich diesem Gefühl weiter hinzugeben.

„Deshalb bleibt uns wohl lediglich der Eurostar. Und Südfrankreich soll im Winter ja auch schön sein", schlug Falk vor.

Duke war anzusehen, dass ihm das nicht weit genug weg war.

„An was hattest du denn gedacht?" Falk stemmte die Hände in die Hüfte und schaute Duke herausfordernd an.

„Ägypten."

„Ä-was?!"

Rahel schmunzelte über Falks ungewohnte Sprachlosigkeit.

„Puh, was für ein gewagter, einmalig genialer Gedanke", keuchte dieser und kratzte sich am Hinterkopf, was seiner ohnehin zerzausten Frisur nicht eben zuträglich war.

„Ich hätte da so die eine oder andere Idee ... allerdings sind die nicht zu gebrauchen, da wir nicht ohne Spuren zu hinterlassen nach Ägypten einreisen können."

„Es gibt da eine Möglichkeit."

Zwei Augenpaare richteten sich auf Rahel, die nervös mit ihrem linken Daumen über den rechten Daumennagel rieb.

„Eine Möglichkeit, wie wir unbemerkt hier verschwinden und nach Ägypten gelangen können?", fragte Duke.

„Na, ganz unbemerkt wird das nicht gehen, vor allem, was die Einreise dort anbelangt", schränkte Rahel ein.

„Die Einreise ist das kleinere Problem", beteuerte Duke sofort.

Falk wirkte plötzlich wie ein Kind am Weihnachtsabend. Rahel überfiel das unangenehme Gefühl, einen Fehler begangen zu haben. Etwas an Falks und Dukes Aufregung kam ihr übertrieben vor. Verdächtig ... Aber vermutlich reagierte sie inzwischen einfach fürchterlich überempfindlich auf alles und jeden in ihrem Umfeld.

„Besitzen deine Eltern eine Jacht, von der ich nichts weiß?", hakte Falk ungeduldig nach.

„Mit einem privaten Schiff wäre die Reise zwar langsam, jedoch ideal", überlegte Duke laut und forderte sie mit einer Kopfbewegung auf fortzufahren.

„Meine Eltern, mein Patenonkel und zwei andere britische Familien unterhalten gemeinsam ein Flugzeug."

„Wow", meinte Falk.

„Ist es verfügbar?" Duke war Feuer und Flamme.

„Es steht auf einem kleinen Privatflugplatz einige Kilometer von London entfernt. Meine Eltern nutzen es kaum, da sie meist wochenlang unterwegs sind. Ich müsste meinen Patenonkel anrufen ..."

Duke streckte ihr sein Handy entgegen.

„Ägypten? Wirklich?", hakte sie zweifelnd nach.

„Wir werden sehen. Es kommt auch darauf an, ob die Nutzergemeinschaft das Flugzeug entbehren kann. Die Hauptsache ist, dass du und deine Großmutter untertauchen könnt, ohne nennenswerte Spuren zu hinterlassen."

„Wieder einmal?", fragte Rahel in einer Mischung aus Humor und Verzweiflung.

Duke strich ihr tröstend über die Wange und deutete gleichzeitig auffordernd auf das Telefon.

***

Eine Cessna landete und rollte auf der einzigen Start-und-Landebahn aus, ehe sie in einer eleganten Kurve in Richtung des Hangars abbog, dessen gewaltiges Tor zwei Männer aufschoben. Rahel nahm den Geruch nach Kerosin wahr, dank des kalten Wetters fehlte das sonst übliche Gemisch aus Teer und Schmieröl.

Sie beobachtete das unruhige Flattern des weiß-rot gestreiften Windschlauchs und hüllte sich fester in ihren Mantel. Die Aussicht, demnächst die Sonne Ägyptens genießen zu dürfen, fand sie fast ebenso wunderbar wie die, endlich einmal wieder frei durchatmen zu können. Die andauernde Bedrohung, das Dunkle, Lauernde, das sie umgab, raubte ihr jeden Tag mehr die Luft zum Atmen.

„Bellender Duke und wiehernder Piratenprinz!" Falks erstaunter Ausruf ließ Rahel den Kopf drehen.

Das Flugzeug, das ihr äußerst besorgter Patenonkel ihnen für zwei Wochen zugestanden hatte, war bereit und rollte aus dem Hangar. Die fahle Wintersonne traf auf die weiße Außenhaut und diese reflektierte das Licht.

„Eine Gulfstream G500!" Falk war fassungslos.

Die schlanke Maschine mit den runden Fenstern und den an den Enden steil in die Höhe ragenden Flügelspitzen drehte sich elegant auf dem Vorplatz und stoppte dort.

„Ich hab mit einem Kleinflugzeug gerechnet und mir schon überlegt, wie wir uns da alle reinquetschen sollen!" Falks Verblüffung dauerte noch immer an, was ihn nicht daran hinderte, die Gruppe stehen zu lassen und das Flugzeug genauer in Augenschein zu nehmen.

Der Kopilot stieg aus und wartete unten am Einstieg. Rahel war die

Erste, die sich in Bewegung setzte. Sie kannte die Gulfstream, wenngleich sie nicht häufig mit ihr geflogen war. Außerdem drängte es sie, England so schnell wie möglich den Rücken zu kehren.

„Miss Höfling." Der Kopilot nickte ihr grüßend zu, bot ihr die Hand.

„Wie geht es Ihren Kindern?", erkundigte Rahel sich und verleitete den distinguiert dreinblickenden Mann zu einem Lächeln.

„Sehr gut. Die Große ist vergangenen Herbst in die Schule gekommen, der Kleine ist nach wie vor ein Charmeur."

„Das ist schön. Grüßen Sie bitte Ihre Frau von mir."

„Gern, Miss Höfling. Es freut mich, dass Sie einmal wieder unser Gast sind."

Rahel stieg die Stufen hinauf und wandte sich vor dem Einstieg zu ihren Freunden um. Falk konnte sie nicht sehen, vermutlich inspizierte er noch den Flieger. Emma, Mary und Daniel folgten ihr. Duke jedoch verharrte noch auf dem gleichen Platz wie zuvor, hatte die Hände tief in den Taschen der Jeans vergraben und blickte nachdenklich zu ihr auf. Als er ihren Blick bemerkte, löste er sich aus seiner Erstarrung und eilte zum Kopiloten. Sie beobachtete, wie er sich als Polizist auswies, und hörte die beiden über das Einreichen von Flugplänen und Passagierlisten sprechen.

Rahel betrat die für dreizehn Personen eingerichtete Kabine. Weiße Drehsessel gruppierten sich um einige Tische, im Hintergrund stand eine braune, bequeme Ledercouch. Dort hatte sie als Kind oft geschlafen. Die Erinnerungen überfielen sie mit Macht. Sie sah sich als kleines Mädchen mit zwei geflochtenen Zöpfen, wie sie auf dem Schoß ihrer Mutter saß. Sie las Rahel Geschichten vor, die eine auf Deutsch, die andere auf Englisch. Sie empfand dieses wunderbare Gefühl der Geborgenheit, dass sie damals für selbstverständlich gehalten hatte. Ihr Vater blätterte in irgendwelchen Unterlagen, machte sich Notizen und unterhielt sich mit dem vierköpfigen Ärzteteam, das zu einem Einsatz irgendwo in ein Dritte-Welt-Land wollte und von ihren Eltern kostenlos mitgenommen wurde.

Früher hatte sie nicht begriffen, in welchem Luxus sie lebte, zumal ihre Eltern das nie nach außen gekehrt hatten. Das Flugzeug war für sie einfach ein praktisches Mittel zum Zweck, ihre Reisen ein Muss, da sie viele internationale Aufträge erhielten. Später hatte Rahel weitgehend auf die Nutzung der Gulfstream verzichtet. Sie wohnte während ihrer Internatszeit nicht in einem separaten Apartment, sondern mit den anderen Mädchen in der von der Schule gestellten Unterkunft, und verschwieg gern, wer ihre Eltern waren. Obwohl sie diesen Schritt für richtig erachtet hatte und auch heute noch dazu stand, stammten aus dieser Zeit ihre Ängste, das Gefühl des Verlassenseins. Sie war immer schüchtern und ruhig gewesen, eine Außenseiterin. Niemals hatte sie Freunde mit nach Hause bringen können, zumal dort meist nur eine Haushälterin auf sie gewartet hatte.

Mary, Emma und Daniel setzten sich an den ersten Tisch. Emma deutete einladend auf den vierten, noch leeren Sessel, aber Rahel schüttelte den Kopf, ging bis nach hinten durch und ließ sich auf den letzten Sessel in dem nahezu komplett weißen Ambiente gleiten.

Falk stürmte herein. Er inspizierte rasch mit den Augen die Inneneinrichtung und klopfte dann ungeniert an die Cockpittür. Ohne auf eine Antwort zu warten trat er ein. Rahel beugte sich vor und sah, wie er den Piloten wie einen alten Kumpel begrüßte und sich auf dem Kopiloten-Sitz niederließ.

„Ich fürchte, unser Start verzögert sich um einige Stunden", lachte Daniel.

„Ich hoffe, der Pilot ist immun gegen sein Gequatsche und lässt ihn nicht fliegen", kommentierte Emma kopfschüttelnd und brachte Mary zum Lachen, die bereits nach ihrem grünen Strickzeug griff.

Duke bestieg vor dem Kopiloten die Gulfstream. Die beiden nickten sich einvernehmlich zu. Während der Kopilot sorgsam die Tür verriegelte, nach vorn ging und seinen Platz hinter den unzählig vielen Instrumenten einforderte, schritt Duke durch die Reihen und setzte sich an einen leeren Tisch. Dabei hielt er sowohl von der Dreiergruppe wie auch von Rahel den größtmöglichen Abstand. Offenbar benötigte er eine Auszeit.

„Sehr verehrte Fluggäste", drang plötzlich Falks Stimme durch die Kabine. „Dieses Flugzeug wurde gerade gekapert. Was?" Gemurmel entstand im Lautsprecher, dann wieder Falk: „Natürlich stimmt das Wort gekapert. Immerhin bin ich ein Luft*pirat*! Ich bitte den Detective Sergeant, der aussieht wie ein TV-Serienstar, dessen Name mir nicht einfällt, sich zu entspannen, die Waffe stecken zu lassen und den Flug zu genießen."

Duke drohte mit der Faust, was Falk mit einem Lachen quittierte. „Ach richtig, du darfst gar keine Waffe mitnehmen. Umso entspannter können wir anderen den Flug genießen! Wir fliegen nach einem Zwischenstopp in Paris nach Rom. Dort reichen wir im Flugplan als Nächstes Ziel Wien ein, überlegen es uns aber spontan anders und reisen weiter nach Athen und von dort, ganz überraschend und hoppla, wieder anders, als der Flugplan sagt, nach Kairo. Ich würde ja sagen: Stellen Sie das Rauchen ein, allerdings raucht hier ja niemand, also spar ich mir die Puste. Die Anweisung, keine Mobiltelefone zu benutzen, erübrigt sich ebenfalls, zumal der Detective Sergeant Duke, der Mann ... äh, der unser derzeit einziges Handy besaß, dieses auf der verwirrenden Autofahrt quer durch London elegant entsorgt hat und damit die Umweltverschmutzerplakette des Jahres überreicht bekommt. Und ich habe mich die letzten Tage über die ganze Zeit gefragt, weshalb ich mir so nackt vorkomme und warum meine Finger so unterbeschäftigt sind."

„Mach hin, Junge", knurrte Daniel grinsend.

„Mir bleibt nur zu sagen: Setzt euch auf die an Bord geschmuggelten Mordinstrumente – und damit meine ich Marys Stricknadeln –, schnallt euch gefälligst endlich an und setzt ein Lächeln auf, denn wir fliegen der Sonne entgegen."

Falk wandte sich ab, überlegte es sich anders und lehnte sich nochmals in den Türrahmen. „Entschuldigung. Wie unhöflich von mir. Ich wiederhole das alles jetzt für Frau Emma Ritter: Setzen Sie sich auf die an Bord geschmuggelten Mordinstrumente – ich bin der Meinung, das ist ohnehin die gerechte Strafe dafür, dass ich Sie wieder siezen muss!"

Falk stellte den Lautsprecher aus, schloss die Tür und huschte auf den ersten freien Platz, da der Pilot mittlerweile wohl seine Späße überhatte, zumal die Gulfsream eine Starterlaubnis erhalten hatte und auf die Startbahn zurollte.

Rahel kniff die Augen zu, bis die Maschine in der Luft war. Ihr erster Blick galt dem Fenster, und sie sah zu, wie sie innerhalb kürzester Zeit die Küste überflogen und sich unter ihnen die stahlgraue Nordsee ausbreitete. Die beklemmende Enge in ihrem Inneren löste sich, als drehe jemand den Schraubstock auf, zwischen dessen Blöcken ihre Lungen eingequetscht worden waren. Sie atmete auf, fühlte Erleichterung und das angenehme Gefühl von Freiheit in sich. Niemand wusste, dass sie in diesem Moment England verließ. Durch die vielen, eigentlich völlig unnötigen Zwischenlandungen und falsch eingereichten Flugpläne würde es für einen etwaigen Verfolger schwer sein herauszufinden, wohin sie unterwegs waren.

Außerdem war Kairo im Augenblick kein Ziel, das man bereitwillig anflog. Die Unruhen in Ägyptens Hauptstadt, hervorgerufen durch den zunehmenden Protest vor allem der jüngeren Generation gegen den amtierenden Präsidenten Muhammad Husni Mubarak, dem sie Amtsmissbrauch und Korruption vorwarfen, hielt inzwischen viele Ägyptenreisende fern.

Falk schnallte sich los und kam mit großen Schritten nach hinten. Dabei machte er den größtmöglichen Bogen um Emma, die ihn jedoch mit Nichtbeachtung strafte. Er setzte sich zu Rahel und fixierte sie mit seinen Augen, als wolle er sie in ihrem Sitz festnageln.

„Sag mal …", begann er und fuhr sich mit beiden Händen durch das, was er eine Frisur nannte, ehe er fortfuhr: „Ich weiß ja seit einigen Jahren, dass hinter der Familie Höfling Geld steckt. Aber so eine Gulfstream kostet doch locker 40 Millionen Dollar."

„Das weiß ich nicht." Rahel zuckte mit den Schultern. Das Flugzeug war von fünf Parteien angeschafft worden und wurde noch von vieren unterhalten. „Was willst du wissen?", fragte sie direkt nach, zumal sie sich sicher war, dass Falk keine Etikette bremsen konnte.

„Wie viele Gulfstreams könntest du mir schenken, bevor deine Eltern die Stirn runzeln und dich zum Sparen anhalten?"

„Gar keine, da du dir die Mietkosten für einen Hangar nicht leisten kannst."

„Mensch, Rahel, ich meine das doch *theopraktisch*."

„Immer noch keine, denn du kannst dir auch keinen Piloten leisten."

„Ich könnte eine Fluglizenz machen."

„Gut, werde Pilot."

„Und dann sprechen wir darüber?"

„Worüber?"

„Du willst nicht antworten?"

„Ich kann nicht, da ich keinen Einblick in die Finanzen meiner Eltern und meiner Großmutter habe. Frag besser Granmary."

„Granmary?", rief Falk durch die Innenkabine.

„Ich bin durchaus in der Lage, euer Gespräch zu verstehen."

„Manche Leute putzen sich die Ohren mit Stricknadeln oder Kakteen", flüsterte Falk respektlos. Emmas Räuspern ließ ihn zusammenzucken, aber grinsen. „Womit *sie* ihre Ohren putzt, wüsste ich auch gern."

Mary ließ ihre Handarbeit in den Schoß sinken und blickte nachdenklich auf ihre Hände, ehe sie erwiderte: „Geld oder Macht zu haben legt denjenigen, die über das eine oder das andere, womöglich sogar über beides verfügen, sehr viel Verantwortung auf. Man kann beides sinnvoll gebrauchen oder übel missbrauchen."

„So viel!", lachte Falk und zwinkerte Mary zu. Sie hob wie zum Gruß das grüne Etwas an, an dem sie arbeitete.

Rahel drehte den Kopf, um Duke anzusehen. Er hatte die Beine weit von sich gestreckt, die Arme vor der Brust verschränkt und die Augen geschlossen. Obwohl er reglos dasaß, nahm sie an, dass er nicht schlief, und Rahel fragte sich, was der Grund für seine erneute eigenbrötlerische Zurückgezogenheit war. Sie biss sich auf die Unterlippe. Sie hatte oft Schwierigkeiten damit gehabt zu unterscheiden, ob Menschen sich ihr nur aufgrund ihres familiären Hintergrunds annäherten oder aus echtem Interesse an ihr. Bei Emma, Daniel und Falk war sie sich schnell sicher gewesen, dass Letzteres der Fall war, doch bei Duke lag die Sache nochmals anders und das machte es nicht gerade einfacher. Er war beauftragt worden, in ihr Leben zu treten, um sie auszuspionieren. Er gehörte weder zu den einen noch zu den anderen. Er war speziell. Besonders. Rahel fühlte sich mit allen Sinnen zu ihm hingezogen und verdrängte fortwährend und energisch die kleinen Stimmen, die sie davor warnen wollten, sich auf ihn einzulassen. Gelegentlich hatte sie den Eindruck, als vermischten sich Wahrheit und Schein und sie steckte hilflos irgendwo dazwischen.

Die Ankündigung, dass sie in wenigen Minuten in Paris landen würden, schreckte sie aus ihren wirren Überlegungen auf. Sie griff nach dem Gurt und beobachtete, wie auch Duke sich aufsetzte, angurtete und mit unbeteiligtem Blick aus dem Fenster sah. Er war neben Emma, die sich dringend etwas bewegen musste, der Einzige, der für den kurzen Zwischenstopp die Gulfstream verließ.

***

Duke trat zwischen die lang gezogenen Wellblechhallen und schaute sich prüfend nach allen Seiten um, ehe er das Mobiltelefon aus der Hosentasche zog, die PIN eingab und wartete, bis er Empfang hatte. Eilig tippte er eine Nummer ein und warf erneut einen prüfenden Blick um sich. Niemand beachtete ihn. Weiter entfernt hoben Linienflugzeuge im Sekundentakt ab oder landeten, zwei Kleinflugzeuge brummten über ihn hinweg. Es roch ähnlich wie auf dem kleinen Flughafengelände bei London, der Wind war jedoch deutlich schwächer und es war nicht ganz so kalt.

Im Mobiltelefon knackte es, dann meldete sich die von ihm angewählte Person.

„Wir sind unterwegs, momentan in Paris."

„Was ist das Ziel?"

„Wie besprochen. Ich muss mich darauf verlassen können, dass alles klappt!", brummte Duke mit drohendem Unterton in der Stimme.
„Dieses Mal wird nichts schiefgehen. Wir sind perfekt vorbereitet."
„Hoffen wir es! So langsam reicht es. Es gab genug Fehlschläge!"
„Ich gebe die Nachricht weiter."
„Alles klar!" Duke nahm das Smartphone vom Ohr und schaltete es komplett aus, ehe er es zurück in seine Hosentasche gleiten ließ, über die er den Saum seines dunkelbraunen Hemdes zog. Er lehnte sich mit dem Rücken gegen die kalte Wellblechwand und schaute in den grauen Himmel hinauf. War er wirklich bereit, das Risiko eines erneuten Fehlschlags einzugehen? Die damit verbundene Gefahr für ihn war groß. Und Rahel ...

Aufgebracht stieß er sich ab und eilte zum Flugzeug. Er würde weiterhin den grüblerischen oder schlafenden Begleiter spielen. So entkam er Rahels forschenden Blicken sowie den Fragen der anderen und Falks Späßen.

***

Die Landung auf dem Cairo International Airport und die im privaten Bereich schnell erledigten Einreiseformalitäten brachten keinerlei Probleme. Es war dunkel, als Rahel sich zu Falk und Emma in das nach Rauch riechende, mit abgewetzten Sitzen ausgestattete Taxi setzte, das dem folgen sollte, in dem Duke, Mary und Daniel Platz genommen hatten. Auf Rahels Vorschlag hin bezahlten sie für die noch leeren Plätze, damit die Fahrer nicht auf weitere Fahrgäste warteten.

Die Fahrt durch die belebten Straßen von Kairo gestaltete sich gewohnt chaotisch. Nobelkarossen und Busse neben Kleinwagen und Eselskarren, viele unbeleuchtet, teilweise meterhoch beladen oder vollständig überfüllt, schoben sich hupend und ruckelnd aneinander vorbei. Die Fahrspuren wurden ständig gewechselt, die Hupe ersetzte die Verkehrsregeln. In einer schmaleren Straße verstopfte eine heruntergefallene Ladung die Hälfte der Fahrbahn.

Rahel beobachtete lächelnd Emma, die mit großen Augen den von unzähligen Lichtern angeleuchteten Wirrwarr um sie herum betrachtete, ihre Blicke über die imposanten, nach westlichem Vorbild erbauten Gebäude auf der einen Seite und die im mediterranen Kolonialstil errichteten Häuser auf der anderen gleiten ließ. Gelegentlich presste sie das Gesicht gegen die Scheibe des klimatisierten Fahrzeugs, um die hoch aufragenden, schlanken Türme der Minarette betrachten zu können.

Rahel entdeckte Plakate mit aufrührerischen Slogans, ungewohnt große Menschenansammlungen und eine auffällig starke Polizeipräsenz. Seit im vergangenen Dezember in verschiedenen Städten Tunesiens die vorwiegend jungen, arbeitslosen und ihrer Perspektiven beraubten Menschen ihre Unzufriedenheit mit den autokratischen und korrupten Machthabern gezeigt und, unterstützt durch die modernen elektronischen Medien, bald das ganze Land in einen wahren Sog aus Protesten und Aufruhr gezogen hatten, überschritt diese Revolution nun wie eine Reihe angestoßener Dominosteine die Grenzen zu den benachbarten nordafrikanischen Ländern.

So brodelte es seit drei Tagen auch in Kairo, Alexandria, Mansura, Ismailliyya und in Assuan, Asyut und weiteren ägyptischen Städten. Der Gedanke, dass Rahel hier sicher nicht vermutet würde, weil momentan Touristen das Land mieden, zumindest aber das Zentrum Kairos, war durchaus angenehm. Allerdings spürte Rahel beim Anblick der provozierenden Schilder, der Menschenansammlungen auf den Plätzen und Straßen und dem gewaltigen Aufgebot an regulärer und paramilitärischer Polizei Unbehagen in sich aufziehen. Sie hatte von den Demonstrationen gewusst, doch vor Ort empfand sie die Umstände als wesentlich bedrohlicher. Und dabei wusste sie um die überwältigende Gastfreundschaft und Höflichkeit der Ägypter, die ihre Gäste wohl eher beschützten als angriffen. Doch ihr war bewusst, wie unbedeutend ein einzelner Mensch inmitten dieser unüberschaubaren Millionenstadt war.

Es dauerte lange, bis sie endlich die Corniche el-Nile in Downtown Cairo und damit das Ramses Hilton erreichten, das Rahel als Unterkunft vorgeschlagen hatte. Das wuchtige dreieckige und dennoch eigenartig verschachtelte Hotel war zwar ein hässlicher Kasten, lag aber direkt am Nil, nur zehn Gehminuten vom Ägyptischen Museum entfernt, und bot große Zimmer zu einem akzeptablen Preis. Zudem kannte sie das Hotel, was ihr eigentlich ein Gefühl von Sicherheit vermitteln sollte. Allerdings trübte auch hier eine stattliche Anzahl bewaffneter Polizisten vor der Eingangspforte diesen Eindruck.

In der großzügigen, vor allem in Weiß- und Brauntönen gehaltenen Lobby mit ihren mehreckigen breiten Säulen erbat Rahel von ihren Reisegefährten die im Flughafengebäude erstandenen Touristenvisen und ihre Reisepässe, um drei Zimmer zu buchen. Obwohl der Januar einer der angenehmsten Reisemonate für Ägypten war, gab es dabei keine

Probleme. Der Concierge bestätigte, dass tatsächlich viele Touristen und Geschäftsreisende ihren Aufenthalt in Kairo kurzfristig abgebrochen hatten. Wenig später standen Mary, Emma und Rahel an der Glasfront von Marys und Rahels Zimmer weit oberhalb des Nils. Sie blickten über den Fluss, über den sich die 6th October Bridge spannte, auf die hell erstrahlende Skyline Kairos.

Emma trat zu Rahel an die Fensterfront und presste die Wange an diese. „Schwarze Rauchwolken. Da ist irgendetwas Großes in Brand geraten", sagte sie schließlich tonlos.

„Die Gewalt eskaliert", murmelte Mary leise.

Es klopfte und Duke, Falk und Daniel traten ein. Falk stellte sein Notebook auf einen mit einer Glasplatte ausgestatteten Beistelltisch und loggte sich ins WLAN ein.

„Ich war schon lange nicht mehr hier", seufzte Mary und ließ sich in einen der cremefarbenen Sessel sinken.

„Für Frauen ist Ägypten ohnehin ein nicht ganz unproblematisches Reiseziel", murmelte Falk, während er das Geschehen auf dem Display beobachtete. „Ich frage mich, wie unsere vornehmen Damen damals mit der hiesigen Kultur zurechtgekommen sind."

„Was meinst du damit?", erkundigte Rahel sich und wandte sich von dem faszinierenden Anblick des Nils ab.

„Ich habe da draußen viele verschleierte Frauen gesehen."

„Dann hast du wohl die nicht verschleierten Frauen übersehen. Eigentlich herrscht in Ägypten ein Verschleierungsverbot, aber die zunehmende Islamisierung – sogar bis in die Regierungskreise hinein – zeigt auch hier ihre Wirkung. Übrigens hat Ägypten schon früher viele Frauen fasziniert, nicht nur meine Vorfahrin."

„So?", meinte Falk etwas abwesend. Offenbar ging ihm das Geschehen auf seinem Notebook nicht schnell genug.

„Florence Nightingale zum Beispiel verbrachte aus gesundheitlichen Gründen im Jahr 1849 den Winter am Nil. Sie schrieb später, dass sie sich die Frage stelle, wie Menschen aus Ägypten zurückkehren und einfach so weiterleben könnten, als sei nichts geschehen. Bei ihr war es anders. Sie hat hier einige der schönsten Briefe geschrieben, die du je lesen wirst, und beschlossen, fortan den Notleidenden zu dienen."

„Ähnlich wie Sarah damals?", erkundigte sich Emma, und Rahel nickte.

„Die britische Frauenrechtlerin und Schriftstellerin Harriet Martineau gehörte zu den Ersten, die über die ägyptischen Frauen berichtete. Auch

Lucille Duff Gordon war ihrer Gesundheit wegen nach Ägypten gekommen und schrieb dann über die Frauen dieses Landes."

„Lady Duff Gordon? Die Erste-Klasse-Passagierin der Titanic? Die, von der man behauptet, sie und ihr Mann samt Zofe hätten sich mit ein paar Männern von der Besatzung der Titanic zu zwölft ein Rettungsboot *geleistet*?"

„Ebendiese", lachte Rahel.

Falk trommelte inzwischen nervös mit den Fingern auf die Tischplatte. Offenbar waren die Internetprovider völlig überlastet. Ob das mit dem Aufruhr zusammenhing? Immerhin organisierten sich die Demonstranten auch in Ägypten über Facebook und Twitter. Allerdings hatte Rahel gehört, dass diese Dienste mittlerweile in Ägypten gesperrt worden waren. Andere Onlinedienste mussten herhalten, um Nachrichten ins Ausland zu schmuggeln, da die staatliche Rundfunkgesellschaft *Egyptian Radio and Television Union* sich sehr bedeckt hielt.

„Übrigens, Falk", fiel Mary ein. „Frauen werden hier durchaus geschützt. Normalerweise treten die Männer für Frauen ein, wenn diese sich bedroht fühlen. Aber natürlich sollten Touristinnen keine falschen Signale senden. Deshalb haben Emma, Rahel und ich trotz der warmen Temperaturen langärmelige Blusen, lange Hosen und lange Röcke eingepackt. Nackte Haut stellt eine Einladung an Männer dar, die wir nicht unbedingt aussenden wollen."

„Strickst du darum an einem grünen Ganzkörperdingens?", lachte Falk, bevor er begann, auf die Tastatur einzuhämmern. Offenbar hatte er eine Verbindung erhalten.

„Wir sind in Kairo", erwiderte Mary, mehr zu sich selbst. „Ich habe geahnt, dass wir hier landen, und in weiser Voraussicht die grünen Dingens gestrickt."

Rahel und Emma hoben fragend die Augenbrauen, zwischen Daniel und Duke fand ein kurzer Blickwechsel statt. Nur Falk blieb auf seinen Bildschirm fixiert. Plötzlich knurrte er wie ein tollwütiger Hund und traktierte erneut das vermutlich recht unschuldige Gerät.

„Ich fürchte, die ägyptische Regierung hat gerade ganz Ägypten vom Internet getrennt", murmelte er nach einer Weile.

„Was?" Duke trat hinter ihn, stützte die Hände auf die abgerundete Sessellehne und sah ihm über die Schulter.

„Ich habe jetzt schon einige ägyptische Provider abgeklopft. Nichts. Die müssen die Routingeinträge des Broder-Gateway-Protokolls gelöscht haben."

Während Emma, Mary und Rahel Falk nur verständnislos anblickten, wandte Daniel sich der Fensterfront zu. Seine hochgezogenen Schultern symbolisierten Sorge.

„Duke, du hast doch wieder ein Handy?"
Rahel sah, wie sich Dukes Gesicht bei Falks Frage verdüsterte, aber er nickte und streckte ihm das Gerät entgegen. Falk tippte eine Nummer ein, wohl um zu prüfen, ob wenigstens die Mobiltelefone noch funktionierten. Wenig später warf Falk das kleine Gerät neben sein Notebook auf die Glasplatte. „Nichts!", sagte er. „Sogar die SMS-Kommunikation ist unterbrochen. Ich fürchte, da draußen braut sich was zusammen."

„Wir hätten niemals hierherkommen sollen." Emma begann nervös auf und ab zu gehen.

„Das Risiko war uns doch allen bewusst, aber gleichzeitig auch die Chance, dass Mrs Nowak und Rahel sich in Luft auflösen", widersprach Duke.

„Das haben wir prima hinbekommen!", erwiderte Falk, dem vor allem Emma leidtat. Doch sie hatte darauf bestanden, Rahel zu begleiten.

„Nur weil du mit deinen kleinen elektronischen Helfern nicht kommunizieren kannst, bedeutet das noch lange nicht, dass es die Menschheit nicht mehr gibt", sagte diese aufgebracht, drehte sich um und schritt in die andere Richtung davon.

„Sie ruinieren mit Ihrer Rennerei noch den schicken grünen Teppich", frotzelte Falk. „Aber Granmary kann die Spurrillen ja wieder zustricken."

„Sie heißt Mary Nowak!", verbesserte Emma und man hörte deutlich die Lehrerin in ihr heraus.

„Sie sind ..."

„Kein Wort!", gab Emma zurück und drohte mit dem Zeigefinger. Daniel trat seiner Frau in den Weg und nahm sie in den Arm. Erst hatte es den Anschein, als wolle sie sich aus seiner Umarmung befreien, doch dann sackten ihre Schultern nach vorn und sie klammerte sich an Daniel fest. „Mir gefällt das alles nicht."

„Die Aussicht in Thailand oder der Karibik wäre vielleicht schöner gewesen", meinte Falk.

Duke, der einige Zeit auf dem Handy herumgetippt hatte, steckte dieses zurück in seine Gesäßtasche und wandte sich der Tür zu. „Ich drehe eine Runde durch das Hotel." Mit diesen Worten verschwand er.

***

Rahel, Emma und Mary hatten ihr reichhaltiges Frühstück bereits beendet und begrüßten Daniel und Falk, als diese sich zu ihnen an die bodentiefe Fensterfront mit Blick auf die morgendliche Skyline gesellten.

„Was ist mit Duke?", erkundigte Emma sich.

„Der schläft noch. Ich habe keine Ahnung, wann der britische Hochadel letzte Nacht zurückgekommen ist", erwiderte Falk grinsend. „Jedenfalls nicht vor zwei Uhr."

„Was hatte er denn so lange zu tun?", wunderte sich Mary.

„Die Welt retten!", vermutete Daniel.

„Dafür riechen seine Klamotten aber heftig nach Rauch, Wasserpfeife und sonstigem undefinierbarem Zeugs."

Falk und Daniel bedienten sich am Büfett, während Rahel nachdenklich auf die modernen Häuser der Stadt blickte. Der blaue Himmel war mit federleichten Wolken geschmückt, und die ägyptische Sonne tauchte die Hochhäuser und Minaretttürme in einen verspielten Wechsel aus Licht und Schatten, der über die explosiven Vorgänge in den Straßen hinwegtäuschte. Sie erstaunte dieser plötzlich sehr laute Protest. Der Ägypter an sich übte in der Regel nur sehr zurückhaltend Kritik. In der Zeit, in der Rahel sich zu Ausgrabungszwecken im Land aufgehalten hatte, waren die Gespräche zwischen den Ägyptern für sie kaum zu deuten gewesen. Es war ihr schwergefallen, innerhalb der vielen, häufig gebrauchten Höflichkeitsfloskeln die darin enthaltenen Zwischentöne zu verstehen. Sie hatte jedoch schnell gelernt, dass diese Menschen es vorzogen, Zwistigkeiten hauptsächlich durch Kompromisse zu klären.

Aber auch Dukes schweigsame Unnahbarkeit und seine Handlungsweise in den vergangenen Stunden verwirrten Rahel. Angeblich war er doch davon überzeugt, dass ihnen niemand gefolgt sein konnte.

Jemand legte eine Hand auf ihre Schulter. Rahel wandte den Kopf und blickte in Dukes dunkle Augen. Die Schatten unter ihnen verrieten den Schlafmangel der vergangenen Tage, der Vollbart, den er seit mehreren Tagen wachsen ließ, verlieh ihm ein fremdartiges Aussehen.

„Gut geschlafen?", erkundigte er sich und Rahel nickte. Duke begrüßte Mary und Emma gewohnt höflich und gesellte sich dann zu Daniel und Falk an das Büfett. Als auch die Männer ihr Frühstück beendet hatten, lehnte Duke sich auf seinem Stuhl zurück und fragte: „Und was sehen wir uns heute an? Mit Rahel haben wir ja eine perfekte Reiseleiterin an unserer Seite."

„Du willst in die Stadt gehen?" Emma kniff ein Auge zu und taxierte Duke zweifelnd.

„Warum nicht? Wir halten uns einfach von größeren Menschenansammlungen fern."

Mary schüttelte den Kopf. „Ich gebe es nicht gern zu, aber mich haben die letzten Tage angestrengt. Ich ziehe den Luxus eines heißen Whirlpools den staubigen Gassen da draußen vor."

„Solange du darin keine Kakteen ziehst, in die sich die nächsten Gäste dann setzen ..." Falk grinste breit. Offenbar gefiel ihm die Vorstellung, von der er Mary soeben abgeraten hatte.

„Emma und ich treffen uns später im Hotelrestaurant mit dem befreundeten Ägyptologen, den ich gebeten hatte, ein bisschen über Samira Elwood zu recherchieren. Wir haben gestern Abend noch telefoniert und den Termin festgelegt", erklärte Daniel.

„Rahel, Falk?", fragte Duke.

„Ich dachte, ich knoble noch ein bisschen rum, ob es mir nicht gelingt, die ägyptische Kommunikationssperre zu durchbrechen. Ich kann mir nicht vorstellen, dass sie auch die Börse lahmgelegt haben, obwohl die Kurse seit Ausbruch der Unruhen tief gefallen sind. Es gibt da bestimmt irgendeinen ISP, der funktioniert." In Falks Augen funkelte die Lust des Tüftlers.

Rahel sah vom einen zum anderen und fragte sich für einen Augenblick, ob dies ein abgekartetes Spiel war. Emma, die sonst selten still sitzen konnte, wollte das Hotel nicht verlassen; Daniel und Falk, Abenteurer pur, ebenfalls? Allerdings klangen ihre Begründungen plausibel.

„Ist es draußen wirklich sicher?", hakte Emma nach.

„Solange wir den Tahrir-Platz und die Regierungsgebäude meiden, dürfte nichts passieren. In der Lobby sagte man mir, dass auch die Souks alle offen sind."

„Ich würde gern Beth Raftings aufsuchen. Sie ist Archäologin. Wir haben während meiner Ausgrabungszeit viel gemeinsam unternommen. Sie wohnt nahe des Khan-el-Khalili-Basars."

„Na, dann los." Duke warf seine Serviette auf den Teller, erhob sich und wartete, bis Rahel an ihm vorbei in Richtung Restaurantausgang unterwegs war. Dennoch hörte sie, wie Falk ihm zuraunte: „Keine leichtsinnigen Aktionen mit der Kleinen!"

Emma war noch eine Spur deutlicher: „Pass bloß auf! Sobald du denkst, es könnte ungemütlich werden, kommt ihr bitte zurück!"

„Ich setze Rahel keiner Gefahr aus, keine Angst", versicherte Duke.

Rahel runzelte die Stirn. Warum nur hatte sie den Eindruck, dass er bei dieser Beteuerung unsicher klang?

Kapitel 51

Rahel öffnete die Tür und schaute gebannt auf Dukes Erscheinung. Er hatte sich eine dunkelgraue Galabija übergestreift, allerdings auf eine Kopfbedeckung verzichtet. Trotzdem sah er dank des Bartes aus, als sei er in Ägypten geboren.

„Was hast du denn vor?", fragte sie auflachend.

„Unsichtbar sein", meinte er und reichte ihr einen schwarzen Jilbab und einen Khimar.

„Also, ich weiß nicht …" Zögernd entfaltete Rahel den luftigen Stoff und betrachtete die schleierähnliche Kopfbedeckung.

„Als Touristen fallen wir in diesen Tagen etwas zu sehr auf."

„Wie du meinst." Rahel zögerte noch immer. Vielleicht war es doch vernünftiger, im Hotel auszuharren, bis Nichols – auf welchem Wege auch immer – Duke signalisierte, dass er die involvierten Polizisten entlarvt hatte und sie in ihr normales Leben zurückkehren konnten. Andererseits hätte sie Beth wirklich gern wiedergesehen, und sie liebte das bunte Treiben in den Souks.

„Es ist deine Entscheidung, Schmetterling", durchbrach Duke mit sanfter Stimme ihre Überlegungen.

„Möchtest du denn mehr von Kairo sehen?"

Duke zog die breiten Schultern hoch. „Ich habe nicht oft die Möglichkeit, Ländern wie diesem einen Besuch abzustatten."

„Dann gehen wir!" Rahel streifte sich den schwarzen Umhang über ihre Bluse und die Leinenhose. Ihr helles Haar verbarg sie geschickt unter dem Kopftuch. „Na, wie sehe ich aus?"

„Etwas blass, aber deine wunderschönen dunklen Augen nehmen ohnehin jeden Blick gefangen."

Rahel genoss das warme Prickeln, das seine Worte in ihr auslösten. Doch Duke drehte sich ruckartig um und öffnete die Tür zum Flur. Rahel folgte ihm, wobei der schwarze Schleier flüsternd über ihre Schultern rutschte und der Stoff des Jilbab ungewohnt um ihre Beine wirbelte.

Nach einer knappen Stunde Fußmarsch führte Rahel Duke in die schmalen Gassen der Basare. Minarette und andere prächtige Bauten mit verschnörkelten Arabesken, Zinnen, überstehenden Erkern und gewaltigen gemauerten Torbögen zogen die Blicke auf sich. Wäsche flatterte über den Köpfen der Besucher, der Duft von Minze, Malve, Chili, Zimt und Koriander mischte sich mit dem von Jasmin, Lotus und Vanille.

Säcke, Kisten, Buden, Bänke und Markisen verengten Gassen zusätzlich und wetteiferten mit den Düften darum, die Sinne der Besucher zu verführen. Gedrechselte Holzgegenstände, Schmuck, darunter Nachbildungen aus der pharaonischen Zeit, Teppiche und Tapisserien, Bronze- und Kupferarbeiten und meterhoch aufgestapelte Körbe ließen dem Auge keinen Augenblick der Erholung. Der Singsang des Muezzins, der zum Gebet aufforderte, hallte zwischen den Fassaden wieder.

„Sehr voll hier", meinte Duke und drehte sich einmal um sich selbst. Männer, Frauen und Kinder, meist in der üblichen Landeskleidung, gelegentlich mit europäischem Äußeren, drängten sich an den ausgestellten Waren vorbei, feilschten, tranken Tee, lachten und rauchten.

„Voll?" Rahel unterdrückte ein Lachen. „Im Gegenteil! Die meisten der hier sonst anzutreffenden Besucher sind wohl momentan bei den Demonstrationen. Und Touristen, die sich eigentlich in Scharen durch die Gassen schieben, sehe ich kaum", erklärte Rahel.

Duke drehte sich zu ihr um und sah sie erstaunt an. Hinter ihnen befand sich der Eingang zu einem Laden, der goldfarbene, zumeist bunt bemalte Wasserpfeifen feilbot. Inmitten der engen, vollgestellten Flure mit den übereinandergestapelten Waren hatte ein Ägypter seinen Gebetsteppich ausgerollt und verrichtete sein Gebet. Im Hintergrund saßen zwei Frauen, die weinrote Farbe und in sich verschlungene Muster auf noch unbemalte Shishas auftrugen.

„Ist das dein Ernst?", fragte er und trat nahe vor sie, damit sich hinter ihm der Strom der Händler und Kunden vorbeischieben konnte.

Vergnügt sah Rahel zu ihm auf. Sie fühlte sich in ihrer Verkleidung beinahe unsichtbar. Zudem liebte sie dieses Stimmenwirrwarr, die Duftexplosion und die verwirrenden, berauschenden Farben der Souks; zumindest ein paar Stunden lang, ehe sie sich wieder an einen ruhigeren Ort zurückzog. Und sie genoss es, den Mann, der ihr so viel bedeutete, in dieses kleine Universum zu entführen.

Schweigend schaute er auf sie hinab. Wie sehr wünschte sie sich, dass endlich alles so war, wie es sein sollte, und sie sich näherkommen konnten wie ein ganz normales junges Paar. Doch die Realität sah anders aus, wenngleich sie im Augenblick das Gefühl hatte, sich in einer Geschichte aus Tausendundeiner Nacht zu befinden.

Unter der Intensität seines Blicks vergaß sie, seine Frage zu beantworten.

Eine Frau, wie Rahel in einen schmucklosen, schwarzen Jilbab gehüllt, rempelte Duke so unsanft an, dass er zwei Schritte nach vorn taumelte und gegen Rahel prallte. Er hielt sie fest, damit sie nicht rückwärts in die vor dem Laden aufgereihten Shishas stürzte. Für einen Moment genoss sie seine Umarmung, ehe er zurücktrat.

Mit gerunzelter Stirn sah Rahel der schnell in der Menschenmenge verschwindenden Frau nach. Nur wenige Frauen bewegten sich ohne Begleitung durch die Straßen Kairos. Zudem achteten sie normalerweise auf einen gebührenden Abstand zu Männern und waren so höflich, sich nach einem versehentlichen Körperkontakt zumindest durch ein knappes Wort oder eine Geste zu entschuldigen.

Duke lachte leise auf. „Ehrlich, ich bin froh, dass die Gassen heute praktisch leer sind. Gehen wir weiter?"

Rahel schmunzelte und betrat gefolgt von Duke wenig später die aus Rund- und Spitzbögen und mit Arabesken verzierten Gemäuer des Khan-el-Khalili. Mehrere Torbögen reihten sich hintereinander, ausgetretene, teilweise mit Moos bewachsene Steinstufen brachten sie immer tiefer in den Markt hinein, vorbei an unzähligen Händlern, deren Auslagen oft nicht mehr als einen Meter Platz zum Durchgehen ließen. Dort, wo das Sonnenlicht hereinfiel, offenbarten die Gebäude ihren Verfall, im Schatten der Torbögen und Mauern lag hingegen ein geheimnisvoller goldener Schleier zwischen den Gebäuden.

Sie verließen den Basarbereich und betraten eine der angrenzenden, deutlich ruhigeren Straßen. Rahel klopfte an die verwitterte Holztür eines zweistöckigen Flachdachgebäudes, von dessen Fassade der Putz in großen Platten abfiel. Müll stapelte sich zwischen diesem und einem benachbarten Haus und der Gestank, der von ihm ausging, war nicht anders als abscheulich zu nennen. Rahel sah, wie Duke das Gesicht verzog.

„Das Müllbeseitigungssystem in Kairo ist längst kollabiert. Hier ist es noch erträglich, da wir uns in der Nähe touristischer Ziele befinden. Aber in den Vierteln abseits der Märkte und sonstigen Sehenswürdigkeiten ist das Problem grauenhaft. Zudem ist Kairo maßlos überbevölkert. Es gibt Hunderttausende Menschen, die zwischen den Gräbern auf Friedhöfen leben, in der sogenannten Stadt der Toten."

„Ob deine Freundin überhaupt zu Hause ist?", fragte Duke nach einem nachdenklichen Schweigen.

„Sicher. Bei der unruhigen Lage wird sie kaum an ihren Ausgrabungen weiterarbeiten können. Das alles wird sie weit zurückwerfen."

Die Tür ging knarrend auf. Eine rothaarige, leicht übergewichtige Frau etwa Anfang 30 trat auf die hohe Steinschwelle, stutzte und zog Rahel dann in ihre kräftigen Arme.

„Rahel! Wie siehst du denn aus?", lachte die Frau, gab sie wieder frei, stemmte die Hände in die rundlichen Hüften und musterte Duke. „Und wer ist das? Ich meine, er sieht genial gut aus, aber ich weiß wirklich nicht, wie ich ihn einordnen soll."

„Das Problem kenne ich", murmelte Duke und stellte sich als britischer Staatsbürger vor.

„Gab es in Old England eine Moderevolution?", spottete Beth, während sie beiseitetrat und sie ins Haus einließ.

Das Treppenhaus, das mit größtenteils zerbrochenen Schmuckfliesen gekachelt war, brachte sie ein Stockwerk höher in eine Einzimmerwohnung. Diese beherbergte wenig mehr als ein Metallbett, einen transportablen Herd mit zwei Platten, einige Sitzkissen und drei baufällige Regale mit Geschirr und anderen Gebrauchsgegenständen. Dominiert wurde der Raum von einem gewaltigen Bücherregal, vollgestopft mit großen, schweren Schmökern rund um Ägypten, Archäologie und in ägyptischer Sprache verfasster Schriften. Fußboden, Decke und Wände des Raumes waren mit Ornamenten verziert, die aber ausgebleicht und stellenweise abgeblättert waren.

Rahel, die Beth des Öfteren besucht hatte, war die spartanische Einrichtung vertraut. Da Beth die meiste Zeit des Tages an der Ausgrabungsstelle oder an einer Fakultät verbrachte, sah sie keine Notwendigkeit, es sich gemütlicher zu machen.

Duke sah sich interessiert um, trat an eines der mit den traditionellen Maschrabijas versehenen Fenster und warf einen prüfenden Blick auf die Gasse hinunter. Offenbar war alles zu seiner Zufriedenheit, denn er wandte sich an Rahel, während Beth Malventee zubereitete.

„Ich lasse dich und Miss Raftings für einige Stunden allein. Ihr habt euch bestimmt viel zu erzählen. Ich schaue mir unterdessen wie ein waschechter Tourist die Sehenswürdigkeiten an."

„In dieser Verkleidung nimmt dir niemand den Touristen ab", lachte Rahel.

„Da hast du recht." Er zog sich die Galabija über den Kopf und drückte sie ihr in die Hand. Über seinem schwarzen T-Shirt trug er ein offenes Hemd in dunklen Grau- und Blautönen.

„Bis später", sagte er nur und verschwand so schnell, dass Rahel sich fragte, ob er vor etwas flüchtete.

„Wow! Wo hast du denn den Leckerbissen aufgetrieben?" Beth eilte an ein Fenster, um Duke hinterherzusehen. „Er hat Ähnlichkeit mit diesem australischen Schauspieler aus der US-Serie ..." Beth beendete den Satz nicht, sondern schnalzte mit der Zunge, wie sie es immer tat, wenn ihr etwas unwichtig vorkam.

Rahel gesellte sich zu ihr an das Fenster. Beide sahen zu, wie Duke die gegenüberliegende Straße betrat.

Nachdem er einen winzigen Torbogen zu einer abzweigenden Gasse passiert hatte, löste sich eine einzelne Gestalt aus dem Schatten des Durchlasses. Eine Frau in einem schwarzen Jilbab folgte ihm. Erschrocken zog Rahel die Luft ein. War das dieselbe Frau, die Duke vorhin so unvorsichtig angerempelt hatte? Ein eiskalter Schauer rieselte Rahels Rücken hinab. War man ihnen schon wieder auf den Fersen? Befand sich Duke in Gefahr? Rahel schüttelte den Kopf. Hier gab so viele Frauen in schwarzen Jilbabs, dass ihre Überlegung schlichtweg grotesk war. Rahel versuchte sich zu beruhigen, doch die Zweifel ließen sich nicht vertreiben.

***

Duke drehte sich nicht um, da er ahnte, dass Beth und Rahel ihn beobachteten. Ein Blick in Rahels Augen könnte ihn dazu verführen, die Planungen über den Haufen zu werfen. Es war schon herausfordernd genug, sich in dieser fremden Welt zurechtzufinden, vor allem ohne elektronische Kommunikationsmittel. Mit deren Ausfall hatte er nicht gerechnet, und dieser Umstand barg gewaltige Risiken ...

Sein Weg führte ihn zurück in den Khan el-Khalili, allerdings hatte er nicht vor, eines der touristischen Ziele anzusteuern. Schon bald vernahm er Schritte hinter sich, die sich seinem Tempo anpassten. Zügig ging er weiter, als bemerke er die Frau nicht, und trat in eine nach links führende überfüllte Gasse. Duke huschte an einem Knäuel zum Verkauf aufgehängter Taschen vorbei in das Innere eines Ladens.

Seine Verfolgerin tat, als prüfe sie eine billige, für Touristen hergestellte Tasche und sah sich prüfend um. Sekunden später stand sie neben ihm und drückte ihm den kalten Stahl einer Schusswaffe in die Seite.

***

Emma, die sich abseits gehalten hatte, sah zu, wie Daniel den Ägypter freundschaftlich verabschiedete und Pfefferminztee nachbestellte, ehe er zu ihr an den Tisch kam. Er ließ sich schwer auf den mit einem roten Polster versehenen Stuhl fallen und griff nach seinen Notizen und den Kopien, die sein Kollege ihm mitgebracht hatte.

„Keine sehr reichhaltige Ausbeute", kommentierte Emma und legte ihre Hand auf die seine. Sie wollte ihm nun, da sie endlich einmal Zeit und Ruhe hatten, etwas Wichtiges mitteilen, das sie bereits seit über zwei Wochen beschäftigte.

„Mehr, als ich erwartet hatte", widersprach Daniel und in seinen blauen Augen spiegelte sich die Begeisterung für die alte Geschichte wider. „Wie wir aus Andreas' Aufzeichnungen und Sarahs Tagebuch wissen, floh Samira vor einer aufgezwungenen Hochzeit mit einem angesehenen Ägypter. Dieser verprellte Ehemann und sein Vater, so vermuteten damals alle Beteiligten, könnten für den Tod von Clive Elwood verantwortlich gewesen sein."

Emma nickte.

„Sarah hat darüber nur Andeutungen geschrieben. Sie litt sehr unter dem Tod ihrer kleinen Freundin Tari Elwood, die, so nahmen sie und Samira an, versehentlich von dieser Familie Kaldas getötet worden war. Eigentlich hätte es wohl Sarah treffen sollen, weil Kaldas diese Schmach nicht auf sich sitzen lassen wollte. Er sah die Schuld bei Sarah."

„Andreas hatte ja damals schon Nachforschungen um Clive Elwoods Tod betrieben. In Israel, nicht?"

„Damals war Israel noch das ‚Britische Mandatsgebiet Palästina'. Elwood war dort für eine von Kaldas finanzierte Ausgrabung zuständig. Dabei kam er ums Leben. Laut den Aufzeichnungen von Andreas bezweifelte dieser sowohl den offiziellen Unfallhergang als auch die Fundstelle des Verunglückten. Er nahm vielmehr an, dass Elwood an einem Felsen, einige Kilometer von der eigentlichen Grabung entfernt, zu Tode gekommen war, nachdem er wohl etwas wirklich Wertvolles entdeckt hatte. Andreas begann an dieser Stelle ebenfalls zu suchen und seine Notizen belegen, dass er den Platz gefunden hat. Was er dort sah, muss ihn einigermaßen verwirrt haben, denn in seinen übrigens schlecht lesbaren Niederschriften finden sich da eine ganze Reihe Fragezeichen. Sieht aus, als habe er sich gehörig das Gehirn zermartert. Darunter steht: ‚Was hat die nachlässig eingeritzte Kartusche von Neb-cheperu-Re an der Wand der Grotte zu suchen?'"

Emma starrte ihren Mann mit gerunzelter Stirn an. „Der Thronname Tutanchamuns war an dieser Stelle in Israel, wo Elwood vermutlich zu Tode kam, in die Höhlenwand geritzt?"

Daniel grinste über ihre aufgeregte Verwunderung. „Wir wissen, dass es einst viele Israeliten in Ägypten gab. Ein Pharao erlaubte Josef, seine Familie nach Ägypten zu bringen. Sie entwickelten sich zu einem großen

Volk und brachten schließlich Mose hervor, der sein Volk in die alte Heimat führte. Diesen Auszug aus Ägypten schreibt man der Zeit Ramses II. zu, einem absolut bauwütigen Herrscher. Die Hälfte aller heute noch vorhandenen Monumente geht auf ihn zurück. Allerdings könnte auch sein Nachfolger und Sohn Merenptah der biblische Pharao gewesen sein, vor dem die Israeliten flohen."

Daniel hob die Hand und setzte in seiner Erklärung bei einem früheren Zeitpunkt wieder an: „Nach dem Tod des kinderlosen Tutanchamun bestieg Eje den Thron, vermutlich war er Tutanchamuns Wesir, anschließend Haremhab, Tutanchamuns Stellvertreter und Oberbefehlshaber des Heeres. Man vermutet, dass er es auch war, der Tutanchamuns Namen aus den Königsregistern löschen und aus den Denkmälern meißeln ließ. Ihm folgten Ramses I. und Sethos I., und erst dann kam Ramses II. an die Macht. Etwa 44 bis 110 Jahre nach dem Tod des Tutanchamun."

„Die Frage ist also: *Wann* wurden Beigaben aus das Grab Tutanchamuns gestohlen? Ob diese Schätze vierzig Jahre lang mit den Israeliten in der Wüste unterwegs waren, bis das Volk das Gelobte Land betreten durfte? Aber warum wurden sie versteckt und weshalb wusste ausgerechnet ein Brite davon?"

„Wenn wir annehmen, dass bei der Herstellung des Goldenen Kalbes, spätestens aber bei den Opfergaben für die Stiftshütte alle Wertgegenstände der Israeliten neu verarbeitet wurden …"

„… gehst du eher davon aus, dass nicht ein Israelit, sondern ein Ägypter das Grab des Pharao geplündert hat? Und zwar womöglich schon zu einem viel früheren Zeitpunkt?", fragte Emma.

„Dafür spricht, dass der Dieb über die Namenskartusche Bescheid wusste und dass es ihm wichtig war, diese in die Wand des Verstecks einzuritzen."

„Deshalb betonte dein ägyptischer Kollege vorhin so deutlich, dass die alten Geschichten in den ägyptischen Familien von Generation zu Generation sorgfältig weiter erzählt, viele von ihnen auch niedergeschrieben wurden?"

„Ja. Damals sind viele Königsgräber von Ägyptern ausgeräumt worden."

„Schade, dass es keine Tagebuchaufzeichnungen von Samira gibt. Es wäre sicher aufschlussreich, sie zu lesen", seufzte Emma.

„Jedenfalls hat Samira wohl befürchtet, Kaldas könne hinter dem her sein, was ihr Vater gefunden hatte. Und sie musste – gerade in der Zeit, als das Grab geöffnet wurde – befürchten, als Diebin gebrandmarkt zu werden, wenn man sie mit Grabbeigaben des Pharao erwischt hätte. Vielleicht war das der Grund, weshalb sie die Artefakte aus dem Land schmuggelte: Sie wollte ihre Familie schützen", vermutete Daniel.

„Wahrscheinlich wollte sie sie eines Tages zurückgeben oder vernichten? Wir wissen jedoch aus Sarahs Tagebuch, dass Samira sehr überstürzt von Jacob Miller in die Staaten gebracht wurde. Einige Jahre später starb Samira bei der Geburt ihres zweiten Kindes. Vermutlich nahm sie ihr Wissen um das Geheimnis der Tutanchamun-Schätze mit ins Grab."

„Ich spreche später mal mit Duke. Wer weiß, womöglich gibt es in seiner Familie ja noch weitere Aufzeichnungen, Erinnerungen …"

„Daniel, ich …"

Ihr Mann unterbrach sie. „Da kommt Mary." Höflich erhob er sich und rückte der älteren Dame einen Stuhl zurecht.

Emma lächelte etwas gezwungen und verschob das, was sie sagen wollte, einmal mehr auf einen späteren Zeitpunkt.

Kapitel 52

Josua Tauss kniff die Augen zusammen und las das, was einer seiner drei Bildschirme anzeigte, ein zweites Mal.

„Das ist doch …!" Er stieß sich ab, rollte mit dem Schreibtischstuhl vor den dritten Computerbildschirm und tippte auf der Tastatur. Sein steifer Finger, der ihn sein Leben lang an diese mysteriöse Geschichte mit der Nikodemus-Statue erinnern würde, störte ihn dabei nicht.

Eine Adressdatei öffnete sich und Josua griff nach seinem Smartphone. Sein Gehirn hatte die Nummer beim ersten Blick gespeichert, sodass er schon wieder zu seinem anderen Bildschirm rollen konnte, während er die Zahlenreihe eintippte. Er setzte das Headset auf, legte das Telefon achtlos beiseite und öffnete weitere Frames, nur um sich ein drittes Mal zu versichern, dass er richtig kombinierte. Sorge breitete sich in ihm aus.

„Stoltenberg", meldete sich der Kriminalbeamte, der damals ebenfalls in die Geschichte um die Statue involviert gewesen war.

„Josua Tauss hier, grüß dich, Ali."

„Tag, Josua! Wie geht's dir?"

„Bestens. Hör mal, du musst mir einen Gefallen tun."

„Schieß los."

„Es gibt einen Kollegen von dir in Berlin, dessen Nummer brauche ich dringend."

Ali lachte. „Es gibt Telefonbücher, eine Auskunft, und sogar die Polizei in Berlin verfügt über Telefonzentralen, die …"

„Es eilt. Falk sprach von einem …"

„Falk? Dieser Frechdachs, der mit Danny befreundet ist?"

„Ich fürchte, die Bande steckt in gehörigen Schwierigkeiten."

„Mal wieder?"

„Er heißt Marcus Mahldorn, Ali!"

„Hinter welchem Schatz ist Danny denn nun wieder her?", brummte Ali, doch Josua hörte, wie er nebenbei blätterte. Josua verdrehte die Augen. Papier hielt er nur noch in den Händen, wenn seine Kinder ihm ein Bild gemalt hatten.

„Ich hab sie, hast du einen Stift?"

„So was Ähnliches", erwiderte Josua und tippte die Nummer des Berliner Kriminalbeamten in die Adressliste auf seinem ganz rechts stehenden Computer. „Danke, Ali!"

„Wann treffen wir uns mal wieder?"

„Sobald Danny aus diesen Schwierigkeiten wieder raus ist?"

„Ich hatte gehofft, diese Emma bringt ihn zur Vernunft."

„Nicht nur du. Entschuldige Ali, es eilt!"

„Okay, bis bald!"

Josua drückte Stoltenberg weg und wählte aus dem Kopf Mahldorns Nummer. Der meldete sich mit hörbar vollem Mund.

„Ich bin ein Freund von Professor Dr. Daniel Ritter …"

„Was haben sie diesmal ausgefressen? Ich dachte, um die kümmern sich jetzt die britischen Kollegen."

Josua zog eine Grimasse. Daniel und Falk waren nicht unbedingt die Lieblingsklienten der deutschen Polizei. „Wohl vielmehr die ägyptischen."

„Was wollen Sie?" Mahldorn hatte geschluckt und war nun deutlich besser zu verstehen.

Josua brachte sein Anliegen zügig vor, bedankte sich, legte auf und wartete. Zehn Minuten später klingelte sein Handy und er leitete das Gespräch auf sein Headset. Mahldorn fasste sich kurz und wieder bedankte sich Josua.

„Was tust du da eigentlich?" Tabithas Stimme ließ ihn herumfahren. Er war so konzentriert gewesen, dass ihm das Öffnen der Tür entgangen war.

„Ich muss unsere Freunde warnen!"

„Warnen? Die Schatzsucher? Ich dachte …"

„Falk hat es vorhin geschafft, eine Mail an mich aus Ägypten heraus zu senden. Sie sind in Kairo."

Josua streckte die Hand aus und Tabitha folgte der Einladung und setzte sich auf seinen Schoß. Sorge lag in ihrem Blick.

In knappen Worten berichtete Josua, was er von Falk erfahren hatte, zeigte ihr die Ergebnisse seiner Recherche, die ihm aufgrund seiner Tätigkeit beim BSI zugänglich gewesen waren, und fügte hinzu: „Da steckt jemand dahinter, den Daniel, Falk und die anderen gar nicht auf dem Schirm haben. Ich habe über einen eingeweihten Kripobeamten die Passagierlisten überprüfen lassen. Diese Person ist in Kairo!"

„Und sie hat es auf Rahel abgesehen?" Tabitha sah ihn entsetzt an. Er nickte und spürte, wie sich auch seine Unruhe ständig steigerte.

„Bekommst du eine Verbindung nach Kairo? Die Nachrichten verheißen ja nichts Gutes."

„Falk kam vorhin durch. Wenn ich …"

„Was kann ich tun?" Tabitha sprang auf, zerrte den zweiten Schreibtischstuhl aus einer Ecke und setzte sich vor den mittleren Computer. Sie erweckte ihn mit einem Mausklick zum Leben.

„Setz die Infos in eine möglichst kurze Mail. Falks Mailadresse ist eingespeichert, der einzig funktionierende Anbieter in Ägypten ausgewählt. Probier es so oft, bis die Mail rausgeht. Ich versuche es über SMS und nebenbei telefonisch beim Ramses Hilton."

Tabitha wandte sich dem Computer zu. Josua tippte eine Mininachricht als SMS, die auch den Namen der Person enthielt, mit der seine Freunde niemals rechnen würden …

***

Duke und seine in Schwarz gehüllte Begleiterin schlenderten durch den über 1.000 Jahre alten Basar. Sie wirkten, als hätten sie in den vergangenen 180 Minuten nichts anderes getan, als die Auslagen zu bewundern, jeden Laden zu betreten und unzählige Gegenstände in die Hände zu nehmen, um sie dann doch nicht zu erstehen.

Dukes Augen suchten ununterbrochen die belebte Umgebung ab, gleichzeitig versuchte er, jedes noch so leise Geräusch einzuordnen. Etwas gezwungen lächelte er der jungen Frau an seiner Seite zu. Er ahnte, dass die Schatzjäger in der Nähe waren. Sie warteten auf einen günstigen Augenblick, einen Ort, an dem sich wenig Menschen aufhielten, damit sie Rahel möglichst ohne Aufsehen in die Finger bekamen.

„In dieser Seitengasse waren wir noch nicht", meinte diese gut gelaunt und bog vor ihm in eine ruhigere Gasse ein, deren dicht beieinanderstehenden Häuser der Sonne keinen Einlass gewährten. Modrige Luft schlug ihnen entgegen. Duke folgte nur zu bereitwillig. Ein geeigneter Platz. Hier konnte es passieren ...

Sie waren kaum ein paar Meter in die Häuserschlucht eingetaucht, als hohl klingende Schritte hinter ihnen verrieten, dass die Falle zuschnappte.

„Rahel Höfling?", rief eine Männerstimme. Die Angesprochene fuhr erschrocken herum und zuckte zurück, als sie in den Lauf einer Waffe blickte.

„Taylor, Sie stellen sich mit dem Gesicht zur Wand, die Hände ausgestreckt über dem Kopf!", bellte der Angreifer in deutlichem Londoner Slang seinen Befehl.

Duke gehorchte. Die Mauersteine fühlten sich erstaunlich kalt und feucht an. Ein Geruch nach Fäulnis stieg ihm in die Nase. Abwartend verharrte er. Das Spiel nahm seinen geplanten Lauf. Die Schritte eines zweiten Mannes näherten sich. Aus dem Augenwinkel erkannte Duke Sergeant Meyer vom Sitten- und Drogendezernat.

„Kommen Sie hierher", lautete dessen Anweisung an die Frau, die stocksteif stehen geblieben war.

"Geh", befahl Duke.

Zögernd ging sie auf die Männer zu. Duke beobachtete jede ihrer Bewegungen. Er wusste, sobald sie sich in ihrer Reichweite befand, würden sie auf ihn schießen, um den Zeugen loszuwerden. Er musste rechtzeitig reagieren.

Die Verschleierte erreichte die britischen Polizisten. Meyer riss sie derb zu sich. Dabei verrutschte der Khimar auf ihrem Kopf. Jemand fluchte.

Duke warf sich an die gegenüberliegende Hauswand. Er zog die Pistole, deren Munition ihm durch ein Anrempeln – und von Rahel völlig unbemerkt – zugesteckt worden war, ebenso wie später die Waffe.

„Runter!", rief er der jungen Frau zu.

Sie versuchte seiner Aufforderung nachzukommen. Ein Schuss dröhnte explosionsartig durch die Gasse. Der Feuerblitz erhellte für den Bruchteil eines Augenblicks die feuchten Wände. Eine weibliche Stimme schrie, die Frau taumelte, stürzte.

„Waffe!", brüllte der zweite Mann. Meyer wirbelte auf dem Absatz herum. Mit kaltem Blick taxierte er Duke. Wieder hob er seine Schusswaffe und zielte. Doch der nächste Schuss, der mehrfach zwischen den Wänden widerhallte, löste sich aus der Waffe in den zitternden weiblichen Händen.

Dukes Gegner fiel vornüber, prallte mit dem Kopf gegen die Wand und sackte in sich zusammen. Sein Komplize trat die Flucht an. Mit einem gewaltigen Satz war Duke bei dem Bewusstlosen, drehte ihm unbarmherzig die Arme auf den Rücken und legte ihm einen Kabelbinder fest um die Handgelenke.

Dann wandte er sich seiner Begleiterin zu. „Wie sieht es aus, Catherine?"

„Verdammt, tut das weh", stöhnte sie atemlos und ihre Augen blitzten Duke vorwurfsvoll an. „Aber die Kugel steckt vorschriftsmäßig in der Weste."

„Ich ..."

„Kümmer dich nicht um mich, schnapp dir diesen Kerl!", fauchte sie und umklammerte ihre Pistole fester.

„Es kommt sicher gleich jemand und kümmert sich um dich." Duke sprang auf und hörte noch, wie sie ihm nachrief: „Verlass dich nicht darauf!"

Duke biss die Zähne zusammen. Das Abschalten aller Kommunikationsmittel hatte ein Risiko dargestellt, und jetzt, da sie ihren Plan den geänderten Gegebenheiten anpassen mussten, artete das Ganze womöglich zum Desaster aus. Er bog nach links ab und sprang auf eine Metallbank, um sich einen Überblick zu verschaffen. Zwei Frauen drehten sich aufschreiend um. Duke ignorierte sie, steckte aber zumindest die Waffe zurück in das Schulterholster unter seinem Hemd. Gleichzeitig überblickte er die Menge der Passanten. Etwa fünfzig Meter vor ihm hatte es ein Europäer auffällig eilig, sich zwischen den Marktständen und feilschenden Kunden hindurchzudrängen.

Duke sprang über die Seitenlehne der Bank auf das unebene Pflaster und rannte durch die sich lichtende Menschenmenge. Er nahm die fünf Stufen der abwärtsführenden Treppe mit einem Sprung. Eine Mutter zog ihre beiden Kleinkinder erschrocken an sich. Zwei junge Frauen in moderner Kleidung und mit westlichen Frisuren pressten sich aufkreischend gegen einen gewaltigen Stapel Stühle. Dieser geriet bedenklich ins Wanken. Duke achtete nicht darauf. Er ließ die fliehende Gestalt vor sich nicht einen Moment aus dem Blick. Verbissen kämpfte er sich voran. Er musste diesen Kerl schnappen. Meyer befand sich angeschossen und gefesselt bei Catherine, die den Lockvogel gespielt hatte. Doch

Duke wusste nicht, wer dieser andere Mann war. Keinesfalls durfte er ihm entwischen!

Noch tiefer drang er in das Gewirr des islamischen Viertels ein. Plötzlich lichtete sich der Platz vor ihm. Meterhohe Palmen wuchsen neben dem schmalen Minarett einer Moschee dem blauen Himmel entgegen. Die Sonne beleuchtete das Gebäude mit den oben abgerundeten Fenstern und den verspielten Zinnen. Golden schimmernd hob es sich von den umliegenden Häusern ab. Duke, der in der Nacht zuvor mit Catherine diesen Stadtteil aufgesucht hatte, wusste, dass er sich vor der Al-Hussein-Moschee befand. Seine Augen suchten den Europäer unter den Passanten. Endlich sah er ihn. Er hatte die freie Fläche vor der Moschee überquert und bog in diesem Augenblick in eine Nebenstraße ein.

Duke rannte über die Fahrbahn und fing seinen Schwung an der Außenmauer des Eckhauses ab, ehe er dem Mann in die Gasse folgte. Er war jetzt nicht mehr als 20 Meter von ihm entfernt. Wieder rückten die Hausfronten dichter zusammen. Ihre vorstehenden Erker und Balkone berührten sich in der Gassenmitte beinahe.

Plötzlich drehte sich der Gejagte zu ihm um. Geistesgegenwärtig warf Duke sich in einen Türeingang. Mit der Schulter prallte er donnernd gegen eine massive Holztür. Ein Knall hallte zwischen den Häusern wider. Steinsplitter aus der Wand neben ihm jagten meterweit durch die Luft.

Die Tür zu seiner Rechten öffnete sich. Ein kleines Mädchen mit runden Kirschaugen und dunklem Lockenhaar schaute fragend zu ihm auf. Duke ging in die Hocke. „Nein, nein! La!", sagte er und drückte auffordernd die Tür ein Stück zu, ohne dem Kind wehzutun. „Misch kwai jis", suchte er die wenigen Brocken Arabisch zusammen, die er sprach, um das Kind am Verlassen der Wohnung zu hindern.

Das Mädchen schloss hastig die Tür. Duke griff unter sein Hemd und zog seine Pistole hervor. Vorsichtig richtete er sich auf und wagte einen Schritt aus dem Versteck, um sich rasch wieder zurückzuziehen. Nichts geschah. Er atmete tief ein und trat auf die Gasse. Der Mann war fort. Wütend spurtete Duke los. Da ihn jeder argwöhnische Blick in die vielen Nischen zu viel Zeit kostete, warf er alle Achtsamkeit über Bord und lief schneller, ungeachtet dessen, dass er sich damit in Gefahr brachte. Aber er musste den Unbekannten erwischen – um Rahels willen!

Duke jagte an einer schmalen Abzweigung vorbei, als er eine Bewegung wahrnahm. Reaktionsschnell wirbelte er herum. Mit der bei Clive antrainierten Präzision schlug er dem Mann mit der rechten Hand ins Gesicht, mit der linken drückte er ihm die Waffe in die Seite.

„Runter auf die Knie!", herrschte Duke seinen Angreifer an. Dieser gehorchte sofort. Offenbar wollte der britische Polizist sich nicht auf einen Zweikampf mit ihm einlassen. Duke nahm ihm die Waffe ab und fesselte ihm ebenfalls mit einem Kabelbinder die Arme auf den Rücken. Zu spät nahm er den Schatten wahr, der sich ihm näherte. Jemand warf sich von hinten auf ihn. Er taumelte, prallte mit der Schulter und der Schläfe unsanft gegen eine Wand und stürzte auf das Pflaster. Benommen blieb er liegen. Kalte Hände packten ihn an den Knöcheln, zerrten ihn tiefer in den dunklen Durchgang. Duke kämpfte sich auf die Knie. Doch mit einem gezielten Tritt zwischen die Schulterblätter drückte sein Gegner ihn zurück zu Boden. Sein Kopf schlug hart auf dem nassen, verschmutzten Pflaster auf.

Er fühlte, wie ihm eine Waffe an die Schläfe gedrückt wurde. Duke schloss die Augen. Es war vorbei. Er würde in dieser Gasse sterben. Und Rahel?

Zu der Überlegung, was schiefgelaufen war, kam Duke nicht mehr.

***

Der laute Ruf einer Frauenstimme veranlasste seinen Angreifer, sich umzudrehen. Die Mündung entfernte sich von Dukes Kopf. Er warf sich herum. Das Flattern eines schwarzen Jilbabs füllte den Torbogen aus. Etwas Schweres traf den Kopf seines Angreifers. Ein Schmerzensschrei erklang, der sich verwirrend nach dem einer Frau anhörte. Duke riss seine Waffe hoch. Auf dem Rücken liegend schoss er seinem Gegner in die Schulter. Der prallte rücklings gegen die Mauer. Die Frau in dem Jilbab, die ihm zu Hilfe geeilt war, wich aus und verschmolz scheinbar mit der Hauswand, an die sie sich nun presste.

Mit einem Satz war Duke auf den Beinen. Er ignorierte den Schmerz in seinem Kopf. Mit einem schlecht gezielten Tritt kickte er die heruntergefallene Pistole beiseite und rechnete damit, dass Catherine sie aufhob, doch sie tat es nicht. Womöglich hatte sie zu starke Schmerzen, um sich zu bücken. Aber weshalb war sie ihm überhaupt nachgekommen? Wo waren die anderen? Hatte Catherine den gefesselten Meyer unbewacht zurückgelassen? Er drückte seine verletzte Angreiferin mit einer Hand unbarmherzig gegen die Wand neben ihren Kumpanen. In seiner Jeanstasche kramte er nach einem weiteren Kabelbinder. Blut strömte aus der Wunde, die seine Kugel geschlagen hatte. Das Stöhnen der Frau erfüllte die Gasse, in der es ansonsten völlig ruhig war.

Duke fesselte der Frau die Arme und ließ sie dann seitlich umkippen, wo sie zusammengekrümmt liegen blieb. Erst jetzt wandte er sich der verschleierten Frau zu, die noch immer mit dem Rücken an der Wand lehnte, als hoffe sie, dass niemand sie sah.

„Alles in Ordnung, Catherine?", fragte er besorgt.

„Catherine heißt sie also?"

Duke, der sich nach der Waffe seiner Angreiferin gebückt hatte, richtete sich ruckartig auf. „Was?", stieß er heiser hervor. Er trat zu der Frau und riss ihr den Khimar herunter. Blonde Haarsträhnen flogen auf.

Verwunderung, Schrecken und Freude zugleich flammten in ihm auf. Fassungslos starrte er in Rahels aufgerissene Augen. Ihr Atem ging abgehackt und trotz der unzureichenden Beleuchtung sah er sie am ganzen Körper zittern.

„Was machst du hier?", fuhr er sie ungewollt herrisch an.

„Dein Leben retten?", erwiderte sie leise.

„Wie …?!" Duke strich sich verwirrt über den Bart.

„Ich sah, wie diese Frau in dem schwarzen Jilbab dir folgte. Das gefiel mir nicht. Ich hatte Angst um dich. Deshalb bin ich dir gefolgt. Aber ich verlor euch auf dem Markt aus den Augen."

Duke stellte sich zwischen Rahel und die zwei Gefangenen, um beide Parteien im Blick behalten zu können. Er verschränkte die Arme vor der Brust und nickte Rahel auffordernd zu. Ihre Stimme klang immer noch unsicher, fast so, als erfasse sie erst jetzt, welcher Gefahr sie sich ausgesetzt hatte. „Ich suchte einige Zeit nach dir und dieser Fremden, mit der du unterwegs warst, gab es dann aber auf und wollte zu Beth zurückkehren. Vor ihrem Haus sah ich die hier." Rahel deutete mit zitterndem Arm auf die verletzte Frau am Boden.

„Woher wusstest du …"

„Erkennst du sie nicht?"

Duke beugte sich vor. Ein Augenpaar mit vor Schmerz und Zorn geweiteten Pupillen starrte ihn an.

„Lisa Pfeffer?" Völlig perplex schaute Duke auf die Volontärin aus dem Berliner Depot hinunter.

„Sie hatte mich nicht bemerkt und ich blieb unauffällig in ihrer Nähe. Sie verständigte sich über ein Funkgerät mit jemandem, und als sie sich plötzlich eilig entfernte, bin ich ihr nachgegangen." Rahel zog beinahe entschuldigend die Schultern hoch.

Duke trat zu ihr und legte ihr eine Hand an die Wange, in die sie sofort ihr Gesicht schmiegte. „Meine kleine Heldin", flüsterte er. Die

Anspannung, die ihn seit ihrem Abflug in England nicht mehr verlassen hatte, bröckelte.

Sie sah ihn mit großen Augen an. Wie gern hätte er diesen zarten Schmetterling an sich gezogen, doch jetzt galt es zuerst, sämtliche über das islamische Viertel verteilten Komplizen und Gegner einzusammeln und einige Spuren zu verwischen.

„Rahel, ich muss Catherine und diesen Meyer einsammeln und irgendwie mit den Kollegen von Interpol Kontakt aufnehmen."

„Ich gehe zu Beth zurück. Sie wird sich ohnehin Sorgen machen."

„Gut", brummte Duke und rieb sich über den Bart. „Gegenüber von Beths Wohnung steht dieses halb verfallene Gebäude ..."

„Das mit dem kleinen Mauervorsprung links von der Tür?"

„Sag nur, du hast deinen Beobachter gesehen."

Rahel schüttelte den Kopf, was Duke ungemein beruhigte. Es war überraschend genug, dass sie den Mut besessen hatte, ihm zu folgen und Lisa außer Gefecht zu setzen. Wenn sie auch noch den ägyptischen Interpol-Mann entdeckt hätte, der eigentlich zu Rahels Schutz dort abgestellt worden war ...

„Erzähl ihm, was geschehen ist und schick ihn zum Treffpunkt."

„Das war also alles geplant? Angefangen damit, dass du mich überredet hast, den Jilbab zu tragen, damit diese andere Frau unbemerkt meinen Platz einnehmen konnte? Und es gibt einen Beobachter vor Beths Haus? Er hatte wohl nicht damit gerechnet, dass ich nur Sekunden nach dir das Haus schon wieder verlasse. Zudem war ich wieder verhüllt ..."

„Interpol hat auf Bitten von Nichols und Green eine Sondereinheit ..."

„Green?"

„Die Frau hat einiges wiedergutgemacht, Rahel. Sie spielte ihre Rolle weiter, nahm von mir und Nichols an ihrem geklonten Handy unsere Anrufe und Angaben entgegen, wohin wir dich und Mary gebracht hatten. Die Schatzsucher witterten ihre große Chance. Die hier herrschenden Unruhen kamen ihnen ebenso entgegen wie uns. Sieh dich um. Niemand kümmert sich um uns. Allerdings hatten wir nicht einkalkuliert, dass die ägyptische Regierung so weit geht, sämtliche Kommunikationsmöglichkeiten zu kappen."

„Da waren Lisa und diese Männer mit ihren Sprechfunkgeräten besser ausgestattet."

„Zugegeben", knurrte Duke und wandte sich der immer noch leise wimmernden Frau zu. „Ich muss sie verarzten und sie und den Kerl zum Treffpunkt bringen. Wagst du es, allein zu Beth zurückzukehren?"

Rahel zog die Schultern hoch. Nun wirkte sie wieder verletzlich und scheu. Er trat zu ihr und reichte ihr die Kopfbedeckung. „Du warst vorhin in weit größerer Gefahr als jetzt, Schmetterling", raunte er ihr zu und untersagte es sich erneut, sie tröstend in die Arme zu schließen.

„Das war etwas anders. Als ich sah, dass diese Frau dir folgte ..."

„Du hattest Angst um mich?", hakte Duke mit belegter Stimme nach.

„Riesige Angst", gab sie leise zu.

Duke ergriff ihre Hände, mit denen sie nervös den schwarzen Stoff knetete. „Es ist vorbei, Rahel. Dank deines mutigen Einsatzes. Geh zu deiner Freundin, sag dem Wachposten, dass wir uns am vereinbarten Ort treffen und dann warte, bis ich dich holen komme!"

„Wie lange wird das dauern?"

Dukes Herzschlag beschleunigte sich. Die Situation war quälend, denn obwohl sie dicht beieinanderstanden, erhoben sich Berge von ungeklärten Fragen zwischen ihnen.

„Ich weiß es nicht", gab er ehrlich zu. Rahel hob die Hand und legte sie an Dukes Brust. Obwohl es lediglich eine leichte Berührung war, fühlte es sich für ihn an, als würden Stromschläge von ihren Fingern in sein Innerstes gejagt.

„Ich warte auf dich", sagte sie nur, und es klang wie ein Versprechen, eine Verheißung. Sie trat beiseite, kämpfte kurze Zeit mit der Kopfverhüllung, bis diese richtig saß, und huschte dann wie ein Schatten davon.

Duke sah ihr nach, bis der letzte Zipfel des wehenden Gewands um die Hausecke verschwand. Anschließend wandte er sich den Gefangenen zu, steckte sämtliche Schusswaffen ein und befahl ihnen aufzustehen. Notdürftig versorgte er Lisas Verletzung und trieb die beiden dann unbarmherzig vor sich her. Zurück blieb der große Stein, der Rahel als Waffe gedient hatte.

Kapitel 53

Rahel kauerte mit angezogenen Knien in dem cremefarbenen Sessel und blickte auf den Nil und den modernen Teil von Kairo hinab. Es war später Nachmittag und die zunehmenden Menschenmassen in den Straßen, vor allem aber auf dem nahegelegenen Tahrir-Platz, ließen sich nicht länger ausblenden. Dennoch war sie mit ihren Gedanken ganz woanders.

Am Abend zuvor war sie nicht von Duke, sondern von einem Vertreter der britischen Botschaft bei Beth abgeholt und zurück ins Hotel gefahren worden. Er hatte sie und Mary gebeten, Ägypten sofort zu verlassen. Falk, Emma und Daniel hatte er empfohlen, sich unverzüglich mit der deutschen Botschaft in Verbindung zu setzen, sofern diese überhaupt noch besetzt war. Rahel hatte sich geweigert, auf seinen wohlmeinenden Vorschlag einzugehen. Ihre Furcht wuchs zwar von Minute zu Minute, doch sie würde nicht ohne Duke fliegen! Die Frage nach seinem Verbleib hatte der Botschaftsangestellte ausweichend damit beantwortet, dass es viele Details zu klären und zu regeln gebe. Seitdem hatte Rahel nichts mehr von ihm gehört.

„Trink etwas." Emmas Stimme und der Duft des Pfefferminztees rissen sie aus ihren Überlegungen. „Wenn die bei Europol und Interpol – oder wo auch immer – nur halb so viel Papierkram zu erledigen haben wie die Polizei in Deutschland, wenn dort ein Baum umfällt, ist der arme Junge noch einige Stunden beschäftigt."

Rahel lächelte, nahm die Tasse entgegen und atmete tief den würzigen Duft ein.

„Fertig", murmelte Mary in diesem Moment und legte die einer Mütze ähnelnde Strickarbeit beiseite.

„Auf meine möchte ich bitte so einen Bommel haben", gähnte Falk, drehte sich auf der Couch und versuchte seine langen Beine halbwegs bequem unterzubringen.

„Wie du willst", erwiderte Mary mit einem Achselzucken und wickelte grüne Wolle ab.

„Was hältst du davon, zum Schlafen in dein Zimmer zu gehen?", schlug Emma Falk vor.

„Nichts. Ich möchte Dukes Ankunft um keinen Preis verpassen."

„Ich habe bereits Daniel verboten, ihn niederzuschlagen", entgegnete Emma streng. „Das gilt auch für dich."

„Du hattest es eingeschränkt", erinnerte Falk sie. „Wenn ich es richtig mitbekommen habe, sagtest du, er solle Duke, den Mann, nicht den Hund, zuerst fragen, ob er noch Kopfschmerzen habe. Falls ja, solle er sich zurückhalten, falls nicht, dürfe er ihm ordentlich …"

„Das habe ich nicht gesagt!", rief Emma und sprang auf die Beine.

„Stimmt. Du hast den zweiten Teil des Satzes großzügig offen gelassen."

„Erfreulich großzügig", bestätigte Daniel, der in einem Journal des Ägyptischen Museums blätterte.

„Warum bist du eigentlich so müde? Was hast du in der vergangenen Nacht gemacht?"

„Josua hat für mich recherchiert, ich habe mit ihm korrespondiert und Daniel hat sondiert."

„Und ich habe gestrickt", erläuterte Mary und wickelte dabei lange Wollfäden um zwei Kartonscheiben mit Loch.

„Fein! Ich habe das getan, was ein vernünftiger Mensch nachts tut." Emma wandte sich kopfschüttelnd an Rahel, die auf dem Nagel ihres linken Zeigefingers herumkaute. „Hast du auch das Gefühl, dass irgendetwas in der Luft liegt?" Damit deutete sie erst auf ihren Mann, dann auf Falk.

Rahel zog vage die Schultern hoch. Ihre Gedanken kreisten um ihre Erlebnisse vom Vortag und um ihre Sehnsucht nach Duke.

Ein kräftiges Klopfen ließ Rahel das Blut in den Kopf schießen. Erwartungsvoll setzte sie sich auf, während Falk aufsprang und auf die Tür zueilte. Mary versuchte zwar, ihm ein Bein zu stellen, doch Falk sprang über ihren Fuß hinweg und riss die Tür auf.

„Kopfschmerzen, Duke?", fragte er lauernd.

„Ja …" Duke klang irritiert.

„Schade. Ich hatte nämlich Emmas Erlaubnis, dir einen saftigen Kinnhaken zu verpassen, weil du Rahel als Köder hierher geschleppt hast. Allerdings nur, wenn dir dein Schädel nicht ohnehin brummt."

„Sehr freundlich", sagte Duke trocken und schob Falk mit einer Hand beiseite.

Auch Daniel baute sich vor Duke auf. „Mir hat sie es leider ebenfalls verboten", knurrte er den jüngeren Mann an.

Duke hob beide Hände und erwiderte: „Leute, das war nicht mein Plan. Er stammte von Nichols. Also schlagt ihn, sobald ihr ihn trefft. Aber vermutlich war es wirklich der einzige Weg, den Typen beizukommen."

Er ließ die beiden stehen und ging zu Rahel. Sein Blick war erschreckend ernst, die Falte zwischen seinen Augen überdeutlich. Er flüsterte: „Können wir die nicht alle rauswerfen?" Das Zwinkern seiner Augen löste die Spannung auf und vertrieb den Eindruck, er sei zutiefst aufgebracht. Rahel gelang es nicht, ein belustigtes Lächeln zu unterdrücken. Sein Wunsch, mit ihr allein zu sein, jagte feurige Wellen durch sie hindurch.

„Zuerst erzählst du uns alles!" Emma stellte einmal mehr ihr gutes Gehör unter Beweis.

„Also gut!", erwiderte Duke ergeben, ließ sich in den Sessel fallen und fuhr sich müde mit beiden Händen über das bärtige Gesicht. Er blickte auf die Armbanduhr, warf einen Blick auf den Stand der Sonne und stieß einen Brummlaut aus.

„Hast du noch eine Verabredung?", schoss Emma, aufmerksam wie immer, hinterher.

„Ja", gab er unumwunden zu, verriet aber keine Details. Rahel missfiel der Blickwechsel zwischen den drei Männern. Ob Emma recht behalten sollte? Lag irgendetwas Ungewöhnliches in der Luft?

„Was wollt ihr wissen?"

„Alles!", sagte Mary.

„Dafür fehlt mir die Zeit."

„Diese Jugend!", rügte die Frau und beschäftigte sich weiter mit den Wollfäden.

„Wir wissen mittlerweile, dass Lisa während ihrer Zeit in London eine Beziehung mit Sergeant Meyer hatte. Hat er sie überredet mitzumachen?", fragte Emma.

„Woher wisst ihr von Lisa und Meyer?", fragte Duke erstaunt.

„Von Josua", erwiderte Daniel knapp. Offenbar war er nicht so schnell bereit, Duke zu verzeihen. Rahel quittierte dies mit einem lächelnden Kopfschütteln. Es war schön, dass ihre Freunde sich so darüber aufregten, wenn jemand sie in Gefahr brachte. Sie allerdings vertraute Duke und war dankbar, dass nun endlich alle Aufregungen hinter ihr lagen. Das zumindest glaubte sie in diesem Moment noch.

„Lisa war beim Verhör nicht sonderlich gesprächig", erzählte Duke. „Die beiden haben sich wohl bei Lisas Volontariat im Britischen Museum kennengelernt. Es war vermutlich eine Mischung aus Liebe, Geldgier und Verzweiflung, die Lisa zu Meyer und seinem Kollegen trieb. Diese benötigten ihr Fachwissen, um echte Artefakte von billigen Repliken zu unterscheiden."

„Wie kam sie hierher nach Kairo?", fragte Falk.

„Lisa ist zwar bodenlos faul, was ihre Studien anbelangt, aber sehr erfinderisch. Sie hat die Probleme wegen der getürkten Abschlussprüfungen und des Angriffs auf Rahel und Falk den beiden involvierten Kommilitonen angehängt und sich fein aus der Sache herausgewunden. Als Meyer und sein Kollege das von mir an Green absichtlich durchgegebene Reiseziel erfahren hatten, buchte sie einen Flug nach Kairo. Übrigens war

Lisa früher in einem Sportschützenverein. Sie kann durchaus mit einer Waffe umgehen."

„Und der Oscar in diesem Jahr geht an Lisa Pfeffer für ihre Rolle als Unschuldslamm!", rief Falk, der kaum fassen konnte, wie aalglatt die junge Frau ihn und Daniel angelogen hatte.

„Aber …" Emma zögerte und sprach ihre Bedenken dann doch aus: „Ist es nicht ein seltsamer Zufall, dass Rahel ausgerechnet einen Ferienjob bei dieser Lisa erhält?"

Duke zog die breiten Schultern hoch. „Ich nehme an, dieser *Zufall* brachte die ganze Angelegenheit erst richtig ins Rollen. Als der britische Exfreund erfuhr, wer da mit Lisa zusammenarbeitete, kam ihm vielleicht erst der Gedanke, die Situation zu seinen Gunsten auszunutzen."

„Warum hat Lisa sich auf diese Sache eingelassen? Spätestens, als wir ihr erzählt haben, wie die Typen mit Rahels Apartment und Antonio umgesprungen waren, wusste sie doch, welche kriminelle Energie ihre Partner besaßen?", fragte sich Daniel.

Duke kniff ein Auge zu. „Schwer zu sagen. Wie schon erwähnt: Lisa sagt nicht viel. Vielleicht führte das Aufdecken ihrer manipulierten Prüfungsergebnisse und alles, was das nach sich zog, dazu, dass sie sich enger an das Duo anschloss? Zudem war Lisas Hilfe hier in Kairo für das Gangstertrio wichtig, immerhin kennt sie sich hier aus. Darauf spekulierte übrigens auch Nichols, als er seinen Plan ausbrütete. Sicher war allen Beteiligten bewusst, dass sich ihnen in einem Hexenkessel wie dem hier in Kairo eine einmalige Chance bot, ohne Aufsehen eine Touristin entführen zu können und sie so lange festzuhalten, bis der Austausch über die Bühne gegangen war. Wer würde in diesen Zeiten die Energie und das Interesse aufbringen, nach einer verschwundenen Touristin zu suchen? Wen würde eine Leiche mehr aufregen …?"

Rahel schluckte mühsam.

„Wie weit seid ihr?", wollte Duke plötzlich von Falk wissen.

„Fertig. Wenn du uns jetzt noch sagst, wo das Zeug ist."

„In der Gulfstream."

„Soll ich sie holen?"

„Wir schicken Daniel."

Rahel sah verwirrt aus. Emmas Verdacht, irgendetwas liege in der Luft, bestätigte sich. Bevor Emma nachfragen konnte, meinte Daniel: „Dass das Regierungsgebäude am Tahrir-Platz gestern abgebrannt ist, macht mir Sorgen. Es droht zu kollabieren und könnte auf das Ägytische Museum stürzen. Seit gestern ist massiv Militär auf dem Platz."

„Uns bleibt nicht viel Zeit!", stieß Duke hervor. Die bis eben an den Tag gelegte Gelassenheit fiel von ihm ab.

„Was …?", fragte Emma.

Daniel war sofort bei ihr und nahm sie in den Arm. „Gib uns eine Stunde. Sobald wir wieder da sind, steigen wir in den Flieger und reisen nach England zurück." Er drückte ihr einen flüchtigen Kuss auf die Wange und verließ im Sturmschritt den Raum, als fürchte er, Emma wolle ihn niederschlagen.

Falk warf noch einen prüfenden Blick auf sein Notebook und klappte es zu. Während er es unter den noch immer leicht schmerzenden Arm klemmte, rief er Duke zu: „Josuas Mail ist da."

Er folgte dem Briten auf den Flur hinaus, der sich einen dort bereitgestellten Rucksack schnappte. Im Laufschritt entfernten sich die drei Männer, kurz darauf klapperte eine Fahrstuhltür.

Mary bemerkte Rahels Verwirrung, trat zu ihr und legte fest den Arm um ihre Schulter.

„Keine Angst. Sie sind gleich wieder da."

„Du weißt, was die-"

„Ach, ich vergaß, ich habe einen Termin mit dem Hotelmanagement." Mary eilte auf die Tür zu und winkte, ohne sich zu Emma und Rahel umzudrehen. Die Tür fiel schwer ins Schloss und zurück blieben zwei Frauen, die sich ratlos ansahen.

***

Parolen skandierende Stimmen erfüllten die Luft, mischten sich mit dem Klang von Autohupen der Fahrzeuge, die im Chaos des mehrspurigen Kreisverkehrs feststeckten. Vom Grün auf der Mittelinsel war nichts zu sehen, so überfüllt war diese. Sich überschlagende Stimmen aus Megafonen und das schrille, nahezu kriegerisch wirkende Kreischen von aufgebrachten Frauen hallten zwischen den Gebäuden um den Platz wider. Ein Meer von Menschen drängte sich zusammen. Sie quollen aus den umliegenden Straßen und aus der beim Tahrir-Platz mündenden U-Bahn-Station Sadat herbei. Die zentrale Lage, die Größe und die Nähe zum Regierungssitz, zum Innenministerium, dem ägyptischen Außenministerium und zur US-Botschaft machten den Platz zur idealen Sammelstelle für die Demonstranten.

Duke ignorierte die brodelnde Menge, die Lautstärke der Proteste, die Fahnen und Schilder. Dichte, schwarze Rauchwolken wallten von angezündeten Autoreifen auf und verdunkelten den abendlichen Himmel. Dem Aufruhr zum Trotz folgte Duke stur dem von Josua und Falk festgelegten Plan.

Duke und Falk sprangen zeitgleich über die niedrige Absperrung, rannten auf das im neoklassizistischen Stil erbaute, rötliche Museumsgebäude mit seiner Kuppelkrone zu und warfen sich hinter einer Zierhecke an die Gebäudewand. Falk schnappte keuchend nach Luft, während Duke sorgsam die Umgebung sicherte.

„Was ist mit dem Wachpersonal?"

„In diesem Chaos? Die können froh sein, wenn wir nichts rausholen! Überwachungskameras?", lautete Dukes Gegenfrage.

„Josua konnte keine funktionierenden digitalen Kameras finden. Entweder sind sie außer Betrieb oder es gibt keine. Alle herkömmlichen ..." Falk zuckte mit den Schultern. „Aber dafür hat Mary uns ja diese hier gestrickt. Ich fürchte, sie wusste in dem Moment, als wir das erste Mal Ägypten als mögliches Reiseziel erwähnten, was wir vorhaben." Falk kramte aus seiner Tasche das grüne Etwas, Duke bekam ebenfalls eines überreicht. Mit einem zugekniffenen Auge betrachtete er eine grüne gestrickte Sturmmaske.

„Nennst du das ..."

„... besser, als einen Nylonstrumpf von Emma zu mopsen."

Duke knurrte etwas Undefinierbares und zog ein paar Geräte aus seinem Rucksack. Es war nicht von Vorteil, wenn man einem Luftikus wie Falk wichtige Aufgaben überließ. Hoffentlich klappte das mit der Elektronik reibungsloser als das Besorgen von Gesichtsmasken. Er reichte Falk ein Funkmikrofon samt Ohrstöpsel und befestigte ein zweites an sich.

„Rahel sagt, die Tutanchamun-Ausstellung befinde sich im Obergeschoss. Wenn man runterkommt, von vorn gesehen auf der rechten Seite. Sie erstreckt sich über die ganze Wandseite, zusätzlich noch im hinteren Teil des Gebäudes, die Räume vier und sieben bis zehn als großer offener Bereich."

„Ich dachte, wir gehen in die Kellergewölbe", warf Falk ein, während er sich mit dem Befestigen der kleinen elektronischen Gerätschaft abmühte.

„Falls wir es bis dahin schaffen", murmelte Duke und nickte seinem Begleiter zu. Ein weiteres Mal vergewisserte er sich, dass sie unbeobachtet waren, dann bogen sie um die Ecke des Museums. Zügig erreichten sie die Feuerleiter. Dort kauerte Duke sich hin und wartete. Falk tat es ihm gleich.

Nach kaum mehr als zwei Minuten huschte Daniel zu ihnen. Er trug Dukes Rucksack auf dem Rücken, in dem sich, sorgfältig in Luftpolsterfolie gewickelt, Samiras Schätze befanden.

Schweigend gesellte sich Daniel zu den jungen Männern. Sein Gesicht wirkte ruhig und gelassen, dennoch sah Duke das nervöse Zucken seines Augenlids. Er streckte die Hand aus. „Du kannst draußen bleiben, Daniel. Emma ..."

„Nichts da. Wir machen das wie abgesprochen", widersprach Daniel. Er nahm das dritte Funkgerät entgegen, befestigte es wie ein Profi und griff nach dem untersten Bogen der Feuerleiter.

„Fertig?", fragte Duke an Falk gewandt, der an der Wand kauerte und mittlerweile sein Notebook aufgeklappt hatte.

„Ich habe den Plan."

Daniel streifte sich die grüne Sturmmaske über.

„Denkst du ...?" Falk sah nicht eben begeistert aus.

„Sicher ist sicher", gab der zurück. Falk holte sein Exemplar hervor, besah sich stirnrunzelnd den Bommel daran und setzte sie auf.

„Ist das dein Ernst?", fragte Duke und konnte kaum das Lachen unterdrücken.

„Diejenigen, die diese uralten Videobänder ansehen – falls die Kameras überhaupt noch funktionieren –, sollen doch auch ihren Spaß haben", konterte Falk, drehte sich um und konzentrierte sich auf den von Josua gemailten, digitalisierten Museumsplan. Duke betrachtete das grüne Wollteil und stülpte es grinsend ebenfalls über. „Das Ding kratzt wie Omas selbst gestrickte Socken", murmelte er vor sich hin.

Der Historiker ergriff erneut den untersten Abschluss der Feuerleiter, schaukelte daran einmal vor und zurück, lief mit den Füßen an der Hauswand entlang und schwang sich hoch. Für einen Moment hing er dort wie ein Faultier am Baum, ehe er sich geschickt zur Seite wand, dabei nach oben drückte und so auf die erste Stufe gelangte. Duke nickte anerkennend. Daniel war durchtrainiert und wusste, wie er sich zu bewegen hatte. Kurz nach ihm erklomm auch Duke die Leiter. Leise und schnell wie Katzen huschten sie hinauf und verschwanden durch ein Dachfenster im Inneren.

„Warum steht das offen?", flüsterte Daniel irritiert.

„Ich fürchte, wir sind nicht die Einzigen, die heute den Gedanken hatten, hier einzudringen." Duke deutete auf umgeworfene Kisten und verschobene Transportbehältnisse. Die hellen, staubfreien Flecken verrieten, wo diese zuvor gestanden haben mussten.

Von draußen klangen Detonationsgeräusche herein. Ob die Armee in die Demonstranten feuerte? Oder war etwas explodiert? Duke hoffte, dass das Regierungsgebäude den Unruhen standhielt. Das ausgebrannte, instabile Bauwerk ragte bedrohlich neben dem Museum auf, und die Gefahr, dass es kollabierte, war nicht von der Hand zu weisen.

Schweiß lief ihm über den Rücken, als er und Daniel den Dachboden verließen und sich den Ausstellungshallen näherten. Ob es trotz der Aufstände noch um die Pharaonenschätze besorgte Wächter gab? Womöglich hatte jemand von der Altertümerverwaltung daran gedacht, die nicht versicherte Ausstellung besser zu schützen!

„Rechts, nach der zweiten Tür zur …" Falks Stimme in Dukes Ohrhörer brach ab. Fragend schaute er Daniel an, der mit der Schulter zuckte und mit dem Finger auf den Empfänger drückte. „Falk? Warum redest du nicht weiter?"

„Um die Dramatik zu steigern!"

Daniel grinste und Duke schüttelte den Kopf.

„Wohin nach der zweiten Tür?", hakte der Brite nach.

„Spaßbremse. Zur Treppe natürlich!"

Hintereinander eilten Daniel und Duke durch den dunklen Korridor. Angeleitet durch Falks Stimme in ihrem Ohr nahmen sie die abwärtsführende Treppe. Sie betraten schließlich den Bereich, in dem sich neben der wertvollen goldenen Totenmaske Tutanchamuns über tausend Stücke aus der KV62-Grabanlage befanden.

Etwas klirrte. Männerstimmen fluchten. Dann klang Gelächter zu ihnen herüber. Duke winkte Daniel, dass er an dieser Stelle zurückbleiben sollte. Von hier aus konnte er ihren Rückzug koordinieren. Er nahm Daniel den Rucksack ab und zwängte sich, flach an die Wand und den Türrahmen gedrückt, in den nebenan liegenden Raum. Was er sah, ließ ihn die Hände zu Fäusten ballen.

Plünderer, darunter einige, deren Uniformjacken sie als Wächter des Museums auswiesen, schlugen Vitrinen ein, warfen achtlos Wertgegenstände um und hatten offensichtlich Spaß daran, das zu zerstören, was sie eigentlich schützen sollten.

Duke huschte wie ein Schatten hinter einen im Halbdunkeln goldfarben schimmernden Sarkophag. Sein Fuß stieß an einen Gegenstand, dieser rollte gegen einen zweiten. Ein Klacken ertönte. Duke hielt den Atem an, schloss die Augen und lauschte. Doch niemand schien den verräterischen Laut wahrgenommen zu haben. Erneut erklang Gelächter. Waren die Übeltäter zu sehr mit sich selbst und ihrer Beute beschäftigt, um seine Anwesenheit wahrzunehmen? Duke wagte einen Blick auf das, was das Geräusch ausgelöst hatte. Er sah einen schmalen, schwarzen, an den Enden vergoldeten Schiffsrumpf; daneben lag, vom Rumpf abgebrochen, die goldene Statuette des Kindkönigs, der eine Harpune zum Stoß erhoben in der Hand hielt.

„Idioten!", flüsterte Duke in das stickige, feuchte Innere seiner Maske hinein, ehe er vorsichtig über das 3.300 Jahre alte und nun zerstörte Kunstwerk hinwegstieg. Ungesehen gelangte er in den nachfolgenden Bereich, in dem sich ihm ein ähnliches Bild der Zerstörung bot.

„Am Ende der Zimmerflucht nach rechts", raunte ihm Falk ins Ohr.

Vor dem Gebäude brandeten Rufe aus vielen Kehlen auf. Sie standen in einem verwirrenden Gegensatz zu der Grabesstille im Museum, zumal nun auch die Plünderer schwiegen. Duke wischte sich mit der behandschuhten Hand unter der grünen Maske den Schweiß von der Stirn, der ihm in seine Augen zu rinnen drohte. Der Wunsch, dieses Museum so schnell wie möglich zu verlassen, nahm immer mehr zu. Für einen Augenblick sah er Rahels Gesicht vor sich. Er schob den Gedanken an sie mit der in ihm aufwallenden Sehnsucht beiseite. Er wagte diesen Einbruch vor allem für sie. Nichts sollte ihre Beziehung belasten. Allerdings würde ihre gemeinsame Zukunft nicht so rosig aussehen, falls man ihn hier fasste und in einem ägyptischen Gefängnis verschwinden ließ.

Auf dem Tahrir-Platz brüllten inzwischen Tausende von Kehlen nach der Absetzung der Regierung. In Dukes unmittelbarer Nähe hingegen gab es einen lauten Knall, dann aufgebrachte Stimmen. War er entdeckt worden? Stand ihm ein Angriff bevor? Es hatte keinen Sinn zu versuchen, die Kellerkatakomben zu erreichen. Gleichgültig, was nach Ende der Revolution von diesem Museum und seinen Kunstschätzen noch übrig blieb, es würde sich wohl niemand fragen, weshalb eine Handvoll nicht katalogisierter Stücke in einer der verstaubten, wenig gepflegten Ecken des Gebäudes lag.

Duke huschte in eine Nische zwischen zwei Glasschaukästen, nahm den Rucksack ab und angelte vorsichtig die Artefakte heraus. Betont sorgsam, obwohl alles in ihm zur Eile drängte, wickelte er sie aus. Er bettete die Baumwollfetzen als Polster auf den Steinboden und legte den Kelch, die Alabasterschale, die Skarabäuskette, die Bronzegefäße und die Alabastersplitter darauf. Dabei lauschte er auf den näher kommenden Lärm. Aufgeregtes Stimmenwirrwarr, ein Poltern und eilige Schritte im Nebenraum beschleunigten seinen Puls.

„Hier sind Plünderer unterwegs", erklärte er Falk und Daniel durch das Mikrofon. „Anscheinend stellen sich ihnen jetzt Zivilisten in den Weg", flüsterte er mit einem Blick auf den Durchgang in den Nebenraum. Ihm war der Rückweg versperrt. „Verschwindet. Wir treffen uns bei den Frauen."

Duke schaltete das Gerät aus, steckte es mit dem Ohrstecker in die Tasche seiner schwarzen Lederjacke und warf einen letzten Blick auf die von ihm mitgebrachten Artefakte. Nahezu neunzig Jahre hatten sie auf dem Dachboden fern ihrer Heimat gelegen.

„Willkommen zu Hause", raunte er. Leise schob er sich neben eine Vitrine und sah zu, wie sich einige Militärs und Zivilisten durch die Ausstellung bewegten. Sie waren auf der Suche nach weiteren Eindringlingen und betrachteten laut diskutierend die Zerstörungen.

Duke hoffte, dass Falk und Daniel seiner Anweisung Folge geleistet hatten. Als die Gruppe an ihm vorüber war, kroch er hinter dem Schaukasten hervor, überstieg leise das dicke Absperrseil und begab sich in die entgegengesetzte Richtung. Er zog sich die grüne Stricktarnung vom Kopf und ging hoch aufgerichtet, als besäße er jedes Recht, hier zu sein, durch die majestätischen Hallen in Richtung Hauptausgang. Kleine Schweißperlen sammelten sich auf seiner Stirn. Unbehelligt nahm er die breiten Stufen, trat aus dem Eingangsportal und mischte sich unter die Protestler.

Die Massen auf dem Tahrir-Platz peitschten ihre Stimmen zu Höchstleistungen an. Lärm, Körpergeruch, flatternde Galabijas und Jilbabs, Pullover und Jeans, aber auch Jacketts und Anzughosen umgaben ihn. Ellenbogen, Schultern und Knie trafen ihn, gellende Rufe hoher Frauenstimmen jagten ihm Schauer über den Rücken. Seine Füße stießen gegen achtlos liegen gelassenen Müll, Glasscherben und lose Pflastersteine. Männer, die Lastwagen erklettert hatten und sich dort wie ein unordentliches Knäuel Wolle aneinanderdrängten, reckten die Fäuste in den nächtlichen Himmel, skandierten ihre Parolen. Der überfüllte Platz wurde von dem flackernden Schein der brennenden Barrikaden in ein orangefarbenes Licht getaucht. Noch immer strömten Menschen hinzu, ließen sich mitreißen von der überkochenden Stimmung.

Duke presste den leeren Rucksack an sich und zwängte sich durch die Massen. Schüsse ertönten. Schreie folgten. Es war ihm unmöglich einzuschätzen, woher sie stammten. Junge Männer hatten Palmenstämme erklommen und filmten mit ihren Mobiltelefonen die Szene. Ob es Ägypter, Touristen oder gar ausländische Presse war, konnte er nicht ausmachen. Er wollte den Tahrir-Platz eilig verlassen. Verbissen stemmte er sich gegen die Leiber an, verteilte Ellenbogenchecks, wenn es kein Durchkommen gab, strebte unaufhörlich der Corniche el-Nile zu. Doch plötzlich packte ihn jemand an der Schulter.

***

Duke wägte in Sekundenschnelle ab, ob er sich wehren oder sogar nach der Waffe greifen sollte, die Catherine ihm auf dem Basar zugesteckt hatte. Dann sah er Falks feixendes Gesicht.

„Junge, du hast Nerven wie Drahtseile, oder? Ich habe dich gesehen, als du wie ein vergnügt-erholter Tourist aus dem geschlossenen Museum spaziert bist."

„Drahtseile kannst du ganz schön in Schwingungen versetzen", brummte Duke, dem der Schreck noch mächtig in den Knochen saß. „Wo ist Daniel?"

„Er erwartet uns vor dem Hotel. Wo sind deine Schätze?"

„Bei Tutanchamun abgegeben. Er hat sich höflich bedankt."

„Dann wird er seinen Fluch nicht auf dich kommen lassen?"

Unweit von ihnen barst mit gewaltigem Knall eine Fensterscheibe. Kleinere Detonationen folgten.

„Er ist da wohl anderer Meinung", rief Duke und beschleunigte seine Schrittfrequenz.

„Was ist das?"

„Schüsse. Mubarak wehrt sich."

Lautes Geheul erhob sich. Die Stimmung, bisher von lautstarker Auflehnung und von Euphorie bestimmt, kippte.

Duke vernahm das Zischen von Wasserwerfern, dazwischen erneut einzelne Schüsse. Er und Falk konnten nicht anders, als sich dem Schauplatz des Geschehens zuzuwenden. Sie sahen, wie Passanten Steine aus dem Pflaster traten, sie aufhoben und sich in die Menschenmenge hineindrängten. Schreie erschallten, Wasserfontänen spritzten von der Straßenbeleuchtung und den Flammen golden beschienen in die Höhe.

Das nahende Dröhnen schwerer Motoren ließ Duke herumwirbeln. Er packte Falk am Arm und zerrte ihn mit sich von der Straße und dem Gehweg herunter an eine Mauer. Gepanzerte Wagen jagten mit aufheulenden Motoren vorbei. Die Demonstranten, darunter viele Jugendliche und auch einige Kinder, versuchten, sich vor ihnen in Sicherheit zu bringen. Duke sah die ersten blutenden Opfer dieses Abends. Einer von ihnen war Falk, der sich den Kopf an einem Steinquader gestoßen hatte. Blut lief ihm aus einer Platzwunde über den Augenbrauen ins Gesicht.

„Entschuldige", stieß Duke hervor, riss ein Stück Stoff von seinem T-Shirt und presste es Falk auf die Wunde.

„Besser, als unter diesen gepanzerten Monstern zu landen", meinte Falk, doch seine Stimme verriet seinen Schmerz. Vorsichtig hob er sein Notebook auf, das ihm entglitten war, und fügte mit schiefem Grinsen hinzu: „Sehen wir es positiv. Jetzt haben wir beide Kopfschmerzen. Damit bleibt Emma, wenn sie von unserem Husarenstück erfährt, nur Daniel zum Verkloppen."

„Ich fürchte, bei dem, was wir angestellt haben, ist jede Rücksicht hinfällig!"

Eine rasche Abfolge von Schüssen erklang, erneut sprühten Wasserfontänen hoch. Die Flammen der brennenden Barrikaden spuckten Millionen von Funken und die Rauchwolken waberten wie schwarze Dämonen durch die Häuserschluchten der Stadt.

„Sehen wir zu, dass wir zu unserem Fluchtfahrzeug kommen, bevor der Flughafen von den Demonstranten überrollt wird", warnte Duke vor einer weiteren Gefahr.

„Stimmt. Daniel wird Emma übernehmen – oder anders herum." Wieder grinste Falk, zog aber den Kopf ein, als eine Detonation mehrfach zwischen den Häusern widerhallte. „Du kümmerst dich um Rahel, ich um Mary."

„Feiger Kerl", rief Duke ihm zu, als er in einen schnellen Laufschritt verfiel. Mary war praktisch eine Mitverschwörerin. Von ihr erwarteten sie keinerlei Schwierigkeiten.

Hintereinander kämpften sie sich durch die Menge derer, die herbeiströmten, allerdings gab es auch andere, die, wie Duke und Falk, aus der Umgebung des Tahrir-Platzes zu fliehen versuchten. Darunter waren viele Frauen mit Kleinkindern.

Duke und Falk erreichten das Hilton Ramses und stürmten in die Lobby. Rahel war an der Rezeption beschäftigt, vermutlich beglich sie die Zimmerrechnungen. Emma stand mit Daniel einige Schritte von Rahel entfernt. Obwohl sie seine Hand hielt, wohl um ihn ab sofort daran zu hindern, sie allein zu lassen, beschimpfte sie ihn halblaut. Mary hielt sich einige Meter abseits und legte fragend den Kopf schief. Duke nickte ihr zu und sie schenkte ihm ein knappes Lächeln. Das illegale Erbe war nach Hause zurückgekehrt. Ob es dort sicher war, war allerdings eine völlig andere Frage.

Emma kam auf Duke und Falk zu, Daniel im Schlepptau.

„Falk! Ist diese Ungeheuerlichkeit auf deinem Mist gewachsen?", fragte sie mit zittriger Stimme.

„Das war irgendwie eine Art Gedankenübertragung", versuchte Falk sich herauszureden. Fasziniert beobachtete Duke, dass der junge Mann, der scheinbar vor nichts und niemandem Respekt hatte, Emma gegenüber tatsächlich in Erklärungsnot geriet. „Sowohl Daniel als auch Duke hatten einen ähnlichen Gedanken, als wir nach Kairo abreisten."

„Ihr seid alle drei …" Emma fehlten die Worte oder sie war zu beherrscht, um das zu sagen, was ihr auf der Zunge lag. „Seid ihr denn völlig übergeschnappt? Sie hätten euch verhaften können! Oder gleich erschießen. Oder dieses Gebäude hätte auf euch drauffallen können. Oder …"

„… wir haben das problemlos hinbekommen!", unterbrach Daniel sie energisch. „Rein, abstellen, raus, fertig."

Rahel gesellte sich zu ihnen. Auch ihre Augen blitzten aufgebracht. „Das ist …!"

„Genial, wenn du mich fragst", mischte Mary sich gelassen ein. „Warst du es nicht, die so entsetzt darüber war, dass sich im Keller dieses Museums die Sarkophage, die Mumien und alle anderen Zeitzeugen der Pharaonen unkatalogisiert, ungesichert und völlig ungeachtet ihres Wertes stapeln?"

Rahel nickte hilflos.

„Ein paar Kleinigkeiten mehr werden überhaupt nicht ins Gewicht fallen. Kein Mensch wird nachvollziehen können, wer diese Schmuckstücke wann abgelegt hat."

„Aber …" Rahel war anzusehen, dass sie noch nicht beruhigt war.

„Nein, du konntest nicht mit, um dort unten mit dem Aufräumen und Katalogisieren anzufangen!", unterbrach Falk sie mit einem Grinsen und zog die Sturmmaske mit dem Bommel aus seiner Hosentasche.

„Die Tarnmasken stammten, wie du weißt, von Mary", bemühte Daniel sich noch immer, Emmas Wut von sich abzulenken. Mary schüttelte wild den Kopf, doch es war zu spät. Langsam, als habe jemand einen Schalter umgelegt und sämtliche Energie abgeschaltet, die eben noch aus Emmas Augen gesprüht hatte, drehte sie sich zu der älteren Dame um.

„Du hast …?"

„Bist du wirklich nicht auf den Gedanken gekommen? Für Duke bot dieser Ausflug die beste Möglichkeit, das unliebsame Erbe seiner Vorfahrin dahin zu bringen, wo es hingehört."

„Mir fehlt dazu entschieden die kriminelle Energie." Emma trat zurück, klammerte sich jedoch weiterhin an die Hand ihres Mannes. Offenbar brauchte sie diesen Halt dringend.

„Wir haben nichts Unrechtes getan, Emma", wehrte Duke sich, ließ die Augen aber nicht von Rahel. Sie sah ihn lange und vorwurfsvoll an.

„Nichts?" Emmas Empörung stieg wieder von null auf hundert, als habe man sie an einen Stromkreislauf angeschlossen. „Was ist mit Einbruch? Vermummungsverbot? Hacken in Überwachungssysteme?"

„Moment", unterbrach Falk sie todesmutig. „Wir haben nichts mitgehen lassen. So ein grünes Strickteil mit einem Bommel oben drauf ist eher eine Lachnummer als eine Vermummung und die Kamerasysteme waren entweder bereits abgeschaltet oder haben gar nicht mehr funktioniert. Vielleicht gab es auch nie welche ..."

„Ich will nichts mehr davon hören", zischte Emma und baute sich vor Daniel auf. „Eigentlich wollte ich dir das in aller Ruhe bei einer schönen Gelegenheit sagen. Aber du und deine Freunde, ihr lasst mich ja nicht. Ab sofort ist Schluss mit diesem und ähnlichem Unsinn. Ich bin Ende des vierten Monats, das heißt, ich verliere dieses Kind dieses Mal nicht! Du wirst Vater. Und ich erwarte, dass du dich entsprechend verantwortungsbewusst verhältst!"

Daniel stand der Mund offen, was Rahel zu einem Kichern verleitete, ehe sie Emma um den Hals fiel. Duke atmete tief ein und wünschte sich, Rahel würde endlich *ihn* umarmen. Er schob diese Eingebung wenig erfolgreich beiseite, beobachtete jedoch, wie die zwei Frauen miteinander tuschelten. Sein Blick wanderte zu Daniel, dem inzwischen ein eigentümliches Grinsen im Gesicht klebte. Es hatte den Anschein, als stecke er irgendwo zwischen Stolz und Panik fest.

Schließlich legte er Emma eine Hand auf die Schulter und sagte: „Wir haben uns kennengelernt, als wir in diese Kuttengeschichte verwickelt waren, jetzt behältst du das Kind, obwohl wir Rahel aus der Tutanchamun-Geschichte retten mussten. Verstehst du nicht, was das bedeutet? Du *brauchst* die Aufregung! Also, spätestens, wenn du dann ein zweites Kind willst ..."

„Professor Doktor Daniel Alexander Ritter", knurrte Emma, konnte ein Schmunzeln allerdings nicht unterdrücken.

„Gehen wir", beschloss Duke mit einem Kopfnicken zu den Militärs, die sich vor dem Hoteleingang aufreihten. Er ergriff die noch immer aufgebrachte Rahel bei der Hand und ging auf die Tür zu. Dabei nahm er einen kleinen Umweg in Kauf. Er zog seine Waffe hervor, putzte Griff und Lauf möglichst unauffällig an seinem Shirt ab und warf sie in einen überfüllten Mülleimer.

Wieder traf ihn dieser Blick aus Rahels Augen. Er umfasste ihre zarte Hand erneut, beugte sich im Gehen zu ihr und flüsterte: „Entschuldige bitte. Aber jetzt können wir unbesorgt zurückfliegen. Zurück in dein altes Leben."

„Will ich das denn?", fragte sie leise.

In dem Versuch zu ergründen, ob sie ihre Frage so gemeint hatte, wie er sie gern verstehen wollte, wäre er beinahe gegen die Glastür geprallt.

Kapitel 54

Duke betrat den schmalen Eingang des Hotels und blieb in der Tür stehen. Ein freundliches Hellgrün belebte die vormals tristen Wände. Farbeimer, Tapetenrollen, Werkzeuge und Holzreste lagen herum, und er stieg vorsichtig über das Chaos hinweg, um seine schwarze Anzugshose nicht zu ruinieren. Prüfend sah er sich um, während er sich seiner Jacke entledigte. An der Wand hinter dem neu gestalteten Rezeptionstresen prangte ein großer Schmetterling. Weitere, deutlich kleinere Falter wiesen den Weg in den Flur des Erdgeschosses und wirkten, als wirbelten sie in ausgelassenem Spiel über eine Sommerwiese.

Langsame Schritte auf der Treppe ließen ihn den Kopf drehen. Melly kam herunter und an ihren behutsamen Bewegungen sah Duke, dass sie noch immer unter Schmerzen litt. Dennoch legte sich auf ihr Gesicht ein Strahlen, als sie ihn erkannte.

„Hey, Duke! Wow! Mit Jackett, weißem Hemd und Krawatte! Ist das der übliche Anhörungsdresscode bei Europol in Den Haag?"

„Und du, im weißen Nachthemd samt Farbklecksen und Sägemehl im Haar? Ist das der neue Rezeptionslook?", gab er gut gelaunt zurück. Die sechs Tage in der Europol-Zentrale hatten die ganze leidige Angelegenheit um Green, ihre Komplizen, die Sondereinheit um die Tutanchamun-Schätze und somit auch um Rahel vom Tisch gebracht. Damit war die Sache endgültig ausgestanden. Er war frei. Jetzt galt es nur noch, Rahel ganz für sich zu gewinnen.

„Das ist kein Nachthemd, sondern ein altes, weißes T-Shirt von meinem Nachbarn", belehrte die kleine Frau ihn. „Ist das nicht fantastisch?" Aufgeregt wie ein Kind und mit roten Wangen zeigte Melly auf die Flugbahn der wirbelnden Schmetterlinge.

„Hat Rahel sie gezeichnet?"
„Nicht nur die!", lachte Melly. Sie winkte ihm, näher zu treten. Er stützte sich mit den Armen auf den frisch geschmirgelten Tresen, während Melly, noch immer in Schonhaltung, auf ihren Stuhl kletterte.
„Oben gibt es jetzt ein Zimmer, in dem springen Delfine, ein anderes hat griechische Säulen, wieder ein anderes ist durch aufgemalten Stuck verschönert und wirkt richtig edel!" Aus jedem ihrer Worte sprach eine deutliche Zuneigung zu der Künstlerin.
„Hat Rahel dir das Geld für die Renovierung gegeben?"
„Gegeben?" Melly taxierte ihn aufgebracht. „Das Mädchen ist ja nicht doof. Sie wusste genau, dass auch ich meinen Stolz habe. Sie oder besser ihre Großmutter, Mrs Nowak, übrigens eine ganz reizende Person, hat mir einen zinslosen Kredit mit offener Rückzahlungsfrist gewährt. Nur, damit du das weißt!" Melly zupfte einen Fussel von seinem Oberarm. „Rahel hat Bedingungen daran geknüpft: Keine Drogendealer, keine leichten Mädchen, es sei denn, sie wollen aussteigen und brauchen ein Dach über dem Kopf."
„Und Mrs Nowaks Bedingungen? Müssen in allen Zimmern Kakteen stehen?"
„Du bist ein respektloser Kerl!", fuhr Melly ihn lachend an. „Nur dieser Falk ist noch frecher als du."
„Falk ist noch hier?"
„Er hat mir ein Buchungsprogramm auf dem Computer installiert und bringt mir bei, wie ich es bedienen muss. Weißt du, wie er mich nennt? *Schneckenfingertippse*! Und *zielwasserfreier Tastenkreisgeier* ..." Melly kicherte in sich hinein und zeigte Duke damit deutlich, dass es Falk einmal mehr gelungen war, eine Person restlos für sich einzunehmen.
„Was ist mit Emma und Daniel?"
„Sie sind vor zwei Tagen nach Deutschland zurückgereist." Melly lachte. „Dieser Mann gefällt mir. Kaum steht Emma auf und tut etwas zu schnell – wobei die unheimlich flink ist, also im Grunde immer –, springt er auf, nimmt ihr alles ab und ermahnt sie zur Vorsicht."
„Und ich hatte schon Angst, die Aussicht, bald Vater zu sein, würde ihn in eine Krise stürzen."
„Wenn er Emma weiter so behandelt, wird er die Krise heraufbeschwören. Du müsstest mal sehen, wie gekonnt diese Frau die Augen verdrehen kann."
„Prima, meine Freunde haben sich demnach bei dir von ihrer besten Seite gezeigt", lachte Duke.

„Du kannst dich glücklich schätzen, sie deine Freunde nennen zu dürfen."

„Warum? Weil ich ab sofort zweimal im Jahr kurz davor stehen werde, dass man mich suspendiert? Weil ..."

„Du kannst jederzeit hier als Rausschmeißer anfangen!"

„Der Kontakt mit Falk tut dir nicht gut."

„Der mit dir hat meinem Mobiliar und mir auch nicht gutgetan", konterte Melly und verschränkte die kurzen Arme vor ihrer Brust.

„Wo ist Rahel?"

„Na endlich! Ich dachte schon, du fragst gar nicht mehr nach ihr." Die Frau fuchtelte mit ihrem Zeigefinger vor seinem Gesicht herum, in dem der wilde Bartwuchs aus Ägypten inzwischen wieder seinem üblichen Dreitagebart gewichen war. „Pass mal auf, Duke Taylor! Falls du dieser Frau wehtust, hast du nicht nur ihre Freunde gegen dich, sondern auch mich. Und du weißt, welche Kontakte ich habe ..."

„Wenn ich dich richtig verstanden habe, ist dein Kredit fällig, sobald du diese Kontakte nutzt." Duke sah sie mit drohend zusammengezogenen Augenbrauen an, lachte allerdings innerlich über ihr Zurückschrecken.

„Ach, verschwinde!", zischte sie ihn an und deutete in den Flur.

Duke ließ die Jacke auf dem Tresen zurück, als er den Schmetterlingen folgte. Aus einem der ersten Zimmer klangen Hammerschläge, also ging er weiter, bis ihm vermehrt der Geruch von frischer Farbe in die Nase stieg. Vorsichtig warf er einen Blick in den Raum, in dem Falk und er vor einigen Tagen einquartiert gewesen waren. Die fleckige graue Tapete mit dem verblassten Blumenmuster war einem sanften, jedoch nicht kitschigen Blau gewichen, die Möbel waren verschwunden. Plastikfolie bedeckte den Boden, Farbeimer häuften sich in einer Ecke und unterschiedlich große Pinsel lag verstreut herum. Zwischen den beiden kleinen, ebenfalls abgeklebten Fenstern stand eine Trittleiter und auf dieser thronte Rahel. Sie steckte in einer alten, zerschlissenen Jeans, war barfuß und trug darüber ein ähnliches weißes T-Shirt wie Melly. Sie versank in diesem nahezu ebenso wie die Hotelwirtin. Bunte Farbkleckse schmückten ihr eigenwilliges Outfit, sogar in dem geflochtenen Zopf leuchteten ihm grüne Farbspritzer entgegen. Der Schmetterling wirkte heute noch ein wenig bunter und fröhlicher als sonst.

Rahel hatte ihm den Rücken zugewandt und tupfte Farbe in die skizzierten Blätter einer wilden Weinranke, die sich über die Fenster hinwegwand.

Duke prüfte, ob der Türrahmen frisch gestrichen war, bevor er die Hände in die Taschen seiner Anzughose schob und sich anlehnte. Er sah Rahel zu, wie sie sich bückte und den Pinsel in einen an der Leiter befestigten Farbtopf tunkte. Mit dem linken Arm strich sie sich einige Haarsträhnen aus dem Gesicht, ehe sie sich streckte und ein weiteres Blatt ausmalte. Schließlich legte sie den Kopf schief, betrachtete ihr Werk und wandte sich einem dunkleren Grün zu, um das Weinblatt zu vervollständigen.

Minutenlang verharrte Duke reglos und genoss es, ihr bei ihrer konzentrierten Arbeit zuzusehen. Alle während des Fluges nach England aufgekommenen Zweifel waren verschwunden. Er liebte Rahel, und niemand würde ihn davon abhalten können, ihr das zu zeigen. Duke drehte sich um, als er Schritte hinter sich hörte, und blickte in das grinsende Gesicht von Falk. Dieser warf einen Blick an ihm vorbei und realisierte sofort, dass Rahel Dukes Anwesenheit bisher entgangen war.

Falk zögerte einen Moment, dann klopfte er Duke zweimal auf die Schulter, zwinkerte ihm zu und zog sich zurück. Duke atmete auf. Auch Falk hatte ihm verziehen.

Lächelnd wandte er sich wieder um. Rahel reckte sich unvorsichtig weit nach links. Duke spannte die Muskeln an, da er fürchtete, sie könne gleich von der Leiter stürzen. Doch Rahel richtete sich schnell auf und steckte den Pinsel in einen Farbeimer. Offenbar hatte sie eingesehen, dass sie besser die Leiter ein Stück verrücken sollte. Sie drehte sich halb um – und entdeckte ihn.

„Duke!" Ihr strahlendes Lächeln setzte sein Herz in Flammen. Sie musterte sein ungewohntes Erscheinungsbild, und er glaubte, Bewunderung in ihrem Gesicht zu erkennen. „Du siehst ... umwerfend aus", meinte sie dann.

„Komm lieber erst mal da runter", entgegnete er und freute sich an ihrem fröhlichen Auflachen. Mit wenigen Schritten über die knisternde Folie war er bei ihr und blickte zu ihr hoch. Winzige Farbspritzer bedeckten ihr Gesicht, ihren Hals und die Arme, das T-Shirt wies größere Flecken auf.

„Jetzt ähnelst du wirklich einem bunten Schmetterling", zog er sie auf, konnte jedoch den Blick nicht von ihren dunklen Augen abwenden.

„Ist alles gut gelaufen?", fragte sie mit einem besorgten Unterton in der Stimme. Duke stellte einen Fuß auf die erste Sprosse und sah weiterhin zu ihr hinauf. Er betrachtete jeden einzelnen Farbspritzer, die schmale Nase, die schön geschwungenen Augenbrauen und ihren weichen Mund. Sein Wunsch, sie endlich zu küssen, nahm überhand.

„Bestens. Green, Lisa und die zwei korrupten Polizisten müssen sich vor Gericht verantworten. Man glaubt meiner Beteuerung, dass sich im Besitz der Familie Nowak und Höfling keine illegalen ägyptischen Wertgegenstände befinden, und auf meine Bemerkung, diese seien wohl eher im Ägyptischen Museum in Kairo zu suchen, erntete ich Gelächter."

„Meine Güte, bist du dreist." Rahel schüttelte halb entrüstet, halb amüsiert den Kopf.

„Ich hatte in Falk einen perfekten Lehrer."

Eine Pause entstand. Rahel hielt sich noch immer mit beiden Händen am oberen Bügel der Leiter fest, während Duke seinen Fuß auf den zweiten Tritt stellte und weiterhin mit nach hinten geneigtem Kopf zu ihr hochschaute.

„Ist deine Großmutter wieder zu Hause?", fragte er und schimpfte sich innerlich einen Idioten, weil er eigentlich eine völlig andere Frage hatte stellen wollen.

„Sie holt meine Eltern in Heathrow ab. Sie wollten mich unbedingt sehen, nach allem, was passiert ist." Rahel klang erfreut und keineswegs vorwurfsvoll. „Sie waren doch sehr in Sorge."

Duke nickte leicht. Rahels Eltern waren also auf dem Weg hierher. Ein Grund mehr, klare Verhältnisse zu schaffen, ehe Rahels Familie die Frau für sich beschlagnahmte, die er liebte.

„Was wirst du tun, wenn du Mellys Hotel in ein kleines Paradies verwandelt hast?" Er hasste die Unsicherheit, die ihn plötzlich überfiel. Wie kam es nur, dass er sich lieber bewaffneten Ganoven entgegenstellte, als die Worte über die Lippen zu bringen, die er Rahel gern sagen wollte?

„Ich weiß es nicht so genau", erwiderte Rahel mit einem Schulterzucken. „Ich könnte nach Berlin zurückkehren und wie geplant Ägyptologie studieren."

„Aber?", fragte er nach.

„Psychologie wäre auch interessant. Ich habe in den vergangenen Tagen so viele Extremsituationen erlebt ... Vielleicht kann ich meine Erfahrungen positiv nutzen, indem ich anderen helfe, die Ähnliches durchgemacht haben." Rahel beugte sich ihm entgegen und zupfte ebenfalls einen Fussel von seinem Jackett.

Duke ließ die Gelegenheit nicht ungenutzt. Oder war es gar eine Einladung? Schnell umfasste er ihren Hinterkopf mit einer Hand, zog sie sanft zu sich und küsste sie. Doch bevor er sie von der Leiter heben konnte, näherten sich laute Stimmen und Schritte.

Unwillig wich Duke zurück und beobachtete, wie ein stämmiger Mann in einem abgetragenen Mantel über die Schwelle trat. Rahel stieß einen spitzen Schrei aus und flog förmlich von der Leiter in die Arme ihres Vaters.

Lachend folgte ihm Rahels Mutter, die deutlich mehr auf ihr Äußeres zu achten schien als ihr Ehemann und erstaunlich jugendlich aussah.

Duke verschränkte die Hände hinter dem Rücken, um seiner Nervosität Herr zu werden, während Falk an Rahels Eltern gerichtet sagte: „Und das ist Duke Taylor. Er hat sich eigens in Schale geschmissen, um sich vor der Arbeit zu drücken."

***

Rahel lehnte sich zurück, achtete aber darauf, dass ihr Pferdeschwanz sich nicht in einer der auf dem Fenstersims aufgereihten Kakteen verfing. Mary und Bethany saßen Hand in Hand auf der geblümten Couch und lachten über Falks maßlos übertriebene Schilderung ihrer Abenteuer. Gerade berichtete er über den Einbruch in das Ägyptische Museum, wobei Rahel nur hoffen konnte, dass die meisten der von ihm geschilderten Gefahren und Waghalsigkeiten lediglich seiner Fantasie entstammten. Als ihr klar wurde, dass Duke sich noch während der Kontrollen in den Ausstellungshallen aufgehalten haben musste, überzog eine Gänsehaut ihre Arme.

Ihr Vater beugte sich zu ihr hinüber. „Ein mutiger Mann, dieser Duke Taylor", flüsterte er und sah sie forschend an. Rahel zuckte leicht mit den Schultern. Sie hatte ihrem Vater nie etwas vormachen können. „Wo hat er in den letzten vier Tagen gesteckt?"

„Er ist in die Abteilung von Inspector Nichols gewechselt und wird dort gerade eingeführt."

„Also Mord statt Einbrüche?" Ihr Vater benannte wie immer ungeschminkt die Tatsachen.

„Er wollte es so."

„Er wird ein ruhiges und sicheres Zuhause brauchen. Eine Frau, die ihm zuhört und die Lasten mit ihm teilt. Das will wohlüberlegt sein, Rahel."

„Ich weiß. Ob ich es lernen kann, mit einer ständigen unterschwelligen Angst um ihn zu leben?"

„Sicher nur, wenn du in der Lage bist, Duke Gottes Schutz anzuvertrauen."

„So, wie es Sarah tat, als die britische Regierung ihren Mann während des Krieges nach Deutschland schickte? Oder anschließend, als er wochenlang verschwand, weil er Heilung für die Verletzungen seiner Seele suchte?"

„Du musst deiner Mutter und mir die Tagebücher mitgeben. Ich möchte unbedingt die Geschichte dieser beiden ungewöhnlichen Menschen lesen."

Rahel nickte ihm nachdenklich zu. War sie wirklich in der Lage, mit einen Partner zu leben, der sich von Berufs wegen regelmäßig in Gefahr begab? Könnte sie es ertragen, seine unschönen Erlebnisse mit ihm zu teilen – oder schlimmer noch, vieles nicht mit ihm teilen zu können, weil er nicht darüber sprechen durfte? Rahel lehnte sich wieder zurück und gewann den Eindruck, als sinke sie in unsichtbare Arme. Das zumindest hatte sie in den vergangenen Wochen gelernt: Trotz aller Ängste und Zweifel, Hoffnungslosigkeit und aufwühlender Fragen war sie in den letzten Wochen nie allein gewesen, sondern hatte Gottes Nähe stärker gespürt als je zuvor. Dazu hatte sie Freunde, die sie verstanden, sie ablenkten und aufheiterten und jederzeit ein offenes Ohr für sie hatten. Und sie wusste, selbst wenn Duke sich wieder einmal in Schweigen hüllte, konnte sie ihm dennoch vertrauen.

Ihr Vater legte seine von Schrunden und Schwielen gezeichnete Hand auf die ihre. Rahel betrachtete sie fasziniert. Sie zeugten davon, dass er auch heute noch bereitwillig auf seinen Baustellen mit anpackte.

„Der mutige Detective Sergeant treibt sich übrigens seit einer guten Viertelstunde in Granmarys Garten herum. Entweder rezitiert er Gedichte, oder er studiert ein, was er zu einer bezaubernden jungen Dame sagen könne, sobald er ihre Aufmerksamkeit erlangt hat." Tiefe Lachfältchen umgaben Klaus' Augen, als er mit einer Kopfbewegung in Richtung Terrassentür deutete.

Rahel beugte sich vor und warf einen Blick hinaus. Winzige Schneeflocken tanzten im abendlichen Licht und hatten eine dünne weiße Schicht auf das Gras gezaubert. Fußspuren durchzogen diese, wo jemand wie ein gefangenes Tier auf und ab gegangen war. Sie presste erschrocken und erfreut zugleich eine Hand auf ihre Lippen. Irgendetwas begann in ihrem Bauch wild zu flattern, und sie spürte eine Hitzewelle über ihren Rücken jagen, die sich in der Höhe ihres Herzens festsetzte.

„Nun geh schon und erlöse den armen Kerl", raunte ihr Vater ihr zu.

„Aber anschließend bringst du ihn mit herein, damit deine Mutter und ich ihn ausquetschen können."

„Untersteht euch!"

„Keine Angst. Falk und Granmary haben schon fleißig aus der Schule geplaudert. Wir werden uns von unserer besten Seite zeigen."

Rahel erhob sich, hauchte ihrem Vater einen Kuss auf die sonnenverbrannte Wange und huschte hinaus in den Flur. Schwungvoll und voller Vorfreude auf ein Wiedersehen mit Duke kickte sie ihre Hausschuhe von den Füßen. Sie strich den kurzen, weinroten Strickrock über der dicken Baumwollstrumpfhose zurecht, schlüpfte in ihre fast bis zu den Knien reichenden Stiefel und schnappte sich, als sie mit einer Hand bereits die Klinke der Haustür heruntergrückte, mit der anderen noch schnell ihren Kurzmantel von der Garderobe.

Als sie hinaustrat, stand Duke neben der Treppe, keinen Meter von ihr entfernt.

„Na endlich!", lautete seine Begrüßung.

„Dieses Haus hat eine Klingel. Außerdem hättest du an die Scheibe der Terrassentür klopfen können", erwiderte Rahel fröhlich.

„Damit Falk, Mary und deine Eltern … Du quälst mich, Rahel. Weißt du das?"

Rahel stieg zwei Stufen hinunter und befand sich somit auf gleicher Höhe mit ihm.

„Ich quäle dich?" Rahel holte tief Luft. Diese war herrlich kalt und frisch. Sie bewunderte die weißen Flocken, die sich auf sein schwarzes Haar gesetzt hatten. Obwohl sie nicht dazu gekommen war, den Mantel zu schließen, war ihr angenehm warm.

Duke vergrub seine Hände weit in den Taschen seiner grauen Jeans.

„Also gut", sagte er und blinzelte eine Flocke von seinen Wimpern.

Rahel schluckte schwer. Er wirkte erstaunlich verletzlich, wenn er die Augen geschlossen hatte. Sie hatte das schon sehr früh festgestellt und liebte den friedlichen, sanften Eindruck, den er dann ausstrahlte.

Duke straffte die Schultern, sodass sich die Lederjacke eng um diese spannte. Er sah sie offen an. Mit fester Stimme sagte er: „Gleichgültig, ob du Ägyptologie, Psychologie oder die Grünfärbung der Kiefernnadeln studierst oder vorhast, weiterhin Hotels zu bemalen …" Rahels leises Kichern ließ ihn grinsen, konnte ihn jedoch nicht mehr aufhalten. „Könntest du dir vorstellen, all das in London statt in einer deutschen Stadt zu tun?"

„Natürlich."

Wieder zwinkerte er eine Schneeflocke weg. „Und könntest du dir auch vorstellen, mich in den nächsten Tagen, meinetwegen auch Wochen, keinesfalls aber Monaten, zu heiraten?"

„Natürlich."

Duke atmete laut aus. Er zog die Hände aus den Taschen und breitete die Arme aus. „Könntest du dir auch vorstellen, mich jetzt endlich zu küssen?"

Bevor sie antworten konnte, hob er sie von der Treppe. Er küsste sie, als ihre Füße noch nicht einmal den Boden berührten. Und das, was in ihrem Inneren herumgeflattert war, schmolz dahin.

Ihre Zehenspitzen in den Stiefeln berührten festen Grund. Sie schlang die Arme um seinen Nacken, vergrub die Finger in seinem Haar und lehnte sich mit ihrem ganzen Gewicht an ihn. Freude erfüllte sie, zusammen mit dem Gefühl, dass sie genau am richtigen Platz war. Geborgen in seinen Armen.

„Ich liebe dich, Schmetterling", flüsterte er ihr zu.

„Ich liebe dich auch, Duke."

„Und ich komme schon noch dahinter, wem du ähnlich siehst!" Falk saß ungeachtet der Nässe auf der obersten Treppenstufe und schaute ihnen ungeniert zu. „Falls du sie nicht allerbestens behandelst, Detective Sergeant, werde ich Tag und Nacht dein ständig auf dich einredendes Gewissen sein. Und glaub mir, das ist ziemlich zermürbend."

„Verschwinde, Pumuckl", knurrte Duke, ohne den Blick von Rahels Gesicht abzuwenden, als könne er sich nicht an ihr sattsehen.

„Der Kerl ist einfach zu dreist!", protestierte Falk lachend.

Das Zuklappen der Tür signalisierte den beiden, dass sie endlich wieder allein waren.

Epilog

*1324 vor Christus
in der Nähe des See Genezareth*

Schöne Sonne verließ rückwärtsgehend die winzige Höhle. Was sie zurückließ, war nicht das, woran ihr Herz hing. Ihr Herz hatte Wüstensturm gehört. Doch er war tot. Ebenso wie ihr gemeinsamer Sohn, ihr einziges Kind. Sie waren von habgierigen Fremden ermordet worden, die es auf das abgesehen hatten, was Wüstensturm mit sich führte. Dieser Schatz, den ihr Mann besessen hatte, ohne ihn einmal angetastet zu haben. Es war sein schlechtes Gewissen, das ihn davon abgehalten hatte. Die Schuldgefühle und das Bewusstsein, dass er niemals Abbitte würde leisten können; sein Leben lang keine Vergebung für sein Tun erfahren konnte.

Wüstensturms hebräischer Freund Mordechai blickte sie fragend an, und sie nickte. Er rollte den großen Stein vor die Öffnung und verschloss sie mit Mörtel, in den er weitere kleinere Gesteinsbrocken steckte, sodass kaum jemand jemals die Höhle dahinter vermuten würde.

Schöne Sonne ergriff den harten, spitzen Stein, den sie sich bereitgelegt hatte, und kratzte in den Felsen die *Medou Netjer*, die ägyptischen Schriftzeichen für den Thronnamen des Mannes, dem die Gegenstände hinter der Wand eigentlich gehört hatten.

Eine Sonne, ein Skarabäus, drei senkrechte Striche, ein Halbkreis.

Geduldig sah Mordechai ihr zu, wenngleich er vermutlich den Sinn dahinter nicht verstand.

Das Volk Israel, wie die Hebräer sich nannten, kümmerte sich um Fremdlinge und Witwen. Mordechai war ein guter Mann. Stark, tapfer und freundlich. Er würde Schöne Sonne sicher bald zur Frau nehmen. Sie fühlte sich wohl bei diesen Menschen, den Nachkommen Abrahams und Isaaks. Ihre Art zu leben gefiel ihr, ebenso wie die Tatsache, dass sie nur einen Gott verehrten. Das war um so vieles einfacher, direkter, verständlicher für sie als die vielen ägyptischen Gottheiten. Wüstensturm dagegen hatte sich in den drei Jahren, die sie mit ihnen auf der Wanderschaft verbracht hatten, schwer damit getan. Vielleicht lag es daran, dass er die gestohlenen Grabbeigaben eines ägyptischen Gottkönigs mit sich führte und sich nie ganz von ihm lösen konnte? Wie eine Art Fluch hatten sie auf seiner Seele gelastet.

Schöne Sonne beendete ihr Werk und richtete sich seufzend auf. Ein kühler Wind pfiff über die steinige Gegend, wirbelte Staub auf und trug diesen zu den Zelten und Behausungen hinüber, in denen sie und Mordechais Familie wohnten. Sie würde ihm niemals anvertrauen können, dass sie ihre erstgeborene Tochter – die sich vermutlich bald nach ihrem ersten Zusammensein einstellen würde – in das Geheimnis einzuweihen plante. Irgendwann, so hoffte Schöne Sonne, würde eine Nachfahrin von ihr das wiedergutmachen, was Wüstensturm verbrochen hatte. Er hatte die Grabbeigaben aus verständlichem Grund, aber dennoch unerlaubt noch vor der Grablegung des Königs an sich genommen. Ihr blieb nur zu hoffen, dass nicht erst in dieser späteren Generation die drückende Schuld aus ihrer Familie verschwinden würde, samt den damit verbundenen Gefahren.

Schöne Sonne zögerte vor einer steil abfallenden Klippe. Mordechai drehte sich zu ihr um und bot ihr seine Hand als Stütze. Zögernd legte sie ihre Hand in die seine. Es war ihre erste Berührung und es fühlte sich gut an. Richtig. Zwar wusste sie nicht, ob sie Mordechai jemals so lieben würde, wie sie Wüstensturm geliebt hatte, doch sie nahm sich vor, ihm eine gute Frau zu sein, denn er hatte es verdient.

Sie lächelte zu ihm auf und im gleichen Augenblick glitten die ersten Sonnenstrahlen über die Gebirgsrücken und füllten das Tal mit Wärme und Licht.

Denn Gott hat uns nicht gegeben den Geist der Furcht, sondern der Kraft und der Liebe und Besonnenheit.
2. Tim. 1,7

Entschuldigen …
… muss ich mich bei meinen aufgebrachten (!) Töchtern sowie bei all den treuen Lesern und Leserinnen, die nach der Lektüre von „Das Mädchen aus Herrnhut" davon ausgegangen sind, dass aus Rahel und Falk ein Paar wird. Nun hat Rahel also ihre eigene Geschichte bekommen und in mir schlummert bereits eine Idee für Falk …
… möchte ich mich für etwaige Rechercheschnitzer. So etwas passiert! Über Rückmeldungen bin ich dankbar, ansonsten gilt, was ich schon im Vorwort geschrieben habe …

Bedanken …
… darf ich mich bei (denselben) Töchtern für die lustigen Ideen, die wir während des Entstehungsprozesses des Romans gesponnen haben und die fast alle ihren Weg in diesen gefunden haben. Wir hatten wirklich viel Spaß!
… möchte ich mich bei meiner ältesten Tochter und bei meinem Ehemann für das Vorablesen. Eine Familie zu haben, die mich in dem Maße unterstützt, wie ihr das tut, ist ein großes Geschenk!
Ein herzliches Dankeschön geht an Birgit Petersen für die konstruktive Kritik, an Iris Javaid und Christiane Bayer-Barclay für die „London-Hilfe" und an alle Mitarbeiter des Verlags Gerth Medien, die sich für das Buch mal wieder mächtig ins Zeug gelegt haben!
Nicht vergessen will ich meine Blogleser/-innen und Facebook-„Fans", die mir fleißig Vor- und Nachnamen vorgeschlagen haben, mich aufmuntern und ermutigen, tatsächlich weiterzuschreiben (ihr seid toll!), meine mir (noch) unbekannten Leser und die Lesungsveranstalter für das mir entgegengebrachte Vertrauen. Danke!
Übrigens: Ein ausführliches Personenregister, Fotos und Informationen rund um meine Recherchen und den historischen Inhalt dieses Buches gibt es auf meinem Blog bzw. auf meiner Facebook-Seite.

Glossar

Abaya Langes Übergewand aus Schafs- oder Kamelwolle
Amun Wind- und Fruchtbarkeitsgott. Ab der 11. Dynastie „Lokal"gottheit Thebens
Bakschisch Trinkgeld, in Ägypten sehr wichtig
Biban el-Moluk Die grüne Weide; das Tal der Könige ist ein ausgetrocknetes Wadi/Flussbett
BSI Bundesamt für Sicherheit in der Informationstechnik
Carter, Howard (09. Mai 1874 Kensington – 02. März 1939 London). Sein Zeichentalent bot ihm den Einstieg in die Ägyptologie, von der er schon Jahre zuvor begeistert war. Er arbeitete unter anderem für Flinders Petrie in Amarna, kopierte Reliefs und Inschriften im Totentempel der Hatschepsut und erlernte nebenbei die Grundlagen der Archäologie und Ägyptologie sowie das Lesen der Hieroglyphen. 1899 wurde er Oberinspektor der Altertümerverwaltung in Oberägypten und Nubien. 1908 begann die Zusammenarbeit mit Lord Carnarvon, die während der Zeit des 1. Weltkriegs eingestellt werden musste. Die vollständige Leerung des Tutanchamun-Grabes dauerte zehn Jahre!
Deir el-Bahari Antike Begräbnisstätte am Luxor gegenüberliegenden Nilufer, unter anderem mit der „Königscachette" und mehreren Totentempeln, wie die berühmte Anlage der Hatschepsut.
Depot, Berlin Hier musste ich schummeln, das Depot wurde erst ein Jahr später eingerichtet.
Fellache Bauer
Galabija Traditionelles langes, hemdartiges Gewand mit weiten Ärmeln ohne Kragen. Wird heute noch in ländlichen Gegenden des Nils getragen.
Henquet Bier aus Gerstenbrotteig oder Emmerteig, Wasser und Dattelsaft
Highclere Castle Herrenhaus im Neo-Renaissance-Stil des 19. Jahrhunderts. Das Schloss bildete die Kulisse für die Serie Downton Abbey.
Jilbab Bodenlange, langärmelige Damenbekleidung
KV Abkürzung für King's Valley; die Zahl benennt die durchnummerierten Ausgrabungen bzw. Grabfunde.
Maschrabija Gedrechseltes Gitter

Massa al cheer Guten Tag/Abend.
Massa al nuur Erleuchteter Tag/Abend.
Mer Altägyptisch für Pyramide. Das Wort Pyramide stammt aus dem Griechischen und bedeutet Weizenkuchen (der vermutlich Pyramidenform hatte).
MI5 Military Intelligence, Section 5; britischer Inlandsgeheimdienst.
MI6 Der MI6 wurde 1909 zusammen mit dem MI5 und 17 weiteren militärischen Nachrichtendiensten als Teil des Secret Service Bureau gegründet. In der ursprünglichen Aufgabenteilung war der MI6 für die Marine zuständig, spezialisierte sich aber zunehmend auf Auslandsspionage und wurde daher in der Folgezeit zum Auslandsgeheimdienst SIS.
Per-aa Großes Haus; die Bezeichnung „Pharao" stammt aus dem Griechischen.
Ra'is Segelbootkapitän/Skipper.
Sharia Weg/Straße.
Shukran Danke.
Sphinx im Ägyptischen männliche, im Griechischen weibliche Steinfiguren, halb Tier, halb Mensch.
Tel al-Armana Im alten Ägypten: Achet-Aton, Echnatons „neue" Stadt.
Tutanchamun (Regierungsjahre etwa 1336-1327 v. Chr.) Ts Identität ist nicht vollständig geklärt. Sein Vater war laut DNA-Analyse Echnaton. Nofretete, die große königliche Gemahlin Echnatons, wird als eine mögliche Großmutter (oder Mutter) Ts betrachtet, die Namen von sechs ihrer Töchter sind überliefert. Echnaton heiratete zwei von ihnen (Neferneferuaton und Maketaton) und zeugte mit ihnen mehrere Töchter, die damit gleichzeitig seine Enkelinnen waren. Diese Töchter und Ehefrauen Echnatons gelten ebenfalls als mögliche Mütter Ts. Eine Nebenfrau, Kija, wohl eine ausländische Prinzessin, käme ebenfalls als Mutter infrage. Um das Chaos perfekt zu machen, heiratete T Anchesenamun (zu diesem Zeitpunkt hieß sie noch Anchesenpaaton) die dritte Tochter Echnatons und Nofretetes; seine eigene, etwa acht Jahre ältere Halb-, vielleicht sogar Vollschwester. Zwischen dem Tod Echnatons und dem Herrschaftsantritt Ts, der damals noch Tutanchaton hieß (=lebendes Abbild des Aton. Aton war damals einziger Gott, später erfolgte die Rückkehr zu den anderen Göttern, unter anderen zu Amun, deshalb die veränderte Endung), regierten in kurzen Phasen zwei andere Herrscher(innen). Der sehr junge T stand unter dem Einfluss des Beamten Haremhab (oberstes Militär) und des Ho-

hepriesters Eje, die die Geschicke Ägyptens für den heranwachsenden Pharao leiteten. Ts etwa zehnjährige Herrschaftszeit bietet wenig Spektakuläres, weshalb der Entdecker seines Grabes, übrigens die kleinste und bescheidenste Begräbnisstätte im Tal der Könige, über ihn sagte: „Soweit unsere Kenntnisse heute reichen, können wir mit Gewissheit sagen, dass das einzig Bemerkenswerte in seinem Leben darin bestand, dass er starb und begraben wurde." Erst der Fund seines Schachtgrabs, das all die Jahre über nahezu unberührt geblieben war, machte aus einem völlig unbedeutenden Pharao einen Weltstar. Über Ts Tod mit 18 oder 19 Jahren gibt es verschiedene Spekulationen; in meinem Roman habe ich mich für die Jagdunfalltheorie entschieden.

Waset Altägyptisch, gleichbedeutend mit dem griechischen Theben/Thebai. Auch: Niur = die Sadt. Biblische Namen: No, No-Amun. Waset galt als orientalische Weltstadt.